知性反思江西诗学研究

ZHIXING FANSI
JIANGXI SHIXUE YANJIU

吴晟 著

版权所有　翻印必究

图书在版编目（CIP）数据

知性反思江西诗学研究/吴晟著. —广州：中山大学出版社，2019.11
ISBN 978-7-306-06723-4

Ⅰ.①知…　Ⅱ.①吴…　Ⅲ.①诗学—研究—江西　Ⅳ.①I207.2

中国版本图书馆 CIP 数据核字（2019）第 222358 号

出 版 人：	王天琪
策划编辑：	高惠贞
责任编辑：	靳晓虹　姜星宇
封面设计：	曾　斌
责任校对：	麦晓慧
责任技编：	何雅涛
出版发行：	中山大学出版社
电　　话：	编辑部 020 - 84111946，84111996，84111997，84113349
	发行部 020 - 84111998，84111981，84111160
地　　址：	广州市新港西路 135 号
邮　　编：	510275　传　真：020 - 84036565
网　　址：	http://www.zsup.com.cn　E-mail：zdcbs@mail.sysu.edu.cn
印 刷 者：	广州家联印刷有限公司
规　　格：	787mm×1092mm　1/16　29.25 印张　510 千字
版次印次：	2019 年 11 月第 1 版　2019 年 11 月第 1 次印刷
定　　价：	82.00 元

如发现本书因印装质量影响阅读，请与出版社发行部联系调换。

国家社科基金后期资助项目
出版说明

后期资助项目是国家社科基金设立的一类重要项目，旨在鼓励广大社科研究者潜心治学，支持基础研究多出优秀成果。它是经过严格评审，从接近完成的科研成果中遴选立项的。为扩大后期资助项目的影响，更好地推动学术发展，促成成果转化，全国哲学社会科学工作办公室按照"统一设计、统一标识、统一版式、形成系列"的总体要求，组织出版国家社科基金后期资助项目成果。

全国哲学社会科学工作办公室

内容简介

以黄庭坚为代表的江西诗派，在中国文学史上影响甚巨，亦颇受争议。本书梳理了北宋至近代对江西诗学的知性反思，概括为江西诗学之蜕变、江西诗学之鼓倡、江西诗学之补偏、江西诗学之反拨、理学家与江西诗学的离或合五种批评形态。审视了"吟咏情性"这一诗歌本体特征认知至江西诗学重新确立的审美意义。总结这些反思成果，能够清晰地凸显江西诗学的理论贡献、创作经验与教训，对我们准确把握中国古代诗学的审美流向与价值取向、深刻认识中国古代诗学的体系建构及其民族特色，进而提取中国古代诗学某些带有普遍性和规律性的问题，都不无历史启示。

目　录

绪　论 ……………………………………………………… 001
　一、江西诗学体系论略 ……………………………………… 004
　二、北宋时期江西诗学之反思 ……………………………… 020

第一章　江西诗学之蜕变 ………………………………… 035
　一、吕本中对江西诗学的理论提升 ………………………… 038
　二、靖康之难与陈与义诗学观的转变 ……………………… 057
　三、从锻炼句法到诗外工夫看陆游诗学观的嬗变 ………… 068
　四、杨万里的风味、感兴、透脱说 ………………………… 079
　五、姜夔对江西诗学的传承与超越 ………………………… 091

第二章　江西诗学之鼓倡 ………………………………… 101
　一、吴曾对江西诗学的态度 ………………………………… 105
　二、胡仔评黄庭坚其人其诗 ………………………………… 116
　三、陈善对江西诗学的宣扬 ………………………………… 128
　四、方回为江西诗派续立统系 ……………………………… 138
　五、翁方纲标举江西诗学评议 ……………………………… 151
　六、方东树对江西诗学的评价 ……………………………… 164
　七、曾国藩诗宗黄庭坚考量 ………………………………… 177

第三章　江西诗学之补偏 ………………………………… 191
　一、《韵语阳秋》与江西诗派的理论及创作 ……………… 195
　二、刘克庄对江西诗学的辩证观 …………………………… 206
　三、何梦桂对江西诗学的臧与否 …………………………… 217
　四、元好问对江西诗学的崇与黜 …………………………… 229
　五、胡应麟的江西派诗比较论 ……………………………… 241
　六、王士禛对江西诗派的评析 ……………………………… 253
　七、袁枚性灵诗学视野下的江西诗学 ……………………… 265

第四章　江西诗学之反拨 …… 277
　　一、评张戒尊杜抑黄论 …… 280
　　二、《沧浪诗话》与江西诗学 …… 290
　　三、王若虚针砭黄庭坚及江西诗学辨析 …… 302
　　四、王世贞对江西诗的批评 …… 317
　　五、陈衍的宋诗观之检视 …… 328

第五章　理学家与江西诗学的离或合 …… 341
　　一、朱熹与黄庭坚诗学的离或合 …… 345
　　二、楼钥与黄庭坚诗学的离或合 …… 357
　　三、叶适与江西诗学的离或合 …… 369
　　四、南宋其他理学家与江西诗学的离或合 …… 379
　　五、刘壎与江西诗学的离或合 …… 390

第六章　中国古代对诗歌本体特征认知的演进 …… 401
　　一、对诗歌"言志""吟咏情性""缘情"特征的认知 …… 404
　　二、诗歌"吟咏情性"本体特征认知的重新确立 …… 411

结　语 …… 427

引用书目 …… 439

后　记 …… 459

绪　　论

　　北宋时期，自黄庭坚登上诗坛，"始自出己意以为诗，唐人之风变矣"①，鲜明地体现了宋诗独特的美学风范；又大张旗鼓地倡导以杜甫为诗家宗祖，直接凸显了宋代诗学的时代精神；加之理论上提出了自成体系、突围唐人樊篱的诗学策略，使学诗者有了便于操作的诗法可依、具体的门径可入，于是受到陈师道和一批青年诗人的拥戴追随，逐渐形成了一个以黄、陈为核心的诗歌流派，吕本中名之为"江西宗派"，黄庭坚被尊为"宗派之祖"②。继而方回又首倡"一祖三宗"之说③，试图通过对江西诗派"诗统说"的进一步完善，扩大江西诗派的门户，从而确立江西诗派的正统地位。由于黄庭坚及江西诗派诗作迥异于唐诗，题材偏重于书斋生活，艺术上极其讲究法度，又有诗论为之指导，不少学者都自觉或不自觉地参与到唐宋诗的讨论中来，或褒或贬，众说纷纭，莫衷一是。这场论争一直持续到近代仍未调停，其声势之浩大、历时之持久、影响之巨大，在中国文学史上实属罕见。

　　齐治平《唐宋诗之争概述》④ 大略叙述了这一长期之争论。其所谓"宋诗"，指包括"江西诗"在内的有宋一代的诗歌。我认为，唐宋诗之争，主要是因江西诗学的出现而引发的，而只有江西诗学最能代表宋诗风貌。因此，齐治平之概述较专门围绕江西诗学进行知性反思，范围要宽泛，且行文至简，难以凸显宋诗的本质特征。王运熙、顾易生主编的《中国文学批评通史》系列丛书之《宋金元文学批评史》⑤《明代文学批评

---

　　① 严羽著，郭绍虞校释：《沧浪诗话校释》，人民文学出版社1961年版，第26页。
　　② 吕本中《江西宗派图》序曰："歌诗至于豫章始大出而力振之，后学者同作并和，尽发千古之秘，无馀蕴矣。录其名字，曰江西宗派，其源流皆出豫章也。宗派之祖曰山谷。"（赵彦卫：《云麓漫钞》，傅根清点校，中华书局1996年版，第244页。胡仔《苕溪渔隐丛话前集》卷四十八亦有转录，文字与此有所出入）
　　③ 方回：《瀛奎律髓》卷二十六《评陈简斋〈清明〉》，方回选评，李庆甲集评校点：《瀛奎律髓汇评》，上海古籍出版社1986年版，中册，第1149页。
　　④ 齐治平：《唐宋诗之争概述》，岳麓书社1984年版。
　　⑤ 顾易生、蒋凡、刘明今：《宋金元文学批评史》，上海古籍出版社1996年版。

史》①《清代文学批评史》②《近代文学批评史》③,对北宋及以降有所建树的批评家与论著辟有专节,并进行了比较客观公正的评价。这些批评家的文学批评思想,部分涉及对江西诗学的批评。其他诗学批评著作,如袁行霈等《中国诗学通论》④,陈良运《中国诗学体系论》⑤ 与《中国诗学批评史》⑥,萧华荣《中国诗学思想史》⑦,张少康、刘三富《中国文学理论批评发展史》⑧,张毅《宋代文学思想史》⑨,张思齐《宋代诗学》⑩,周裕锴《宋代诗学通论》⑪ 等,也不同程度地涉及对江西诗学的讨论。研究宋代至近代重要批评家诗学思想的论文,可谓数以万计,其中也有不少成果涉及对江西诗学的讨论与评价。这些研究成果无疑对我们进一步认识和评价江西诗学提供了有益的参照和借鉴,但是从整体上来看,这些研究成果未能凸显宋代以降各个历史阶段对江西诗学批评的发展过程。因此,本论试图围绕历代对江西诗学的知性反思这一批评现象,进行一次全面梳理,厘清其发展的基本脉络,以作整体观照。

本论所依据的文献,主要见诸傅璇琮编《古典文学研究资料汇编·黄庭坚和江西诗派卷》,傅璇琮等主编《中国诗学大辞典》,吴文治主编《宋诗话全编》《辽金元诗话全编》《明诗话全编》,张伯伟编校《稀见本宋人诗话四种》,郭绍虞所辑《宋诗话辑佚》《清诗话续编》、主编《中国历代文论选》,舒芜等编选《近代文论选》,陈良运主编《中国历代诗学论著选》,蒋述卓等编著《宋代文艺理论集成》,何文焕辑《历代诗话》,丁福保辑《清诗话》《历代诗话续编》,张寅彭选辑《清诗话三编》、主编《民国诗话丛编》,人民文学出版社出版的相关单行本诗话,北京大学古文献研究所编《全宋诗》,曹旭校点、陈衍评选《宋诗精华录》,钱锺书之《宋诗选注》,刘尚荣校点《黄庭坚诗集注》,刘琳等校点《黄庭坚全集》,黄宝华点校《山谷诗集注》、选注《黄庭坚选集》,陈永正等注《山谷诗注续补》,陈永正注《黄庭坚诗选》,胡守仁等选注《江西诗派作品选》,

---

① 袁震宇、刘明今:《明代文学批评史》,上海古籍出版社1991年版。
② 邬国平、王镇远:《清代文学批评史》,上海古籍出版社1995年版。
③ 黄霖:《近代文学批评史》,上海古籍出版社1993年版。
④ 袁行霈、孟二冬、丁放:《中国诗学通论》,安徽教育出版社1994年版。
⑤ 陈良运:《中国诗学体系论》,中国社会科学出版社1992年版。
⑥ 陈良运:《中国诗学批评史》,江西人民出版社1995年版。
⑦ 萧华荣:《中国诗学思想史》,华东师范大学出版社1996年版。
⑧ 张少康、刘三富:《中国文学理论批评发展史》,北京大学出版社1995年版。
⑨ 张毅:《宋代文学思想史》,中华书局1995年版。
⑩ 张思齐:《宋代诗学》,湖南人民出版社2000年版。
⑪ 周裕锴:《宋代诗学通论》,上海古籍出版社2007年版。

屠友祥校注《山谷题跋》，吴书荫、金德厚点校《陈与义集》，薛瑞兆、郭明志编纂《全金诗》，方回选评、李庆甲集评校点《瀛奎律髓汇评》，阎凤梧主编《全辽金文》，李修生主编《全元文》，脱脱等撰《宋史》，张廷玉等撰《明史》，赵尔巽等撰《清史稿》，周光培编《历代笔记小说集成》，上海古籍出版社编《历代笔记小说大观》，江苏广陵古籍刻印社影印《笔记小说大观》，中华书局《历代史料笔记丛刊》，陶宗仪等编、张宗祥重校《说郛三种》，永瑢等主编《四库全书总目提要》以及《景印文渊阁四库全书》《文津阁四库全书》《续修四库全书》《四库全书存目丛书》《四部丛刊》《丛书集成初编》，等等。从中选出宋、金、元、明、清、近代各个历史时期代表性学者，梳理、发掘、提炼他们的诗学思想及其对江西诗学的知性反思。除《北宋时期江西诗学之反思》《南宋其他理学家与江西诗学的离或合》《中国古代对诗歌本体特征认知的演进》三节（章）做综论外，所择南宋以降批评家每人独立成篇，力求对他们的反思批评做出深入分析与客观评价。需要说明的是，本论所选择的一些批评家，并非自觉、主动参与到对江西诗学的知性反思中来，他们对江西诗学的评价只是其整个诗学主张的一部分，但这部分无疑也是知性反思江西诗学的有机构成，是故择焉。

在西方，"诗学"是一个内涵比较宽泛的概念，从亚里士多德的《诗学》始，"诗学"一直指包括诗歌、散文、戏剧等各种文体在内的文学理论，而不单指诗歌理论。20世纪上半叶的中国文学理论研究中，出现了一批以"诗学"命名的著作，如杨鸿烈的《中国诗学大纲》[①]、田明凡的《中国诗学研究》[②]等。在中国，"诗学"这一概念，主要指在诗歌这一艺术样式范围内对诗法、诗体等的研究；有的甚至指诗歌本身，如蒋寅的《中国诗学的百年历程》[③]。从广义的"诗学"内涵来看，当包括理论研究——鉴赏与批评、规律研究和诗歌研究（批评史、学者研究）；基础工程——音律和文学格式研究（诗律、诗韵等）；基本资料整理研究（版本、笺注等）、基本史料整理研究（传记、年谱等）三个方面。本论"知性反思江西诗学研究"涉及诗论、作品鉴赏与批评、批评史、学者研究、诗律、诗韵、笺注等研究，属狭义的"诗学"概念。

---

① 杨鸿烈：《中国诗学大纲》，商务印书馆1928年版。
② 田明凡：《中国诗学研究》，自刊本，大学出版社民国二十三年（1934）版。
③ 蒋寅：《中国诗学的百年历程》，《中国诗学》第6辑，南京大学出版社1997年版。

一、江西诗学体系论略

吕本中将黄庭坚、陈师道为首的诗歌流派取名为"江西宗派",试图为之确立一个传承的统系,从而建构一种"诗统"①。其所作《江西宗派图》原文已佚,据胡仔《渔隐丛话前集》卷四十八载:"吕居仁近时以诗得名,自言传衣江西,尝作《宗派图》,自豫章以降,列陈师道……,合二十五人,以为法嗣。谓其源流皆出豫章也。其《宗派图序》数百言,大略云:'……惟豫章始大出而力振之,抑扬反复,尽兼众体,而后学者同作并和,虽体制或异,要皆所传者一。'"②这个诗派以祖述杜甫相号召,故又有所谓"一祖三宗"之说:"古今诗人当以老杜、山谷、后山、简斋四家为一祖三宗,馀可预配飨者有数焉。"③严羽《沧浪诗话·诗辨》这样概括宋诗的基本特征:"近代诸公乃作奇特解会,遂以文字为诗,以才学为诗,以议论为诗。"④"近代诸公"主要指黄庭坚等。翁方纲云:"不然,而山谷自为'江西派'之祖,何得谓宋人皆祖之?"⑤指出黄庭坚不仅是江西诗派的宗祖,也是宋诗风范的体现者。故此,所谓"江西诗学"主要指以黄庭坚为代表的宋代诗学。

作为江西诗派之祖、江西诗学的主要代表,黄庭坚指点青年诗人学诗的言论,散见于大量的书信与序跋中,但未能形成专著。经过爬梳整理发现,它涉及诗歌创作理论的诸多方面,形成了比较完整的宋代诗学体系。

(一)对诗歌本体特征的认知

黄庭坚《与郭英发帖二》云:"所作乐府,词藻殊胜,但此物须兼缘情绮靡、体物浏亮,乃能感动人耳。"⑥"缘情绮靡"即中国传统诗歌的本

---

① 参见伍晓蔓:《江西宗派研究》第十一章第二节"诗统说的提出",巴蜀书社2005年版。
② 《渔隐丛话前集》卷四十八,《景印文渊阁四库全书》,台湾商务印书馆1986年版,第1480册,第313~314页。
③ 《瀛奎律髓》卷二十六《评陈简斋〈清明〉》,《瀛奎律髓汇评》中册,第1149页。
④ 《沧浪诗话·诗辨》,《沧浪诗话校释》,第26页。
⑤ 翁方纲:《石洲诗话》卷四,陈迩冬校点,人民文学出版社1981年版,第119页。
⑥ 黄庭坚:《与郭英发帖二》,《文津阁四库全书》,商务印书馆2005年版,第372册,第393页。

体特征，它由晋代陆机首次提出："诗缘情而绮靡。"① 它是对传统"诗言志"观念的颠覆。"诗言志"观念主要体现诗歌的实用价值和道德价值，"诗缘情"观念则凸显诗歌本体的审美价值。黄庭坚告诫青年，诗歌创作要"能感动人"，单有"词藻殊胜"还不够，必须兼备强烈的抒情性。

黄庭坚又在《书王知载〈朐山杂咏〉后》中曰："诗者，人之情性也。"② 诗歌是"人之情性"的抒写，是对诗歌本体特征的重新认知和揭示。尽管早在《毛诗序》中就提出了诗歌"吟咏情性，以风其上"之说，但它仍然未脱"发乎情，止乎礼义"③的伦理制约。因此，黄庭坚"诗者，人之情性也"的诗学观，当上承刘勰与钟嵘，下启严羽。刘勰《文心雕龙·明诗》谓"诗者，持也，持人情性"④；钟嵘《诗品·总论》亦谓诗乃"吟咏情性"⑤；严羽《沧浪诗话·诗辨》云："诗者，吟咏情性也。"⑥然而"南北朝后，开始出现了'情'独占鳌头的趋势。因此，'性情'或'情性'作为一个复合词，'情'的审美色彩愈加浓烈，'性'反而退居次要或辅助地位了"⑦。因此，北宋以前"诗缘情"的观念一直占据着统治地位，直至黄庭坚才重新揭示"诗者，人之情性也"这一对诗歌本体特征的认知。但孙乃修认为："'诗者，人之情性也'指的是'温柔敦厚'的性情。这种封建道德伦理观念使他的诗论带上一种缩手缩脚的保守性和庸人气。黄庭坚把强烈的激情从'人之情性'中剔出去，从而也把这种强烈的激情从诗中抽了出去。拘守狭隘的封建正统道德观念，是黄氏诗论的一个显著特点。"⑧ 孙氏显然将黄庭坚"诗者，人之情性也"的认知视为重弹《诗大序》"吟咏情性"的老调，故而查清华反驳说："黄庭坚说：'诗者，人之情性也。'严羽说：'诗者，吟咏情性也。'可谓一唱一和，前呼后应。这一并不新鲜的美学命题在'存天理灭人欲'的封建桎梏下重新提出，显得多么难能可贵！这无疑是公开同道学家唱反调。同时

---

① 陆机著，张少康集释：《文赋集释》，人民文学出版社2002年版，第99页。
② 黄庭坚：《书王知载〈朐山杂咏〉后》，屠友祥校注《山谷题跋》卷二，上海远东出版社1999年版，第48页。
③ 《毛诗序》，郭绍虞主编《中国历代文论选》，上海古籍出版社1979年版，第1册，第63页。
④ 王运熙、周锋：《文心雕龙译注》，上海古籍出版社1998年版，第41页。
⑤ 钟嵘撰，陈延杰注：《诗品注》，人民文学出版社1961年版，第4页。
⑥ 《沧浪诗话·诗辨》，《沧浪诗话校释》，第26页。
⑦ 傅璇琮等主编：《中国诗学大辞典》，浙江教育出版社1999年版，第65页。
⑧ 孙乃修：《黄庭坚诗论再探讨》，《文学遗产》1986年第3期。

也正体现了他们的诗学观是立足于诗歌本体的。"① 理学家虽然也认为诗歌"模写物态,陶冶性情"②"以吟咏情性为主"③"出于性情之真"④"自咏情性"⑤,但是,由于理学家强调"存天理,灭人欲",其所谓"情性"之"情"属于"人欲"已经被抽掉,"情性"实际上成了偏义复词,只剩下"性"的空壳了。在理学那里,"性"指"性理",即人性与天理,故真德秀引《诗大序》"变风发乎情,本乎礼义。发乎情,民之性也,本乎礼义,先王之泽也",然后指出:"三百篇诗,惟其皆合正理,故闻者莫不兴起其良心,趋于善而去于恶,故曰'兴于诗'。"⑥ 黄庭坚虽然深受理学思想的影响,甚至被列入《宋元学案·范吕诸儒学案》和《华阳学案》,但他的"诗者,人之情性也"的诗学思想与理学家对诗歌本体的认知有本质区别。

(二)养心治性、资书学问与诗歌格韵

既然诗歌是人之情性的抒发,那么诗歌格韵是否高绝即超尘拔俗,就取决于诗人情性是否"正"了。强调诗人先道德后文章既是传统观念,又有时代因素。元祐时期,新旧党争剧烈,两党之间互相倾轧,得势与失势频繁交替,见风使舵者、报复私怨者、失节变色者、背叛出卖者,甚至落井下石者大有人在。因此,在这种严峻的形势下,能否保持高尚的人格节操,既不同流合污,也不与世俯仰、随波逐流,正派做人,直道而行,便成为衡量君子与小人的道德标准。

黄庭坚非常重道德修养,概括起来是"重内轻外","外"指富贵功名,"内"指身心修养。在指导青年诗人学诗时,黄庭坚首先强调养心治性,加强道德修养,他说:"文章者,道之器也;言者,行之枝叶也。"⑦《答秦少章帖》云:"文章虽末学,要须茂其根本,深其渊源,以身为度,

---

① 查清华:《黄庭坚与严羽的人格意识》,《江西师范大学学报》(哲学社会科学版)1992年第4期。
② 陆九渊:《象山集》卷十七《与沈宰二》,《景印文渊阁四库全书》第1156册,第414页。
③ 魏了翁:《鹤山集》卷五十二《古郓徐君诗史字韵序》,《景印文渊阁四库全书》第1172册,第587页。
④ 真德秀:《西山文集》卷三十一《问兴立成》,《景印文渊阁四库全书》第1174册,第492页。
⑤ 包恢:《敝帚稿略》卷二《论五言所始》,《景印文渊阁四库全书》第1178册,第724页。
⑥ 《问兴立成》,《景印文渊阁四库全书》第1174册,第492页。
⑦ 黄庭坚:《次韵杨明叔四首序》,任渊、史容、史季温注,刘尚荣校点《黄庭坚诗集注》,中华书局2003年版,第2册,第436页。

以声为律，不加开凿之功，而自闳深矣。"①《答王观复》云："更愿加求己之功，沉潜于经术，自印所得。根源深远，则波澜枝叶无遗恨矣。"②《答郭英发》云："要须下十年工夫，识取自己，则有根本。凡有言句，皆从自根本中来。"③又告诫其甥："学问文章，如甥才器笔力，当求配于古人，勿以贤于流俗遂自足也。然孝友忠信，是此物之根本，极当加意养以敦厚醇粹，使根深蒂固，然后枝叶茂耳。"④"文章乃其粉泽，要须探其根本，本固则世故之风雨不能漂摇。"⑤要求其侄："但须勤读书，令精博，极养心，使纯静，根本若深，不患枝叶不茂也。"⑥以上"根本"均喻道德，"枝叶"喻文章。根深蒂固，枝叶才能茂盛；道德修养深厚了，文章才能闳中肆外。

养心治性途径之一来自书本学问："奉为道之：词意高胜，要从学问中来尔。……读书要精深，患在杂博。因按所闻，动静念之，触事辄有得意处，乃为问学之功。文章惟不构空强作，诗遇境而生，便自工耳。"⑦"杜子美云：'读书破万卷，下笔如有神。'此作诗之器也。然则虽利器而不能善其事者，何也？无妙手故也。所谓妙手者，殆非世智下聪所及，要须得之心地。"⑧具体说，一是研习儒家经典："治经之法，不独玩其文章，谈说义理而已，一言一句，皆以养心治性。事亲处兄弟之间，接物在朋友之际，得失忧乐，一考之于书，然后尝古人糟粕而知味矣。"⑨"如子苍之诗，今不易得，要是读书数千卷，以忠义孝友为根本，更取六经之义味灌溉之耳。"⑩"但须得忠信孝友，深根固蒂，则枝叶有光辉矣。"⑪具体讲，在黄庭坚那里，道德这个根本即儒家核心思想"忠孝仁义礼智信"。之二是熟读前人作品："广之以国风、雅、颂，深之以《离骚》《九

---

① 黄庭坚：《答秦少章帖四》，刘琳、李勇先、王蓉贵校点《黄庭坚全集》，四川大学出版社2001年版，第1867页。
② 黄庭坚：《答王观复》，《黄庭坚全集》，第2005页。
③ 黄庭坚：《答郭英发》，《黄庭坚全集》，第2016页。
④ 黄庭坚：《与洪驹父一》，《文津阁四库全书》第372册，第313页。
⑤ 黄庭坚：《与徐甥师川》，《黄庭坚全集》，第486页。
⑥ 黄庭坚：《与济川侄帖》，《黄庭坚全集》，第498页。
⑦ 黄庭坚：《论作诗文》，《文津阁四库全书》第372册，第358页。
⑧ 黄庭坚：《答徐甥师川》，《黄庭坚全集》，第2028页。
⑨ 黄庭坚：《书赠韩琼秀才》，《山谷题跋》卷一，第29页。
⑩ 黄庭坚：《与韩纯翁宣义书二》，《文津阁四库全书》第372册，第315页。
⑪ 黄庭坚：《答何斯举书四》，《文津阁四库全书》第372册，第394页。

歌》》①;"若欲作楚词追配古人,直须熟读楚词,观古人用意曲折处讲学之,然后下笔"②;"诗颂要得出尘拔俗,有远韵而语平易,不知曾留意寻此等师匠楷模否"③。熟读前人作品,具体讲即熟读《诗经》、"楚辞"等经典之作,养心治性,才能追配古人,文章才能出尘拔俗。晁补之《书鲁直题高求父扬清亭诗后》指出:"鲁直于怡心养气,能为人所不为,故用于读书、为文字,致思高远,亦似其为人。"④ 洪炎评黄庭坚:"发源以治心养性为宗本,放而至于远声利、薄轩冕,极其致,忧国忧民,忠义之气,蔼然见于笔墨之外。"⑤

黄庭坚在评价前人或时人作品时,也每以人格是否绝俗作为衡量的重要标准。《书嵇叔夜诗与侄榎》云:"叔夜此诗豪壮清丽,无一点尘俗气。凡学作诗者,不可不成诵在心,想见其人。虽沉于世故者,暂而揽其馀芳,便可扑去面上三斗俗尘矣,何况探其义味者乎?"⑥《论诗》云:"谢康乐、庾义城之于诗,炉锤之功不遗力也,然陶彭泽之墙数仞,谢、庾未能窥者,何哉?盖二子有意于俗人赞毁其工拙,渊明直寄焉耳。"⑦《跋柳子厚诗》:"予友生王观复作诗有古人态度,虽气格已超俗,但未能从容中玉珮之音,左准绳右规矩尔。意者读书未破万卷,观古人之文章,未能尽得其规摹及所总览笼络,但知玩其山龙黼黻成章耶。"⑧《跋王荆公禅简》:"然余尝熟观其风度,真视富贵如浮云,不溺于财利酒色,一世之伟人也。暮年小语,雅丽精绝,脱去流俗,不可以常理待之也。"⑨《跋东坡乐府》:"'缺月挂疏桐,漏断人初定。时见幽人独往来,缥渺孤鸿影。惊起却回头,有恨无人省。拣尽寒枝不肯栖,寂寞沙洲冷。'东坡道人在黄州时作。语意高妙,似非吃烟火食人语,非胸中有万卷书,笔下无一点尘俗气,孰能至此?"⑩《再次韵兼简履中南玉三首》其一:"李侯诗律严且清,诸生

---

① 黄庭坚:《大雅堂记》,黄宝华选注《黄庭坚选集》,上海古籍出版社1991年版,第415页。
② 黄庭坚:《与王立之》,《黄庭坚全集》,第1371页。
③ 黄庭坚:《与党伯舟帖七》,《文津阁四库全书》第372册,第401页。
④ 晁补之:《鸡肋集》卷三十三《书鲁直题高求父扬清亭诗后》,《景印文渊阁四库全书》第1118册,第649页。
⑤ 洪炎:《豫章黄先生退听堂录序》,陈永正、何泽棠注《山谷诗注续补》,上海古籍出版社2012年版,第609页。
⑥ 黄庭坚:《书嵇叔夜诗与侄榎》,《山谷题跋》补编,第279页。
⑦ 黄庭坚:《论诗》,《山谷题跋》卷七,第184页。
⑧ 黄庭坚:《跋柳子厚诗》,《山谷题跋》卷二,第36页。
⑨ 黄庭坚:《跋王荆公禅简》,《山谷题跋》卷六,第168页。
⑩ 黄庭坚:《跋东坡乐府》,《山谷题跋》卷二,第40页。

赓载笔纵横。句中稍觉道战胜，胸次不使俗尘生。"① 在黄庭坚看来，嵇康、陶渊明、柳宗元、王安石、苏轼等，其作品的超尘脱俗来自其人格的高风绝俗。陈师道也说："宁拙毋巧，宁朴毋华，宁粗毋弱，宁僻毋俗，诗文皆然。"② 主张诗歌的朴拙、瘦硬和生新，明确反对诗歌的纤巧、浮华、羸弱和滑熟。他又说："孟嘉落帽，前世以为胜绝。杜子美《九日诗》云：'羞将短发还吹帽，笑倩旁人为正冠。'其文雅旷达，不减昔人。故谓诗非学力可致，正须胸中泄尔。"③ 认为诗歌的绝俗高雅，取决于诗人旷达的胸襟，而非学力所致，与黄庭坚稍异。

格高韵胜是黄庭坚重要的审美理想，是他对诗词书画的最高审美追求。格韵的内涵是什么？凌左义认为它包括"超尘出俗的风神、作品的余味、生动传神以及结构的和谐美等诸方面的意蕴"④。朱惠国认为"首先是对反映对象本质风貌的把握；其次是不俗；再次是强烈的艺术精神"⑤。钱志熙则将"韵"与黄庭坚的"兴寄"观联系起来。他认为："黄庭坚还提出了'远韵''趣''意高妙'等诗歌美学范畴，它们都跟兴寄观有关系，其实是黄氏对传统兴寄观的补充和发展。这些范畴的基本内涵都是强调主客观的统一，追求兴味悠长的艺术效果。"⑥ 从以上引述可知，在黄庭坚看来，诗歌格韵高绝来自诗人人格的超尘拔俗。张表臣《珊瑚钩诗话》载："陈无己先生语余曰：'今人爱杜甫诗，一句之内，至窃取数字以仿像之，非善学者。学诗之要，在乎立格命意用字而已。'余曰：'如何等是？'曰：'《冬日谒玄元皇帝庙诗》，叙述功德，反复外意，事核而理长；《阆中歌》，辞致峭丽，语脉新奇，句清而体好，兹非立格之妙乎？'"⑦ 陈师道在此所谓之"格"与黄庭坚有所不同，它主要指诗歌的体制。

（三）"诗家法度"与"活计"

田同之《西圃诗说》云："唐人不言诗法，诗法多出宋。"⑧ 中国是一

---

① 黄庭坚：《再次韵兼简履中南玉三首》其一，《黄庭坚诗集注》第2册，第476页。
② 陈师道：《后山诗话》，何文焕辑《历代诗话》，中华书局1981年版，上册，第311页。
③ 《后山诗话》，《历代诗话》上册，第302页。
④ 凌左义：《黄庭坚"韵"说初探》，《中国韵文学刊》1993年第7期。
⑤ 朱惠国：《论黄庭坚的创新意识及其文学史意义》，《宁波师院学报》（社会科学版）1993年第3期。
⑥ 钱志熙：《论黄庭坚的兴寄观及黄诗的兴寄精神》，《文学遗产》1993年第5期。
⑦ 张表臣：《珊瑚钩诗话》卷二，《历代诗话》上册，第464页。
⑧ 田同之：《西圃诗说》，郭绍虞编，富寿荪校点《清诗话续编》，上海古籍出版社1983年版，上册，第762页。

个以诗歌闻名于世的国度,自先秦《诗经》、"楚辞"至汉、魏、晋、南北朝诗歌,特别是唐代诗歌,可谓达到了艺术的巅峰,积累了丰富的创作经验,总结这份文学遗产的宝贵经验,便历史地落在了宋人肩上。具体说,比较系统地总结诗法者始于黄庭坚。范温《潜溪诗眼》引:"山谷言文章必谨布置……盖变体如行云流水,初无定质,出于精微,夺乎天造,不可以形器求矣。然要之以正体为本,自然法度行乎其间。譬如用兵,奇正相生。初若不知正而径出于奇,则纷然无复纲纪,终于败乱而已矣。"①黄庭坚指导学诗青年由具体诗家法度入手,诗有"变体""正体"之别,变体"如行云流水,初无定质",几乎"天造"而非人工,因此不可学;故而他主张初作诗者当由正体入门,因为"自然法度行乎其间",有法可循,又"奇正相生",由正入变。倘若由"变体"即"奇"入门,则"譬如用兵","纷然无复纲纪,终于败乱而已矣"。黄庭坚《跋元圣庚清水岩记》云:"因圣庚论好奇履险故,发予之狂言。"②这里的"奇""险"均属变体,故而他对元圣庚"好奇履险"公开提出批评。陈师道也说:"善为文者,因事以出奇。江河之行,顺下而已。至其触山赴谷,风搏物激,然后尽天下之变。子云惟好奇,故不能奇也。"③他认为"因事以出奇",才能达到新变;为奇而奇,反而不能奇,因此反对刻意为奇。进入创作,黄庭坚又告诫青年诗人说:"但始学诗,要须每作一篇,辄须立一大意,长篇须曲折三致焉,乃为成章尔。"④"凡作一文,皆须有宗有趣,终始关键,有开有阖,如四渎虽纳百川,或汇而为广泽,汪洋千里,要自发源注海耳。"⑤动笔之前,须构思立意,它是诗歌创作成败之关键;"大意"既立,写作起来才能"有开有阖";创作长篇诗,还须"曲折三致焉",具体讲,作品的开头、中间与结尾都要点题,即始终围绕所立之意才能既结构紧密又避免离题。

指导青年诗人学诗,黄庭坚推出了师法的典范——杜甫。陈师道《后山诗话》云:"学诗以子美为师,有规矩故可学。退之于诗,本无解处,以才高而好尔。渊明不为诗,写其胸中之妙尔。学杜不成,不失为工。无

---

① 范温:《潜溪诗眼》,郭绍虞辑《宋诗话辑佚》卷上,中华书局1980年版,上册,第323~325页。
② 黄庭坚:《跋元圣庚清水岩记》,《文津阁四库全书》第372册,第256页。
③ 王世贞:《艺苑卮言》卷一引,丁福保辑《历代诗话续编》,中华书局1983年版,中册,第958页。
④ 《论作诗文》,《文津阁四库全书》第372册,第358页。
⑤ 黄庭坚:《答洪驹父书二》,《文津阁四库全书》第372册,第225页。

韩之才与陶之妙，而学其诗，终为乐天尔。"① 黄庭坚《赠高子勉四首》其四云："拾遗句中有眼，彭泽意在无弦。"② 指出韩愈诗之才、陶渊明诗之妙不可学；杜甫诗"句中有眼"——有句法可循，"有规矩故可学"。黄庭坚在《论作诗文》中指导青年诗人："作诗句要须详略，用事精切，更无虚字也。如老杜诗，字字有出处，熟读三五十遍，寻其用意处。则所得多矣。"③《跋高子勉诗》云："高子勉作诗以杜子美为标准，用一事如军中之令，置一字如关门之键，而充之以博学，行之以温恭，天下士也。"④《答王子飞书》云："陈履常正字，天下士也。读书如禹之治水，知天下之络脉，有开有塞。而至于九川涤源、四海会同者也。其作诗渊源得老杜句法，今之诗人，不能当也。至于作文，深知古人之关键，其论事，救首救尾，如常山之蛇，时辈未见其比。"⑤ 即指导青年诗人学杜从其字法句法入手，并以陈师道作为"作诗渊源得老杜句法"的学习范例，认为他"深知古人之关键"、文章之脉络。以此引导青年进入学诗的初阶。

青年诗人在师法杜诗的初学阶段，最容易犯的毛病就是雕琢痕迹明显。黄庭坚在回复青年诗人王观复的书信中指出，他"所寄诗多佳句，犹恨雕琢功多耳"，要求他"但熟读杜子美到夔州后古律诗，便得句法：简易而大巧出焉，平淡而山高水深，似欲不可企及。文章成就，更无斧凿痕，乃为佳作耳"⑥；告诫他："好作奇语，自是文章病，但当以理为主，理得而辞顺，文章自然出群拔萃。观杜子美到夔州后诗、韩退之自潮州还朝后文章，皆不烦绳削而自合矣。"⑦《与王庠周彦书》云："所寄诗文，反复读之，如对谈笑也。意所主张甚近古人，但其波澜枝叶不若古人耳。意亦是读建安作者之诗与渊明、子美所作未入神尔。"⑧ 陈师道《次韵答秦少章》云："学诗如学仙，时至骨自换。缥缈鸿鹄上，众目焉能玩。"⑨《宋金元文学批评史》指出："这里说的是诗人经历长期的艰苦人格学问

---

① 《后山诗话》，《历代诗话》上册，第304页。
② 黄庭坚：《赠高子勉四首》其四，《黄庭坚诗集注》第2册，第574页。
③ 《论作诗文》，《文津阁四库全书》第372册，第358页。
④ 黄庭坚：《跋高子勉诗》，《山谷题跋》卷二，第53页。洪炎评价黄庭坚："凡句法置字律令，新新不穷，增出增奇，所谓包曹、刘之波澜，兼陶、谢之字量，可使子美分座，李白却行者耶！"（《豫章黄先生退听堂录序》，《山谷诗注续补》第609页）此评太过。
⑤ 黄庭坚：《答王子飞书》，《文津阁四库全书》第372册，第224页。
⑥ 黄庭坚：《与王观复书二》，《文津阁四库全书》第372册，第225页。
⑦ 黄庭坚：《与王观复书一》，《文津阁四库全书》第372册，第225页。
⑧ 黄庭坚：《与王庠周彦书》，《文津阁四库全书》第372册，第224页。
⑨ 陈师道：《次韵答秦少章》，北京大学古文献研究所编《全宋诗》卷一一一四，北京大学出版社1995年版，第19册，第12652页。

修养、创作锻炼，一旦功夫成熟，自然发生飞跃而通悟艺术规律的过程，这是一个从渐进（时至）到质变（换骨）的过程。正如学道者长期苦修而一旦羽化登仙，能够如鸿鹄那样自由翱翔于无限青冥。……故本诗的'换骨'不同于黄庭坚所谓'不易其意而造其语'的'换骨法'，而是指黄氏所揭示的'杜子美到夔州后诗、韩退之自潮州还朝文章，皆不烦绳削而自合'的境界。"① 可见，陈师道所追求诗歌的艺术至境也是"不烦绳削而自合"，与黄庭坚一致。

周紫芝《见王提刑》载："具茨（晁冲之），太史黄公客也。具茨一日问：'作诗法度，向上一路如何？'山谷曰：'如狮子吼，百兽吞声。'他日又问，则曰：'识取关捩。'具（茨）谓鲁直接引后进，门庭颇峻，当令参者自相领解。"② 青年诗人晁冲之向黄庭坚请教作诗法度，如何才能取得明显的进步效果，黄庭坚回答"识取关捩"。"关捩"，能转动的机械装置，比喻原理、道理。按晁冲之的体悟，"当令参者自相领解"，即诗之原理或诗之法式，不能蹈袭因循、胶柱鼓瑟，要参解领悟，实际上就是灵活掌握作诗法度的"活法"思想，即师法前人既要遵守法度，又不要为规矩所囿，最后要超越法度。范温《潜溪诗眼》载："山谷言学者若不见古人用意处，但得其皮毛，所以去之更远。……故学者要先以识为主，如禅家所谓正法眼者。直须具此眼目，方可入道。"③ 这则记载可与前则材料对读。李颀《古今诗话》引："《名贤诗话》云：黄鲁直自黔南归，诗变前体。且云：须要唐律中作活计，乃可言诗。以少陵渊蓄云萃，变态百出，虽数十百韵，格律益严。盖操制诗家法度如此。"④ "作活计"，"活法"之谓也。他以杜诗为例，"格律益严"即谨守法度；"变态百出"即超越法度——进入了随心所欲、姿态横生的创作自由境界。这才是黄庭坚所谓"诗家法度"即"活法"。

黄庭坚指导青年诗人以杜甫为师，但它只是学诗的初阶，进入作诗门径之后，又主张学杜而不为，通过刻苦练习、反复实践、仔细琢磨，待艺术技巧娴熟后，超越诗歌法度，达到陶渊明"意在无弦"的自由挥洒的艺术境界，即无意为诗而自工的艺术境界。何谓"无弦"？朱惠国认为："'无弦'在诗境上指一种'言外之旨'，而在诗歌形式技巧上是指没有人

---

① 《宋金元文学批评史》上册，第215页。
② 周紫芝：《太仓稊米集》卷五十七《见王提刑》，《景印文渊阁四库全书》第1141册，第423页。
③ 《潜溪诗眼》，《宋诗话辑佚》卷上，上册，第317页。
④ 李颀：《古今诗话》，《宋诗话辑佚》卷上，上册，第266页。

工雕琢之痕迹，也即是充分自然化；是技巧达到高度娴熟之后的返朴归真，化极度绚烂于平淡，完全达到一种自然、恬然的程度。这是一种自然化的复归，庄子称为大巧，这种大巧正是黄庭坚所追求的审美理想。"①黄庭坚《题意可诗后》云："宁律不谐，而不使句弱；用字不工，不使语俗，此庾开府之所长也，然有意于为诗也。至于渊明，则所谓不烦绳削而自合。虽然，巧于斧斤者多疑其拙，窘于检括者辄病其放。……渊明之拙与放，岂可为不知者道哉！……说者曰：若以法眼观，无俗不真；若以世眼观，无真不俗。渊明之诗，要当与一丘一壑者共之耳。"②简而言之，"无弦"即"不烦绳削而自合"的艺术化境。黄庭坚《书陶渊明诗后寄王吉老》又云："血气方刚时，读此诗如嚼枯木；及绵历世事，如决定无所用智，每观此篇，如渴饮水，如欲寐得啜茗，如饥啖汤饼。今人亦有能同味者乎？但恐嚼不破耳！"③从这里可以看出，在黄庭坚看来，要达到"彭泽意有无弦"的艺术境界，除了超越"诗家法度"而领悟"活法"秘诀外，"绵历世事"即生活的磨难、深厚的阅历是不可或缺的先决条件。陈师道《绝句》云："此生精力尽于诗，末岁心存力已疲。不共卢王争出手，却思陶谢与同时。"④他推崇陶渊明，与黄庭坚一致。

（四）便于操作的创作方法

1. 点铁成金，夺胎换骨

黄庭坚《答洪驹父书》："自作语最难。老杜作诗，退之作文，无一字无来处。盖后人读书少，故谓韩、杜自作此语耳。古之能为文者，真能陶冶万物，虽取古人之陈言入于翰墨，如灵丹一粒，点铁成金也。"⑤黄庭坚指导学诗青年熟参前人作品，一是从中汲取人格力量，陶冶情性；一是援引或点化前人诗句，以达到推陈出新的审美效果。他认为杜甫诗歌、韩愈散文之所以取得高度的艺术成就，其成功秘诀之一就是读书多，包括广泛阅读前人作品，故作诗作文"无一字无来处"。这话说得过头了，不符合杜诗韩文的创作实际，因此历来遭人诟病。但对于学诗初阶的青年来说，"自作语最难"倒是中肯语。因为任何文学的传承都有一个积淀过程，

---

① 朱惠国：《论黄庭坚的创作思想及其渊源》，《江西社会科学》1994 年第 11 期。
② 黄庭坚：《题意可诗后》，《山谷题跋》卷二，第 46～47 页。
③ 黄庭坚：《书陶渊明诗后寄王吉老》，《山谷题跋》卷七，第 192 页。
④ 陈师道：《绝句》，《全宋诗》卷一一一六，第 19 册，第 12671 页。
⑤ 《答洪驹父书三》，《文津阁四库全书》第 372 册，第 225 页。

前人的创作创造了许多经典的意象、优美的意境、丰富的词汇、生动的语言，如果后人无视这笔珍贵的文学遗产，任何凭空杜撰、另起炉灶的做法都是举步维艰的，任何创新都将事倍功半。因为只有在充分掌握前人文学遗产的基础上，才能避免重复劳动，才能化腐朽为神奇，才能推陈出新。如何推陈出新，黄庭坚提出了"点铁成金"的诗歌创作方法，即对"古人陈言"进行改造，从而达到生新的审美效果。

释惠洪《冷斋夜话》卷一载："山谷云：'诗意无穷，而人之才有限。以有限之才，追无穷之意，虽渊明、少陵不得工也。然不易其意而造其语，谓之换骨法；窥入其意而形容之，谓之夺胎法。'"① 按"不易其意而造其语""窥入其意而形容之"理解，所谓"换骨法""夺胎法"，均指在不改变前人诗意的前提下用自己的语言来表达，不同之处在于，前者侧重个别诗句。如，张镃《仕学规范》卷四十云："诗家有换骨法，谓用古人意而点化之，使加工也。……刘禹锡云：'遥望洞庭山翠色，白银盘里一青螺。'山谷点化之，云：'可惜不当湖水面，银盘堆里看青山。'孔稚圭《白苎歌》云：'山虚钟响彻。'山谷点化之，云：'山谷响莞弦。'卢仝诗云：'草石是亲情。'山谷点化之，云：'小山作友朋，香草当姬妾。'学诗者不可不知此。"② 后者就作品的整体构思立意而言，与韩愈提出师法古人作品"师其意，不师其辞"③之意相近。如杜甫《存殁口号二首》其二："郑公粉绘随长夜，曹霸丹青已白头。天下何曾有山水，人间不解重骅骝。"原注："高士荥阳郑虔，善画山水。曹霸，善画马。"仇兆鳌释："此谓郑殁而曹存也。郑虔既亡，世更无山水之奇。曹霸虽存，人谁识骅骝之价乎？一伤之，一惜之也。"④ 黄庭坚《病起荆江亭即事十首》其八："闭门觅句陈无己，对客挥毫秦少游。正字不知温饱未，西风吹泪古藤州。"⑤ 谓陈师道闭门苦吟，字斟句酌；秦观才思敏捷，一挥而就。陈师道正做着秘书省正字小官，家境很贫寒，不知温饱否；秦观已在藤州（今广西省藤县）病逝，秋风把我的伤悼之泪吹到那里。黄诗显然模仿杜诗写法，分别写一存一殁的朋友。这种模仿的作诗方法——其实就是一首诗的

---

① 释惠洪：《冷斋夜话》卷一，李保民校点，《历代笔记小说大观·宋元笔记小说大观》，上海古籍出版社2001年版，第2册，第2171页。
② 张镃：《仕学规范》卷四十，《景印文渊阁四库全书》第875册，第201页。
③ 韩愈：《答刘正夫》，马其昶校注，马茂元整理《韩昌黎文集校注》，上海古籍出版社1986年版，第207页。
④ 杜甫著，仇兆鳌注：《杜诗详注》卷十六，中华书局1979年版，第3册，第1452页。
⑤ 黄庭坚：《病起荆江亭即事十首》其八，《黄庭坚诗集注》第2册，第520页。

整体艺术构思，对于作诗的初学者来说，无疑是一个便于操作并行之有效的方法。

通过上述具体例证，我们辨析了"换骨法"与"夺胎法"的区别。但是"换骨法"与"点铁成金"法又有何不同呢？"换骨法"指"不易其意而造其语"，可理解为不改变所化用诗句原意而自铸伟词；"点铁成金"法，指"古之能为文者，真能陶冶万物，虽取古人之陈言入于翰墨，如灵丹一粒，点铁成金也"，当理解为点化前人诗句而不易其意。如此，"换骨法"与"点铁成金"法似乎没有明显的区别。陈模云："作诗，以不用其辞为夺胎体，不用其意为换骨体。"① 照此解释，"换骨法"即化用前人诗句而"不用其意"。这样一来，"换骨法"与"点铁成金"法之异同便清晰起来：陶冶"古人之陈言入于翰墨"而"造其语"——点化前人诗句换成自己的话来表达，为二者之同；"不用其意"与"不易其意"为二者之异。

对于黄庭坚提出的这一诗歌创作方法，金代的王若虚却提出严厉的批评，他说："鲁直论诗，有夺胎换骨、点铁成金之喻，世以为名言，以予观之，特剽窃之黠者耳。"② 由于王若虚的批评过于苛刻，20 世纪 80、90 年代，学术界莫砺锋、周裕锴、吴调公、邱俊鹏、张晶、杨庆存等学者相继为"夺胎换骨""点铁成金"正名。张晶说："'点铁成金''夺胎换骨'的方法，目的在于以熟取生，在人们所熟悉的意象之中翻新出奇，造成崭新的境界。援用前人之语却又另立新意。对于欣赏者来说，前人之语所生成的审美表象本来是熟悉的，但经过诗人点化陶钧，改变了原来陈熟的意象，而生成新的意象。这种熟中取生的方法，尤能引起人们的审美兴趣。"③ 杨庆存则说："黄庭坚的'点铁成金''夺胎换骨'说，虽是教人作诗，示人门径，但它有着深厚的理论渊源和坚实的实践基础。既体现了悠久的历史传统，又反映了广阔的文学创作现实。已触及到或揭示了古代文学创作中普遍存在的一条艺术规律，影响所及远远超出了诗歌的范围。"④

---

① 陈模撰，郑必俊校注：《怀古录校注》卷下，中华书局 1993 年版，第 87 页。
② 王若虚：《滹南诗话》卷三，《历代诗话续编》上册，第 523 页。
③ 张晶：《因难见巧：黄庭坚的诗美追求》，《辽宁师范大学学报》（社会科学版）1988 年第 2 期。
④ 杨庆存：《黄庭坚"点铁成金""夺胎换骨"说新论》，《齐鲁学刊》1992 年第 1 期。

2. 以俗为雅，以故为新

黄庭坚《再次韵（杨明叔）并引》："盖以俗为雅，以故为新。百战百胜，如孙吴之兵，棘端可以破镞；如甘蝇飞卫之射，此诗人之奇也。"① 任渊指出黄庭坚"盖其学该通乎儒、释、老、庄之奥，下至于医、卜、百家之说，莫不尽摘其英华，以发之于诗"②；卫宗武谓黄庭坚"盖其于经子传记、历代诗文，以至九流百家、稗官野史，靡不诵阅，腹之所贮，手之所集，殆成笥而充栋矣。肆而成章，皆英华膏馥之所流溢，而尤善于用，故自不得不喜也"③；刘克庄云："豫章稍后出，会萃百家句律之长，究极历代体制之变，搜猎奇书，穿穴异闻，作为古、律，自成一家，虽只字半句不轻出，遂为本朝诗家宗祖。"④ "儒释老庄""经子传记""历代诗文"属于"故"的范畴；"医卜""九流百家""稗官野史""奇书""异闻"则属于"俗"的范畴。"以俗为雅，以故为新"的创作方法，据陈师道《后山诗话》载，最早由梅尧臣提出："闽士有好诗者，不用陈语常谈。写投梅圣俞，答书曰：'子诗诚工，但未能以故为新，以俗为雅尔。'"⑤ 但据赵翼《瓯北诗话》引，黄庭坚云："昔得此秘于东坡，今举以相付。"⑥ 苏轼《题柳子厚诗二首》其二云："诗须要有为而作，用事当以故为新，以俗为雅。"⑦

宋代是一个文化繁荣的朝代，也是一个诗歌追求雅化的时代。黄庭坚学识渊博，才华富赡，这是他"以才学为诗"的资本。赵翼云："山谷则书卷比坡更多数倍，几于无一字无来历；然专以选材庀料为主，宁不工而不肯不典，宁不切而不肯不奥。"⑧ 陈长方《步里客谈》卷下云："章叔度宪云：'每下一俗间言语，无一字无来历。'此陈无己、黄庭坚作诗法也。"⑨ "以俗为雅，以故为新"："俗"指俚俗语、街巷语、村野语等，既来自书本，也来自现实生活；"故"指典故、陈言等书本材料和前人作品。

---

① 黄庭坚：《再次韵杨明叔并引》，《黄庭坚诗集注》第 2 册，第 441 页。
② 任渊：《黄陈诗集注序》，《黄庭坚诗集注》第 1 册，第 1 页。
③ 卫宗武：《秋声集》卷五《林丹岩吟编序》，《景印文渊阁四库全书》第 1187 册，第 705 页。
④ 刘克庄：《江西诗派小序》，《历代诗话续编》上册，第 478 页。
⑤ 《后山诗话》，《历代诗话》上册，第 314 页。
⑥ 赵翼：《瓯北诗话》卷十一，霍松林、胡主佑校点，人民文学出版社 1963 年版，第 168 页。
⑦ 苏轼：《题柳子厚诗二首》其二，许伟东注释《东坡题跋》卷二，人民美术出版社 2008 年版，第 127 页。
⑧ 《瓯北诗话》卷十一，第 168 页。
⑨ 陈长方：《步里客谈》卷下，《景印文渊阁四库全书》第 1039 册，第 404 页。

"以俗为雅，以故为新"在前人创作实践中实际上已有运用，杜甫就是一个典范。黄庭坚认为诗歌创作中适度地运用"俗"反而会收到"雅"的效果；点化或改造典故、陈言也可能达到"生新"的"奇特"效果。它揭示了诗歌创作中雅与俗、故与新可以互相转化的辩证关系，应该说触及文艺创作中某些规律性的经验，但是他将这种创作方法推至"百战百胜"的普遍有效高度，则未免走向极端化。

（五）"温柔敦厚"的诗教与传达策略

黄庭坚《书王知载〈朐山杂咏〉后》云：

> 诗者，人之情性也，非强谏争于廷，怨忿诟于道，怒邻骂坐之为也。其人忠信笃敬，抱道而居，与时乖逢，遇物悲喜，同床而不察，并世而不闻，情之所不能堪，因发于呻吟调笑之声，胸次释然，而闻者亦有所劝勉。比律吕而可歌，列干羽而可舞，是诗之美也。其发为讪谤侵陵，引颈以承戈，披襟而受矢，以快一朝之忿者，人皆以为诗之祸，是失诗之旨，非诗之过也。①

黄庭坚认为，一个怀抱"忠信笃敬"之道而处世者，生不逢时，怀才不遇，悲喜之情却不形之于色，故不被身边的人觉察，甚至一辈子也不为人知；感受到不可抗拒的社会矛盾，以调侃的方式用诗歌表现出来，这样，对于自己，心中不平之情得以释放，对于他人则起到劝勉作用。这样的诗歌就能披之管弦，载歌载舞，这就是"诗之美"。他反对以诗"强谏争于廷，怨忿诟于道""怒邻骂坐""讪谤侵陵"，认为如此就等于"引颈以承戈，披襟而受矢"，尽管宣泄了心中的怨愤之情，那只是图一时之痛快，结果招致祸患，这就是"诗之祸"！"失诗之旨"即失儒家"温柔敦厚"的诗教。他在《与王周彦长书》中说："周彦之为文，欲温柔敦厚，孰先于《诗》乎？疏通知远，孰先于《书》乎？……读其书而诵其文，味其辞，涵泳容乎渊源精华，则将沛然决江河而注之海，畴能御之。"②

"温柔敦厚"始见于《礼记·经解》："孔子曰：'入其国，其教可知也。其为人也，温柔敦厚，《诗》教也。'"③ 蒋凡解释说："'温'，颜色

---

① 《书王知载〈朐山杂咏〉后》，《山谷题跋》卷二，第48页。
② 黄庭坚：《与王周彦长书》，《黄庭坚选集》，第406页。
③ 阮元校刻：《十三经注疏》，中华书局1980年影印本，下册，第1609页。

温润如玉,指诗歌外现的光彩;'柔',指'情性和柔',是性格和外在风貌;而'敦厚'则是内容充实、思想深邃、质地浑厚的样子。综合言之,'温柔敦厚'的艺术原则,指的是充实、浑厚而深刻的内容,通过温润柔和的艺术风貌,来加以委婉曲折地表现。"①"温柔敦厚"托言于孔子,但没有人批评孔子,黄庭坚倡导诗歌"温柔敦厚"的传达方式,却为人诟病。黄彻针锋相对地说:"余谓怒邻骂坐固非诗本指……谓不可谏诤,则又甚矣,箴规刺诲,何为而作!古者帝王尚许百工各执艺事以谏,诗独不得与工技等哉!故谲谏而不斥者,惟《风》为然。……忠臣义士,欲正君定国,惟恐所陈不激切,岂尽优柔婉晦乎?"② 我认为委婉其辞的批评较直接的批评更见效,特别在当时的政治环境下,苏轼因"乌台诗案"险些送了性命。前事不忘,后事之师。作为"苏门四学士"之一的黄庭坚,不得不正视这一严酷的现实,收敛起诗歌直接批评现实的锋芒,并告诫后学:"东坡文章妙天下,其短处在好骂,慎勿袭其轨也。"③ 陈师道也指出:"苏诗始学刘禹锡,故多怨刺,学不可不慎也。"④ 黄庭坚《胡宗元诗集序》云:

夫寒暑相推,草木与荣衰焉。庆荣而吊衰,其鸣皆若有谓,候虫是也;不得其平,则声若雷霆,涧水是也;寂寞无声,以宫商考之,则动而中律,金石丝竹是也。惟金石丝竹之声,《国风》《雅》《颂》之言似之;涧水之声,楚人之言似之;至于候虫之声,则末世诗人之言似之。⑤

它描述了"末世诗人之言""楚人之言"和"《国风》《雅》《颂》之言"的不同特征,分别以"候虫之声""涧水之声""金石丝竹之声"来形容,即是说三者的共同点都是"不得其平"而"皆有所谓"之鸣。这一观点本自韩愈"不平则鸣"说,但黄庭坚不是笼统地接受这一观点,而是对它做了具体细致的分辨。他认为,无论是末世诗人的作品还是"楚辞",其传达的不平之鸣,虽非无病呻吟,但共同的弱点是:或如庆荣而吊衰的候虫之声,或如涧水遇不平而声若雷霆,只是出于某种生物本能或自然之

---

① 《中国诗学大辞典》,第 4 页。
② 黄彻:《䂬溪诗话》卷十,《历代诗话续编》上册,第 395 页。
③ 《答洪驹父书二》,《文津阁四库全书》第 372 册,第 225 页。
④ 《后山诗话》,《历代诗话》上册,第 306 页。
⑤ 黄庭坚:《胡宗元诗集序》,《文津阁四库全书》第 372 册,第 212 页。

性,一流于哀伤沉细,一失之慷慨激越,均走向极端,都是未经艺术过滤和审美整合的产物,所以均失诗"温柔敦厚"之旨而不可取。显然三者之中,黄庭坚倡导的是《国风》《雅》《颂》式的传达方式,它虽然"寂寞无声",却"动而中律",具有"金石丝竹"之声的中和美。对"寂寞无声",黄庭坚这样描述:"士有抱青云之器,而陆沉林皋之下,与麋鹿同群,与草木共尽,独托于无用之空言,以为千岁不朽之计。谓其怨邪,则其言仁义之泽也;谓其不怨邪,则又伤己不见其人。然则其言,不怨之怨也。"① 即怀才不遇以至寂寞终身之士,与动物同群,与植物为伍,生命极其卑微,不为人知,没世无闻。但不以物喜,不以己悲;愤世嫉俗却不露锋芒,以抱虚守静之怀,独托之于山水草木意象,用仁义温和之语,委婉间接地传达出来,因此它符合《国风》《雅》《颂》的"兴托高远"。具体来说,不为世用的忿怨,却以皇帝恩赐于己而免于仕途劳顿之言出之。从接受者来说,诗歌似怨而不怒,却又让人分明感到诗人的不平之气;从传播来看,诗人可以避祸全身,诗歌也可免遭禁毁而流传于后世。这一策略可谓"千秋不朽之计"。黄庭坚这一诗学观还体现于他对青年诗人的评价:"足下之诗,兴托高远。不犯世故之锋,永怀喜怨,郁然类骚。想见足下岂(恺)悌于学问,故顷追韵写意于无能之辞,虽仰高尚友,发于呻吟而文章闇昧,不敢以过雷门不谓尧民。"② 所谓"不犯世故之锋""发于呻吟而文章闇昧",并非逃避现实、取消对时政的针砭,而是主张讲究"兴托高远"的避祸策略。

黄庭坚谨守儒家"温柔敦厚"诗教,倡导"情之所不能堪"、以诗歌"发于呻吟调笑之声"即"寓庄于谐"的方式传达出来,在特定的时期既有其妥协性,也是一种明哲保身的权宜之计。然而,残酷的现实是,宋徽宗崇宁二年(1103),奸相蔡京一手制造"党禁",将苏轼、黄庭坚等三百零九人列入"元祐奸党碑"。宣和六年(1124)十月又下诏:"有收藏习用苏、黄之文者,并令焚毁,犯者以大不恭论。"③ 在这次"学禁"中,黄庭坚的诗文集与苏轼的诗文集一样,均未逃脱被禁毁的劫难。

---

① 《胡宗元诗集序》,《文津阁四库全书》第372册,第212页。
② 黄庭坚:《答晁元忠书》,《文津阁四库全书》第372册,第223页。
③ 脱脱等:《宋史》卷二十二,中华书局2000年版,第1册,第276页。

二、北宋时期江西诗学之反思

北宋时期的黄庭坚，不仅在诗歌创作上代表宋诗的风范，在诗歌理论与批评上也颇有建树，它涉及对诗歌本体特征的认知，诗美诗祸，治心养性与诗歌格韵，博览群书与领悟，篇章结构、夺胎换骨、点铁成金、以俗为雅、以故为新、传达策略等系列诗法，建构了比较完整的宋代诗学体系，对当时及后世均产生了重大影响。由于黄庭坚诗歌与唐诗异趣，加上他作诗有诗论为指导，特别是自吕本中撰《江西宗派图》提出"江西宗派"之后，北宋时期已开始对黄庭坚为代表的江西诗学进行知性反思。

（一）江西宗派形成之背景

宋初诗坛仍然沿袭晚唐五代诗风，方回认为宋初"诗有白体、昆体、晚唐体"①，即效法白居易诗风的白体，模仿贾岛、姚合诗风的晚唐体，专学李商隐诗歌艺术的西昆体。欧阳修登上诗坛，高举诗文革新旗帜，矫正晚唐五代诗风，扭转西昆体脱离现实的倾向，倡导平易诗风。王安石以政治家的姿态，重视诗歌的实际功用，述志议论，开始了宋调。苏轼主持文坛，才情横溢，不主故常，挥洒自如，开创了宋诗全新的面貌。黄庭坚步入元祐诗坛，鉴于当时干预现实易招祸患的严酷的政治气候，转向以书斋生活为主要题材、以才学为诗的倾向突出，书卷气息浓厚，形成了与"以丰神情韵擅长"的唐诗"体格性分之殊"的"以筋骨思理见胜"的宋诗之特质②，成为宋诗风范的体现者。

作为宋初太平时期的宰相晏殊，政治地位显赫，喜荐拔人才，史称范仲淹、韩琦、富弼皆出其门，欧阳修、梅尧臣等都受到他的器重。欧阳修以诗文革新运动领袖与一代名臣的双重身份入主文坛，团结同道、奖掖后进，支持尹洙、梅尧臣、苏舜钦，引荐苏洵、王安石，擢拔苏轼兄弟和曾巩。晏殊、欧阳修均为江西人，这种主盟文坛、提携后进的地缘风尚，不能不潜移默化地影响到乡人黄庭坚，逐渐内化为他欲引领一代诗潮的情

---

① 方回：《送罗寿可诗序》，李修生主编《全元文》，江苏古籍出版社1998年版，第7册，第51页。

② 钱锺书：《谈艺录》（补订本），中华书局1984年版，第2页。

结。但是黄庭坚不具备晏、欧政治家的资历和地位，他只有比较丰富的诗歌创作之艺术经验资源可沾溉后学。他开拓的迥异于唐诗特质的宋诗风貌，即是欧阳修倡导的诗文革新的践行。苏轼为宋代文学巨匠，他的影响力使许多青年作家纷纷聚集在他周围，黄庭坚、张耒、晁补之、秦观，合称"苏门四学士"，加上陈师道、李廌，又合称"苏门六君子"。直接或间接受其影响者还有李格非、李之仪、唐庚、张舜民、孔平仲、贺铸等。苏轼这种聚集门下士、指点后进的风范，无疑对黄庭坚传宗立派有着直接的影响。由于苏轼属于才华横溢的天才型文人，因此追随者难以仿效。黄庭坚在诗歌成就上堪与苏轼齐名，但自成一家，呈现出宋诗拗涩瘦硬的独特风貌。他不仅在诗歌创作上为青年诗人示范，在诗歌理论上也为青年诗人指出了便于操作的具体诗法，指明了循序渐进的学诗路径，故而受到众多青年诗人的追随。据王立之《王直方诗话》记载，黄庭坚常与青年诗人在王立之家中聚会，交流心得、切磋诗艺、指点后学。陈师道在《赠鲁直》诗中明确表示"陈诗传笔意，愿立弟子行"①；洪氏兄弟、李彭等青年诗人，皆从其游。后来，陈师道脱颖而出，与黄庭坚并称"黄陈"。于是一个以黄、陈为核心的诗歌流派，在北宋这样一个政治、文化背景下逐渐形成。宋徽宗初年，吕本中于是作《江西宗派图》，尊黄庭坚为诗派之祖，下列陈师道等二十五人。

  关于《江西宗派图》的争议：一是其所列二十五人，一大半成员只有零星的作品留存；② 其次是其名单的取舍序次比较随意。这便引发了对吕本中撰此书时间的讨论，一种意见认为作于南宋初年，一种意见认为系作者少年戏作。③ 二是招致对《江西宗派图》的异议："居仁此图之作，选择弗精，议论不公。"④ 三是引起了诗界对江西诗尤其是黄庭坚诗歌的高度关注。关于江西宗派的说法，杨万里《江西宗派诗序》云："江西宗派诗者，诗江西也，人非皆江西也。人非皆江西，而诗曰江西者何？系之也。系之者何？以味不以形也。"⑤《江西宗派图》所列诗人群体，并非都是江西人，只有黄庭坚及宗派中的二谢等十一人是江西人，他们之所以能

---

① 陈师道：《赠鲁直》，《全宋诗》卷一一一七，第19册，第12696页。
② 胡仔指出：《江西宗派图》"所列二十五人，其间知名之士，有诗句传于世，为时所称道者，止数人而已，其馀无闻焉，亦滥登其列。"（《渔隐丛话前集》卷四十八，《景印文渊阁四库全书》第1480册，第314页）
③ 参见谢思炜：《吕本中与江西宗派图》，《文学遗产》1985年第3期。
④ 《渔隐丛话前集》卷四十八，《景印文渊阁四库全书》第1480册，第314页。
⑤ 杨万里：《诚斋集》卷八十《江西宗派诗序》，《景印文渊阁四库全书》第1161册，第77页。

够结成同一个诗派，理由有二：一是由于此派之祖黄庭坚系江西修水人而以"江西"冠以宗派之名；二是"以味不以形"系之，即诗派成员在题材取向和风格倾向上都比较相近。据此，宋末元初的方回尊杜甫为祖，并增陈与义为宗者，进而提出了江西诗派的"一祖三宗"之说："古今诗人当以老杜、山谷、后山、简斋四家为一祖三宗，馀可预配飨者有数焉。"①吕氏、方氏的意图是，欲通过对江西诗派"诗统"说的进一步完善，扩大江西诗派的门户，并以此来说明江西派诗是对唐诗的继承与发扬，与诗统一脉相承，从而确立江西诗派的正统地位。以上种种文学文化行为充分表明：江西诗派的客观存在以及影响所及，不能不引起诗界的瞩目，学人们再也不能无动于衷、沉默不言了。

（二）江西诗学理论之反思

黄庭坚认为诗歌是吟咏情性的，而不宜谏争时政、发泄怨忿、怒邻骂坐。遇到现实矛盾，"情之所不能堪"，则"发于呻吟调笑之声"，即以调侃的方式传达出来，于己"胸次释然"，于人"亦有所劝勉"，如此堪称不失"温柔敦厚"之旨的"诗之美"②。否则招致祸患，便是咎由自取了。黄彻首先对黄庭坚这一诗学观提出异议，他说：

> 山谷云："诗者，人之性情也，非强谏争于庭，怨詈于道，怒邻骂坐之所为也。"余谓怒邻骂坐固非诗本指，若《小弁》亲亲，未尝无怨；《何人斯》（案：应是《巷伯》）"取彼谮人，投畀豺虎"，未尝不愤。谓不可谏争，则又甚矣。箴规刺诲，何为而作！古者帝王尚许百工各执艺事以谏，诗独不得与工技等哉！故谲谏而不斥者，惟《风》为然。如《雅》云："匪面命之，言提其耳。""彼童而角，实讧小子。"忧心惨惨，念国之为虐，乱匪降自天，生自妇人，忠臣义士，欲正君定国，惟恐所陈不激切，岂尽优柔婉晦乎？故乐天《寄唐生》诗云："篇篇无空文，句句必尽规。"③

他认为《诗经》"十五国风"中就有不少"怨""愤"之作；"箴规刺诲""所陈激切"是《诗经》风雅以来的谲谏传统。确乎如此，早在汉代，

---

① 《瀛奎律髓》卷二十六《评陈简斋〈清明〉》，《瀛奎律髓汇评》中册，第1149页。
② 《书王知载〈朐山杂咏〉后》，《山谷题跋》卷二，第48页。
③ 《䂬溪诗话》卷十，《历代诗话续编》上册，第395页。

《毛诗序》就做了理论总结："上以风化下，下以风刺上，主文而谲谏，言之者无罪，闻之者足以戒，故曰风。"① 后来白居易直接继承了《诗经》这一讽谏传统，倡导新乐府运动，其早期所作的政治讽谕诗《秦中吟》和《新乐府》等，用他自己的话来说，尽量做到"篇篇无空文，句句必尽规"②，思想倾向鲜明，对当时的社会问题做了比较深刻的揭露和批判。在此我们不能说黄彻的看法不妥，问题在于我们应当考察黄庭坚提出这一诗学观的时代背景。宋哲宗绍圣元年（1094），黄庭坚因修《神宗实录》被御史刘拯奏以"窜易增减，诬毁先烈"③ 的罪名贬官涪州别驾，黔州安置。哲宗元符元年（1098）六月，黄庭坚抵戎州，八月作此题跋。在此之前的宋神宗元丰二年（1079）七月，权御史中丞何正臣、舒亶、李定，国子博士李宜之等奏称知湖州苏轼以诗文讪谤朝政；八月，苏轼自湖州召回，下御史台狱勘问；十二月，苏轼责授水部员外郎充黄州（今湖北省黄冈市）团练副使，本州安置，史称此案为"乌台诗案"。哲宗绍圣初，苏轼又以为文讥斥先朝的罪名，远谪惠州（今广东省惠阳区）、儋州（今海南省儋州市）。可见，黄庭坚这一诗学观，是在自己与老师遭遇文字之祸的惨痛教训后提出来的。我们应该看到，江州之贬后的白居易，"或退公独处，或移病闲居，知足保和"④，创作了一百首"吟玩情性"的闲适诗，逃避现实，思想转为消极，已难觅他早期讽谕诗"意激而言质"的战斗锋芒和批判精神了。黄庭坚尽管被后世批评"取消了诗歌的战斗性，其结果必然要走上脱离现实、片面追求艺术技巧的道路，偏离了诗文革新运动的方向"⑤，但终其一生，黄庭坚的仕途坎坷以至死于贬所均系于文字之祸。

《冷斋夜话》卷一载："山谷云：诗意无穷，而人之才有限，以有限之才，追无穷之意，虽渊明、少陵不得工也。然不易其意而造其语，谓之换骨法；窥入其意而形容之，谓之夺胎法。"⑥ 惠洪与黄庭坚为方外交，有诗唱和。前人评其书述事有"夸诞""伪造""剽窃"之病。此段记载为黄庭坚示以后学的重要诗法，即著名的"夺胎换骨法"，应当不诬。引述了黄庭坚这段话后，惠洪示例云："李翰林诗曰：'鸟飞不尽暮天碧。'

---

① 《毛诗序》，《中国历代文论选》第1册，第63页。
② 白居易：《寄唐生》，彭定求等编《全唐诗》，上海古籍出版社1986年版，下册，第1037页。
③ 《宋史》卷三五六，第9册，第8907页。
④ 白居易：《与元九书》，董诰等编《全唐文》卷六七五，上海古籍出版社1990年版，第3册，第3053页。
⑤ 游国恩等主编：《中国文学史》，人民文学出版社1964年版，第3册，第63页。
⑥ 《冷斋夜话》卷一，《历代笔记小说大观·宋元笔记小说大观》第2册，第2171页。

又曰：'青天尽处没孤鸿。'……山谷作《登达观台》诗曰：'瘦藤挂到风烟上，乞与游人眼界开。不知眼界阔多少，白鸟去尽青天回。'凡此之类，皆换骨法也。……乐天诗曰：'临风杪秋树，对酒长年身。醉貌如霜叶，虽红不是春。'东坡《南中诗》云：'儿童误喜朱颜在，一笑那知是酒红。'凡此之类，皆夺胎之法也。"① 从惠洪所示例来看，"不易其意而造其语"的"换骨法"与"窥入其意而形容之"的"夺胎法"，其实并没有多大区别。由于黄庭坚并未以具体例证来分别阐释这两种诗法，以上仅仅是惠洪个人的理解，因此我认为，惠洪的理解或许有误读。上文已引述了陈模的解释，照他的理解，"换骨法"即化用前人诗句而不用其意，侧重字词句等局部的形似；"夺胎法"即模仿前人的诗意用自己的语言来表达，追求篇章整体的神似。至于"换骨法"，古人示例颇多，也易于理解，此不赘述。关于"夺胎法"，前文所示黄庭坚《病起荆江亭即事十首》其八，从整体构思立意上，模仿杜甫《存殁口号二首》其二即是，但仅此一例的"夺胎法"，只是孤证，难以服人。在此不妨再示一例。杜甫《春日忆李白》：

> 白也诗无敌，飘然思不群。清新庾开府，俊逸鲍参军。
> 渭北春天树，江东日暮云。何时一樽酒，重与细论文。②

黄庭坚《次韵刘景文登邺王台见思五首》其二：

> 旧时刘子政，憔悴邺王城。把笔已头白，见书犹眼明。
> 平原秋树色，沙麓暮钟声。归雁南飞尽，无因寄此情。③

《春日忆李白》是天宝五载（746）或六载春，杜甫在长安怀念李白而作。首联高度称赞李白的诗歌神思飞扬，不同凡响，没有对手。颔联赞美李诗具有庾信诗歌清新的意境和鲍照诗歌超逸的风格。颈联谓自己客居长安，犹如春天之树，相对稳定，有些生机，景况尚好；李白流寓江南一带，恰似黄昏之云，飘忽不定，日暮途穷，处境令人担忧。末联期盼与李白樽酒重逢，再次切磋诗艺。《次韵刘景文登邺王台见思五首》是元丰七年

---

① 《冷斋夜话》卷一，《历代笔记小说大观·宋元笔记小说大观》第2册，第2171~2172页。
② 杜甫：《春日忆李白》，《杜诗详注》卷一，第1册，第52页。
③ 黄庭坚：《次韵刘景文登邺王台见思五首》其二，《黄庭坚诗集注》第1册，第80页。

(1084),黄庭坚在山东德州怀念河北相州的刘孝孙(字景文)而作。这首诗为其二,首联、颔联将刘孝孙比作汉代的刘向,说他怀才不遇,尽管年迈,依然好学不倦。颈联谓自己在德州平原,正值"树树皆秋色"之季,仿佛听到相州沙麓黄昏的钟声。末联谓我想托鸿雁给你捎个信,因其春北而秋南,我无法寄托对你的思念之情。二诗均写怀人,前两联称赞对方均用前人为喻;后两联均以写景、抒情的方式表达对对方的怀念之情,其中第三联均为不用连词、动词连缀的名词性词组的迭现对,寓情于景,不言怀人,怀人之情自在其中,尤为传神。我认为这才是黄诗对杜诗"窥入其意而形容之"的"夺胎法"。惠洪所示之例均为"易其意而造其语"的"换骨法"。由于惠洪的误读,致使后人一直沿袭了这一错误。吴坰《五总志》载:"项斯未闻达时,因以卷谒江西杨敬之,杨苦爱之,赠诗曰:'几度见诗诗尽好,及观标格过于诗。平生不解藏人善,到处逢人说项斯。'陈无己《见曾子开》诗云:'今朝有客传何尹,到处逢人说项斯。'虽全用古人两句,而属辞切当,上下意混成,真'脱胎法'也。"①我认为吴坰所示之例仍然属化用前人诗句而"不用其意"的"换骨法",而非模仿前人诗篇构思立意"不用其辞"的"夺胎法"。

范温《潜溪诗眼》载:"山谷言学者若不见古人用意处,但得其皮毛,所以去之更远。如'风吹柳花满店香',若人复能为此句,亦未是太白。至于'吴姬压酒劝客尝','压酒'字他人亦难及。'金陵子弟来相送,欲行不行各尽觞',益不同。'请君试问东流水,别意与之谁短长',至此乃真太白妙处,当潜心焉。故学者要先以识为主,如禅家所谓正法眼者,直须具此眼目,方可入道。"②"正法眼"即"正法眼藏"之省称,佛教语,禅宗用来指全体佛法(正法)。朗照宇宙谓眼,包含万有谓藏。相传释迦牟尼以正法眼藏付与大弟子迦叶,是为禅宗初祖,为佛教"以心传心"授法的开始。此处借指事物的诀要或精义。范温这一记载,大概是针对当时有后学向黄庭坚学诗而固守成法不知变通而发。黄庭坚告诫他们,当如禅家独具慧眼,首先要领会古人作品的诀要或精义即"用意处",并非表面的字句等形式的模仿,否则只得其皮毛,去古人愈远。但是古人的用意处,只可意会,不可言传,必须通过妙参才能悟入。学习古人既要有法可依又不能死守法度,实乃黄庭坚示以后学的"活法"思想,也是他一贯的诗学主张。北宋末年无名氏《名贤诗话》载:"黄鲁直自黔南归,诗

---

① 吴坰:《五总志》,《景印文渊阁四库全书》第863册,第808页。
② 《潜溪诗眼》,《宋诗话辑佚》卷上,上册,第317页。

变前体。且云：'须要唐律中作活计，乃可言诗。以少陵渊蓄云萃，变态百出，虽数十百韵，格律益严。盖操制诗家法度如此。'"① 黄庭坚认为杜甫诗歌"渊蓄云萃，变态百出"，即内容上广博深厚，形式上又千变万化，即使鸿篇巨制，也挥洒自如、能开能阖，又不失严谨的法度。正所谓"观杜子美到夔州后诗、韩退之自潮州还朝后文章，皆不烦绳削而自合矣"②。"不烦绳削而自合"即不刻意雕琢、绳墨法度又自合法度。我认为《名贤诗话》这段记载，是继范温之后对黄庭坚关于"活法"诗学思想的解读与反思，亦可视为"活法"的最好注脚：所谓"作活计"，即寓有法于无法之中。

蔡絛《西清诗话》载：

> 黄鲁直贬宜州，谓其兄元明曰："庭坚笔老矣，始悟抉章摘句为难。要当于古人不到处留意，乃能声出众上。"元明问其然，曰："庭坚六言近诗'醉乡闲处日月，鸟语花间管弦'是也。"此优入诗家藩阆，宜其名世如此。③

它记载了黄庭坚晚年对自己早期诗法理论的反思。他早期示以后学的诗学，诸如"夺胎换骨"，"点铁成金"，"宁律不谐，而不使句弱；用字不工不使语俗"④，"作诗正如作杂剧，初时布置，临了须打诨，方是出场"⑤，"山谷言文章必谨布置，每见后学，多告以《原道》命意曲折"⑥等，其中不少诗法都属"抉章摘句"，很难有所创新而超出古人；学习古人"当于古人不到处留意"，即道古人所未道，发前人所未发，才能"声出众上"——近跨时辈，远超古人。《西清诗话》另一段记载可以与此对读：

> 黄鲁直尝语嗜学者："少陵论吴道子画云：'前辈吴生远擅场。'盖古人于能事不独近跨时辈，要须于前辈中擅场耳。"⑦

---

① 《古今诗话》引，《宋诗话辑佚》卷上，上册，第266页。
② 《与王观复书一》，《文津阁四库全书》第372册，第225页。
③ 蔡絛：《西清诗话》卷中，张伯伟编校《稀见本宋人诗话四种》，江苏古籍出版社2002年版，第209页。
④ 《题意可诗后》，《山谷题跋》卷二，第46页。
⑤ 孔平仲：《孔氏谈苑》卷五，《景印文渊阁四库全书》第1037册，第154页。
⑥ 《潜溪诗眼》，《宋诗话辑佚》卷上，上册，第323～324页。
⑦ 《西清诗话》卷上，《稀见本宋人诗话四种》，第191页。

杜甫《戏为六绝句》其六云:"未及前贤更勿疑,递相祖述复先谁。别裁伪体亲风雅,转益多师是汝师。"① 杜甫之所以能够"近跨时辈",远超前辈,原因之一是"转益多师"——虚心、广泛地向前辈学习,故而"尽得古今之体势,而兼人人之所独专矣"②。"兼人人之所独专"并非简单杂烩前辈之擅长,而是融会贯通,自成一家。这就是杜甫的创新精神。黄庭坚曾多次申述这种创新精神:"听它下虎口著,我不为牛后人"③;"随人作计终后人,自成一家始逼真"④;"文章最忌随后人"⑤。由于黄庭坚处于文字狱盛行的时代,干预现实易招祸患,不得不以书本材料为诗,《南窗纪谈》指出:"至黄鲁直,始专集取古人才语以叙事,虽造次间必期于工,遂以名家,士大夫翕然效之。"⑥ 所谓"以故为新",毕竟局限于"故",因此,其创新受到较大程度的制约,加上后学并没有领会黄庭坚的这种创新精神,滑入了形式主义的泥潭,损害了黄庭坚的名声,给后人留下了话柄。

《五总志》载:"馆中会茶,自秘监至正字毕集,或以谓少陵拙于为文,退之窘于作诗,申难纷然,卒无归宿。独陈无己默默无语,众乃诘之,无己曰:'二子得名,自古未易定价。若以谓拙于文、窘于诗,或以谓诗文初无优劣,则皆不可。就其已分言之,少陵不合以文章似吟诗样吟,退之不合以诗句似做文样做。'于是议论始定,众乃服膺。"⑦ 陈师道这一观点还见诸《后山诗话》:"黄鲁直云:'杜之诗法,韩之文法也。诗文各有体,韩以文为诗,杜以诗为文,故不工尔。'"⑧ 但托之于黄庭坚,似乎与黄庭坚的诗学观有所抵牾。我们再参之范温《潜溪诗眼》所引:"山谷言文章必谨布置……盖变体如行云流水,初无定质,出于精微,夺乎天造,不可以形器求矣。然要之以正体为本,自然法度行乎其间。譬如用兵,奇正相生。初若不知正而径出于奇,则纷然无复纲纪,终于败乱而已矣。"⑨ 在黄庭坚看来,诗文有所谓"正体"与"变体","韩以文为

---

① 杜甫:《戏为六绝句》其六,郭绍虞《杜甫戏为六绝句集解 元好问论诗绝句三十首小笺》,人民文学出版社1978年版,第45页。
② 元稹:《唐检校工部员外郎杜君墓系铭并序》,《杜诗详注》附编,第5册,第2236页。
③ 黄庭坚:《赠高子勉四首》其三,《黄庭坚诗集注》第2册,第574页。
④ 黄庭坚:《题乐毅论后》,《山谷题跋》卷四,第99页。
⑤ 黄庭坚:《赠谢敞王博喻》,《黄庭坚诗集注》第5册,第1720页。
⑥ 阙名,史浩辑,鲜于枢撰:《南窗纪谈 两钞摘腴 困学斋杂录》,王云五主编《丛书集成初编》,商务印书馆1939年版,第1页。
⑦ 《五总志》,《景印文渊阁四库全书》第863册,第809页。
⑧ 《后山诗话》,《历代诗话》上册,第303页。
⑨ 《潜溪诗眼》,《宋诗话辑佚》卷上,上册,第323~325页。

诗""杜以诗为文"属变体,独立看陈师道所引,似乎黄庭坚反对变体,再读范温所引始知,黄庭坚是指导后学而言。即学诗当由正体入门,不仅"自然法度行乎其间",而且"奇正相生",变体则不然,它"如行云流水,初无定质","夺乎天造",无形迹可求,难以把握;如果初学诗者不从正体而径从变体而入,因无章法可循,必败乱无疑。尽管陈师道否定了杜甫"拙于文"、韩愈"寡于诗"的"申难",但他所引黄庭坚"韩以文为诗,杜以诗为文,故不工尔"之语,我认为有为与自己"少陵不合以文章似吟诗样吟了,退之不合以诗句似做文样做"的观点吻合而引述不全或断章取义之嫌。

(三)江西诗歌创作之反思

黄庭坚为"苏门四学士"之一,与苏轼建立了亲密的师友关系。在结识黄庭坚之前,苏轼先后在孙莘老、李公择处见到黄庭坚的诗文,"耸然异之","然观其文以求其为人,必轻外物而自重者,今之君子莫能用也。其后过李公择于济南,则见足下之诗文愈多,而得其为人益详。意其超逸绝尘,独立万物之表,驭风骑气,以与造物者游。非独今世之君子所不能用,虽如轼之放浪自弃,与世阔疏者,亦莫得而友也"①,对黄庭坚的人品给予了高度评价。在诗歌创作上,虽然"苏黄"齐名,但按严羽对宋诗特征的描述"以文字为诗,以才学为诗,以议论为诗"② 来衡量,苏诗"以才学为诗"并不显著。王世贞指出:"读子瞻文,见才矣,然似不读书者。读子瞻诗,见学矣,然似绝无才者。"③ 这一批评显然不值一驳。苏轼尽管才华横溢,学问富赡,但并不"资书以为诗",逞才炫博。因此,宋诗风范的体现者当推黄庭坚。"以才学为诗"即"资书以为诗",在诗歌中大量地引经据典,使读者望而生畏。对此,苏轼评价说:"读鲁直诗,如见鲁仲连、李太白,不敢复论鄙事,虽若不入用,亦不无补于世也。"④ 又云:"鲁直诗文,如蝤蛑、江瑶柱,格韵高绝,盘飨尽废。然不可多食,多食则发风动气。"⑤ 关于这段评价,古代有"推重"与"批评"两种理解,我认为两者兼而有之。"蝤蛑"即梭子蟹。"江瑶柱"亦作"江珧

---

① 苏轼:《答黄鲁直书五首》其一,《苏轼文集》卷五十二,孔凡礼点校,中华书局1986年版,第4册,第1532页。
② 《沧浪诗话·诗辨》,《沧浪诗话校释》,第26页。
③ 《艺苑卮言》卷四,《历代诗话续编》中册,第1018页。
④ 苏轼:《书鲁直诗后二首》其一,《东坡题跋》卷二,第149页。
⑤ 《书鲁直诗后二首》其二,《东坡题跋》卷二,第149页。

柱"，江瑶的肉柱，即江瑶的闭壳肌，是一种名贵的海味。"格韵高绝，盘飧尽废"是推重黄诗，谓黄诗犹如一道名贵的海鲜，一端上餐桌，其他菜肴就上不了台面；"然不可多食，多食则发风动气"指"蝤蛑""江瑶柱"为高嘌呤饮食，是人体血液中尿酸蓄积"开源"因素，体内尿酸蓄积到一定程度便引发痛风。这个形象比喻谓黄诗"以才学为诗"，具有深厚的文化底蕴，读者要慢慢地咀嚼品味，切不可贪多务得，囫囵吞枣，否则消化不良，甚至引发痛风。如果说苏轼的"蝤蛑江瑶柱"之喻隐含对黄诗使事用典密集、冷僻难晓的微词比较委婉含蓄的话，那么，蔡絛的批评就直截了当得多："山谷诗妙脱蹊径，言谋鬼神，无一点尘俗气，所恨务高，一似参曹洞下禅，尚堕在玄妙窟里。"① "无一点尘俗气"即"格韵高绝"，这是正面肯定黄诗的韵高绝俗；但同时其负面也显而易见，如参曹洞禅——取六祖慧能及其五传弟子洞山良价之号，代指南宗禅——"堕在玄妙窟里"，指黄诗深奥艰涩，脉络淤塞不通，与"发风动气"——引起不良反应意思相近。

《五总志》载："（黄庭坚）至中年以后，句律超妙入神，于诗人有开辟之功。始受知于东坡先生，而名达夷夏，遂有苏、黄之称。……以余观之，大是云门盛于吴，林济盛于楚。云门老婆心切，接人易与，人人自得，以为得法，而于众中求脚根点地者，百无二三焉；林济棒喝分明，勘辩极峻，虽得法者少，往往崭然见头角，如徐师川、余荀龙、洪玉父昆弟、欧阳元老，皆黄门登堂入室者，实自足以名家。噫！坡、谷之道一也，特立法与嗣法者不同耳。"② 它分别将苏轼与黄庭坚比作云门宗和林（临）济宗，谓虽然师承苏门者众，但并未形成流派；法嗣黄门者虽少，但崭露头角的弟子却众，并形成颇有影响力的"江西诗派"。这则材料旨在说明，黄庭坚虽"受知于东坡"，但能够自立门户，对"江西诗派"有"开辟之功"。在此，吴坰并没有抑苏扬黄之意，只是说明黄庭坚有具体可操作的诗法可法嗣，正如傅璇琮所指出："江西诗派是宋代具有影响的一支诗歌流派。在中国古典诗歌的历史上，提出比较明确的主张，形成一个大体相同的风格，在一个较长的时期内成为一时诗风的，可以说江西诗派是较早的一个。"③

---

① 蔡絛：《百衲诗评》，《渔隐丛话后集》卷三十三引，《景印文渊阁四库全书》第1480册，第599页。
② 《五总志》，《景印文渊阁四库全书》第863册，第817页。
③ 傅璇琮：《前记》，傅璇琮编《古典文学研究资料汇编·黄庭坚和江西诗派卷》，中华书局1978年版，上卷，第1页。

魏泰是较早对黄庭坚诗歌进行反思的学者，他在《临汉隐居诗话》中指出："黄庭坚喜作诗得名，好用南朝人语，专求古人未使之事，又一二奇字，缀葺而成诗，自以为工，其实所见之僻也。故句虽新奇，而气乏浑厚。吾尝作诗题其编后，略云：'端求古人遗，琢抉手不停。方其拾玑羽，往往失鹏鲸。'盖谓是也。"① 他批评黄诗两点：一是使事冷僻；二是"虽新奇而乏浑厚"。均属因小失大。《后山诗话》云："诗欲其好，则不能好矣。王介甫以工，苏子瞻以新，黄鲁直以奇。而子美之诗，奇常、工易、新陈莫不好也。"② 陈师道在此通过与杜诗无论"奇常""工易""新陈""莫不好"比照，谓王安石、苏轼、黄庭坚诗歌仅得其一：或工，或新，或奇。虽然隐含批评，但对"工""新""奇"并未否定。魏泰则对黄诗追新逐奇公开提出批评，认为它只是拾古人之牙慧，专事雕琢，因此只得古人之皮毛。

关于黄庭坚诗歌尚奇，北宋学者叶少蕴的看法则与魏泰相左。《石林诗话》卷上载："外祖晁君诚善诗，苏子瞻为集序，所谓'温厚静深如其为人'者也。黄鲁直常诵其'小雨愔愔人不寐，卧听嬴马龁残刍'，爱赏不已。他日得句云：'马龁枯萁喧午梦，误惊风雨浪翻江。'自以为工，以语舅氏无咎曰：'吾诗实发于乃翁前联。'余始闻舅氏言此，不解风雨翻江之意。一日，憩于逆旅，闻傍舍有澎湃鞺鞳之声，如风浪之历船者，起视之，乃马食于槽，水与草龃龊于槽间，而为此声，方悟鲁直之好奇。然此亦非可以意索，适相遇而得之也。"③ 指出"马龁枯萁喧午梦，误惊风雨浪翻江"之"奇句"，实乃黄庭坚"适相遇而得之"，即来自诗人亲身经历和耳闻目睹，并非可以刻意求得。《西清诗话》卷中载："退之《宿龙宫滩》诗云：'浩浩复汤汤，滩声抑更扬。'黄鲁直曰：'退之裁听水句尤工，所谓浩浩汤汤抑更扬者，非谙客里夜卧，饱闻此声，安能周旋妙处如此耶？'"④ 黄庭坚认为韩愈之所以能够写出"浩浩复汤汤，滩声抑更扬"这样"工切""妙处如此"的诗句，正在于他有着亲身的生活体验——"客里夜卧，饱闻此声"。它从侧面说明，黄庭坚善于将亲身经历和体验，不仅融入自己的诗歌创作实践，还提升为对他人诗歌的批评。

吕氏《诗事》载："苏子瞻作翰林日，因休沐邀门下士西太乙宫，见

---

① 魏泰：《临汉隐居诗话》，《历代诗话》上册，第327页。
② 《后山诗话》，《历代诗话》上册，第306页。
③ 叶少蕴：《石林诗话》卷上，《历代诗话》上册，第409～410页。
④ 《西清诗话》卷中，《稀见本宋人诗话四种》，第196页。

王荆公旧题六言云：'杨柳名条绿暗，荷花落日红酣。三十六陂流水，白头相见江南。'又云：'三十年前此路，父兄持我东西。今日重来白首，却寻旧迹都迷。'子瞻讽咏再三，谓鲁直曰：'座间惟鲁直笔力可及此尔。'对曰：'庭坚极力为之或可追及，但无荆公之自在耳。'"① 黄庭坚好次韵，诗集中次韵之作占了很大比例。对王安石以上两首六言诗，黄庭坚有《次韵王荆公题西太一宫壁二首》，作于元祐元年（1086），时在秘书省。其诗如下：

其一

风急啼乌未了，雨来战蚁方酣。
真是真非安在？人间北看成南。

其二

晚风池莲香度，晓日宫槐影西。
白下长干梦到，青门紫陌尘迷。②

《题西太一宫壁二首》是熙宁元年（1068）王安石奉神宗之召入京，实行变法，重游汴京西南西太一宫时即兴所作，题在宫壁上。景祐三年（1036），王安石随父到汴京曾游西太一宫。初游与重游之间时隔三十二年，在这段岁月里，王安石父母双亡，家庭多变故，自己在仕途上也不如人意。因而二诗主要"言荆公厌京洛风尘，而思金陵山水"③。写景色彩绚丽，美丽动人，抒情含蓄蕴藉，语浅而意深，言有尽而情无极。严羽谓"王荆公体"："公绝句最高，其得意处，高出苏、黄、陈之上。"④ 再看黄庭坚的次韵之作，其一"啼乌""战蚁"喻当时指责荆公者，或暗指新旧两派的政治斗争。"真是真非安在？人间北看成南。"任渊注："在熙丰，则荆公为是。在元祐，则荆公为非。爱憎之论，特未定也。"⑤ 全诗谓当时攻击荆公的人很多，有的甚至说"北宋之亡亡于荆公"。但是批评荆公者不一定对，流露出黄庭坚对荆公的同情。全诗议论。其二前两句是依王

---

① 吕氏：《诗事》，《宋诗话辑佚》卷下，下册，第527～528页。
② 黄庭坚：《次韵王荆公题西太一宫壁二首》，《黄庭坚诗集注》第1册，第146页。
③ 《黄庭坚诗集注》第1册，第146页。
④ 《沧浪诗话·诗体》，《沧浪诗话校释》，第59页。
⑤ 《黄庭坚诗集注》第1册，第146页。

安石原作其一，分别写西太一宫的晚景与晨景。后两句"白下"指金陵，因唐武德九年（626）曾改金陵为白下。"长干"，地名，在今南京市南。"青门""紫曲"指长安的城门和道路，这里均借指汴京的城门和道路。这首诗的后两句，高度概括了王安石的两首诗意。正如苏轼所肯定"惟鲁直笔力可及"原作，黄庭坚则自愧不如原作"自在"，这当不是谦虚之辞。陈衍评曰："绝代销魂，荆公诗当以此二首压卷。"① 的确原作是直接抒发作者自己的真情实感，而次韵之作则是概括原作作者的怀抱，毕竟隔了一层。这也是多数次韵之作的通病。从这个角度来说，吕氏的这段记载包含对以黄庭坚为代表的江西诗派多次韵之作的反思。

许顗《彦周诗话》载："黄鲁直爱与郭功父戏谑嘲调，虽不当尽信，至如曰：'公做诗费许多气力做甚？'此语切当，有益于学诗者，不可不知也。"② 黄庭坚《论诗作文》云："奉为道之：词意高胜，要从学问中来尔。……读书要精深，患在杂博。因按所闻，动静念之，触事辄有得意处，乃为问学之功。文章惟不构空强作，诗遇境而生，便自工耳。"③ 黄庭坚认为，"词意高胜"的诗"要从学问中来"；有深厚的学问积累，"触事辄有得意处"，即才会有诗的感发；创作出来的诗歌自然就精工了。《答洪驹父书》则曰："自作语最难。老杜作诗，退之作文，无一字无来处。盖后人读书少，故谓韩、杜自作此语耳。古之能为文者，真能陶冶万物，虽取古人之陈言入于翰墨，如灵丹一粒，点铁成金也。"④ 在他看来，杜诗韩文字字都有来历，是点化古人的陈言之铁而成金的妙手。在这种诗学思想的指导下，黄庭坚作诗"一字一句，必月锻季炼，未尝轻发，必有所考"，"一句一字有历古人六七作者"⑤。如此作诗，故郭祥正戏谑嘲调他"公做诗费许多气力做甚？"许顗转述并加评点："此语切当，有益于学诗者，不可不知也。"认为郭祥正对黄庭坚"以才学为诗"的批评非常"切当"黄庭坚诗的短板，并示以后学引为鉴戒。

黄庭坚《有怀半山老人再次韵二首》其二云："啜羹不如放麑，乐羊终愧巴西。欲问老翁归处，帝都无路云迷。"⑥ 《韩非子·说林上》载："乐羊为魏将，而攻中山。其子时在中山，中山之君烹其子，而遗之羹。

---

① 曹旭校点，陈衍评选：《宋诗精华录》，江西人民出版社1984年版，第63页。
② 许顗：《彦周诗话》，《历代诗话》上册，第391页。
③ 《论作诗文》，《文津阁四库全书》第372册，第358页。
④ 《答洪驹父书三》，《文津阁四库全书》第372册，第225页。
⑤ 任渊：《黄陈诗集注序》，《黄庭坚诗集注》第1册，第1页。
⑥ 黄庭坚：《有怀半山老人再次韵二首》其二，《黄庭坚诗集注》第1册，第148页。

乐羊坐于幕下而啜之，尽一杯。文侯谓堵师赞曰：'乐羊以我故，而食其子之肉。'答曰：'其子而食之，且谁不食？'乐羊罢中山，文侯赏其功而疑其心。"① 又载："孟孙猎得麑，使秦西巴载之持归，其母随之而啼。秦西巴弗忍而与之。孟孙归至而求麑，答曰：'余弗忍而与其母。'孟孙大怒，逐之。居三月，复召以为其子傅，其御曰：'曩将罪之，今召以为子傅，何也？'孟孙曰：'夫不忍麑，又且忍吾子乎。'故曰巧诈不如拙诚，乐羊以有功见疑，秦西巴以有罪益信。"② 诗中以"西巴放麑"喻王安石，以"乐羊啜羹"喻吕惠卿。吕惠卿为王安石的得力助手，后背叛之，揭发王安石。任渊按："吕惠卿叛荆公，发其私书，有'勿使上知'之语。山谷意谓：惠卿之忍，政如乐羊；荆公之过，当与西巴同科也。"③ 叶梦得指出："古今人用事，有趁笔快意而误者，虽名辈有所不免。……鲁直'啜羹不如放麑，乐羊终愧巴西'，本是西巴，见《韩非子》，盖贪于得韵，亦不暇省尔。"④ 他批评黄庭坚为了协韵，而将人名"西巴"改成"巴西"，殊不可取。

庄绰《鸡肋编》卷下指出："陈无己诗，亦多用一时俚语。如'昔日剜疮今补肉''百孔千窗容一罅''拆东补西裳作带''人穷令智短''百巧千穷只短檠''起倒不供聊应俗''经事长一智''称家丰俭不求馀''卒行好步不两得'皆全用四字。'巧手莫为无麦饼''不应远水救近渴''谁能留渴须远井''瓶悬甖间终一碎''急行宁小缓''早作千年调一生''也作千里调''拙勤终不补、斧斨仍手摩''惊鸡透篱犬升屋''割白鹭股何足难''荐贤仍赌命'……皆世俗语。"⑤ "以俗为雅"是江西诗学重要的创作方法之一，"俚语""世俗语"均属"俗"的范畴，陈师道谓之"陈语常谈"。"俗"与"雅"，一为"下里巴人"，一为"阳春白雪"，本来是彼此对立、相互排斥、不能兼容的。但是在黄庭坚、陈师道看来，二者是可以互相转化的，"以俗为雅"即化腐朽为神奇，黄庭坚称之为"诗人之奇"，但谓之有"百战百胜"之效，则未免夸大其词。尽管庄季裕只是罗列陈诗所用俚语、世俗语，但从下文"如'赌命'犹可解"来看，是含有反思的，言外之意是陈诗所用俚语、世俗语，有时不可解，即有冷僻之嫌。

---

① 缩印浙江书局汇刻本：《二十二子》，上海古籍出版社1986年版，第1142页。
② 《二十二子》，第1143页。
③ 《黄庭坚诗集注》第1册，第148页。
④ 《石林诗话》卷中，《历代诗话》上册，第420页。
⑤ 庄绰：《鸡肋编》卷下，萧鲁阳点校，中华书局1983年版，第117～118页。

《却扫编》载:"陈正字无己,世家彭城,后生从其游者常十数人。所居近城,有隙地林木,闲则与诸生徜徉林下。或愀然而归,径登榻引被自覆。呻吟久之。矍然而兴,取笔疾书。则一诗成矣。因揭之壁间,坐卧哦咏,有窜易至数十日乃定。有终不如意者,则弃去之。故平生所为至多,而见于集中者,才数百篇。今世所传,率多杂伪,唯魏衍所编二十卷者最善。"① 这则材料记载了陈师道诗歌创作上"闭门觅句"式的"苦吟"和精益求精、反复修改,以及对作品取舍严格、严谨的态度。充分肯定了其门人魏衍所编《彭城陈先生集》为善本。

自黄庭坚、陈师道登上北宋诗坛,便引起了诗评界的高度关注,特别是自宋徽宗初年吕本中撰《江西宗派图》提出"江西宗派"之后,学者们纷纷就其诗学理论与创作发表评论,其中已隐含对江西诗学的某些反思,褒贬不一,众说纷纭,莫衷一是。虽然只是局部性,但它无疑开启了北宋以降对江西诗学的全面知性反思,并引发了旷日持久的"唐宋诗之争",为后世的诗学理论建构与诗歌创作提供了有益的借鉴。

---

① 徐度:《却扫编》卷中,尚成校点,《历代笔记小说大观·宋元笔记小说大观》第4册,第4497~4498页。

第一章
江西诗学之蜕变

本章主要探讨江西诗派内部成员或与江西诗派有渊源的成员对江西诗学的自我反省。"三宗"之一的陈与义,处于北宋与南宋之交,经历了靖康之变,山河破碎的形势和颠沛流离的经历使其诗歌创作与诗学观都发生了巨大的变化。由于其经历类似杜甫,因此,他在传承江西诗派、祖述杜甫时,更多地发扬光大杜甫的爱国精神,走出书斋,提出了"华屋从来不关诗"的观点,由江西诗派"以才学为诗"转向以波澜壮阔的现实生活入诗,反对作意为诗,倡导冲口直致、悲壮老苍而富于强烈艺术感染力的诗风。吕本中、杨万里、陆游、姜夔均为江西诗派成员或与江西诗派有着深厚的渊源。时代的巨变,使他们对江西诗学进行了自觉的知性反省。吕本中主要从理论上总结反思黄庭坚的诗法理论,提出了著名的"活法"和"悟入"说。曾季貍《艇斋诗话》指出:"后山论诗说'换骨',东湖论诗说'中的',东莱论诗说'活法',子苍论诗说'饱参'。入处虽不同,然其实皆一关捩,要知非悟入不可。"杨万里又提出了"感兴""透脱"说,诗歌创作上是"活法"的有力践行者,形成了独具一格的"诚斋体"。陆游丰富的军旅生活使他悟出"诗家三昧"之一的"工夫在诗外",有学者认为,陆游"诗家三昧"即吕本中所谓"活法",其内涵有三:诗艺上得心应手,圆融无碍;诗材上得江山之助,向生活寻诗;诗境上不假雕琢,自然圆成。陆游又提出了"养气"说,有学者认为,此"气"在南宋特定时代更多的是指气节,即对国家民族命运的道德思考。姜夔屡试不第,浪迹江湖,终身未仕。他以骚人墨客的身份,往来于湖州、杭州、苏州、金陵、合肥等地,游食于诸侯与士大夫之间,曾受知于老诗人萧德藻,结识士林名流杨万里、范成大、尤袤、辛弃疾、叶适、张鉴、张镃等。其诗初学黄庭坚,中年摆脱江西诗派的束缚,转而追随晚唐的陆龟蒙。所著《白石道人诗说》,论诗传承了黄庭坚某些观点,又能超越江西,悟出诗妙在自得,主张天机自发,贵含蓄蕴藉,尚气象韵度。

一、吕本中对江西诗学的理论提升

　　吕本中（1084～1145），字居仁，世称东莱先生。其先祖系东莱县（今山东省莱州市）人，后迁居寿州（今安徽省寿县）。北宋末年官祠部员外郎。宋高宗绍兴六年（1136）特赐进士出身，累迁中书舍人兼侍讲，以忤秦桧罢官。作《江西宗派图》，为江西诗派得名之始。其诗早年学黄庭坚，苦吟雕琢。靖康之变后，诗由抒写闲情逸致转向伤时感乱，力创"流美圆转"诗风。论诗既推崇黄庭坚、陈师道，又倡"活法"。有《东莱集》二十卷、《外集》二卷、《紫微诗话》一卷，《吕氏童蒙训》一卷。

　　关于吕本中的诗论，实际应分为两部分，即"创作论"与"风格论"。历来学界多关注其"活法"和"悟入"，此两者皆为"创作论"。若要更全面观照吕本中诗论的全貌，除了"创作论"外，还应关注其"风格论"，即吕本中在诗歌评论中推崇何种诗歌风格、认为优秀的诗歌应该具备何种美学特征。若能将两者有机地结合起来，对我们理解吕本中的诗论，探究他的诗歌风格，特别是理解诗论和创作实践之间的互动关系，有一定的积极意义。

（一）创作论

1. 活法说

　　刘克庄《江西诗派小序》曰：

　　　　紫微公作《夏均父集序》云："学诗当识活法。所谓活法者，规矩备具而能出于规矩之外，变化不测而亦不背于规矩也。是道也，盖有定法而无定法，无定法而有定法。知是者则可以与语活法矣。谢元晖有言：'好诗流转圆美如弹丸。'此真活法也。近世惟豫章黄公，首变前作之弊，而后学者知所趣向。必精尽知左规右矩，庶几至于变化不测。然予区区浅末之论，皆汉、魏以来有意于文者之法，而非无意于文者之法也。……吾友夏均父，贤而有文章，其于诗，盖得所谓规矩备具而出于规矩之外，变化不测者。后更多从先生长者游，闻圣人之所以言诗者,而得其要妙,所谓无意于文之文,而非有意于文之文也。"①

在上述材料中,吕本中提出了"活法"这一重要概念,并对活法之诗的审美特征进行了比较全面的阐释。他要求作诗既要重法,又要能活用其法。重法能规矩备具,也即能够洞悉前人作诗的"成法",而"活法"则是"成法"的进一步发展,要求能活用规矩、摆脱规矩,自行变化而总不背于规矩,实质上是规矩与活用的紧密结合。

"活法"说的提出,一方面是吕本中对传统诗学观念的传承。曾明撰文提出,在南北宋之交的吕本中之前,北宋天圣二年(1024)登进士第的后期西昆体诗人胡宿首次提出了"活法"说,他继承了钟嵘的"直寻说"、沈约的"三易说"、谢朓的"弹丸说",以及李白的"清新""俊逸"、皎然的"清壮"、杜甫的"不烦绳削而自合"、韩愈的"文从字顺"、孙樵的"句句欲活"等诗学传统,同时还借鉴了同时代欧阳修、梅尧臣、苏舜钦所提倡的流畅、自然、平淡之诗风,然后熔为一炉,加以概括,予以提升,终于创建了"活法"说。② 笔者认为,作为一个语源③,首创者当属胡宿,但由于他并没有对其进行理论阐释,因此没有成为一个受人关注的诗学概念。吕本中对"活法"的重新阐释,应该更直接地受到苏轼"无意为文""有意而作"与黄庭坚在回答青年诗人晁冲之请教作诗法度时所说的"识取关捩"——参解领悟的直接启示。另一方面与吕本中的禅学、理学修养密切相关。究其根源,"活法"应该源于禅宗参究"话头"。禅宗有"生死之辨",认为对话头应作为"活句"看,而不可作"死句"读。比如著名禅师宗杲所说的:"夫参学者,须参活句,莫参死句,活句下荐得永劫不忘,死句下荐得自救不了。"④ 这是因为,一方面话头取自公案,不能离开公案,而公案毕竟是可以理解的;而另一方面话头是活句,不能单从字面理解,所以又具有不可解释性。

在佛典中还有诸多论"法"的言辞,其内涵与吕本中的活法有着较为相似的内涵,现节录禅宗"传心付法偈"中较有代表性的三例:

---

① 刘克庄:《江西诗派小序·吕紫微》,《历代诗话续编》上册,第485页。
② 曾明:《胡宿诗学"活法"说探源》,《文学评论》2011年第2期。
③ 胡宿:《又和前人》"作者傍边好见闻,速来就汝作比邻。诗中活法无多子,眼里知音有几人。尔许精奇花粲笔,岂容尘俗海翻银。老夫幸有千机锦,尚欠江头一浣新。"(《全宋诗》卷一八三,北京大学出版社1991年版,第4册,第2104页)
④ 杜继文、魏道儒:《中国禅宗通史》,江苏人民出版社1993年版,第458页。

世尊付法摩诃迦叶作偈云：法本法无法，无法法亦法。今付无法时，法法何曾法①。

迦叶付法阿难作偈云：法法本来法，无法无非法。何于一法中，有法有不法②。

阿难付法商那和修作偈云：本来付有法，付了言无法。各各须自悟，悟了无无法③。

第一例，此偈先言明"成法"本源于"无法"，"无法之法"也是一种"成法"。既授之于"无法之法"，也就是说"无法之法"本就是法了。又言"法法何曾法"，即是说拘于常法如同不得法。两者一言明"无法是法"，一言明"法法非法"，看似矛盾，但其用意正在于说明"法"本来就是应该体悟的，而不是用来死记硬背的。唯有超出常法，"参活句"而不"参死句"，才能领悟"无法之法"。那究竟如何传授这本来就"无法"的"法"呢？这就好像诗家一方面说诗法是"法无定法"，但又需要传授诗法一样。解决这个矛盾的诀窍正在于"悟"，也即不拘泥于文字层面，而重于思想层面的"参悟"。

第二例，此偈意思是：任何一种佛法都是源于本原之法，法本来不存在而又无处不在。但佛法之中，有可言说之法，有不可言说之法。"可言说之法"应为"经典"，而"不可言说之法"则只能靠感悟，这和诗家论诗在本质上有共同的地方：一方面要借助文字、熟习经典；另一方面又要不拘泥于文字，超越经典。这正是吕本中所强调的先"涵泳经典"，而后"变化不测"。

第三例，此偈意思是：我本将"有法"付汝，汝却言所付为"无法"。汝须求自悟，开悟之后方知一切皆有法。这里强调了对法的"悟"，认为"法"须由悟入而得，而非由传授而得。未开悟时"有法"也是"无法"，开悟时"无法"也是"有法"。

上述三则禅宗"传心付法偈"竭力推崇"无法之法"，与诗家传诗法在本质上有着诸多共同之处。吕本中所力倡的"活法"本来就是"无法之法"的代表，与禅宗的思想有异曲同工之妙。吕本中的"活法"强调"规矩备具而出于规矩之外，变化不测"，也即看似无法，而细究又有法

---

① 普济：《五灯会元》，苏渊雷点校，中华书局1984年版，上册，第4页。
② 《五灯会元》上册，第11页。
③ 《五灯会元》上册，第13页。

则,以无法为有法,这和禅宗"付法传偈"的机理是一致的。而以禅喻诗的风气,本来在宋代就非常兴盛,而江西派的诗论,更有着非常明显的以禅喻诗特点。吴坰将黄庭坚为宗主的江西诗派喻为"林济宗":"林济棒喝分明,勘辩极峻,虽得法者少,往往崭然见头角,如徐师川、余荀龙、洪玉父昆弟、欧阳元老,皆黄门登堂入室者,实自足以名家。"① 谓黄庭坚指引后学多用"棒喝"的方式,破除他们的惯性思维,启发他们开悟。从这个意义上说,吕本中提出的"活法",正是对江西诗学的理论提升。

禅学强调"活参",理学向来也有讲"活法"的传统。如理学大师程颐说:"会得时,活泼泼地;不会得时,只是弄精神。"② 其实,他讲的就是"活法",只是,这个"活法"更多的是思想上的"活法",而非专指诗论。朱熹也说"常谈之中自有妙理,死法之中自有活法"③。

在上文所举材料中,吕本中关于"活法"的阐述还较为抽象,后世俞成在《萤雪丛说》中对此做出了进一步阐释:

> 文章一技,要自有活法;若胶古人之陈迹而不能点化其句语,此乃谓之死法。死法专祖蹈袭,则不能生于吾言之外;活法夺胎换骨,则不能毙于吾言之内。……吕居仁尝序江西宗派诗,若"灵均自得之,忽然有入,然后惟意所出,万变不穷。是名'活法'。"杨万里又从而序之,若曰:"学者属文,当悟活法。所谓活法者,要当优游厌饫。"是皆有得于"活法"也如此。吁!有胸中之活法,蒙于伊川之说得之;有纸上之活法,蒙于处厚、居仁、万里之说得之。④

在这里,俞成强调了"活法"是对"古人陈迹"的超越,"活法"与"死法"的根本区别在于学习"古法"之余能否超越古法。另一方面,俞成将"活法"定位为"点铁成金"与"夺胎换骨",但综观吕本中的诗论,我们可以发现:"活法"远不只局限于此两者,而带有禅学的体悟,有着更为丰富的内涵。

俞成说,有所谓"胸中之活法",乃蒙于程颐之说得之;有所谓"纸上之活法",乃蒙于吴处厚、吕本中、杨万里之说得之。其实"纸上之活

---

① 《五总志》,《景印文渊阁四库全书》第863册,第817页。
② 程颢、程颐:《二程遗书》卷三,潘富恩导读,上海古籍出版社2000年版,第111页。
③ 朱熹:《朱熹集》卷十一,郭齐、尹波点校,四川教育出版社1996年版,第485页。
④ 俞成:《萤雪丛说》卷上,《景印文渊阁四库全书》第876册,第743~744页。

法"是从"胸中之活法"而出。作为一名理学家,吕本中将程颐的"胸中之活法"贯彻于"纸上之活法"是很自然的。更重要的是,"胸中之活法"本可悟而不可求,而"纸上之活法"则是有形之法,这也是吕本中活法的重要贡献之一。

2. 悟入说

吕本中认为作诗需悟入,此说载于《渔隐丛话前集》卷四十九之《与曾吉甫论诗第一帖》:

> 宠谕作诗次第,此道不讲久矣,如本中何足以知之。或励精潜思,不便下笔;或遇事因感,时时举扬,工夫一也。古之作者,正如是耳。惟不可凿空强作,出于牵强,如小儿就学,俯就课程耳。"楚辞"、杜、黄,固法度所在,然不若遍考精取,悉为吾用,则姿态横出,不窘一律矣。如东坡、太白诗,虽规摹广大,学者难依,然读之使人敢道,澡雪滞思,无穷苦艰难之状,亦一助也。要之,此事须令有所悟入,则自然越度诸子。悟入之理,正在工夫勤惰间耳。如张长史见公孙大娘舞剑,顿悟笔法。如张者,专意此事,未尝少忘胸中,故能遇事有得,遂造神妙;使它人观舞剑,有何干涉。非独作文学书而然也。和章固佳,然本中犹窃以为少新意也。近世次韵之妙,无出苏、黄,虽失古人唱酬之本意,然用韵之工,使事之精,有不可及者。①

分析上述材料,我们可以发现其中涉及两个问题:一是强调作诗之法在于"悟入";二是阐明通过什么途径可以达到"悟入"。

要知"悟入",须知"悟"之来源。"悟"本是佛家用语,以佛家用语入诗论,这在宋朝是比较多见的现象,吕本中以"悟入"论诗,与他在禅学上的造诣是分不开的。"悟"是一个非常玄妙的过程,难以言传,只可意会。佛家拈花微笑的公案,对我们理解"悟"有一定的帮助:

> 世尊在灵山会上,拈花示众。是时众皆默然,唯迦叶尊者破颜微笑。世尊曰:"吾有正法眼藏,涅槃妙心,实相无相,微妙法门,不

---

① 吕本中:《与曾吉甫论诗第一帖》,《渔隐丛话前集》卷四十九引,《景印文渊阁四库全书》第1480册,第318页。

立文字，教外别传，付嘱摩诃迦叶。"①

世尊拈花，是无言的"说法"，迦叶微笑，是心领神会。千言万语，一切皆可意会而不可言传，悟禅和悟得作诗之法本来就有异曲同工之妙。吕本中受其家学及交游等影响，自身对禅学有颇深的造诣，统计吕本中的诗歌，其中谈及"禅"的有近百处，可见禅学思想已是吕本中思想中重要的一部分。一方面精于禅道，另一方面又精于诗道，兼以"诗法"和"禅道"之间又颇有共通之处，所以吕本中自然而然地将两者结合起来，这应该也正是他以"悟入"论诗的原因。

另外，佛法虽然都强调"悟"，但对"悟"的特性也有不同的理解。从中国佛教来说，南宗强调"顿悟"，而北宗强调"渐悟"。具体而言，南宗禅认为要想达到涅槃境界并不需要"渐修"的功夫和过程，直接通过"顿悟"方式就可以实现。以慧能为代表的南宗特别强调这一点，他们把这种"顿悟"方式称之为"一念若悟""一念相应"。比如慧能说："一念若悟，即众生是佛。"② 这说明，"顿悟"是突如其来、自然涌现的，而不需要经历一个"渐修"的过程。相反，北宗则认为，只有经历一个"渐修"过程，才可以达到涅槃的境界。以神秀为代表的北宗对这个"渐修"过程有很多论述。例如神秀的诗偈："身是菩提树，心如明镜台，时时勤拂拭，莫使惹尘埃。"③ 这强调要不断地"拂拭"和修持，才能去掉"尘埃"和杂念。这事实上是强调"渐修"的功夫及过程。从方式上说，北宗认为，"渐修"主要是指一种静坐参禅、定而生慧的"观心禅法"。

在《与曾吉甫论诗第一帖》中，吕本中强调广读"楚辞"与苏、黄、李、杜的作品，而且强调悟入"正在功夫勤惰间"，只要心中多加揣摩，则世事中处处皆有诗法，张长史见公孙大娘舞剑而顿悟笔法，诗人也可以从生活中悟得诗法，这表面上看来好像是强调"顿悟"，但事实上是强调广泛阅读的基础和不断的揣摩，与北宗的"渐悟"有着更为相似的地方。

吕本中提倡"活法说"和"悟入说"，两者都讲究由"有法"臻于"无法"，但侧重各有不同。"活法"是诗法，而"悟入"则是掌握"活法"这种诗法的门径，也即"悟入"是对"活法"的"悟"。对此，前人也已有所阐释，比如曾季貍在《艇斋诗话》中指出："后山论诗说'换

---

① 《五灯会元》上册，第10页。
② 慧能著，郭朋校释：《坛经校释》，中华书局1983年版，第58页。
③ 《五灯会元》上册，第52页。

骨'，东湖论诗说'中的'，东莱论诗说'活法'，子苍论诗说'饱参'。入处虽不同，然其实皆一关捩，要知非悟入不可。"① 这正说明了两者之间"一体一用"的关系。

3. 苦吟频改

吕本中在创作论中除了推崇"悟入说"和"活法说"之外，还提倡苦吟和频改。

> 吕东莱诗："风声入树翻归鸟，月影浮江倒客帆。"此篇年十六时作，作此诗尝呕血，自此遂得羸疾终其身。其始作诗如是之苦也。②

"风声入树翻归鸟，月影浮江倒客帆。"出自吕本中《晚步至江上》一诗③，曾季貍说这是吕本中十六岁时所作，因苦吟而呕血，落得终身羸疾。《吕本中全集》中自注此诗作于大观二年（1108），根据吕本中年谱推算，此时吕本中应是二十五岁而非十六岁，这应该是曾季貍的系年错误。但关于吕本中偏好苦吟和终生病羸，可以从吕本中的诗作中得到印证。苦吟是多数诗人的本性，而苦吟必然伤身劳神，所以苦吟和病羸往往是一体的。宋人周必大在《题罗炜诗稿》中说："昔人谓诗能穷人，或谓非止穷人，有时而杀人。盖雕琢肝肠，已乖卫生之术；嘲弄万象，亦岂造物之所乐哉？唐李贺、本朝邢居实之不寿，殆以此也。"④

吕本中在诗作中也多次提到苦吟，认为自己的诗作并非缘于过人的天分，而是因为殚精竭虑：

> 大阮爱我诗，谓我能诗矣。我诗来无极，爱之终不已。吾非圣者也，但智虑多耳。赐始可言诗，吾智由商起。（《戏呈七十七叔》）
>
> 未许缘诗瘦，只知如许忙。它年风雨夜，重约细商量。（《城北别江子之》）
>
> 尚徐好事人，相就讨新句。虽非琢肝肾，终自费调护。（《寄璧

---

① 曾季貍：《艇斋诗话》，《历代诗话续编》上册，第296页。
② 《艇斋诗话》引，《历代诗话续编》上册，第304页。
③ 吕本中：《晚步至江上》，《全宋诗》卷一六〇五，北京大学出版社1998年版，第28册，第18036页。本节所引吕本中诗均见此册。
④ 周必大：《文忠集》卷四十七《题罗炜诗稿》，《景印文渊阁四库全书》第1147册，第501页。

上人》)

还家续残章，妙句仍帖妥。虽无炉锤工，亦有盘礴赢。归帆渺江湖，宿疾眩风火。(《归自成园》)

久无佳句调肝肾，漫有微言到齿牙。它日一庵如可必，愿分斋罢半瓯茶。(《千元真歇数约它日同庵居》)

我国古代诗人都非常重视文字的锤炼，"文字频改"几乎成了诗家的口头禅，许多诗人执着于文字锤炼，留下了数不清的炼字佳话。同时也留下了"为吟一字稳，耐得半宵寒""可惜一生心，用在五字上""一字千改始心安"等不断修改、炼字的名句。吕本中认为修改对诗作的提高有着非常重要的作用，所以除了强调作诗必须苦吟，还强调不断修改，提倡"文宜频改"：

从来翰墨场，即有闻见滞。譬如已耕田，更欲深种艺。或蒙卤莽报，未肯即弃置。不闻太仓粟，亦校豪发细。(《次韵尧明贡院诗》)

在此诗中，吕本中点明了苦吟和频改之间的关系。他将频改比作种田中的"深种艺"，而"深种艺"的前提条件则是"已耕田"，也即是"苦吟"。这说明"苦吟"是"频改"的基础，"频改"是"苦吟"的进一步发展。唯有将两者有机地结合起来，才能写出更好的作品。

老杜云："新诗改罢自长吟。"文字频改，工夫自出。近世欧公作文，先贴于壁，时加窜定，有终篇不留一字者。鲁直长年多改定前作，此可见大略，如《宗室挽诗》云："天网恢中夏，宾筵禁列侯。"后乃改云："属举左官律，不通宗室侯。"此工夫自不同矣。①

论诗再到新删后，读易仍窥未画前。(《赠吴周保》)

苦吟之后写下新诗，但由于种种原因，可能炼字炼句还不够精当，立意还不够新颖，音韵还不够流畅，这些都有待于日后的修改。而环境的改变、心境的改变都可能促成思路的改变，偶得之句也往往由此而生，频改之后，甚至可达"终篇不留一字"，但这也不能否定初作的积极作用。日复一日的修改，不但是工夫的体现，也是工夫不断精进的过程，这也就是所

---

① 吕本中：《童蒙诗训·文宜频改》，《宋诗话辑佚》卷下，下册，第586页。

谓的"工夫自不同"。

4. 掌握诗法的途径

吕本中的诗论,更多的是侧重渐悟,也即讲求日积月累的静思体悟,对此上文已有所述,也正是因为侧重渐悟,所以吕本中不但用"活法"和"悟入"的概念贴切地比拟作诗所要掌握的技巧,而且为掌握"悟入"和"活法"指明了门径,为初学者指出了学诗的着力之处,使学诗者有章可循。

> 作文必要悟入处,悟入必自工夫中来,非侥幸可得也。如老苏之于文,鲁直之于诗,盖尽此理也。①

吕本中不但强调"悟入""活法",更强调掌握此两者"必自工夫中来"。但更重要的是,吕本中同时给后学指明"如何下工夫""下什么工夫"的门径,具体地说,有如下门径。

(1) 广泛阅读,涵泳经典

> 所谓活法者,规矩备具而能出于规矩之外,变化不测而亦不背于规矩也。②

这是谈"活法"对规矩的超越,但其实还阐明了一点,对规矩的超越必须基于对规矩的深刻理解,只有当对"常法"了然于胸、运用自如的时候,才谈得上超越"常法"。吕本中诗中有:"吾闻古志士,学也盖有渐。欲升夫子堂,不摘屈宋艳。倒篱望青天,岂必在窥觇。它时傥从容,此语子可验。"(《连得夏三十一羿兄弟范十五仲容赵十七颖达书相与甚勤作诗寄之》)唯有不断学习,先求得"常法",再慢慢加强,然后才能掌握真正的"活法"。那"常法"究竟从何而来呢?很明显,"常法"是基于前代的经典。

吕本中强调模仿经典,从经典中汲取养分,涵泳作诗文之法。仔细考究,吕本中所推崇的古人有孔子、孟子、曹植、李白、杜甫、韩愈、李商

---

① 《童蒙诗训·作文必要悟》,《宋诗话辑佚》卷下,下册,第594页。
② 吕本中:《夏均父集序》,《江西诗派小序·吕紫微》引,《历代诗话续编》上册,第485页。

隐、欧阳修、苏轼、黄庭坚、秦观等等,同时还竭力推崇《孝经》《论语》《中庸》《大学》《孟子》《史记》《文选》《古诗十九首》等经典,这可谓杜甫所说"转益多师是汝师"。广泛地涵泳经典,一方面可以广泛学习前人的成功经验,让自己不断进取;另外一方面则可以避免一些前人所犯的错误,以少走弯路。这两点对初学者来说都是非常重要的。吕本中对初学者的启蒙,较为集中地体现在《童蒙诗训》。在《童蒙诗训》中,吕本中站在蒙学的高度,大量地举出应该学习的名家及各个名家最值得学习的地方。但各家前世名作浩如烟海,皓首难以穷尽,所以吕本中在提倡勤于学习、大量阅读的同时,其实还提倡选取名家名作进行精读,其作用一方面在于使学诗者体悟其长处,另一方面在于为学诗者指明应该避免的弊病。

(2) 勤于揣摩,熟而生巧

> 悟入之理,正在工夫勤惰间耳。如张长史见公孙大娘舞剑,顿悟笔法。如张者,专意此事,未尝少忘胸中,故能遇事有得,遂造神妙,使他人观舞剑,有何干涉。非独作文学书而然也。①
>
> 披沙简金勤乃见,读书何止须百遍。如君心期已不凡,况有长兵可麈战。(《赠夏庭别兄弟》)
>
> 叔用尝戏谓余云:"我诗非不如子,我作得子诗,只是子差熟耳。"余戏答云:"只熟便是精妙处。"叔用大笑,以为然。②

吕本中不但强调要涵泳前人经典,以期从中学得诗法,同时还强调在平时的学习中应该勤加揣摩,所谓"世事洞明皆学问,人情练达即文章",书法和舞剑本来没有多少直接联系,但张旭却能在公孙大娘舞剑之中"顿悟"笔法之妙,当然这个"顿悟"离不开时时勤加揣摩的"渐修"。张旭正是因为心中时时揣摩着笔法,所以其他事物在他看来都蕴含着笔法,这与王国维所谓"以我观物,物皆著我之色彩"在某种程度上有着共通的地方。作诗也是如此,唯有心里时时记挂着诗,勤加历炼,做一个有心人,才能从生活的其他场景中"悟入"作诗的法门。比如吕本中观摩山水图:"何得有此山突兀,气压太华陵嵩高。坐看远涧受悬瀑,似听跬步鸣秋涛。

---

① 《与曾吉甫论诗第一帖》,《渔隐丛话前集》卷四十九引,《景印文渊阁四库全书》第1480册,第318页。

② 吕本中:《紫微诗话》,《历代诗话》上册,第362页。

槎牙老树半枯死，上倚绝壁缘飞猱。……偶逢坐稳懒归去，豁达眼界无纤毫。岭南山水固多异，恨无中州清淑气。对君图障心怳然，便如（一作似）太华嵩高前。君但对此能高眠，当有好句令君传。"(《山水图》) 由山水图而涵泳性情、荡涤心胸，终有"好句令君传"。吕本中在《紫微杂说》中说："天下万物一理，苟致力于一事者必得之，理无不通也，……其愿学者虽不同，其用力以有得，则一也。"① 孔子所谓"一以贯之"，老子所谓"人法地，地法天，天法道，道法自然""涤除玄鉴"都是这个道理。

或许正是基于这一点，宋代诗人，尤其是江西诗派一直都强调参禅。参禅与作诗本没有直接的联系，但参禅和"参诗法"在内涵上有着诸多相似处，对他们来说，参禅也就是"参诗法"，禅学造诣不断加深的过程是不断揣摩的过程，也是不断揣摩诗法、提升诗法的过程，所以，禅学造诣的提升往往伴随着诗法造诣的提升：

德操为僧后，诗更高妙，殆不可及。尝作诗劝余专意学道云："向来相许济时功，大似倾饷远空。我已定交木上座，君犹求旧管城公。文章不疗百年老，世事能排双颊红。好货夜窗三十刻，胡床趺坐究幡风。"②

密也负奇气，少已离尘网。饱参诸方禅，所至被称赏。独留末后句，未肯付吾党。经寻卓锥地，更足以自养。囊空脚颇健，体俭心甚广。喜谈江西胜，妙处犹指掌。未见频寄书，悠然发遐想。(《送密上人归江西》)

多病且参篦桶话，得闲时近养生书。(《初夏即事》)

澄江渺天际，妙句不容乞。平生泉石念，固自有遗失。何能从儿曹，十事九不实。兹游岂不快，此老固坦率。尚从文殊师，一往问摩诘。(《同狼山印老早饭建隆遂登平山堂》)

饶节（德操）为僧之后诗更高妙，密上人因参禅而诗艺大进，这些都是参禅对作诗的积极作用。吕本中也一直强调禅学对诗艺的影响，唯有勤加揣摩、不断实践，才能达到"熟"的境界，所谓熟能生巧，"熟"是熟悉"常法"，而"巧"则是超于常法而臻于"活法"，所以"巧"就是"精妙"。

---

① 吕本中：《紫微杂说》，《景印文渊阁四库全书》第863册，第830页。
② 《紫微诗话》，《历代诗话》上册，第363页。

（3）涤除尘埃，胸次宽广

> 胸中尘埃去，渐喜诗语活。孰知一杯水，已见千里豁。初如弹丸转，忽若秋兔脱。（《外弟赵才仲数以书来论诗因作此答之》）
>
> 笔头传活法，胸次即圆成。（《别后寄舍弟三十韵》）
>
> 文章有活法，得与前古并。默念智与成，犹能愈吾病。（《大雪不出寄阳翟宁陵》）
>
> 衣冠瞻视有法则，何独文章要编划。譬如逆风曳长舰，竭力正在千夫挽。君行念此须饱参，即是溪堂句中眼。（自注——无逸尝有送吴君诗云：问我句中眼）（《临川王坦夫故从溪堂先生谢无逸学北行过广陵见余意甚勤其行也作诗送之》）
>
> 张卿画竹今成癖，笑语挥毫不作难。欻见高标起萧瑟，坐令炎暑变荒寒。笔头似有千年韵，胸次犹须万斛宽。岁晚雪霜君记取，此群怀抱要重看。（《题张君墨竹》）
>
> 腕中有万斛力，胸次乃千顷陂。字画颜行杨草，文章韩笔杜诗。（《奉怀张公文潜舍人二首》其二）

"涤除"也即《老子》所谓"涤除玄鉴"[①]，"即是洗清杂念，摒除妄见，而返自观照内心的本明"[②]，才能以更为澄明的眼光去体察大千世界。这和佛家"一花一世界，三藐三菩提"的说法在本质上有共同之处。"身是菩提树，心为明镜台。时时勤拂拭，勿使惹尘埃。"这是神秀所作偈语，"胸中尘埃去"之"尘埃"与此有共同之处，即"尘埃"为心中之杂念，唯有涤除心中的各种杂念，才可以达到"玄览"的境界，也即可以达到"胸次圆成"的造诣。

"圆成"是佛家言语，出自《楞严经》中之"发意圆成"，意为"圆满、成功"。唯有涤除胸次之尘埃，淡泊名利，使心中空明而无一物相羁绊，方能"腕中有万斛力""胸次万斛宽""胸次千顷陂"，才能达到"胸次圆成"的境界。

这一方面有赖于读书之多、精，另一方面则有赖于道德修养的不断提高、精神境界的不断升华。曾几在《读吕居仁旧诗有怀其人作诗寄之》一

[①] 陈鼓应：《老子注译及其评介》，中华书局1984年版，第96页。
[②] 《老子注译及其评介》，第101页。

诗中说："当疑君胸中，食饮但风露。"① 餐风饮露，这本只有不食人间烟火的神仙才能达到，唯有抛却世事拖累，涤除胸中尘埃，方能不食人间烟火，这是道德修养极高时才能达到的境界。吕本中在他的作品中也写道：

> 三江五湖在胸次，琨玉秋霜看笔端。(《寄范子》)
> 正须眼底去泾渭，便自胸中无荣戚。(《和赵承之》)

白居易所谓"面上灭除忧喜色，胸中消尽是非心"②，唯有眼底不存是非，方能消除胸中烦恼，方能去除内心的羁绊，保持最本原的性灵，这样下笔当然也就清新活泼。

(二) 风格论

除了强调"诗法"外，吕本中的诗论也包括诸多对诗歌"风格"的论述。如果说，创作论是为诗歌创作提供了具体的方法，那么风格论则是为创作方法的具体实践提出了明确的目标，也即认为诗歌应该具备何种风格、具有什么审美效果、体现何种特点。吕本中的诗论在风格论方面大抵涵括了如下几点。

1. 诗贵警策

> 陆士衡《文赋》云："立片言而居要，乃一篇之警策。"此要论也。文章无警策则不足以传世，盖不能竦动世人。如老杜及唐人诸诗，无不如此。但晋宋间人，专致力于此，故失于绮靡而无高古气味。老杜诗云："语不惊人死不休。"所谓惊人语，即警策也。③

何谓"警策"？唐代学者李善解释说："以文喻马也。言马因警策而弥骏，以喻文资片言而益明也。夫驾之法，以策驾乘，今以一言之好，最于众辞。若策驱驰，故云警策。"④ 由此可知，"警策"之说，源于"以文喻马"，以马因鞭策而显得更为神骏，喻文章因警句而显得文意更为动人。

---

① 曾几：《读吕居仁旧诗有怀其人作诗寄之》，《全宋诗》卷一六六〇，北京大学出版社1998年版，第29册，第18594页。
② 白居易：《咏怀》，《全唐诗》下册，第1092页。
③ 《童蒙诗训·文章贵警策》，《宋诗话辑佚》卷下，下册，第587页。
④ 《文赋集释》引，第154页。

"立片言而居要，乃一篇之警策"出自陆机的《文赋》："或文繁理富，而意不可指适，极无两致，尽不可益。立片言而居要，乃一篇之警策。虽众辞之有条，必待兹而效绩。亮功多而累寡，故取足而不易。"①对"警策"，清人方廷珪认为"以上十句谓文必当明出主意"②。通过这些分析，我们可以看出，陆机对"警策"的定义是着眼于如何提炼、确立、表达一个统一的主题，更侧重于对全篇有提纲挈领作用的句子，也就是说，更注重在文章结构层面上的作用。

"语不惊人死不休"出自杜甫《江上值水如海势聊短述》："为人性癖耽佳句，语不惊人死不休。"③足见"惊人语"不是"警策"，而是奇字佳句。其实，吕本中已更换了"警策"这一概念的内涵："文章无警策则不足以传世，盖不能竦动世人。"——这里已将警策定位为佳句，更侧重于某一个句子对读者的艺术震撼力，更注重在文章艺术特色层面上的作用。

可见，吕本中对"警策"的定义在本质上更接近刘勰在《文心雕龙》中所提的"秀句"："秀也者，篇中之独拔者也。"④诗文中，一定要有"独拔"的警策或秀句，即使这种句子一篇中不多，"篇章秀句，裁可百二"，有一句两句也就足够了。陆机所说的警策，是指"一篇之警策"，即全篇的中心所在、核心所在。刘勰所说的"秀句"，是指"状溢目前曰秀"，更偏重于描写的技巧，与吕本中所说的"警策"在根本上有更多相似之处。

对于"警策"的不同定义，明人杨慎提出了折中的看法，认为"在文谓之警策，在诗谓之佳句"⑤。

分析上文所列材料，大抵包含两个方面的内容，一方面强调"警策"的重要性，指出"文章无警策则不足以传世"，认为"警策"是文章传世的重要条件之一；另一方面，吕本中指出"警策"的最大特点在于其"竦动世人"。

吕本中在《童蒙诗训》中强调"警策"的作用，这一方面是对门人弟子提出作诗的要求，同时也在阐述对自己作品风格的期待。吕本中也在诗歌创作中切实地践行这一诗学论点，谢邁在《读吕居仁诗》评论吕本中

---

① 《文赋集释》，第145页。
② 《文赋集释》引，第160页。
③ 杜甫：《江上值水如海势聊短述》，《杜诗详注》卷十，第2册，第810页。
④ 《文心雕龙·隐秀》，《文心雕龙译注》，第359页。
⑤ 《文赋集释》引，第154页。

诗作:"其间警拔句,江练与霞绮。"①

2. 气力雄浑

《渔隐丛话前集》卷四十九载吕本中《与曾吉甫论诗第二帖》:

> 诗卷熟读,深慰寂寞。蒙问加勤,尤见乐善之切,不独为诗贺也。其间大概皆好,然以本中观之,治择工夫已胜,而波澜尚未阔,欲波澜之阔,必须于规摹令大,涵养吾气而后可。规摹既大,波澜自阔,少加治择,功已倍于古矣。试取东坡黄州以后诗,如《种松》《医眼》之类,及杜子美歌行及长韵、近体诗看,便可见。若未如此,而事治择,恐易就而难远也。退之云:"气,水也;言,浮物也。水大,则物之浮者,大小毕浮。气之与言,犹是也。气盛,则言之长短,与声之高下皆宜。"如此,则知所以为文矣。曹子建《七哀》诗之类,宏大深远,非复作诗者所能及,此盖未始有意于言语之间也。近世江西之学者,虽左规右矩,不遗馀力,而往往不知出此,故百尺竿头,不能更进一步,亦失山谷之旨也。②

吕本中与曾几论诗两帖为其诗学观点较为集中的表述,第一帖重在强调诗法,着力于阐述"活法"和"悟入";第二帖则更侧重诗歌风格,强调诗中须有宏大之气,方能波澜壮阔。

吕本中认为曾几诗作"治择工夫已胜",也即第一帖中所提及的由前人诗作而"悟入"的门径,曾几已经较好地掌握,体现在创作上即表现为诗法技巧较为纯熟,也就是说,曾几已能很好应用"常法"。但依然有"波澜尚未阔"的问题,这指曾几的诗歌格局还不够宏大,读之尚无波澜壮阔、跌宕起伏的感觉。同时吕本中给曾几指明了突破这一不足的途径:"涵养吾气""规摹令大"。

"规摹",《古代汉语词典》解释为:同"规模"。也即"法度、格局、气度"的意思。那应该怎么样才可以让作品的"法度、格局、气度"宏大呢?吕本中认为,要"涵养吾气而后可",这样一来,"规摹既大,波

---

① 谢薖:《读吕居仁诗》,《全宋诗》卷一三七二,北京大学出版社 1995 年版,第 24 册,第 15764 页。
② 吕本中:《与曾吉甫论诗第二帖》,《渔隐丛话前集》卷四十九引,《景印文渊阁四库全书》第 1480 册,第 318 页。

澜自阔",只要"少加治择",也已是"功已倍于古"。也即认为,只有作者先"养气",然后才可以增大诗歌的规模。

养气之说,应源于孟子之"我善养吾浩然之气"。何谓"浩然之气"?孟子解释为:"其为气也,至大至刚,以直养而无害,则塞于天地之间。其为气也,配义与道;无是,馁也。是集义所生者,非义袭而取之也。行有不慊于心,则馁矣。"① 孟子是在强调个人勃发的生命力与创作者道德修养之间的关系,认为创作主体的个人修养和作品风貌有着密切的关系,只有当创作主体养成"浩然之气"时,其作品才会有波澜壮阔之气。

如果说,孟子之"气"更强调个人后天道德修养之"气",那么,曹丕之"气"则更强调个人先天气质之"气"了。曹丕在《典论·论文》中提出:"文以气为主,气之清浊有体,不可力强而致。譬诸音乐,曲度虽均,节度同检,至于引气不齐,巧拙有素,虽在父兄,不能以移子弟。"② 这里所说的"气",是指创作主体所具有的气质和个性。当然,曹丕的"文气说"既包括创作主体之气,也包括作品之气。他在分析当时作家作品时,指出的所谓"齐气""体气""逸气"等等,显然是指作品之气,即文章表现出来的总体风格和美感特征。曹丕把艺术创作过程看作"气化"过程,文之气便是创作主体之气在作品中的体现。③ 曹丕强调了"气"对"文"的重要作用,认为"文以气为主";但另一方面,曹丕又认为"气"是先天所生,是与生俱来的禀赋,而与后天修养无关。

吕本中也强调"气"对文的作用,他引用韩愈的说法,经典地阐释了"文"与"气"之间的关系,认为"气"好比水,而"文"好比浮在水上的"物",有多大的"水",才可能浮起多大的"物",这就好比有多大的"气",才可能写出格局多大的"文"。吕本中认为,在诗歌创作中,相对于技巧("治择工夫")来说,作者的胸怀("气")更为重要。同时,吕本中强调"涵养吾气"可以让作品规模宏大,由此看来,吕本中所提倡的"气"更接近于孟子之"气",他更侧重的是通过后天认真揣摩名家名作"涵养吾气"。

那所涵养之"气"究竟有什么特征呢?吕本中在《童蒙诗训》中大抵列出了以下四个方面:

---

① 朱熹:《四书章句集注》,中华书局1983年版,第231~232页。
② 曹丕:《典论·论文》,严可均校辑《全上古三代秦汉三国六朝文》,中华书局1958年版,第2册,第1098页。
③ 陈德礼:《气论与中国美学的生命精神》,《北京大学学报》(哲学社会科学版)1997年第6期。

老杜歌行，最见次第，出入本末。而东坡长句，波澜浩大，变化不测；如作杂剧，打猛诨入，却打猛诨出也。《三马赞》"振鬣长鸣，万马皆瘖"，此记不传之妙。学文者能涵咏此等语，自然有入处。①

大概学诗，须以《三百篇》、"楚辞"及汉、魏间人诗为主，方见古人妙处，自无齐梁间绮靡气味也。②

文章不分明指切而从容委曲，辞不迫切而意已独至，惟《左传》为然。如当时诸国往来之辞，与当时君臣相告相诮之语，盖可见矣。亦是当时圣人馀泽未远，涵养自别，故词气不迫如此，非后世专学言语者也。③

东坡晚年叙事文字多法柳子厚，而豪迈之气，非柳所能及也。④

一为刚猛浩瀚之气，如杂剧之打猛诨，瞬间将读者带入诗文之中；二为质朴自然之气，有利于摆脱绮靡之风，形成风骨；三为从容不迫之气，格局宏大；四为豪迈雄壮之气。而多揣摩具有如此风格的作品，终究是想吸取其成功之处为我所用：

韩退之答李翱书、老泉上《欧阳公书》，最见为文养气之妙。⑤
读三苏进策涵养吾气。他日下笔自然文字霶霈，无吝啬处。⑥

吕本中认为，"涵养吾气"的作用，主要是能使自己"下笔自然文字霶霈，无吝啬处"，使作品气力壮大：

腕中有万斛力，胸次乃千顷陂。字画颜行杨草，文章韩笔杜诗。（《奉怀张公文潜舍人二首》其二）
君看说诗口，乃是拔山力。冰霜卧偃蹇，岁月饱封殖。谁能窥藩篱，未易得闻阈。（《赠浃上人一上人》）
诗如驾高浪，万顷随笔力。（《奉送子之还京师》）
毫端倒江海，胸次湛明月。（《寄马巨济察院时监泰州酒得宫祠归南京》）

---

① 《童蒙诗训·学文者应涵泳杜、苏语》，《宋诗话辑佚》卷下，下册，第590页。
② 《童蒙诗训·学古人妙处》，《宋诗话辑佚》卷下，下册，第593页。
③ 《童蒙诗训·左氏文二则》，《宋诗话辑佚》卷下，下册，第599页。
④ 《童蒙诗训·东坡之文》，《宋诗话辑佚》卷下，下册，第600页。
⑤ 《童蒙诗训·为文养气》，《宋诗话辑佚》卷下，下册，第602页。
⑥ 《童蒙诗训·三苏进策》，《宋诗话辑佚》卷下，下册，第605页。

无论是"万斛力""拔山力",还是"万顷随笔力""倒江海",都是强调"力"和雄浑之美。司空图《二十四诗品》认为雄浑的特征是"大用外腓,真体内充。返虚入浑,积健为雄。具备万物,横绝太空。荒荒油云,寥寥长风。超以象外,得其环中。持之非强,来之无穷"①。"华美文辞在外,真体充满其中",这是"气"与"力"完美结合的体现。返回空虚而达到浑朴,积累正气而至于雄健,正所谓"大力无敌为雄,元气未分为浑",这同样是"气"与"力"的完美结合。可见"雄浑"是"气"与"力"结合的产物,"雄"为雄健壮大之力,"浑"为虚廓浑朴之气。气为力之根本,力为气之外露。

3. 字字当活,活则自响

> 潘邠老言:"七言诗第五字要响,如'返照入江翻石壁,归云拥树失山村','翻'字、'失'字是响字也。五言诗第三字要响,如'圆荷浮小叶,细麦落轻花','浮'字、'落'字是响字也。所谓响者,致力处也。"予窃以为字字当活,活则字字自响。②

> 尝见居仁论诗,每句中须有一两字响,响字乃妙指。如"身轻一鸟过""飞燕受风斜","过"字、"受"字,皆一句中响字也。③

吕本中论诗强调"响"。何谓"响"?从所举例子看来,"响"应该不是指音韵上的抑扬顿挫,而是指字义为全句之中最为警策之处,也即一句之中作者"致力"最多、锤炼最为精当的"妙指",这类似于通俗所说的"句眼",有人论诗时甚至直接认为"响"就是"句眼",如元代范德机在《诗学禁脔》中评韩偓《惜春》一诗云:"颔联有'归''入'二字响,乃句中之眼,详味有无穷之意。"④

"句眼"也即"句中有眼",黄庭坚所谓"拾遗句中有眼"正是这个意思。简言之,"句眼"就是"特指能令诗句生动传神、文采飞扬的一两

---

① 司空图:《二十四诗品·雄浑》,郭绍虞《诗品集解 续诗品注》,人民文学出版社1963年版,第3页。
② 《童蒙诗训·诗中响字》,《宋诗话辑佚》卷下,下册,第587页。
③ 张九成:《横浦心传录》卷上,《古典文学研究资料汇编·黄庭坚和江西诗派卷》下卷,第763页。
④ 范德机:《诗学禁脔》,《历代诗话》下册,第762页。

个关键性的字"①。对"响"的推崇，就是对"句眼"的推崇，这其实也就是对炼字的推崇。《竹庄诗话》卷一引《漫斋语录》："五字诗以第三字为句眼，七字诗以第五字为句眼。古人炼字只于句眼上炼。"② 严羽也有"下字贵响，造语贵圆"③ 之说。炼字炼得好，不但能使诗句增色，还能提升整篇诗作艺术境界，范温在《潜溪诗眼》中说："句法以一字为工，自然颖异不凡。如灵丹一粒，点铁成金也。"④ 强调炼字对诗歌的重要作用，古今基本一致，这是源于诗歌这种体裁本身的特质。作为语言艺术，诗歌需要深刻的思想、充沛的感情、新颖的构思，需要善于运用优美、简洁、生动、形象的语言来表达。好诗很少是一挥而就的，大多经过对字句的千锤百炼。炼字即锤炼语言，就是从丰富的词汇中，经过反复琢磨，挑选出最妥切、最精确的词语来表情达意或描摹事物，创造出最优美、最生动的诗句。那究竟炼字有何法则呢？

吕本中说"活则字字自响"，当然不能说只要"活"则字字皆是句眼，而应该理解为：唯有以"活"为原则，才能炼出好字。从另外一个方面讲，炼字本就贵在求"活"，只有求得"活"，才能使所炼之字为全句生色，为整篇增辉。对此，清人刘熙载指出：

  炼篇、炼章、炼句、炼字，总之所贵乎炼者，是往活处炼，非往死处炼也。夫活，亦在乎认取诗眼而已。⑤

刘熙载的论述包含两个方面的内容，一是强调"炼字求活"的根本原则，二是指明以"炼诗眼求活"的终南捷径。炼字有诸多门径，诸如重视生活、细致观察、频加雕琢等等，但最根本的原则还是忌"炼死字"。清代沈祥龙在《论词随笔》中写道："词之用字，务在精择。腐者、哑者、笨者、弱者、粗俗者、生硬者、词中之未经见者，皆不可用。"⑥ 显然，上文所列举的几种情况，基本上都属于"死"字的范畴。另外，在某种意义上说，流于一般常用的字也是"死"字，因为它们无法显现出独特的艺术

---

  ① 周明辰：《新途径、新技艺、新天地——浅谈宋诗的"句眼"说》，《河北建筑科技学院学报》（社会科学版）1999 年第 3 期。
  ② 何谿汶：《竹庄诗话》卷一，《景印文渊阁四库全书》第 1481 册，第 556 页。
  ③ 《沧浪诗话·诗法》，《沧浪诗话校释》，第 118 页。
  ④ 《潜溪诗眼》，《宋诗话辑佚》卷上，上册，第 333 页。
  ⑤ 刘熙载：《艺概》卷二"诗概"，上海古籍出版社 1978 年版，第 78 页。
  ⑥ 沈祥龙：《论词随笔》，唐圭璋编《词话丛编》，中华书局 1986 年版，第 5 册，第 4052 页。

魅力。

总之，吕本中的诗论以佛禅理学为譬喻，形象地道出作诗的奥妙，这一方面是因为学诗和参禅之理在机理上有较大的相似，另一方面则是因为吕本中因家学和师承的关系，本身有扎实的佛禅理学基础，所以能就近取譬。

吕本中的诗论在结构上较为完整，既包括以"活法说""悟入说""苦吟频改"为主的创作论部分，又包括强调"诗贵警策""气力雄浑""字字当活，活则自响"的风格论部分。更重要的是，吕本中给后学者指明了学诗的具体途径，讲究可意会而不可言传的诗法，如"广泛阅读，涵泳经典""勤于揣摩，熟而生巧""涤尽尘埃，胸次宽广"等非常具体的做法，为学诗者指明了快速掌握诗法之妙的捷径。

二、靖康之难与陈与义诗学观的转变

陈与义（1090～1138），字去非，号简斋，洛阳人。是南北宋之交杰出的诗人，也是江西诗派后期代表作家。纪昀等《四库全书总目》卷一五六云："与义之生，视元祐诸人稍晚，故吕本中《江西宗派图》中不列其名。然靖康以后，北宋诗人凋零殆尽，惟与义为文章宿老，岿然独存。其诗虽源出豫章，而天分绝高，工于变化，风格遒上，思力沉挚，能卓然自辟蹊径。"① 方回《瀛奎律髓》卷二十六指出："古今诗人当以老杜、山谷、后山、简斋四家为一祖三宗，馀可预配飨者有数焉。"② 严羽《沧浪诗话·诗体》云："简斋体，陈去非与义也。亦江西之派而小异。"③ 宋濂《答董秀才论诗书》也说："元祐之间，苏、黄挺出，虽曰共师李、杜，而竟以己意相高，而诸作又废矣。自此以后，诗人迭起，或波澜富而句律疏，或锻炼精而情性远，大抵不出于二家。观于苏门四学士及江西宗派诸诗，盖可见矣。陈去非虽晚出，乃能因崔德符而归宿于少陵，有不为流俗

---

① 《简斋集提要》，永瑢、纪昀主编《四库全书总目提要》卷一五六，海南出版社1999年版，第812页。
② 《瀛奎律髓》卷二十六《评陈简斋〈清明〉》，《瀛奎律髓汇评》中册，第1149页。
③ 《沧浪诗话·诗体》，《沧浪诗话校释》，第59页。

之所移易。"① 南渡之前，陈与义诗祖述杜甫，法嗣黄庭坚、陈师道，研习江西诗法，追求句法的新奇；南渡以后，国破家亡、颠沛流离，较为广泛地接触了社会现实，"但恨平生意，轻了少陵诗"②，对杜诗忧国爱民的精神实质有了深切的体会，始悟"要必识苏、黄之所不为，然后可以涉老杜之涯涘"③，诗风为之一变，诗学观也由此转变。

20世纪80年代以来，对陈与义的研究，主要集中于陈与义及其诗歌创作、学杜以及与江西诗派的渊源和诗风差异等方面作考察④。关于陈与义诗学思想的研究，代表性成果有顾易生、蒋凡、刘明今著的《宋金元文学批评史》，其第二编"南宋诗文批评"第三节将陈与义的诗学思想主要概括为：一、对文学与生活现实关系的认识；二、对艺术思维及诗歌形象的认识；三、对学习和借鉴前人的认识。⑤ 陈与义没有专门的诗歌理论著述，本部分主要从其他古代学者的转述以及陈与义诗歌作品中发掘提取其诗学思想，将之置于靖康之变的历史背景中加以考察。

（一）急搜奇句报新晴

江西诗派以祖述杜甫相号召，黄庭坚《赠高子勉四首》其四云："拾遗句中有眼，彭泽意在无弦。"陈师道《后山诗话》云："学诗以子美为师，有规矩故可学。"⑥ 黄庭坚在指导初习诗歌的青年时，引导他们由研习杜诗句法入门。可见，研习句法成为江西诗学的不二法门。任渊《黄陈诗集注序》云："大凡以诗名世者，一句一字，必月锻季炼，未尝轻发，必有所考。……本朝山谷老人之诗，尽极骚、雅之变，后山从其游，将寒冰焉。故二家之诗，一句一字有历古人六七作者。"⑦ 作为江西诗派"三宗"的黄、陈，在锻炼诗歌句法上，可谓惨淡经营，身体力行。陈与义对锻炼句法也颇为赞同，他说："唐人皆苦思作诗，所谓'吟安一个字，撚

---

① 宋濂：《宋学士全集》卷二十八《答董秀才论诗书》，《景印文渊阁四库全书》第1224册，第462页。
② 陈与义：《正月十二日自房州遇вий至奔入南山十五日抵回谷张家》，《全宋诗》卷一七四四，北京大学出版社1997年版，第31册，第19521～19522页。本节所引陈与义诗均见此册。
③ 晦斋：《简斋诗集引》，陈与义《陈与义集》，吴书荫、金德厚点校，中华书局1982年版，上册，卷首第1页。
④ 参见董秋月：《20世纪80年代以来陈与义研究综述》，《牡丹江师范学院学报》（哲学社会科学版）2015年第2期。
⑤ 《宋金元文学批评史》上册，第246～257页。
⑥ 《后山诗话》，《历代诗话》上册，第304页。
⑦ 任渊：《黄陈诗集注序》，黄宝华点校《山谷诗集注》，上海古籍出版社2003年版，上册，第3页。

断数茎须''句向夜深得，心从天外归''吟成五字句，用破一生心'……之类者是也。故造语皆工，得句皆奇，但韵格不高，故不能参少陵之逸步。后之学诗者，傥能取唐人语而掇入少陵绳墨步骤中，此速肖之术也。"① 陈与义非常膺服陈师道，其《寻诗两绝句》其一云："无人画出陈居士，亭角寻诗满袖风。"据徐度《却扫编》卷中载：陈与义"言本朝诗人之诗，有慎不可读者，有不可不读者，慎不可读者梅圣俞，不可不读者陈无己也"②。张嵲评价陈与义："唯公妙句法，字字陵风骚。"③ 陈与义对谢朓熔裁警句十分倾慕："闲弄玉如意，天河白练横。时无李供奉，谁识谢宣城？"(《夏夜》)谢朓《晚登三山还望京邑》"馀霞散成绮，澄江静如练"④ 句为李白激赏："解道澄江净如练，令人长忆谢玄晖。"⑤ 故而，陈与义有关"搜句""觅句""吟（诵）句""裁句""寻诗"的表述俯拾皆是：《游八关寺后池上》："柳林横绝野，藜杖去寻诗。"《题许道学画》："此中有佳句，吟断不相关。"《次韵答张迪功坐上见贻张将赴南都任二首》其二："千首能轻万户侯，诵君佳句解人忧。"《游葆真池上》："再来知何似，有句端难裁。"《十月》："病夫搜句了节序，小斋焚香无是非。"《对酒》："陈留春色撩诗思，一日搜肠一百回。"《感怀》："作吏不妨三折臂，搜诗空费九回肠。"《夜梦隄上三首》其一："百年信难料，剩赋奇绝诗。"《题简斋》："觅句方未了，简斋真虚名。"《邓州城楼》："独抚栏干咏奇句，满楼风月不枝梧。"《同继祖民瞻赋诗亭二首》其二："只今那得王摩诘，画我凭栏觅句图。"《重阳》："如许行年那可记，谩排诗句写新愁。"《周尹潜雪中过门不我顾遂登西楼作诗见寄次韵谢之三首》其一："晓窗飞雪惬幽听，起觅新诗自启扃。"《寻诗两绝句》其二："醒来推户寻诗去，乔木峥嵘明月中。"《同范直愚单履游浯溪》："欲搜奇句谢两公，风作浪涌空心侧。"

从陈与义诗歌创作实际来看，我认为，陈与义所搜诗句有一个鲜明特点即"新奇"。试看其《雨晴》：

---

① 《仕学规范》卷四十引，《景印文渊阁四库全书》第 875 册，第 201 页。
② 《却扫编》卷中，《历代笔记小说大观·宋元笔记小说大观》第 4 册，第 4500 页。
③ 张嵲：《紫微集》卷四《赠陈符宝去非》，《景印文渊阁四库全书》第 1131 册，第 371 页。
④ 谢朓：《晚登三山望京邑》，逯钦立辑校《先秦汉魏晋南北朝诗》，中华书局 1983 年版，中册，第 1430 页。
⑤ 李白：《金陵城西楼月下吟》，瞿蜕园、朱金城校注《李白集校注》，上海古籍出版社 1980 年版，上册，第 520 页。

天缺西南江面清，纤云不动小滩横。
墙头语鹊衣犹湿，楼外残雷气未平。
尽取微凉供稳睡，急搜奇句报新晴。
今宵绝胜无人共，卧看星河尽意明。

这首诗写夏日雨过天晴的景色及作者的欣喜之情。首联说一阵大雨过后天气开始放晴，天空的西南方乌云散去，露出一角湛蓝，犹如清澈的江面；残余的纤云一丝不动，又仿佛横在江面的小沙滩。以水及水中小滩比喻天空局部的云朵，不仅新奇，且暗示雨后天空共江水一色，互映生辉。颔联上句特写鸟鹊立于墙头抖着羽毛上的雨水，叽叽喳喳，好似急不可耐地向人们报晴；下句由近而远写地平线还隐隐地传来轻微的雷声，好像满腹不平之气还没有吐尽。张嵲指出，陈与义"尤邃于诗，体物寓兴，清邃超特，纡馀闳肆，高举横厉，上下陶、谢、韩、柳之间"①。"体物寓兴"即状物并寄寓意兴。以上二联，状物之奇，寓兴之新，前无古人。颈联写作者雨后转凉产生了睡意和诗情，但诗情高于睡意。一"供"一"报"令人玩味，含有人与自然交流默契之意。末联设想今宵定然无人分享卧看雨后之象——星河分外明澈的快乐。此诗十分讲究炼字，诸如"尽""微""稳""急""奇""新"，奇活生新。陈与义所追求的"新奇"既不同于韩愈的"奇险"，也有异于黄庭坚的"尖新"。他说："卜居赋就知谋拙，入宅诗成觉意新。"（《徙舍蒙大成赐诗》）可见，陈与义所追求的"新奇"是诗"意新"。普闻《诗论》云："诗家云，炼字莫如炼句，炼句莫若得格，格高本乎琢句，句高则格胜矣。天下之诗，莫出乎二句，一曰意句，二曰境句。境句易琢，意句难制。境句人皆得之，独意不得其妙者，盖不知其旨也。……陈去非诗云：'一官不辨作生涯，几见秋风卷岸沙。'境也，著'几见'二字，便成意句。"② 指出陈与义炼字炼句是为了达到"意新"，意新则"格胜"。这与陈与义取法前人创作经验甚宽且严的审美取向有关。他在《周尹潜雪中过门不我顾遂登西楼作诗见寄次韵谢之三首》其二中说："深知壮观增诗律，洗尽元和到建安。""建安"指建安风骨或建安体，即以"三曹""建安七子"为代表的建安诗人的诗歌风格，

---

① 《紫微集》卷三十五《陈公资政墓志铭》，《景印文渊阁四库全书》第1131册，第648～649页。

② 普闻：《诗论》，陶宗仪等编《说郛》卷七十九，张宗祥重校《说郛三种》，上海古籍出版社1988年版，第6册，第3672～3673页。

刘勰《文心雕龙·时序》描述为："雅好慷慨，良由世积乱离，风衰俗怨，并志深而笔长，故梗概而多气也。"① 陈与义主张取法建安诗，他又在《蒙赐佳什钦叹不足撰浅陋辄次元韵》中说："方驾曹刘盖馀力，压倒元白聊一快。……清诗忽复堕华笺，要使握瑜夸等辈。"张戒《岁寒堂诗话》卷上载："乙卯冬，陈去非初见余诗，曰：'奇语甚多，只欠建安六朝诗耳。'"② 足见他对以"三曹""七子"为代表的建安诗风的心仪手摹、不遗余力，并以此作为衡量他人诗作的标尺之一。"元和"指元和体，即中唐元和年间（806～820）诗坛上流行的诗风。李肇《唐国史补》卷下："元和已后，为文笔则学奇诡于韩愈，学苦涩于樊宗师，歌行则学流荡于张籍，诗章则学矫激于孟郊，学浅切于白居易，学淫靡于元稹。俱名为元和体。"③ 赵翼《瓯北诗话》卷四云："中唐诗以韩、孟、元、白为最。韩、孟尚奇警，务言人所不敢言；元、白尚坦易，务言人所共欲言。"④ 陈与义之所以要非元和体，就在于它或"务言人所不敢言"，或"务言人所共欲言"，认为都不可取法。其《题酒务壁》又云："自题西轩壁，不杂徐庾尘。""徐庾"指徐庾体，指南朝梁徐摛、徐陵父子和庾肩吾、庾信父子的诗文风格。《北史·庾信传》称：庾信"父肩吾为梁太子中庶子，掌书记。东海徐摛为右卫率，摛子陵及信并为抄撰学士。父子在东宫，出入禁闼，恩礼莫与比隆。既文并绮艳，故世号'徐庾体'焉"⑤。徐、庾两对父子此时的诗歌，多为奉旨应制之作，内容贫弱，是一种专事辞藻的宫体诗，故《隋书·文学传序》云："梁自大同之后，雅道沦缺，渐乖典则，争驰新巧。简文、湘东，启其淫放，徐陵、庾信，分路扬镳，其意浅而繁，其文匿而彩，词尚轻险，情多哀思。"⑥ 显然，专事辞藻的宫体诗为陈与义所不取。

陈与义取法前人有自己的审美标准。徐度《却扫编》卷中："陈参政去非少学诗于崔鹏德符，尝请问作诗之要。崔曰：'凡作诗，工拙所未论，大要忌俗而已。天下书虽不可不读，然慎不可有意于用事。'"⑦ 葛胜仲谓陈与义"天分既高，用心亦苦，务一洗旧常畦径。意不拔俗，语不惊人，

---

① 《文心雕龙·时序》，《文心雕龙译注》，第405页。
② 张戒：《岁寒堂诗话》卷上，《历代诗话续编》上册，第464页。
③ 李肇：《唐国史补》卷下，周光培编《历代笔记小说集成·唐代笔记小说》，河北教育出版社1994年版，第1册，第279页。
④ 《瓯北诗话》卷四，第36页。
⑤ 李延寿：《北史》卷八十三，中华书局2000年版，第2册，第1851～1852页。
⑥ 魏徵：《隋书》卷七十六，中华书局2000年版，第2册，第1163～1164页。
⑦ 《却扫编》卷中，《历代笔记小说大观·宋元笔记小说大观》第4册，第4500页。

不轻出也"①。"忌俗"是江西诗派的主张,黄庭坚就坚持"宁律不谐,而不使句弱;用字不工,不使语俗"②,认为"士生于世可以百为,唯不可俗。俗便不可医也"③;陈师道亦主张"宁僻毋俗"④;陈与义也说:"奇哉古无有,未觉欠孟嘉。天公亦喜我,催诗出微霞。赋罢迹已陈,忧乐如转车。却后五百岁,远俗增雄夸。"(《九月八日登高作重九奇父赋三十韵与义拾馀意亦赋十二韵》)又说:"宁食三斗尘,有手不揎无诗人。宁饮三斗醋,有耳不听无味句。"(《送王周士赴发运司属官》)这种主张实际上就是提倡诗歌创作中的创新精神。可见陈与义的诗歌创作与其"忌俗"诗学观是一致的。

陈与义《再赋》其一云:"堂堂李杜坛,谁敢蹑其址。"《度岭一首》云:"已吟子美湖南句,更拟东坡岭外文。"作为江西诗派的后起之秀,陈与义诗歌虽然"源出豫章"⑤,但他博取建安、陶渊明、王维、李白、杜甫、苏轼等各家之长,融会贯通,自成一家。陈善《扪虱新话》载:

> 客有诵陈去非《墨梅》诗于予者,且曰:"信古人未曾道此。"予摘其一曰:"'粲粲江南万玉妃,别来几度见春归。相逢京洛浑依旧,只是缁尘染素衣。'世以简斋诗为新体,岂此类乎?"客曰:"然。"予曰:"此东坡句法也。坡《梅花》绝句云:'月地云阶漫一樽,玉奴终不负东昏。临春结绮荒荆棘,谁信幽香是返魂。'简斋亦善夺胎耳。简斋又有《腊梅》诗曰:'奕奕金仙面,排行立晓晴。殷勤夜来雪,少住作珠缨。'亦此法也。"⑥

这里所谓"夺胎法"仍然属于"换骨法",前文已辨析,此不赘述。陈模《怀古录》卷中载:"东坡云:'吟诗必此诗,定知非诗人。'陈简斋《和张规臣水墨梅》诗云:'含章阁下春风雨,造化工夫秋兔毫。意足不求颜色似,前身相马九方皋。'使事而得活法者也。"⑦ 刘辰翁《简斋诗笺序》

---

① 葛胜仲:《丹阳集》卷八《陈去非诗集序》,《景印文渊阁四库全书》第1127册,第488页。
② 《题意可诗后》,《山谷题跋》卷二,第46页。
③ 《书嵇叔夜诗与侄榎》,《山谷题跋》补编,第279页。
④ 《后山诗话》,《历代诗话》上册,第311页。
⑤ 《简斋集提要》,《四库全书总目提要》卷一五六,第812页。
⑥ 陈善:《扪虱新话》上集卷四,孙钒婧、孙友新校注,陈叔侗点评《扪虱新话评注》,福建人民出版社2014年版,第139页。
⑦ 《怀古录校注》卷中,第53页。

也云:"惟陈简斋以后山体用后山,望之苍然,而光景明丽,肌骨匀称。古称陶公用兵,得法外意。以简斋视陈、黄,节制亮无不及。则后山比简斋,刻削尚似,矜持未尽去也。"① 的确,陈与义"换骨"也好,"使事"也好,没有江西诗派"以才学为诗"、卖弄学问的旧习气,正是他"天下书虽不可不读,然慎不可有意于用事"在创作实践上的最好体现。故而陈善评价他为"得活法者"。据年谱记载陈与义三十岁至四十一岁与吕本中有唱和。吕本中所提出的"活法"应该对陈与义有所影响。刘克庄认为陈与义"第其品格,故当在诸家之上"②;方回也指出陈与义"格调高胜,举一世莫之能及"③。我认为,这些评价正是陈与义诗歌尚奇、求新、拔俗的结果。

(二) 新诗满眼不能裁

宋钦宗靖康元年(1126),金军分东西两路大举南侵,由于宋廷在大河两岸没有布置足够的防御力量,金军便在无抵抗的情形下渡过黄河,攻破开封。次年(1127)四月,金人俘虏了徽、钦二帝和后妃、皇子、皇女以及宗室贵戚三千多人北去,北宋灭亡,史称"靖康之变"。靖康之变,陈与义历经战乱,避难襄汉,流离湖湘,目睹了亡国的惨祸,成为他一生中的重大转折,也是他诗歌创作上的分水岭,生活和思想意识发生了激变,诗风及其诗学观也发生明显转向。楼钥《简斋诗笺叙》云:"参政简斋陈公,少在洛下,已称诗俊;南渡以后,身履百罹而诗益高,遂以名天下。"④ 葛胜仲《丹阳集》卷八谓陈与义"会兵兴抢攘,避地湘、广,泛洞庭,上九疑、罗浮。虽流离困厄,而能以山川秀杰之气,益昌其诗,故晚年赋咏尤工"⑤。刘克庄《后村诗话》卷二谓陈与义:"建炎以后,避地湖峤,行路万里,诗益奇壮。……造次不忘忧爱,以简洁扫繁缛,以雄浑代尖巧。第其品格,故当在诸家之上。"⑥ 罗大经《鹤林玉露》甲编卷六《简斋诗》也云:"自陈、黄之后,诗人无逾陈简斋。其诗繇简古而发秾

---

① 刘辰翁:《简斋诗笺序》,《刘辰翁集》卷十五,段大林校点,江西人民出版社1987年版,第440页。
② 刘克庄:《后村诗话》前集卷二,王秀梅点校,中华书局1983年版,第27页。
③ 《瀛奎律髓》卷二十三《评陈简斋〈山中〉》,《瀛奎律髓汇评》中册,第1002页。
④ 楼钥:《简斋诗笺叙》,《陈与义集》上册,卷首第1页。
⑤ 《丹阳集》卷八,《景印文渊阁四库全书》第1127册,第488页。
⑥ 《后村诗话》前集卷二,第26~27页。

纤，值靖康之乱，崎岖流落，感时恨别，颇有一饭不忘君之意。"①

国破家亡的惨痛，崎岖流落的人生经历，迫使陈与义走出养尊处优的官府和狭小的书斋，接触到了广阔丰富的社会生活，扩大了视野。正如清人谢启昆所云："居士寻诗墨未干，杏花消息雨声寒。谁言诗到苏黄尽，万里南行眼界宽。"② 于是，他由南渡前苦苦地觅句寻诗转向"忽有好诗生眼底，安排句法已难寻"(《春日》)：

密雪来催诗，似怪子不作。……满眼丰岁意，空诗信难酢。(《舍弟蹦日不知雪势密因再赋》)

林泉入梦吾当隐，花鸟催诗岁不留。(《次韵谢表兄张元东见寄》)

且复哦诗置此事，江山相助莫相违。(《次韵光化宋唐年主簿见寄二首》其二)

洛阳城边风起沙，征衫岁岁负年华，归途忽践杨柳影，春事已到芜菁花。道路无穷几倾毂，牛羊既饱各知家。人生扰扰成底事，马上哦诗日又斜。(《归洛道中》)

新诗满眼不能裁，鸟度云移落酒杯。(《对酒》)

卧听西风吹好句，老夫无恨幕生波。(《九日宜春苑午憩幕中听大光诵朱迪功诗》)

落日留霞知我醉，长风吹月送诗来。(《后三日再赋》)

城中那有此？触处皆新诗。(《赴陈留二首》其一)

莺声时节改，杏叶雨气新。佳句忽堕前，追摹已难真。(《题酒务壁》)

蛛丝闪夕霁，随处有诗情。(《春雨》)

诗情满行色，何地着世纷。(《晓发叶城》)

洒面风吹作飞雨，老夫诗到此间成。(《罗江二首》其一)

物象自堪供客眼，未须觅句户长扃。(《寺居》)

急雪催诗兴未阑，东风肯奈乌乌寒。(《又用韵春雪》)

佚名《小园解后录》云："'朝来庭树有鸣禽，红绿扶春上远林。忽有好诗生眼底，安排句法已难寻。'此简斋之诗也。观末后两句，则诗之

---

① 罗大经：《简斋诗》，《鹤林玉露》甲编卷六，王瑞来点校，中华书局1983年版，第105~106页。

② 谢启昆：《树经堂诗集》初集卷十一《读全宋诗仿元遗山论诗绝句二百首》其一四二，《续修四库全书》，上海古籍出版社2013年版，第1458册，第139页。

为诗，岂可以作意为之耶！"① 我认为，不再"作意为之"正是陈与义南渡后诗学观及其创作的明显转变。

如前所述，南渡之前，陈与义诗歌创作基本上是"陈留春色撩诗思，一日搜肠一百回"（《对酒》）——搜肠刮肚、惨淡经营的"作意为之"；如今，一旦投向大自然，投向火热的现实生活，正如杨万里所云"老夫不是觅诗句，诗句自来寻老夫"（《晚寒题水仙花并湖山三首》其三），千姿百态的自然景观、波澜壮阔的现实生活，纷至沓来，化作诗情画意，应接不暇，意在笔先，左右逢源，汩汩涌向笔端，奋笔疾书，如走弹丸，文不加点，一气呵成。"风流到尊酒，犹足助诗狂"（《酴醾》），"遥知太白无多事，醉里诗成不待搜"（《次韵宋主簿诗》），描述的正是这种创作状态和体验。"忽有好诗生眼底，安排句法已难寻"，谓诗思袭来，挥笔而就；无须字斟句酌地"安排句法"，这叫"冲口直致，盖与彭泽'把酒（采菊）东篱下，悠然见南山'同一关捩"②。倘若待你推敲一番，突如其来的诗思便会稍纵即逝，消失得无影无踪，再也"难寻"了。因此，陈与义说："百世窗明窗暗里，题诗不用著工夫。"（《秋试院将出书所寓窗》）"题诗不用著工夫"，既是当前创作状态的自豪流露，也包含对过去"安排句法"、斟酌"诗律"、"作意为之"的知性反思，"对自己所敬仰的江西前辈宗师，并不盲从"③。其《同继祖民瞻赋诗亭二首》其二又云："邂逅今朝一段奇，从来华屋不关诗。""华屋"指富丽堂皇的官府。黄庭坚《湖口人李正臣蓄异石九峰，东坡先生名曰"壶中九华"。并为作诗。后八年自海外归，湖口石已为好事者所取，乃和前篇以为笑，实建中靖国元年四月十六日。明年当崇宁之元五月二十日，庭坚系舟湖口，李正臣持此诗来，石既不可复见，东坡亦下世矣，感叹不足，因次前韵》云："试问安排华屋处，何如零落乱云中？"④ 谓苏轼身居庙堂之上，何如流落江湖而免遭祸患。陈与义在符宝郎任上受到荐主王黼的牵累，谪监陈留酒税。其《游八关寺后池上》云："不有今年谪，争成此段奇。"后来创作的《周尹潜以怀有鄂州之命作诗见赠有横槊之句次韵谢之》云："一岁忧兵四阅时，偷生不恨

---

① 魏庆之：《诗人玉屑》卷五引，上海古籍出版社 1978 年新一版，上册，第 119 页。
② 傅自得：《韦斋集序》，朱松《韦斋集》卷首，《景印文渊阁四库全书》第 1133 册，第 426 页。
③ 《宋金元文学批评史》上册，第 249 页。
④ 黄庭坚：《湖口人李正臣蓄异石九峰，东坡先生名曰"壶中九华"。并为作诗。后八年自海外归，湖口石已为好事者所取，乃和前篇以为笑，实建中靖国元年四月十六日。明年当崇宁之元五月二十日，庭坚系舟湖口，李正臣持此诗来，石既不可复见，东坡亦下世矣，感叹不足，因次前韵》，《黄庭坚诗集注》第 2 册，第 596 页。

隙驹驰。如何南纪持竿手,却把西州破贼旗。傥有青油盛快士,何妨画戟入新诗。因君调我还增气,男子平生政要奇。"《怀天经智老因访之》云:"客子光阴诗卷里,杏花消息雨声中。"《年华》云:"去国频更岁,为官不救饥。春生残雪外,酒尽落梅时。白日山川映,青天草木宜。年华不负客,一一入吾诗。"切身的仕途遭遇体验、战乱频仍的社会现实、颠沛流离的人生经历,使陈与义的诗学观得到理论升华,"从来华屋不关诗",表明陈与义已认识到诗歌"穷而后工"的道理,揭示出诗歌创作的规律之一:从文学史上来观照,大凡有成就的诗人,几乎无一不是仕途坎坷或是怀才不遇,正如韩愈在《柳子厚墓志铭》中所云:"然子厚斥不久,穷不极,虽有出于人,其文学辞章,必不能自力,以致必传于后,如今无疑也。虽使子厚得所愿,为将相于一时,以彼易此,孰得孰失,必有能辨之者。"①

靖康之变使陈与义诗学观发生了根本性转向:"但恨平生意,轻了少陵诗。"(《正月十二日自房州遇金兵至奔入南山十五日抵回谷张家》)他反省自己过去师法杜甫,主要专注于诗歌艺术技巧,如今他对杜甫忧国忧民的现实主义精神有了切身体验和深刻认识。胡穉《简斋诗笺叙》指出:"况其忧国爱民之意,又与少陵无间。自坡、谷以降,谁能企之?"② 于是创作出一批现实主义作品,方回《瀛奎律髓》卷一评陈与义《渡江》诗:"此谓渡浙江也。简斋绍兴初避地广南,赴召由闽入越。行在时寓会稽,过钱塘。简斋,洛阳人,诗逼老杜,于渡浙江所题如此,可谓亦壮矣哉。"③ 又评陈与义《登岳阳楼》诗:"简斋《登岳阳楼》凡三诗,又有《巴丘书事》一诗,皆悲壮激烈,……近逼山谷,远诣老杜。……乃建炎中避地时诗也。"④ 试看《伤春》:

庙堂无计可平戎,坐使甘泉照夕烽。
初怪上都闻战马,岂知穷海看飞龙!
孤臣霜发三千丈,每岁烟花一万重。
稍喜长沙向延阁,疲兵敢犯犬羊锋。

---

① 韩愈:《柳子厚墓志铭》,童第德选注《韩愈文选》,人民文学出版社1980年版,第181~182页。
② 胡穉:《简斋诗笺叙》,《陈与义集》上册,卷首第2页。
③ 《瀛奎律髓》卷一《评陈简斋〈渡江〉》,《瀛奎律髓汇评》上册,第20页。
④ 《瀛奎律髓》卷一《评陈简斋〈登岳阳楼〉》,《瀛奎律髓汇评》上册,第41页。

宋高宗炎三年（1129）秋，金兵大举渡江，攻陷建康（今南京），不久攻入临安（今杭州），高宗狼狈逃到温州。次年春，正流遇湖南的陈与义在湘南入桂途中，听到向子諲坚守潭州（今长沙）、英勇抵抗金兵的消息，写下了这首忧时伤乱的诗。尖锐讽刺了朝廷的软弱无能，赞扬了向子諲组织军民抗击金兵的英勇行为，表达了诗人对国家前途的深沉忧虑。表现上采用对照互补手法——金国骑兵的长驱直入与宋高宗的狼狈奔逃对照、弱小的宋朝军民义兵与强劲的金兵对照——从而突出表现了宋朝统治者偏安政策所带来的祸害和宋朝军民不甘屈服、同仇敌忾、敢于以弱抗强的英勇气概和民族正气。诗题《伤春》取意于杜甫的同题诗，不仅体现了诗人对杜甫现实主义精神的继承，在写作手法和风格上亦酷似老杜。方回认为，"自黄、陈绍老杜之后，惟去非与吕居仁亦登老杜之坛"①。

陈与义对诗歌风格也提出了自己的看法："莫道人人握珠玉，应须字字挟风霜"（《和若拙弟得陪游后园》）；"诗成堕人世，字字含风霜"（《再赋》其三）。"珠玉"在此比喻精美的语言。在陈与义看来，诗歌语言精美还不够，还须具有强烈的审美感染力。《西京杂记》卷三载："淮南王安著《鸿烈》二十一篇……自云'字中皆挟风霜。'"② 《汉语大词典》释此"风霜"比喻峻厉严肃的内容③。我们认为陈与义所谓"字字挟风霜""字字含风霜"，有悲壮老苍之意，这样的作品才具有强烈的审美冲击力和艺术感染力。方回评价说："黄、陈学老杜者也，嗣黄、陈而恢张悲壮者，陈简斋也。"④ 这种诗风绝不可能在养尊处优的"华屋"获得，"也知廊庙当推毂，无奈江山好赋诗"（《得席大光书因以诗迓之》），它只能来自历经磨难的人生、波澜壮阔的现实生活和江山之助。宋人袁说友热情洋溢地赞曰："胸中元自有江山，故向巴丘见一斑。明月清风收拾尽，简斋诗遂满人间。"⑤ 黄庭坚《题子瞻枯木》云："胸中元自有丘壑，故作老木蟠风霜。"⑥ 谓苏轼胸纳丘壑，故他笔下的枯木盘曲在风霜之中，阅历沧桑，

---

① 《瀛奎律髓》卷二十三《评陈简斋〈山中〉》，《瀛奎律髓汇评》中册，第1002页。
② 刘歆撰，葛洪集：《西京杂记》卷三，王根林校点《历代笔记小说大观·汉魏六朝笔记小说大观》，上海古籍出版社1999年版，第98页。
③ 罗竹风主编：《汉语大词典》，汉语大词典出版社1993年版，第12卷，第631页。
④ 《瀛奎律髓》卷一《评陈简斋〈与大光同登封州小阁〉》，《瀛奎律髓汇评》上册，第42页。
⑤ 袁说友：《题简斋》，《全宋诗》卷二五八〇，北京大学出版社1998年版，第48册，第29989页。"巴丘"指陈与义《巴丘书事》："三分书里识巴丘，临老避胡初一游。晚木声酣洞庭野，晴天影抱岳阳楼。四年风露侵游子，十月江湖吐乱洲。未必上流须鲁肃，腐儒空白九分头。"
⑥ 黄庭坚：《题子瞻枯木》，《黄庭坚诗集注》第1册，第348～349页。

苍劲有力,意境深邃。陈与义诗之所以能够"满人间"——广为传播,同样在于它具有沧桑的阅历、深邃的意境,故而具有强烈的艺术感染力。

三、从锻炼句法到诗外工夫看陆游诗学观的嬗变

陆游(1125～1210),字务观,自号放翁,越州山阴(今浙江绍兴)人。宋高宗绍兴二十三年(1153),试礼部,名在前列,因触怒秦桧被黜免。孝宗时赐进士出身。历官隆兴、夔州通判,并参王炎、范成大幕府,提举福建及江南西路常平茶盐公事,权知严州。光宗时,除朝议大夫、礼部郎中。后被劾去职,归老故乡。他早年受到江西诗派的影响,后来阅历渐深,悟到诗歌与现实生活的关系,始摆脱旧习,自成风格。有《剑南诗稿》八十五卷、《渭南文集》五十卷、《老学庵笔记》十卷等传世。

陆游一生创作颇丰,"六十年间万首诗"[①],流传下来的诗篇有九千三百多首。他不仅创作高产,也为我们留下了不少颇有价值的诗论。陆游没有专门的诗论著作,他的诗学观散见于书信、笔记、序跋和诗文作品之中。整理归纳起来,主要体现在以下诸方面。

(一)锻炼无遗力,渊源有自来

"锻炼无遗力,渊源有自来"[②],这是陆游对梅尧臣诗歌的评语,也可视为夫子自道。陆游童年时代喜读吕本中的诗歌,并私淑吕氏,其《吕居仁集序》云:"如故紫微舍人东莱吕公者,又其杰出者也。公自少时,既承家学,心体而身履之,几三十年。愈跻学愈进,因以其暇尽交天下名士,其讲习探讨,磨砻浸灌,不极其源不止。故其诗文,汪洋闳肆,兼备众体,间出新意,愈奇而愈浑厚,震耀耳目,而不失高古,一时学士宗焉。"[③] 对吕本中其人及其诗文之推崇备至溢于言表。《老学庵笔记》卷四载:"吕居仁诗云:'蜡烬堆盘酒过花。'世以为新。司马温公有五字云:

---

① 陆游:《小饮梅花下作》,《全宋诗》卷二二○二,北京大学出版社1998年版,第40册,第25183页。
② 陆游:《读宛陵先生诗》,《全宋诗》卷二二一三,第40册,第25350页。
③ 陆游:《渭南文集》卷十四《吕居仁集序》,《陆游集》,中华书局1976年版,第5册,第3102页。

'烟曲香寻篆,杯深酒过花。'居仁盖取之也。"① 指出吕本中诗句之所本,足见他对吕诗用功之深。十八岁始,陆游又师事江西诗派后期诗人曾几,他追忆说:"忆在茶山听说诗,亲从夜半得玄机。常忧老死无人付,不料穷荒见此奇。律令合时方贴妥,工夫深处却平夷。人间可恨知多少,不及同君叩老师。"② 又云:"……我得茶山一转语,文章切忌参死句。知君此外无他求,有求宁踏三山路。"③ 得知他曾向曾几学习诗歌句法。方回《瀛奎律髓》卷二十三指出:"放翁诗万首,佳句无数。少师曾茶山,或谓青出于蓝。然茶山格高,放翁律熟;茶山专祖山谷,放翁兼入盛唐。"④ 它清晰地勾勒出陆游与江西诗派之间很深的渊源。陆游为曾几作墓志铭,对其道学与诗文成就评价极高:"公治经学道之馀,发于文章,雅正纯粹,而诗尤工。以杜甫、黄庭坚为宗,推而上之,由黄初、建安,以极于《离骚》、雅、颂、虞、夏之际。初与端明殿学士徐俯、中书舍人韩驹、吕本中游。诸公继殁,公岿然独存。道学既为儒者宗,而诗益高,遂擅天下。"⑤

作为由江西入的诗人,陆游前期创作非常注重诗内锻炼工夫,他在《杨梦锡集句杜诗序》中说:

> 文章要法,在得古作者之意。意既深远,非用力精到,则不能造也。前辈于《左氏传》《太史公书》、韩文、杜诗,皆熟读暗诵,虽支枕据鞍间,与对卷无异。久之,乃能超然自得。今后生用力有限,掩卷而起,已十亡三四,而望有得于古人,亦难矣。楚人杨梦锡才高而深于诗,尤积勤杜诗,平日涵养不离胸中,故其句法森然可喜。⑥

这与黄庭坚所论"子美诗妙处,乃在无意于文,夫无意而意已至,非广之以《国风》《雅》《颂》,深之以《离骚》《九歌》,安能咀嚼其意味,闯然入其门耶"⑦ "若欲作楚词追配古人,直须熟读楚词,观古人用意曲折

---

① 陆游:《老学庵笔记》卷四,李剑雄、刘德权点校,中华书局1979年版,第49~50页。
② 陆游:《追怀曾文清公呈赵教授近尝示诗》,《全宋诗》卷二一五五,北京大学出版社1998年版,第39册,第24298页。
③ 陆游:《赠应秀才》,《全宋诗》卷二一八四,第40册,第24893页。
④ 《瀛奎律髓》卷二十三《评陆放翁〈登东山〉》,《瀛奎律髓汇评》中册,第1006页。
⑤ 《渭南文集》卷三十二《曾文清公墓志铭》,《陆游集》第5册,第2306页。
⑥ 《渭南文集》卷十五《杨梦锡集句杜诗序》,《陆游集》第5册,第2108页。
⑦ 《大雅堂记》,《黄庭坚选集》,第415页。

处讲学之，然后下笔"，① 何其相似！它说明森然可喜的句法来自"熟读暗诵"前人作品，"用力精到"，积累深厚。《老学庵笔记》卷五载："李虚己侍郎，字公受，少从江南先达学作诗，后与曾致尧倡酬。曾每曰：'公受之诗虽工，恨哑耳。'虚己初未悟，久乃造入。以其法授晏元献，元献以授二宋，自是遂不传。然江西诸人，每谓五言第三字、七言第五字要响，亦此意也。"②《童蒙诗训》引潘大临语："七言诗第五字要响，如'返照入江翻石壁，归云拥树失山村'，'翻'字、'失'字是响字也。五言诗第三字要响，如'圆荷浮小叶，细麦落轻花'，'浮'字、'落'字是响字也。所谓响者，致力处也。"吕本中进而云："予窃以为字字当活，活则字字自响。"③ 可见，陆游重视炼字工夫亦来自江西诗法。陆游关于锻句炼字等诗内工夫的论述还有不少："杜子美'晓看红湿处，花重锦官城。'李太白'蜀江红且明。'用'湿'字、'明'字，可谓夺造化之工，世未有拈出者。"④ "摩挲宋公诗，句法叹高妙。正如霓裳曲，零落得遗调。"⑤ "游人如云环玉帐，诗未落纸先传唱。此邦句律方一新，凤阁舍人今有样。"⑥ "琴调已忘还渐省，诗联未稳更常吟。"⑦ "煅诗未就且长吟。"⑧ "炼句未安姑弃置，明朝追记尚班班。"⑨ "邢子襟灵旧绝尘，尔来句法更清新。"⑩ 刘熙载指出："西江名家好处，在锻炼而归于自然。放翁本学西江者，其云：'文章本天成，妙手偶得之。'平昔锻炼之功，可于言外想见。"⑪

对作品熟读深思，以领悟其奥妙，江西诗派惯于借用禅宗术语"参禅"谓之"熟参"，所谓"须参活句，勿参死句"，即不要拘泥于诗歌字句本身的意义，要领悟其言外之意，陆游对此也深有体会："我得茶山一转语，文章切忌参死句。"（《赠应秀才》）"胸怀阮步兵，诗句谢宣城。今夕

---

① 《与王立之》，《黄庭坚全集》，第1371页。
② 《老学庵笔记》卷五，第69页。
③ 《童蒙诗训·诗中响字》，《宋诗话辑佚》卷下，下册，第587页。
④ 陆游：《春行》"猩红带露海棠湿，鸭绿平堤湖水明。"句下自注，《全宋诗》卷二一八八，第40册，第24958页。
⑤ 陆游：《游大智寺》，《全宋诗》卷二一五九，第39册，第24385～24386页。
⑥ 陆游：《锦亭》，《全宋诗》卷二一六〇，第39册，第24392页。
⑦ 陆游：《秋思二首》其一，《全宋诗》卷二一九三，第40册，第25043页。
⑧ 陆游：《昼卧初起书事》，《全宋诗》卷二一九九，第40册，第25130页。
⑨ 陆游：《枕上》，《全宋诗》卷二二〇〇，第40册，第25144页。
⑩ 陆游：《简邢德允》，《全宋诗》卷二二一八，第40册，第25427页。
⑪ 《艺概》卷二"诗概"，第69页。

俱参透，焚香听雨声。"① 试比较：杜甫《春日忆李白》颈联："渭北春天树，江东日暮云。"黄庭坚《次韵刘景文登邺王台见思五首》其二颈联："平原秋树色，沙麓暮钟声。"黄庭坚《寄黄几复》颔联："桃李春风一杯酒，江湖夜雨十年灯。"② 陆游《书愤》颔联："楼船夜雪瓜州渡，铁马秋风大散关。"③ 以上所示四联均为名词性组合而不用动词或连词连接的迭现对，虽然不能断定陆游的诗句胎息杜、黄，但杜、黄现成的迭现对，陆游当有不参之理！

方回《瀛奎律髓》卷四指出："放翁诗出于曾茶山，而不专用'江西'格，间出一二耳。"④ 的确，陆游诗学江西并非全盘接受，而是有所取舍。不仅如此，他对江西诗学思想也有自己的独立思考，如他对江西诗学所强调的作诗"无一字无来历"就持异议。黄庭坚《答洪驹父书三》云："自作语最难。老杜作诗，退之作文，无一字无来处。"⑤ 陆游对此提出异议："今人解杜诗，但寻出处，不知少陵之意，初不如是。且如《岳阳楼诗》：'昔闻洞庭水，今上岳阳楼。吴楚东南坼，乾坤日夜浮。亲朋无一字，老病有孤舟。戎马关山北，凭轩涕泗流。'此岂可以出处求哉？纵使字字寻得出处，去少陵之意益远矣。盖后人元不知杜诗所以妙绝古今者在何处，但以一字亦有出处为工。如《西昆酬唱集》中诗，何曾有一字无出处者，便以为追配少陵，可乎？且今人作诗，亦未尝有出处，渠自不知，若为之笺注，亦字字有出处，但不妨其为恶诗耳。"⑥ 指出杜甫《登岳阳楼》无出处可求却"妙绝古今"，《西昆酬唱集》尽管"字字有出处"却为"恶诗"。又如，陆游虽然私淑吕本中，对吕氏提出的"活法"也有实践，但对吕氏以"好诗流转圆美如弹丸"为"活法"之典范却持否定意见。吕本中《夏均父集序》云："学诗当识活法。所谓活法者，规矩备具而能出于规矩之外，变化不测而亦不背于规矩也。是道也，盖有定法而无定法，无定法而有定法。知是者则可以与语活法矣。谢元晖有言：'好诗流转圆美如弹丸。'此真活法也。"⑦ 陆游《答郑虞任检法见赠》则云："归来湖山皆动色，新诗一纸吹清风。文章要须到屈宋，万仞青霄下鸾凤。

---

① 陆游：《春雨四首》其三，《全宋诗》卷二二一八，第40册，第25431页。
② 黄庭坚：《寄黄几复》，《黄庭坚诗集注》第1册，第90页。
③ 陆游：《书愤》，《全宋诗》卷二一七〇，第39册，第24637页。
④ 《瀛奎律髓》卷四《评陆放翁〈顷岁从戎南郑往来兴凤间暇日追忆旧游有赋〉》，《瀛奎律髓汇评》上册，第181页。
⑤ 《答洪驹父书三》，《文津阁四库全书》第372册，第225页。
⑥ 《老学庵笔记》卷七，第95页。
⑦ 《夏均父集序》，《江西诗派小序·吕紫微》，《历代诗话续编》上册，第485页。

区区圆美非绝伦，弹丸之评方误人。"① 公开批评吕本中所谓"活法"之说误人不浅。从"文章要须到屈宋，万仞青霄下鸾凤"与"区区圆美非绝伦，弹丸之评方误人"的对举来看，再联系作者《读唐人愁诗戏作五首》其二"天恐文人未尽才，常教零落在蒿莱。不为千载《离骚》计，屈子何由泽畔来"②，陆游认为，诗之"活法"来自诗人"零落在蒿莱"的遭际和阅历，诗"穷而后工"，并非字句的流转圆美而已。

陆游前期创作固然在诗内下过锻炼字句的工夫，但他明确反对因字害句、因句累篇的锻炼：

> 大抵诗欲工，而工亦非诗之极也。锻炼之久，乃失本指；斫削之甚，反伤正气。虽曰名不可幸得，以名求诗，又非知诗者。纤丽足以移人，夸大足以盖众，故论久而后公，名久而后定。呜呼艰哉！③

他认为诗欲工须经过锻炼工夫，但"锻炼之久""斫削之甚"便走向雕琢，雕琢不仅有伤作品之"正气"——湮没诗人之性灵，也丧失了诗歌抒写人之情性之本旨。"大巧谢雕琢，至刚反摧藏"④，事与愿违，适得其反。这是"以名求诗"之"非知诗者"。其《读近人诗》云："琢珊自是文章病，奇险尤伤气骨多。君看大羹玄酒味，蟹螯蛤柱岂同科？"⑤ 其《陈长翁文集序》云："久而寖微，或以纤巧摘裂为文，或以卑陋俚俗为诗，后生或为之变而不自知。"⑥ 陆游认为"近人诗""不善其学"，故流于"琢珊""奇险""纤巧摘裂""卑陋俚俗"。刘克庄引述云："游默斋序张晋彦诗云：'近世以来学江西诗，不善其学，往往音节聱牙，意象迫切，且论议太多，失古诗吟咏性情之本意。'切中诗人之病。"⑦ 可见，陆游所谓"近人诗"指江西诗派后学诗无疑。

（二）四十从戎驻南郑，诗家三昧忽见前

宋孝宗乾道八年（1172）春，陆游接受四川宣抚使王炎的邀请，赴南

---

① 陆游：《答郑虞任检法见赠》，《全宋诗》卷二一六九，第39册，第24604页。
② 陆游：《读唐人愁诗戏作五首》其二，《全宋诗》卷二二三三，北京大学出版社1998年版，第41册，第25644页。
③ 《渭南文集》卷三十九《何君墓表》，《陆游集》第5册，第2376页。
④ 陆游：《夜坐示桑甥十韵》，《全宋诗》卷二一七二，第39册，第24687页。
⑤ 陆游：《读近人诗》，《全宋诗》卷二二三一，第41册，第25618页。
⑥ 《渭南文集》卷十五《陈长翁文集序》，《陆游集》第5册，第2117页。
⑦ 《后村诗话》后集卷二，第70页。

郑（今陕西省汉中市）王炎幕府任干办公事。南郑地处前线，邻近当时的宋金分界线大散关。十一年前，即宋高宗绍兴三十一年（1161）冬，金主完颜亮南下侵宋，兵集瓜州，被宋军击退。是年秋，宋、金双方在大散关展开争夺战，次年金兵溃退，大散关再度收复。这两次战争，陆游将它高度概括为："楼船夜雪瓜州渡，铁马秋风大散关。"（《书愤》）自豪与鼓舞之情不言而喻。南郑如火如荼、丰富多彩的军旅生活，不仅开阔了陆游的创作视野、丰富了他的诗歌内容，也转变了他的诗学观念，他在作于宋光宗绍熙三年（1192）的《九月一日夜读诗稿有感走笔作歌》中回忆道：

> 我昔学诗未有得，残餘未免从人乞。
> 力屏气馁心自知，妄取虚名有惭色。
> 四十从戎驻南郑，酣宴军中夜连日。
> 打毬筑场一千步，阅马列厩三万匹。
> 华灯纵博声满楼，宝钗艳舞光照席。
> 琵琶弦急冰雹乱，羯鼓手匀风雨疾。
> 诗家三昧忽见前，屈贾在眼元历历。
> 天机云锦用在我，剪裁妙处非刀尺。
> 世间才杰固不乏，秋毫未合天地隔。
> 放翁老死何足论，广陵散绝还堪惜！①

"三昧"，佛教用语，正定之义，谓屏除杂念，心不散乱，专注一境。这里指奥妙、诀窍。陆游所谓"诗家三昧"即诗歌创作诀窍究竟何谓？学术界有不同的理解。朱东润认为，陆游"获得诗家'三昧'以后，过去的那一套本领，止能算做形式主义，可是美的形式结合了积极的思想性，便成为有用的东西"②。游国恩等主编的《中国文学史》认为："诗家三昧"是"从现实生活中、从火热的斗争中汲取题材，因而形成了他的宏丽悲壮的风格"③。顾易生等认为陆游所谓"诗家三昧"与"诗外工夫"为一物，"诗人已自觉意识到现实生活对于创作的决定性的作用，并进一步体会到

---

① 陆游：《九月一日夜读诗稿有感走笔作歌》，《全宋诗》卷二一七八，第39册，第24789页。

② 朱东润：《陆游传》第七章《生的高潮　诗的高潮》，百花文艺出版社2010年版，第157页。

③ 游国恩等主编：《中国文学史》，第3册，第115页。

创作的正确途径","'诗家三昧'主要根植于生活土壤之中"。① 而钱锺书认为,陆游所谓"诗家三昧"指一种豪、捷的艺术风格②。莫砺锋则将陆游悟得"三昧"理解为诗歌风格的转变:"陆游所悟得的'诗家三昧'是找到了属于自己的雄浑奔放的风格,从而跃入了诗歌的自由王国。"③ 也有研究者将其与陆游的具体文学创作相对照,提出"诗家三昧"应该是指平淡的诗风④。不难看出,这些不同看法其实同中有异,异中有同。我认为,陆游的"诗家三昧"当作如是观。

1. "工夫在诗外"

入蜀以后的壮游和南郑的军旅生活,在陆游的政治生涯和创作历程中占有重要位置,为了纪念这一时期的生活和创作,他将自己的诗集命名为《剑南诗稿》。这段时期,"万里客经三峡路,千篇诗费十年功"⑤,陆游的诗歌创作空前丰富,风格上也逐渐摆脱了江西诗派的影响,正如他晚年所回忆:"六十馀年妄学诗,工夫深处独心知。夜来一笑寒灯下,始是金丹换骨时。"⑥ 晚年,陆游对这一段时期诗歌上取得的成就做了总结,对以前追随江西诗派"锻炼无遗力"的诗内工夫也进行了知性反省:"予平生作诗至多,有初自以为可,他日取视,义味殊短,亦有初不满意,熟观乃稍有可喜处,要是去古人远尔。"⑦《示儿》诗云:"文能换骨馀无法,学但穷源自不疑。齿豁头童方悟此,乃翁见事可怜迟。"⑧ 终于悟出了"工夫在诗外"的"诗家三昧":

> 我初学诗日,但欲工藻绘。中年始少悟,渐若窥宏大。怪奇亦间出,如石漱湍濑。数仞李杜墙,常恨欠领会。元白才倚门,温李真自郐。正令笔扛鼎,亦未造三昧。诗为六艺一,岂用资狡狯。汝果欲学诗,工夫在诗外。⑨

---

① 《宋金元文学批评史》上册,第274页。
② 钱锺书:《谈艺录》(补订本),第131页。
③ 莫砺锋:《陆游"诗家三昧"辨》,《南京大学学报》(哲学·人文科学·社会科学版)1992年第1期。
④ 姚大勇:《陆游"诗家三昧"新探》,《学术月刊》1999年第1期。
⑤ 陆游:《舟过小孤有感》,《全宋诗》卷二一六三,第39册,第24468页。
⑥ 陆游:《夜吟二首》其二,《全宋诗》卷二二〇四,第40册,第25216页。
⑦ 《渭南文集》卷三十一《跋詹仲信所藏诗稿》,《陆游集》第5册,第2289页。
⑧ 陆游:《示儿》,《全宋诗》卷二一七八,第39册,第24786页。
⑨ 陆游:《示子遹》,《全宋诗》卷二二三一,第41册,第25627页。

再参照他七十九岁写的《入秋游山赋诗略无阙日戏作五字七首识之以野店山桥送马蹄为韵》其一：

> 束发初学诗，妄意薄风雅。中年困忧患，聊欲希屈贾。宁知竟卤莽，所得才土苴；入海殊未深，珠玑不盈把。老来似少进，遇兴颇倾泻；犹能起后生，黄河吞钜野。①

由此诗，我们可知他说自己中年学诗稍有所得却好比"入海殊未深，珠玑不盈把"；但到了晚年，陆游又说自己中年的诗歌"亦未造三昧"。从他在晚年不同时期对自己中年诗歌创作的反思来看，他的诗歌观念一直是有所变化的，他所谓"诗家三昧"始终是朦胧的诗学心得，并非一个成熟的诗学概念。

虽然陆游的"诗家三昧"始终是模糊的诗学概念，但陆游意识到了现实对诗歌创作的重要性，他在《冬夜读书示子聿八首》其三中说："纸上得来终觉浅，绝知此事要躬行。"② 这便和他八十四岁时再次提及"诗家三昧"的同时又提出"工夫在诗外"的主张有了对应关系，这一主张体现了他对生活实践、外境阅历的重视。再读他的《感兴》一诗，我们对陆游"工夫在诗外"的"诗家三昧"的具体内涵的认识逐渐清晰起来：

> 文章天所秘，赋予均功名。吾尝考在昔，颇见造物情。离堆太史公，青莲老先生。悲鸣伏枥骥，蹭蹬失水鲸。饱以五车读，劳以万里行。险艰外备尝，愤郁中不平。山川与风俗，杂错而交并。邦家志忠孝，人鬼参幽明。感慨发奇节，涵养出正声。故其所述作，浩浩河流倾……③

陆游认为文学是现实的反映，是和作家的生活经验分不开的。真正的诗是因为作家能把亲身经历的山川风俗、邦家事变等种种复杂交错的现象表达出来。陆游十分强调文学真实反映社会生活的作用，从他对李贺诗歌的评价就能看出他对文章"经世致用"的重视。范晞文《对床夜语》卷二载：

---

① 陆游：《入秋游山赋诗略无阙日戏作五字七首识之以野店山桥送马蹄为韵》，《全宋诗》卷二二〇七，第40册，第25251页。
② 陆游：《冬夜读书示子聿八首》其三，《全宋诗》卷二一九五，第40册，第25063页。
③ 陆游：《感兴》，《全宋诗》卷二一七一，第39册，第24666～24667页。

或问放翁云:"李贺乐府极今古之工,巨眼或未许之,何也?"翁云:"贺词如百家锦衲,五色炫耀,光夺眼目,使人不敢熟视,求其补于用,无有也。"①

由于李贺的诗歌不见于用,所以,在陆游眼里不过是娱人之目而已。可见陆游的"工夫在诗外"首先是指作者要多同外面的世界接触,多同社会生活接触,从而反映社会现实,否则只是闭门觅句,终是空无所获。

在《示子遹》一诗里,陆游从自己创作经验的切身体会中,反省了早年"但欲工藻绘"、中年"怪奇亦间出",尽管"笔扛鼎"——笔力如椽,但都未能领会"诗家三昧",直到晚年才悟出"工夫在诗外"的道理。诗外工夫显然是针对诗内工夫而言的,从陆游的描述中可知其内涵指向:"诗思出门何处无"②;"村村皆画本,处处有诗材"③;"法不孤生自古同,痴人乃欲镂虚空。君诗妙处吾能识,正在山程水驿中"④;"文字尘埃我自知,向来诸老误相期。挥毫当得江山助,不到潇湘岂有诗"⑤;"诗材随处足,尽付苦吟中"⑥。那就是鲜活的现实生活,"山程水驿"的生活阅历,"江山之助"的自然景观……它有取之不尽的"诗材",它能够兴发"诗思",它让诗人获得体悟,它使诗人得心应手,挥毫自如,"天机云锦用在我,剪裁妙处非刀尺"——作诗就像神女编织云霞锦衣,随其飘忽变幻,千姿百态各尽其妍,用不着操刀执尺费心裁剪。王琦珍评价说:"这种'诗外'工夫就超越了儒家以往的美刺讽谕说,使诗应切入生活这一观念由强制的外在效能返归到自然的内在本体,由实用的功利意识回归于审美的艺术领域。"⑦

陆游"工夫在诗外"的"诗家三昧"正是对江西诗学诗内工夫的超越。他并不认为早年追随江西诗派是一个错误的选择,他清醒地意识到,造成自己诗风转变的关键是时代使然。因此,陆游仍然保留了江西诗学的某些内修工夫,其中之一就是"养气"说。

---

① 范晞文:《对床夜语》卷二,《历代诗话续编》上册,第 422 页。
② 陆游:《病中绝句》其一,《全宋诗》卷二一六六,第 39 册,第 24552 页。
③ 陆游:《舟中作》,《全宋诗》卷二一九四,第 40 册,第 25046 页。
④ 陆游:《题庐陵萧彦毓秀才诗卷后二首》其二,《全宋诗》卷二二〇三,第 40 册,第 25200 页。
⑤ 陆游:《予使江南时以诗投政府丐湘湖一麾会召还不果偶读旧稿有感》,《全宋诗》卷二二一三,第 40 册,第 25354 页。
⑥ 陆游:《露坐》,《全宋诗》卷二二一一,第 40 册,第 25315 页。
⑦ 陈良运主编:《中国历代诗学论著选》,百花洲文艺出版社 1995 年版,第 449 页。

2. "闭门养气渊源在"

欧阳修《梅圣俞诗集序》云："然则非诗之能穷人，殆穷者而后工也。"① 这便是著名的"诗穷而后工"说，与司马迁《报任少卿书》所谓"诗三百篇，大抵圣贤发愤之所为作也"②、韩愈《送孟东野序》提出的"不得其平则鸣"③ 观点一脉相承。陆游非常认同这一观点，也有相关论述："诗首国风，无非变者，虽周公之《豳》，亦变也。盖人之情，悲愤积于中而无言，始发为诗。不然，无诗矣。苏武、李陵、陶潜、谢灵运、杜甫、李白，激于不能自已，故其诗为百代法。国朝林逋、魏野以布衣死，梅尧臣、石延年弃不用，苏舜钦、黄庭坚以废黜死。近时，江西名家者，例以党籍禁锢，乃有才名，盖诗之兴本如是。"④ 胡明认为，"悲愤出诗"是陆游对诗歌创作的最重要认识，即诗歌须有用于时、有补于世，而不在于玩弄形式、显示技巧，这既是儒家积极干预世事的诗论，也是反对形式主义的现实主义的批判理论。而植根生活的创作方向则给陆游带来了丰富的创作源泉⑤。此话甚是，陆游就批评："《花间集》，皆唐末五代时人作。方斯时，天下岌岌，生民救死不暇，士大夫乃流宕如此，可叹也哉！或者亦出于无聊故邪？"⑥ 但是陆游在《曾裘父诗集序》中又说："古之说诗曰'言志'。夫得志而形于言，如皋陶、周公、召公、吉甫，固所谓志也。若遭变遇谗，流离困悴，自道其不得志，是亦志也。然感激悲伤，忧时闵己，托情寓物，使人读之，至于太息流涕，固难矣。至于安时处顺，超然事外，不矜不挫，不诬不怼，发为文辞，冲澹简远，读之者遗声利，冥得丧，如见东郭顺子，悠然意消，岂不又难哉。"⑦ 他认为逆境写出的诗要感动人"固难矣"；而顺境写出的诗欲使人"遗声利，冥得丧"更难。这一观点与韩愈"不平则鸣"观点近。因此，陆游一方面说"诗情剩向穷途得，蹭蹬人间未必非"⑧，"诗到愁边始欲工"⑨，"诗句穷

---

① 欧阳修：《梅圣俞诗集序》，陈新、杜维沫选注《欧阳修选集》，上海古籍出版社1986年版，第401页。
② 司马迁：《报任少卿书》，《全上古三代秦汉三国六朝文》第1册，第272页。
③ 韩愈：《韩昌黎文集》卷四《送孟东野序》，《韩昌黎文集校注》，第233页。
④ 《渭南文集》卷十五《澹斋居士诗序》，《陆游集》第5册，第2110页。
⑤ 胡明：《陆游的诗与诗评》，《社会科学辑刊》1988年第4期。
⑥ 《渭南文集》卷三十《跋花间集》，《陆游集》第5册，第2277～2278页。
⑦ 《渭南文集》卷十五《曾裘父诗集序》，《陆游集》第5册，第2114页。
⑧ 陆游：《舟过樊江憩民家具食》，《全宋诗》卷二一六六，第39册，第24543页。
⑨ 陆游：《山园晚兴》，《全宋诗》卷二一六八，第39册，第24592页。

来得最多，枕上长歌时激烈"①；另一方面又对诗"穷而后工"提出异议："酒能作病真如此，穷乃工诗却未然"②，"诗不能工浪得穷，几年衮衮看诸公。摧颓已作骥伏枥，留滞敢嫌船逆风"③，"雄篇三复空兴叹，穷乃工诗似未然"④。在陆游看来，有了丰富的生活阅历和困厄的人生遭际，未必就能够写出好诗，还必须具有深厚的诗内工夫修养，那就是"养气"："闭门养气渊源在。"⑤ 我认为，这也是陆游所悟"诗家三昧"的内涵之一。他说：

> 诗岂易言哉！才得之天，而气者我之所自养。有才矣，气不足以御之，淫于富贵，移于贫贱，得不偿失，荣不盖愧，诗由此出，而欲追古人之逸驾，讵可得哉？予自少闻莆阳有士曰方德亨，名丰之，才甚高，而养气不挠。吕舍人居仁、何著作掞之皆屈行辈与之游。德亨晚愈不遭，而气愈全，观其诗，可知其所养也。⑥
>
> 文章最忌百家衣，火龙黼黻世不知。
> 谁能养气塞天地，吐出自足成虹霓。
> 渡江诸贤骨已朽，老夫亦将正丘首。
> 杜郎苦瘦帽攲耳，程子久贫衣露肘。
> 君复作意寻齐盟，岂知衰懦畏后生。
> 大篇一读我起立，喜君得法从家庭。
> 鲲鹏自有天池著，谁谓太狂须束缚。
> 大机大用君已传，那遣老夫安注脚。⑦

陆游认为，一个人的诗才是先天所赋予，而养气则必须通过后天的内修。养气之不足，便不足以驾驭诗才。仅从书本上寻找诗材，从前人作品中汲取营养，也写不出"养气塞天地""吐出自足成虹霓"之作。关于"气"在作品中的具体体现，陆游有过多次描述："地胜顿惊诗律壮，气增不怕

---

① 陆游：《蓬户》，《全宋诗》卷二一六九，第39册，第24602页。
② 陆游：《曾原伯屡劝居城中而仆方欲自梅山入云门今日病酒偶得长句奉寄》，《全宋诗》卷二一五四，第39册，第24263页。
③ 陆游：《书怀》，《全宋诗》卷二一六○，第39册，第24394页。
④ 陆游：《次韵林伯玉登卧龙》，《全宋诗》卷二二一○，第40册，第25308页。
⑤ 陆游：《岁晚》，《全宋诗》卷二一七七，第39册，第24766页。
⑥ 《渭南文集》卷十四《方德亨诗集序》，《陆游集》第5册，第2104页。
⑦ 陆游：《次韵和杨伯子主簿见赠》，《全宋诗》卷二一七四，第39册，第24720页。

酒杯深"①"惟恨题诗无逸气，愧君阵马与风驷"②"心空物莫挠，气老笔愈纵"③"诗成老气尚如虹"④"荷戈老气纵横在，看剑新诗咳唾成"⑤"落笔辄千言，气欲吞名场"⑥ "老气尚思吞梦泽，壮游曾是钓巴江。寒生事业秋毫尽，笔力终惭鼎可扛"⑦。综合考察，笔者认为这种"气"在作品中外化出来就是一种雄放豪宕的诗风："夜梦有客短褐袍，示我文章杂诗骚。措辞磊落格力高，浩ůü怒风驾秋涛。起伏奔蹶何其豪，势尽东注浮千艘。李白杜甫生不遭，英气死岂埋蓬蒿。晚唐诸人战虽鏖，眼暗头白真徒劳。"⑧ 它正如莫砺锋所指出"陆游所悟得的'诗家三昧'是找到了属于自己的雄浑奔放的风格，从而跃入了诗歌的自由王国"。

吴建明指出，陆游的"养气"其实是跟阅历联系在一起的，"气"来自诗人的现实经历和生活际遇，这实际也就为诗人指出了社会生活是诗人锻炼自我、完善提高自我的正确途径。这种"养气"论同传统的将"气"看作作家先天气质或作家的生理条件大为不同，陆游的"养气"论具有更强的现实性，是对传统"养气"说的发展⑨。有学者认为，此"气"在南宋特定时代更多的是指气节，即对国家民族命运的道德思考。⑩ 结合"工夫在诗外"的观点看，陆游的"养气"说相对于前人明显增加了新的内容，即突出强调接触客观实际和作家的亲身实践对作家修养的作用。

四、杨万里的风味、感兴、透脱说

杨万里（1127～1206），字廷秀，号诚斋，吉州吉水（今江西吉水县）人。宋高宗绍兴二十四年（1154）进士。历仕高宗、孝宗、光宗三朝，官至太常丞、广东提点刑狱、尚书左司郎中兼太子侍读、秘书监。宁

---

① 陆游：《绝胜亭》，《全宋诗》卷二一六一，第39册，第24432页。
② 陆游：《简谭德称》，《全宋诗》卷二一六二，第39册，第24439页。
③ 陆游：《玉局观拜东坡先生海外画像》，《全宋诗》卷二一六二，第39册，第24440页。
④ 陆游：《醉歌》，《全宋诗》卷二一七八，第39册，第24788页。
⑤ 陆游：《蓬莱阁闻大风》，《全宋诗》卷二一八一，第39册，第24838页。
⑥ 陆游：《目昏颇废观书以诗记其始时年七十九矣》，《全宋诗》卷二二〇七，第40册，第25258页。
⑦ 陆游：《北窗》，《全宋诗》卷二二二六，第41册，第25543～25544页。
⑧ 陆游：《记梦》，《全宋诗》卷二一六八，第39册，第24591页。
⑨ 吴建民：《评陆游的诗论系统》，《赣南师范学院学报》（社会科学版）1996年第5期。
⑩ 陈碧娥：《简论陆游"养气"说》，《文史杂志》1997年第6期。

宗时致仕,进宝谟阁学士,卒。诗歌初学江西,后学王安石及晚唐,最后独辟蹊径,师法自然,自成一家,形成独具特色的"诚斋体"。有《诚斋集》一三三卷传世。其中诗歌部分,依年代分编为《江湖集》《荆溪集》《西归集》《南海集》《朝天集》《江西道院集》《朝天续集》《江东集》《退休集》,共存诗四千二百多首。

(一)风味说

杨万里自述学诗的历程与感受:"予之诗,始学江西诸君子,既又学后山五字律,既又学半山老人七字绝句,晚乃学绝句于唐人。"① 因此,其诗学思想深受江西诗派尤其是黄庭坚诗学思想的影响。杨万里《诗论》是其《心学论》中的《六经论》之一,集中讨论如何发挥诗歌讽喻时政的问题,他认为:"诗也者,矫天下之具也。"② "媿斯矫,矫斯复。复斯善矣,此《诗》之教也。"③ 诗讽刺"不善"的现象成为一种风尚,就能迫使那些行不善者内心感到羞愧,进而下决心改过自新,最后复归于为"善"之"道"。杨万里这一儒家传统的诗学观念,仿佛与苏轼所倡"兴观群怨"的美刺精神同,但考察其《诚斋诗话》所推重《小雅·何人斯》将诗之意蕴藏于言外的"微而显,志而晦,婉而成章,尽而不污"④ 笔法,以及所示唐人刘皂《长门怨》"珊瑚枕上千行泪,不是思君是恨君"、刘长卿《长门怨》"月来深殿早,春到后宫迟",同写宫怨,前者怨而怒,后者怨而不怒,实际上明显与黄庭坚所倡导的儒家"温柔敦厚"诗教近,黄庭坚在《书王知载〈朐山杂咏〉后》《胡宗元诗集序》《答洪驹父书》中均表达了这一诗学思想。又,杨万里主张"用古人句律,而不用其句意,以故为新,夺胎换骨。"⑤ "诗有实字而善用之者,以实为虚。杜云:'弟子贫原宪,诸生老伏虔。''老'字'赵充国请行,上老之'。有用文语为诗句者,尤工。杜云:'侍臣双宋玉,战策两穰苴。'盖用如'六五帝,四三王'。有用法家吏文语为诗句者,所谓以俗为雅。坡云:'避谤诗寻医,畏病酒入务。'"⑥ "诗固有以俗为雅,然亦须曾经前辈取镕,乃可

---

① 杨万里:《诚斋集》卷八十一《诚斋荆溪集序》,《景印文渊阁四库全书》第1161册,第84页。
② 《诚斋集》卷八十四《诗论》,《景印文渊阁四库全书》第1161册,第119页。
③ 《诚斋集》卷八十四《诗论》,《景印文渊阁四库全书》第1161册,第119页。
④ 杨万里:《诚斋诗话》,《历代诗话续编》上册,第139页。
⑤ 《诚斋诗话》,《历代诗话续编》上册,第148页。
⑥ 《诚斋诗话》,《历代诗话续编》上册,第148页。

因承尔。"① 也与黄庭坚如出一辙,《诚斋诗话》中有大量论诗句之来历与翻新之例,如:

> 初学诗者,须学古人好语,或两字,或三字。如山谷《猩猩毛笔》:"平生几两屐,身后五车书。""平生"二字出《论语》,"身后"二字,晋张翰云:"使我有身后名。""几两屐"阮孚语,"五车书"庄子言惠施。此两句乃四处合来。又"春风春雨花经眼,江北江南水拍天",春风春雨,江北江南,诗家常用。杜云:"且看欲尽花经眼。"退之云:"海气昏昏水拍天。"此以四字合三字,入口便成诗句,不至生硬。要诵诗之多,择字之精,始乎摘用,久而自出肺腑,纵横出没,用亦可,不用亦可。②
>
> 诗家用古人语,而不用其意,最为妙法,如山谷《猩猩毛笔》是也。猩猩喜著屐,故用阮孚事。其毛作笔,用之抄书,故用惠施事。二事皆借人事以咏物,初非猩猩毛笔事也。《左传》云:"深山大泽,实生龙蛇。"而山谷《中秋月》诗云:"寒藤老木被光景,深山大泽皆龙蛇。"《周礼·考工记》云:"车人盖圜以象天,轸方以象地。"而山谷云:"丈夫要宏毅,天地为盖轸。"孟子云:"《武成》取二三策。"而山谷称东坡云:"平生五车书,未吐二三策。"③
>
> 山谷集中有绝句云:"草色青青柳色黄,桃花零乱杏花香。春风不解吹愁去,春日偏能惹恨长。"此唐人贾至诗也,特改五字耳。(贾云:"桃花历乱李花香",又"不为吹愁惹梦长")④

《诚斋诗话》和《诚斋集》中也有不少论及句法的:"先生(王庭珪)诗句得法于杜子美,自江西而下不论也。"⑤"英彦讳公武……性嗜文,尤工于诗,其句法祖元白而宗苏黄,追琢光景,绘事万汇,金春玉应,山高水深,独造其极。"⑥"唐律七言八句,一篇之中,句句皆奇,一句之中,字字皆奇,古今作者皆难之。"⑦"江东诗老有徐郎,语带江西句子香。秋月

---

① 《诚斋集》卷六十六《答庐谊伯书》,《景印文渊阁四库全书》第1160册,第626页。
② 《诚斋诗话》,《历代诗话续编》上册,第140~141页。
③ 《诚斋诗话》,《历代诗话续编》上册,第141页。
④ 《诚斋诗话》,《历代诗话续编》上册,第136页。
⑤ 《诚斋集》卷一二六《王叔雅墓志铭》,《景印文渊阁四库全书》第1161册,第637页。
⑥ 《诚斋集》卷一二七《胡英彦墓志铭》,《景印文渊阁四库全书》第1161册,第647页。
⑦ 《诚斋诗话》,《历代诗话续编》上册,第139页。

春花入牙颊,松风涧水出肝肠。居仁衣钵新分似,吉甫波澜并取将。岭表旧游君记否,荔支林里折桄榔。"① "炼句炉槌岂可无,句成未必尽缘渠。"(《晚寒题水仙花并湖山三首》其三) 还有论及诗体的:

"问余何意栖碧山,笑而不答心自闲。桃花流水杳然去,别有天地非人间。"又:"相随遥遥访赤城,三十六曲水回萦。一溪初入千花明,万壑度尽松风声。"此李太白诗体也。"麒麟图画鸿雁行,紫极出入黄金印。"又:"白摧朽骨龙虎死,黑入太阴雷雨垂。"又:"指挥能事回天地,训练强兵动鬼神。"又:"路经滟滪双蓬鬓,天入沧浪一钓舟。"此杜子美诗体也。"明月易低人易散,归来呼酒更重看。"又:"当其下笔风雨快,笔所未到气已吞。"又:"醉中不觉度千山,夜闻梅香失醉眠。"又《李白画像》:"西望太白横峨岷,眼高四海空无人。大儿汾阳中令君,小儿天台坐忘身。平身不识高将军,手浣吾足乃敢嗔。"此东坡诗体也。"风光错综天经纬,草木文章帝杼机。"又:"涧松无心古须鬣,天球不琢中粹温。"又:"儿呼不苏驴失脚,犹恐醒来有新作。"此山谷诗体也。②

这里所论"李太白体""杜子美体""东坡诗体""山谷诗体",上承"徐庾体""上官体",下启严羽《沧浪诗话》诗体论。

杨万里《江西宗派诗序》云:"江西宗派诗者,诗江西也,人非皆江西也。人非皆江西,而诗曰江西者何?系之也。系之者何?以味不以形也。……高子勉不似二谢,二谢不似三洪,三洪不似徐师川,师川不似陈后山,而况似山谷乎?味焉而已矣。……然唐云李杜,宋言苏黄,将四家之外,举无其人乎?门固有伐,业故有承也。虽然,四家者流,一其形,二其味;二其味,一其法者也。……今夫四家者流,苏似李,黄似杜。李苏之诗,子列子之御风也;杜黄之诗,灵均之乘桂舟、驾玉车也。"③ 对杨万里"诗味"说的内涵,学术界有不同的理解,概括起来主要有三种意见:第一种观点认为此即司空图所谓"味外之味","晚唐司空图等的诗论中,即已提出了'味外之味''旨外之旨''不著一字,尽得风流'等

---

① 杨万里:《题徐衡仲西窗诗编》,《全宋诗》卷二二九七,北京大学出版社1998年版,第42册,第26378页。本节所引杨万里诗均见此册。
② 《诚斋诗话》,《历代诗话续编》上册,第137页。
③ 《诚斋集》卷八十《江西宗派诗序》,《景印文渊阁四库全书》第1161册,第77~78页。

主张。杨万里继承了这些思想,将'言尽味永'视作诗的最高境界"①。第二种观点认为"杨万里的'味'的第一层,也是最主要的含义是'三百篇之遗味',或者说是'《国风》《小雅》之遗旨'……说得明白一点,即是怨而不怒,婉而多讽,含蓄蕴藉"②。第三种观点认为"杨万里所谓'味'是与'形'相对的,指风味,与诗味之味含义不太一样,是指风神气味之意……故须在'去词''去意'后,才能懂得其内含的风味所在"③。黄宝华则别立一说,认为杨万里"诗味"说更多延续了江西诗派的血脉余绪,其主要诉诸智性悟解,而非情绪感染,这便与晚唐乃至传统的比兴生味说有了本质的区别。④ 在《江西宗派诗序》中,"味"是与"形"相对的一个概念,那么,"形"指什么?郭绍虞主编的《中国历代文论选》认为:"正因为江西诗人共同遵循的法是活法,所以他们在形貌上虽然同学杜甫,但又各具独特的风味。如黄庭坚的兀傲,陈师道的朴挚,风味两不相同。……江西诗人的风味,既有不同之处,又有共同之点。共同之点,在于求生避俗。"⑤ 我认为这样理解方得杨万里"味"之内涵的正解,它还可从杨万里另一段话得到旁证:"若范石湖之清新,尤梁溪之平淡,陆放翁之敷腴,萧千岩之工致,皆余之所畏者云。"⑥ "清新""平淡""敷腴""工致"分别是范成大、尤袤、陆游、萧德藻诗歌独特之"味"。又云:"七言长韵古诗,如杜少陵《丹青引》《曹将军画马》《奉先县刘少府山水障歌》等篇,皆雄伟宏放,不可捕捉。学诗者于李、杜、苏、黄诗中,求此等类,诵读沉醅,深得其意味,则落笔自绝矣。"⑦ 这里的"意味"即指李白、杜甫、苏轼和黄庭坚诗歌独具之风味。杨万里所谓"诗味"还有另一种含义,"《金针法》云:'八句律诗,落句要如高山转石,一去无回。'予以为不然。诗已尽而味方永,乃善之善也。"⑧ "老杜《九日》诗云:'老去悲秋强自宽,兴来今日尽君欢。'不徒入句便字字对属。又第一句顷刻变化,才说悲秋,忽又自宽。以'自'对'君'甚切,君者君也。自者我也。'羞将短发还吹帽,笑倩旁人为正冠。'将一

---

① 《中国历代诗学论著选》,第457页。
② 胡明:《杨万里散论》,《文学评论》1986年第6期。
③ 《中国文学理论批评发展史》下卷,第83~84页。
④ 黄宝华:《杨万里与"诚斋体"》,《上海师范大学学报》(哲学社会科学版)2002年第4期。
⑤ 《中国历代文论选》第2册,第397页。
⑥ 《诚斋集》卷八十二《千岩摘稿序》,《景印文渊阁四库全书》第1161册,第90页。
⑦ 《诚斋诗话》,《历代诗话续编》上册,第139页。
⑧ 《诚斋诗话》,《历代诗话续编》上册,第137页。

事翻腾作一联,又孟嘉以落帽为风流,少陵以不落为风流,翻尽古人公案,最为妙法。'蓝水远从千涧落,玉山高并两峰寒。'诗人至此,笔力多衰,今方且雄杰挺拔,唤起一篇精神,自非笔力拔山,不至于此。'明年此会知谁健,醉把茱萸仔细看。'则意味深长,悠然无穷矣。"① 这里的"味"指诗意自然和含蓄,耐人寻味,反对诗意过于浅露和显豁,这一诗学思想与晚唐司空图诗论中"味外之味""旨外之旨""不著一字,尽得风流"的主张一脉相承。我们应将两者区分开来,不能混为一谈。

(二) 感兴说

由于时代的巨变和生活阅历的累积,杨万里终于走出了江西诗派的樊篱,他说:"予少作有诗千馀篇,至绍兴壬午七月皆焚之,大概江西体也。今所存曰《江湖集》者,盖学后山及半山及唐人者也。"②"学之愈力,作之愈寡,尝与林谦之屡叹之。……于是辞谢唐人及王、陈、江西诸君子,皆不敢学,而后欣如也。"③"予生好为诗,初好之,既而厌之。至绍兴壬午予诗始变,予乃喜,既而又厌之。至乾道庚寅予诗又变,至淳熙丁酉予诗又变。是时假守毗陵。后三年,予落南初为常平使者,复持宪节。自庚子至壬寅有诗四百首。"④ 从此,杨万里诗风为之一变,诗学思想也发生了根本性的转变,对以书本材料为诗的江西诗派的创作取向进行了知性的反省:

点铁成金未是灵,若教无铁也难成。阿谁得似青荷叶,解化清泉作水精。(《荷池小立》)

山思江情不负伊,雨姿晴态总成奇。闭门觅句非诗法,只是征行自有诗。(《下横山滩头望金华山四首》其二)

传派传宗我替羞,作家各自一风流。黄陈篱下休安脚,陶谢行前更出头。(《跋徐恭仲省干近诗三首》其三)

前二首分别针对黄庭坚和陈师道,后一首表示要突破江西,而且要超越陶、谢。经过一番知性反省,杨万里终于领悟到现实生活有无限的诗料,

---

① 《诚斋诗话》,《历代诗话续编》上册,第 139～140 页。
② 《诚斋集》卷八十一《诚斋江湖集序》,《景印文渊阁四库全书》第 1161 册,第 84 页。
③ 《诚斋集》卷八十一《诚斋荆溪集序》,《景印文渊阁四库全书》第 1161 册,第 84 页。
④ 《诚斋集》卷八十一《诚斋南海诗集序》,《景印文渊阁四库全书》第 1161 册,第 85 页。

因此，主张到现实生活中获取诗思。如果说陆游主张"工夫在诗外"主要指"四十从戎驻南郑，酣宴军中夜连日"（《九月一日夜读诗稿有感走笔作歌》）的军旅生活，那么，杨万里所领悟的现实生活主要指自然景观，它取决于诗人亲身的生活经历和体验："余随牒倦游，登九嶷，探禹穴，航南海，望罗浮，渡鳄溪，盖太史公、韩退之、柳子厚、苏东坡之车辙马迹，予皆略至其地。观余诗，江湖岭海之山川风物多在焉。昔岁自江西道院召归册府，未几而有迎劳使客之命，于是始得观涛江，历淮楚，尽江东西之奇观。于《渡扬子江》二诗，予大儿长孺举似于范石湖、尤梁溪二公间，皆以予诗又变，余亦不自知也。既竣事归报，得诗凡三百五十馀首，目之以《朝天续集》。"① 又云："自此每过午，吏散庭空、即携一便面，步后园，登古城，采撷杞菊，攀翻花竹，万象毕来，献予诗材。盖麾之不去，前者未雠，而后者已迫，涣然未觉作诗之难也。"② 再看他《泊平江百花洲》：

    吴中好处是苏州，却为王程得胜游。
    半世三江五湖棹，十年四泊百花洲。
    岸傍杨柳都相识，眼底云山苦见留。
    莫怨孤舟无定处，此身自是一孤舟。

这首诗是宋光宗绍熙元年（1190）杨万里从临安赴建康（今江苏省南京市）江东转运副使任途中泊舟百花洲所作。中间二联说半辈子来，遍历三江五湖，十年中有四次泊舟于百花洲。由于频繁往来于百花洲一带，不仅两岸的杨柳都熟悉自己，连周边的云山也苦苦挽留自己。独特的生活经历使自然景物、山程水驿、烟波风月成为杨万里取之不尽的诗歌创作源泉：

    红尘不解送诗来，身在烟波句自佳。（《再登垂虹亭三首》其一）
    哦诗只道更无题，物物秋来总是诗。（《戏笔二首》其二）
    诗家不愁吟不彻，只愁天地无风月。……云锦天机织诗句，孤山海棠今已开。（《云龙歌调陆务观》）
    诗人眼底高四海，万象不足供诗愁。（《正月十二日游东坡白鹤峰故居

---

① 《诚斋集》卷八十二《诚斋朝天续集序》，《景印文渊阁四库全书》第1161册，第87~88页。
② 《诚斋集》卷八十一《诚斋荆溪集序》，《景印文渊阁四库全书》第1161册，第84页。

其北思无邪斋真迹犹存》）

起来聊觅句，句在眼中山。（《和昌英主簿叔社雨》）

江山岂无意，邀我觅新诗。（《丰山小憩》）

诗人长怨没诗材，天遣斜风细雨来。领了诗材还又怨，问天风雨几时开。（《瓦店雨作四首》其三）

不仅如此，杨万里还直接从大自然中获得创作灵感和激情："老夫不是寻诗句，诗句自来寻老夫。"（《晚寒题水仙花并湖山三首》其三）"好诗排闼来寻我，一字何曾捻白须！"（《晓行东园》）"片云出岫元无事，催我诗成翻手飯。"（《和徐盈赠诗》）因此，杨万里在《答建康府大军库监门徐达书》中提出了"感兴"说：

大抵诗之作也，兴上也，赋次也，赓和，不得已也。我初无意于作是诗，而是物是事适然触乎我，我之意亦适然感乎是物是事。触焉，感焉，而是诗出焉，我何与哉？天也。斯之谓兴。或属意一花，或分题一山，指某物，课一咏，立某题，征一篇是已，非天也，然犹专乎我也。斯之谓赋。至于赓和，则孰触之，孰感之，孰题之哉？人而已矣。出乎天，犹惧戕乎天，专乎我，犹惧眩乎我。今牵乎人而已矣，尚冀其有一铢之天、一黍之我乎？盖我尝觌是物，而逆追彼之觌，我不欲用是韵，而抑从彼之用，虽李、杜能之乎？而李、杜不为也。是故李、杜之集无牵率之句。而元白有和韵之作。诗至和韵，而诗始大坏矣。①

《春晚往永和》诗也云："郊行聊著眼，兴到漫成诗。"在"立"的同时，杨万里有"破"，即反对以赋为诗和"赓和"之作，南朝的山水诗虽然取材于自然界的山水，但多数作品只停留在模山范水之层面，少有"感兴"之作，因此多"有句无篇"。至于"赓和"之作，由于一味追求奇险，"韵所有，意所无也"，"亦文人之病也"："古之诗倡必有赓，意焉而已矣，韵焉而已矣，非古也，自唐人元白始也，然犹加少也。至吾宋苏黄倡一而十赓焉，然犹加少也。至于举古人之全书而尽赓焉，如东坡之和陶是也，然犹加少也。盖渊明之诗才百馀篇尔。至有举前人数百篇之诗而尽

---

① 《诚斋集》卷六十七《答建康府大军库监门徐达书》，《景印文渊阁四库全书》第1160册，第639页。

赓焉,如吾友敦复先生陈晞颜之于简斋者,不既富矣乎!昔韩子苍《答士友书》谓诗不可赓也,作诗则可矣。故苏、黄赓韵之体不可学也。岂不以作焉者安,赓焉者勉故与?不惟勉也,而又困焉。意流而韵止,韵所有,意所无也,夫焉得而不困。……大抵夷则逊,险则竞,此文人之奇也,亦文人之病也。而诗人此病为尤焉。惟其病之尤,故其奇之尤。……然则险愈竞,诗愈奇,诗愈奇,病愈痼矣。"① 在此,杨万里对苏轼与黄庭坚的"赓和"之作也提出非议。不难看出,在杨万里看来,以赋为诗与"赓和"之作,均为扼杀情感、汩没性灵,"夫焉得而不困"!

在中国古代诗学中,"兴"有两种基本含义与用法,一是汉代作为美刺讽喻的"比兴"之"兴",一是魏晋作为感物起情的"感兴"之"兴"。如果说黄庭坚主要继承了前者②,那么,杨万里主要继承了后者,"感兴"谓为外物触动所产生的强烈审美感受和创作灵感。东汉王延寿《鲁灵光殿赋序》云:"嗟乎!诗人之兴,感物而作。"③ 西晋挚虞《文章流别论》云:"兴者,有感之辞也。"④《文镜秘府论·地卷·十七势》曰:"感兴势者,人心至感,必有应说。物色万象,爽然有如感会。"⑤ 言外物与人心相感应,与主体情感相一致,实指审美主体的情感外射现象。南渡之际的陈与义,由于时代的巨变,是较早走出江西诗派樊篱的诗人,他诗歌中有不少讲述自己创作过程中感物兴发的体验:"落日留霞知我醉,长风吹月送诗来。"(《后三日再赋》)"城中那有此,触处皆新诗。"(《赴陈留二首》其一)"佳句忽堕前,追摹已难真。"(《题酒务壁》)"蛛丝闪夕霁,随处有诗情。"(《春雨》)"晓窗飞雪惬幽听,起见新诗自启扃。"(《周尹潜雪中过门不我顾遂登西楼作诗见寄次韵谢之三首》其一)"不须惜别作酸然,满路新诗付吾子。"(《送王因叔赴试》)杨万里"感兴"诗学思想的提出,虽然并不新鲜,但对扭转江西诗派末流向书本材料讨生活的创作倾向,无疑具有救弊纠偏的现实意义!

(三) 透脱说

杨万里心师造化、取法自然、回归性灵,以纠正江西诗派末流以书本

---

① 《诚斋集》卷八十《陈晞颜和简斋诗集序》,《景印文渊阁四库全书》第1161册,第72~73页。
② 参见钱志熙:《论黄庭坚的兴寄观及黄诗的兴寄精神》,《文学遗产》1993年第5期。
③ 王延寿:《鲁灵光殿赋序》,《全上古三代秦汉三国六朝文》第1册,第790页。
④ 挚虞:《文章流别论》,《全上古三代秦汉三国六朝文》第2册,第1905页。
⑤ 〔日〕遍照金刚:《文镜秘府论》,周雄德校点,人民文学出版社1975年版,第41页。

材料为诗的创作倾向的同时,还主张学习晚唐诗和半山体。

> 个个诗家各筑坛,一家横割一江山。
> 只知轻薄唐将晚,更解攀翻晋以还。
>
> （《和段季承左藏惠四绝句》其一）
>
> 笠泽诗名千载香,一回一读断人肠。
> 晚唐异味同谁赏,近日诗人轻晚唐。
>
> 松江县尹送图经,中有唐诗喜不胜。
> 看到灯青仍火冷,双眸如割脚如冰。
>
> 拈着唐诗废晚餐,傍人笑我病诗癫。
> 世间尤物言西子,西子何曾值一钱。
>
> （《读笠泽丛书三首》）
>
> 船中活计只诗编,读了唐诗读半山。
> 不是老夫朝不食,半山绝句当朝餐。
>
> （《读诗》）

读双桂老人冯子长诗,其清丽奔绝处,已优入江西宗派。至于惨淡深长,则浸淫乎唐人矣。近世此道之盛者,莫盛于江西。然知有江西者,不知有唐人,或者左唐人以右江西,是不惟不知唐人,亦不可谓知江西者。虽然,不知唐人犹知江西,江西之道,亦复莫之知焉,是可叹也。①

诗至唐而盛,至晚唐而工。盖当时以此设科而取士,士皆争竭其心思而为之,故其工,后无及焉。②

唐人未有不能诗者,能之矣,亦未有不工者;至李杜极矣。后有作者,蔑以加矣。晚唐诸子,虽乏二子之雄浑,然"好色而不淫""怨诽而不乱",犹有《国风》《小雅》之遗音。③

如何学前人诗?与心师造化、取法自然不同,杨万里提出"参":"扶藜时蹑大阮踪,觅句深参少陵髓"（《和九叔知县昨游长句》);"忽梦少陵

---

① 《诚斋集》卷七十八《读双桂老人诗集后序》,《景印文渊阁四库全书》第 1161 册,第 70 页。
② 《诚斋集》卷八十《黄御史集序》,《景印文渊阁四库全书》第 1161 册,第 71 页。
③ 《诚斋集》卷八十四《周子益训蒙省题诗序》,《景印文渊阁四库全书》第 1161 册,第 105 页。

谈句法，劝参庾信谒阴铿"（《书王右丞诗后》）；"不分唐人与半山，无端横欲割诗坛。半山便遣能参透，犹有唐人是一关"（《读唐人及半山诗》）；"受业初参且半山，终须投换晚唐间。国风此去无多子，关捩挑来只等闲"（《答徐子材谈绝句》）。在杨万里看来，若能做到"参"，即便是江西派诗也可学："诗非一家苦，句岂十分清。参透江西社，无灯眼亦明"（《和周仲容春日二律句》）；"要知诗客参江西，政似禅客参曹溪。不到南华与修水，于何传法更传衣"（《送分宁主簿罗宏材秩满入京》）。"参"谓玄思冥想、明悟道理，原指"参禅"，是佛教禅宗的修行方法，后移借为文学批评术语，强调对作品熟读深思，以领悟其奥妙。如何"参"？杨万里又提出了"透脱"说，试看《和李天麟二首》：

　　学诗须透脱，信手自孤高。衣钵无千古，丘山只一毛。句中池有草，子外目俱蒿。可口端何似？霜螯略带糟。
　　句法天难秘，工夫子但加。参时且柏树，悟罢岂桃花。要共东西玉，其如南北涯。肯来谈个事，分坐白鸥沙。

刘伙根、彭月萍《杨万里"透脱"说浅论》一文认为，杨万里"透脱"说有三层含义：一是强调诗人要胸襟透脱，不为世俗情见所束缚；二是强调诗人要破除对权威偶像、学问定法的执迷，师心法天，以变求进；三是强调学习前人的诗歌，要脱略形迹，深参悟领，领会其实质内涵，把握诗歌艺术的精髓。① 我认为这样理解将简单的问题复杂化了。胡建升《杨万里"透脱"考》一文认为杨万里"透脱"诗学主张来源于禅宗，它通过对禅宗"透脱"含义的梳理，阐释了"透脱"的真实含义，以纠正学术界对其渊源和含义阐释的偏误。② 笔者认为杨万里的"透脱"说更多来自理学。"透脱"谓不拘泥成规、书本，亦泛指灵活、不呆板。陈善《扪虱新话》云："读书须知出入法。始当求所以入，终当求所以出。见得亲切，此是入书法；用得透脱，此是出书法。盖不能入得书，则不知古人用心处；不能出得书，则又死在言下。惟知出知入，乃尽读书之法。"③ 学诗如果能够做到"透脱"就能信手拈来，挥洒自如，独树一帜，高妙而可企

---

① 刘伙根、彭月萍：《杨万里"透脱"说浅论》，《井冈山师范学院学报》（社会科学版）2002年第4期。
② 胡建升：《杨万里"透脱"考》，《北京化工大学学报》（社会科学版）2007年第2期。
③ 《扪虱新话》上集卷四，《扪虱新话评注》，第122页。

及。"衣钵"是和尚的袈裟与饭钵,表示佛门中师徒承传的法统。诗人认为,在诗坛上没有千古一尊的法则,只要有某种悟性就能将重如丘山的祖师视若鸿毛而自立门户。"句中池有草"指谢灵运的名句"池塘生春草,园柳变鸣禽"①。《南史·谢惠连传》载:"(灵运)尝于永嘉西堂思诗,竟日不就,忽梦见惠连,即得'池塘生春草',大以为工。常云'此语有神工,非吾语也'。"② "蒿目"出自《庄子·骈拇》:"蒿目而忧世之患。"③ 后世便以"蒿目时艰"形容悯时忧世。二句说有了悟性,诗句犹如神助,妙手天然,又寄寓了悯时忧世、讽喻现实的深意。即有灵性却不肤浅,寄深意于平淡之中。这样的诗句就如"略带糟"的秋蟹一样,鲜美可口,具有耐人咀嚼的"味外之味"。第二首说诗的句法并不神秘而不可企及,功到自然成,犹如禅家之"活参"——悟,而不是拘泥于字法句法的"死参"——苦吟。《五灯会元》卷四载:有僧问赵州人谂禅师:"如何是祖师西来意?"从谂回答说:"庭前柏树子。"④ 在禅家看来,青青翠竹,尽是法身;郁郁黄花,无非般若。"柏树"也好,"桃花"也好,乃至万事万物都只是接引机境之媒介。只要能"活参",就能"妙悟"万事万物之理。作诗也同理,不是深究个别字法句法,而是把握整个艺术规律。后四句说,想与你晤聚,把酒论诗,无奈天各一方;你能否来和我谈谈作诗这件事,我们或许能从那白鸥栖息的沙滩,获得某些领悟。

可见,杨万里并未完全脱落江西诗派的习气,他并不否定对前人诗作的研读,但反对拘泥于字句的模仿,"问侬佳句如何法?无法无盂也没衣"(《酬阁皂山碧崖道士甘叔怀赠美名人不及佳句法如何十古风二首》其二)。这种有法而无定法的"活法"诗学思想,其实并非对江西诗学的超越,而是对江西诗学尤其是黄庭坚诗学思想加以总结提升,使之理论化。周紫芝《见王提刑》:"具茨(晁冲之),太史黄公客也,具茨一日问:'作诗法度,向上一路如何?'山谷曰:'如狮子吼,百兽吞声。'他日又问,则曰:'识取关捩。'具(茨)谓鲁直接引后进,门庭颇峻,当令参者自相领解。"⑤晁冲之向黄庭坚请教"作诗法度",黄庭坚的两次回答其实均可用一个"悟"字来概括。范温《潜溪诗眼》载:"山谷言学者若不见古人用意处,但得其皮毛,所以去之更远。……故学者要先以识为主,如禅家所谓正法

---

① 谢灵运:《登池上楼》,《先秦汉魏晋南北朝诗》中册,第1161页。
② 李延寿:《南史》卷十九,中华书局2000年版,第1册,第353页。
③ 曹础基:《庄子浅注》,中华书局1982年版,第124页。
④ 《五灯会元》上册,第202页。
⑤ 《太仓稊米集》卷五十九《见王提刑》,《景印文渊阁四库全书》第1141册,第423页。

眼者。直须具此眼目，方可入道。"① 黄庭坚相关论述还有不少，如黄庭坚《次韵高子勉十首》其二："言诗今有数，下笔不无神。行布佺期近，飞扬子建亲。"② 《赠高子勉》其三："妙在和光同尘，事须勾深入神。"③——主张用事要点化入神。《荆南签判向和卿用予六言见惠次韵奉酬四首》其三："覆却万方无准，安排一字入神。更能识诗家病，方是我眼中人。"④——主张用字要入神。《次韵奉答文少激纪赠二首》其一："诗来清吹拂衣巾，句法词锋觉有神。"⑤——主张由法度而入神。《跋子瞻醉翁操》："人谓东坡作此文，因难以见巧，故极工。余则以为不然。彼其老于文章，故落笔皆超轶绝尘耳。"⑥——最后达到境界入神。黄庭坚示以江西诗派后学的学诗法门是："拾遗句中有眼，彭泽意在无弦。"（《赠高子勉四首》其四）他主张用事、用字、由法度入神，最后达到境界入神，正是由研习杜诗"句中有眼"臻于陶诗"意在无弦"即由遵循法度到超越法度的最好注脚。杨万里《题刘德夫真意亭二首》其二云："渊明有意自忘言，真处如今底处传。客子若来问真意，镜中人影水中天。"杨万里这一妙悟和接引后进的方式与黄庭坚几乎如出一辙。

五、姜夔对江西诗学的传承与超越

姜夔（约1155～约1221），字尧章，号白石道人。饶州鄱阳（今江西鄱阳）人。屡试不第，浪迹江湖，终身未仕。以骚人墨客的身份往来于湖州、杭州、苏州、金陵、合肥等地，游食于诸侯与士大夫之间。曾受知于老诗人萧德藻，结识士林名流杨万里、范成大、尤袤、辛弃疾、叶适、张鉴、张镃等。其诗初学黄庭坚，中年摆脱江西诗派的束缚，转而追随晚唐的陆龟蒙。所著《白石道人诗说》，论诗传承了黄庭坚某些观点，又能超越江西，悟出诗妙在自得，主张天机自发，贵含蓄蕴藉，尚气象韵度。

---

① 《潜溪诗眼》，《宋诗话辑佚》卷上，上册，第317页。
② 黄庭坚：《次韵高子勉十首》其二，《黄庭坚诗集注》第2册，第566页。
③ 黄庭坚：《赠高子勉四首》其三，《黄庭坚诗集注》第2册，第574页。
④ 黄庭坚：《荆南签判向和卿用予六言见惠次韵奉酬四首》其三，《黄庭坚诗集注》第2册，第578页。
⑤ 黄庭坚：《次韵奉答文少激纪赠二首》其一，《黄庭坚诗集注》第2册，第472页。
⑥ 黄庭坚：《跋子瞻醉翁操》，《山谷题跋》卷二，第39页。

（一）江西诗学的渊源

姜夔说：“近过梁溪，见尤延之先生。问余诗自谁氏，余对以异时泛阅众作，已而病其驳如也。三薰三沐，师黄太史氏。”① 姜夔诗曾学江西诗派黄庭坚，故其论诗不少观点传承黄庭坚。他所著《白石道人诗说》云：“《诗说》之作，非为能诗者作也，为不能诗者作，而使之能诗；能诗而后能尽我之说，是亦为能诗者作也。”② 可知，《白石道人诗说》是一部指导学诗者作诗的诗学著作。姜夔云：“诗有出于《风》者，出于《雅》者，出于《颂》者。屈、宋之文，《风》出也；韩、柳之诗，《雅》出也；杜子美独能兼之。”③ 又云：“陶渊明天资既高，趣谐又远，故其诗散而庄，澹而腴，断不容作邯郸步也。”④ 姜夔推崇杜甫与陶渊明，既有时代的原因，也有江西诗学的渊源。江西诗派祖述杜甫，有所谓"一祖三宗"之说："古今诗人当以老杜、山谷、后山、简斋四家为一祖三宗，馀可预配飨者有数焉。"⑤ 陈善也说："黄鲁直诗本是规模老杜，至今遂别立宗派，所谓当仁不让者也。"⑥ "拾遗句中有眼，彭泽意在无弦。"（《赠高子勉四首》其四）这是黄庭坚示以后学学诗的步骤，即由师法杜甫诗的句法，达到陶渊明诗"不烦绳削而自合"⑦ 的境界。姜夔谓陶诗"散而庄，澹而腴"，本自苏轼评陶渊明诗"质而实绮，癯而实腴"⑧。在姜夔看来，陶诗不可亦步亦趋地学，就在于渊明"天资既高，趣谐又远"，即是说要学陶诗须先达到陶渊明那种远趣和人生境界，正如黄庭坚《书陶渊明诗后寄王吉老》所云："血气方刚时，读此诗如嚼枯木；及绵历世事，如决定无所用智，每观此篇，如渴饮水，如欲寐得啜茗，如饥啖汤饼。今人亦有能同味者乎？但恐嚼不破耳！"⑨ 谓涉世未深者读陶诗，只停留在表层，觉得散澹无味；阅历丰富者读陶诗，如饮水解渴、浓茶驱睡、汤饼充饥，始读出其中庄腴之真意、高蹈之远趣。

---

① 姜夔：《白石道人诗集自叙》，夏承焘校辑《白石诗词集》，人民文学出版社1959年版，第1页。
② 姜夔：《白石道人诗说》，《历代诗话》下册，第682页。
③ 《白石道人诗说》，《历代诗话》下册，第681页。
④ 《白石道人诗说》，《历代诗话》下册，第681页。
⑤ 《瀛奎律髓》卷二十六《评陈简斋〈清明〉》，《瀛奎律髓汇评》中册，第1149页。
⑥ 《扪虱新话》下集卷四，《扪虱新话评注》，第244页。
⑦ 《题意可诗后》，《山谷题跋》卷二，第46页。
⑧ 苏辙：《栾城后集》卷二十一《子瞻和陶渊明诗集》引，《栾城集》，曾枣庄、马德富校点，上海古籍出版社1987年版，下册，第1402页。
⑨ 《书陶渊明诗后寄王吉老》，《山谷题跋》卷七，第192页。

姜夔云:"意出于格,先得格也;格出于意,先得意也。吟咏情性,如印印泥,止乎礼义,贵涵养也。"① 宋人论诗尚格,黄庭坚云:"予友生王观复作诗有古人态度,虽气格已超俗,但未能从容中玉珮之音,左准绳、右规矩尔。"② 陈善云:"欧阳公诗,犹有国初唐人风气。公能变国朝文格,而不能变诗格。及荆公、苏、黄辈出,然后诗格遂极于高古。"③ 且"格韵"联用。苏轼云:"鲁直诗文,如蝤蛑、江瑶柱,格韵高绝。"④ 林倅曰:"诗有格有韵,故自不同。如陶渊明诗,是其格高;谢灵运'池塘春草'之句,乃其韵胜也。格高似梅花,韵胜似海棠花。"⑤ "格"的含义有多种,一指体制规格;一指格调风格;一指性情品操。从姜夔所谓"吟咏情性""贵涵养"来看,他所说的"格"更接近性情品操,可见,姜夔论诗重修养:"思有窒碍,涵养未至也,当益以学"⑥;"岁寒知松柏,难处见作者"⑦。黄庭坚论诗首先强调加强道德修养的重要性,其《与济川侄》云:"但须勤读书,令精博,极养心,使纯静,根本若深,不患枝叶不茂也。"⑧《书赠韩琼秀才》云:"治经之法,不独玩其文章,谈说义理而已,一言一句,皆以养心治性。事亲处兄弟之间,接物在朋友之际,得失忧乐,一考之于书,然后尝古人糟粕而知味矣。"⑨《与洪驹父一》云:"学问文章,如甥才器笔力,当求配于古人,勿以贤于流俗遂自足也。然孝友忠信,是此物之根本,极当加意养以敦厚醇粹,使根深蒂固,然后枝叶茂耳。"⑩ 如何加强道德修养,姜夔认为"当益以学",黄庭坚则说得更具体:精读儒家经典。对修养的内容,姜夔侧重"岁寒知松柏"即人格节操,黄庭坚则强调"孝友忠信"。其实黄庭坚也常以人格节操来评诗,他评嵇康诗"豪壮清丽,无一点尘俗气。凡学作诗者,不可不成诵在心,想见其人。虽沉于世故者,暂而揽其馀芳,便可扑去面上三斗俗尘矣,何况探其义味者乎"⑪;评王安石其人其诗"真视富贵如浮云,不溺于财利

---

① 《白石道人诗说》,《历代诗话》下册,第682页。
② 《跋柳子厚诗》,《山谷题跋》卷二,第36页。
③ 《扪虱新话》下集卷三,《扪虱新话评注》,第234页。
④ 《书黄鲁直诗后二首》其二,《东坡题跋》卷二,第149页。
⑤ 《扪虱新话》下集卷一引,《扪虱新话评注》,第152页。
⑥ 《白石道人诗说》,《历代诗话》下册,第682页。
⑦ 《白石道人诗说》,《历代诗话》下册,第682页。
⑧ 《与济川侄》,《黄庭坚全集》,第498页。
⑨ 《书赠韩琼秀才》,《山谷题跋》卷一,第29页。
⑩ 《与洪驹父一》,《文津阁四库全书》第372册,第313页。
⑪ 《书嵇叔夜诗与侄榎》,《山谷题跋》补编,第279页。

酒色，一世之伟人也。暮年小语，雅丽精绝，脱去流俗，不可以常理待之也"①；评苏轼《卜算子·黄州定惠院寓居作》"语意高妙，似非吃烟火食人语，非胸中有万卷书，笔下无一点尘俗气，孰能至此"②。晁补之曰："鲁直于治心养气，能为人所不为，故用于读书、为文字，致思高远，亦似其为人。"③宋仁宗嘉祐八年（1063），黄庭坚参加科举考试，第一次省试后相传考得最好，后看榜上无名，脸上毫无沮丧之色。④"绍圣初（1094）坐史院事，（鲁直）所对不少屈，于同时史官中得罪最远，转徙万里，流落累年。会徽宗即位，召之，不即就，于还朝诸公中独不复用。崇宁间，前之得罪于绍圣、元符者，特不用而已耳，而鲁直以言语触讳，独再被谪。闲居谈说名义易耳，颠沛之际，则已失措，或者一更患难，不复人色，顾乃追咎乡之持论，以为讲学未精。若其摧沮撼顿，至于再三，而卒以不悔，视死生祸福，曾不芥蒂，可信其为信道之笃也"。⑤姜夔也是一位耿介清高的雅士，曾辞谢贵族张鉴为他买的官爵，一生清贫自守，始终保持狷介节操。不难看出，将人格涵养视为诗歌的内核，姜夔与黄庭坚是一致的。姜夔云："意格欲高，句法欲响，只求工于句、字，亦末矣。故始于意格，成于句、字。句意欲深、欲远，句调欲清、欲古、欲和，是为作者。"⑥黄庭坚云："但始学诗，要须每作一篇，辄须立一大意，长篇须曲折三致焉，乃为成章耳。"⑦比照之下，姜、黄论作诗，均强调先立意，意格高才能句法响，意格深远句调方能清、古、和。

姜夔曰："不知诗病，何由能诗？不观诗法，何由知病？名家者各有一病，大醇小疵，差可耳。"⑧自黄庭坚首言诗法以来，宋人论诗讲诗法，《白石道人诗说》从本质上说仍是一部谈论诗法的著作。《白石道人诗说》云："作大篇，尤当布置：首尾匀停，腰腹肥满。多见人前面有馀，后面不足；前面极工，后面草草，不可不知也。"⑨又云："波澜开阖，如在江湖中，一波未平，一波已作。如兵家之阵，方以为正，又复是奇；方以为

---

① 《跋王荆公禅简》，《山谷题跋》卷六，第168页。
② 《跋东坡乐府》，《山谷题跋》卷二，第40页。
③ 晁补之：《鸡肋集》卷三十三《书鲁直题高求父扬清亭诗后》，《景印文渊阁四库全书》第1118册，第649页。
④ 孙升：《孙公谈圃》卷下，《景印文渊阁四库全书》第1037册，第112页。
⑤ 汪应辰：《文定集》卷十一《书张士节字叙》，《景印文渊阁四库全书》第1138册，第688页。
⑥ 《白石道人诗说》，《历代诗话》下册，第682页。
⑦ 《论作诗文》，《文津阁四库全书》第372册，第358页。
⑧ 《白石道人诗说》，《历代诗话》下册，第681页。
⑨ 《白石道人诗说》，《历代诗话》下册，第680页。

奇，忽复是正。出入变化，不可纪极，而法度不可乱。"① 又云"小诗精深，短章蕴藉，大篇有开阖，乃妙。"② 姜夔论诗讲究"布置"，强调"开阖"，亦可看出其江西诗学的痕迹，范温《潜溪诗眼》载："山谷言文章必谨布置……盖变体如行云流水，初无定质，出于精微，夺乎天造，不可以形器求矣。然要之以正体为本，自然法度行乎其间。譬如用兵，奇正相生。初若不知正而径出于奇，则纷然无复纲纪，终于败乱而已矣。"③ 姜夔论诗之布置，既强调诗在结构章法上要"首尾匀停，腰腹肥满"，又主张诗之结尾不能"草草"："篇终出人意表，或反终篇之意，皆妙。"④ 陈长方《步里客谈》云："古人作诗断句，辄旁入他意，最为警策，如老杜云'鸡虫得失了无时，注目寒江倚山阁'是也，鲁直《水仙》诗亦用此体：'坐对真成被花恼。出门一笑大江横。'"⑤ 王楙谓："鲁直此体甚多，不但《水仙》诗也。如《书酺池寺》诗：'退食归来北窗梦，一江风月趁渔船。'《二虫》诗：'二虫愚智俱莫测，江边一笑无人识。'……皆此意也。"⑥ 所谓"旁入他意"即姜夔所说"篇终出人意表"，给读者意想不到的审美冲击。姜夔甚至具体到讨论诗结尾的四种方式。一首好诗，不仅要有好的开头，也要有好的中段，还要有好的结尾，这三者是有机统一的，缺一不可，都需要讲究，不可偏废；从整体上形成波澜起伏，开合变化。他说："一篇全在尾句，如截奔马。词意俱尽，如临水送将归是已；意尽词不尽，如抟扶摇是已；词尽意不尽，剡溪归棹是已；词意俱不尽，温伯雪子是已。所谓词意俱尽者，急流中截后语，非谓词穷理尽者也。所谓意尽词不尽者，意尽于未当尽处，则词可以不尽矣，非以长语益之者也。至如词尽意不尽者，非遗意也，词中已仿佛可见矣。词意俱不尽者，不尽之中，固已深尽矣。"⑦ 又曰："语贵含蓄。东坡云：'言有尽而意无穷者，天下之至言也。'山谷尤谨于此。清庙之瑟，一唱三叹，远矣哉！后之学诗者，可不务乎？若句中无馀字，篇中无长语，非善之善者也；句中有馀

---

① 《白石道人诗说》，《历代诗话》下册，第 682 页。
② 《白石道人诗说》，《历代诗话》下册，第 68 页。
③ 《潜溪诗眼》，《宋诗话辑佚》卷上，上册，第 323～325 页。
④ 《白石道人诗说》，《历代诗话》下册，第 681 页。
⑤ 王楙：《野客丛书》卷二十五《诗人断句入他意》引，《景印文渊阁四库全书》第 852 册，第 754 页。
⑥ 《野客丛书》卷二十五《诗人断句入他意》引，《景印文渊阁四库全书》第 852 册，第 754 页。
⑦ 《白石道人诗说》，《历代诗话》下册，第 682～683 页。

味，篇中有馀意，善之善者也。"① 他认为黄庭坚诗谨于"言有尽而意无穷"，黄庭坚《与党伯舟帖七》："诗颂要得出尘拔俗，有远韵而语平易。"② 从这里可知，姜夔倡导的是"句中有馀味，篇中有馀意"的"辞意俱不尽"的结尾，认为它是诗之"善之善者"，指示后之学诗者，务必在此下功夫。

姜夔又云："守法度曰诗，载始末曰引，体如行书曰行，放情曰歌，兼之曰歌行，悲如蛩螀曰吟，通乎俚俗曰谣，委曲尽情曰曲。"③ 所谓"守法度"，是指对形式要求比较具体规范的格律诗体，只有遵循既定法则写作，才可称之为合格的诗。同时又指出了"引"的作用以及"歌行""谣曲"的主要艺术特点。这种对体式条分缕析地把握确是前人所未道，也是姜夔论诗之法式的精细之处。

（二）江西诗学的超越

姜夔师法黄庭坚的经历，既使他学到了江西诗某些的长处，又限制了他诗歌创作的进一步发展，不久后，他的诗歌创作陷入僵局，进入了"居数年，一语噤不敢吐"④ 的沉寂时期。此时两种现象引起了姜夔对江西诗学的自我反省：其一，风靡一时的江西诗派发展到乾道（1165～1173）、淳熙（1174～1189）年间，虽然仍保持着强大的势力，但已流弊丛生，江西诗派末流的沿袭之风日益壮大，以至演成专事模拟的恶习，遭到批评界强烈的不满。张戒云："子瞻以议论作诗，鲁直又专以补缀奇字，学者未得其所长，而先得其所短，诗人之意扫地矣。"⑤ 后来的刘克庄也认为："游默斋序张晋彦诗云：'近世以来学江西诗，不善其事，往往音节聱牙，意象迫切，且论议太多，失古诗吟咏情性之本意。'切中时人之病。"⑥ 其二，从诗歌创作来看，不少诗人正在或明或暗、或强或弱地进行诗歌创作道路的转变，逐渐从江西诗派中脱离出来。《白石道人诗集自叙》引尤袤语："近世人士喜宗江西。温润有如范致能者乎？痛快有如杨廷秀者乎？高古如萧东夫，俊逸如陆务观，是皆自出机轴，亶有可观者，又奚以江西

---

① 《白石道人诗说》，《历代诗话》下册，第681页。
② 《与党伯舟帖七》，《文津阁四库全书》第372册，第401页。
③ 《白石道人诗说》，《历代诗话》下册，第681页。
④ 《白石道人诗集自叙》，《白石诗词集》，第1页。
⑤ 《岁寒堂诗话》卷上，《历代诗话续编》上册，第455页。
⑥ 《后村诗话》后集卷二，第70页。

为?"① 同时，萧德藻、曾几对姜夔诗学思想的转变也有一定的影响。《对床夜话》卷二记萧德藻语："诗不读书不可为，然以书为诗，不可也。"② 即反对江西诗派的"资书以为诗"，一味掉书袋，扼杀诗歌的性灵。作为姜夔师祖辈的曾几，虽然也属于江西诗派，但他并没有被江西诗派诗法所牢笼。他也讲句法，但不流于生硬；也好用事，但力避冷僻。所以他的一些诗，尤其是一些近体诗，风格大多明快活泼。经过一阵知性的反省，姜夔终于"始大悟学即病，顾不若无所学之为得，虽黄诗亦偃然高阁矣"；"余之诗，余之诗耳，穷居而野处，用是陶写寂寞，则可；必欲其步武作者，以钓能诗声，不惟不可，亦不敢"③。在艰难的摸索之后，姜夔终于走出了江西诗学的樊篱，诗学思想发生了重大转变。

姜夔首先标举独创精神，他说："人所易言，我寡言之；人所虽言，我易言之；自不俗。"④ 公开宣称在诗歌创作上要避熟就生、弃陈趋新、自立求异。同时，明确表示反对模仿："一家之语，自有一家之风味。如乐之二十四调，各有韵声，乃是归宿处。模仿者语虽似之，韵亦无矣。鸡林其可欺哉！"⑤ 即是说每个时代的诗人都有自己独特的诗风，"下逮黄初，迄于今，人异韫，故所出亦异。或者弗省，遂艳其各有体也"⑥，模仿者即使在语言上逼肖，但在内在气韵上终究不似，这是模仿者的致命通病。对雕刻与敷衍，姜夔却能辩证地对待，他说："雕刻伤气，敷衍露骨。若鄙而不精巧，是不雕刻之过；拙而无委曲，是不敷衍之过。"⑦ 雕刻能够使诗精美工巧，但雕刻过度则使诗鄙俗伤气；敷衍能够使诗委婉曲折，但敷衍无节制则使诗粗拙露骨。可见，姜夔主张对雕刻与敷衍的适度把握。然而姜夔又说"君不见，古人拙处今人巧"⑧，似乎自相矛盾，其实这里所谓"拙"是指与"尖巧"而非"精巧"相对的概念——"朴拙"，这是古诗的可贵之处——"诗本无体，《三百篇》皆天籁自鸣"⑨，因此，他主张向古人学习。如何学古？他有一段精辟的表述："作者求与古人合，

---

① 《白石道人诗集自叙》，《白石诗词集》，第1页。
② 《对床夜语》卷二，《历代诗话续编》上册，第415页。
③ 《白石道人诗集自叙》，《白石诗词集》，第1页。
④ 《白石道人诗说》，《历代诗话》下册，第680页。
⑤ 《白石道人诗说》，《历代诗话》下册，第683页。
⑥ 《白石道人诗集自叙》，《白石诗词集》，第1页。
⑦ 《白石道人诗说》，《历代诗话》下册，第680页。
⑧ 姜夔：《送项平甫倅池阳》，《全宋诗》卷二七二四，北京大学出版社1998年版，第51册，第32050页。
⑨ 《白石道人诗集自叙》，《白石诗词集》，第1页。

不若求与古人异；求与古人异，不若不求与古人合而不能不合，不求与古人异而不能不异。彼惟有见乎诗也，故向也求与古人合，今也求与古人异；及其无见乎诗已，故不求与古人合而不能不合，不求与古人异而不能不异。"① 无论求与古人合或异，均出于自然而非刻意为之，"其来如风，其止如雨，如印印泥，如水在器，其苏子所谓不能不为者乎！"他自谦"余之诗，盖未能进乎此也"②。

《白石道人诗说》云："文以文而工，不以文而妙；然舍文无妙，胜处要自悟。"③ 姜夔一面强调作诗之法："难说处一语而尽，易说处莫便放过。僻事熟用，实事虚用。说理要简切，说事要圆活，说景要微妙"④；一面又反复要学诗者"多看自知，多作自好"⑤，"胜处要自悟"，能够"造乎自得""得兔忘筌"⑥，这就使《诗说》露出了明显的矛盾。应当看到，姜夔讲"法度"，主张"守法度"，但又不过分强调拘泥成法，于是，他提出了"活法"："学有馀而约以用之，善用事者也；意有馀而约以尽之，善措辞者也；乍叙事而间以理言，得活法者也。"⑦ 他认为"活法"即用事要约以用之，措辞则约以尽之，叙事则间以言理。这是他对吕本中"活法"理论的新认识和辩证把握，丰富并拓展了其内涵，是对"活法"理论的突破性贡献；对于启发后代人提高诗的表现技巧，提供了具可操作性的理论参照。因此，他的新阐释不容忽视。

《白石道人诗说》又云："诗有四种高妙：一曰理高妙，二曰意高妙，三曰想高妙，四曰自然高妙。碍而实通，曰理高妙；出自意外，曰意高妙；写出幽微，如清潭见底，曰想高妙；非奇非怪，剥落文采，知其妙而不知其所以妙，曰自然高妙。"⑧ 无论是"碍而实通"的理高妙，还是"出自意外"的意高妙，抑或"写出幽微"的想高妙，在姜夔看来，均是诗人"精思"之后达到的艺术效果："诗之不工，只是不精耳。不思而作，虽多亦奚为？"⑨ 至于"知其妙而不知其所以妙"的自然高妙，是姜夔倡导的最高艺术境界，即诗人经过精思熟虑后所达到的浑厚自然的诗

---

① 《白石道人诗集自叙二》，《白石诗词集》，第2页。
② 《白石道人诗集自叙二》，《白石诗词集》，第2页。
③ 《白石道人诗说》，《历代诗话》下册，第682页。
④ 《白石道人诗说》，《历代诗话》下册，第680页。
⑤ 《白石道人诗说》，《历代诗话》下册，第680页。
⑥ 《白石道人诗说》，《历代诗话》下册，第683页。
⑦ 《白石道人诗说》，《历代诗话》下册，第681页。
⑧ 《白石道人诗说》，《历代诗话》下册，第682页。
⑨ 《白石道人诗说》，《历代诗话》下册，第680页。

境。这一诗学思想似乎与江西诗学有着某些联系,黄庭坚《与王观复书二》云:"所寄诗多佳句,犹恨雕琢功多耳。但熟观杜子美到夔州后古律诗,便得句法。简易而大巧出焉,平淡如山高水深,似欲不可企及,文章成就,更无斧凿痕,乃为佳作耳。"①"观杜子美到夔州后诗、韩退之自潮州还朝后文章,皆不烦绳削而自合矣。"② 比较之下,黄庭坚所谓"简易而大巧出焉,平淡如山高水深""不烦绳削而自合"的境界,乃"雕琢"之后"更无斧凿痕"的艺术境界,姜夔所谓"自然高妙"虽然亦是"剥落文采"——雕刻之后复归天然的诗境,但他更强调"知其妙而不知其所以妙"——只可意会不可言传的神秘性。故清人潘德舆批评说:"夫'理'即'意'之托始,'想'即'意'之别名,既曰'高妙',不'自然'者何以能之?吾惜其名目之琐而复也,虽自为疏解,庸可训乎?"③ 如果说江西诗学只片面强调作诗要多读书:"奉为道之:词意高胜,要从学问中来尔。……读书要精深,患在杂博。因按所闻,动静念之,触事辄有得意处,乃为问学之功。文章惟不构空强作,诗遇境而生,便自工耳。"④ 姜夔则主张天生的禀赋、自然成诗与通过后天的学习也能出神入化异曲同工,他说:"沉著痛快,天也。自然与学到,其为天一也。"⑤ "沉著痛快",一任自己思想感情的表达;意到语工,不期于高妙而自高妙,这正与江西诗派法度森严的作诗法式相抵牾,可见,姜夔超越江西诗法是在明确的诗学意识指导下进行的。

姜夔论诗还譬之人体:"大凡诗,自有气象、体面、血脉、韵度。气象欲其浑厚,其失也俗;体面欲其宏大,其失也狂;血脉欲其贯穿,其失也露;韵度欲其飘逸,其失也轻。"⑥ "气象""体面""血脉""韵度"即诗之本体的四大审美要素或审美特征,其合成诗之生命整体,其中"气象"为诗之生命整体的总体呈现。他提倡诗之气象浑厚、体面宏大、血脉贯穿、韵度飘逸,反对诗之俗、狂、露、轻。姜夔这一观点既是对江西诗学的拓展,又启严羽诗法之论,陶明濬《诗说杂记》卷七云:"严羽曰:'诗之法有五:曰体制,曰格力,曰气象,曰兴趣,曰音节。'此盖以诗章与人身体相为比拟,一有所阙,则倚魁不全。体制如人之体干,必须佼

---

① 《与王观复书二》,《文津阁四库全书》第 372 册,第 225 页。
② 《与王观复书一》,《文津阁四库全书》第 372 册,第 224～225 页。
③ 潘德舆:《养一斋诗话》卷八,《清诗话续编》下册,第 2132 页。
④ 《论作诗文》,《文津阁四库全书》第 372 册,第 358 页。
⑤ 《白石道人诗说》,《历代诗话》下册,第 682 页。
⑥ 《白石道人诗说》,《历代诗话》下册,第 680 页。

壮；格力如人之筋骨，必须劲健；气象如人之仪容，必须庄重；兴趣如人之精神，必须活泼；音节如人之言语，必须清朗。五者既备，然后可以为人。亦惟备五者之长，而后可以为诗。近取诸身，远取诸物，而诗道成焉。"① 这便是姜夔诗学的开拓建树和历史贡献。

---

① 陶明濬：《诗说杂记》卷七，《沧浪诗话校释》引，第7页。

第二章

江西诗学之鼓倡

吴曾对江西诗学的态度,主要体现在他对诗中典故的辨析和诗句来历的考镜上,可补《山谷诗集注》之不足,对我们正确解读黄庭坚、陈师道诗歌亦不无裨益;不仅体现了他渊博的学识,也间接反映了他对江西诗学"以才学为诗"的肯定。通过《能改斋漫录》对江西诗学有关诗学活动的转录,还可看出吴曾对黄庭坚风趣性格、某些作品流传影响的揭示。

胡仔首次将苏轼、黄庭坚与李白、杜甫并列,不仅充分肯定了黄庭坚诗歌的艺术成就,也确立了宋诗与唐诗平分秋色的文学地位;否定了"苏黄争名"说;充分肯定了黄庭坚的创新精神,针对吕本中对黄庭坚的拔高评价做了中肯的辩证;指出黄庭坚某些句法和诗体本自杜甫;高度评价了黄庭坚对仗句的工整和题画诗的传神;辩证分析了黄庭坚咏花诗的得失;对黄庭坚悉毁"不复淫欲饮酒食肉"的禁戒,从人性的本能角度表示深度理解。

陈善评价黄庭坚诗格极于高古。"高"即高风绝尘、超凡脱俗;所谓"古"包含"诗中有文"即"以文为诗"之意,指既守诗歌法度又超越法度之外,既刻意为诗又不留雕琢痕迹,达到了"简易而大巧出焉,平淡而山高水深"即"不烦绳削而自合"的艺术境界,是"活法"的具体运用。陈善论诗又主"气韵"、主"格",与黄庭坚一致。陈善对黄庭坚提出的诗法,或转述加以评点,或摘其要点加入自己的理解和发挥,时有与当时传统看法不同之处,无论从主观上还是客观上,对江西诗学都起了鼓倡的作用。

方回首倡"一祖三宗"之说,试图通过对江西诗派"诗统说"的进一步完善,扩大江西诗派的门户,并以此来说明江西派诗是唐诗的继承与发扬,其诗统一脉相承,从而确立江西诗派的正统地位,并完成诗统的建构。为了回护江西诗派,方回不遗余力地攻驳"永嘉四灵"之短:题材狭窄、内容单薄、格调卑弱。极力推崇江西派诗格高。其实,江西派诗与"四灵"诗各有长短,方回的回护与攻驳,有失公允。

翁方纲论诗提出肌理说,主张以义理、学问入诗,推重"以质厚为本"的宋诗,倡导诗歌思想的质实厚重,以此来标举异于唐诗的宋诗特质,由此推许黄庭坚"精力沉蓄"的深厚工夫,指出其诗歌"囊括今古"的开阔视野、"取材非一处"的丰富题材,得力于诗人"用力之勤""积学之非易"。而对以反映现实生活为主的陈师道、陈与义诗歌,则评价偏低,暴露出其肌理说的明显局限。翁方纲论诗讲究文理,因而肯定重经营、讲布置的江西诗法,发掘提取黄庭坚诗歌的逆笔法,即寄寓讽刺而不露锋芒,用昆体工夫而造老杜浑化之境,运古于律以节制滑下之顺势。这是翁氏对诗学理论的最大贡献之一。

　　作为桐城派后期重要作家，方东树从以文章笔法论诗的独特视角，重新厘清了江西诗学与杜甫、韩愈"以文为诗"一脉相承的渊源关系，认为黄庭坚学杜悟得其创作艺术构思而不得其诗自然浑成之境；学韩则得其粗笔硬调而不得其通顺平畅。对江西诗学既有高屋建瓴、提纲挈领的综论，又对其章法结构等具体诗法，展开了精细入微的条分缕析，比较全面系统地、辩证地总结了江西诗学最具诗学价值、最富于启示意义的历史经验与教训，这是方东树诗学的开拓建树和历史贡献。

　　曾国藩诗宗黄庭坚，在诗学主张上，两人都强调读书积理、治性养心，是诗歌创作之根本；曾氏"无心遇之，偶然触之""人功与天机相凑泊"的"机神"说，与黄氏"简易而大巧出焉""不烦绳削而自合"的诗境说相吻合。在诗歌评论上，曾氏欣赏黄诗"诙诡之趣"与"以单行之气运于偶句之中"；在诗歌创作上，曾氏专学黄庭坚的七言古诗和律诗，几近神似，这取决于他坚忍倔强、自拔流俗的个性与对黄氏奇崛兀傲诗风的推崇。

一、吴曾对江西诗学的态度

吴曾（约1157年前后在世），字虎臣，崇仁（今属江西）人。博闻强识，知名江西，然竟科场不第。秦桧当国时，他以献书得官，故被后人斥为"党附要奸"，人品颇受訾议。《四库全书总目》谓其"绍兴癸酉（1153），自救局改右承奉郎，主奉常薄，为玉牒检讨官，迁工部郎中，出知严州，致仕，卒"①。所著《能改斋漫录》，约编撰于宋高宗绍兴二十四至二十七年（1154～1157），凡二千余条，以类相从，厘为十八卷。他学识渊博，阅览广泛，其所言诗，考辨典故，记录逸作，辨析真伪，载其事实等，"援据极为赅洽，辨析亦多精核"②，对研究诗史具有重要的学术价值。

（一）通过辨误首肯"以才学为诗"

江西诗派之祖黄庭坚"以才学为诗"，诗歌大量用典的现象比较突出，因此为其诗作注需要比较渊博的学识。宋代的任渊、史容、史季温分别为黄庭坚诗"内集""外集"和"别集"作注，对我们阅读黄庭坚诗歌帮助不小，但对其中一些典故或化用前人诗作仍然有进一步注释之必要。吴曾以他富赡的学识对此（包括对江西诗派"三宗"之一的陈师道诗歌）做了大量考辨，针对前人或时人的解释进行辨误，功不可没。其诗学观点体现在辨误之中，或抑或扬，见诸字里行间。

《晋书·王羲之传》载："山阴有一道士，养好鹅，羲之往观焉，意甚悦，固求市之。道士云：'为写《道德经》，当举群相赠耳。'羲之欣然写毕，笼鹅而归，甚以为乐。其任率如此。"③《能改斋漫录》引蔡絛《西清诗话》谓："李太白诗有误，云'山阳道士如相访，为写黄庭博白鹅'，逸少所写乃《道德经》。"吴曾按："《太白集》有《怀古·王右军》诗云：'山阴遇羽客，要此好鹅宝。扫素写道经，笔精妙入神。书罢笼鹅去，何曾别主人。'据此诗，则太白未尝误用。何耶？按，本传：'逸少闻山阴

---

① 《能改斋漫录提要》，《四库全书总目提要》卷一一八，第617页。
② 《能改斋漫录提要》，《四库全书总目提要》卷一一八，第617页。
③ 房玄龄等：《晋书》卷八十，中华书局2000年版，第2册，第1397页。

道士好养鹅,往观焉。'非山阴道士访逸少也。前诗不特误使黄庭事,尝疑以为世俗子所增。至梅圣俞和《宋谏·议鹅》诗亦云:'不同王逸少,辛苦写黄庭。'《山谷诗》云:'颇似山阴写道经,虽与群鹅不当价。'则知黄庭之误尤分明。"① 吴曾指出:王羲之为山阴道士写《道德经》换鹅,后人多误为写《黄庭经》,如宋代的梅尧臣,并以黄庭坚诗证其误。至于《西清诗话》谓李白诗之误,吴曾举出《太白集》中"未尝误用"之《怀古·王右军》诗,证之为"世俗子所增",故不仅将《道德经》误为《黄庭经》,且将羲之往山阴道士处观鹅误为山阴道士访羲之。

刘攽《中山诗话》载:"陈子昂云:'吾闻中山相,乃属放麑翁。'放麑,本秦西巴,孟孙氏之臣也,谓之中山,亦误矣。"② 吴曾又举出陈师道《谢再授徐州教授启》"中山之相,仁于放麑;乱世之雄,疑于食子"③,指出:"乃知误者,非一人也。"④ 黄庭坚《有怀半山老人次韵二首》其二云:"啜羹不如放麑,乐羊终愧巴西。"任渊注引《韩非子》曰:"乐羊为魏将,而攻中山。中山之君烹其子,而遗之羹。乐羊坐于幕下而啜之,尽一杯。文侯谓褚师赞曰:'乐羊以我故,而食其子之肉。'答曰:'其子而食之,且谁不食?'乐羊罢中山,文侯赏其功而疑其心。《韩非子》又曰:'孟孙猎得麑,使秦西巴载之持归,其母随之而啼。秦西巴弗忍而与之,孟孙大怒,逐之。居三月,复召以为子傅曰:'夫不忍于麑,又且忍吾子乎?'故曰巧诈不如拙诚,乐羊以有功见疑,秦西巴以有罪益信。"任渊按:"吕惠卿叛荆公,发其私书,有'勿使上知'之语。山谷意谓:惠卿之忍,政如乐羊;荆公之过,当与西巴同科也。"⑤ 但黄庭坚作"巴西"可能是为了协韵之故。

王维《送元二使安西》云:"渭城朝雨浥轻尘,客舍青青柳色新。劝君更尽一杯酒,西出阳关无故人。"⑥ 吴曾云:"李伯时取以为画,谓'阳关图',予尝以为失。按《汉书》:'上党有天井关,敦煌龙勒有玉门关、阳关,去长安二千五百里。'唐人送客,西出都门三十里,特是渭城耳。

---

① 吴曾:《能改斋漫录》卷三《辨误·黄庭博鹅》,《景印文渊阁四库全书》第 850 册,第 536 页。
② 刘攽:《中山诗话》,《历代诗话》上册,第 295 页。
③ 陈师道:《后山集》卷十五《谢再授徐州教授启》,《景印文渊阁四库全书》第 1114 册,第 658 页。
④ 《能改斋漫录》卷三《辨误·中山放麑》,《景印文渊阁四库全书》第 850 册,第 537 页。
⑤ 《黄庭坚诗集注》第 1 册,第 148 页。
⑥ 王维:《送元二使安西》,赵殿成笺注《王右丞集笺注》,上海古籍出版社 1998 年版,第 263 页。

今有渭城馆在焉，即古之渭阳。据其所画，当谓之'渭城图'可也。东坡《题阳关图》诗：'龙眠独识殷勤处，画出阳关意外声。'皆承其失耳。至山谷《题阳关图断章》云：'渭城柳色关何事，自是离人作许悲。'然则详味山谷诗意，谓之渭城宜耳。"① 渭城与阳关是两个不同的地理概念，一即咸阳故城，在长安西北渭水北岸，一在甘肃省敦煌市西南的玉门关南，分别距长安三十里与二千五百里。吴曾指出，李公麟、苏轼皆误以渭城为阳关，独黄庭坚所咏正确。又引黄庭坚《题阳关图二首》其一："断肠声里无声画，画出阳关更断肠。"②"按，李义山《赠歌妓》诗云：'红绽樱桃含白雪，断肠声里唱阳关。'豫章所用也。"③ 进一步证明黄庭坚对"渭城"与"阳关"两个地理概念的认识是有分别的。

陈师道《后山诗话》云："望夫石在处有之，古今诗人，共用一律，惟刘梦得云：'望来已是几千岁，只似当年初望时。'语虽拙而意工。黄叔达，鲁直之弟也，以顾况为第一云：'山头日日风和雨，行人归来石应语。'语意皆工。江南有望夫石，每过其下，不风即雨，疑况得句处也。"④ 吴曾云："予家有《王建集》，载《望夫石》诗，乃知非况作。其全章云：'望夫处，江悠悠，化为石，不回头。山头日日风和雨，行人归来石应语。'岂无己、叔达偶忘王建作耶？"⑤ 指出《望夫石》乃王建所作而非顾况之作，陈师道、黄叔达皆误。

《冷斋夜话》卷三载："鲁直谪宜，殊坦夷，作诗云：'老色日上面，欢情日去心。今既不如昔，后当不如今。''轻纱一幅巾，短簟六尺床。无客白日静，有风终夕凉。'……鲁直学道休歇，故其诗闲暇。"⑥ 吴曾辨析说："予以冷斋不读书之过。上八句皆乐天诗，盖是编者之误，致令渠以为山谷所为。前四句'老色日上面'，乃乐天《东城寻春》诗。尚馀八句，所谓'今犹未甚衰，每事力可任'是已。后四句'轻纱一幅巾'，乃乐天《竹窗》诗。亦尚馀二十四句，所谓'常爱辋川寺，竹窗东北廊'是也。《山谷外集》更有'喷喷雀引雏，梢梢笋成竹'数篇，皆非山谷

---

① 《能改斋漫录》卷三《辨误·阳关图》，《景印文渊阁四库全书》第850册，第542页。
② 黄庭坚：《题阳关图二首》其一当作："断肠声里无形影，画出无声亦断肠。想得阳关更西路，北风低草见牛羊。"（《黄庭坚诗集注》第4册，第1322页）
③ 《能改斋漫录》卷七《事实·断肠声里唱阳关》，《景印文渊阁四库全书》第850册，第636页。
④ 《后山诗话》，《历代诗话》上册，第320页。
⑤ 《能改斋漫录》卷三《辨误·望夫石》，《景印文渊阁四库全书》第850册，第544页。
⑥ 《冷斋夜话》卷三，《历代笔记大观·宋元笔记大观》第2册，第2183页。

诗。偶会其意，故纪之册，学者不可不知也。"①

《陌上桑》有"使君从南来，五马立踟蹰"句②。吴曾辨析说："使如节度使、观察使之使，非使令之使也。《本草》：'使君子。潘州郭使君疗小儿，多用此物，医家因号为使君子。'犹言太守子也。山谷《题余干县令吴可权白云亭》诗云：'寄语吴令君，但遣糟床注。'令君亦使君之意耳。钱穆父有药名诗云：'一来亦甘草草别，疏薄无使君子疑。'是以使君为使令之使矣。山谷《药名诗》云'杨侯济北使君子'，其用意与钱异。"③ 指出黄庭坚《药名诗》"用意与钱异"，即肯定黄诗所用为是。

黄庭坚《古渔父》诗云："鱼收亥日妻到市，醉卧水痕船信风。"④ 吴曾云："尝以未知亥日事。读张籍《江南曲》云：'江村亥日长为市，落帆度桥来浦里。'乃知籍亦用此，然尚未知出处。后得馆中本李淳风《易镜》，占渔猎胜负篇云：'取鱼卦宜二水。'又云：'取鱼宜见水忌土。'盖亥子属水，乃知鱼收亥日所自。"⑤ 指出了黄诗中"鱼收亥日"的出处。黄庭坚《薄薄酒》云："传呼鼓倡拥部曲，何如春雨一池蛙？"⑥ 吴曾按："仆射王晏，尝鸣鼓倡候孔稚圭，闻蛙鸣，晏曰：'此殊聒人耳。'稚圭曰：'我听卿鼓倡，殆不及此。'出齐《阳玠谈薮》。"⑦ 一经辨析，不仅使我们知道了黄庭坚这两句诗的来历，还明确了其意思是谓鼓倡部曲尚不如蛙鸣动听。

黄庭坚《书磨崖碑后》诗云："明皇不作包桑计，颠倒四海由禄儿。"⑧ 为何称安禄山为"禄儿"，吴曾引《禄山事迹》云："正月二十日，禄山生日，赐物甚多。后三日，召禄山入内。贵妃以锦绣绷缚禄山，令内人以䌽舆昇之，宫中欢呼动地。明皇使人问之，报云：'贵妃与禄山作三日洗儿。'明皇就观之，大悦。因赐贵妃洗儿金银钱物，极欢而罢。自是宫中皆呼禄山为禄儿，不禁其出入。"⑨ 关于"洗三朝"的风俗，据李德裕《次柳氏旧闻》载，开元十四年（726）十二月十六日，皇太孙李

---

① 《能改斋漫录》卷三《辨误·冷斋不读书》，《景印文渊阁四库全书》第850册，第545~546页。
② 《乐府古辞·陌上桑》，《先秦汉魏晋南北朝诗》上册，第260页。
③ 《能改斋漫录》卷三《辨误·使君乃节度使之使》，《景印文渊阁四库全书》第850册，第546页。
④ 黄庭坚：《古渔父》，《山谷诗注续补》，第74页。
⑤ 《能改斋漫录》卷七《事实·鱼收亥日》，《景印文渊阁四库全书》第850册，第613页。
⑥ 黄庭坚：《薄薄酒二章并引》，《黄庭坚诗集注》第3册，第891页。
⑦ 《能改斋漫录》卷七《事实·鸣蛙嘟噜》，《景印文渊阁四库全书》第850册，第624页。
⑧ 黄庭坚：《书磨崖碑后》，《黄庭坚诗集注》第2册，第689页。
⑨ 《能改斋漫录》卷七《事实·禄山儿》，《景印文渊阁四库全书》第850册，第628页。

豫出生三日，唐玄宗亲赴东宫，命随侍拿出一个用金锻造的澡盆盛水，为第三代天子举行一个香汤沐浴的修禊仪式，洗毕用襁褓裹起。高力士领着宫人三呼万岁，玄宗大喜，赏赐宫人"洗儿钱"①。此风首开，渐成风俗。杨贵妃收安禄山为义子，为他行"洗儿"礼，虽为取乐，但此风俗是渊源有自的。

《能改斋漫录》卷三云："东坡《和山谷嘲小德》诗，末云：'但使伯仁长，还兴络秀家。'盖伯仁乃络秀子耳。洪驹父《哭谢无逸》诗云：'但使添丁长，终兴谢客家。'此学东坡语，尤无功。添丁，卢仝子，气脉不相属。络秀，本周伯仁父浚之妾。小德亦庶出，东坡用事，其切如此。山谷诗：'解著《潜夫论》，不妨无外家。'更觉其切。"②任渊于"解著《潜夫论》，不妨无外家"后注："《后汉书·王符传》曰：安定俗鄙庶孽，而符无外家，为乡人所贱。隐居著书，以讥当世失得，不欲章显其名，故号《潜夫论》。"③"小德"为庶出，故黄庭坚及苏轼和诗用典均贴切，但在吴曾看来，庭坚更胜一筹。

对黄庭坚、陈师道诗化用前人诗作及用典，吴曾指出其来历；如出处不详，或有疑义的，也提出来商议，这既体现了吴曾渊博的学识，也表明他严谨的治学态度。黄庭坚《题前定录赠李伯牖》其二："万般尽被鬼神戏，看取人间傀儡棚。烦恼自无安脚处，从他鼓笛弄浮生。"④吴曾指出化用唐梁锽《咏木老人》"刻木牵丝作老翁，鸡皮鹤发与真同。须臾弄罢寂无事，还似人生一世中"诗意⑤；陈师道《何郎中出示黄公草书四首》其四："当年阙里与论诗，岁晚河山断梦思。妙手不为平世用，高怀犹有故人知。"⑥吴曾认为"末后两句，乃合荆公《思王逢原》诗'妙质不为平世得，微言但有故人知'"⑦，即认为陈诗化用王安石诗。陈师道《赠知命》诗："公家鲁直不解事，爱作文章可人意。"⑧吴曾按："杨修《答临

---

① 李德裕：《次柳氏旧闻》，《历代笔记小说集成·唐代笔记小说》第1册，第309页。
② 《能改斋漫录》卷三《辨误·东坡用事切》，《景印文渊阁四库全书》第850册，第543页。
③ 《黄庭坚诗集注》第2册，第361页。
④ 黄庭坚：《题前定录赠李伯牖》其二，《黄庭坚诗集注》第4册，第1244页。
⑤ 《能改斋漫录》卷八《沿袭·傀儡》，《景印文渊阁四库全书》第850册，第643页。
⑥ 陈师道：《何郎中出示黄公草书四首》其四，《全宋诗》卷一一一七，第19册，第12691页。
⑦ 《能改斋漫录》卷八《沿袭·高怀犹有故人知》，《景印文渊阁四库全书》第850册，第644页。
⑧ 陈师道：《赠知命》，《全宋诗》卷一一一七，第19册，第12649页。

淄侯》云:'修家子云,老不晓事。强著一书,悔其少作。'"① 指出陈诗"不解事"之来历。黄庭坚有《夏日梦伯兄寄江南》诗,其中颈联"河天月晕鱼分子,槲叶风微鹿养茸"②写景清奇,刻画出一个勾起相思的环境,吴曾认为它本自唐人吴子华诗"暖漾鱼遗子,晴游鹿川麛"③。此例甚多,不一一列举。黄庭坚《渔父》:"范子几年思狡兔,吕公何处兆非熊?"④ 《赠郑交》:"高居大士是龙象,草堂丈人非熊罴。"⑤ 吴曾按:"《六韬》《史记》:'非龙非彲,非虎非罴。'无熊字。恐豫章别有所本。"⑥ 黄庭坚《弈棋二首呈任公渐》其一:"坐隐不知岩穴乐,手谈胜与俗人言。"⑦ 史容注:"《语林》曰:王中郎以围棋是坐隐,支公以围棋为手谈。"⑧ 吴曾引唐《杜阳编》"大中间,日本国贡玉棋子。云:'本国南有集真岛,岛上有手谭池,池中出棋子。'"后提出疑问:"此又何耶?"⑨即不能确定黄诗用典所自。

对黄庭坚诗歌用典不通或不究源头,吴曾也予以指出。如黄庭坚《送曹子方福建路运判兼简运使张仲谋》:"子鱼通印蚝破山,不但蕉黄荔子丹。"⑩ 吴曾曰:"子鱼出于兴化军通应庙前,语讹以应为印。或曰,子鱼以容印者为佳,故王荆公诗云:'长鱼俎上通三印,新茗斋中试一旗。'则此说容可信也。东坡诗亦云:'通印子鱼犹带骨。'然山谷以蚝而云'破山',则理不可晓。按,《番禺记》云:'蚝之壳,即药中牡蛎也。有高四五尺者,水底见之,如崖岸然,故呼为山。'今山谷谓之蚝破山,岂取蚝肉之谓耶?然韩退之云:'蚝相粘如山。'"⑪ 黄庭坚《题落星寺四首》其二:"相粘蚝山作居室,窍凿混沌无完肤。"⑫ 可知黄庭坚是懂"蚝相粘如山"之理的。惠洪《冷斋夜话》载:"山谷言:'退之诗:唤起窗全曙,

---

① 《能改斋漫录》卷七《事实·公家鲁直不解事》,《景印文渊阁四库全书》第850册,第631页。
② 黄庭坚:《夏日梦伯兄寄江南》,《山谷诗注续补》,第180页。
③ 《能改斋漫录》卷八《沿袭·鱼遗子鹿引麛》,《景印文渊阁四库全书》第850册,第643页。
④ 黄庭坚:《渔父二首》其一,《黄庭坚诗集注》第5册,第1629页。
⑤ 黄庭坚:《赠郑交》,《黄庭坚诗集注》第1册,第70页。
⑥ 《能改斋漫录》卷五《辨误·非熊》,《景印文渊阁四库全书》第850册,第588页。
⑦ 黄庭坚:《弈棋二首呈任公渐》其一,《黄庭坚诗集注》第3册,第781页。
⑧ 《黄庭坚诗集注》第3册,第781页。
⑨ 《能改斋漫录》卷六《事实·坐隐手谈》,《景印文渊阁四库全书》第850册,第605页。
⑩ 黄庭坚:《送曹子方福建路运判兼简运使张仲谋》,《黄庭坚诗集注》第4册,第1371页。
⑪ 《能改斋漫录》卷十五《方物》,《景印文渊阁四库全书》第850册,第790页。
⑫ 黄庭坚:《题落星寺四首》其二,《黄庭坚诗集注》第3册,第1043~1044页。

催归日未西。无心花里鸟,更与尽情啼。为儿时不能解其意。后年五十八,出峡时春晓,方悟唤起、催归,二禽名也。唤起声如络纬,圆转清亮,偏于春晓鸣,江南谓之春唤。'"此条不见《夜话》所载,吴曾当见另一本《夜话》。他说:

> 予尝读唐顾渚《茶山记》曰:"顾渚山中有鸟。如鹦鹆而色苍,每至正月二月,作声曰'春起也'也;至三月四月曰'春去也'。采花人呼为'唤春鸟'。"然则唤起之名,唐人已说矣,豫章不举以为证,何邪?"①

实则批评黄庭坚未究"唤起""催归"二鸟名之最早出处。又,引潘子真《诗话》"'霜威能折绵'之句,余问山谷所从出,山谷曰:'劲气方凝酒,清威正折绵。庾肩吾诗也。'"云:"余读晋阮籍《大人先生歌》,略曰'阳和微弱阴气竭,海冻不流绵絮折,呼吸不通寒冽冽。'乃知折绵之事,始于阮籍,庾肩吾用此耳。岂山谷偶忘之邪?"②但是吴曾在辨析黄、陈诗句来历时,有时不免武断,如他认为黄庭坚《登快阁》"落木千山天远大,澄江一道月分明"本自白居易《江楼夕望》"灯火万家城四畔,星河一道水中央",我认为它当从柳宗元《游南亭夜还叙志七十韵》"木落寒山静,江空秋月高"③ 二句胎息而来。故赵彦卫《云麓漫钞》卷十批评他"如诗人得句,偶有相犯,即以为蹈袭。及恃记博,妄有穿凿"④。

(二) 借助转述宣扬江西诗法

《黄陈诗集注》序者之一任渊指出黄庭坚、陈师道之诗"一句一字有历古人六七作者。盖其学该通乎儒、释、老、庄之奥,下至于医、卜、百家之说,莫不尽摘其英华,以发之于诗"⑤。序者之二许尹指出黄、陈诗"用事深密,杂以儒、佛。虞初稗官小说,《隽永》《鸿宝》之书,牢笼渔猎,取诸左右"⑥。钱文子《艿室史氏注山谷外集诗序》云:"史公仪甫遂继而为之注,上自六经、诸子、历代之史,下及释、老之藏、稗官之录,

---

① 《渔隐丛话后集》卷十引,《景印文渊阁四库全书》第1480册,第445页。
② 《渔隐丛话后集》卷三十二引,《景印文渊阁四库全书》第1480册,第590页。
③ 王国安:《柳宗元诗笺释》,上海古籍出版社1993年版,第70页。
④ 《云麓漫钞》,第164页。
⑤ 任渊:《黄陈诗集注序》,《黄庭坚诗集注》第1册,第1页。
⑥ 许尹:《黄陈诗集注序》,《黄庭坚诗集注》第1册,第2页。

语所关涉，无不尽究。"① 吴曾指出黄庭坚诗"肉食倾人如出九"之"出九"来自博戏："世俗博戏，有'出九入十'之说，谓之摊赌。故律云：'诸博戏赌财物，并停止。出九和合者，各令众五日。'"② 黄庭坚《次韵子瞻送李豸》云："博悬于投不在德。"吴曾按："班固《弈旨》曰：'博悬于投，不必在行。'裴骃谓：'投，投琼也。'见《蔡泽传》。"③ 黄庭坚《老杜浣花溪图引》云："邻家有酒邀皆去，得意鱼鸟来相亲。"④ 吴曾按："《世说》：'简文入华林园曰："会心处不必在远。翛然林水，便自有濠濮间趣，觉鸟兽禽鱼，自来亲人。""'"黄庭坚《以小团龙及半挺赠无咎并诗用前韵为戏》云："鸡苏胡麻留渴羌，不应乱我官焙香。"⑤ 吴曾按："《拾遗记》：'晋有羌人姚馥，字世芬，充园人。每醉中好言王者兴亡事，但言渴于酒。群辈呼为渴羌也。'"⑥ 又云："内翰顾子敦身体魁伟，与山谷同在馆中。夏多昼寝，山谷俟其耳热熟寐，即于子敦胸腹间写字，子敦苦之。一日据案而寝。既觉，曰：'尔亦无如我何。'及还舍，夫人诘其背字，脱衣观之，乃山谷所题诗云：'绿暗红稀出凤城，暮云楼阁古今情。行人莫听宫前女，流尽年光是此声。'此乃市廛多用此语以文背，故山谷因以为戏。"⑦《苕溪渔隐丛话》后集卷三十一转引吴曾云："谚云：'情人眼里有西施。'又云：'千里寄鹅毛，物轻人意重。'皆鄙语也。山谷取以为诗，故《答公益春思》云：'草茅多奇士，蓬荜有秀色。西施逐人眼，称心最为得。'《谢陈适用惠纸》云：'千里鹅毛意不轻。'"⑧ 以上均为黄庭坚诗"以俗为雅"的示证。

黄庭坚示以江西后学学诗所谓"换骨法""夺胎法"始见诸惠洪《冷斋夜话》。吴曾云：

予尝以觉范不学，故每为妄语。且山谷作诗，所谓"一洗万古凡马空"，岂肯教人以蹈袭为事乎？唐僧皎然尝谓："诗有三偷：偷语最是钝贼，如傅长虞'日月光太清'、陈后主'日月光天德'是也；偷意事虽可罔，情不可原，如柳浑'太液微波起，长杨高树秋'，沈佺

---

① 钱文子：《芗室史氏注山谷外集诗序》，《山谷诗注续补》，第616页。
② 《能改斋漫录》卷七《事实·出九入十》，《景印文渊阁四库全书》第850册，第632页。
③ 《能改斋漫录》卷七《事实·博悬于投》，《景印文渊阁四库全书》第850册，第636页。
④ 黄庭坚：《老杜浣花溪图引》，《黄庭坚集注》第4册，第1342页。
⑤ 黄庭坚《以小团龙及半挺赠无咎并诗用前韵为戏》，《黄庭坚诗集注》第1册，第99页。
⑥ 《渔隐丛话后集》卷三十一引，《景印文渊阁四库全书》第1480册，第580页。
⑦ 《渔隐丛话后集》卷二十六引，《景印文渊阁四库全书》第1480册，第544页。
⑧ 《渔隐丛话后集》卷三十一引，《景印文渊阁四库全书》第1480册，第582页。

期'小池残暑退,高树早凉归'是也;偷势才巧意精,略无痕迹,盖诗人偷狐白裘手,如嵇康'目送归鸿,手挥五弦',王昌龄'手携双鲤鱼,目送千里雁',是也。"夫皎然尚知此病,孰谓学如山谷,而反以不易其意,与规模其意,而遂犯钝贼不可原之情耶?①

金代王若虚就严厉批评"鲁直论诗,有夺胎换骨、点铁成金之喻,世以为名言,以予观之,特剽窃之黠者耳"②。其实,在此之前,吴曾就指出所谓"换骨法""夺胎法"是"教人以蹈袭为事",并辨析说黄庭坚诗歌具有"一洗万古凡马空"的创新精神,不可能有此语,批评惠洪不学无术,"故每为妄语"。陈善也指出,《冷斋夜话》中所载黄庭坚《和僧惠洪〈西洒月〉》一词,乃惠洪伪作;惠洪还尝诈学山谷作赠洪诗云:"韵胜不减秦少游,气爽绝类徐师川。"陈善辨析说:"然予观此诗全篇,亦不似山谷体制,以此益知其妄。"③ 故惠洪遭宋人"诞妄"之讥。尽管惠洪有弄虚作假之举,但"夺胎换骨""点铁成金"是否为黄庭坚提出的诗法,由于证据不足,我们不好轻易剥夺黄庭坚的诗论之首发权,问题在于"夺胎换骨""点铁成金"之论是否属于"剽窃""蹈袭"的代名词,回答是否定的。因为任何文学创新都必须建立在对前人优秀文学遗产的传承之基础之上,杜甫成为"诗圣",正是他"别裁伪体亲风雅,转益多师是汝师"的结果。关于这个问题,莫砺锋曾撰《黄庭坚"夺胎换骨"辩》④ 一文,可参考,此不赘述。

吴曾对黄庭坚、陈师道为代表的江西诗学之评价,主要体现在诗中典故的考辨上,即义理的阐发上,很少有对诗之艺术即辞章的直接评价,故《四库全书总目》将其归入子部杂家类。但《能改斋漫录》卷十一所引一则材料却涉及诗艺:

欧阳季默尝问东坡:"鲁直诗何处是好?"东坡不答,但极称重黄诗。季默云:"如'卧听疏疏还密密,晓看整整复斜斜',岂是佳

---

① 《能改斋漫录》卷十《议论·诗有夺胎换骨诗有三偷》,《景印文渊阁四库全书》第850册,第695页。
② 王若虚:《滹南诗话》卷三,《历代诗话续编》上册,第523页。
③ 《扪虱新话》下集卷一,《扪虱新话评注》,第169页。
④ 莫砺锋:《黄庭坚"夺胎换骨"辩》,《中国社会科学》1983年第5期。

耶?"东坡云:"此正是佳处。"①

苏轼每每称重黄庭坚诗,他说:"读鲁直诗,如见鲁仲连、李太白,不敢复论鄙事,虽若不入用,亦不无补于世也。鲁直诗文如蝤蛑江瑶柱,格韵高绝,盘飧尽废;然不可多食,多食则发风动气。"② 又云:"每见鲁直诗文,未尝不绝倒。然此卷语妙,殆非悠悠者所识,能绝倒者也,也是可人。"③ 吴曾此引虽未加评论,但从其归入"议论"类不难看出他是认同苏轼称重黄诗的。黄庭坚《咏雪奉呈广平公》云:"连空春雪明如洗,忽忆江清水见沙。夜听疏疏还密密,晓看整整复斜斜。风回共作婆娑舞,天巧能开顷刻花。政使尽情寒至骨,不妨桃李用年华。"④ 这首诗咏雪,颔联分别从听觉与视觉描写下雪的情状:或疏或密,或整或斜。暗写风,伴随着风,雪或大或小,或急或缓。又暗含辨识判断,既体现了宋人感知的精细,又显示了宋诗的理趣。它大概是苏轼所称赏的黄诗之"佳处"。

再看下面一则材料:

> 王直方《诗话》记陈公辅《题湖阴先生壁》云:"身似旧时王谢燕,一年一度到君家。"荆公见而笑曰:"戏君为寻常百姓耳。"古诗云:"旧时王谢堂前燕,飞入寻常百姓家。"然以予观之,山谷有诗《答直方送并蒂牡丹》云:"不如王谢堂前燕,曾见新妆并倚栏。"若以荆公之言为然,则直方未免为山谷之戏,政苦不自觉尔。⑤

这里所谓《答直方送并蒂牡丹》即黄庭坚《王立之以小诗送并蒂牡丹戏答》其一诗,从题目"戏答"可以看出,"不如王谢堂前燕,曾见新妆并倚栏"一联⑥,显然有开玩笑的成分,王直方不至于"不自觉",因为二位交往甚密,《王直方诗话》中大量记载黄庭坚的言论,甚至可以推断,黄庭坚及其同仁多次在直方家聚会。黄庭坚经常拿与其关系密切的同仁开玩笑,包括苏轼,如据曾敏行《独醒杂志》卷三载:"东坡尝与山谷论

---

① 《能改斋漫录》卷十一《记诗·东坡称重黄鲁直书》,《景印文渊阁四库全书》第850册,第726页。
② 《书鲁直诗后二首》,《东坡题跋》卷二,第149页。
③ 《书黄鲁直诗后》,《东坡题跋》卷三,第169页。
④ 黄庭坚:《咏雪奉呈广平公》,《黄庭坚诗集注》第1册,第215页。
⑤ 《能改斋漫录》卷十《陈公辅黄鲁直诗》,《景印文渊阁四库全书》第850册,第682~683页。
⑥ 黄庭坚:《王立之以小诗送并蒂牡丹戏答》其一,《黄庭坚诗集注》第4册,第1347页。

书，东坡曰：'鲁直近字虽清劲，而笔势有时太瘦，几如树梢挂蛇。'山谷曰：'公之字固不敢轻议，然间觉褊浅，亦甚似石压蛤蟆。'二公大笑，以为深中其病。"① 黄庭坚《次韵廖明略同吴明府白云亭宴集》云："酌多时暴谑，舞短更成妍。"②"戏谑"便是黄庭坚性格的鲜明特征之一。如《戏和文潜谢穆父松扇》："张侯哦诗松韵寒，六月火云蒸肉山。"任渊注曰："谓诗虽清寒，如松风之韵；而体则肥热，如肉山之蒸。……文潜颇肥，故山谷诗有'虽肥如瓠壶'之句。"③ 文潜即张耒，与黄庭坚、晁补之、秦观并称"苏门四学士"。黄庭坚另有《奉和文潜赠无咎篇末多以见及以既见君子云胡不喜为韵》八首，其六曰："张侯窘炊玉，僦屋得空庐。但见索酒郎，不见酒家胡。虽肥如瓠壶，胸中殊不粗。何用知如此，文采似于菟。"④ 首联谓文潜一介穷书生，租敝陋之室，窘无米之炊。颔联紧承"庐"字而来，谓文潜不如司马相如，他虽穷却有卓文君私奔他，并与他当垆卖酒，语含戏谑。颈联谓文潜体肥如大壶，但肚里有货，即学问大。末联谓其诗文斐然。又如《次韵王炳之惠玉版纸》："王侯须若缘坡竹，哦诗清风起空谷。"此联上句说王炳之大胡子，下句嘲他齿豁，张开嘴像空洞洞的山谷。任渊注引："《王立之诗话》曰：潘十云：'炳之得此诗，大以为憾。'"⑤《王直方（立之）诗话》又载："山谷云，金华俞清老名子中，三十年前，与予共学于淮南。元丰甲子相见于广陵，自云荆公欲使之脱缝掖，着僧伽藜，奉香火于半山宅寺，所谓报宁禅院者。予之僧名曰紫琳，字清老，无妻子之累，去作半山道人，似不为难事。然生龟脱筒，亦难堪忍。后数年，见之，儒冠自若，因尝戏和清老诗曰：'索索叶自雨，月寒遥夜阑。马嘶车铎鸣，群动不遑安。有人梦超俗，去发脱儒冠。平明视清镜，政尔良独难。'子瞻屡哦此诗，以为妙。"⑥ 此诗为《戏答俞清老道人寒夜三首》其一⑦，谓在一个风吹树叶沙沙作响如雨声的夜晚，月亮当空，寒意袭人，时值半夜三更，清老难以入眠。天色将晓，听到马嘶车

---

① 曾敏行：《独醒杂志》卷三，朱杰人校点，《历代笔记小说大观·宋元笔记小说大观》第3册，第3223页。
② 黄庭坚：《次韵廖明略同吴明府白云亭宴集》，《黄庭坚诗集注》第2册，第626页。
③《黄庭坚诗集注》第1册，第284页。
④ 黄庭坚：《奉和文潜赠无咎篇末多以见及以既见君子云胡不喜为韵》其六，《黄庭坚诗集注》第1册，第157页。
⑤《黄庭坚诗集注》第1册，第287页。
⑥《宋诗话辑佚》卷上，上册，第62~63页。
⑦ 黄庭坚：《戏答俞清老道人寒夜三首》其一，《黄庭坚诗集注》第2册，第368页。"马嘶车铎鸣"当作"马嘶车鸣铎"。

铎鸣,早起的人开始有了动静,清老心情更难安下来。后四句议论,谓清老做梦都想超凡脱俗,于是剃发为僧,脱去儒冠。翌日一大早对镜自照,不禁后悔不已。看来做一个清心寡欲的僧人难啊!后数年,当作者再次见到他,"儒冠自若"——还俗了。这一娱己娱人的调侃戏谑,正是黄庭坚的一贯作风,也是构成"黄庭坚体"的内核。①

黄庭坚《次韵中玉水仙花二首》其二云:"淤泥解作白莲藕,粪壤能开黄玉花。可惜国香天不管,随缘流落小民家。"高子勉《国香诗序》云:"国香,荆渚田氏侍儿名也。黄太史自南溪召为吏部副郎,留荆州,乞守当涂待报。所居即此女子邻也。太史偶见之,以谓幽闲姝美,目所未睹。后其家以嫁下俚贫民,因赋此诗以寓意,俾予和之。后数年,太史卒于岭表,当时宾客云散。此女既生二子矣,会荆南岁荒,其夫鬻之田氏家。田氏一日邀予置酒,出之,掩袂困悴,无复故态。坐间话当时事,相与感叹。予请田氏名曰'国香',以成太史之志。政和三年春,京师会表弟汝阴王性之,问太史诗中本意,因道其详,乃赋之。"任渊注曰:"此诗盖山谷借以寓意也。"② 即寄寓了黄庭坚怀才不遇的感慨。《能改斋漫录》卷十《记诗》照录黄庭坚此诗并高序以及任渊所录高子勉的和诗,还增录了王性之的和诗。③ 说明吴曾欣赏黄庭坚此诗并传播了它"和者甚众"④的巨大影响。

二、胡仔评黄庭坚其人其诗

胡仔(1095?~1170),字元任,徽州绩溪(今属安徽)人。少以父荫授迪功郎,历两浙转运司干办公事。官至奉议郎,知常州晋陵县。休官后卜居湖州苕溪,以渔钓自适,自号苕溪渔隐。著有《苕溪渔隐丛话》前集六十卷,编成于南宋高宗绍兴十八年(1148);后集四十卷,编成于孝宗乾道三年(1167)。此书为续补阮阅《诗话总龟》而作,带有诗话汇编的性质。但二书有同有异,各自特点分明。《总龟》成书时,正值新党执

---

① 参见吴晟:《试论"黄庭坚体"》,《南昌大学学报》(人文社会科学版)1995年第2期。
② 高子勉:《国香诗序》,《黄庭坚诗集注》第2册,第545页。
③ 《能改斋漫录》卷十一《记诗·国香》,《景印文渊阁四库全书》第850册,第709~710页。
④ 《黄庭坚诗集注》第2册,第545页。

政，查禁旧党诗文，故此书不载元祐以来苏轼、黄庭坚等被列为"元祐党人"的诗话，而胡仔《丛话》成书之时，苏、黄之学复振，使他得以毫无顾虑地"网罗元祐以来群贤诗话"①，以至把苏、黄与李、杜并列。《总龟》以内容性质分类，"多录杂事，颇近小说"②，且客观记录原文，较少考辨、评价；《丛话》则以人物为目、以时为序，专收诗文评资料，"论文考义者居多，去取较为谨严"③。在纂集前人诗话时多附辨正考订之语，以论评为主，表达其诗学见解，因此较之《总龟》更有系统、更有诗学价值。《丛话》共录黄庭坚诗句、诗论、生平事迹以及胡仔对黄庭坚其人其诗的论评共206条，可见他对黄庭坚的青睐和推崇。本节主要选取其中对黄庭坚其人其诗的论评加以分析，以观其对江西诗学的态度。

（一）苏黄李杜并列，否定"苏黄争名"说

胡仔曰："余读《豫章先生传赞》云：'山谷自黔州以后，句法尤高，笔势放纵，实天下之奇作。自宋兴以来，一人而已矣。'此语盖本吕居仁《江西宗派图叙》而言。"④吕本中《江西宗派图序》云："唐自李、杜之出，焜燿一世，后之言诗者，皆莫能及。……元和以后至国朝，歌诗之作或传者，多依效旧文，未尽所趣。惟豫章始大出而力振之，抑扬反复，尽兼众体。"⑤高度评价了李白、杜甫诗歌后世"皆莫能及"的巅峰地位，进而指出只有江西诗派领袖黄庭坚可与之同日而语。张戒却云："自汉、魏以来，诗妙于子建，成于李、杜，而坏于苏、黄。"⑥自张氏发难于苏轼、黄庭坚以来，后世尊唐黜宋之论，殆以此为嚆矢。胡仔则首次将苏轼、黄庭坚与李白、杜甫并列，推之为"集诗之大成"的大家。他说："余尝谓开元之李、杜，元祐之苏、黄，皆集诗之大成者，故群贤于此四公，尤多品藻；盖欲发扬其旨趣，俾后来观诗者，虽未染指，固已能知其味之美矣。然诗道迩来几熄，时所罕尚；余独拳拳于此者，惜其将坠，欲以扶持其万一也。"⑦"若唐之李、杜、韩、柳，本朝之欧、王、苏、黄，

---

① 胡仔：《序渔隐丛话后集》，《景印文渊阁四库全书》第1480册，第385页。
② 《苕溪渔隐丛话前后集提要》，《四库全书总目提要》卷一九五，第1072页。
③ 《苕溪渔隐丛话前后集提要》，《四库全书总目提要》卷一九五，第1072页。
④ 《渔隐丛话后集》卷三十二，《景印文渊阁四库全书》第1480册，第589页。
⑤ 吕本中：《江西宗派图序》，《渔隐丛话前集》卷四十八引，《景印文渊阁四库全书》第1480册，第313页。
⑥ 《岁寒堂诗话》卷上，《历代诗话续编》上册，第455页。
⑦ 《序渔隐丛话后集》，《景印文渊阁四库全书》第1480册，第385页。

清辞丽句，不可悉数，名与日月争光，不待摘句言之也。"① 李白与杜甫不仅在盛唐时代双峰并峙，也是中国诗歌上难以企及的两座高峰，正如韩愈《调张籍》所云"李杜文章在，光焰万丈长"②。胡仔将李、杜、苏、黄并列，誉之为"可与日月争光"，其意图是引导后学正确学习李、杜、苏、黄，借以振兴宋诗，不仅充分肯定了苏轼与黄庭坚诗歌的艺术成就，也确立了宋诗与唐诗分庭抗礼、并驾齐驱的历史地位，具有重要的文学史意义！这种"不薄今人爱古人"③的历史进步观、"江山代有才人出，各领风骚数百年"④的胆识与气魄令人敬佩！这一观点得到杨万里的响应，他说："今夫四家者流，苏似李，黄似杜。苏李之诗，子列子之御风也；杜黄之诗，灵均之乘桂舟、驾玉车也。"⑤ 谓苏轼、李白诗风雄奇飘逸；杜甫、黄庭诗意境阔远浑茫，李、杜、苏、黄并称。

《宋史·黄庭坚传》云："庭坚于文章尤长于诗，蜀、江西君子以庭坚配轼，故称'苏、黄'。"⑥ 苏轼、黄庭坚诗歌皆以意胜，富于理趣，用事富赡、造语奇警，以文为诗，以议论为诗，为奠定宋诗特色的代表诗人。赵翼云："北宋诗推苏、黄两家，盖才力雄厚，书卷繁富，实旗鼓相当。"⑦ 胡仔云："元祐文章，世称苏、黄。然二公当时争名，互相讥诮，东坡尝云：'黄鲁直诗文，如蝤蛑江珧柱，格韵高绝，盘飧尽废，然不可多食，多食则发风动气。'山谷亦云：'盖有文章妙一世，而诗句不逮古人者。'此指东坡而言也。二公文章，自今视之，世自有公论，岂至各如前言，盖一时争名之词耳。俗人便以为诚然，遂为讥议，所谓'蚍蜉撼大树，可笑不自量'者邪。"⑧ 元丰元年（1078），黄庭坚在北京（今河北大名）做官，创作了古风二首，投书给当时任徐州太守的苏轼，以表达仰慕之情。在此之前，苏轼已在孙觉的席上看到黄庭坚的诗文，大加赞赏："轼始见足下诗文于孙莘老之坐上，耸然异之，以为非今世之人也。莘老言：'此人，人知之者尚少，子可为称扬其名。'轼笑曰：'此人如精金美玉，不即人而人即之，将逃名而不可得，何以我称扬为？'然观其文以求

---

① 《渔隐丛话后集》卷二，《景印文渊阁四库全书》第 1480 册，第 385 页。
② 韩愈撰，钱仲联集释：《韩昌黎诗系年集释》，上海古籍出版社 1984 年版，下册，第 989 页。
③ 《戏为六绝句》其五，《杜甫戏为六绝句集解 元好问论诗三十首小笺》，第 36 页。
④ 赵翼：《瓯北集》卷二十八《论诗四首》其二，《续修四库全书》第 1446 册，第 587 页。
⑤ 《诚斋集》卷八十《江西宗派诗序》，《景印文渊阁四库全书》第 1161 册，第 78 页。
⑥ 《宋史》卷四四四，第 11 册，第 10204 页。
⑦ 《瓯北诗话》卷十一，第 168 页。
⑧ 《渔隐丛话前集》卷四十九，《景印文渊阁四库全书》第 1480 册，第 319 页。

其为人，必轻外物而自重者，今之君子莫能用也。"① "其后过李公择于济南，则见足下之诗文愈多，而得其为人益详。意其超逸绝尘，独立万物之表，驭风骑气，以与造物者游，非独今世之君子所不能用，虽如轼之放浪自弃与世阔疏者，亦莫得而友也。今者辱书词累幅，执礼恭甚，如见所畏者，何哉？轼方以此求交于足下，而惧其不可得，岂意得此于足下乎？……《古风》二首，托物引类，真得古诗人之风。……"② 两位诗人从此结下了生死不渝的友谊，黄庭坚遂成为"苏门四学士"之一。终其一生，苏轼对这位弟子格外赏识和提携，黄庭坚也非常敬重苏轼。由于两人关系密切，彼此在互评时往往运用风趣的语言。胡仔所引苏轼评黄诗那段话见苏轼《东坡题跋》卷二，葛立方认为此话不是推许而是讥讽黄诗③，王楙反驳说："殊不知苏、黄二公，同时实相引重，黄推苏尤谨，而苏亦奖成之甚力。黄云东坡文章妙一世，乃谓效庭坚体，正如退之效孟郊、卢仝诗。苏云读鲁直诗如见鲁仲连、李太白。不敢复论鄙事。其互相推许如此，岂争名者哉？诗文比之螵蛸江珧柱，岂不谓佳？至言发风动气，不可多食者，谓其言有味，或不免讥评时病，使人动不平之气。乃所以深美之，非讥之也。"④ "螵蛸江珧柱"是嘌呤含量极高的海鲜，多食容易引发痛风，以此来比喻黄诗"价位高"，读者不易读懂，易引起消化不良。它正是以风趣的比喻、形象的语言来推许而非讥诮黄诗，故当以王楙之说为是。胡仔否定了"苏黄争名"说，与他将"苏黄"并列的观点互为表里。

苕溪渔隐曰："近时学诗者，率宗江西，然殊不知江西本亦学少陵者也。故陈无己曰：'豫章之学博矣，而得法于少陵，故其诗近之。'今少陵之诗，后生少年不复过目，抑亦失江西之意乎？江西平日语学者为诗旨趣，亦独宗少陵一人而已。余为是说，盖欲学诗者师少陵而友江西，则两得之矣。"⑤ 这段话乃针对江西诗派末流而发。江西诗派的末流以黄庭坚为宗师，殊不知黄庭坚祖述杜甫。这些末流只知一味地效法黄诗，却不知师法杜诗，它显然没有领会黄庭坚的意图，故毫无长进，甚至误入歧途。胡仔主张学诗者兼习黄诗、杜诗，方"两得之"。胡仔在此不仅指出了江西诗派末流的流弊之症结，且高度肯定了黄庭坚诗歌的示范性。

苕溪渔隐曰："学诗亦然，若循习陈言，规摹旧作，不能变化，自出

---

① 苏轼：《答黄鲁直书五首》其一，《苏轼文集》卷五十二，第4册，第1531～1532页。
② 《答黄鲁直书五首》其一，《苏轼文集》卷五十二，第4册，第1532页。
③ 葛立方：《韵语阳秋》卷二，《历代诗话》下册，第497页。
④ 《野客丛书》卷七《苏、黄互相引重》，《景印文渊阁四库全书》第852册，第604页。
⑤ 《渔隐丛话前集》卷四十九，《景印文渊阁四库全书》第1480册，第317～318页。

新意,亦何以名家。鲁直诗云:'随人作计终后人。'又云:'文章最忌随人后。'诚至论也。"① 黄庭坚指导江西诗派后学学诗的初阶是研习杜诗句法,因为杜诗"句中有眼",但多次告诫他们要学杜而不为,即要善于变化,自出新意,否则就是"随人作计终后人"了。胡仔对黄庭坚这一创新精神予以充分肯定,实际也暗含对江西诗派后学尤其是末流学杜或者学习前人诗作"循习陈言,规摹旧作,不能变化"的批评。黄庭坚最擅长避熟趋生或者化陈熟为生新,所谓化腐朽为神奇,如《寄黄几复》:"我居北海君南海,寄雁传书谢不能。桃李春风一杯酒,江湖夜雨十年灯。持家但有四立壁,治病不蕲三折肱。想得读书头已白,隔溪猿哭瘴溪藤。"② 这首诗是元丰八年(1085)春诗人在德州(治所在今山东省德州市)德平镇任上寄给知广东四会黄几复的。"鸿雁传书"本为陈词滥调,但用"谢不能",拟人手法,顿觉生新。相传雁飞至湖南衡阳不再南飞,四会在衡阳以南,故谓。这两句说我在山东(北),你在广东(南),我想托大雁寄封书信给你,它却谢绝说"我不去那里"。下一联为全用名词组合而成,不用动词或连词联缀的迭现对,桃李、春风;江湖、夜雨;一杯、十年;酒、灯;在前人诗中几成陈词滥调,但一经诗人巧妙搭配,便构成全新的意境,表达出丰富的含义:当年我们欢聚在京城,在和煦的春风里,欣赏着盛开的桃李花,与朋友们一起饮酒赋诗,多么快意;如今我们各自流落在江湖之上,十年来每逢夜雨只有以孤灯为伴,多么寂寞。黄庭坚与黄几复为熙宁九年(1076)同科出身。这里表达了诗人替黄几复才而见弃的身世遭遇打抱不平以及自己屈居下僚、摧眉折腰的牢骚。当然,由于时代的原因,即苏轼因"乌台诗案"而险些送命的惨痛教训,黄庭坚的创新只能在诗歌艺术形式上,至于诗歌题材和思想内容,由于容易触犯现实政治,招致祸患,所以创新不多,这是黄诗历来受到诟病之处。

针对吕本中对黄庭坚诗歌成就的高度评价,胡仔则提出异议:"余窃谓豫章自出机杼,别成一家,清新奇巧,是其所长,若言'抑扬反复,尽兼众体',则非也。"③ 他充分肯定了黄庭坚诗歌"清新奇巧"的艺术特征,认为它在李白、杜甫以及"韩孟"诗派之后能够"自出机杼,别成一家",但谓黄诗"抑扬反复"——顿挫转折、极尽变化;"尽兼众体"——融合众长、兼备诸体,则不符合黄诗的创作实际,言过其实。元

---

① 《渔隐丛话前集》卷四十九,《景印文渊阁四库全书》第 1480 册,第 315~319 页。
② 黄庭坚:《寄黄几复》,《黄庭坚诗集注》第 1 册,第 90 页。
③ 《渔隐丛话前集》卷四十八,《景印文渊阁四库全书》第 1480 册,第 314 页。

稹评杜甫诗歌"上薄风雅，下该沈宋，言夺苏李，气吞曹刘，掩颜谢之孤高，杂徐庾之流丽，尽得古今之体势，而兼人人之所独专矣"①。在胡仔看来，当此评者唯杜甫一人而已。说明胡仔能够客观地、辩证地评价黄庭坚的诗歌成就，实事求是，决不拔高。同时指出："《童蒙训》乃居仁所撰，讥鲁直诗有太尖新太巧处，无乃与《江西宗派图》所云'抑扬反复，尽兼众体'之语背驰乎？"②谓吕本中在《童蒙诗训》与《江西宗派图》中对黄庭坚诗歌的评价不一致，前后矛盾，可谓"以子之矛攻子之盾"！

胡仔曰："余顷岁往来湘中，屡游浯溪，徘徊磨崖碑下，读诸贤留题，惟鲁直、文潜二诗，杰句伟论，殆为绝唱，后来难复措词矣。"③胡仔在充分肯定黄庭坚《书磨岩碑后》诗"杰句伟论，殆为绝唱"的同时，又指出其两处之误，一："观诗意皆是言明皇末年事。余以唐史考之，明皇幸蜀还，居兴庆宫，李辅国迁之西内，居甘露殿，继流高力士于巫州。诗云南内，误矣。"二："又以元结本传及《元次山集》考之，但有《时议》三篇，指陈时务而已，初无一言以及明皇、肃宗父子间，不知鲁直所谓'臣结春秋二三策'者，更别出何书也。鲁直以此配'臣甫杜鹃再拜诗'，子美《杜鹃》诗正为明皇迁居西内而作，则次山'春秋二三策'，亦当如《杜鹃》诗有为而言，若以《时议》三篇为是，则事无交涉，乃误用也。或云鲁直盖用《孟子》'吾于武成取二三策'之语，然于元结果何预焉。"④白居易《长恨歌》云："西宫南内多秋草，宫叶满阶红不扫。"⑤西宫，太极宫。南内，一作"南苑"，兴庆宫。唐玄宗还京后，初居兴庆宫，因邻近大街，时常与外界接触，李辅国唯恐他有复辟的野心，与张后合谋，将他迁入太极宫的甘露殿，加以变相的软禁。《书磨岩碑后》云"南内凄凉几苟活，高将军去事尤危"⑥，应该说也不算误。至于"臣结春秋二三策"，任渊注曰："'春陵'或作'春秋'，非是。"⑦并引元结《春陵行并序》"漫叟授道州刺史。道州旧四万馀户，经贼已来，不满四千。大半不胜赋税。到官未五十日，承诸使征求符牒二百馀封。……吾将守官，静以安人，待罪而已。此州是春陵故地，故作《春陵行》，以达下

---

① 《唐检校工部员外郎杜君墓系铭并序》，《杜诗详注》附编，第 5 册，第 2235～2236 页。
② 《渔隐丛话前集》卷四十八，《景印文渊阁四库全书》第 1480 册，第 314 页。
③ 《渔隐丛话前集》卷四十七，《景印文渊阁四库全书》第 1480 册，第 309 页。
④ 《渔隐丛话后集》卷三十一，《景印文渊阁四库全书》第 1480 册，第 579 页。
⑤ 白居易：《长恨歌》，《全唐诗》下册，第 1075 页。
⑥ 黄庭坚：《书磨崖碑后》，《黄庭坚诗集注》第 2 册，第 690 页。
⑦ 《黄庭坚诗集注》第 2 册，第 690 页。

情。"①《山谷诗集》三家注以任注为优②，因此当以任注为是。

（二）首肯黄庭坚的创新精神

黄庭坚师法杜甫，作诗不少句法、字法均模仿杜诗，时人因研习杜甫诗少，故往往谓某种句法、字法为黄庭坚独创。《禁脔》谓"鲁直换字对句法，如'只今满坐且尊酒，后夜此堂空月明'，'清谈烧笔一万字，白眼举觥三百杯'，'田中谁问不纳履，坐上适来何处蝇'，'鞦韆门巷火新改，桑柘田园春向分'，'忽乘舟去值花雨，寄得书来应麦秋'，其法于当下平字以仄字易之，欲其气挺然不群，前此未有人作此体，独鲁直变之。"胡仔转引后指出："此体本出于老杜，如'宠光蕙叶与多碧，点注桃花舒小红'，'一双白鱼不受钓，三寸黄柑独自青'，'外江三峡且相接，斗酒新诗终日疏'，'负盐出井此溪女，打鼓发舡何郡郎'，'沙上草阁柳新暗，城边野池莲欲红'。似此体甚多，聊举此数联，非独鲁直变之也。余尝效此体作一联云：'天连风色共高运，秋兴物华俱老成。'今俗谓之拗句者是也。"③ 张耒也说："以声律作诗，其末流也，而唐至今谨守之。独鲁直一扫古今，直出胸臆，破弃声律，作五七言，如金石未作，钟声和鸣，浑然天成，有言外意。近来作诗者颇有此体，然自吾鲁直始也。"④ 胡仔则说："古诗不拘声律，自唐至今诗人皆然，初不待破弃声律，诗破弃声律，老杜自有此体，如绝句《漫兴》《黄河》《江畔独步寻花》《夔州歌》《春水生》，皆不拘声律，浑然成章，新奇可爱，故鲁直效之作《病起荆州江亭即事》《谒李材叟兄弟》《谢答闻善绝句》之类是也。老杜七言如《题省中院壁》《望岳》《江雨有怀郑典设》《昼梦》《愁强戏为吴体》《十二月一日三首》。鲁直七言如《寄上叔父夷仲》《次韵李任道晚饮锁江亭兼简履中南玉》《廖致平送绿荔支》《赠郑交》之类是也。此联举其二三，览者当自知之。文潜不细考老杜诗，便谓此体'自吾鲁直始'，非也。鲁直诗本得法于杜少陵，其用老杜此法何疑。老杜自我作古，其诗体不一，在人所喜取而用之。……"⑤

杜甫"晚节渐于诗律细"⑥，即律诗的技巧达到了炉火纯青的艺术高

---

① 元结：《舂陵行并序》，《全唐诗》上册，第608页。
② 吴晟：《山谷诗集三家注述评》，《燕京学报》新二十一期，北京大学出版社2006年版。
③ 《渔隐丛话前集》卷四十七，《景印文渊阁四库全书》第1480册，第306页。
④ 王直方：《王直方诗话》，《宋诗话辑佚》卷上，上册，第101页。
⑤ 《渔隐丛话前集》卷四十七，《景印文渊阁四库全书》第1480册，第306～307页。
⑥ 杜甫：《遣闷戏呈路十九曹长》，《杜诗详注》卷十八，第4册，第1602页。

度之后，开始自我否定，所谓物极必反。杜甫晚年创作了大量拗体诗，即"于当下平字以仄字易之，欲其气挺然不群"。黄庭坚上述拗体正是从杜甫的拗体而来。再如《寄黄几复》的颈联"持家但有四立壁，治病不蕲三折肱"，平仄依次为平平仄仄仄仄仄，仄仄仄平平仄平，不仅使句子拗折有力，"其气挺然不群"，又与黄几复刚正不阿的性格与诗人的愤激之情达到了和谐统一。胡仔云："鲁直《观伯时画马》诗云：'仪鸾供帐饕虱行，翰林湿薪爆竹声，风帘官烛泪纵横。木穿石槃未渠透，坐窗不遨令人瘦，贫马百蓺逢一豆。眼明见此玉花骢，径思著鞭随诗翁，城西野桃寻小红。'此格，《禁脔》谓之促句换韵，其法三句一换韵，三叠而至。此格甚新，人少用之。"① "三句一换韵"之诗体始于岑参《走马川行奉送封大夫出师西征》，但为六叠，黄诗此格当本自岑诗。

《苕溪渔隐》曰："鲁直《过平舆怀李子先》诗：'世上岂无千里马，人中难得九方皋。'《题徐孺子祠堂》诗：'白屋可能无孺子，黄堂不是欠陈番。'二诗命意绝相似，盖叹知音者难得耳。"② 黄庭坚所处的北宋社会，像黄庭坚这样的人才有不少，但终其一生，只能做县尉、知县、国子监教授、知县、校书郎、著作佐郎加集贤校理、起居舍人、秘书丞、奉议郎、节度判官一类的低职，始终屈居下僚，以上二联即叹世无发现引荐人才的伯乐，寄托了怀才不遇的不平之概。叹知音难得，在黄诗中还有不少，如"朱弦已为佳人绝，青眼聊因美酒横"③；《次韵刘景文登邺王台见思五首》④ "白璧按剑起，朱弦流水声"（其三）、"绿琴蛛网遍，弦绝不成声"（其五）。胡仔又曰："前辈讥作诗多用古人姓名，谓之点鬼簿。其语虽然如此，亦在用之何如耳，不可执以为定论也。如山谷《种竹》云：'程婴杵臼立孤难，伯夷叔齐令薇瘦。'《梅花》云：'雍也本犁子，仲由元鄙人。'善于比喻，何害其为好句也？"⑤ 《种竹》即《寄题荣州祖元大师此君轩》，任渊于此联下注曰："言竹之劲且瘦如此。"⑥ 诗中以公孙杵臼、伯夷、叔齐的死节和后二者饥饿而瘦来比喻瘦竹之劲节，想见其品格之高，新颖奇警。《接花》即《和师厚接花》，冉雍父贫贱之农人，故谓"犁牛之子"；子路字仲由，性鄙好勇力，孔子设礼诱之，"后儒服委质"，

---

① 《渔隐丛话前集》卷四十八，《景印文渊阁四库全书》第1480册，第316页。
② 《渔隐丛话后集》卷三十一，《景印文渊阁四库全书》第1480册，第589页。
③ 黄庭坚：《登快阁》，《黄庭坚诗集注》第4册，第1144页。
④ 《次韵刘景文登邺王台见思五首》，《黄庭坚诗集注》第1册，第79页。
⑤ 《渔隐丛话后集》卷三十一，《景印文渊阁四库全书》第1480册，第578页。
⑥ 《黄庭坚诗集注》第2册，第470页。

任渊注曰:"言以洛阳牡丹接邓州所种花,如化犁子鄙人为良士也。"① 比喻新颖,道前人所未道。黄庭坚"以诗名世,一字一句,必月锻季炼,未尝轻发,必有所考"②,黄庭坚对句法的锻炼,主要在对句上用工夫,胡仔所谓此类"好句"在黄庭坚诗集中俯拾皆是,如"燕颔封侯空有相,蛾眉倾国自难昏。家徒四壁书侵坐,马箠三山叶拥门"③,前联赞扬宋氏人品甚高,后联"用'官清马骨高'之意"④。"管城子无食肉相,孔方兄有绝交书"⑤ 二句谓自己靠笔杆子写文章为活,既不能升官,又不能发财。"未生白发犹堪酒,垂上青云却佐州"⑥ 二句倒装,说王定国快要升官却被贬扬州通判,幸好年轻还能胜酒力,故不以此介怀。"今日相看青眼旧,他年肯作白头新"⑦ 谓如今我们新交犹如老朋友,他年彼此路途相逢决不会成为陌生人。"彭泽千载人,东坡百世士"⑧,"彭泽""东坡"均为地名,分别用陶渊明的官名和苏轼的号,巧妙而不失工整。

《苕溪渔隐》曰:吾家有二画马,乃陆远所摹伯时旧本,其一则子瞻诗:"龙膺豹股头八尺,奋迅不受人间羁。"其一则黄鲁直诗:"西河联作葡萄锦,目光夹镜耳卓锥。"止哦此二诗,虽不见画图,当如支遁语"道人怜其神俊"也。⑨

这段话是高度评价黄庭坚题画诗之传神的写照。宋哲宗元祐元年(1086)至六年,黄庭坚在京师秘书省度过了六年的馆阁生活。此期间馆阁文人生活优裕,环境安定,与苏轼、晁补之、李公麟等酬诗题画,唱和颇乐,创作了不少题画诗。黄庭坚的题画诗一个鲜明的特点是"以韵为主",他认为"人物虽有佳处,而行布无韵,此画之沉疴也"⑩。如何观韵?他说:"往时李伯时为余作李广夺胡儿马,挟儿南驰,取胡儿弓,引满以拟追骑。观箭锋所直,发之,人马皆应弦也。伯时笑曰:使俗子为之,当作中箭追

---

① 《黄庭坚诗集注》第3册,第842页。
② 任渊:《黄陈诗集注序》,《黄庭坚诗集注》第1册,第1页。
③ 黄庭坚:《次韵宋楙宗僦居甘泉访雪后书怀》,《黄庭坚诗集注》第1册,第216页。
④ 《黄庭坚诗集注》第1册,第216页。
⑤ 黄庭坚:《戏呈孔毅父》,《黄庭坚诗集注》第1册,第225页。
⑥ 黄庭坚:《次韵王定国扬州见寄》,《黄庭坚诗集注》第1册,第280页。
⑦ 黄庭坚:《次韵奉答文少激纪赠二首》其一,《黄庭坚诗集注》第2册,第473页。
⑧ 黄庭坚:《跋子瞻和陶诗》,《黄庭坚诗集注》第2册,第604页。
⑨ 《渔隐丛话后集》卷二十六,《景印文渊阁四库全书》1480册,第546页。
⑩ 《题明皇真妃图》,《山谷题跋》卷三,第74页。

骑矣。余因此深悟画格。此与文章同一关纽，但难得入神会耳。"① 可见"韵"即"入神会"。黄庭坚的题画诗有两个显著的特点，一是运用夸张手法，高度赞美所题画的逼真活脱、韵远传神。《题郑防画夹五首》其一："惠崇烟雨归雁，坐我潇湘洞庭。欲唤扁舟归去，故人言是丹青。"② 它通过两个极富戏剧性的动作——"我"信以为真，"故人"一语道破，既巧妙地赞美了郑防画的逼真活脱，又构成谐趣，令人玩味不尽。二是赏画品人。《题子瞻枯木》："折冲儒墨阵堂堂，书入颜杨鸿雁行。胸中元自有丘壑，故作老木蟠风霜。"③ 说苏轼的书法可与唐代大书法家颜真卿、杨凝式并驾齐驱；他所画枯木兀傲于风霜之中，盘屈苍劲，可见在他胸中本有着山丘涧谷一样深远的意境，即超旷的胸襟、兀傲的人格。三是借画抒怀。《题李亮功戴嵩牛图》："韩生画肥马，立杖有辉光。戴老作瘦牛，平田千顷荒。谷觫告主人：实已尽筋力。乞我一牧童，林间听横笛。"④ 谓韩幹善画肥马，它站立在皇帝的仪仗队里，很有光彩；戴嵩画的瘦牛，却在千顷荒田里耕作。在鲜明的反衬中寄寓了象征含义：尸位素餐，脑满肠肥，正是朝廷那些占据要津而饱食终日、无所作为的平庸之辈的嘴脸；终日劳碌，瘦骨嶙峋，正是包括诗人在内的那些屈居下僚、劳碌奔波的失意之士的写照。后四句借瘦牛之口宣泄自己的不平之气，表达了诗人希望急流勇退、归隐田园的愿望，抨击了仕途的险恶。巧妙高明，令人拍案叫绝！

《苕溪渔隐》曰："黄又有咏花诗，皆托物以寓意，此格尤新奇，前人未之有也。……山谷《咏水仙花》诗云：'凌波仙子生尘袜，水面盈盈步微月，是谁招此断肠魂，种作寒花寄愁绝。'咏桃花绝句云：'九疑山中萼绿花，黄云承袜到羊家，真筌虫蚀诗句断，犹托余情开此花。'"⑤ 《咏水仙花》即《王充道送水仙花五十枝欣然会心为之作咏》，后四句云："含香体素欲倾城，山矾是弟梅是兄。坐对真成被花恼，出门一笑大江横。"⑥ 方东树《昭昧詹言》卷十二评曰："起四句奇思奇句。'山矾'句奇句。'坐对'句用杜。收句空。遒老。"⑦ 咏桃花绝句即《效王仲至少监

---

① 《题摹燕郭尚父图》，《山谷题跋》卷三，第 73 页。
② 黄庭坚：《题郑防画夹五首》其一，《黄庭坚诗集注》第 1 册，第 266 页。
③ 黄庭坚：《题子瞻枯木》，《黄庭坚诗集注》第 1 册，第 348～349 页。
④ 黄庭坚：《题李亮功戴嵩牛图》，《黄庭坚诗集注》第 2 册，第 605 页。
⑤ 《渔隐丛话前集》卷四十七，《景印文渊阁四库全书》第 1480 册，第 311 页。
⑥ 黄庭坚：《王充道送水仙花五十枝欣然会心为之作咏》，《黄庭坚诗集注》第 2 册，第 546 页。
⑦ 方东树：《昭昧詹言》，汪绍盈校点，人民文学出版社 1961 年版，第 321 页。

咏姚花用其韵四首》，此为其二。任渊注引《真诰》："萼绿华降羊权家，云是九嶷山得道女罗郁也。'黄云'非本事，止以形容此花。"① 黄庭坚咏花之奇，莫过于《酴醾》诗，惠洪云："前辈作花诗，多用美女比其状，如曰'若教解语应倾国，任是无情也动人'，诚然哉。山谷作《酴醾》诗曰：'露湿何郎试汤饼，日烘荀令炷炉香。'乃用美丈夫比之，特若出类。"② 酴醾，亦作"酴釄"，本酒名，以花颜色似之，故取以为名。但同时胡仔又指出黄庭坚有些咏花诗"过于出奇"，"反成语病"，如黄庭坚《次韵中玉水仙花二首》其一："借水开花自一奇，水沉为骨玉为肌。暗香已压酴醾倒，只比寒梅无好枝。"③ 胡仔指出："第水仙花初不在水中生，虽欲形容水字，却反成语病。"④ 即句虽奇却叛物理。不独咏花诗，"奇"乃黄庭坚诗歌的整体特征。叶梦得《石林诗话》卷上载："黄庭坚常诵其'小雨愔愔人不寐，卧听羸马龁残刍'，爱赏不已。他日得句云：'马龁枯萁喧午梦，误惊风雨浪翻江。'自以为工，以语舅氏无咎曰：'吾诗实发于乃翁前联。'余始闻舅氏言此，不解风雨翻江之意。一日，憩于逆旅，闻旁舍有澎湃鞺鞳之声，如风浪之历船者，起视之，乃马食于槽，水与草龃龉于槽间，而为此声，方悟鲁直之好奇。"⑤ 陈师道就指出："王介甫以工，苏子瞻以新，黄鲁直以奇。"⑥ 故胡仔进一步指出："后山谓鲁直作诗，过于出奇。诚哉是言也。如《和文潜赠无咎诗》：'本心如日月，利欲食之既。'《王圣涂二亭歌》：'绝去薮泽之罗兮，官于落羽。'洪玉父云：'鲁直言罗者得落羽以输官。'凡此之类，出奇之过也。"⑦ 这一批评很中肯，切中黄诗之病痛。

《苕溪渔隐》曰："鲁直少喜学佛，遂作《发愿文》云：'今日对佛发大誓，愿从今日尽未来世，不复淫欲饮酒食肉，设复为之，当堕地狱，为一切众生代受其苦。'可谓能坚忍者也。其后悉毁禁戒，无一能行之，于诗句中可见矣。以《酒渴爱江清》作五诗，其一云：'廖侯劝我酒，此亦雅所爱。中年刚制之，常惧作灾怪。连台盘拗倒，故人不相贷。谁能知许事，痛饮且一快。'《嘲小德》云：'中年举儿子，漫种老生涯。学语啭春

---

① 《黄庭坚诗集注》第1册，第331页。
② 《冷斋夜话》卷四，《历代笔记小说大观·宋元笔记小说大观》第2册，第2186页。
③ 黄庭坚《次韵中玉水仙花二首》其一，《黄庭坚诗集注》第2册，第544页。
④ 《渔隐丛话后集》卷三十一，《景印文渊阁四库全书》第1480册，第582页。
⑤ 《石林诗话》卷上，《历代诗话》上册，第409～410页。
⑥ 《后山诗话》，《历代诗话》上册，第306页。
⑦ 《渔隐丛话后集》卷三十二，《景印文渊阁四库全书》第1480册，第587页。

鸟,途窗行暮鸦。欲嗔主母惜,稍慧女兄夸。解著《潜夫论》,不妨无处家。'《谢荣绪割獐见贻二首》云:'何处惊麇触祸机,烦公遣骑割鲜肥。秋来多病新开肉,粝饭寒薤得解围。''二十馀年枯淡过,病来筋下剧甘肥,果然口腹为灾怪,梦去呼鹰雪打围。'《传》云:'饮食男女,人之大欲存焉。'若戒之则诚难,节之则为易,乃近于人情也。"① 据《指月录》卷二十五载,黄庭坚因写"艳词",被法秀禅师棒喝,斥为"当堕泥犁地狱",于是立誓不再为之。后又作《发愿文》发誓如上,但他"其后悉毁禁戒,无一能行之"②,胡仔举其诗为证,并引《传》"饮食男女,人之大欲存焉",对黄庭坚这种言行不一致表示理解,认为它"近于人情",即人性之本能。言外之意是,不能以此来苛求有血有肉的诗人黄庭坚。对此后来袁文在《瓮牖闲评》卷七中说得更具体:"黄太史过泗州,礼僧伽之塔,作《发愿文》,痛戒酒色肉食,可谓有高见者也。世之人惟其所见不高,故沉溺而不知返,今太史乃能一念超然,诸妄顿除,视身如虚,不为纤尘所污,又作文以痛戒之,可不谓有高见者乎?而或者乃病其不能坚守,暮年犹有所犯。余尝究其然。盖太史乙酉生,是时有柳参辅者,乃耆卿之孙,善阴阳,能决人生死,谓太史向后灾难,大抵见于六十以下。太史六十一贬宜州以卒,则彦辅之言信矣。当其在宜州,栖迟瘴雾之中,非菜肚老人所宜,其况味盖可知。乃兄子明自永州来访之,有邻人曹醇老送肉及子鱼金橘来,故不免与兄同食荤,若酒色则不知所犯也。后有污蔑之者,皆取以前事妄相訾毁。太史宁有是耶?纵时或食荤,较之刲羊刺豕庖鳖脍鲤而不知纪极者为如何?君子存恕心,不可不为明之也。"③ 黄庭坚贬宜州,环境极其恶劣,其兄元明千里迢迢来看望他,邻人曹老送些鱼肉以慰问,于是黄庭坚破戒"与兄同食荤",此乃人之常情,况且值黄老生命将尽之时。袁文认为,那些对庭坚此举"妄相訾毁"者,简直就是污蔑!

---

① 《渔隐丛话后集》卷三十一,《景印文渊阁四库全书》第1480册,第579页。
② 瞿汝稷集:《指月录》卷二十五,蓝吉富主编《禅宗全书》"史传部十二",北京图书馆出版社2004年版,第1788页。
③ 袁文:《瓮牖闲评》卷七,《景印文渊阁四库全书》第852册,第465~466页。

三、陈善对江西诗学的宣扬

陈善（生卒年不详），字子兼，一字敬甫，号秋塘，福州罗源（今属福建）人，南渡前后至宋孝宗时（1163～1189）在世。曾被任命为国子监学录，未赴任而卒。著有《扪虱新话》上下集各四卷，其上集曾名《窗间纪闻》。据自跋，上集成于高宗绍兴十九年（1149），下集成于绍兴二十七年（1157）。钱曾《读书敏求记》著录一本不分卷，另一本为十五卷。《四库全书》所收亦为十五卷。本节仅就陈善有关黄庭坚为代表的江西诗学之评论展开讨论。

（一）评价黄庭坚诗极于高古

宋徽宗时吕本中作《江西宗派图》，尊黄庭坚为诗派之宗，下列陈师道等二十五人，这些诗人并非都是江西人，吕氏可能因黄庭坚为江西人，成员中又以江西人较多，故取名为江西宗派。该派诗人多以学杜甫相号召，故元朝方回在《瀛奎律髓》中又提出"一祖三宗"之说："古今诗人当以老杜、山谷、后山、简斋四家为一祖三宗，馀可预配飨者有数焉。"① 陈善说："黄鲁直诗本是规模老杜，至今遂别立宗派，所谓当仁不让者也。"② 认为黄庭坚祖述杜甫而别立江西诗派，所谓"当仁不让"，充分肯定了黄庭坚在江西诗派的领袖地位。尽管陈师道与黄庭坚齐名，并列为诗派之宗，但陈师道不讳言曾以黄庭坚为师，他说："仆于诗，初无师法，然少好之，老而不厌，数以千计。及一见黄豫章，尽焚其稿而学焉。"③ 又云："陈诗传笔意，愿立弟子行。"（《赠鲁直》）对此，陈善提出疑问："陈后山学文于曾子固，学诗于黄鲁直。尝有诗云：'向来一瓣香，敬为曾南丰。'然此香独不为鲁直，何也？"④ 陈师道诗与文分别师法黄庭坚和曾巩，但为何只为曾巩而不为黄庭坚敬香？言外之意，陈师道这"一瓣香"当"敬为黄庭坚"，因为陈师道的文学成就主要在诗歌创作上。陈善这一

---

① 《瀛奎律髓》卷二十六《评陈简斋〈清明〉》，《瀛奎律髓汇评》中册，第1149页。
② 《扪虱新话》下集卷四，《扪虱新话评注》，第244页。
③ 陈师道：《答秦觏书》，《后山居士文集》卷十，上海古籍出版社1984年版，下册，第542页。
④ 《扪虱新话》下集卷一，《扪虱新话评注》，第146页。

疑问遂开后世疑窦："或曰：'黄、陈齐名，何师之有？'"刘克庄的回答是："后山地位去豫章不远，故能师之。若同时秦、晁诸人，则不能为此言矣。此惟深于诗者知之。文师南丰，诗师豫章，二师皆极天下之本色，故后山诗文高妙一世。"①

陈善云："欧阳公诗，犹有国初唐人风气。公能变国朝文格，而不能变诗格。及荆公、苏、黄辈出，然后诗格遂极于高古。"② 这段评价准确描述了宋代文坛诗文革新的成就。宋初诗坛，或学白居易，或师贾岛、姚合，或规模李商隐，基本上沿袭唐代诗风；至欧阳修领导宋代诗文革新运动，尽管倡导平易之文风，文风为之一变，倡导冲淡之诗风，但其诗仍然犹"唐人风气"；及王安石、苏轼、黄庭坚登上诗坛，诗风才发生了变化。目前学术界基本上认同陈善的观点，王安石"以议论为诗"，开始了宋调；苏轼"以文字为诗""以议论为诗"，对宋诗风格的形成起了推波助澜的作用；黄庭坚始"以文字为诗，以才学为诗，以议论为诗"，终于形成了与唐诗风格异趣的宋诗之独特风貌，成为宋诗风范的代表。"诗格遂极于高古"，"诗格"即诗歌的格调亦即风格，"高古"指高远古雅不涉俗韵的风格。司空图《二十四诗品》这样描述"高古"："畸人乘真，手把芙蓉，泛波浩劫，窅然空踪。月出东斗，如风相从，太华夜碧，人闻清钟。虚伫神素，脱然畦封，黄唐在独，落落玄宗。"③ "首先以真人形象表现高迈、亘久这两方面的特点；次以风月相伴，太华夜钟体现'高古'结合之韵致；终以寄心于太古、风神超乎世俗规范概括'高古'的精神实质。"④ 这是唐人对"高古"的理解。宋人严羽在《沧浪诗话·诗辨》中提出"诗之品有九"，首标"高""古"二品⑤。陶明濬《诗说杂记》卷七解释说："何谓高？凌青云而直上，浮颢气之清英是也。何谓古？金薤琳琅，黼黻溢目者是也。"⑥ 我认为这样解释玄虚含混，仍然不甚了了。黄庭坚《跋王荆公禅简》："然余尝熟观其风度，真视富贵如浮云，不溺于财利酒色，一世之伟人也。暮年小语，雅丽精绝，脱去流俗，不可以常理待之也。"⑦ 黄庭坚《书王荆公赠俞秀老诗后》："秀老观荆公所赠六诗，可知

---

① 刘克庄：《江西诗派小序·后山》，《历代诗话续编》上册，第 478～479 页。
② 《扪虱新话》下集卷三，《扪虱新话评注》，第 234 页。
③ 司空图撰、郭绍虞集解，袁枚撰、郭绍虞辑注：《诗品集解　续诗品注》，人民文学出版社 1963 年版，第 11 页。
④ 《中国诗学大辞典》，第 134 页。
⑤ 《沧浪诗话·诗辨》，《沧浪诗话校释》，第 7 页。
⑥ 《诗说杂记》卷七，《沧浪诗话校释》引，第 8 页。
⑦ 《跋王荆公禅简》，《山谷题跋》卷六，第 168 页。

其人品高下也。"① 至此，我们对宋诗之"高"格有了一个大致的了解，即"超凡脱俗"，这是宋人执着追求的人格理想。元祐之后，新旧党争剧烈，两党之间互相倾轧，其得势或失势频繁交替。当王安石失势时，有人落井下石，苏轼、黄庭坚无一党同伐异语。黄庭坚还高度评价荆公为"一世之伟人"，首肯其"暮年小语，雅丽精绝，脱去流俗"。何谓"古"？一般认为指汉魏以前的诗风。我们不妨读读陈善一段论述：

> 韩以文为诗，杜以诗为文，世传以为戏。然文中要自有诗，诗中要自有文，亦相生法也。文中有诗，则句语精确；诗中有文，则词调流畅。谢玄晖曰："好诗圆美流转如弹丸。"此所谓诗中有文也。唐子西曰："古人虽不用偶俪，而散句之中，暗有声调；步骤驰骋，亦有节奏。"此所谓文中有诗也。前代作者皆知此法，吾谓无出韩、杜。观子美到夔州以后诗，简易纯熟，无斧凿痕，信是如弹丸矣。②

宋人"以文字为诗"，即"以文为诗"，它正是陈善所谓"诗中有文"："好诗圆美流转如弹丸。"谢朓这句话是宋人极为推崇的，作为诗歌"活法"的形象注脚。吕本中说："学诗当识活法。所谓活法者，规矩备具，而能出于规矩之外；变化不测，而亦不背于规矩也。是道也，盖有定法而无定法，无定法而有定法。知是者，则可以与语活法矣。谢玄晖有言：'好诗流转圆美如弹丸。'此真活法也。近世惟豫章黄公，首变前作之弊，而后学者知所趣向，毕精尽知，左规右矩，庶几至于变化不测。然予区区浅末之论，皆汉、魏以来有意于文者之法，而非无意于文者之法也。"③陈善认为杜甫"到夔州以后诗"，"简易纯熟，无斧凿痕"，"信是如弹丸矣"，即"简易纯熟，无斧凿痕"是诗歌"活法"最形象生动的体现。黄庭坚对此有过多次描述："但熟读杜子美到夔州后古律诗，便得句法：简易而大巧出焉，平淡而山高水深，似欲不可企及。文章成就，更无斧凿痕，乃为佳作耳。"④又云："观杜子美到夔州后诗、韩退之自潮州还朝后文章，皆不烦绳削而自合矣。"⑤综上所述，陈善所谓"高"即高风绝尘、超凡脱俗；所谓"古"包含"诗中有文"即"以文为诗"之意，指既守

---

① 黄庭坚：《书王荆公赠俞秀老诗后》，《文津阁四库全书》第372册，第256页。
② 《扪虱新话》上集卷一，《扪虱新话评注》，第10页。
③ 《夏均父集序》，《江西诗派小序·吕紫微》引，《历代诗话续编》上册，第485页。
④ 《与王观复书二》，《文津阁四库全书》第372册，第225页。
⑤ 《与王观复书一》，《文津阁四库全书》第372册，第225页。

诗歌法度又超越法度之外，既刻意为诗又不留雕琢痕迹，达到了"简易而大巧出焉，平淡而山高水深"即"不烦绳削而自合"的艺术境界，是"活法"的具体运用。这一观点是对陈师道"退之以文为诗……要非本色"①说的有力反拨！见解新颖，道前人所未道。吕本中认为黄庭坚"首变前作之弊"，便指出了黄庭坚是宋诗"活法"的有力实践和真正实现者。

陈善又云："苏、黄文字妙一世，殆是天才难学，然亦尚有蹊径可得而寻。东坡常教学者，但熟读《毛诗·国风》与《离骚》，曲折尽在是矣。又或令读《檀弓》上下篇。鲁直亦云：'文章好奇，自是一病。学作议论文字，须取苏明允文字观之，并熟看董、贾诸文。'又云：'欲作《楚辞》，追配古人，直须熟读《楚辞》，观古人用意曲折处，讲学之，然后下笔。譬如巧女文绣妙一世，若欲作锦，必得锦机乃能作锦。'观其所论，则知其不苟作。不似今之学者，但率意为之，便以为工也。世人好谈苏、黄多矣，未必尽知苏、黄好处。今《毛诗·国风》与《楚辞》《檀弓》并在，不知当如何读？曲折处当复如何？苏、黄之作又复如何？"②仔细阅读这段话，不难看出，陈善在分析苏轼与黄庭坚诗歌是否有蹊径可寻时，其实正按照他的审美趣味"高古"来评价，这里"天才难学"与前引所谓"诗格极于高古"，其实基本一致。

陈善虽谓苏轼与黄庭坚诗格均"极于高古"，但是具体而言，其中也有轩轾，他说："鲁直尝言：'东坡文字妙一世，其短处在好骂尔。'予观山谷浑厚，坡似不及。坡盖多与物忤，其游戏翰墨，有不可处，辄见之诗。然尝有句云：'多生绮语靡不尽，尚有宛转诗人情。猿吟鹤唳本无意，不知下有行人行。'盖其自叙如此。"③黄庭坚上述对苏轼文学的评价可谓中肯，他首先高度赞扬苏轼的文学成就，然后指出其短处在于怨刺激切、锋芒毕露，这与黄庭坚"诗之美"与"诗之祸"的观点一致。黄庭坚指出苏诗之短，实在是鉴于"乌台诗案"沉痛的教训，表达了对苏轼的爱护之深。他告诫其甥洪驹父"慎勿袭其轨"④，既是自勉又是警示后学避免重蹈覆辙，正如陈善所云"大抵高人胜士，类是不能徇俗俯仰，其嫚骂玩侮，亦其常事。但后生慎勿袭其辙，或当如鲁直所言尔"⑤，故认为"山

---

① 《后山诗话》，《历代诗话》上册，第309页。
② 《扪虱新话》上集卷三，《扪虱新话评注》，第108页。
③ 《扪虱新话》上集卷一，《扪虱新话评注》，第13〜14页。
④ 《答洪驹父书二》，《文津阁四库全书》第372册，第225页。
⑤ 《扪虱新话》上集卷一，《扪虱新话评注》，第14页。

谷浑厚,坡似不及",这一评价可谓知人论世,发前人所未发。

(二)论诗主"气韵"

陈善论诗主"气韵"、主"格"。"气韵"一词最早见南齐谢赫的《古画品录》,它提出的关于绘画艺术鉴赏批评的六项标准,简称"六法",第一法便是"气韵生动"。"气韵"从画论引入诗论,几乎与画论同步,梁萧子显《南齐书·文学传论》云:"文章者,盖性情之风标,神明之律吕也。蕴思含毫,游心内运,放言落纸,气韵天成。"①谓"性情之风标,神明之律吕"的诗歌是诗人"气韵天成"。"格"有二义,清人薛雪《一瓢诗话》云:"格有品格之格,体格之格。体格一定之章程,品格自然之高迈。"②品格指情感内容,体格指艺术形式。陈善云:

> 文章以气韵为主,气韵不足,虽有辞藻,要非佳作也。乍读渊明诗,颇似枯淡,久久有味。东坡晚年酷好之,谓李杜不及也。此无他,韵胜而已。韩退之诗,世谓押韵之文尔,然自有一种风韵。③
>
> 予每论诗,以陶渊明、韩、杜诸公,皆为韵胜。一日,见林倅于径山,夜话及此,林倅曰:"诗有格有韵,故自不同。如陶渊明诗,是其格高;谢灵运'池塘春草'之句,乃其韵胜也。格高似梅花,韵胜似海棠花。"予时听之,矍然若有所悟,自此读诗顿进,便觉两眼如月,尽见古人旨趣。然恐前辈或有所未闻。④

他认为陶渊明、杜甫、韩愈诗歌"皆以韵胜",又谓陶诗"格高",谢灵运"池塘生春草,园柳变鸣禽"句"韵胜",并分别以"梅花""海棠花"喻之。"梅花"为"岁寒三友"之一,又为"四君子"之一,在古代文化中是洁身自好的君子之象征,故谓其品之高迈。苏轼有《寓居定惠院之东杂花满山有海棠一株土人不知贵也》,魏庆之评之"词格超逸","元丰间,东坡谪黄州,寓居定惠院,院之东,小山上,有海棠一株,特繁茂,每岁盛开时,必为携客置酒,已五醉醉其下矣,故作此长篇"⑤,从这段记载不难看出何谓"韵胜"。"韵胜"在诗歌中主要体现在"语"

---

① 萧子显:《文学传论》,《南齐书》卷五十二,中华书局 2000 年版,第 617 页。
② 薛雪:《一瓢诗话》,《清诗话》,上海古籍出版社 1999 年版,第 695 页。
③ 《扪虱新话》上集卷一,《扪虱新话评注》,第 1 页。
④ 《扪虱新话》下集卷一,《扪虱新话评注》,第 153~154 页。
⑤ 魏庆之:《海棠诗》,《诗人玉屑》卷十七,下册,第 384 页。

与"气"上。陈善云:"山谷尝谓白乐天、柳子厚俱效陶渊明作诗,而惟柳子厚诗为近。然以予观之,子厚语近而气不近,乐天气近而语不近;子厚气悽怆,乐天语散缓。虽各得其一,要于渊明诗未能尽似也。东坡亦尝和陶诗百馀篇,自谓不甚愧渊明,然坡诗语亦微伤巧,不若陶诗体合自然也。"① 在他看来,柳宗元、白居易、苏轼俱效陶渊明却"未能尽似",或"语近而气不近",或"气近而语不近"。柳诗"气悽怆",白诗"语散缓",苏诗"语亦微伤巧",都"不若陶诗体合自然",联系"乍读渊明诗,颇似枯淡,久久有味"可知,所谓"体合自然"正是苏轼所评陶渊明诗"质而实绮,癯而实腴"②之意。陶渊明诗格高韵胜,黄庭坚认为涉世未深的年轻人读来枯燥乏味,只有阅历深厚的长者才能领会到,其《书陶渊明诗后寄王吉老》云:"血气方刚时,读此诗如嚼枯木;及绵历世事,如决定无所用智,每观此篇,如渴饮水,如欲寐得啜茗,如饥啖汤饼。今人亦有能同味者乎?但恐嚼不破耳!"③ 比如说读陶渊明的《责子诗》,黄庭坚认为"观渊明之诗,想见其人,恺悌慈祥,戏谑可观也。俗人便谓渊明诸子皆不肖,而渊明愁叹见于诗,可谓痴人前不得说梦也"④,"然老杜云:'渊明避俗翁,未必能达道,有子贤与愚,何必挂怀抱'"。黄庭坚认为《责子诗》表达了陶渊明望子成龙、但恨铁不成钢的感叹,透过"戏谑"的外表,不难窥视一位为儿辈忧劳操心的慈父形象;对杜甫认为陶渊明对儿辈的"愚钝"挂怀于心,"未必能达道"的观点颇有微词。陈善领会了其意:"如山谷所云,则杜公犹是未能免俗。"⑤

黄庭坚论诗也主"格韵",其《与党伯舟帖七》云:"诗颂要得出尘拔俗,有远韵而语平易,不知曾留意寻此等师匠楷模否?"⑥ 认为诗要"有远韵而语平易"才能"出尘拔俗",建议党伯舟以此等师匠为学习的楷模;评王立之诗"惠蜡梅并得佳句,甚慰!怀仰数日,天气聚暖,固疑木根有春意动者,遂为诗人所觉——极叹足下韵胜也"⑦,惊叹王立之咏梅诗避开从梅本身着笔,而捕捉到"木根有春意动"之气息,从迎春立意,故"韵胜"。魏庆之说,当黄庭坚见到苏轼寓居定惠院所作之《卜算

---

① 《扪虱新话》下集卷四,《扪虱新话评注》,第259页。
② 《栾城后集》卷二十一《子瞻和陶渊明诗集》引,《栾城集》下册,第1402页。
③ 《书陶渊明诗后寄王吉老》,《山谷题跋》卷七,第192页。
④ 黄庭坚:《书陶渊明责子诗后》,《山谷题跋》卷二,第35页。
⑤ 《扪虱新话》下集卷一,《扪虱新话评注》,第166页。
⑥ 《与党伯舟帖七》,《文津阁四库全书》第372册,第401页。
⑦ 黄庭坚:《与王立之承奉贴一》,《文津阁四库全书》第372册,第390页。

子》,"称其韵力高胜"①。《冷斋夜话》卷五载:"造语之工,至于荆公、东坡、山谷,尽古今之变。荆公曰:'江月转空为白昼,岭云分暝与黄昏。'又曰:'一水护田将绿绕,两山排闼送青来。'东坡《海棠》诗曰:'只恐夜深花睡去,高烧银烛照红妆。'又曰:'我携此石归,袖中有东海。'山谷曰:'此皆谓之句中眼,学者不知此妙语,韵终不胜。'"②

黄庭坚论书画亦主"韵":"凡书画,当观韵。"③认为"人物虽有佳处,而行布无韵,此画之沉疴也"④。即绘画无韵如人患了重病,精神萎靡,缺乏神韵。如何观韵?他在《题摹燕郭尚父图》中说,李公麟抓住李广雄胆和神射的特点,作了"箭锋所直,发之,人马皆应弦"的独特构思,以胡儿望之胆慑、应弦坠马的恐惧神态,反衬李广的勇武和威名,这样就刻画了人物的精神,产生了出人意表又合乎情理的艺术效果,耐人寻思,韵味无穷。"因此深悟画格,此与文章同一关纽,但难得人人神会耳"⑤。可知"韵"即"入神会"。如何入神会?他说:"曹霸弟子沙苑丞,喜作肥马人笑;李侯论干独不尔,妙画骨相遗毛皮。翰林评书乃如此,贱肥贵瘦渠未知。"⑥韩幹画马虽肥,但肉中见骨,可谓入神会。《跋东坡墨迹》评苏轼书法"笔圆而韵胜,挟以文章妙天下,忠义贯日月之气,本朝善书,自当推为第一"⑦,谓苏轼的书法贯注了一股侔日月的忠义之气,故"韵胜"。《题绛本法贴》云:"论人物,要是韵胜为尤难得;蓄书者能以韵观之,当得仿佛。"⑧认为书法以"韵胜"不易,建议收藏鉴赏者要"以韵观之",方能得其大概。

最有意味的是,对黄庭坚评惠洪诗"韵胜不减秦少游,气爽绝类徐师川。不肯低头拾卿相,又能落笔生云烟"(《赠惠洪》),连江西诗派成员、黄庭坚的外甥徐俯都坚信无疑:"师川见其体制,绝似山谷,喜曰:'此真舅氏诗也。'遂收置《豫章集》中。"陈善却提出异议:"予观此诗全篇,亦不似山谷体制,以此益知其在妄。"⑨,理由是:一,《山谷集》中未见

---

① 《诗人玉屑》,施蛰存、陈如江辑《宋元词话》,上海书店出版社1999年版,第487页。
② 《冷斋夜话》卷五,《历代笔记小说大观·宋元笔记小说大观》第2册,第2194页。
③ 《题摹燕郭尚父图》,《山谷题跋》卷三,第73页。
④ 《题明皇真妃图》,《山谷题跋》卷三,第74页。
⑤ 《题摹燕郭尚父图》,《山谷题跋》卷三,第73页。
⑥ 黄庭坚:《次韵子瞻和子由观韩幹马因论伯时画天马》,《黄庭坚诗集注》第1册,第255~256页。
⑦ 黄庭坚:《跋东坡墨迹》,《山谷题跋》卷五,第134页。
⑧ 黄庭坚:《题绛本法贴》,《山谷题跋》卷四,第108页。
⑨ 《扪虱新话》下集卷一,《扪虱新话评注》,第169页。

此诗,因为惠洪与黄庭坚"往返语话甚详",而集中未见不应该;二,"后读曾公所编《皇宋百家诗选》,乃云惠洪多诞,《夜话》中数事皆妄";三,《冷斋夜话》中载黄庭坚《和僧惠洪〈西江月〉》词一首,后人据此编入黄庭坚集中,"真赝作也"。陈善据此认为所谓黄庭坚《赠惠洪》一诗实为"洪尝诈学山谷作"①。如果陈善所疑不误,在惠洪看来,"韵胜""气爽"是黄庭坚最为推崇的,也当是他对他人诗作最高的评语。

(三) 推崇江西诗法

陈善对黄庭坚提出的诗法也推崇备至,或转述黄庭坚的诗论加以评点;或摘其要点,加入自己的理解和发挥,"时有与当时传统看法不同之处"②,无论从主观上还是客观上,对江西诗学都起了宣扬助推的作用。

陈善云:"文章虽要不蹈袭古人一言一句,然古人自有'夺胎换骨'等法,所谓'灵丹一粒,点铁成金'也。……前辈作者用此法,吾谓此实不传之妙,学者即此便可反隅矣。"③并以陈与义《墨梅》诗为例:"粲粲江南万玉妃,别来几度见春归。相逢京洛浑依旧,唯恨缁尘染素衣。"④客有诵此诗者且曰:"信古人未曾道此。"认为此诗为陈与义创新之作。陈善指出"此东坡句法也",并示以苏轼《梅花》绝句"月地云阶漫一尊,玉奴终不负东昏。临春结绮荒荆棘,谁信幽香是返魂"⑤,又谓"简斋亦善夺胎耳",指出陈与义《腊梅》诗"亦此法也"⑥。陈善又云:"文人自是好相采取,韩文杜诗号不蹈袭者,然无一字无来处。乃知世间所有好句,古人皆已道之,能者时复暗合孙吴尔。大抵文字中,自立语最难,用古人语,又难于不露筋骨,此除是具倒用大司农印手段始得。"⑦"夺胎换骨法"与"点铁成金"均摘自黄庭坚所论诗法。不难看出,与其他诗话如《王直方诗话》《诗人玉屑》等多为转述黄庭坚的诗论不同,陈善在摘录黄庭坚诗论时,每每加以评论,并发表自己的见解,如评价"夺胎换骨法""点铁成金法""实不传之妙",告诫学诗者仔细揣摩,举一反三。在转述杜诗韩文"无一字无来处"时,提供了一个理由——"世间所有好

---

① 《扪虱新话》下集卷一,《扪虱新话评注》,第169页。
② 吴文治主编:《宋诗话全编》,江苏古籍出版社1998年版,第6册,第5553页。
③ 《扪虱新话》上集卷二,《扪虱新话评注》,第57~58页。
④ 陈与义:《和张规臣水墨梅五绝》其三,《全宋诗》卷一七三一,第31册,第19472页。
⑤ 苏轼:《次韵杨公济奉议梅花十首》其四;冯应榴辑注,黄任轲、朱怀春校点《苏轼诗集合注》卷三十三,上海古籍出版社2001年版,中册,第1648页。
⑥ 《扪虱新话》上集卷四,《扪虱新话评注》,第139页。
⑦ 《扪虱新话》上集卷三,《扪虱新话评注》,第103页。

句，古人皆已道之"，和如何才能点铁成金——"用古人语"要"不露筋骨"，即黄庭坚所谓"文章成就，更无斧凿痕，乃为佳作耳"① 之意。

又如黄庭坚《论作诗文》云："但始学诗，要须每作一篇，辄须立一大意，长篇须曲折三致焉，乃为成章耳。"② 陈善则云："桓温见《八阵图》曰：'此常山蛇势也。击其首则尾应，击其尾则首应，击其中则首尾俱应。'予谓此非特兵法，亦文章法也。文章亦要宛转回复，首尾俱应，乃为尽善。山谷论文亦云：'每作一篇，先立大意，须曲折三致意，乃成章尔。'此亦常山蛇势也。"③ 黄庭坚示以江西诗派后学作诗"须立一大意"，长篇诗不要直奔主题，须曲折三致意，即在行文过程中要始终围绕所立意来展开，又不至于太显露。陈善补充说明，所谓"曲折三致意"，除了"宛转回复"还须"首尾俱应"，才能尽善尽美。此谓"常山蛇势"，即"草蛇灰线"之意，比喻诗之脉络若隐若现，时断时续，有迹可循。陈仅《竹林答问》云："诗不宜太露，亦不宜太隐，露则浅，隐则晦，当在不露不隐之间，草蛇灰线，其趣也。"④ 黄庭坚《答洪驹父书二》："凡作一文，皆须有宗有趣，终始关键，有开有阖，如四渎虽纳百川，或汇而为广泽，汪洋千里，要自发源注海耳。"⑤ 陈善云："予乃今知古人文字，始终开阖，有宗有趣，其不苟如此。"⑥ 对黄庭坚上述论作诗文章法略加评点，认为这是一丝不苟的写作态度。再看《扪虱新话》一则材料：

  山谷尝言："作诗正如作杂剧，初时布置，临了须打诨，方是出场。"予谓杂剧出场，谁不打诨？只是难得切题可笑尔。山谷盖是读秦少章诗，恶其终篇无所归，故有此语。然东坡尝有《谢赐御书》诗曰："小臣愿对微花，试章尺书招赞普。"秦少章一见便曰："如何便说到这里？"少章之意，盖谓东坡不当合闹，然亦是不会看杂剧也。据坡自注云："时熙河新获鬼章，是日泾原复奏夏贼数十万人皆遁去"，故其诗云："莫言弄墨数行书，须信时平由主圣。犬羊散尽沙漠空，捷烽夜到甘泉宫。似闻指挥筑上郡，已觉谈笑无西戎。"乃知坡

---

① 《与王观复书二》，《文津阁四库全书》第372册，第225页。
② 《论作诗文》，《文津阁四库全书》第372册，第358页。
③ 《扪虱新话》下集卷一，《扪虱新话评注》，第199页。
④ 陈仅：《竹林答问》，《清诗话续编》下册，第2246页。
⑤ 《答洪驹父书二》，《文津阁四库全书》第372册，第225页。
⑥ 《扪虱新话》上集卷四，《扪虱新话评注》，第132页。

诗意自有在。①

黄庭坚这段诗论最早见诸孔平仲《孔氏谈苑》卷五所引,"盖是读秦少章诗,恶其终篇无所归"为其阐释之语。后人根据孔氏这段诗话,仍然难以理解黄庭坚"以剧喻诗"之意。好在陈善补充的材料对我们启示颇大。元祐二年(1087),北宋西部地区一个少数民族首领鬼章青宜结阴谋叛乱,与西夏相勾结,率兵到洮州(今甘肃临洮县),企图引羌人做内应。后岷州知事种谊探到此情,报告朝廷。朝廷便派遣将作监丞游师与种谊合兵进攻鬼章,大败叛军,擒获鬼章。苏轼《谢赐御书》诗中自注即指此事。"小臣愿对紫薇花,试草尺书招赞普"为全诗终篇二句。紫薇花即木槿花,唐姚崇曾为紫微令。赞普,吐蕃君号,此指西夏君主。这两句是说,我愿向宰臣请示,起草诏书,劝招西夏首领投降。因为诗之上文已说敌人的主力业已歼灭,主帅也被擒获,故有终篇二句。这一"答以出乎寻常意想以外之解释",秦少章没有领会,故问"如何便说到这里"。这便是宋杂剧"打猛诨出"的做法,秦少章不明,所以陈善讥他"是不会看杂剧"。由此看来,黄庭坚"以剧喻诗"中的"初时布置",主要指戏剧诙谐情调的设计,它正是后来吕本中所谓"打猛诨入"之意。从学界对黄庭坚及"江西诗派"的具体作品分析来看,"打猛诨入"并没有明显的可笑之处,犹如相声中的包袱未抖开之前并不觉得好笑一样。待包袱兜底抖开之后,即王季思先生所说"一下点明"②,才引发读者(观众)捧腹大笑。它表明在实现诗歌谐趣过程中,"初时布置"与"临了打诨"是相辅相成、密不可分的有机整体,并构成互动关系:没有初时诙谐情调的布置,便不会获得"临了打诨"的喜剧效果;而"临了打诨"又使读者对莫名其妙的"初时布置"之用意——诙谐情调"恍然有会"。这大概就是孔平仲和陈善所谓黄庭坚"读秦少章诗,恶其终篇无所归"之意,即秦觏诗歌开篇由于没有诙谐情调的预设,所以"临了打诨"就"无所归"——只是加上去的噱头尾巴,不但不能引人发笑,反而令人感到别扭③。

黄庭坚身处"乌台诗案"的险恶环境,为了避免重蹈"文字狱"的覆辙,故示以后学诗法主要从艺术形式着眼,提出了资书为诗歌创作主要

---

① 《扪虱新话》下集卷一,《扪虱新话评注》,第181~182页。
② 王季思:《打诨、参禅与江西诗派》,《玉轮轩曲论》,中华书局1980年版,第245页。
③ 参见吴晟:《黄庭坚"以剧喻诗"辨析》,《文学遗产》2005年第3期。

材料之"以才学为诗"的诗学主张,其《论作诗文》云:"奉为道之:词意高胜,要从学问中来尔。"①强调熟参前人之作,《与王立之》云:"若欲作楚词追配古人,直须熟读楚词,观古人用意曲折处讲学之,然后下笔。"②尤其熟读杜诗:"所寄诗多佳句,犹恨雕琢功多耳。但熟读杜子美到夔州后古律诗,便得句法:简易而大巧出焉,平淡而山高水深,似欲不可企及。文章成就,更无斧凿痕乃为佳作耳。"③《赠高子勉四首》其四:"拾遗句中有眼,彭泽意在无弦。"陈善说:"文章不使事最难,使事多亦最难。不使事难于立意,使事多难于遣辞。能立意者未必能造语,能遣辞者未必能免俗,此又其最难者。大抵为文者多,知难者少。"④他较辩证地论述了"使事"与"立意""遣辞""造语""雅俗"之关系,他主张使事要适当,才有可能使诗的立意高远、遣词造语雅致,过多或不用事都是极端,批评多数为文者深谙这一创作甘苦者少。江西诗派末流即是其例,陈善虽未点明,但切中江西诗派末流之弊端。

四、方回为江西诗派续立统系

方回(1227~1307),字万里,号虚谷,又号紫阳居士,歙州(今安徽歙县)人。南宋景定三年(1262)进士,官至严州知州。宋亡入元,授建德路总管,不久即罢去。平生著述颇勤,其《虚谷集》已佚,今存《续古今考》《桐江集》《桐江续集》《虚谷闲抄》《瀛奎律髓》等。

(一)首倡"一祖三宗"之说,为江西诗派张目

吕本中撰《江西宗派图》,谓源流皆出豫章,图中所列陈师道等二十五人,以为法嗣。《宗派图》并序数百言,原文不传。据胡仔《渔隐丛话前集》卷四十八载:"吕居仁近时以诗得名,自言传衣江西,尝作《宗派图》,自豫章以降,列陈师道、潘大临、谢逸、洪刍、饶节、僧祖可、徐俯、洪朋、林敏修、洪炎、汪革、李錞、韩驹、李彭、晁冲之、江端本、

---

① 《论作诗文》,《文津阁四库全书》第372册,第358页。
② 《与王立之》,《黄庭坚全集》,第1371页。
③ 《与王观复书二》,《文津阁四库全书》第372册,第225页。
④ 《扪虱新话》上集卷四,《扪虱新话评注》,第141~142页。

杨符、谢薖、夏倪、林敏功、潘大观、何觊、王直方、僧善权、高荷，合二十五人，以为法嗣，谓其源流皆出豫章也。"① 吕氏试图为江西宗派确立一个传承的统系，从而建构一种诗统。承这一思路，方回进一步提出了"一祖三宗"之说：

> 惟山谷法老杜，后山弃其旧学而学焉，遂名黄、陈，号"江西派"，非自为一家也，老杜实初祖也②。
>
> 呜呼，古今诗人当以老杜、山谷、后山、简斋四家为一祖三宗，馀可预配飨者有数焉③。

方回尊杜甫为祖，并增列陈与义为宗者，其意图是欲通过对江西诗派"诗统说"的进一步完善，扩大江西诗派的门户，并以此来说明江西派诗是唐诗的继承与发扬，其诗统一脉相承，从而确立江西诗派的正统地位。方回在评杜甫《题省中院壁》时指出："此等句法惟老杜多，亦惟山谷、后山多，而简斋亦然。乃知'江西诗派'非江西，实皆学老杜耳。"④ 黄庭坚云："拾遗句中有眼，彭泽意在无弦。"句法是黄庭坚示以后学学诗的不二法门，即由学习杜诗句法入门，因为它有规矩可循，故可学。方回在此是为了进一步说明江西诗派之"三宗"的句法均法嗣杜甫，以示与"四灵""江湖"师法晚唐之别。据赵彦卫《云麓漫钞》卷第十四载："吕居仁作《江西诗社宗派图》，其略云：'……歌诗至于豫章始大出而力振之，后学者同作并和，尽发千古之秘，亡馀蕴矣。'录其名字，曰'江西宗派'，其原流皆出豫章也。宗派之祖曰山谷，其次陈师道（无己）……凡二十五人，居仁其一也。"⑤ 又据刘克庄《江西诗派总序》载："吕紫微作《江西宗派》，自山谷而下，凡二十六人，……派诗旧本，中以东莱居后山上，非也。今以继宗派，庶几不失紫微公初意。"⑥ 可知《江西宗派图》中原来就有吕本中。曾几是继吕本中之后的江西派杰出诗人，诗学本中，也学山谷。他虽不在《江西宗派图》中，但刘克庄说："比之禅学，山谷初祖

---

① 《渔隐丛话前集》卷四十八，《景印文渊阁四库全书》第1480册，第313页。
② 《瀛奎律髓》卷一《评晁君成〈甘露寺〉》，《瀛奎律髓汇评》上册，第18页。
③ 《瀛奎律髓》卷二十六《评陈简斋〈清明〉》，《瀛奎律髓汇评》中册，第1149页。
④ 《瀛奎律髓》卷二十五《评杜工部〈题省中院壁〉》，《瀛奎律髓汇评》中册，第1114页。
⑤ 《云麓漫钞》，第244页。
⑥ 刘克庄：《江西诗派总序》，《历代诗话续编》上册，第486页。

也,吕、曾南北二宗也。"① 说明其诗的渊源和在江西派中的地位。故而方回又将吕本中和曾几列入江西诗的"正派"人物:"予平生持所见,以老杜为祖,老杜同时诸人皆可伯仲。宋以后山谷一也,后山二也,简斋为三,吕居仁为四,曾茶山为五。其他与茶山伯仲亦有之,此诗之正派也。馀皆旁支别流,得斯文之一体者也。"② 方回这样做的目的非常昭然,就是进一步加强和巩固吕本中《江西宗派图》为江西宗派确立的传承统系,从而完成"诗统"的建构。方回又在评陈与义《与大光同登封州小阁》时指出:"老杜诗为唐诗之冠。黄、陈为宋诗之冠。黄、陈学老杜者也。嗣黄、陈而恢张悲壮者,陈简斋也。流动圆活者,吕居仁也。清劲洁雅者,曾茶山也。七言律,他人皆不敢望此六公矣。"③ 又评陈与义《送熊博士赴瑞安令》云:"简斋诗气势雄浑,规模广大。老杜之后,有黄、陈,又有简斋,又其次则吕居仁之活动,曾吉甫之清峭,凡五人焉。"④ 这两段话进一步明确了江西诗派的祖述和传承,并说明作为江西诗派的成员,尽管均以杜甫为祖而以黄、陈为宗,但诗风却异彩纷呈,各具特色。

方回首倡"一祖三宗"之说,为江西诗派张目,除了综论江西诗之"正派",还多次分论江西诗派多位成员。如陈师道著有《后山诗话》二卷,自宋代始就有人怀疑为托名之作,陆游认为:"《谈丛》《诗话》皆可疑。《谈丛》尚恐少时所作,《诗话》决非也。意者后山尝有诗话而亡之,妄人窃其名为此书耳。"⑤ 方回也认为"此诗话非后山所为",《后山诗话》有云:"唐人不学杜诗,惟唐彦谦与今黄亚夫、谢师厚景初学之。"⑥ 方回辨析曰:"山谷少孤,后山皇祐五年癸巳生,少山谷八岁,必不识其父,此乃称为'今黄亚夫',非后山语也。"⑦ 但陈师道逝世不久,其门人魏衍于徽宗政和五年(1115)编定其诗文集时,作《后山诗注原记》,谓陈师道于诗文外,尚有"《诗话》《谈丛》,各自为集"⑧。魏衍所记应该可信,陈师道确实著有《后山诗话》。方回提出上述疑点可能为后人辗转抄录、有所增补所致。陈师道作诗,以"苦吟"为特点,黄庭坚谓其"闭门觅

---

① 刘克庄:《茶山诚斋诗选序》,《四部丛刊》本《后村先生大全集》卷九十七,上海商务印书馆1929年版,第24册,第15~16页。
② 《瀛奎律髓》卷十六《评陈简斋〈道中寒食二首〉》,《瀛奎律髓汇评》中册,第591页。
③ 《瀛奎律髓》卷一《与大光同登封州小阁》,《瀛奎律髓汇评》上册,第42页。
④ 《瀛奎律髓》卷二十四《送熊博士赴瑞安令》,《瀛奎律髓汇评》中册,第1091页。
⑤ 陆游:《渭南文集》卷二十六《跋后山居士诗话》,《陆游集》第5册,第2233页。
⑥ 《后山诗话》,《历代诗话》上册,第307页。
⑦ 方回:《读后山诗话跋》,《全元文》卷二一五,第7册,第178页。
⑧ 魏衍:《后山诗注原记》,《文津阁四库全书》第372册,第734页。

句"。方回告诫后学:"后山诗步骤老杜,而深奥幽远,咀嚼讽咏,一看不可了,必再看,再看不可了,必至三看、四看,犹未深晓何如者耶?……老杜诗所以妙者,全在阖辟顿挫耳,平易之中有艰苦。若但学其平易,而不从艰苦求之,则轻率下笔,不过如元、白之宽耳。学者当思之。"① 指出陈师道作诗用心之"艰苦",诗境"深奥幽远",却以"平易"出之,提示后学当"从艰苦求之",如果"但学其平易",则难免流于"元轻白俗"一路。江西派诗为人所诟病者之一,在其声色枯涩,方回辩护说:"读后山诗,若以色见,以声音求,是行邪道,不见如来。全是骨,全是味,不可与拈花簇叶者相较量也。"② 方回还对黄、陈诗做了简要的比较:"自老杜后,始有后山,律诗往往精于山谷也。山谷宏大,而古诗尤高。后山严密,而律诗尤高。"③ 认为黄庭坚诗歌气魄"宏大",其中古诗成就尤高,而陈师道的诗歌格律"严密",律诗较黄庭坚精严。这个评价不一定符合实际。方回这样做与其"一祖三宗"观点一致,"一祖三宗"说主要是针对律诗而言,《瀛奎律髓》所选诗即唐宋律诗,选陈师道律诗113首,而黄庭坚律诗只选了35首。吕本中《江西宗派图》只尊黄庭坚为宗,陈师道等25人为诸派,而方回却将陈师道提到"三宗"之一的地位,与他视陈师道的律诗成就高于黄庭坚的看法一致。莫砺锋指出:"方回虽然并尊黄、陈,但相形之下,他对陈诗更为推崇,甚至超过黄庭坚而把陈师道看作杜甫的直接传人。"④

方回评韩驹《送宜黄宰任满赴调》时指出:"吕居仁引韩入'江西派',子苍不悦,谓所学自有从来。此诗非'江西'而何?大抵宣、政间忌苏、黄之学,王初寮阴学东坡文,子苍诸人皆阴学山谷诗耳。"⑤ 宋徽宗政和二年(1112),以诗为元祐学术,"遂定命官传习诗赋,杖一百"⑥。宣和六年(1124)十月诏:"有收藏习用苏、黄之文者,并令焚毁,犯者以大不恭论。"⑦ 由于禁苏、黄之学,韩驹只有暗地里学山谷诗。周必大也说:"陵阳先生早以诗鸣,苏黄门一见,比之储光羲。暨与徐东湖游,

---

① 《瀛奎律髓》卷十《评杜工部春日江村》,《瀛奎律髓汇评》上册,第324页。
② 《瀛奎律髓》卷十六《评陈后山〈元日〉》,《瀛奎律髓汇评》中册,第577页。
③ 《瀛奎律髓》卷十七《评陈后山〈寄无斁〉》,《瀛奎律髓汇评》中册,第667页。
④ 莫砺锋:《从〈瀛奎律髓〉看方回的宋诗观》,《文艺理论研究》1995年第3期。
⑤ 《瀛奎律髓》卷二十四《评韩子苍〈送宜黄宰任满赴调〉》,《瀛奎律髓汇评》中册,第1065页。
⑥ 叶梦得:《石林燕语》卷九,宇文绍弈考异,穆公校点,《历代笔记小说大观·宋元笔记大观》第3册,第2563页。
⑦ 《宋史》卷二十二,第1册,第276页。

遂受知于山谷。晚年或置之江西诗社，乃曰：'我自学古人。'岂所谓鲁一变至于道耶？"①表明韩驹曾与徐俯游，也接受了山谷的影响，但吕本中引之入江西诗派，他却不乐，说"我自学古人"。"苏黄门一见，比之储光羲"，指苏辙《题韩驹秀才诗卷一绝》："我读君诗笑无语，恍然重见储光羲。"②周紫芝评韩驹诗"淡泊而有思致，奇丽而不雕刻"③，正说明了他学山谷而不为，形成自己的面貌，诗风近储光羲。韩驹是江西诗派中继陈师道之后的杰出诗人，在当时颇负盛名，居于盟主的地位。汪藻评价说："承作者百年之师友，为诗文一代之统盟。"④

评徐俯《庭中梅花正开用旧韵贻端伯》："师川诗律疏阔，其说甚傲，其诗颇拙。"⑤徐俯诗学山谷，爱句中叠字，如"积得重重那许重，飞来片片又何轻"句⑥，即学山谷"夜听疏疏还密密，晓看整整复斜斜"（《咏雪奉呈广平公》），方回评价说，山谷诗极工整，徐俯诗却"可憎可厌"⑦。周辉《清波杂志》卷五载："公视山谷为外家，晚年欲自立名世，客有赞见，甚称渊源所自，公读之不乐，答以小启曰：'涪翁之妙天下，君其问诸水滨；斯道之大域中，我独知之濠上。'"⑧黄庭坚与吕本中对徐俯的评价都很高。黄庭坚云："所寄诗正忙时读数过，辞皆尔雅，意皆有所属，规模远大，自东坡、秦少游、陈履常之死，常恐斯文之将坠，不意复得吾甥，真颓波之砥柱也。"⑨吕本中《徐师川挽诗三首》其一："江西人物胜，初未减前贤。公独为举首，人谁敢比肩。时虽在廊庙，终亦返林泉。今日西州路，临风更泫然。"⑩徐俯的诗渊源于山谷，深受其影响，但不甘居山谷门下，却矢口否认。故方回批评"其说甚傲"。陈师道《后山诗话》曰："宁拙毋巧，宁朴毋华，宁粗毋弱，宁僻毋俗，诗文皆然。"⑪方

---

① 《文忠集》卷十九《题山谷与韩子苍帖》，《景印文渊阁四库全书》第1147册，第194页。
② 苏辙：《题韩驹秀才诗卷》，《全宋诗》卷八六八，北京大学出版社1993年版，第15册，第10109页。
③ 《太仓稊米集》卷六十七《书陵阳集后》，《景印文渊阁四库全书》第1141册，第481页。
④ 汪藻：《浮溪集》卷二十二《知抚州回韩驹诗制启》，《景印文渊阁四库全书》第1128册，第197页。
⑤ 《瀛奎律髓》卷二十《评师川〈庭中梅花正开用旧韵贻端伯〉》，《瀛奎律髓汇评》中册，第816页。
⑥ 徐俯：《戊午山间对雪》，《全宋诗》卷一三八〇，第24册，第15832页。
⑦ 《瀛奎律髓》卷二十一《评徐师川〈戊午山间对雪〉》，《瀛奎律髓汇评》中册，第890页。
⑧ 周辉：《清波杂志》卷五，秦克校点，《历代笔记小说大观·宋元笔记小说大观》第5册，第5062页。
⑨ 黄庭坚：《与徐师川书二》，《文津阁四库全书》第372册，第226页。
⑩ 吕本中：《徐师川挽诗三首》其一，《全宋诗》卷一六二三，第28册，第18215页。
⑪ 《后山诗话》，《历代诗话》上册，第311页。

回指出徐俯诗之拙,正是江西诗派的共同追求。又明确批评"徐师川诗无变化"①。

评晁冲之《感梅忆王立之》:"此诗才学后山,便有老杜遗风。"② 晁冲之曾游陈师道之门,故其诗颇受后山影响。晁冲之《过陈无己墓》云:"我亦尝参诸子弟,往来徒步拜公坟。"③《过陈无己墓》又云:"五年三过客,九岁一门生。"④《感梅忆王立之》云:"王子已仙去,梅花空自新。江山馀此物,海岱失斯人。宾客他乡老,园林几度春。城南载酒地,生死一沾巾。"⑤ 王直方有园在汴京城南,他好客,常延名士命酒剧饮唱和。如今直方已死,多年来园林空自春矣。此诗因见梅花而生物存人亡之伤痛。纪昀批:"似平易而极深稳,斯为老笔。"⑥ 此大概是方回所评"老杜遗风"吧。

评吕本中:"居仁本中,世称为大东莱先生。其诗宗'江西'而主于自然,号弹丸法。"⑦ 吕本中是继韩驹之后居于主盟地位的江西派诗人。赵蕃《书紫微集后》云:"诗家初祖杜少陵,涪翁再续江西灯。陈潘徐洪不可作,阃奥晚许东莱登。"⑧ 刘克庄云:"紫微公作《夏均父集序》云:'学诗当识活法,所谓活法者,规矩备具而能出于规矩之外,变化不测而亦不背于规矩也。是道也,盖有定法而无定法,无定法而有定法。知是者则可以与语活法矣。谢玄晖有言:"好诗流转圆美如弹丸。"此真活法也。近世惟豫章黄公首变前作之弊,而后学者知所趣向。必精尽知,左规右矩,庶几至于变化不测。'"⑨ 吕本中学山谷而能变化,谢逸评价曰:"以居仁诗似老杜、山谷,非也。杜诗自是杜诗,黄诗自是黄诗,居仁诗自是居仁诗也。"⑩ 所谓"弹丸法"即"活法"理论,是对黄庭坚诗法的理论提升,也是鉴于江西诗派后学死守诗法而不知灵活运用提出来的。

---

① 《瀛奎律髓》卷十《评杜工部〈曲江对饮〉》,《瀛奎律髓汇评》上册,第359页。
② 《瀛奎律髓》卷二十《感梅忆王立之》,《瀛奎律髓汇评》中册,第761页。
③ 晁冲之:《过陈无己墓》,《全宋诗》卷一二二七,北京大学出版社1995年版,第21册,第13894页。
④ 晁冲之:《过陈无己墓》,《全宋诗》卷一二三〇,第21册,第13902页。
⑤ 晁冲之:《感梅忆王立之》,《全宋诗》卷一二三〇,第21册,第13901页。
⑥ 《瀛奎律髓》卷二十《评晁叔用〈感梅忆王立之〉》,《瀛奎律髓汇评》中册,第761页。
⑦ 《瀛奎律髓》卷四《评吕居仁〈海陵杂兴〉》,《瀛奎律髓汇评》上册,第180页。
⑧ 赵蕃:《书紫微集后》,《全宋诗》卷二六三八,北京大学出版社1998年版,第49册,第30859页。
⑨ 《江西诗派小序·吕紫微》,《历代诗话续编》上册,第485页。
⑩ 吕本中:《东莱吕紫微师友杂志》,《古典文学研究资料汇编·黄庭坚和江西诗派卷》下卷,第753页。

评曾几:"上饶自南渡以来,寓公曾茶山得吕紫微诗法,传至嘉定中赵章泉、韩涧泉,正脉不绝。今之学'永嘉四灵'者,不复知此。"① 曾几避地柳州时与在桂林的吕本中有诗书往来,并向他请教句律,故其诗受吕本中的影响无疑。曾几《东莱先生诗集后序》:"绍兴辛亥,几避地柳州,公在桂林。是时年皆未五十,公之诗固已独步海内,几亦妄意学作诗。公一日寄近诗来,几次其韵,因作书请问句律。"② 平时两人常切磋诗艺,由于本中早成,故曾受益颇多。吕本中《与曾吉甫论诗第一帖》:"惟不可凿空强作,出于牵强……楚词、杜、黄,固法度所在,然不若遍考精取,悉为吾用,则姿态横出,不窘一律矣。……要之,此事须令有所悟入,则自然超越诸子。悟入之理,正在工夫勤惰间耳。"并指出曾诗的不足之处是"少新意"③。《与曾吉甫论诗第二帖》又评曾诗"治择工夫已胜,而波澜尚未阔",告诫他"欲波澜之阔者,须于规摹令大,涵养吾气而后可"④。方回又评曾几《邓帅寄梅并山堂酒》:"此晚年使淮南诗。但观其句律,何乃瘦健铿锵至此!虽平正中有奇古也。"⑤ 所谓"瘦健铿锵""平正奇古",可见其江西诗学的渊源。

评陈与义:"抄诵少陵、山谷、后山律诗,似未有所得。别看陈简斋诗,始有入门。于是改调,通老杜、黄、陈简斋玩索。"⑥ 方回之所以将陈与义列入江西诗派的"一祖三宗",在他看来,欲学诗只习杜甫、黄庭坚、陈师道诗"似未有所得",还必须玩索陈与义诗"始有入门"。高利华《论方回的江西宗派学说及其对陈与义的评价》指出,方回"致力推举的陈与义,不惟在创作上与江西诗派所标榜的诗歌主张合辙,在持论上也有登堂入室成为江西派中巨擘的资格"⑦。《四库全书总目》评价陈与义:"其诗虽源出豫章,而天分绝高,工于变化,风格遒上,思力沈挚,能卓然自辟蹊径。"⑧ 纪昀谓其诗居山谷之下,后山之上。诗学山

---

① 方回:《桐江续集》卷十五《次韵赠上饶郑圣子沂并序》,《景印文渊阁四库全书》第1193册,第402页。
② 曾几:《东莱诗集后序》,《景印文渊阁四库全书》第1136册,第831页。
③ 《与曾吉甫论诗第一帖》,《渔隐丛话前集》卷四十九引,《景印文渊阁四库全书》第1480册,第318页。
④ 《与曾吉甫论诗第二帖》,《渔隐丛话前集》卷四十九引,《景印文渊阁四库全书》第1480册,第318页。
⑤ 《瀛奎律髓》卷二十《评曾茶山〈邓帅寄梅并山堂酒〉》,《瀛奎律髓汇评》中册,第764页。
⑥ 方回:《送俞唯道序》,《全元文》卷二〇八,第7册,第28页。
⑦ 高利华:《论方回的江西宗派学说及其对陈与义的评价》,《社会科学战线》2004年第6期。
⑧ 《简斋集提要》,《四库全书总目提要》卷一五六,第812页。

谷,尤其学杜甫。他的身世与杜甫类似,故诗亦近之,但能够卓然形成自己的面貌。

方回对二谢、高荷等也有评价。评二谢《饮酒示坐客》:"临川谢薖,字幼槃。兄逸,字无逸。二人俱入'江西诗派'。此学山谷,亦老杜'吴体'。三、四尤极诗之变态。"① 评高荷:"高荷子勉,江陵人。五言律三十韵赘见山谷,中有曰:'蜀天何处尽,巴月几回弯。点检金闺彦,飘零玉笋班。尚全宗庙器,犹隔鬼门关。'山谷赏之,遂知名。和山谷六言皆佳,《蜡梅》绝句尤奇。"② 这些都为我们研究江西诗派提供了珍贵史料。

(二)攻驳"永嘉四灵"之短,为江西诗派回护

大约至宋光宗绍熙年间(1190~1194),江西诗派的影响逐渐式微,"永嘉四灵"则开始登上诗坛。他们不满江西诗风又无力自辟新途,因此在永嘉学派大学者、文坛宗主叶适的理论支持下,他们只有重返宋初崇尚晚唐体的老路,以贾岛、姚合、许浑为宗。方回在评翁卷《道上人房老梅》中大致勾勒了这一诗派的源流本末:"叶水心适以文为一时宗,自不工诗。而'永嘉四灵'从其说,改学晚唐,诗宗贾岛、姚合。凡岛、合同时渐染者,皆阴捋取摘用,骤名于时,而学之者不能有所加,日益下矣。名曰厌傍'江西'篱落,而盛唐一步不能少进。天下皆知'四灵'之为晚唐,而钜公亦或学之。……此近人诗之源流本末如此。"③ 叶适在《徐文渊墓志铭》中说:"四人之语,遂极其工,而唐诗由此复行矣。"④ 他认为"四灵"诗风是对唐诗的复归。又在《徐斯远文集序》中说:"庆历、嘉祐以来,天下以杜甫为师,始黜唐人之学,而江西宗派章焉。……以夫汗漫广莫,徒枵然从之而不足充其所求,曾不如脰鸣吻决,出豪芒之奇,可以运转而无极也。故近岁学者(案:指"四灵"),已复稍趋于唐而有获焉。"⑤ 批评江西诗学尤其是其末流学杜甫以致"汗漫广莫",肯定"永嘉四灵"虽"脰鸣吻决",却能"出豪芒之奇",可谓学中晚唐"有所获焉"。对"四灵"以晚唐之工巧清奇救江西末流刻削枯涩之弊作了高度评价。针对叶适对"四灵"的大肆揄扬、对江西诗学的批评责难,方回不能

---

① 《瀛奎律髓》卷十六《评谢幼槃〈饮酒示坐客〉》,《瀛奎律髓汇评》中册,第764页。
② 《瀛奎律髓》卷四十二《评高子勉〈答山谷先生〉》,《瀛奎律髓汇评》下册,第1527页。
③ 《瀛奎律髓》卷二十《评翁续古〈道上人房老梅〉》,《瀛奎律髓汇评》中册,第771页。
④ 叶适:《水心文集》卷二十一《徐文渊墓志铭》,《叶适集》,刘公纯、王孝鱼、李哲夫点校,中华书局1961年版,第2册,第410页。
⑤ 《水心文集》卷十二《徐斯远文集序》,《叶适集》第1册,第214页。

坐视，奋起抗议，提出了与叶适针锋相对的观点：

> 老杜所以独雄百世者，其意趣全古之六义，而其格律又备后世之众体。晚唐者，特老杜之一端。老杜之作，包晚唐于中，而贾岛、姚合以下得老杜之一体。叶水心奖"四灵"，亦宋初九僧体耳，即晚唐体也。……近世学者不深求其源，以"四灵"为祖，曰倡唐风自我始，岂其然乎？①

> 近世之诗莫盛于庆历、元祐，南渡犹有乾淳、永嘉。水心叶氏忽取"四灵"晚唐体，五言以姚合为宗，七言以许浑为宗，江湖间无人能为古选体，而盛唐之风遂衰，聚奎之迹亦晚矣②

欲攻驳"永嘉四灵"，为江西诗派回护，必须否定其所学"晚唐体"。"晚唐体"指模仿唐代贾岛、姚合、许浑诗风之作，宋初即有两个"晚唐体"诗人群体，一个是"九僧"；一个是潘阆、魏野、林逋等隐逸之士。故方回说"宋初九僧体耳，即晚唐体"。方回因此批评说："晚唐人非风、花、雪、月、禽、鸟、虫、鱼、竹、树，则一字不能作。'九僧'者流，为人所禁，诗不能成，曷不观此作乎？"③ 这是针对"九僧"晚唐体而发。《跋仇仁近诗集》指出："'九僧'以前，'四灵'而后，专尚晚唐，五言古调、七言长句皆不能不彼此相效。许浑水、郑谷僧、林逋梅、魏野鹤。雪月风花、烟云竹树，无此字不能成四十字，四十字之中，前联耳闻目见，后联或全是闻，或全是见。"④ 这是针对魏野等晚唐体而发。《送胡植芸北行序》又云："近世诗学许浑、姚合，虽不读书之人皆能为五、七言。无风云月露、冰雪烟霞、花柳松竹、莺燕鸥鹭、琴棋书画、鼓笛舟车、酒徒剑客、渔翁樵叟、僧寺道观、歌楼舞榭，则不能成诗。"⑤ 评姚合《游春》则云："姚之诗专在小结果，故'四灵'学之。五言八句，皆得其趣，七言律及古体则衰落不振。又所用料，不过花、竹、鹤、僧、琴、药、茶、酒，于此物，一步不可离，而气象小矣。"⑥ 指出"四灵"生活

---

① 方回：《跋许万松诗》，《全元文》卷二一七，第7册，第207页。
② 方回：《孙后近诗跋》，《全元文》卷二一七，第7册，第208页。
③ 《瀛奎律髓》卷四十二《评陈后山〈寄外舅郭大夫〉》，《瀛奎律髓汇评》下册，第1500页。
④ 方回：《跋仇仁近诗集》，《全元文》卷二一七，第7册，第214页。
⑤ 方回：《送胡植芸北行序》，《全元文》卷二〇八，第7册，第34页。
⑥ 《瀛奎律髓》卷十《评姚合〈游春〉》，《瀛奎律髓汇评》上册，第340页。

面狭小,创作局限于书斋之中,诗歌题材狭窄,内容单薄,可谓击中"四灵"之要害。方回甚至认为"诗道不古"自学"晚唐体"始:"不意学禁息而时好乖,七许浑,五姚合,哆然自谓晚唐。彼区区者,竞雕虫之虚名,昧苞桑之先兆,遽以是晚人之国,不祥莫大焉。诗道不古自此始。"①

方回攻驳"永嘉四灵"之短,目的是回护江西诗派。因此,他常通过对照反衬,以"四灵"之短来衬江西诗派之长。

> 自山谷续老杜之脉,凡"江西派"皆得为此奇调。汪彦章与吕居仁同辈行,茶山差后,皆得传授。茶山之嗣有陆放翁,同时尤、杨、范皆能之。乃后始盛行晚唐,而高致绝焉。②
> 此等诗不丽不工,瘦硬枯劲,一斡万钧,惟山谷、后山、简斋得此活法,又各以其数万卷之心胸气力,鼓舞跳荡。初学晚生不深于诗而骤读之,则不见奥妙,不知隽永,乃独喜许丁卯体,作偶俪妩媚态。予平生不然之,而江湖友朋未易以口舌争也。③
> "江西"诗,晚唐家甚恶之。然粗则有之,无一点俗也。晚唐家吟不著,卑而又俗,浅而又陋,无"江西"之骨之律。④

指出江西诗派得杜甫"奇调",而"四灵"规摹晚唐致使"高致绝焉";江西派诗"不丽不工,瘦硬枯劲,一斡千钧","四灵"则"作偶俪妩媚态";江西派诗有骨有律,"无一点俗也";"四灵"诗则"卑而又俗,浅而又陋"。方回《送俞唯道序》云:"但不当学姚合、许浑,格卑语陋,恢拓不前。"⑤ 又评许浑《晚发鄞江北渡寄崔韩二先辈》云:"许用晦……其诗出于元、白之后,体格太卑,对偶太切。陈后山《次韵东坡》有云:'后世无高学,举俗爱许浑。'以此之故,予心甚不喜丁卯诗。……而近世晚进,争由此入,所以卑之又卑也。"⑥ 何谓"卑"?方回批评"晚唐家多

---

① 方回:《孟衡湖诗集序》,《全元文》卷二一三,第7册,第112页。
② 《瀛奎律髓》卷二十五《评吕居仁〈张祎秀才乞诗〉》,《瀛奎律髓汇评》中册,第1126页。
③ 《桐江续集》卷八《读张功父南湖集并序》,《景印文渊阁四库全书》第1193册,第302页。
④ 《瀛奎律髓》卷四十七《评吕居仁〈寄璧公道友〉》,《瀛奎律髓汇评》下册,第1753页。
⑤ 《送俞唯道序》,《全元文》卷二〇八,第7册,第29页。
⑥ 《瀛奎律髓》卷十四《评许浑〈晚发鄞江北渡寄崔韩二先辈〉》,《瀛奎律髓汇评》上册,第509~510页。

不肯如此作，必搜索细碎以求新"①；又讽刺刘克庄"初亦学'四灵'，后乃少变，务为放翁体，用近人事，组织太巧，亦伤太冗"②。可见所谓"卑"指"巧""冗""俗""细碎""浅陋"。"四灵"也自认为："昔人以浮声切响、单字只句计巧拙，盖风、骚之至精也。"③"四灵"为了与江西诗派的纵恣雄博对抗，反其道而行之，专务小巧精细，在声调字句上较工拙，以"出毫芒之奇"。《四库全书总目》指出："'四灵'之诗，虽镂心鉥肾，刻意雕琢，而取径太狭，终不免破碎尖酸之病。"④可谓一语中的。

在此，方回提到"格"概念，《瀛奎律髓序》云："所选，诗格也。所注，诗话也。"⑤他在《唐长孺艺圃小集序》中说："诗以格高为第一。……予乃创为格高卑之论者。……何以谓之格高？近人之学许浑、姚合者，长孺扫之如秕糠，而以陶、杜、黄、陈为师者也。"⑥评曾几《上元日大雪》又云："诗先看格高，而意又到，语又工，为上。意到，语工，而格不高，次之。无格，无意，又无语，下矣。此诗全是格，而语意亦峭。"⑦宋人论诗尚格，黄庭坚云："予友生王观复作诗有古人态度，虽气格已超俗，但未能从容中玉珮之音，左准绳右规矩尔。"⑧陈善云："欧阳公诗，犹有国初唐人风气。公能变国朝文格，而不能变诗格。及荆公、苏、黄辈出，然后诗格遂极于高古。"⑨林倅曰："诗有格有韵，故自不同。如陶渊明诗，是其格高；谢灵运'池塘春草'之句，乃其韵胜也。格高似梅花，韵胜似海棠花。"⑩"格"的含义有多种：一指体制规格；一指格调风格；一指性情品操。王士禛《师友诗传续录》："问：'孟襄阳诗，昔人称其格韵双绝，敢问格与韵之别？'答：'格谓品格；韵谓风神。'"⑪格或品格偏重于指诗人抒写的情性品操和这种内质移情于物的诗化表现，韵或风神偏重于指诗歌的风采神味情韵。

方回攻驳"四灵"晚唐体"格卑"之短，而每每称扬江西派诗"格

---

① 《瀛奎律髓》卷一《评杜审言〈登襄阳城〉》，《瀛奎律髓汇评》上册，第3页。
② 《瀛奎律髓》卷二十《评翁续古〈道上人房老梅〉》，《瀛奎律髓汇评》中册，第771页。
③ 《水心文集》卷二十一《徐文渊墓志铭》，《叶适集》第2册，第410页。
④ 《芳兰轩集提要》，《四库全书总目提要》卷一六二，第836页。
⑤ 《瀛奎律髓序》，《瀛奎律髓汇评》上册，第1页。
⑥ 方回：《唐长孺艺圃小集序》，《全元文》卷二一四，第7册，第134～135页。
⑦ 《瀛奎律髓》卷二十一《评曾茶山〈上元日大雪〉》，《瀛奎律髓汇评》中册，第894页。
⑧ 《跋柳子厚诗》，《山谷题跋》卷二，第36页。
⑨ 《扪虱新话》下集卷三，《扪虱新话评注》，第234页。
⑩ 《扪虱新话》下集卷一引，《扪虱新话评注》，第153页。
⑪ 王士禛：《师友诗传续录》，《清诗话》，第154页。

高"之长。他评价说,"黄、陈特以诗格高,为宋第一"①;"善学老杜而才格特高,则属之山谷、后山、简斋"②;"简斋诗独是格高,可及子美"③;又云:"自黄、陈绍老杜之后,惟去非与吕居仁亦登老杜之坛。居仁主活法,而去非格调高胜,举一世莫之能及。"④ 这些是对江西诗派"三宗"的评价。对江西诗派后劲,方回也多以"格高"评之,评吕本中《西归舟中怀通泰诸君》"诗格峥嵘,非晚学所可及也"⑤;评杨万里《过扬子江》"诗格尤高"⑥;评曾几"放翁诗万首。佳句无数。少师曾茶山,或谓青出于蓝。然茶山格高,放翁律熟;茶山专祖山谷,放翁兼入盛唐"⑦。从以上评价不难看出,方回所谓"格",上述三种含义兼而有之⑧。笔者认为,论陈师道、陈与义、杨万里"格高",侧重其诗的体制规格和格调风格,因为他们的诗风与黄庭坚差别较大;而论黄庭坚诗"格高"多指性情品操。"格高"即不俗,不俗来自深厚的人格修养,江西诗派之宗黄庭坚重视人格修养,有关论述颇多,此不赘述。方回指出黄庭坚:"盖流离跋涉八年矣,未尝有一诗及于迁谪,真天人也。……学老杜诗当学山谷诗,又当知山谷所以处迁谪而浩然于去来者,非但学诗而已。"⑨ 黄庭坚胸襟之高为后世膺服敬仰,古今学者多有论述,在此亦不一一胪列。

"四灵"不满江西诗派"以才学为诗",试图创作尽量少用典故成语的写景小诗来救江西诗的"汗漫广莫"之病,确实也写出了一些轻灵秀巧、清新隽逸的好诗,其描写的景色清邃幽静,其刻画的隐逸生活枯寂淡泊。五律在炼句上较精警,七绝则不乏意境浑融之作。如赵师秀《呈蒋薛二友》诗云:"中夜清寒入缊袍,一杯山茗当香醪。鸟飞竹叶霜初下,人立梅花月正高。无欲自然心似水,有营何止事如毛。春来拟约萧闲伴,同

---

① 《瀛奎律髓》卷二十二《评梅圣俞〈和永叔中秋月夜会不见月酬王舍人〉》,《瀛奎律髓汇评》中册,第925页。
② 《瀛奎律髓》卷二十四《评梅圣俞〈送徐君章秘丞知梁山军〉》,《瀛奎律髓汇评》中册,第1060页。
③ 《瀛奎律髓》卷十三《评陈简斋〈十月〉》,《瀛奎律髓汇评》上册,第492页。
④ 《瀛奎律髓》卷二十三《评陈简斋〈山中〉》,《瀛奎律髓汇评》中册,第1002页。
⑤ 《瀛奎律髓》卷十四《评吕居仁〈西归舟中怀通泰诸君〉》,《瀛奎律髓汇评》中册,第524页。
⑥ 《瀛奎律髓》卷一《评杨诚斋〈过扬子江〉》,《瀛奎律髓汇评》上册,第44页。
⑦ 《瀛奎律髓》卷二十三《评陆放翁〈登东山〉》,《瀛奎律髓汇评》中册,第1006页。
⑧ 顾易生、蒋凡、刘明今著《宋金元文学批评史》认为,方回所谓高格有五种内涵:一、"诗体浑大";二、"剥落浮华";三、"瘦硬枯劲";四、"恢张悲壮";五、自然质朴与豪放深蕴。(下册,第934~935页)我们认为,第一种属体制规格;其他可归于格调风格。
⑨ 《瀛奎律髓》卷四十三《评黄山谷〈戏题巫山县用杜子美韵〉》,《瀛奎律髓汇评》下册,第1546页。

上天台看海涛。"① 贺裳评曰："第二联神骨俱清，可谓脱西江尘土气殆尽。"② 翁卷《乡村四月》："绿遍山原白满川，子规声里雨如烟。乡村四月闲人少，才了蚕桑又插田。"③ 无雕琢之习，生活气息颇浓，清隽可喜。方回对"四灵"却"吹索不遗馀力"，的确有些过头，故纪昀批评他"是门户之见，非是非之公也"。④

但是，"四灵"毕竟有很大的局限，其诗学姚合、许浑，方回批评说："姚合、许浑精俪偶，青必对红花对柳。儿童效之易不难，形则肖矣神何有。求之雕刻绘画间，鹄乃类鹜虎胜狗。"⑤ 认为"四灵"学"晚唐体"，雕刻过甚，对偶太切，缺少变化，得形遗神。因此，方回推崇变体，他说："或问此诗何以谓之变体？岂'秋风吹渭水，落叶满长安'为壮乎？曰：不然。此即唐人'春还上林苑，花满洛阳城'也。其变处乃是'此地聚会夕，当时雷雨寒'，人所不敢言者。或曰：以'雷雨'对'聚会'，不偏枯乎？曰：两轻两重自相对，乃更有力。"⑥ 他特别推崇擅长此道的黄庭坚，以此来反衬"四灵"诗之短："山谷变体极多，'明月清风非俗物，轻裘肥马谢儿曹''功名富贵两蜗角，险阻艰难一酒杯''春风春雨花经眼，江北江南水拍天''碧嶂清江元有宅，黄鱼紫蟹不论钱'，上八字各自为对。如'洞庭归客有佳句，庾岭疏梅如小棠''公庭休更进汤饼，语燕无人窥井栏'，则变之又变，在律诗中神助鬼飞，不可测也。"⑦ 方回在此所谓"变体"，实指对仗技巧，笔者曾这样概括，即突破前人近体中词性类属都相同词语（多为实词）的工对，变革为词性虽然相同但不同类属的宽对；或上下句基本相对，个别词语不对；或以虚词相对等，初觉非对，细究之则字字对仗也⑧。"四灵"诗之短暴露后，叶适也建议刘克庄跳出"四灵"的局限，开拓更宏阔的境界："参雅颂，轶风骚可也，何必'四灵'哉！"⑨ 从学习"四灵"入手的刘克庄后来觉悟到"永嘉诗

---

① 赵师秀：《呈蒋薛二友》，《全宋诗》卷二八四一，第54册，第33853页。
② 贺裳：《载酒园诗话》，《清诗话续编》上册，第453～454页。
③ 翁卷：《乡村四月》，《全宋诗》卷二六七三，第50册，第31426页。
④ 纪昀：《瀛奎律髓刊误序》，《瀛奎律髓汇评》下册，第1826页。
⑤ 《桐江续集》卷十四《过李景安论诗为作长短句》，《景印文渊阁四库全书》第1193册，第389页。
⑥ 《瀛奎律髓》卷二十六《评贾浪仙〈忆江上吴处士〉》，《瀛奎律髓汇评》中册，第1131页。
⑦ 《瀛奎律髓》卷二十六《评黄山谷〈和师厚郊居示里中诸君〉》，《瀛奎律髓汇评》中册，第1143页。
⑧ 参见吴晟：《黄庭坚诗歌创作论》"传达篇（一）对仗"，江西人民出版社1998年版。
⑨ 《水心文集》卷二十九《题刘潜夫南岳诗稿》，《叶适集》第2册，第611页。

人,极力驰骤,才望见贾岛、姚合之藩而已",于是"始自厌之,欲息唐律,专造古体"①。并认识到晚唐体与江西诗各自的缺陷,前者"胶挛浅易,窘局才思,千篇一体";后者则"驰骛广远,荡弃幅尺,一嗅味尽"②,批评江西派"资书以为诗,失之腐"、晚唐派"捐书以为诗,失之野"③。相较之下,方回对江西诗派的回护、对"四灵"的攻驳,就显得有失公允了。

五、翁方纲标举江西诗学评议

翁方纲(1733~1818),字正三,号覃溪,顺天大兴(今属北京市)人。乾隆十七年(1752)进士,选庶吉士,授编修,擢司业,累官至内阁学士。他精于金石、谱录、书画、词章之学,为诗主张肌理之说,以救神韵、格调之弊。有《复初斋诗集》七十卷、《文集》三十五卷、《石州诗话》八卷、《小石帆亭著录》六卷、《苏诗补注》八卷及其他学术著作。

学术界对翁方纲诗学的研究,主要集中于对他"肌理"说内涵与意义的阐释,代表性成果主要有邬国平、王镇远著《清代文学批评史》等诸种文学批评史,吴兆路的《翁方纲的"肌理"说探析》④,黄南珊的《以理为宗 以实为式——论翁方纲的理性美学观》⑤,魏中林、宁夏江的《翁方纲诗学基本思想:正本探原,穷形尽变》⑥,吴中胜的《"肌理说"与翁方纲的诗学精神》⑦,田丽的《翁方纲论诗诗的诗论思想研究》等⑧。关于翁方纲对宋诗的评价,代表性成果主要见诸何继文的《翁方纲的宋诗

---

① 刘克庄:《后村集》卷二十三《瓜圃集序》,《景印文渊阁四库全书》第1180册,第240页。
② 《后村集》卷二十三《刘圻父诗序》,《景印文渊阁四库全书》第1180册,第238页。
③ 刘克庄:《韩隐君诗序》,《四部丛刊》本《后村先生大全集》卷九十六,第24册,第2页。
④ 吴兆路:《翁方纲的"肌理"说探析》,《兰州大学学报》(社会科学版)1999年第3期。
⑤ 黄南珊:《以理为宗 以实为式——论翁方纲的理性美学观》,《首都师范大学学报》(社会科学版)2000年第4期。
⑥ 魏中林、宁夏江:《翁方纲诗学基本思想:正本探原,穷形尽变》,《内蒙古大学学报》(哲学社会科学版)2008年第4期。
⑦ 吴中胜:《"肌理说"与翁方纲的诗学精神》,《文学评论》2011年第4期。
⑧ 田丽:《翁方纲论诗诗的诗论思想研究》,湖北师范学院硕士学位论文,2012年5月。

学》①、邱美琼的《由求同到证异：翁方纲对黄庭坚诗歌的接受》②、唐芸芸的《"逆笔"：翁方纲论黄庭坚学杜》③《文学史视域中的翁方纲宋诗学》④、梁结玲的《论翁方纲诗学思想的内在超越》⑤ 等。翁方纲云："义理之理，即文理之理，即肌理之理也。"⑥ 本论试图分别从"义理""文理"两个方面，来评议翁方纲为何标举江西诗之特质与法式。

（一）肌理之义理：对宋诗"以质厚为本"的推重

翁方纲生活在乾嘉学派鼎盛之际，受考据治学方法的影响，"精研经术，尝谓考订之学，以衷于义理为主"⑦，把儒学之义理、考据之方法、论学之材料纳入诗学之中。他倡导"肌理"说，就是要以义理、学问入诗，使诗歌思想质实厚重，以"肌理"济"神韵"之空疏，救"格调"之肤廓，抗"性灵"之滑易。翁方纲《言志集序》云："士生今日，经籍之光，盈溢于世宙，为学必以考证为准，为诗必以肌理为准。"⑧《延晖阁集序》又云："诗必研诸肌理，而文必求诸实际。夫非仅为空谈格韵者言也，持此足以定人品、学问矣。"⑨ 诗歌"研诸肌理"，就是以经籍、学问入诗。因此他在不满当代诗风的同时，标举"以才学为诗"的宋诗，作为树立的范式：

> 宋人精诣，全在刻抉入里。而皆从各自读书学古中来。所以不蹈袭唐人也。然此外亦更无留与后人再刻抉者。以故元人只剩得一段丰致而已。明人则直从格调为之。然而元人之丰致，非复唐人之丰致也。明人之格调，依然唐人之格调也。⑩

他指出，宋诗精诣深刻皆从学问中来，这是它不蹈袭唐诗之处。宋诗之精

---

① 何继文：《翁方纲的宋诗学》，（香港）《中国文学研究》第四辑。
② 邱美琼：《由求同到证异：翁方纲对黄庭坚诗歌的接受》，《江西社会科学》2007年第10期。
③ 唐芸芸：《"逆笔"：翁方纲论黄庭坚学杜》，《云梦学刊》2011年第1期。
④ 唐芸芸：《文学史视域中的翁方纲宋诗学》，《文艺理论研究》2015年第5期。
⑤ 梁结玲：《论翁方纲诗学思想的内在超越》，《苏州大学学报》（哲学社会科学版）2015年第4期。
⑥ 翁方纲：《复初斋文集》卷四《言志集序》，《续修四库全书》第1455册，第391页。
⑦ 赵尔巽等：《清史稿》卷四八五，中华书局1977年版，第44册，第13395页。
⑧ 《复初斋文集》卷四《言志集序》，《续修四库全书》第1455册，第391页。
⑨ 《复初斋文集》卷四《延晖阁集序》，《续修四库全书》第1455册，第390页。
⑩ 《石洲诗话》卷四，第120页。

诣深刻，不仅"前无古人"，而且"后无来者"。元诗学唐诗"丰致"却"非复唐人之丰致"；明诗尚"格调"则未脱唐人之窠臼。比照之下，唐诗之后，唯宋诗能够另辟蹊径，独树一帜；元诗、明诗只是"优孟衣冠"，模仿蹈袭，缺乏创新。在翁方纲看来，由于"天地之精英，风月之态度，山川之气象，物类之神致，俱已为唐贤占尽"①，所以，宋诗不得不向"刻抉入里"纵深开拓。宋诗之精诣何在？翁方纲认为，"宋人之学，全在研理日精，观书日富。因而论事日密"，并举例说："熙宁、元祐一切用人行政，往往有史传所不及载，而于诸公赠答议论之章，略见其概。至如茶马、盐法、河渠、市货，一一皆可推析。南渡而后，如武林之遗事，汴土之旧闻，故老名臣之言行、学术、师承之绪论、渊源，莫不借诗以资考据。"②为矫当时诗风之弊，翁氏提出"借诗以资考据"的诗学主张，虽然不尽妥当，但从他所示来看，宋诗所反映的内容，涉及现实生活的方方面面。因此他批评"吴孟举之《宋诗钞》，舍其知人论世、阐幽表微之处，略不加省，而惟是早起晚坐、风花雪月、怀人对景之作，陈陈相因。如是以为读宋贤之诗，宋贤之精神，其有存焉者乎"③，谓吴之振等所选《宋诗钞》只是一些"风花雪月、怀人对景""吟咏性灵、掉弄虚机"之作，宋诗"知人论世、阐幽表微"之质实精诣，不加省察；宋诗"铺写实境"之现实精神，荡然无存。如此，翁氏主张以义理、学问入诗，就不只局限于"读书学古"，它有更宽泛的内涵，这正是翁氏诗学主张的价值意义之所在。

对"刻抉入里""阐幽表微"之宋诗的标举，翁方纲推出了宋诗风范的代表黄庭坚：

谈理至宋人而精，说部至宋人而富，诗则至宋而益加细密，盖刻抉入里，实非唐人所能囿也。而其总萃处，则黄文节为之提挈，非仅"江西派"以之为祖，实乃南渡以后，笔虚笔实，俱从此导引而出。善夫，刘后村之言曰："国初诗人如潘阆、魏野，规规晚唐格调；杨、刘则又专为'昆体'；苏、梅二子，稍变以平淡豪杰，而和之者尚寡；至六一公，屹然为大家，学者宗焉。然各极其天才笔力之所至，非必缀（锻）炼勤苦而成也。豫章稍后出，会粹百家句律之长，究极历代

---

① 《石洲诗话》卷四，第122页。
② 《石洲诗话》卷四，第122~123页。
③ 《石洲诗话》卷四，第123页。

体制之变,搜讨古书,穿穴异闻,作为古律,自成一家,虽只字半句不轻出,遂为本朝诗家宗祖。"按此论不特深切豫章,抑且深切宋贤三昧,不然而山谷自为"江西派"之祖,何得谓宋人皆祖之?且宋诗之大家,无过东坡,而转桃苏祖黄者,正以苏之大处,不当以南北宋风会论之,舍元祐诸贤外,宋人盖莫能望其肩背。其何从而祖之乎?吕居仁作《江西宗派图》,其时若陈后山、徐师川、韩子苍辈,未必皆以为铨定之公也。而山谷之高之大,亦岂仅与厌原一刻,争胜毫厘!盖继往开来,源远流长,所自任者,非一时一地事矣。①

他完全认同刘克庄对黄庭坚刻苦锻炼、"以才学为诗"的表述,也赞同吕本中确立黄庭坚为"江西诗派"的宗祖地位。他认为,潘阆、魏野之诗,不出唐人格调;杨亿、刘筠之"西昆体",专学李商隐;梅尧臣诗之平淡、苏舜钦诗之豪放,在当时未成气候;欧阳修为学者所宗之大家。但他们均为"各极天才笔力之所至,非必缀(锻)炼勤苦而成也",因此都不能与唐诗分庭抗礼。至于宋诗之大家苏轼,其天才笔力不可学,"宋人盖莫能望其肩背",转而"桃苏祖黄"——只有黄庭坚登上诗坛,勤苦锻炼,以才学为诗,"非唐人所能囿",始形成与唐音异趣的宋调,遂为宋诗风范的体现者。

翁方纲《跋山谷手录杂事墨迹》云:"吾尝读任、史氏注山谷诗,知先生用力之勤,非一日矣。鄱阳许尹序曰:'其用事深密,杂以儒佛虞初稗官之说,隽永鸿宝之书,牢笼渔猎,取诸左右,后生晚学,此秘未睹。夫古事非出僻书掌录,亦非难事,何秘之有乎?'吾乃叹此言之深中后人痼疾,而积学之非易也。……山谷际欧、苏蔚起时,独以精力沉蓄,囊括今古,其取材非一处,而其用功非一日也。尝于《永乐大典》中见山谷所为《建章录》者,散见数十条,正与此册相类。然后知古人一字一句,皆有来处,至于千汇万状,左右逢原而无不如志者,非可倖而致也。"② 充分肯定了黄庭坚"精力沉蓄"的深厚工夫,高度评价了其诗歌"囊括今古"的开阔视野、"取材非一处"的丰富题材,指出它得力于诗人"用力之勤""积学之非易"。黄庭坚《论作诗文》云:"奉为道之:词意高胜,要从学问中来尔。……读书要精深,患在杂博。因按所闻,动静念之,触

---

① 《石洲诗话》卷四,第119~120页。
② 《复初斋文集》卷二十九《跋山谷手录杂事墨迹》,《续修四库全书》第1455册,第634~635页。

事辄有得意处,乃为问学之功。文章惟不构空强作,诗遇境而生,便自工耳。"① 又在《答洪驹父书三》时指出:"自作语最难。老杜作诗,退之作文,无一字无来处。盖后人读书少,故谓韩、杜自作此语耳。古之能为文者,真能陶冶万物,虽取古人之陈言入于翰墨,如灵丹一粒,点铁成金也。"② 翁氏论诗倡"肌理"说,"肌理"之"义理"即作诗"一字一句,皆有来历",与黄庭坚同一口吻;博览群书,积学深厚,作诗才能"千汇万状,左右逢源而无不如志者",与黄庭坚"读书要精深……诗遇境而生,便自工耳"如出一辙。

宋徽宗崇宁三年(1104)春,黄庭坚以"幸灾谤国"的罪名被除名远贬宜州,赴贬所途经永州时,游浯溪,观《大唐中兴颂》磨崖碑,有感而作《书磨崖碑后》,诗中评论了唐玄宗宠幸安禄山以致失国与唐肃宗受制于张后、李父以致失为人子之道,警示北宋统治集团当以史为鉴,不要重蹈覆辙。曾季貍《艇斋诗话》评曰:"山谷《浯溪碑》诗有史法,古今诗人不至此也。"③ 其中四句云:"臣结春陵二三策,臣甫杜鹃再拜诗。安知忠臣痛至骨,世上但赏琼琚词。"④ 翁方纲评曰:"山谷《浯溪碑诗》:'臣结春秋二三策,臣甫杜鹃再拜诗。'此乃字字沉痛,不作佩玉琼琚之词观也明矣。然而平生半世玩赏拓本,即一二文士亦孰不咀其词句者?则于次山文字一段正面,究竟未能消却也。故于此下用推宕之笔出之,曰:'安得忠臣痛至骨?世上但赏琼琚词。'此'琼琚词'三字,乃掷笔天外,粉碎虚空矣,正与此篇末句妙处相似;此即所谓不着一字,尽得风流者也。"⑤ 元结任道州刺史,不忍州民为征求所苦,作《春陵行》以达下情。杜甫《杜鹃》云:"我见常再拜,重是古帝魂。"⑥ 表达了诗人的忠君之意。黄庭坚认为,元结、杜甫二诗,表达了忠臣入骨的悲痛,但世人欣赏的却只是其优美的文辞。翁方纲不仅认为"臣结"二句"字字沉痛",且完全支持黄庭坚的看法,"不作佩玉琼琚之词观也明矣"。可见,翁方纲推重有史法之笔、用意深刻的诗作,是他主张以"义理"入诗的应有之义。

翁方纲为何标举宋诗尤其推重黄庭坚诗歌?因为他"奉山谷先生'以

---

① 《论作诗文》,《文津阁四库全书》第 372 册,第 358 页。
② 《答洪驹父书三》,《文津阁四库全书》第 372 册,第 225 页。
③ 曾季貍:《艇斋诗话》,《历代诗话续编》上册,第 296 页。
④ 《书磨崖碑后》,《黄庭坚诗集注》第 2 册,第 690 页。
⑤ 翁方纲:《七言诗三昧举隅》,《清诗话》,第 297 页。
⑥ 杜甫:《杜鹃》,《杜诗详注》卷十四,第 3 册,第 1250 页。

质厚为本'一语为问学职志"①,即他认为以黄庭坚为代表的宋诗"以质厚为本"。表明翁方纲主张以义理、学问入诗,是倡导诗歌思想的质实厚重,以此来标举宋诗区别于唐诗的特质,首次从理论上将宋诗作为一个与唐诗相异的传统加以肯定。

以黄庭坚为代表的江西派诗"以才学为诗",多受到后世的诟病,赵翼就指出:"山谷则书卷比坡更多数倍,几于无一字无来历;然专以选材庀料为主,宁不工而不肯不典,宁不切而不肯不奥,故往往意为词累,而性情反为所掩。"②他批评黄庭坚诗歌"专以选材庀料为主",性情反为学问所淹。其实,正是这位"资书以为诗"的黄庭坚,重新提出了"诗者,人之情性也"③这一诗歌本体特征的认知。笔者认为,以书本材料为诗与抒发诗人情性并不矛盾,二者相辅相成。翁方纲认识到这一点,他在《徐昌穀诗论一》中指出:"由性情而合之学问,此事遂超轶今古矣。"④他认为,有深厚学问底蕴抒发性情的诗歌,方能超越古今众流之辈。黄庭坚主张向古人学习,以书本材料为诗,提出了"夺胎换骨"之诗法:"诗意无穷,而人之才有限。以有限之才,追无穷之意,虽渊明、少陵不得工也。然不易其意而造其语,谓之'换骨法';窥入其意而形容之,谓之'夺胎法。'"⑤笔者认为,这种师法前人,并不能斥之为蹈袭剽窃,而是一种点化陶冶、融会贯通、求变创新的"活法"。翁方纲在《格调论中》所提出"凡所以求古者,师其意也,师其意,则其迹不必求肖之也"⑥的观点,可视为黄庭坚"夺胎换骨"法的最好注脚。郭绍虞主编的《中国历代文论选》指出:"翁氏论诗法,有继承,也有创新。《诗法论》中,提出了'正本探原'之法和'穷形尽变'之法。……所谓'正本探原'之法,具体地说,就是要以学问作底子,也即是他在《徐昌穀诗论一》中所谓'由性情而合之学问',……所谓'穷形尽变'之法,……要求尽变,同时反对因袭,这就是他在《格调论中》所谓'凡所以求古者,师其意也,师其意则其迹不必求肖之也'的说法;……它构成了以学为本通法于变的翁氏诗法的完整体系。"⑦

---

① 翁方纲:《刻黄诗全集序》,《山谷诗注续补》,第620页。
② 《瓯北诗话》,第168页。
③ 《书王知载〈朐山杂咏〉后》,《山谷题跋》卷二,第48页。
④ 《复初斋文集》卷八《徐昌穀诗论一》,《续修四库全书》第1455册,第427页。
⑤ 《冷斋夜话》卷一,《历代笔记小说大观·宋元笔记小说大观》第2册,第2171页。
⑥ 翁方纲:《复初斋文集》卷八《格调论中》,《续修四库全书》第1455册,第421页。
⑦ 《中国历代文论选》第3册,第522页。

江西诗派祖述杜甫，故有"一祖三宗"之说①。翁方纲对江西诗派三宗之黄庭坚、陈师道与陈与义学杜均有评价。王士禛辑、翁方纲重订《七言诗歌行钞》，王士禛在《凡例》中指出："山谷虽脱胎于杜，顾其天姿之高，笔力之雄，自辟庭户。宋人作《江西宗派图》极尊之，配食子美，要亦非山谷意也。"②并赋诗曰："涪翁掉臂自清新，未许传衣蹑后尘。却笑儿孙媚初祖，强将配食杜陵人。"③翁方纲指出："按此《凡例》数语，自是平心之论。其实山谷学杜，得其微意，非貌杜也。即或后人以配食杜陵，亦奚不可！而此诗以为'未许传衣'，专以'清新'目黄诗，又与所作《七言诗凡例》之旨不合矣。"④他一方面同意渔洋所谓黄庭坚学杜而能够"自辟庭户"的评价；一方面又不苟同他只以"清新"来概括黄庭坚诗歌的风格，并指出其所赋诗与《凡例》自相矛盾。在翁氏看来，黄诗的风格远不只是清新所能概括。正如他批评《宋诗钞》，"观其所钞，专以平直豪放者为宋诗，则山谷又何以为之宗祖"⑤，作为江西诗派的宗祖，黄庭坚的诗歌的风格岂只能以平直豪放概括。这还可以从他对黄庭坚与陈师道、陈与义诗歌的比较看出："自山谷以下，后来语学杜者，率以后山、简斋并称。然而后山似黄，简斋则似杜；后山近于黄而太肤浅，简斋近于杜而全滞色相矣。虽云较后来之空同苍老有骨，而其为假冒则一也。"⑥同为学杜，后山诗肤浅，简斋诗则全滞色相。即是说，黄诗深刻厚重，虽涉色相语但能运古于律，另开境界。"黄诗之深之大，又岂后山所可比肩者！"⑦他认为陈师道之所以不能与黄庭坚比肩，因为黄诗浑厚精深。这一评价基本符合事实，但对陈诗抑之甚矣而对黄诗有溢美之嫌。再看翁方纲对二陈诗的几则评价：

后山极意仿杜，固不得杜之精华。然与吞剥者，终属有间，即以中间有生用杜句者，亦不似元遗山之矫变，变不似李空同之整齐。盖此等处，尚有朴拙之气存焉。求之杜诗，如"吾宗老孙子"一篇，是

---

① 《瀛奎律髓》卷二十六《评陈简斋〈清明〉》，《瀛奎律髓汇评》中册，第1149页。
② 王士禛：《七言诗凡例》，王士禛《带经堂诗话》卷四，张宗柟纂集，戴鸿森校点，人民文学出版社1963年版，上册，第96页。
③ 王士禛：《王文简戏仿元遗山论诗绝句三十五首》其八，《石洲诗话》卷八引，第244页。
④ 《石洲诗话》卷八，第244页。
⑤ 《石洲诗话》卷四，第120页。
⑥ 翁方纲：《七言律诗钞》卷首《七言律诗钞凡例》，《古典文学研究资料汇编·黄庭坚和江西诗派卷》下卷，第575页。
⑦ 《石洲诗话》卷四，第122页。

> 其巅顶已。①

> 大约仿佛后山之学杜，而气韵又不逮。盖同一未得杜神，而后山尚有朴气，简斋则不免有伧气矣。②

> 自后山、简斋抗怀师杜，所以未造其域者，气力不均耳。……操牛耳者，则放翁也。平熟则气力易均，故万篇酣肆，迥非后山、简斋可望。③

由此可以看出，翁方纲对江西诗的推许，具体到对不同的诗人评价是有较大差异的，造成这种差异的根本原因是受制于他的"肌理"说。"肌理"说主张以义理、学问入诗，故推重质实厚重的诗歌。以之衡量，"以才学为诗"的黄庭坚诗歌达到这一标准；而以反映现实生活为主的陈师道、陈与义诗歌，尽管质实不虚，但少故实、用事不密、谈理不精，因而厚重深刻不足，故得不到他公正的评价就顺理成章了。它不仅暴露了翁方纲"肌理"说的内在矛盾，也彰显了"肌理"说明显的局限。

（二）肌理之文理：对江西诗法的肯定

翁方纲在《杜诗熟精文选理理字说》中引"易曰：'君子以言有物。'理之本也。又曰：'言有序。'理之经也。"④ 如果说翁氏"肌理"之"义理"指诗歌内容"言有物"，那么"肌理"之"文理"则指诗歌形式"言有序"。具体说，以"文理"衡之，他对江西诗法予以肯定。翁方纲《黄诗逆笔说》云：

> 偶见《梧门劄记》，援愚说山谷诗用逆笔，而其言不详，恐观者不晓也。逆笔者，即南唐后主作书拨镫法也。逆固顺之对，顺有何害，而必逆之？逆者，意未起而先迎之，势将伸而反蓄之。右军之书，势似欹而反正，岂其果欹乎？非欹无以得其正也。逆笔者，戒其滑下也。滑下者，顺势也，故逆笔以制之。长澜抒写中时时节制焉，则无所用其逆矣。事事言情，处处见提掇焉，则无所庸其逆矣。然而胸所欲陈事所欲详，其不能自为检摄者，亦势也。定以山谷之书卷典

---

① 《石洲诗话》卷四，第122页。
② 《石洲诗话》卷四，第129页。
③ 《石洲诗话》卷四，第142页。
④ 《复初斋文集》卷十《杜诗熟精文选理理字说》，《续修四库全书》第1455册，第440页。

故，非襞绩为工也，比兴寄托，非借境为饰也，要亦不外乎虚实乘承、阴阳翕开之义而已矣。①

翁方纲又在《同学一首送别吴穀人》中指出："义山以移宫换羽为学杜，是真杜也；山谷以逆笔为学杜，是真杜也。"② 所谓逆笔，是指写书法时，先把笔尖向欲写笔画的相反方向作一下填笔，使笔画不露锋芒，即不露虚尖，以使笔画显得厚重；反之就是露锋，以使笔画精爽婉转。藏锋，是指笔画的起笔处和收笔处锋尖不露出来。黄庭坚为宋代四大书法家之一，他将书法之逆笔用于诗歌创作，十分自然，不仅在于诗法书艺相通，还在于诗歌用书法逆笔之法，可产生一种欹正相生、含蓄蕴藉的审美效果。关于黄庭坚诗用逆笔，张高评《宋诗之新变与代雄》提及黄庭坚以书法为诗，但语焉不详③；唐芸芸《"逆笔"：翁方纲论黄庭坚学杜》一文，虽论之有据，似未得其解。细读翁氏《黄诗逆笔说》，有几个关键词值得注意：势似欹而反正，节制顺势，书卷典故，比兴寄托，虚实乘承、阴阳翕开。概括起来，一是寄寓讽刺而不露锋芒。试看《徐孺子祠堂》：

乔木幽人三亩宅，生刍一束向谁论。
藤萝得意干云日，箫鼓何心进酒樽。
白屋可能无孺子？黄堂不是欠陈蕃？
古人冷淡今人笑，湖水年年到旧痕。④

此诗为宋神宗熙宁元年（1068），黄庭坚在南昌瞻仰了东汉名士徐稚祠堂而作。徐稚，字孺子，东汉南昌人，累举不仕，在家乡过着贫寒的生活，时称南州高士。陈蕃为太守，不接宾客，惟为徐稚特设一榻，去则悬之。首联谓徐孺子祠堂有参天大树环绕，占地面积三亩许。"生刍一束"指郭泰有母忧，徐孺子往吊之，置生刍一束于庐前而去。"向谁论"谓如今无郭泰这样的人值得恭维了，寄寓了民间有人才但统治者不用之意。颔联谓如今孺子祠堂已经荒凉，但民间知尊贤者常来祭祀，寄寓了对统治者的嘲讽。颈联谓平民之居岂无徐孺子其人，而太守所居岂非少有如陈蕃者乎，

---

① 《复初斋文集》卷十《黄诗逆笔说》，《续修四库全书》第1455册，第442页。
② 《复初斋文集》卷十五《同学一首送别吴穀人》，《续修四库全书》第1455册，第496页。
③ 张高评：《宋诗之新变与代雄》，台湾洪叶文化事业有限公司1995年版。
④ 黄庭坚：《徐孺子祠堂》，《黄庭坚诗集注》第3册，第761页。

与首联呼应。末联谓湖水似有情，年年来孺子堂。全诗因凭吊徐孺子而叹知音之难得，盖为当时包括自己在内的才士怀才不遇而发。借古讽今，比兴寄托，逆笔节制，藏锋不露。又如《冲雪宿新寨忽忽不乐》作于作者叶县尉任上，因经常公差下乡，奔波于道途之中，往往至夜间始解鞍休息。加上官职低微，见上必须束带，受尽屈辱，故抒发归隐之思。其中颈联"小吏有时须束带，故人颇问不休官"，表达了屈居下僚的折腰之辱和对官场的不满，但委婉含蓄，不露锋芒。我认为，黄庭坚诗歌用逆笔之法，是他"诗之祸"说在创作中的贯彻，他认为诗人有"情之所不能堪"，如果不加节制地"发为讪谤侵陵"，就等于"引颈以承戈，披襟而受矢"，将酿成"诗之祸"，因而主张"发于呻吟调笑之声"①，即以调侃的方式传达出来，逆笔之法正是其中一种。

黄庭坚诗歌用逆笔节制之法，二是不仅能够造成锋芒不露、委婉含蓄的"诗之美"效果，还可达到"绝高之风骨"的"浑成之境"。试看《登快阁》：

> 痴儿了却公家事，快阁东西倚晚晴。
> 落木千山天远大，澄江一道月分明。
> 朱弦已为佳人绝，青眼聊因美酒横。
> 万里归船弄长笛，此心吾与白鸥盟。②

此诗为元丰五年（1082）诗人在江西太和县令任上作。不堪屈居下僚，叹无知音，故萌发归隐之念。翁方纲《黄诗钞》引王士禛语："山谷用昆体工夫，而直造老杜浑成之境，禅家所谓更高一著也。"③ 又引钱萚石语："山谷纯用逆笔。"然后按曰："坡公之外又出此一种绝高之风骨、绝大之境界，造化元气发洩透矣，所以有'诗到苏、黄尽'之语。"④ 这首诗除"万里"句直抒胸臆，其他七句均用典故或化用前人诗句，此所谓"用昆体工夫"。颔联本自柳宗元《游南亭夜还叙志七十韵》"木落寒山静，江

---

① 《书王知载〈朐山杂咏〉后》，《山谷题跋》卷二，第48页。
② 黄庭坚：《登快阁》，《黄庭坚诗集注》第4册，第1144页。
③ 此为宋人朱弁《风月堂诗话》卷下语："黄鲁直……乃独用昆体工夫，而造老杜浑成之地，今之诗人少有及者。此禅家所谓更高一著也。"（《景印文渊阁四库全书》第1479册，第26页）王士禛转引朱弁语而略有出入。
④ 《七言诗歌行钞》卷十《黄诗钞》，《古典文学研究资料汇编·黄庭坚和江西诗派卷》上卷，第302页。

空秋月高",但境界更为开阔。盖以自况其光风霁月之胸怀,不堪缚于吏事,终当舍之而去,逍遥江湖之上,与白鸥为友。此所谓"直造老杜浑成之境"。张戒却诋之为"小儿语"①,张宗泰反驳曰:"其意境天开,则实能辟古今未泄之奥妙……不知何处有此等小儿能具如许胸襟也。"② 翁方纲与他的看法完全一致。钱氏所谓"纯用逆笔",在此诗中即表达对官场处处机心、人人自危、决定弃官归隐的不满情绪,藏而不露。黄庭坚《王充道送水仙花五十枝欣然会心为之作咏》云:"凌波仙子生尘袜,水上轻盈步微月。是谁招此断肠魂,种作寒花寄愁绝?含香体素欲倾城,山矾是弟梅是兄。坐对真成被花恼,出门一笑大江横。"③ 翁方纲评曰:"不特'山矾是弟梅是兄'是着色相语也;即'含香体素欲倾城'亦已是着色相语也。惟其用此等着色相语,所以末二语,更觉破空而行,点睛飞去耳。此淮阴侯背水阵,所谓'此在兵法,顾诸君不识'者也。或乃套袭其体物语以为工丽,则笨伯矣。"④ 他认为黄庭坚此首咏水仙花之作,前六句极尽形容之能事,"体物语"极其"工丽",皆是"着色相语",即笔涉轻艳,失之柔弱,但末二句却能够宕开一笔,另出境界,"诗境由幽怨、纤细,一变而为开朗、壮阔。前后对比,以达到一个更为深远的新的境界"⑤。笔者认为,这一诗法也是黄庭坚诗歌用逆笔所产生审美效果。翁氏对黄庭坚诗歌还有类似的评价:"山谷于五古亦用巧织,如古律然,特其气骨高耳。"⑥ "巧织"即昆体功夫,"气骨高"与"浑成之境"相辅相成。

黄庭坚诗歌用逆笔节制之法,三是表现在平仄处理上。翁方纲评黄庭坚《听宋宗儒摘阮歌》:"此篇之'文彩风流今尚尔''自疑耆域是前身''落魄酒中无定止''寒虫催织月笼秋,独雁叫群天拍水''楚国羁臣放十年''问君枯木著朱绳',皆不可以律句目之。盖山谷之平仄,其似极顺处,乃皆其极逆处。此于阮亭先生所讲三平正调之理之外,别辟洞天。诗家章节,必到此乃极其矫变。而此篇乃其最平正通达之作。其于平仄韵不肯轻放出仄平仄之正调,则拗怒之中,转馀圆劲,故录此以见七言之体段

---

① 《岁寒堂诗话》卷上,《历代诗话续编》上册,第457页。
② 张宗泰:《鲁岩所学集》卷十四《跋张戒岁寒堂诗话》,《古典文学研究资料汇编·黄庭坚和江西诗派卷》上卷,第310页。
③ 黄庭坚:《王充道送水仙花五十枝欣然会心为之作咏》,《黄庭坚诗集注》第2册,第546页。
④ 翁方纲:《七言诗三昧举隅》,《清诗话》,第297页。
⑤ 陈永正选注:《黄庭坚诗选》,广东人民出版社1984年版,第212页。
⑥ 《石洲诗话》卷四,第119页。

章节，必至苏、黄而极其致；而苏之圆折如意与黄之变转而不失其正，途殊而理则一也。"① 翁氏指出，黄庭坚诗歌平仄，"其似极顺处，乃皆其极逆处"。这一看法独具慧眼，试以黄诗《次韵刘景文登邺王台见思五首》其五为证："公诗如美色，未嫁已倾城。嫁作荡子妇，寒机泣到明。绿琴蛛网遍，弦绝不成声。想见鸱夷子，江湖万里情。"② 刘景文不得志，黄庭坚也不得志，故同病相怜。"嫁作"二句谓刘景文郁郁不得志，故其诗多忧伤。用美女比喻，容易流于柔弱，故运古于律，"嫁作荡子妇"五仄，且与下句不对偶，"拗怒之中，转馀圆劲"，如此才能"戒其滑下"；它正是翁氏所谓"其似极顺处，乃皆其极逆处"的逆笔之法。同时翁方纲又指出："自杜公已有俳偕、吴体之作，晚唐诸人仅于句中平仄微见互换，非此例也，至山谷而矫之过甚矣。"③ 所谓"吴体"即有意不遵循平仄的拗体。说明翁方纲对黄庭坚诗歌拗体之逆笔法，能够辩证地评价。

翁方纲指出："山谷诗，譬如榕树自根生出千枝万干，又自枝干上倒生出根来。若个敖器之之论，只言其神味耳。"④ 与敖陶孙只专注于黄诗的神味不同，翁方纲对黄庭坚诗歌的谋篇布局有颇为细致入微的考究，这里的"榕树"之喻形象地指出了黄诗复杂而细密的章法布置。黄庭坚《与王观复书一》云："好作奇语，自是文章病，但当以理为主，理得而辞顺，文章自然出群拔萃。"⑤ 朱东润认为"庭坚对于理的认识，主要只着重在作文的关键布置上"⑥；刘大杰也指出："黄庭坚论文，有时也得到理，但他所讲的，并不全是指内容。……细叶全文（案：指《与王观复书一》），这里所说的理，主要是指作文作诗之理。"⑦ 黄庭坚论诗重视章法布置，倡导"当以理为主，理得而辞顺"的诗法，正符合翁方纲"肌理"说之"文理"——对诗歌谋篇布局的重视与讲究，因此他推重江西诗法就在情理之中。试看黄庭坚《送范德孺知庆州》：

---

① 翁方纲：《七言诗平仄举隅》，《清诗话》，第 282 页。
② 《次韵刘景文登邺王台见思五首》其五，《黄庭坚诗集注》第 1 册，第 82 页。
③ 《七言律诗钞》卷首《七言律诗钞凡例》，《古典文学研究资料汇编·黄庭坚和江西诗派卷》上卷，第 303 页。
④ 《石洲诗话》卷四，第 121 页。
⑤ 《与王观复书一》，《文津阁四库全书》第 372 册，第 225 页。
⑥ 朱东润：《黄庭坚的政治态度及其论诗主张》，《中华文史论丛》第 3 辑，1963 年。
⑦ 刘大杰：《黄庭坚的诗论》，《文学评论》1964 年第 1 期。

乃翁知国如知兵,塞垣草木识威名。
敌人开户玩处女,掩耳不及惊雷霆。
平生端有活国计,百不一试薶九京。
阿兄两持庆州节,十年骐骥地上行。
潭潭大度如卧虎,边头耕桑长儿女。
折冲千里虽有馀,论道经邦正要渠。
妙年出补父兄处,公自才力应时须。
春风旌旗拥万夫,幕下诸将思草枯。
智名勇功不入眼,可用折棰笞羌胡。①

全诗十八句,平分为三层。第一层六句,写德孺之父范仲淹有军事、政治之才能:在庆州为帅时,守边制敌,用兵神速,震慑敌胆,威名远扬。在朝廷参政时,却遭小人沮谗,政治抱负无由施展,最后客死于谪颍途中。第二层六句,写德孺之兄范纯仁,也曾两次出守庆州,边地人民休养生息。他智勇双全,理应在朝廷为官,但也不被重用。第三层六句,始入题写德孺知庆州,赞扬他一心抗敌镇边,不图个人功名。全诗虽然平分为三层,但有主宾之别,前二层写其父兄只是作为陪衬,一则突出范家武略传统,二则勉励德孺继承父兄未竟之业,守边御敌,保家卫国。章法上又错综变化:写其父,顺叙;写其兄,倒叙。"折冲"句应"十年"句,写其英雄无用武之地;"论道"句应"阿兄"句,写其有将相之才。用韵上则参差错落而不失整饬,前八句"八庚""九青"相叶,后十句"六鱼""七虞"通押。翁方纲评曰:"三段井然,而换韵之法,前偏后伍,伍承弥缝,节奏章法,天然合笋,非经营可到。"② 指出此诗结构之细密来自作者经营之功夫。又如黄庭坚《次韵子瞻题郭熙画秋山》共十六句:"黄州逐客未赐环,江南江北饱看山。玉堂卧对郭熙画,发兴已在青林间。郭熙官画但荒远,短纸曲折开秋晚。江村烟外雨脚明,归雁行边馀叠巘。坐思黄柑洞庭霜,恨身不如雁随阳。熙今头白有眼力,尚能弄笔映窗光。画取江南好风日,慰此将老镜中发。但熙肯画宽作程,十日五日一水石。"③ 前八句一层,其中四句写苏轼观赏郭熙画的感受,仿佛回到了当年在江南

---

① 黄庭坚:《送范德孺知庆州》,《黄庭坚诗集注》第1册,第112~113页。
② 《七言诗歌行钞》卷十《黄诗钞》,《古典文学研究资料汇编·黄庭坚和江西诗派卷》上卷,第302页。
③ 黄庭坚:《次韵子瞻题郭熙画山》,《黄庭坚诗集注》第1册,第263~264页。

江北饱看山林的实境；四句描写郭熙画意境荒寒，韵致高远。高度赞美郭熙《秋山图》的逼真活脱。后四句写自己观画产生的联想和感慨：恨不得像逐暖的鸿雁，飞到太湖，尝尝江南的黄柑，表达了诗人还乡归隐的强烈愿望。翁方纲评曰："前有玉堂一幅实景作衬，故后半又于空中宕出一幅伫发远神。"① 不仅高度赞美了黄庭坚此诗的传神写照，还透视出此诗章法布置的深刻用意，可谓"刻抉入里"。

江西诗学最大的理论贡献是总结了一套自成体系、便于操作的诗法，不论是成功的经验，还是受人诟病的教训，都为后世的诗学建构提供了有益的借鉴。实际上，有些江西诗法并未得到总结提升，故而未见诸理论表述，只是隐藏湮没在具体的诗歌创作实践之中。翁方纲的发明之一，就是根据诗法、书艺相通的原理，从诗人兼书法家的黄庭坚那里，发掘提取其诗歌所用逆笔之法的宝贵经验。这是他"肌理"说的最大理论贡献之一。由于翁氏有关黄诗用逆笔的表述只停留在理论层面而缺乏实证，故笔者具体结合黄庭坚诗歌创作实际，对翁氏有限的表述，反复揣摩，深入透析，加以证示。个人理解是否正确，权作引玉之砖。

翁方纲论诗提出肌理说，主张以义理、学问入诗，推重"以质厚为本"的宋诗，倡导诗歌思想的质实厚重，以此来标举异于唐诗的宋诗特质。由此推许黄庭坚"精力沉蓄"的深厚工夫，指出其诗歌"囊括今古"的开阔视野、"取材非一处"的丰富题材，得力于诗人"用力之勤""积学之非易"。而对以反映现实生活为主的陈师道、陈与义诗歌，则评价偏低。暴露出其肌理说的明显局限。翁方纲论诗讲究文理，因而肯定重经营、讲布置的江西诗法，发掘提取黄庭坚诗歌的逆笔法，即寄寓讽刺而不露锋芒，用昆体工夫而造老杜浑化之境，运古于律以节制滑下之顺势。这是翁氏对诗学理论的最大贡献之一。

六、方东树对江西诗学的评价

方东树（1772～1851），原名巩至，字植之，别号副墨子，自号仪卫老人，人称仪卫先生。安徽桐城人。仕进三十五年，却始终考场失利，

---

① 《七言诗歌行钞》卷十，《古典文学研究资料汇编·黄庭坚和江西诗派卷》上卷，第303页。

《清史稿》谓他"博极群书，穷老不遇"①，以诸生终老，以馆课讲学维生。其门人苏惇元撰《仪卫方先生传》，谓方东树"历主庐州、亳州、宿松廉州、韶州等处书院，所至导诸生以学行，不徒课以文艺，晚年里居，诱掖后进，以诗文就正者，既告之法，且进以为己之学。年八十，祁门令君延主东山书院，先生欣然往，抵祁，越两月而卒。盖咸丰元年五月二十四日也"。②

方东树是桐城派后期重要作家，既提倡诗歌内容"有物"，也倡导诗歌形式"有序"，因此，他论诗自然以桐城派之"文法"来论诗法，形成了自己以文论诗的鲜明特点③。他说："如无志可言，强学他人说话，开口即脱节，此谓言之无物，不立诚。若又不解文法变化精神措注之妙，非不达意，即成语录腐谈。是谓言之无文无序。"④

（一）厘清江西诗学之渊源

作为一代诗圣，杜甫被历代尊奉祖述，唐朝的韩愈、李商隐，宋代的黄庭坚、陈师道、陈与义等均学杜，但由于时代、文化背景、个人情性之差别，便决定了他们师法取向各异。近体诗至杜甫在声律上已炉火纯青，正如他自道："晚节渐于诗律细"（《遣闷戏呈路十九曹长》）、"老去诗篇浑漫与"（《江上值水如海势聊短述》）⑤，已经达到了得心应手的娴熟境

---

① 《清史稿》卷四八六，第44册，第13430页。
② 苏惇元：《仪卫方先生传》，《续修四库全书》第1497册，第222页。
③ 学术界对方东树诗学思想的研究，代表性成果主要有许洁：《诗法鉴衡·钩玄昭昧——方东树诗论述评》，《江淮论坛》1984年第1期；杨淑华：《〈昭昧詹言〉以文法评诗的特色与评论意义》，《台中师院学报》1994年3月21日；方任安：《以文为诗 以文论诗》，《安庆师院社会科学学报》1997年第1期；吕美生：《方东树〈昭昧詹言〉的价值取向》，《学术月刊》2000年第10期；钟耀：《论方东树〈昭昧詹言〉的诗学思想》，《西南科技大学学报》（哲学社会科学版）2007年第4期；杨淑华《方东树〈昭昧詹言〉及其诗学定位》，新北：台湾花木兰文化出版社2008年；张明敏《翁方纲"肌理说"再认识》，《浙江万里学院学报》2009年第1期；张高评《方东树〈昭昧詹言〉论创新与造语——兼论宋诗之独创性与陌生化》，《文史哲》第14期，2009年6月；郭前礼：《论方东树及道咸年间姚门弟子的唐宋诗观》，《济南大学学报》（社会科学版）2012年第3期；黄振新：《方东树〈昭昧詹言〉的诗学思想研究》，安徽师范大学2012年硕士论文；吴强：《论方东树文学鉴赏观》，《安徽农业大学学报》（社会科学版）2016年第5期；蒋寅：《诗学、文章学话语的沟通与桐城派诗歌理论的系统化——方东树诗学历史贡献》，《复旦学报》（社会科学版）2016年第6期。关于方东树对黄庭坚诗歌与杜甫、韩愈的渊源以及黄诗句法、章法的考察，以下成果有所涉及：邱美琼：《清代"桐城派"对黄庭坚诗歌的接受——以方东树〈昭昧詹言〉为中心》，《沈阳师范大学学报》2006年第6期；王友胜：《方东树〈昭昧詹言〉论黄庭坚诗论述略》，《中南大学学报》（社会科学版）2007年第5期；郭青林：《方东树"一佛、二祖、五宗"论》，《海南师范大学学报》（社会科学版）2016年第7期。
④ 《昭昧詹言》卷一，第2～3页。
⑤ 杜甫：《江上值水如海势聊短述》，《杜诗详注》卷十，第2册，第810页。

界。正因为如此，杜甫夔州之后的诗歌创作，开始走向形式上的否定之否定，即破弃声律，创作了大量的拗体诗，以文为诗的倾向十分显著。中唐古文运动的发起者韩愈极富创新意识，他贵有自知之明，觉得要在诗歌成就上超越杜甫几乎没有可能，于是他取法杜甫的以文为诗，充分发挥其擅长古文之优势，将以文为诗推向登峰造极的境地。当黄庭坚登上北宋诗坛，他在指导青年学诗时指出："观杜子美到夔州后诗、韩退之自潮州还朝后文章，皆不烦绳削而自合矣。"① 其实，黄庭坚本人学杜学韩也正是着眼于他们"以文为诗"的一面，正如严羽所指出"以文字为诗"恰似宋诗风范体现者黄庭坚诗歌的显著表征之一。田雯《古欢堂集杂著》卷二指出："山谷诗从杜、韩脱化而出，创新辟奇，风标娟秀，陵前轹后，有一无两。宋人尊为西江诗派，与子美俎豆一堂，实非悠谬。"② 明确揭示了黄庭坚诗歌创作与杜甫、韩愈一脉相承的渊源关系。

历代评价黄庭坚学杜多持否定意见，如钱谦益就"讥山谷为不善学杜，以为未能得杜真气脉"③，方东树反驳说："但杜之真气脉，钱亦未能知耳。观于空同之生吞活剥，方知山谷真为善学，钱不足以知之。"④ 他认为黄庭坚"所得于杜，专取其苦涩惨淡、律脉严峭一种，以易夫向来一切意浮功浅、皮傅无真意者耳"，至于"巨刃摩天、乾坤摆荡者，实未能也"，这是因为"各有性情学问力量"，充分首肯"山谷之学杜，所得甚深"，指出"非空同、牧翁之模取声音笑貌者所及知也"。⑤ 方东树指出："山谷之学杜，绝去形摹，尽洗面目，全在作用，意匠经营，善学得体，古今一人而已。"⑥ 这里提到一个诗学概念"作用"，它特指艺术构思。释皎然《诗式》曰："作者措意，虽有声律，不妨作用。"⑦ 谓优秀的诗人立意言说，虽有声韵格律之规矩束缚，并不妨碍其艺术构思。许学夷《诗源辩体》卷三评《古诗十九首》和曹植的《杂诗七首》其一："本乎天成，而无作用之迹"，⑧ 即浑化天成，无构思之痕迹。方东树又云："杜七律所以横绝诸家，只是沉著顿挫，恣肆变化，阳开阴合，不可方物。山谷之学，专在此等处，所谓作用。义山之学，在句法气格。空同专在形貌。三

---

① 《与王观复书一》，《文津阁四库全书》第372册，第225页。
② 田雯：《古欢堂集杂著》卷二，《清诗话续编》上册，第701页。
③ 《昭昧詹言》卷八引，第210页。
④ 《昭昧詹言》卷八，第210页。
⑤ 《昭昧詹言》卷八，第210～211页。
⑥ 《昭昧詹言》卷二十，第450页。
⑦ 释皎然：《诗式》，《历代诗话》上册，第26页。
⑧ 许学夷：《诗源辩体》卷三，杜维沫校点，人民文学出版社1987年版，第47页。

人之中，以山谷为最，此定论矣。"① 他认为同为学杜，李商隐在句法气格，李梦阳在形貌，而黄庭坚在作用，比较而言，肯定黄庭坚学杜之艺术构思最成功，是最为善学。因此他主张："以《三百篇》《离骚》、汉、魏为本为体，以杜、韩为面目，以谢、鲍、黄为作用，三者皆以脱尽凡情为圣境。"② 指导晚辈习诗：以《诗经》《离骚》、汉魏诗歌为本体，以杜甫、韩愈诗歌为典范，兼取谢灵运、鲍照、黄庭坚诗歌创作艺术构思之技巧。惠洪《冷斋夜话》卷一载黄庭坚示以后学熟参前人作品的诗法之一，即"窥入其意而形容之，谓之'夺胎法'"③。笔者认为这种从整体上把握前人作品的意旨然后用自己的语言表达出来的"夺胎法"正是"作用"——创作艺术构思。方东树又指出："入思深，造句奇崛，笔势健，足以药熟滑，山谷之长也。又须知其从杜公来，却变成一副面目，波澜莫二，所以能成一作手。"④ 谓黄庭坚诗歌擅长构思新深，造句奇崛，笔势劲健，音节生涩，均渊源于杜甫，但能够加以变化，形成自己独特的面貌，故而能自成一家，为百世之师："黄所以不肯随人作计，必自成一家，诚百世师也。大约古人读书深，胸襟高，皆各有自家英旨，而非徒取诸人。"⑤ 但也指出黄庭坚学杜不及之处："七律宜先从……山谷入门，字字著力。但又恐费力有痕迹，入于捋撦钉饳，成西昆派，故又当以杜公从肺腑中流出，自然浑成者为则。"⑥ 认为黄诗在字句锻炼上时有雕琢的痕迹，难免有"捋撦钉饳"之病，不如杜诗从肺腑中流出，意境自然浑成。所谓"从肺腑中流出"即"说本分语""说自家话"："诗道性情，只贵说本分语。如右丞、东川、嘉州、常侍，何必深于义理，动关忠孝；然其言自足有味，说自家话也。不似放翁、山谷，矜持虚骄也。四大家绝无此病。"⑦ 指出黄诗不能"说本分语""说自家话"，故而有"矜持虚骄"之病。

对黄庭坚学韩，前人关注不够，也语焉不详，方东树从以文为诗的视角，进一步凸显黄庭坚学韩的渊源。他认为"学黄必探源于杜、韩"⑧；具体说："涪翁以惊（一义）创（一义）为奇，意（一事）格（一事）境（一事）句（一事）选字（一事）隶事（一事）音节（一事）著意与

---

① 《昭昧詹言》卷二十，第450页。
② 《昭昧詹言》卷一，第5页。
③ 《冷斋夜话》卷一，《历代笔记小说大观·宋元笔记小说大观》第2册，第2171页。
④ 《昭昧詹言》卷十二，第314页。
⑤ 《昭昧詹言》卷一，第12页。
⑥ 《昭昧詹言》卷十二，第380页。
⑦ 《昭昧詹言》卷十一，第238页。
⑧ 《昭昧詹言》卷十，第227页。

人远,此即恪守韩公'去陈言''词必己出'之教也。"① "所谓远者,合格、境、意、句、字、音、响言之。此六者有一与人近,即为习熟,非韩、黄宗恉矣。"② 韩愈《答李翊书》云:"惟陈言之务去,戛戛乎其难哉。"③ 谓创作中要排除陈旧的东西,努力创造、革新,尽管很艰难。又《南阳樊绍述墓志铭》曰:"惟古词必己出,降而不能乃剽窃。"④ 意谓古人所用的文词都是自己创造出来的,后来的人做不到这一点便剽窃抄袭。方东树指出,黄庭坚继承了韩愈的创新精神,在诗歌立意、格韵、意境、字句、用典、音节诸方面,力求生新出奇,戛戛独造。对黄庭坚诗歌的创新精神,予以首肯,《昭昧詹言》引姚范语:"涪翁以惊创为奇才,其神兀傲,其气崛奇,玄思瑰句,排斥冥筌,自得意表。玩诵之久,有一切厨馔腥螻而不可食之义。"⑤ 并具体指出,韩愈"《病中赠张十八》创造奇险,山谷所模。《醉赠张秘书》句法精造,亦山谷所常模"⑥,突出强调黄庭坚诗歌在尚奇、句法上学韩,充分肯定黄庭坚于"杜、韩后,真用功深造,而自成一家,遂开古今一大法门,亦百世之师也"⑦,即学韩而不为,能够加以变化,自成面目:"山谷之学杜、韩,在于解创意造言不肯似之,政以离而去之为难能"⑧;"杜、韩有一种真率朴直白道,不烦绳削而自合者。此必须先从艰苦怪变过来,然后乃得造此。……山谷、后山专推此种,昔人讥其舍百牢而取一脔"⑨。"不烦绳削而自合"见韩愈《南阳樊绍述墓志铭》评樊宗师文语⑩,指不事雕琢而达到自然天成之境;"艰苦怪变"见韩愈《送无本师归范阳》"奸穷怪变得,往往造平淡"⑪,谓作诗文要由奇怪难写处入手,然后变为平淡。方东树非常认同韩愈的这一观点,认为"不烦绳削而自合"的平淡之境来自"艰苦怪变"。黄庭坚借来评价杜甫与韩愈:"观杜子美到夔州后诗、韩退之自潮州还朝后文章,皆不烦绳削而自合矣。"所谓"不烦绳削而自合"之境,即黄庭坚在《赠高子勉

---

① 《昭昧詹言》卷十,第 225 页。
② 《昭昧詹言》卷十,第 228 页。
③ 《韩昌黎文集校注》,第 170 页。
④ 《韩昌黎文集校注》,第 542 页。
⑤ 《昭昧詹言》卷十二,第 313 页。
⑥ 《昭昧詹言》卷九,第 220 页。
⑦ 《昭昧詹言》卷十,第 225 页。
⑧ 《昭昧詹言》卷八,第 212 页。
⑨ 《昭昧詹言》卷九,第 220 页。
⑩ 《韩昌黎文集校注》,第 540 页。
⑪ 韩愈:《送无本师归范阳》,《韩昌黎诗系年集释》下册,第 820 页。

四首》其四中所说"彭泽意在无弦"之境①。这是黄庭坚指导青年后学从"拾遗句中有眼"的初阶而最终达到的最高境界，也是他本人一生崇尚并致力追求的诗学终极目标。在方东树看来，昔人讥黄庭坚、陈师道学杜学韩"舍百牢而取一脔"，未免求全责备。

方东树在充分肯定黄庭坚学杜学韩"沉顿郁勃，深曲奇兀之致，亦所独得，非意浅笔懦调弱者所可到也"的同时，也指出他"不如韩、杜者，无巨刃摩天，乾坤摆荡，雄直挥斥，浑茫飞动，沛然浩然之气"②；"韩公纵横变化，若不及杜公，而邱壑亦多，盖是特地变，不欲似杜，非不能也。……山谷之似杜、韩，在句格，至纵横变化则无之"③。黄庭坚诗歌在规模体制上，确实欠缺杜甫、韩愈诗歌那种"巨刃摩天，乾坤摆荡"之气魄与"雄直挥斥，浑茫飞动"之气势，正如他在苏轼面前自谦那样："我诗如曹郐，浅陋不成邦。公如大国楚，吞五湖三江"④；但谓黄诗在句格上没有"纵横变化"则非，只是与杜、韩比较，黄诗之纵横变化力度、幅度不够大而已。方东树指出："山谷隶事间，不免有强拉硬入，按之本处语势文理，否隔无情，非但语不安，亦使文气与意磊磊不合，盖山谷但解取生僻熟与人远，故宁不工不谐而不顾，致此大病。古人曾未有此，不得以山谷而恕之，使遗误来学也。乃知韩公'排奡'而必曰'妥帖'，方为无病。山谷直是有未妥帖耳。"⑤ 韩愈《荐士》："横空盘硬语，妥帖力排奡。"⑥ 评价孟郊诗之气脉既通顺平畅又语言苍劲有力，实乃夫子自道。黄庭坚诗歌有时为了"取生僻熟与人远"，用典确实"不免有强拉硬入""直是有未妥帖"之病，如黄庭坚《次韵刘景文登邺王台见思五首》其五："公诗如美色，未嫁已倾城。嫁作荡子妇，寒机泣到明。绿琴蛛网遍，弦绝不成声。想见鸱夷子，江湖万里情。"⑦ 刘景文不得志，黄庭坚也不得志，故同病相怜。首联谓刘诗具有很强的艺术魅力，颔联言其中年之诗多哀伤，颈联言未逢知己，末联以"鸱夷子"喻刘景文不妥帖，因范蠡已建功立业。《昭昧詹言》卷十曰："文从字顺言有序，李、杜、韩、苏皆然，黄则不能皆然。虽古人笔力贵斩截，起势贵奇特，然如山谷《过家》

---

① 《赠高子勉四首》其四，《黄庭坚诗集注》第2册，第574页。
② 《昭昧詹言》卷十，第226～227页。
③ 《昭昧詹言》卷一，第40页。
④ 黄庭坚：《子瞻诗句妙一世乃云效庭坚体盖退子戏效孟郊樊宗师之比以文滑稽耳后生不解故次韵道之》，《黄庭坚诗集注》第1册，第191页。
⑤ 《昭昧詹言》卷八，第214～215页。
⑥ 韩愈：《荐士》，《韩昌黎诗系年集释》上册，第528页。
⑦ 黄庭坚：《次韵刘景文登邺王台见思五首》其五，《黄庭坚诗集注》第1册，第82页。

起处，亦大无序矣。"①《过家》系元丰六年（1083）十二月，黄庭坚自江西太和移监山东德州德平镇、途经家乡分宁时作。起二句云："络纬声转急，田车寒不运。"以蟋蟀的鸣声、水车的不转，衬托诗人还家时复杂矛盾的心情。方氏批评它"大无序"，陈永正反驳说："其实这真正是'笔力斩截''起势奇特'。"② 良然。方东树认为："黄诗秘密，在隶事下字之妙，拈来不测；然亦在贪使事使字，每令气脉缓隔，……于此乃知韩公押强韵皆稳，不可及也。此病陈后山亦然。"③ 方东树又曰："杜、韩、李、苏四家，能开人思界，开人法，助人才气与会，长人笔力，由其胸襟高，道理富也。……山谷则止可学其句法奇创，全不由人，凡一切庸常境句，洗脱净尽，此可为法；至其用意则浅近；无深远富润之境，久之令人才思短缩，不可多读，不可久学。取其长处，便移入韩，则韩再入太白、坡公，再入杜公也。"④ 这一评价比较辩证。方东树认为："山谷于变化中甚少讲究，由未尝知古文也。"⑤ 谓黄庭坚不知古文，言之过甚。平心而论，黄庭坚"以文为诗"比较自然，不失诗之章法；韩愈"以文为诗"则距诗之规范稍远，这是黄学韩而胜韩处。

方东树引姚范语：陈师道祖述杜甫，未得其"混茫飞动，沉郁顿挫"，而失之"钝涩迂拙"。其五古"意境句格，森沉淡涩之致"，"而无老杜雄郁、混茫、奇伟之境"。其五七律，却"清纯沉健，一削冶态瘁音，亦未可轻蔑"。师法黄庭坚，不得其"瑰玮卓诡，天骨开张"，而失之"洗剥渺寂"⑥；"姜坞先生论后山之学杜学韩、黄不至处云云，愚尝细商其故，此非学之不至，得其粗似而遗其神明精神之用云尔也，直由其天才不强耳。"⑦ 又引姚范语："后山云：'少好诗，老而不厌，及见黄豫章，尽焚其稿而学焉。豫章谓譬之弈焉，弟子高师一著，仅能及之，争先则后之矣。'"方东树按曰："此即'智过于师，乃堪传法；智与师齐，减师半德'之旨。以此绳后山，真减于黄一半也。"⑧ 指出陈师道学杜、黄虽有不及处，但其五七言律，却卓有成就，不可小觑。这些评价虽然是整个桐城派对江西诗学的看法，但方东树经过知性思考，做出了自己慎重的判

---

① 《昭昧詹言》卷十，第229页。
② 《黄庭坚诗选》，第88页。
③ 《昭昧詹言》卷十，第229页。
④ 《昭昧詹言》卷十一，第237页。
⑤ 《昭昧詹言》卷十二，第314～315页。
⑥ 《昭昧詹言》卷十，第231页。
⑦ 《昭昧詹言》卷十，第231页。
⑧ 《昭昧詹言》卷十，第229～230页。

断：陈师道学杜"得其粗似而遗其神明精神之用"，天才不及杜之故；学黄仅得其半，智力与黄相当之故。

综而观之，方东树在《昭昧詹言》中精细地厘清杜甫—韩愈—黄庭坚—陈师道一脉相承、香火相续的渊源关系，意图十分昭然：杜甫、韩愈"以文为诗"，为江西诗学递相祖述，实开以黄庭坚诗歌为风范的宋调。

（二）缕析江西诗学之诗法

江西诗学的最大贡献是提出了既有理论性又便于实际操作的系列诗法。实际上，不少江西诗法尚未提升到理论层面，但具体存在于诗歌创作之中。前人在讨论江西诗法时，部分涉及一些作品章法结构，但是还没有一个学者像方东树这样，精细入微地深入到江西诗派的作品内部，特别是黄庭坚的诗歌中，对其字法、句法、章法等进行条分缕析，并形成了比较完整的体系。究其原因主要有三：一是作为桐城派的作家，方东树重文章笔法，以文法评诗，乃桐城派独特的批评视角和核心诗学观。他说："字句文法，虽诗文末事，而欲精其学，非先于此实下功夫不得"①；"积数十年苦心研揣探讨之功，领略古法而生新奇"②。他认为欲精字句文法之学，非下一番功夫不可；唯其如此，才能在创作中创新出奇。又云："须实下深苦功夫，精思审辨古人行文用笔章法音响之变化同异，而真知之。须使后世读其言，服其工妙，而又考其人，论其世，皆本其平生性情行事而载之，乃能不朽。"③ 指出欲知古人文法工妙，须知人论世。二是方东树欣赏并师法黄庭坚的诗，《仪卫方先生传》指出方东树"诗尤近少陵、昌黎、山谷先生"④。方东树说："古之诗人，如太白、子美、退之、子瞻四公，含茹古今，侔造化，塞天地。……而若半山、山谷，沉思高格，呈露面目，奥衍纵横，虽不及四公之烊赫，而正声劲气，邈焉旷世。云鹤戾天，匪鸡所群，不其然乎？"⑤ 具体讲，他认为通过研习黄诗"参差章法变化之妙"，可悟"诗家取法之意"："山谷学杜、韩，一字一步不敢滑，而于文中又具参差章法变化之妙。以此类推，可悟诗家取法之意"⑥。三是方东树以馆课讲学为生，因而特别重视切实可行、应用性很强的具体诗

---

① 《昭昧詹言》卷一，第15页。
② 《昭昧詹言》卷一，第9页。
③ 《昭昧詹言》卷一，第17页。
④ 《仪卫方先生传》，《续修四库全书》第1497册，第222页。
⑤ 方东树：《考槃集文录》卷十一《先集后述》，《续修四库全书》第1497册，第437页。
⑥ 《昭昧詹言》卷一，第26页。

法。他说：

> 诗贵性情，亦须论法。乱杂而无章者，非诗也。然所谓法者，起伏照应，承接转换，自神明变化于其中。若泥法不以意运之，则死法矣。①

此话含义有三：一，无法则杂乱无章者，非诗也；二，法者，变化于起伏照应、承接转换之中；三，泥于法而不知主观变通者为死法。又云：

> 文者辞也；其法万变，而大要在必去陈言。理者所陈事理、物理、义理也。……义者法也；古人不可及，只是文法高妙，无定而有定。不可执着，不可告语。妙运从心，随手多变，有法则体成，无法则伧荒。②

"文"者，"辞"也，指诗歌字词；"理"者，所谓"事理""物理""义理"也，主要指诗歌的意旨；"义"者，"法"也，指诗歌的章法。方东树主张三者兼备："不知品藻，则其讲于义法也悫；不解义法，则其貌夫品藻也滑耀而浮。"③ 方氏认为，有法诗歌才能成体制，无法诗歌结构则杂乱无章。但是，"其法万变"，"无定而有定"，因此，"不可执着"于成法，要"妙运从心，随手多变"。"所谓章法，大约亦不过虚实顺逆、开合大小、宾主、人我、情景，与古文之法相似。有一定之律，而无一定之死法，变化恣肆奇警在人。自俗人为之，非意绪复沓而颠倒不通，即不得明豁。"④ 方氏认为诗歌章法，"与古文之法相似"，虽"有一定之律，而无一定之死法"，能否虚实顺逆、开合大小、宾主、人我、情景，恣意变化，完全取决于作者之主观。这与黄庭坚示以后学的"活法"完全一致："文章最为儒者末事，然既学之，又不可不知其曲折。幸熟思之，至于推之，使高如泰山之崇崛，如垂天之云，作之使雄壮，如沧江八月之涛，海运吞舟之鱼，又不守绳墨令文武俭陋也。"⑤ "知其曲折"即要谙文章之

---

① 《昭昧詹言》卷二十一，第506页。
② 《昭昧詹言》卷一，第8页。
③ 方东树：《仪卫轩文集》卷六《书惜抱先生墓志后》，舒芜、陈迩东、周绍良、王利器编选《近代文论选》，人民文学出版社1959年版，上册，第40页。
④ 《昭昧詹言》卷十四，第382页。
⑤ 《答洪驹父书三》，《文津阁四库全书》第372册，第225页。

法；"不守绳墨"即又不死守成法；三个比喻句则形象地描述了文章之章法结构纵横开阖变化之势态。

方东树还总结了学诗六法："一曰创意艰苦，避凡俗浅近习熟迂腐常谈，凡人意中所有。二曰造言，其忌避亦同创意，及常人笔下皆同者，必别造一番言语，却又非以艰深文浅陋，大约皆刻意求与古人远。三曰选字，必避旧熟，亦不可僻。以谢、鲍为法，用字必典。用典又避熟典，须换生。又虚字不可随手轻用，须老而古法。四曰隶事避陈言，须如韩公翻新用。五曰文法，以断为贵。逆摄突起，峥嵘飞动倒挽，不许一笔平顺挨接。入不言，出不辞，离合虚实，参差伸缩。六曰章法，章法有见于起处，有见于中间，有见于末收。或以二句顿上起下，或以二句横截。"不仅体现了文法即诗法的鲜明特点，其具体入微的阐释也是前无古人的。进而指出："欧、苏、黄、王，章法尤显。此所以为复古也。"① 在方东树看来，宋代惟欧阳修、苏轼、黄庭坚、王安石四人之诗，不仅诗歌六法备焉，且尤为显著。在此拈出方氏透析江西诗法诸评：

> 凡短章，最要层次多。每一二句，即当一大段，相接有万里之势。山谷多如此。凡大家短章皆如此。必备叙、写、议三法，而又须加以远势，又加以变化。②

> 山谷之妙，起无端，接无端，大笔如椽，转折如龙虎，扫弃一切，独提精要之语。每每承接处，中亘万里，不相联属，非寻常意计所及。此小家何由知之，亦无此力，故作家不易得也。奇思，奇句，奇气。③

> 大抵山谷所能，在句法上远：凡起一句，不知其所从何来，断非寻常人胸臆中所有；寻常人胸臆口吻中当作尔语者，山谷则所不必然也。此寻常俗人，所以凡近蹈故，庸人皆能，不羞雷同。如山谷，方能脱除凡近，每篇之中，每句逆接，无一是恒人意料所及，句句远来。④

方东树认为，诗歌具有了章法结构还不够，还必须以一"气"贯之，他

---

① 《昭昧詹言》卷一，第10～11页。
② 《昭昧詹言》卷十一，第239页。
③ 《昭昧詹言》卷十二，第314页。
④ 《昭昧詹言》卷十二，第314页。

说:"有章法无气,则成死形木偶。有气无章法,则成粗俗莽夫。大约诗文以气脉为上。气所以行也,脉绾章法而隐焉者也。章法形骸也,脉所以细束形骸者也。章法在外可见。气脉之精妙,是为神至矣。"① 气者何物?"凡诗、文、书、画,以精神为主。精神者,气之华也"②。在方氏之前,"气"多用来论书、画、文,方东树用来论诗,体现了桐城派作家鲜明的批评特色。方氏评黄庭坚《寄黄几复》:"亦是一起浩然,一气涌出。五六一顿。结句与前一样笔法。山谷兀傲纵横,一气涌现。然专学之,恐流入空滑,须慎之。"③ 以"气"论诗较早见于曹丕,但在曹丕那里,"气"主要指风格或才气。作为桐城派作家,方东树较早用"气"——主要指"精神"来论诗,这是他以文法论诗的鲜明特点之一。的确,与文一样,诗歌也同样需要贯注充沛之气,否则,"有章法无气,则成死形木偶"。以"气"运用诗歌创作,始于韩愈。方东树充分肯定黄庭坚诗歌有"奇气",与他对黄庭坚与韩愈"以文为诗"一脉相承的肯定是一致的。笔者认为,这是方东树评析以黄庭坚为代表的江西诗学思想的独到之处,具有较大的诗学价值。

以上是宏观综论江西诗法,以下再看方东树微观透析江西诗法。黄庭坚《谢黄从善司业寄惠山泉》:"锡谷寒泉椭石俱,并得新诗蚕尾书。急呼烹鼎供茗事,晴江急雨看跳珠。是功与世涤膻腴,令我屡空常晏如。安得左辖清颍尾,风炉煮饼卧西湖。"④ 方东树评曰:"起三句叙。四句空写。五、六句议,二语抵一大段。七、八句另一意,又抵一大段。叙、写、议虽短章而完足,转折抵一大篇。凡四层,章法好,短章之式。"⑤ 黄庭坚《赠郑交》:"高居大士是龙象,草堂丈人非熊罴。不逢坏衲乞香饭,唯见白头垂钓丝。鸳鸯终日爱水镜,菡萏晚风雕舞衣。开径老禅来煮茗,还寻密竹径中归。"⑥ 诗写郑交草堂风景迷人,只有老禅(法安)来赏,惜高居大士(魏清)未至。一主二宾,交错结构。方东树评曰:"起二句,宾主陪起,而雄整琢炼。三句抗坠,折出主;四句入主,正位。五、六句正写。七、八句又绕宾。凡四层,妙。"⑦ 黄庭坚《次元明韵寄

---

① 《昭昧詹言》卷一,第30页。
② 《昭昧詹言》卷一,第30页。
③ 《昭昧詹言》卷二十,第453页。
④ 黄庭坚:《谢黄从善司业寄惠山泉》,《黄庭坚诗集注》第1册,第226页。
⑤ 《昭昧詹言》卷十二,第316页。
⑥ 黄庭坚:《赠郑交》,《黄庭坚诗集注》第1册,第70页。
⑦ 《昭昧詹言》卷十二,第317页。

子由》:"半世交亲随逝水,几人图画入凌烟。春风春雨花经眼,江北江南水拍天。欲解铜章行问道,定知石友许忘年。脊岭各有思归恨,日月相催雪满颠。"①首句言时光流逝,次句言朋友不得志,三、四句叹仕途奔波之劳顿,五、六句叙至交之友情,七、八句劝趁早归隐。方东树评曰:"平叙起。次句接得不测,不觉其为对,笔势宏放。三、四句即从次句生出,更横阔。五、六始入题叙情。收别有情事,亲切,言彼此皆有兄弟之思,非如前诸结句之空套也。此诗足供揣摩取法。"②方东树云:"以议论起,易入陈腐散漫轻滑。以序事起,忌平铺直衍冗絮迂缓。此惟谢、鲍、山谷最工。"③仍以《次元明韵寄子由》为例,一般构思多从自己或对方处境叙起,然后抒思念之情。此诗从更宽泛的亲友圈落笔,言交亲有不少已经物故,次句突接有几人画像凌烟阁呢?反问句式,且叙中带议。避免了平铺直衍而又无冗絮迂缓之弊。黄庭坚《题胡逸老致虚庵》:"藏书万卷可教子,遗金满籝常作灾。能与贫人共年谷,必有明月生蚌胎。山随宴坐画图出,水作夜窗风雨来。观山观水皆得妙,更将何物污灵台?"④首联破空而来,议论精警:藏书万卷宜教子女成才,遗金满篓常给后代招来祸害。颔联赞美胡逸老能在灾荒之年赈济贫人,其积德之举必使其子孙满堂。"能与贫人共年谷"一句接得最妙,胡逸老诗书传家、故有仁爱之心;满篓遗金能够用来赈济灾民之需,正是他仁爱之心的具体体现。至此方知首联乃为下文张本,毫无"陈腐散漫轻滑"之感。颈联始入题写致虚庵依山傍水的地理位置和清静高雅的环境。末联谓庵主以闲逸之心观山观水,不仅妙悟大自然之真谛,心胸也为之荡涤而一尘不染。

方东树也指出了黄庭坚诗歌的一些短板:"山谷死力造句,专在句上弄远;成篇之后,意境皆不甚远"⑤;"山谷……嫌太露圭角"⑥;"学古人诗,须知其有短处。如……山谷有太尖巧处"⑦;"惜抱论玉溪:'矫敝滑易,用思太过,而僻晦之病又生。'窃谓后山实尔,山谷无之。然山谷矫敝滑熟,时有蕌薐不合、枯促寡味处"⑧。这些批评基本上针砭到黄庭坚诗歌的病痛,但落实到具体作品,也不可一概而论,如方东树评黄庭坚

---

① 黄庭坚:《次元明韵寄子由》,《黄庭坚诗集注》第4册,第1073页。
② 《昭昧詹言》卷二十,第454页。
③ 《昭昧詹言》卷一,第22页。
④ 黄庭坚:《题胡逸老致虚庵》,《黄庭坚诗集注》第2册,第588~589页。
⑤ 《昭昧詹言》卷十二,第315页。
⑥ 《昭昧詹言》卷一,第42页。
⑦ 《昭昧詹言》卷二十一,第487页。
⑧ 《昭昧詹言》卷十,第228页。

《送范德孺知庆州》"收四句正入，阔远简尽"①；评《双井茶送子瞻》末联"为君唤起黄州梦，独载扁舟向五湖"有"远势"②，这里的"阔远""远势"均当指意境。又如，评《次韵子瞻题郭熙画秋山》"曲折驰骤，有江海之观、神龙万里之势"③；评《戏呈孔毅父》"起雄整，接跌宕，俱入妙。收远韵"④，也均为黄诗意境深远之明证。方东树一方面批评黄庭坚诗"有太尖巧处"，一方面又谓"诗文句意忌巧，东坡时失之此，遂开俗人。故作者宁朴无巧。至于凡近习俗庸熟，不足议矣。要之，惟学山谷，能已诸病。故陈后山虽仅得其清炼沉健、洗剥渺寂之一体，而终胜冶态凡响近境者也"⑤，前后自相矛盾。黄庭坚认为杜甫夔州后古律诗"简易而大巧出焉"，即"无斧凿痕"⑥，可知，黄庭坚并不反对技巧的雕琢，但他所追求最高的技巧是不露雕琢痕迹的"大巧"，可惜在实际创作中，黄庭坚诗歌并未完全达到"不烦绳削而自合"的"简易"之境，给人留下了"尖巧"的印象。至于黄诗矫滑熟求生新，"以……黄深苦为则。则凡汉、魏、六代、三唐之熟境、熟意、熟词、熟字、熟调、熟貌，皆陈言不可用"⑦，有时也不免有"枯促寡味"之弊，正如方东树批评其《戏赠彦深》"'君不见'以下，终是粗硬寡味"⑧。

方东树认为陈师道学杜甫、韩愈、黄庭坚："得其粗似而遗其神明精神之用云尔也，直由其天才不强耳。……又后山用意求与人远，但过深，转竭索无味，又时蘦薩不合，此不可谓非山谷遗之病也。若大谢、杜、韩，用意极深曲，而句无不稳洽"⑨。指出陈师道诗歌短板有二：一是缺乏杜、韩、黄诗充沛贯注之"气"，这是由于他天分不及三人所致；二是用意求与人远，但过于艰深而无味。这一评价有得有失，前者得之，后者失之偏颇。

（三）结　语

与前人对"以文为诗"多持异议不同，方东树立足于桐城派的批评立

---

① 《昭昧詹言》卷十二，第315页。
② 《昭昧詹言》卷十二，第317页。
③ 《昭昧詹言》卷十二，第315页。
④ 《昭昧詹言》卷十二，第318页。
⑤ 《昭昧詹言》卷十，第227页。
⑥ 《与王观复书二》，《文津阁四库全书》第372册，第225页。
⑦ 《昭昧詹言》卷一，第18页。
⑧ 《昭昧詹言》卷十二，第325页。
⑨ 《昭昧詹言》卷十，第231页。

场，对渊源于杜甫、韩愈的江西诗学之"以文为诗"，予以充分肯定，辩证地评价其创作得失，体现了他比较开阔的诗学视野和比较开明通达的诗学思想。正是在这一诗学思想的指导下，他融通文章学与诗学话语，在反拨"神韵"之空疏、"格调"之肤廓、"性灵"之浅率、"肌理"之迂阔的诗学背景下，对江西诗学既有高屋建瓴、提纲挈领的综论，又对其章法结构等具体诗法，展开了精细入微的条分缕析，比较全面系统地、卓有成效地总结了江西诗学最具诗学价值、最富于启示意义的历史经验与教训，这是方东树诗学的开拓建树和历史贡献。

七、曾国藩诗宗黄庭坚考量

曾国藩（1811～1872），字伯涵，号涤生。湖南湘乡人。清宣宗道光十八年（1838）进士。由翰林院检讨官至两江总督、武英殿大学士。卒赠太傅，谥文正。治学兼宗汉、宋，注重礼制经世。咸丰（1851～1861）、同治（1862～1874）间，以继古今圣哲、扶持名教为己任，又身居高位，幕中网罗众多人才，遂成一时文坛宗主。于宗杜甫、韩愈、苏轼、黄庭坚之外，兼取陶渊明、李商隐、陆游，选编《十八家诗钞》，为晚清宋诗派的先行者。有《曾文正公诗文集》，另有读书录、家书、日记等，收入《曾文正公全集》。

学术界普遍认为曾国藩是宗宋调的宋诗派[1]，而尤崇黄庭坚。这一观

---

[1] 代表性成果主要有：彭靖《曾国藩的诗论和诗》，《求索》1985年第2期。周颂喜《曾国藩诗论三题》，《船山学报》1986年第2期。饶怀民、王晓天《曾国藩研究述评》，《湖南师范大学社会科学学报》1986年第5期。吴淑钿《近代宋诗派的诗体论》，《华东师范大学学报》（哲学社会科学版）1996年第2期。王澧华《渗透整合 互补互济：试论曾国藩诗学观、古文观的形成、发展与变化》，《船山学刊》2001年第4期。王澧华《近代"宋诗运动"考辨》，《社会科学研究》2005年第6期。黄伟《曾国藩诗学理论评议》，《文学遗产》2006年第6期。黄晓阳《湖湘诗派与近代宋诗派之关系》，《船山学刊》2007年第3期。郭前礼《论曾国藩的宋诗宗趣》，《东南大学学报》（哲学社会科学版）2007年第6期。王顺贵《晚清名臣曾国藩与张之洞诗学研究三题》，《宁夏大学学报》（人文社会科学版）2010年第2期。林柳生、黄茜《曾国藩〈十八家诗钞〉研究述评》，《南昌教育学院学报》2010年第6期。程彦霞、邵利勤《试析王闿运与曾国藩诗学思想之异同》，《浙江工业大学学报》（社会科学版）2012年第2期。张煜《同光体与桐城诗派关系探论》，《苏州大学学报》（哲学社会科学版）2015年第2期。谢海林《曾国藩与道光后期诗坛的宗黄之风》，《文学遗产》2017年第4期。这些研究成果都不是专论曾国藩诗宗黄庭坚，只有谢海林文论之甚详，认为："曾国藩道光后期标举黄诗，在一定程度上得到了京城诗坛的高度赞扬和湘籍文士积极响应，但从日记所载的诗集阅读情况和所编撰的《十八家诗钞》来看，黄庭坚并非曾国藩读诗、选诗的首选。"其重点是将曾国藩宗黄之风置于文学史背景之下加以考察。

点源自曾国藩本人，他自诩"自仆宗涪公，时流颇忻嚮"①。同为"同光体"而稍后的诗人陈衍便指出："道咸以来，何子贞绍基、祁春圃寯藻、魏默深源、曾涤生国藩、欧阳磵东辂、郑子尹珍、莫子偲友芝诸老始喜言宋诗。何、郑、莫皆出程春海侍郎恩泽门下。湘乡诗文字皆私淑江西。"②继而钱基博说："道光而后，何绍基、祁寯藻、魏源、曾国藩之徒出，益盛倡宋诗。而国藩地望最显，其诗自昌黎、山谷入杜，实衍桐城姚鼐一脉。"③钱仲联说："曾涤生诗，七古全步趋山谷，以此为天下倡，遂开道光以后崇尚江西诗派之风气。"④其实与其他"同光体"多数诗人一样，如陈衍等，都是唐宋并举，兼取汉魏六朝，这从曾国藩编选《十八家诗钞》便知。有学者指出："从日记所载的诗集阅读情况和所编撰的《十八家诗钞》来看，黄庭坚并非曾国藩读诗、选诗的首选。"⑤陈衍另一段话揭示了曾国藩诗宗黄庭坚的初衷："坡诗盛行于南宋、金、元，至有清几于户诵。山谷则江西宗派外，千百年寂寂无颂声。湘乡出而诗字皆宗涪翁。"⑥曾国藩标举黄庭坚，是欲将被冷落而沉寂了千百年的黄诗提高到重要的诗学地位，正如徐世昌所言："承袁、赵、蒋之颓波，力矫性灵空滑之病，务为雄峻排奡，独宗西江，积衰一振。"⑦本文试图从诗学主张、诗歌评论与诗歌创作诸方面来考量曾国藩诗宗黄庭坚之绩效。

（一）诗学主张之透析

曾国藩虽然诗宗黄庭坚，但他对黄庭坚诗并没有多少直接的评论，加上他无系统的诗学理论，其论诗主张只是零星地散见于他的读书录、日记、家书及各种题跋中。在此，只择取他部分相关诗学主张做一些剖析，以期与他所宗黄庭坚的诗论进行比照。

曾国藩好读书，也每每敦促晚辈多读书以积理。他认为：

---

① 曾国藩：《题彭旭诗集后即送其南归二首》其二，《曾国藩全集》（修订版），岳麓书社2012年版，第14册，第93页。
② 陈衍：《石遗室诗话》卷一，张寅彭、戴建国校点，张寅彭主编《民国诗话丛编》，上海书店出版社2002年版，第1册，第18页。
③ 钱基博：《现代中国文学史》编首，中国人民大学出版社2004年版。
④ 钱仲联：《梦苕庵诗话》，齐鲁书社1986年版，第85页。
⑤ 谢海林：《曾国藩与道光后期诗坛的宗黄之风》，《文学遗产》2017年第4期。
⑥ 陈衍：《近代诗钞述评》，钱仲联编校《陈衍诗论合集》，福建人民出版社1999年版，上册，第882页。
⑦ 徐世昌：《晚晴簃诗汇》卷一四二，《续修四库全书》第1632册，第295页。

凡作诗文，有情极真挚，不得不一倾吐之时。然必须平日积理既富，不假思索，左右逢原，其所言之理，足以达其胸中至真至正之情，作文时无镌刻字句之苦，文成后无郁塞不吐之情，皆平日读书积理之功也。若平日蕴酿不深，则虽有真情欲吐，而理不足以适之，不得不临时寻思义理。义理非一时所可取办，则不得不求工于字句。至于雕饰字句，则巧言取悦，作伪日拙，所谓修词立诚者，荡然失其本旨矣！以后真情激发之时，则必视胸中义理何如，如取如携，倾而出之可也。不然，而须临时取办，则不如不作，作必巧伪媚人矣。①

从正反两个方面揭示了读书积累与诗文创作之关系：平时读书既博，积理既富，下笔时方能不假思索，左右逢源，一吐胸中至真至正之情而毫无郁塞，亦无镌刻字句之苦；倘若平时读书积蓄不厚，酝酿不深，即使有真情欲吐，也找不到恰当方式有效地表达出来，只能雕饰字句，巧伪媚人。此时你意识到了读书不博、积理不富也无济于事，因为读书寻思义理非一日之功。读什么书，他说："为学只有三门：曰义理，曰考核，曰文章。考核之学，多求粗而遗精，管窥而蠡测。文章之学，非精于义进者不能致。经济之学，即在义理内。……又言诗、文、词、曲，皆可不必用功，诚能用功于义理之学，彼小技亦非所难。"② 主张"义理、考证、文章"三者结合，乃桐城派姚鼐在乾隆时期汉学达到极盛的学术背景下提出的古文创作理论。何谓"义理、考证、文章"？曾国藩解释说："周、程、张、朱，在圣门则德行之科也，皆义理也。韩、柳、欧、曾、李、杜、苏、黄，在圣门则言语之科也，所谓词章者也。许、郑、杜、马、顾、秦、姚、王，在圣门则文学之科也。顾、秦于杜、马为近，姚、王于许、郑为近，皆考据也。"③ 曾国藩深受姚鼐影响，论作诗文讲究义理。尽管他说不必用功于诗文词曲，但他对前人的作品用功颇勤，他在家书《谕纪泽》中示儿："尔要读古诗，汉魏六朝，取余所选曹、阮、陶、谢、鲍六家，专心读之，必与尔性质相近，至于开拓心胸，扩充气魄，穷极变态，则非唐之李杜韩白、宋金之苏黄陆元八家不足以尽天下古今之奇观。"④ 又说："五言诗，若能尝到陶渊明、谢朓一种冲淡之味和谐之音，亦天下之至乐，人间之奇

---

① 曾国藩：道光二十二年十一月十七日日记，《曾国藩全集》（修订版）第16册，第130页。
② 曾国藩：道光二十一年七月十四日日记：《曾国藩全集》（修订版）第16册，第92页。
③ 曾国藩：《圣哲画像记》，《曾国藩全集》（修订版）第14册，第153页。
④ 曾国藩：《谕纪泽》，《曾国藩全集》（修订版）第21册，第3页。

福也。……但能多读古书,时时哦诗作字,以陶写性情,则一生受用不尽。"① 在《圣哲画像记》中则说:"唐之李、杜,宋之苏、黄,好之者十而七八,非之者亦且二三。余惧蹈庄子不解不灵之讥,则取足于是终身焉已耳。"②

曾国藩《欧阳生文集序》曰:"由是学者多归向桐城,号'桐城派',犹前世所称江西诗派者也。"③ 从这里可以看出,曾国藩标举黄庭坚,是因为他以"以才学为诗"与桐城派讲"义理"之法等有诸多共同之处。黄庭坚论作诗文:"奉为道之:词意高胜,要从学问中来尔。……读书要精深,患在杂博。因按所闻,动静念之,触事辄有得意处,乃为问学之功。文章惟不构空强作,诗遇境而生,便自工耳。"④ 告诫青年诗人:"若欲作楚词追配古人,直须熟读楚词,观古人用意曲折处讲学之,然后下笔。"⑤ 并提出了著名的"点铁成金""夺胎换骨"之诗法:"自作语最难。老杜作诗,退之作文,无一字无来处。盖后人读书少,故谓韩、杜自作此语耳。古之能为文者,真能陶冶万物,虽取古人之陈言入于翰墨,如灵丹一粒,点铁成金也。"⑥ "诗意无穷,而人之才有限。以有限之才,追无穷之意,虽渊明、少陵不得工也。然不易其意而造其语,谓之换骨法;窥入其意而形容之,谓之夺胎法。"⑦ 读书积理,在曾国藩与黄庭坚那里均指儒教义理。曾氏曰:"格物,致知之事也;诚意,力行之事也。物者何?即所谓本末之物也。身、心、意、知、家、国、天下皆物也,天地万物皆物也,日用常行之事皆物也。格者,即物而穷其理也。如事亲定省,物也;究其所以当定省之理,即格物也。事兄随行,物也;究其所以当随行之理,即格物也。吾心,物也;究其存心之理,又博究其省察涵养以存心之理,即格物也。吾身,物也;究其敬身之理,又博究其立齐坐尸以敬身之理,即格物也。每日所看之书,句句皆物也;切己体察、穷究其理即格物也。此致知之事也。所谓诚意者,即其所知而力行之,是不欺也。"⑧ 又曰:"弟读邵子诗,领得恬淡冲融之趣,此自是襟怀长进处。自古圣贤豪杰,文人才士,其志事不同,而其豁达光明之胸大略相同。以诗言之,

---

① 《谕纪泽》,《曾国藩全集》(修订版)第 21 册,第 39 页。
② 《圣哲画像记》,《曾国藩全集》(修订版)第 14 册,第 152 页。
③ 曾国藩:《欧阳生文集序》,《曾国藩全集》(修订版)第 14 册,第 204 页。
④ 《论作诗文》,《文津阁四库全书》372 册,第 358 页。
⑤ 《与王立之》,《黄庭坚全集》第 1371 页。
⑥ 《答洪驹父书三》,《文津阁四库全书》372 册,第 225 页。
⑦ 《冷斋夜话》卷一,《历代笔记小说大观·宋元笔记小说大观》第 2 册,第 2171 页。
⑧ 曾国藩:《致澄弟温弟沅弟季弟》,《曾国藩全集》(修订版)第 20 册,第 35 页。

必先有豁达光明之识,而后有恬淡冲融之趣。"① 又曰:"古人称立德、立功、立言为三不朽。立德最难,而亦最空,故自周、汉以后,罕见以德传者。立功如萧、曹、房、杜、郭、李、韩、岳,立言如马、班、韩、欧、李、杜、苏、黄,古今曾有几人?吾辈所可勉者,但求尽吾心力之所能及,而不必遽希千古万难攀跻之人。"② 黄庭坚云:"学问文章,如甥才器笔力,当求配于古人,勿以贤于流俗遂自足也。然孝友忠信,是此物之根本,极当加意养以敦厚醇粹,使根深蒂固,然后枝叶茂耳。"③ "治经之法,不独玩其文章,谈说义理而已,一言一句,皆以养心治性。事亲处兄弟之间,接物在朋友之际,得失忧乐,一考之于书,然后尝古人糟粕而知味矣。"④ "如子苍之诗,今不易得,要是读书数千卷,以忠义孝友为根本,更取六经之义味灌溉之耳。"⑤ "但须得忠信孝友,深根固蒂,则枝叶有光辉矣。"⑥ 他们都认为,读书积理能够治性养心,豁达胸襟,加强道德修养。有了这个根本,才能创作出好的作品来。秉承的是儒家"有德者必有言,有言者不必有德"⑦ 的观点。不同之处,曾氏专讲儒家的"格物""诚意",黄氏则凡称儒家六经,取径要宽。

曾国藩提出了一个新的诗学概念——"机神":

> 余昔年抄古文,分气势、识度、情韵、趣味四属,拟再抄古近诗,亦分为四属,而别增一机神之属。机者,无心遇之,偶然触之。……神者,人功与天机相凑泊,……唐人如太白之豪,少陵之雄,龙标之逸,昌谷之奇,及元、白、张、王之乐府,亦往往多神到、机到之语。即宋世名家之诗,亦皆人巧极而天工错,径路绝而风云通。盖必与言机,可与用神,而后极诗之能事。余抄诗拟增此一种,与古文微有异同。⑧

这里的"机神"是与"气势""识度""情韵""趣味"并列的一个概念,不同的是,"气势""识度""情韵""趣味"皆为诗文之属,独"机神"

---

① 曾国藩:《致沅弟》,《曾国藩全集》(修订版)第 21 册,第 137 页。
② 《致沅弟》,《曾国藩全集》(修订版)第 21 册,第 320 页。
③ 《与洪驹父一》,《文津阁四库全书》第 372 册,第 313 页。
④ 《书赠韩琼秀才》,《山谷题跋》卷一,第 29 页。
⑤ 《与韩纯翁宣义书二》,《文津阁四库全书》第 372 册,第 315 页。
⑥ 《答何斯举书四》,《文津阁四库全书》第 372 册,第 394 页。
⑦ 《论语·宪问》,《四书章句集注》,第 149 页。
⑧ 曾国藩:同治七年四月廿九日日记,《曾国藩全集》(修订版)第 19 册,第 42 页。

专为诗歌之属，这样便赋予了"机神"更具形上之诗性："机者，无心遇之，偶然触之"；"神者，人功与天机相凑泊"。可知"机"者，没有执着寻得之必然，只有无意获得之偶然。从曾氏所示李白之豪宕、杜甫之雄健、王昌龄之俊逸、李贺之奇诡来看，"机"也是他人模仿不了的个人独特之禀赋，即"天机"，或谓天赋。"神"者，则"人功与天机相凑泊"之谓也，从下文可知，亦即"人巧极而天工错"。并指出，宋代名家之诗皆得之。在此，曾国藩并无尊唐黜宋之意，而是指出宋诗"用神"者，乃"以才学为诗"的"人巧极"之结果。曾国藩在《致纪泽纪鸿》的家书中又说过："有气则有势，有识则有度，有情则有韵，有趣则有味，古人绝好文字，大约于此四者之中必有一长。"① 从这里可知，"气"与"势"、"识"与"度"、"情"与"韵"、"趣"与"味"，前一个因素是先决条件，如此，"机神"也一样。即是说，倘若一个人缺乏诗性之"天机"，即使"可与用神"——人功再巧，也成不了一个"极诗之能事"的杰出诗人。中国文学史上专学李商隐用典富赡的"西昆体"诗人，主张以义理与学问入诗的"肌理"说倡导者翁方纲等，都是如此。严羽《沧浪诗话·诗评》已指出："子美不能为太白之飘逸，太白不能为子美之沉郁。"② 但是，没有一个学者像曾国藩将这一现象提升到理论层面，尽管他对"机神"的阐释还不甚透明，毕竟提出了一个新的诗学范畴，这是曾国藩的诗学理论之建树和历史贡献。

考量曾国藩的"机神"说，笔者认为他与黄庭坚几个诗学主张较为接近。黄庭坚在《赠高子勉四首》其四中指出："拾遗句中有眼，彭泽意在无弦。"③ 这是他指导青年诗人学诗的两个梯级：学诗的初阶当先从杜诗句法入手，因为它有规矩法度可循；作诗的终极目标是达到陶渊明诗"意在无弦"的艺术至境。何谓"意在无弦"？黄庭坚在《题意可诗后》中说："至于渊明，则所谓不烦绳削而自合。"④ 可知"意在无弦"即"不烦绳削而自合"的境界。师法杜诗句法，需要人功之巧，当这种人功技巧达到了极致，反而趋于平淡自然的艺术化境。他又告诫学诗青年要"熟读杜子美到夔州后古律诗，便得句法：简易而大巧出焉，平淡而山高水深，似欲不可企及。文章成就，更无斧凿痕，乃为佳作耳"⑤；"观杜子美到夔州

---

① 曾国藩：《致纪泽纪鸿》，《曾国藩全集》（修订版）第21册，第364页。
② 《沧浪诗话校释》，第168页。
③ 《赠高子勉四首》其四，《黄庭坚诗集注》第2册，第574页。
④ 《题意可诗后》，《山谷题跋》卷二，第46页。
⑤ 《与王观复书二》，《文津阁四库全书》第372册，第225页。

后诗、韩退之自潮州还朝后文章,皆不烦绳削而自合矣。"① 这里"无斧凿痕"的"简易而大巧出焉,平淡而山高水深",正是曾国藩所谓"人功与天机相凑泊"或"人巧极而天工错"之"神";"不烦绳削而自合",正如曾氏"无心遇之,偶然触之"之"机"。相较之下,黄氏更强调人功,曾氏则更看重天分。

在曾国藩诗学主张中,"人功"或"人巧","天机"或"天工",又表述为"人籁"与"天籁":"盖有字句之诗,人籁也;无字句之诗,天籁也。解此者,能使天籁人籁凑泊而成,则于诗之道思过半矣。"② 所谓"人籁",功夫见于诗之字里行间;所谓"天籁",诗之字里行间无迹可求,即意在言外,韵味无穷。"人籁""天籁"之说远绍《庄子·齐物论》"女闻人籁而未闻地籁,女闻地籁而未闻天籁夫!"③ "人籁"指人吹竹管等发出的声响;"天籁"指自然界的风声、鸟声、流水声等声响。近师袁枚《随园诗话补遗》卷六:"法时帆学士造诗龛,题云:'情有不容已,语有不自知。天籁与人籁,感召而成诗。'又曰:'见佛佛在心,说诗诗在口。何如两相忘,不置可与否?'余诗读之,以为深得诗家上乘之旨。"④ 但曾氏阐释得更加透彻,易于理解。他在这段话之前还有一段表述:

凡作诗,最宜讲究声调。余所选抄五古九家、七古六家,声调皆极铿锵,耐人百读不厌。余所未抄者,如左太冲、江文通、陈子昂、柳子厚之五古,鲍明远、高达夫、王摩诘、陆放翁之七古,声调亦清越异常。尔欲作五古七古,须熟读五古七古各数十篇。先之以高声朗诵,以昌其气;继之以密咏恬吟,以玩其味。二者并进,使古人之声调,拂拂然若与我之喉舌相习,则下笔为诗时,必有句调凑赴腕下。诗成自读之,亦自觉琅琅可诵,引出一种兴会来。古人云"新诗改罢自长吟",又云"煅诗未就且长吟",可见古人惨淡经营之时,亦纯在声调上下工夫。⑤

他将作诗在声调上下工夫视作一种"人籁",将诗之声调铿锵、琅琅可诵,引出一种兴会来的效果,视为一种"天籁"。这一点与黄庭坚相异:"宁

---

① 《与王观复书一》,《文津阁四库全书》第 372 册,第 225 页。
② 《谕纪泽》,《曾国藩全集》(修订版)第 20 册,第 372 页。
③ 《庄子浅注》,第 16 页。
④ 袁枚:《随园诗话》,王英志校点,江苏古籍出版社 2000 年版,第 548 页。
⑤ 《谕纪泽》,《曾国藩全集》(修订版)第 20 册,第 372 页。

律不谐,而不使句弱。"① 张耒说:"以声律作诗,其末流也,而唐至今谨守之。独鲁直一扫古今,直出胸臆,破弃声律,作五七言,如金石未作,钟声和鸣,浑然天成,有言外意。近来作诗者颇有此体,然自吾鲁直始也。"② 黄庭坚主要师法杜甫夔州后的拗体,故意破弃声律,造成一种生涩拗峭的审美效果,呈现出一种瘦硬老苍的诗风。张耒谓之"钟声和鸣,浑然天成"——"天籁"之作,显然不符合实际。黄诗的声调,是一位倔强兀傲的老人用一种沙哑的声音唱出的歌,类似于朱熹说杜甫晚年的诗"哑了"。曾国藩就主张,学山谷诗要"去其生涩"③,"生涩"主要指黄诗声调不铿锵、音节不浏亮。显然,他将黄诗视作"有字句之诗"的"人籁",而非"无字句之诗"的"天籁"。这一评价基本符合黄诗创作实际。

(二) 诗歌评论及创作之观照

曾国藩在家书《致澄弟温弟沅弟季弟》中嘱其诸弟:"吾教诸弟学诗无别法,但须看一家之专集,不可读选本,以汨没性灵。至要至要。吾于五七古学杜、韩,五七律学杜,此二家无一字不细看。外此则古诗学苏、黄,律诗学义山,此三家亦无一字不看。"④ 又在家信中属其纪泽儿"熟读魏晋六朝中曹、阮、陶、谢、鲍六家暨唐宋金朝李、杜、韩、白、苏、黄、陆、元八家之诗"⑤,可见他对黄庭坚诗用功之勤。

曾国藩《读李义山诗集》云:"渺绵出声响,奥缓生光莹。太息涪翁去,无人会此情。"⑥ 他评价李商隐诗歌"渺绵""奥缓",即情感包孕密致,意境深邃悠远。感叹黄庭坚去世后,就无人能够领会其中的深情了。他将黄庭坚与李商隐联系起来,至少给我们这样的启示:李、黄之诗,均用典博洽富赡,深得义理。又在《题彭旭诗集后即送其南归二首》其二中感慨:"大雅沦正音,筝琶实繁响。杜、韩去千年,摇落吾安放?涪叟差可人,《风》《骚》通胚蜯。造意追无垠,琢辞辨偭强。伸文揉作缩,直气摧为枉。"⑦ 他认为,杜甫、韩愈、黄庭坚诗一脉相承,直接继承了

---

① 《题意可诗后》,《山谷题跋》卷二,第46页。
② 王直方:《王直方诗话》,《宋诗话辑佚》上册,第101页。
③ 曾国藩:《大潜山房诗题语》,《曾国藩全集》(修订版)第14册,第226页。
④ 曾国藩:《致澄弟温弟沅弟季弟》,《曾国藩全集》(修订版)第20册,第96页。
⑤ 曾国藩:同治元年正月十四日日记,《曾国藩全集》(修订版)第17册,第252页。
⑥ 曾国藩:《读李义山诗集》,《曾国藩全集》(修订版)第14册,第24~25页。
⑦ 曾国藩:《题彭旭诗集后即送其南归二首》其二,《曾国藩全集》(修订版)第14册,第93页。

《诗经》"风""雅"与"楚辞"的传统。可见，他对黄庭坚诗评价之高。但笔者觉得这些评论性诗句还比较笼统，稍觉具体的有同治六年的家书《谕纪泽》：

> 凡诗文趣味约有二种：一曰诙诡之趣，一曰闲适之趣。诙诡之趣，惟庄、柳之文，苏、黄之诗。韩公诗文，皆极诙诡。此外实不多见。闲适之趣，文惟柳子厚游记近之，诗则韦、孟、白傅均极闲适。①

他认为黄庭坚诗颇具"诙诡"的趣味。"诙诡"确是"黄庭坚体"鲜明表征之一②。元祐时期，黄庭坚在京城秘书省度过了六年的馆阁生活，他与苏轼、晁补之、张耒、钱勰等，茶余饭后，游戏调侃，喝酬赠答，十分快意。黄庭坚诙谐的个性得到充分的展示，并形成了"作诗正如作杂剧，初时布置，临了须打诨，方是出场"③的诗学主张。对黄庭坚诗的"诙诡之趣"，曾国藩在《山谷诗集》批注中也有所涉及，如《戏和文潜谢穆父赠松扇》注曰："山谷有《猩毛笔》诗，盖亦穆父高丽所得。文潜体肥，故有肉山之讥。"④《猩毛笔》指《戏和文潜谢穆父松扇》："猩毛束笔鱼网纸，松柎织扇清相似。动摇怀袖风雨来，想见僧前落松子。张侯哦诗松韵寒，六月火云蒸肉山。持赠小君聊一笑，不须射雉毂黄间。"⑤首联谓钱勰（字穆父）以高丽楮纸与松枝骨制成的扇子（扇面有猩猩毛笔题字）赠张耒（字文潜），颔联谓从怀袖中掏出，摇动着犹如风雨来时凉爽，仿佛松子吹落在僧人面前发出沙沙的声响。颈联谓文潜诗虽清寒，而体则肥热，如肉山之蒸，仍大汗淋漓。尾联"戏谓文潜之肥，如贾大夫之陋"⑥。黄庭坚同样戏谑文潜的作品还有《奉和文潜赠无咎篇末多以见及以既见君子云胡不喜为韵》其六："张侯窘炊玉，僦屋得空庐。但见索酒郎，不见酒家胡。虽肥如瓠壶，胸中殊不粗。何用知如此，文采似于菟。"⑦谓文潜窘于物价高涨，租了一档酒肆却无人光顾。只见他独自张罗，却不见卓

---

① 《谕纪泽》，《曾国藩全集》（修订版）第 21 册，第 490 页。
② 参见吴晟：《试论"黄庭坚体"》，《南昌大学学报》（人文社会科学版）1995 年第 2 期。
③ 孔平仲：《孔氏谈苑》卷五，《景印文渊阁四库全书》第 1037 册，第 154 页。
④ 《曾国藩全集》（修订版）第 15 册，第 367 页。
⑤ 黄庭坚：《戏和文潜谢穆父松扇》，《黄庭坚诗集注》第 1 册，第 284 页。
⑥ 任渊注并引《左传》："昔贾大夫恶，取妻，三年不言不笑，御以如皋射雉，获之，其妻始笑。"（《黄庭坚诗集注》第 1 册，第 284 页）
⑦ 黄庭坚：《奉和文潜赠无咎篇末多以见及以既见君子云胡不喜为韵》其六，《黄庭坚诗集注》第 1 册，第 157 页。

氏文君①。他体虽如"瓠壶"肥白（瓠外粗内泽），内心却润泽。凭什么知道这样呢，因为他诗歌犹如虎皮般文采斑斓。这种拿别人肥胖之痛苦来开心，戏谑就成"虐"人了，据说张耒大为生气。

黄庭坚《戏答陈元舆》："平生所闻陈汀州，蝗不入境年屡丰。东门拜书始识面，鬓发幸未成老翁。官瓷同盘厌腥腻，茶瓯破睡秋堂空。自言不复蛾眉梦，枯淡颇与小人同。但忧迎笑花枝红，夜宿冷雨打斜风，秋衣沉水换薰笼。银屏宛转复宛转，意根难拔如薤本。"②陈轩，字元舆。元祐二年（1087）为礼部所属高级官员，掌藩国朝聘之事。任渊注此诗作于元祐二年。一、二句说陈轩做官仁爱有方，治绩斐然。三、四句追述交情。五、六句说陈轩在官府接待宾客，同盘进餐，早腻了鱼肉，要多喝浓茶，但又打消了睡意，只有独对着秋夜的空堂，微含调侃。七、八句说陈轩自言不再有蛾眉艳梦，情欲枯淡得如同未发育的童子，欲擒故纵。"但忧"三句说，只怕你回家后，门前的花枝招展，正迎面向你微笑。是夜，冷雨斜风敲打着门窗，你脱下秋衣之后放在薰笼上烘干。最后二句说你睡在屏风后，彻夜难眠，辗转反侧；你苏醒的情根就像薤根一样难以拔掉啊！至此，一个屏风之后情欲难禁、不能自已的形象，呼之欲出，栩栩如生。打诨谐谑，妙趣横生。曾国藩批注："元祐二年八月，陈轩为主客郎中。……小人，山谷自谓也。'迎笑'句，谓少妇也。'夜窗'句，谓寒宵也。'秋衣'句，谓侍妾薰衣也。谓元舆虽甘枯淡，恐少妇寒宵薰衣，意根复动耳。"③这些批注都是任渊原注所无，不知是任氏未读懂诗意，还是碍于封建礼教。曾氏的批注则读出了此诗调侃的"诙诡之趣"。其中"小人"注释，我与曾氏有异。"迎笑"当指"花枝"；"秋衣"即本义。

---

① 任渊在"但见索酒郎，不见酒家胡"下引"《玉台新咏》载辛延年《羽林诗》曰：'昔有霍家姝，姓冯名子都。依倚将军势，调笑酒家胡。胡姬年十五，春日独当垆。'"（《黄庭坚诗集注》第1册，第157页）我以为误，当用《史记·司马相如列传》"相如与俱之临邛，尽卖其车骑，买一酒舍酤酒，而令文君当垆"（司马迁：《史记》，裴骃集解，司马贞索隐，张守节正义，中华书局2000年版，第3册，第2288页）之典。以司马相如与卓文君夫妻酒肆，调侃文潜独自支撑档口。这一手法还见《双井茶送子瞻》："人间风雨不到处，天上玉堂生宝书。想见东坡旧居士，挥毫百斛泻明珠。我家江南摘云腴，落硙霏霏雪不如。为群唤起黄州梦，独载扁舟向五湖。"（《黄庭坚诗集注》第1册，第219页）前两联以夸张、比喻手法，描写苏轼所在翰林院，环境安逸，藏书丰富，是读书创作、才情勃发的宝地。后两联始入题叙送茶之事，说我家乡采摘雨前丰茂的茶叶，放入小石磨里碾制加工后，光洁纯净，连雪花也无法与之相比。你喝了我的茶，就能唤起你在贬所黄州噩梦般的往事，像范蠡那样急流勇退，泛游于江湖之上。传说范蠡归隐后与西施载扁舟于五湖之上。这里却说"独载"（任渊注："言不与西施俱也。"），调侃中寄寓了安逸易招祸患的深意，表达了作者对苏轼的关心爱护。

② 黄庭坚：《戏答陈元舆》，《黄庭坚诗集注》第1册，第298页。

③ 曾国藩：《读书录·山谷诗集》，《曾国藩全集》（修订版）第15册，第371页。

曾国藩批注《山谷诗集》点评黄庭坚"诙诡之趣"的作品还有《戏书秦少游壁》《次韵元实病目》《戏答欧阳诚发奉议谢予送茶歌》《再次韵呈廖明略》《戏赠曹子方家凤儿》等，这里不做一一分析。

曾国藩《大潜山房诗题语》云：

> 山谷学杜七律，专以单行之气运于偶句之中；东坡学太白，则以长古之气运于律句之中。樊川七律，亦有一种单行票姚之气。余尝谓小杜、苏、黄，皆豪杰而有侠客之风者。省三所为七律，亦往往以单行之气，差于牧之为近，盖得之天事者多。若能就斯途而益辟之，参以山谷之倔强，而去其生涩，虽不足以悦时目，然固诗中不可不历之境也。①

指出黄庭坚"以单行之气运于偶句之中"，是由"学杜七律"所得。"单行"即散文，"偶句"指律诗。杜甫夔州以后的诗，有意破弃声律，创作了大量的拗体，散文化倾向明显。以"气"论诗，始于曹丕的《典论·论文》，但在曹丕那里，"气"主要指风格或才气。用文章之"气"论诗见诸桐城派作家。如方东树《昭昧詹言》卷二十评黄庭坚《登快阁》："起四句，且叙且写，一往浩然。五六句对意流行。收尤豪放，此所谓寓单行之气于排偶之中者。"②作为深受桐城派"三祖"之一姚鼐影响的曾国藩，以桐城派"文法"来论诗就十分自然。散文讲究运充沛之气，诗歌亦然。曾国藩欣赏有雄气之诗文，多形诸文字："夫文之为体不一。其至焉者，若左徒之骚，相如之赋，昌黎之文，少陵之诗，雄风灏气，亘百代无俦匹，人人知之"③；"雄奇以行气为上，造句次之，选字又次之。然未有字不古雅而句能古雅，句不古雅而气能古雅者；亦未有字不雄奇而句能雄奇，句不雄奇而气能雄奇者。是文章之雄奇，其精处在行气，其粗处全在造句选字也"④；"至行气为文章第一义，卿、云之跌宕，昌黎之倔强，尤为行气不易之法。你宜先于韩公倔强处揣摩一番"⑤；"尔七律十五首圆适深稳，步趋义山，而劲气倔强处颇似山谷"⑥。他不仅与其他桐城派作

---

① 《大潜山房诗题语》，《曾国藩全集》（修订版）第14册，第226页。
② 《昭昧詹言》卷二十，第451页。
③ 曾国藩：《〈涤非斋制义仅存〉序》，《曾国藩全集》（修订版）第14册，第208页。
④ 《谕纪泽》，《曾国藩全集》（修订版）第20册，第564页。
⑤ 《谕纪泽》，《曾国藩全集》（修订版）第21册，第43页。
⑥ 《谕纪泽》，《曾国藩全集》（修订版）第21册，第490页。

家一样，承认杜甫—韩愈—黄庭坚"以文为诗"一脉相承的渊源关系，且视韩愈散文与黄庭坚诗歌所"行气"有共同之处——倔强。不同之处，韩愈诗文多雄奇之气，黄庭坚诗多劲健之气。

曾国藩进而指出："凡诗文欲求雄奇矫变，总须用意有超群离俗之想，乃能脱去恒蹊。"① 他认为诗文创作立意上"超群离俗"，才能"雄奇矫变""脱去恒蹊"。这一观点也与黄庭坚近。黄庭坚认为，创作上的"超群离俗"，首先取决于人格的绝俗："余尝为少年言士大夫处世可以百为，唯不可俗，俗便不可医也。……视其平居，无异于俗人。临大节而不可夺，此不俗人也。"② 黄庭坚《跋胡少汲与刘邦直诗》指出："胡少汲，后生中豪士也。读书作文，殊不尘埃，使之不倦，虽竞爽者，未易追也。"③ 评韩纯翁："观其诗句，知其言行必超逸绝尘。"④ 人格绝俗，作品才能格韵高绝。苏轼这样评价黄庭坚诗："鲁直诗文如蝤蛑江瑶柱，格韵高绝，盘飧尽废。"⑤ 如果说黄庭坚追求的是诗歌的格韵高绝，曾国藩追求的则是诗文的雄奇矫变。

据同治七年四月初九日的日记，曾国藩"阅校黄山谷诗七古七律二种。将任、史两谱一阅，批校三叶许"⑥，直至四月底。又据同治元年三月十七日日记，曾国藩"傍夕高吟黄山谷七律。……七律专读黄庭坚"⑦，可见曾国藩宗黄专取其七古与七律。从他编选的《十八家诗钞》来看，主要选黄庭坚的七古与七律。黄诗最高成就确为七古与七律，说明曾国藩眼界之高。陈衍指出，曾国藩"七言古全步趋山谷。如《题毛西垣诗集后》《送凌十一归长沙》等篇，盖逼肖者"⑧。试以《送凌十一归长沙五首》（其中三首）为例：

其一

昨日微雨送残秋，落叶东西随水流。
世间万事皆前定，行止迟速非自由。

---

① 《谕纪泽》，《曾国藩全集》（修订版）第21册，第85页。
② 黄庭坚：《书缯卷后》，《山谷题跋》卷五，第141页。
③ 黄庭坚：《跋胡少汲与刘邦直诗》，《文津阁四库全书》第372册，第256页。
④ 黄庭坚：《与韩纯翁宣义二首》其一，《文津阁四库全书》第372册，第315页。
⑤ 苏轼：《书黄鲁直诗后二首》其一，《东坡题跋》卷二，第149页。
⑥ 曾国藩：同治七年四月初九日日记，《曾国藩全集》（修订版）第19册，第36页。
⑦ 曾国藩：同治元年三月十七日日记，《曾国藩全集》（修订版）第17册，第272页。
⑧ 陈衍：《近代诗钞述评》，《陈衍诗论合集》上册，第882页。

谋道谋食两无补，只有足迹遍九州。
一杯劝君且欢喜，丈夫由来轻万里。

其三

蜾蠃负青虫，祝祝亦相似。
眼见平地矗高台，缩版登登无基址。
王侯将相岂有种，时来不得商进止。
君归读书更十年，看君白日上青天。

其四

憾我不学山中人，少小从耕拾束薪。
朝去暮还对妻子，杀鸡为黍会四邻。
世事痴聋百不识，笑置诗书如埃尘。
君归自有青塘山，筑室种树莫言艰。①

黄庭坚《送顾子敦赴河东三首》：

其一

头白书林二十年，印章今领晋山川。
紫参可掘宜包贡，青铁无多莫铸钱。
劝课农桑诚有道，折冲樽俎不临边。
要知使者功多少，看取春郊处处田。

其二

家在江东不系怀，爱民忧国有从来。
月斜汾沁催驿马，雪暗岢岚传酒杯。
塞上金汤唯粟粒，胸中水镜是人才。
遥知更解青牛句，一寸功名心已灰。

---

① 曾国藩：《送凌十一归长沙五首》，《曾国藩全集》（修订版）第 14 册，第 14～15 页。

其三

揽辔都城风露秋,行台无妄护衣篝。
虎头墨妙能频寄,马乳蒲萄不待求。
上党地寒应强饮,两河民病要分忧。
犹闻昔在军兴日,一马人间费十牛。①

同为送别之作,均劝对方或遍历山川,或劝课农桑;或读书升迁,或爱国忧民;或筑室种树,或为民分忧。既安慰、寄望于对方,同时又表达了自己"世事痴聋百不识,笑置诗书如埃尘""头白书林二十年""一寸功名心已灰"的牢骚。尤其是"王侯将相岂有种"之兀傲、"上党地寒应强饮"之倔强,确实有几分神似!黄伟指出:"坚忍倔强、自拔流俗的个性品格注定曾国藩对奇崛兀傲诗风的推崇。"② 因此,陈衍所谓"逼肖者"主要着眼于"神韵"等形式。如果从思想内容来看,曾诗显然不如黄诗接地气,曾诗表达更多的是升迁、游历和休闲治性;黄诗关注更多的是课农、爱国、忧民③,这与他们的地位息息相关,曾氏官位显赫,对百姓苦难体恤甚少;而黄氏沉于下僚,对民间疾苦体察较深。尽管曾国藩私淑江西,倡导宋诗,标举黄庭坚,但从总体上评价,章炳麟指出:"及曾国藩自以为功,诵法江西诸家,矜其奇诡,天下鹜逐,古诗多诘诎不可诵,近体乃与杯珓谶辞相等。"④ 虽然批评过于苛厉,却基本上符合事实。

---

① 黄庭坚:《送顾子敦赴河东三首》,《黄庭坚诗集注》第1册,第181~184页。
② 黄伟:《曾国藩诗学理论评议》,《文学遗产》2006年第6期。
③ 洪炎:《豫章黄先生退听堂录序》评价黄庭坚曰:"忧国忧民,忠义之气,蔼然见于笔墨之外。"(《山谷诗注续补》第609页)
④ 章炳麟:《国故论衡》中卷,陈平原导读,上海古籍出版社2003年版,第90页。

第三章
江西诗学之补偏

葛立方阐释了"感兴"与"讪谤"之关系,要求诗歌有兴寄,批评江西诗派末流畏惧讪谤而不敢触及社会现实;又主张反映现实政治不宜锋芒毕露,与黄庭坚所倡导儒家"温柔敦厚"诗教一致。认为"诗思"得难而败易,它多生于杳冥寂寞之禅境而非"用意太过"的"苦吟"。提出了"平淡当自组丽中来"的辩证观点,其"落其华芬,然后可造平淡之境"之论与黄庭坚的看法也吻合。他还认为江西诗派"夺胎换骨"、大量点化前人之作"精彩数倍",并对黄庭坚"以俗为雅,以故为新"的创作方法、多种形式的对仗技巧予以充分肯定。

刘克庄提出了"以性情为本"的诗学思想,批评"以书为本,以事为料"的江西诗"过于雕刻"的锻炼,"失古诗吟咏性情之本意",指出造成这一弊端的原因之一乃理学的兴盛,致使诗成为经义策论、语录讲义押韵者。从《江西诗派小序》来看,刘克庄又能跳出江西诗派之圈而持论公允。刘克庄明确反对"以禅喻诗",说明他并未领悟禅与诗相通之理。

何梦桂的诗学思想受到了江西诗派的较大影响,其"宗杜"思想,作诗讲究学习前人创作经验、熔铸古人创作精华、博采众家之长,同时又注重创作主体自由的观点,都或多或少地继承了黄庭坚、吕本中等的诗学理论,同时,他又看到了江西末流的资书以为诗及"江湖""四灵"诗派的偶俪熟俗、气雕意耗、骨弱气浮的弊病,对此,他主张有感而诗、贵在自然的诗学理论,追求一种气格不俗、意境深远,情感自然真诚流露的清新之语。

元好问论诗以"诚"为"本",要求诗歌有真情实感,推崇陶渊明之"真淳"、阮籍之"高情"、谢灵运之"天然",反对"不诚无物"的次韵唱和与模拟。认同黄庭坚反对"怒邻骂坐",须熟参前人作品、仔细揣摩古人用意再下笔的观点,追求"不烦绳削而自合"的诗歌境界和倡导"以俗为雅,以故为新"的诗歌法式;也批评黄庭坚为"奇外无奇更出奇"之"始作俑"者,斥黜江西末流的生硬放佚、雕镂尖刻、模影剽窃。体现了元好问比较辩证和通达的诗学观念。

胡应麟能够以史的观念来审视诗体、诗风的演进和嬗变,论诗尚"格调",认为它与"兴象风神"密不可分;尚"变"尚"化",批评宋人学杜不知变主格、化主境;尚"法"重"悟",认为二者不可偏废,切中江西末流死守法度而不悟的弊病。勾勒了宋调形成的历程,批评江西派诗好用事而为事障;学杜仅取一端,或得其皮骨,或得其变不得其正。而对其某些句法的评价,则辩证而中肯。

王士禛论诗倡"神韵"说,尽管它以清幽淡远的意境为内核,但并不拘囿于唐人王、孟的古澹清音一路，而主张情性兴会与学问根柢相兼，以济其"神韵"之说，这是他兼取宋诗的原因。终其一生，王士禛宗唐始终一贯，但他尊唐并不祧宋，对江西诗派的"三宗"及部分成员都有评析，其中特别推赏黄庭坚及其诗歌"格高"，充分肯定他学杜而不为的创新精神和自开一宗、生新奇特的诗风，同时，也指出其诗多径露，乏含蓄；雄健太过；流于险怪等弊病。体现了他比较辩证的诗学思想。他对陈与义诗歌评价的偏低，也暴露了其"神韵"说专注艺术形式、远离现实的局限。

　　袁枚标举性灵说，与格调说、肌理说对抗，反对以经学、考据的学问入诗，认为它汨没性情。鉴于文字之祸，黄庭坚倡导诗歌抒写情性，反对怒邻骂坐。尽管两人诗学背景不同，所倡性情一也。在传达技巧上，两人都追求"大巧"之"朴"，袁氏更看重天分，黄氏较强调人巧。袁枚首肯黄庭坚学唐变唐、学杜而不为的创新精神，承认其卓然为大家，对其诗歌创作音律拗涩、槎枒粗硬、用典冷僻等若干弊病予以针砭。体现了他比较辩证多元的诗学思想，和对江西诗学相对客观公允的批评态度。

一、《韵语阳秋》与江西诗派的理论及创作

葛立方（？～1164），字常之，号归愚居士。丹阳（今属江苏）人，徙吴兴（今浙江湖州）。宋高宗绍兴八年（1138）进士，历秘书省正字、校书郎、中书舍人、吏部侍郎，后出知袁州。宋孝宗隆兴二年（1164），命知宣州，被论罢归，遂不复出。著有《韵语阳秋》《归愚集》《西畴笔耕》等。《韵语阳秋》又名《葛立方诗话》《葛常之诗话》，书成于隆兴元年（1163），为葛氏晚年所著。全书二十卷，所作评论，作者本"皮里春秋"之旨，时有精确发微之见，然亦有失当之处。但《四库全书总目·韵语阳秋提要》认为"大旨持论严正，其精确之处，亦未可尽没"①。

（一）倡导兴寄，反对讪谤

江西诗派的杨万里提出过"感兴"说，"感兴"谓为外物触动所产生的强烈审美感受和创作灵感。它是针对江西诗派末流向书本材料讨生活的创作倾向而发。葛立方对这一观点表示认同，他说："自古工诗者，未尝无兴也。观物有感焉，则有兴。今之作诗者，以兴近乎讪也，故不敢作，而诗之一义废矣！"②从这里不难看出，葛立方所谓"兴"不仅仅指"感兴而发"之"兴"，还包含"兴寄"之"兴"。前者来自魏晋作为感物起情的"感兴"之"兴"，后者则源于汉代作为美刺讽喻的"比兴"之"兴"，这是中国古代诗学中"兴"的两种基本含义与用法。在此，葛立方又提出了一个重要观点——"兴"与"讪"即"兴寄"与"讪谤"之关系。接着他举例说："老杜《萵苣诗》云：'两旬不甲坼，空惜埋泥滓。野苋迷汝来，宗生实于此。'皆兴小人盛而掩抑君子也。至高适《题张处士菜园》则云：'耕地桑柘间，地肥菜常熟。为问葵藿资，何如庙堂肉。'则近乎讪矣。作诗者苟知兴之与讪异，始可以言诗矣。"③谓杜甫的《萵苣诗》寄托了"小人盛而掩抑君子"之寓意；而高适的《题张处士菜园》则"近乎讪"。

---

① 《韵语阳秋提要》，《四库全书总目提要》卷一九五，第1070页。
② 《韵语阳秋》卷二，《历代诗话》下册，第497页。
③ 《韵语阳秋》卷二，《历代诗话》下册，第497页。

北宋时期新旧党争剧烈，苏轼因"乌台诗案"险些送了性命。鉴于这一沉痛教训，黄庭坚《答洪驹父书二》云："东坡文章妙天下，其短处在好骂，慎勿袭其轨也。"① 为此，他提出了"诗之美"与"诗之祸"说，认为诗歌是"人之情性"的抒发，如果生不逢时，"情之所不能堪"，又不吐不快时，主张"发于呻吟调笑之声"，即用调侃的方式消解它，这样不仅"胸次释然"——内心的不平之气得到释放，对读者也起到"劝勉"作用。这样的诗才是"美"的。他反对诗歌"强谏争于廷，怨忿诟于道，怒邻骂坐之为"的"讪谤侵陵"，认为那是"引颈以承戈，披襟而受矢"，容易招致祸患，"失诗之旨"，即失"温柔敦厚"之诗教。黄庭坚这一诗学观的提出是严峻的社会现实环境下求生存和明哲保身的一种策略，并非要"取消诗歌的战斗作用"②，如黄庭坚因修《神宗实录》不实的罪名待罪陈留，听候勘问。据他外甥洪刍披露，此期间，他编定"退听堂"诗，将早年在叶县、大名、德州德平镇所作诗删去，因为这些诗作于熙宁、元丰年间，对朝政提出了不同意见，属"讪谤侵陵""怒邻骂坐"之作。所以，我们现在能见到的黄诗，只是"以退听为断"。《四库全书总目·山谷集提要》云："叶梦得《避暑录话》载黄元明之言，曰：'鲁直旧有诗千馀篇，中岁焚三之二，存者无几，故名《焦尾集》。其后稍自喜，以为可传，故复名《敝帚集》。晚岁复刊定，止三百八篇，而不克成，今传于世者尚几千篇'云云。然庭坚所自定者皆已不存，其存者一曰《内集》，庭坚之甥洪炎所编，即庭坚手定之内篇，所谓退听堂本者也。"③ 即便如此，从现存诗歌来看，黄庭坚诗集中仍然留下了不少反映现实生活的作品。此外，黄庭坚两次遭贬都与"文字狱"有关，可见，终其一生，黄庭坚并非完全放弃以诗歌反映现实生活，包括政治斗争。但不可否认，一些江西诗派后学，尤其是江西末流，惧怕诗歌招致祸患，不敢触及现实问题，专注诗歌的形式技巧，故葛立方批评说"今之作诗者，以兴近乎讪也，故不敢作，而诗之一义废矣！"但从葛立方所示杜甫《茼苣诗》之"兴"与高适《题张处士菜园》之"讪"可以看出，葛立方虽然主张诗歌要有"兴寄"但不宜"讪谤"——锋芒毕露地批评现实、干预政治，它与黄庭坚所倡导的"怨而不怒"的儒家"温柔敦厚"的诗教观一致。

钱志熙指出："黄庭坚的'情性说'与'兴寄观'，是一种'体用'

---

① 《答洪驹父书二》，《文津阁四库全书》第372册，第225页。
② 游国恩等主编：《中国文学史》第3册，第76页。
③ 《山谷集提要》，《四库全书总目提要》卷一五四，第800页。

的关系,即'情性'为诗之'体','兴寄'为诗之'用',通过'兴寄高远'的艺术表达,使诗歌抒发出诗人的情性。可以说,他的'情性说'中已包含了兴寄的基本要素。"①

(二)诗思生于杳冥寂寞之境

陆机《文赋》云:"若夫应感之会,通塞之纪,来不可遏,去不可止。"② 谓创作灵感的袭来不可遏止。葛立方也接触到这一问题,他说:

> 诗之有思,卒然遇之而莫遏,有物败之则失之矣。故昔人言覃思、垂思、抒思之类,皆欲其思之来,而所谓乱思、荡思者,言败之者易也。郑綮诗思在灞桥风雪中驴子上,唐求诗所游历不出二百里,则所谓思者,岂寻常咫尺之间所能发哉! 前辈论诗思多生于杳冥寂寞之境,而志意所如,往往出乎埃壒之外。苟能如是,于诗亦庶几矣。小说载谢无逸问潘大临云:"近日曾作诗否?"潘云:"秋来日日是诗思。昨日捉笔得'满城风雨近重阳'之句,忽催租人至,令人意败,辄以此一句奉寄。"亦可见思难而败易也。③

他不仅提出了"诗之有思"得难而败易,还指出并非"苦吟"可得。要创作一首真正的好诗,我国古代多数诗人是靠苦吟获得的。苦吟的方式很多,其中一种便是骑驴苦吟。孙光宪《北梦琐言》卷七载:"唐相国郑綮……或曰:'相国近有新诗否?'对曰:'诗思在灞桥风雪中驴子上,此处何以得之?'盖言平生苦心也。"④ 冒着风雪骑驴在灞桥上酝酿诗思、捕捉灵感,这是何等"苦心"啊! 郑綮骑驴踏雪觅诗,在中国古代已成为一个广为流传的佳话,范成大《枕上闻雪复作方以为喜起岩再示新诗复次韵》云:"谁子骑驴吟灞上,何人跋马客蓝关。"⑤ 刘克庄《菩萨蛮·戏林推》云:"笑杀灞桥翁,骑驴风雪中。"⑥ 有关骑驴苦吟的诗人还有贾岛、李贺等。在葛立方看来,骑驴苦吟固然是寻觅诗思的一种方式,但"诗思

---

① 钱志熙:《黄庭坚诗学体系研究》,北京大学出版社2003年版,第101页。
② 《文赋集释》,第241页。
③ 《韵语阳秋》卷二,《历代诗话》下册,第500页。
④ 孙光宪:《北梦琐言》卷七,林艺园校点,上海古籍出版社1981年版,第53~54页。
⑤ 范成大:《枕上闻雪复作方以为喜起岩再示新诗复次韵》,《全宋诗》卷二二七〇,第41册,第26025页。
⑥ 刘克庄:《菩萨蛮·戏林推》,唐圭璋编纂,王仲闻参订,孔凡礼补辑《全宋词》,中华书局1999年版,第4册,第3369页。

多生于杳冥寂寞之境",诗人志意所到,往往超世绝尘。何谓"杳冥寂寞之境"? 他说:"诗人首二谢,灵运在永嘉,因梦惠连,遂有'池塘生春草'之句。玄晖在宣城,因登三山,遂有'澄江静如练'之句。二公妙处,盖在于鼻无垩、目无膜尔。鼻无垩,斤将曷运? 目无膜,篦将曷施? 所谓混然天成,天球不琢者与? ……是以古今以为奇作,又曷尝以难解为工哉。东坡《跋李端叔诗卷》云:'暂借好诗消永夜,每逢佳处辄参禅。'盖端叔作诗,用意太过,参禅之语,所以警之云。"① 大小谢的名句,均来自诗人之思"卒然遇之而莫遏";李之仪捕捉诗思却"用意太过",故苏轼以参禅语示之。进入禅境,物我两忘,杳冥岑寂,诗思便猝然而至。

黄庭坚也有类似的论述。范温《潜溪诗眼》载:"山谷言学者若不见古人用意处,但得其皮毛,所以去之更远。……故学者要先以识为主,如禅家所谓正法眼者。直须具此眼目,方可入道。"② 尽管黄庭坚强调的是诗之悟,但它与"诗之思"在禅境上有内在关联:一旦开悟,诗思便豁然贯通;而诗思猝然而至,其不可遏止的状态亦正如禅宗开悟一般,意在笔先,左右逢源。黄庭坚《病起荆江亭即事十首》其八云:"闭门觅句陈无己,对客挥毫秦少游。"说陈师道作诗闭门谢客,搜肠刮肚,字斟句酌;秦观赋词即兴而发,才思敏捷,倚马可待。江西诗派诗人陈师道可谓中国古代苦吟诗人的典型,宋元文献中记载着他"吟榻"的故事:"陈正字无己……径登榻,引被自覆,呻吟久之。瞿然而兴,取笔疾书,则一诗成矣。因揭之壁间,坐卧哦咏,有窜易至月十日乃定,有终不如意者,则弃去之。故平生所为至多,而见于集中者,才数百篇。"③ "世言陈无己每登览得句,即急归,卧一榻,以被蒙首,谓之吟榻。家人知之,即猫犬皆逐去,婴儿稚子,亦皆抱持寄邻家。徐待其起,就笔砚,即诗已成,乃敢复常。"④ 葛立方在此虽然没有直接批评陈师道的"吟榻",但从他"所谓思者,岂寻常咫尺之间所能发哉!"一语来看,至少不提倡这种苦吟方式,均属"用意太过"的殚精竭虑之构思,正如他批评"韦应物诗拟陶渊明,而作者甚多,然终不近也",其《答长安丞裴税诗》效陶渊明《饮酒》其五,指出"渊明落世纷深入理窟,但见万象森罗,莫非真境,故因见南山

---

① 《韵语阳秋》卷一,《历代诗话》下册,第483页。
② 《潜溪诗眼》,《宋诗话辑佚》卷上,上册,第317页。
③ 《却扫编》卷中,《历代笔记小说大观·宋元笔记小说大观》第4册,第4497页。
④ 马端临:《文献通考》卷二三七《经籍六十四》引叶梦得语,中华书局1986年版,下册,第1885页。

而真意具焉。应物乃因意凄而采菊，因见秋山而遗万事，其与陶所得异矣"①。韦应物模仿陶渊明之所以不近，就在于他捕捉诗思太用意、太造作，不如渊明进入"真境"因而无意而诗思至。

黄庭坚示以江西诗派后学学诗的两个步骤是："拾遗句中有眼，彭泽意在无弦。"即通过师法杜诗的句法达到陶诗"不烦绳削而自合"的艺术境界。因此江西诗派将杜甫尊为鼻祖，对陶渊明推崇备至。葛立方也极力尊杜，他说："杜甫李白以诗齐名，……然杜诗思苦而语奇，李诗思疾而语豪。杜集中言李白诗处甚多，如'李白一斗诗百篇'，如'清新庾开府，俊逸鲍参军''何时一尊酒，重与细论文'之句，似讥其太俊快。李白论杜甫，则曰：'饭颗山头逢杜甫，头戴笠子日卓午。为问因何太瘦生，只为从来作诗苦。'似讥其太愁肝肾也。……杜甫诗，唐朝以来一人而已，岂白所能望耶！"②前人有认为李白杜甫相互轻诋者，葛立方不加辨析，附会其说，且扬杜抑李之倾向十分明显。又说："鲁直谓东坡作诗，未知句法。而东坡题鲁直诗云：'每见鲁直诗，未尝不绝倒。然此卷甚妙，而殆非悠悠者可识。能绝倒者已是可人。'又云：'读鲁直诗，如见鲁仲连、李太白，不敢复论鄙事。虽若不适用，然不为无补。'如此题识，其许之乎？其讥之也？"③苏轼对黄庭坚相当赏识，黄庭坚对苏轼亦非常敬重，二人的交往可谓"平生风义兼师友"，是封建社会君子之交的典范，但古代有所谓苏黄"争名"说，相互轻诋说，均为以小人之心度君子之腹，故胡仔反驳说："二公（指苏、黄）文章，自今视之，世自有公论，岂至各如前言，盖一时争名之词耳。俗人便以为诚然，遂为讥议，所谓'蚍蜉撼大树，可笑不自量'者邪。"④葛立方也未加深辨，人云亦云。故《四库全书总目提要》批评他"论李、杜、苏、黄皆相轻相诋之类，则未免附会"⑤。但葛立方对黄庭坚论陶渊明则心悦诚服，他说："山谷尝跋渊明诗卷云：'血气方刚时，读此诗如嚼枯木。及绵历世事，如决定无所用智。'又尝论云：'谢康乐庾义城之诗，炉锤之功，不遗馀力，然未能窥彭泽数仞之墙者，二子有意于俗人赞毁其工拙，渊明直寄焉。'持是以论渊明诗，亦可以见其关键也。"⑥不仅充分肯定黄庭坚论陶是抓住了"关键"的不

---

① 《韵语阳秋》卷四，《历代诗话》下册，第515页。
② 《韵语阳秋》卷一，《历代诗话》下册，第486页。
③ 《韵语阳秋》卷二，《历代诗话》下册，第497页。
④ 《渔隐丛话前集》卷四十九，《景印文渊阁四库全书》第1480册，第319页。
⑤ 《韵语阳秋提要》，《四库全书总目提要》卷一九五，第1070页。
⑥ 《韵语阳秋》卷三，《历代诗话》下册，第507～508页。

刊之论，还以黄庭坚之论驳正了陈善对杜甫评陶的曲解，"山谷尝言：'观渊明《责子诗》诗，想见其人恺悌慈祥，戏谑可观也。俗人便谓渊明诸子皆不肖，而渊明愁叹见于诗，可谓痴人前不得说梦也。'然老杜云：'渊明避俗翁，未必能达道，有子贤与愚，何必挂怀抱。'如山谷所云，则杜公犹是未能免俗，何耶？"① 他认为：

> 陶渊明《命子》篇则曰："夙兴夜寐，愿尔之才；尔之不才，亦已焉哉！"其《责子》篇则曰："虽有五男儿，总不好纸笔。天运苟如此，且进杯中物。"《告俨等疏》则曰："鲍叔管仲，同财无猜；归生伍举，班荆道旧；而况同父之人哉！"则渊明之子未必贤也。故杜子美论之曰："有子贤与愚，何其挂怀抱。"然子美于诸子，亦未为忘情者。子美《遣兴诗》云："骥子好男儿，前年学语时。世乱怜渠小，家贫仰母慈。"又《忆幼子诗》云："别离惊节换，聪慧与谁论。忆渠愁只睡，炙背俯晴轩。"《得家书》云："熊儿幸无恙，骥子最怜渠。"《元日示宗武》云："汝啼吾手战。"观此数诗，于诸子钟情尤甚于渊明矣。山谷乃云："杜子美困于三蜀，盖为不知者诟病，以为拙于生事，又往往讥宗武失学，故寄之渊明尔。俗人不知，便为讥病。"所谓痴人面前，不得说梦也。②

批评陈善正如俗人谓渊明《责子》诗是叹"诸子皆不肖"一样，认为杜甫持同样看法显然曲解了杜诗，故"未能免俗"，是"痴人说梦"。

黄庭坚生活在北宋元祐党争剧烈时期，作为苏门"四学士"之一，他虽然被列为元祐"奸党"人物，一生屈居下僚，备受排挤和贬谪的打击，但他始终没有一"党同伐异"语，并为调停新旧两党做出了不懈努力。宋哲宗元祐三年（1088），黄庭坚在京师任秘书著作郎，创作了《题竹石牧牛并序》，这首题画诗巧妙地借助题画形式"寓庄于谐"，借画发挥，表达了诗人希望调停党争、消弭两败俱伤、安定时局的心愿。有关这方面的诗歌，黄庭坚还有不少，葛立方就指出："苏子由自绩溪被召，除校书郎，元祐之初年也。山谷《和王定国诗》云：'后皇苛嘉橘，中岁多成积。佳人来何时，天为启玉齿。'言欲子由变熙、丰人才也。《和子由病起被召诗》云：'方来立本朝，献纳继晨暝。（人材包新旧，王度济宽猛。）必开

---

① 《扪虱新话》下集卷二，《扪虱新话评注》，第166页。
② 《韵语阳秋》卷十，《历代诗话》下册，第561页。

曲突谋，满慰倾耳听。'言欲子由变熙、丰法度也。其措意如此，然官不得至待从，谪黔移戎，流离困踬，岂非命哉！至建中靖国之初，杂用熙丰元祐人才，山谷喜而成诗云：'维摩老子五十七，天子大圣初元年。传闻有意用幽仄，病著不能朝日边。'后虽有铨曹之召，不旋踵又有宜州之行，有才无命，如山谷者，真可悯也！"① 但是，黄庭坚这种愿望并没有实现，他两次遭受贬谪的命运仍然没有改变，于此葛立方感到叹惜，认为黄庭坚"有才无命"，对其遭遇深表同情。

（三）辩证评价江西诗法

葛立方云："大抵欲造平淡，当自组丽中来，落其华芬，然后可造平淡之境，如此则陶、谢不足进矣。今之人多作拙易语，而自以为平淡，识者未尝不绝倒也。……平淡而到天然处，则善矣。"②"平淡"是宋人普遍追求的诗风，葛氏则认为"平淡当自组丽中来"，揭示了"平淡"与"组丽"的辩证关系，颇有新见。这一诗学观与黄庭坚有异曲同工之处。黄庭坚批评浮华的诗风"后生玩华藻，照彩终没世。"(《奉和文潜赠无咎篇末多见及以"既见君子云胡不喜"为韵》)，主张诗要"皮毛剥落尽，唯有真实在"③，即诗歌要刊落浮华，返璞归真，表现诗人之情性。《与王观复书》云："所寄诗多佳句，犹恨雕琢功多耳。"告诫王生要"但熟读杜子美到夔州后古律诗，便得句法：简易而大巧出焉，平淡而山高水深，似欲不可企及"，认为"文章成就，更无斧凿痕乃为佳作耳"④。

黄庭坚《再次韵（杨明叔）并引》："盖以俗为雅，以故为新。百战百胜，如孙吴之兵，棘端可以破镞；如甘蝇飞卫之射，此诗人之奇也。"⑤ 葛立方引："刘梦得称白乐天诗云：'郢人斤斫无痕迹，仙人衣裳弃刀尺。世人方内欲相从，行尽四维无处觅。'若能如是，虽终日斫而鼻不伤，终日射而鹄必中，终日行于规矩之中，而其迹未尝滞也。山谷尝与杨明叔论诗，谓以俗为雅，以故为新，百战百胜。如孙、吴之兵，棘端可以破镞；如甘蝇飞卫之射，捏聚放开，在我掌握，与刘所论，殆一辙矣。"⑥ 他不仅指出了黄庭坚诗论源于刘禹锡所论，还充分肯定了诗歌"以俗为雅，以

---

① 《韵语阳秋》卷十一，《历代诗话》下册，第569页。
② 《韵语阳秋》卷一，《历代诗话》下册，第483～484页。
③ 黄庭坚：《次韵杨明叔见饯十首》其八，《黄庭坚诗集注》第2册，第500页。
④ 《与王观复书二》，《文津阁四库全书》第372册，第225页。
⑤ 《再次韵杨明叔并引》，《黄庭坚诗集注》第2册，第441页。
⑥ 《韵语阳秋》卷三，《历代诗话》下册，第504页。

故为新"的创作方法。任渊《黄陈诗集注序》指出黄庭坚、陈师道之诗"一句一字有历古人六七作者。盖其学该通乎儒、释、老、庄之奥,下至于医、卜、百家之说,莫不尽摘其英华,以发之于诗"①。刘克庄《江西诗派小序》谓黄庭坚"搜猎奇书,穿穴异闻,作为古律,自成一家"②。卫宗武亦指出黄庭坚"于经子传记、历代诗文,以至九流百家、稗官野史,靡不诵阅,腹之所贮,手之所集,殆成笥而充栋矣。肆而成章,皆英华膏馥之所流溢,而尤善于用"③。这里的"儒释老庄""经子传记""历代诗文"属于"故"的范畴;"医卜""异闻""稗官野史"属于"俗"的范畴;而"九流百家""奇书"则有故有俗。黄庭坚"以俗为雅,以故为新"的终极目的是使诗产生"奇"的陌生化审美效果,《后山诗话》指出"王介甫以工,苏子瞻以新,黄鲁直以奇"④。但对于黄庭坚诗尚奇,魏泰批评说:"黄庭坚喜作诗得名,好用南朝人语,专求古人未使之事,又一二奇字,缀葺而成诗,自以为工,其实所见之僻也。故句虽新奇,而气乏浑厚。"⑤ 王若虚则更苛刻:"山谷之诗,有奇而无妙,有斩绝而无横放,铺张学问以为富,点化陈腐以为新,而浑然天成,如肺肝中流出者,不足也。"⑥

"夺胎换骨""点铁成金"是黄庭坚示以江西诗派后学学诗的重要法门,对此古人评价毁誉参半,批评者如金代的王若虚诋之为"剽窃之黠者"⑦;葛立方则予以充分肯定,他说:"诗家有换骨法,谓用古人意而点化之,使加工也。……刘禹锡云:'遥望洞庭湖水面,白银盘里一青螺。'山谷点化之,则云:'可惜不当湖水面,银山堆里看青山。'孔稚圭《白苎歌》云:'山虚钟磬彻。'山谷点化之,则云:'山空响管弦。'卢仝诗云:'草石是亲情。'山谷点化之,则云:'小山作朋友,香草当姬妾。'学诗者不可不如此。"⑧ 又谓王维点化李嘉祐诗、杜甫点化王维诗、黄庭坚点化白居易诗:"近观山谷黔南十绝,七篇全用白乐天《花下对酒》《渭川旧居》《东城寻春》《西楼委顺》《竹窗》等诗,馀三篇用其诗略点化而已。乐天云:'相去六千里,地绝天邈然。十书九不到,何以开忧

---

① 《黄陈诗集注序》,《黄庭坚诗集注》第 1 册,第 1 页。
② 《江西诗派小序·山谷》,《历代诗话续编》上册,第 478 页。
③ 《秋声集》卷五《林丹岩吟编序》,《景印文渊阁四库全书》第 1187 册,第 705 页。
④ 《后山诗话》,《历代诗话》上册,第 306 页。
⑤ 《临汉隐居诗话》,《历代诗话》上册,第 327 页。
⑥ 《滹南诗话》卷二,《历代诗话续编》上册,第 518 页。
⑦ 《滹南诗话》卷三,《历代诗话续编》上册,第 523 页。
⑧ 《韵语阳秋》卷二,《历代诗话》下册,第 495 页。

颜。'山谷则云：'相望六千里，天地隔江山。十书九不到，何用一开颜。'乐天云：'霜降水反壑，风落木归山。苒苒岁时晏，物皆复本原。'山谷云：'霜降水反壑，风落木归山。苒苒岁华晚，昆虫皆闭关。'乐天诗云：'渴人多梦饮，饥人多梦餐。春来梦何处？合眼到东川。'山谷云：'病人多梦医，囚人多梦赦。如何春来梦，合眼见乡社。'叶少蕴云：'诗人点化前作，正如李光弼将郭子仪之军，重经号令，精彩数倍。'今观三公所作，此语殆诚然也。"① 又举出陈师道点化杜甫诗若干例："鲁直谓陈后山学诗如学道，此岂寻常琱章绘句者之可拟哉。客有为余言后山诗，其要在于点化杜甫语尔。杜云'昨夜月同行'，后山则云'勤勤有月与同归'。杜云'林昏罢幽磬'，后山则云'林昏出幽磬'。杜云'古人去已远'，后山则云'斯人日已远'。杜云'中原鼓角悲'，后山则云'风连鼓角悲'。杜云'暗飞萤自照'，后山则云'飞萤元失照'。杜云'秋觉追随尽'，后山则云'林湖更觉追随尽'。杜云'文章千古事'，后山则曰'文章平日事'。杜云'乾坤一腐儒'，后山则曰'乾坤著腐儒'。杜云'孤城隐雾深'，后山则曰'寒城著雾深'。杜云'寒花只知暂香'，后山则云'寒花只自香'。如此类甚多，岂非点化老杜之语而成者？余谓不然。后山诗格律高古，真所谓'碌碌盆盎中，见此古垒洗'者。用语相同，乃是读少陵诗熟，不觉在其笔下，又何足以病公。"② "碌碌盆盎中，见此古垒洗"为黄庭坚《次韵秦觏过陈无己书院观鄙句之作》③ 中句子，谓陈师道所用盆盎器具多古人用品，言外之意说古人生在今人之中，即陈师道乃当今杜甫也。

　　诗歌创作感受的产生，无非两途：一来自现实生活，一本于前人之作，所谓直接感受和间接感受。一个诗人有现实生活的直接感受，还不能忽略对前人诗作的间接感受，因为前人创造了许多优美的词汇、佳句，如果后人置之不顾，很可能造成无价值的重复劳动。加之黄庭坚所处的时代"文字狱"盛行，反映现实易招祸患，所以，黄庭坚在指导江西诗派后学学诗时较多地专注诗法诗艺，其意图是告诫后学如何以故为新，避熟求生，化腐朽为神奇，从而推陈出新，其诗大量点化前人之作，就起到一个很好的示范作用。诚然，黄庭坚也有点化前人之作失败的作品，所谓"点金成铁"。

---

① 《韵语阳秋》卷一，《历代诗话》下册，第486～487页。
② 《韵语阳秋》卷二，《历代诗话》下册，第495页。
③ 黄庭坚：《次韵秦觏过陈无己书院观鄙句之作》，《黄庭坚诗集注》第1册，第229页。

葛立方云:"近时论诗者,皆谓偶对不切,则失之粗;太切,则失之俗。如江西诗社所作,虑失之俗也,则往往不甚对,是亦一偏之见尔。……如此之类,可谓对偶太切,又何俗乎?……虽对不求太切,而未尝失格律也。学诗者当审此。"① 近体诗中间两联要求对偶,是考验诗人的工力之处,也是诗人最用力之处。对此论诗者比较苛求,认为对偶太切则失之俗,不切又失之粗,江西后学宁粗勿俗,因而其对偶多不甚对,即所谓似对非对。葛立方对此提出批评,认为学诗者二种对偶法都应该尝试,否则失之偏颇。其实作为江西诗派的领袖,黄庭坚在诗歌对偶上形式多样,如工对,他主要在当句对上用工夫,如"春风春雨花经眼,江北江南水拍天"②"作云作雨手翻覆,得马失马心清凉"③。一般说来,近体中忌用相同的字,对句就更忌。黄庭坚不仅用于其中,且用于当句对中,"春风"与"春雨"当句对,"江北"与"江南"当句对,同时"春风春雨"与"江北江南"相对,"春""江"二字重复;"作云"与"作雨"当句对,"得马"与"失马"当句对,而"作云作雨"与"得马失马"则错综对。奇活生新,不失为工。又如《闰月访同年李夷伯子真于河上子真以诗谢次韵》:"白璧明珠多按剑,浊泾清渭要同流。日晴花色自深浅,风软鸟声相应酬。"④ 连续两联用当句对,堪称绝妙,令人叹服。再说似对非对,即突破前人近体中词性类属相同词语(多为实词)的工对,拓展为词性虽然相同但不同类属的宽对;或上下句基本相对,个别词语不对;或以虚词相对等,初觉非对,细究之则字字对偶。如"舞阳去叶才百里,贱子与公皆少年"⑤"谁言游刃有馀地?自信无功可补天"⑥"饮如嚼蜡初忘味,事与浮云去绝踪"⑦,"舞阳"与"叶","贱子"与"公"为名词相对,但类属不同,一为地名,一为人称名词。"百里"与"少年"对,一为范围名词,一为年龄名词。"去"在此作"相距"解,用作连词,同"与"相对。"游刃"与"无功"在句中属名词性宽对,"有馀地"与"可补天"似对非对,但在一联中所充当的成分又相对。"饮如"一联中"初"与"去"词性不相同,但所充当的成分相同,都作状语,故相对。

---

① 《韵语阳秋》卷一,《历代诗话》下册,第486~487页。
② 黄庭坚:《次元明韵寄子由》,《黄庭坚诗集注》第4册,1073页。
③ 黄庭坚:《梦中和"觞"字韵》,《黄庭坚诗集注》第2册,第622页。
④ 黄庭坚:《闰月访同年李夷伯子真于河上子真以诗谢次韵》,《黄庭坚诗集注》第3册,第815页。
⑤ 黄庭坚:《次韵裴仲谋同年》,《黄庭坚诗集注》第3册,第764页。
⑥ 黄庭坚:《次韵寄上七兄》,《黄庭坚诗集注》第4册,第1076页。
⑦ 黄庭坚:《次韵元日》,《黄庭坚诗集注》第4册,第1384页。

虚词相对则有"已荒里社田园了,可奈春风桃李何"①"可无昨日黄花酒,又是春风柳絮时"② 等。

葛立方云:"律诗中间对联,两句意甚远,而中实潜贯者,最为高作。……鲁直《答彦和诗》云:'天于万物定贫我,智效一官全为亲。'《上叔父夷仲诗》云:'万里书来儿女瘦,十月山行冰雪深。'……如此之类,与规规然在于媲青对白者,相去万里矣。鲁直如此句法甚多,不能概举也。"③ 所谓"律诗中间对联,两句意甚远,而中实潜贯者,最为高作"指句意反对,而对联两句意思相同者叫"合掌",为诗病之一,唐人律诗对联句多为意义相近或相同的"合掌",宋人努力回忌此病,刻意追求句意反对,其中黄庭坚不仅"如此句法甚多",且佳对不少,如"急雪脊岭相并影,惊风鸿雁不成行"④"千林风雨莺求友,万里云天雁断行"⑤"一丘一壑可曳尾,三沐三薰取刳肠"⑥"白璧明珠多按剑,浊泾清渭要同流"(《闰月访同年李夷伯子真于河上子真以诗谢次韵》)。"急雪"一联,任渊注曰:"上句谓元明同忧患,下句言其别去。"⑦"相并影"与"不成行"句意反对。"千林"一联,任渊注曰:"言鸟犹求友,而我独与兄别也。"⑧"莺求友"与"雁断行"句意反对。"一丘"一联说,是自由自在地在淤泥里游曳,还是作为神品供祭祀呢?句意反对。"白璧"一联,上句用《史记·鲁仲连邹阳列传》"明月之珠,夜光之璧,以暗投人于道,人无不按剑相眄者。"⑨ 喻统治阶级不赏识人才;下句说失意之士和光同尘,正言若反,是愤激之语,二句意思反对。

作为一代宗师,黄庭坚不仅在诗歌创作上悉心指导江西诗派后学,还每以他富赡的学识、深厚的道德修养教育、开导学诗青年。葛立方细读黄庭坚《柳闳展如苏子瞻甥也其才德甚美有意于学故以桃李不言下自成蹊八字作诗赠之》一诗后指出:"柳展如,东坡甥也。不问道于东坡而问道于山谷,山谷作八诗赠之,其间有'寝兴与时俱,由我屈伸肘。饭羹自知味,如此是道否'之句,是告之以佛理也;其曰'咸池浴日月,深宅养灵

---

① 黄庭坚:《寄袁守廖献卿》,《黄庭坚诗集注》第4册,第1108页。
② 黄庭坚:《答余洪范二首》其二,《黄庭坚诗集注》第4册,第1117页。
③ 《韵语阳秋》卷一,《历代诗话》下册,第489页。
④ 黄庭坚:《和答元明黔南赠别》,《黄庭坚诗集注》第2册,第424页。
⑤ 黄庭坚:《宜阳别元明用"觞"字韵》,《黄庭坚诗集注》第2册,第709页。
⑥ 《梦中和"觞"字韵》,《黄庭坚诗集注》第2册,第622页。
⑦ 《黄庭坚诗集注》第2册,第424页。
⑧ 《黄庭坚诗集注》第2册,第709页。
⑨ 《史记》卷八十三,第3册,第1930页。

根。胸中浩然气,一家同化元。'是告之以道教也;'圣学鲁东家,恭惟同出自。乘流去本远,遂有作书肆。'是告之以儒道也。"① 所引分别为此诗其三、其四与其六,任渊于"寝兴"二句下注曰:"《传灯录》:大寂禅师曰:'只如今行住坐卧、应机接物,尽是道。'又,法眼禅师曰:'出家人但随时及节,便得寒即寒,热即热。欲知佛性义,当观时节因缘。'又,僧问枣山:'请师直指。'师乃垂足曰:'舒缩一任老僧。'此诗皆采其意。"于"饭羹"二句下注曰:"《中庸》曰:人莫不饮食也,鲜能知味也。《传灯录》:道明禅师曰:'如人饮水,冷暖自知。'"② 故葛氏解读为"告之以佛理也"。任渊于"咸池"二句下注曰:"黄庭曰:后有密户前生门,出日入月呼吸存。灌溉五华植灵根,七液洞流冲庐间。"于"胸中"二句下注曰:"张拙悟道于石霜,作颂曰:'光明寂照遍河沙,凡圣含灵共我家。'《庄子》曰:同于大通,此谓坐忘。注云:与变化为体,而无不通也。"③ 故葛氏解读为"告之以道教也"。任渊于"圣学"二句下注曰:"《邴原别传》:原游学,诣孙崧,崧曰:'君舍郑君,所谓以郑为东家丘也。'原曰:'吾谓仆以郑为东家丘,必以为西家愚夫邪'。"于"乘流"二句下注曰:"《庄子》曰:悲夫,百家往而不返,必不合矣。扬子曰:好书而不要诸仲尼书肆也。"④ 故葛氏以"告之以儒道也"释之。

二、刘克庄对江西诗学的辩证观

刘克庄(1187～1269),初名灼,字潜夫,号后村居士,兴化军莆田(今属福建)人。早年以祖荫入仕,因咏梅诗被罪废黜十载。宋理宗淳祐六年(1246),赐同进士出身。历枢密院编修官、秘书少监兼中书舍人,工部尚书兼侍读、龙图阁学士。后以焕章阁学士致仕。著有《后村先生大全集》一九六卷,其中有《后村诗话》十四卷。他信仰理学,崇拜朱熹,受业于真德秀,但诗学思想并不囿于理学家对文学的偏见,卓然成为南宋文学批评的一位大家。

---

① 《韵语阳秋》卷十二,《历代诗话》下册,第577页。
② 《黄庭坚诗集注》第1册,第196页。
③ 《黄庭坚诗集注》第1册,第197页。
④ 《黄庭坚诗集注》第1册,第199页。

(一) 诗以性情为本

有宋一代，由于时代原因以及理学的盛行，宋人感情由唐人的张扬转向内敛，重格物，好思辨，作为正统文学的诗歌，也染上了较浓的理性色彩，诗人之性情在一定程度上被理性所抑制或遮蔽。因此，张戒重倡"情真"之诗，批评江西诗派尤其是黄庭坚的诗歌创作及理论，可谓具有鲜明的现实针对性。继张戒之后，刘克庄论诗的核心思想亦由"以性情为本"构成：

> 以性情礼义为本，以鸟兽草木为料，风人之诗也；以书为本，以事为料，文人之诗也。……夫自《国风》《骚》《选》《玉台》《胡部》，至于唐宋，其变多矣。然变者诗之体制也，历千年万世不变者，人之情性也。①

他认为自《诗经》至唐宋诗，其变者是"诗之体制"，其不变者是"人之情性"。"体制"指"体格"，我国诗歌经历了由"古体"到"律体"的体制之变，"余谓诗之体格有古、律之变；人之情性无今昔之异。《选》诗有芜拙于唐者，唐诗有佳于《选》者"②。刘克庄认为"人之情性无今昔之异"，可见，他认识到其中不变者即"以性情为本"是我国传统诗歌的本质特征。但他又将诗分为"风人之诗"与"文人之诗"，即"古体"与"律体"，两者本质区别在于：一"以性情礼义为本，以鸟兽草木为料"；一"以书为本，以事为料"。所谓"文人之诗"主要是针对以黄庭坚为代表的江西派诗而言："元祐后，诗人迭起，一种则波澜富而句律疏，一种则煅炼精而情性远，要之不出苏、黄二体而已。"③ 这里"波澜富而句律疏"指"东坡体"，"煅炼精而情性远"指"山谷体"。"游默斋序张晋彦诗云：'近世以来学江西诗，不善其学，往往音节聱牙，意象迫切。且论议太多，失古诗吟咏性情之本意。'切中时人之病"④。这里所批评的

---

① 刘克庄：《跋何谦诗》，《四部丛刊》本《后村先生大全集》卷一〇六，第26册，第3~4页。
② 刘克庄：《宋希仁诗序》，《四部丛刊》本《后村先生大全集》卷九十七，第24册，第10页。
③ 《后村诗话》前集卷二，第26页。
④ 《后村诗话》后集卷二，第70页。

是江西诗的末流。他认为"古诗出于情性，发必善；今诗出于记问，博而已"①；"余观古诗以六义为主，而不肯于片言只字求工，季世反是，虽退之高才，不过欲去陈言以夸末俗，后人因之，虽守诗家之句律严，然去风人之情性远矣"②。批评江西诗和江西后学"煅炼精""论议太多""出于记问，博而已"即"以才学为诗"而"失古诗吟咏性情之本意""去风人之情性远矣"。笔者认为"煅炼精""守诗家之句律严"与"情性远"并没有必然的因果关系，锻炼守律之诗同样可以抒发性情、为情造文。刘克庄同时又指出："诗必穷始工，必老始就，必思索始高深，必锻炼始精粹。……有天资欠学力，一联半句偶合则有之。至于贯穿千古，包括万象，则非学有所不能"③，"故诗必天地畸人，山林退士，然后有标致，必空乏拂乱，必流离颠沛，然后有感触；又必与其类锻炼追琢，然后工"④。可见，刘克庄认为诗"必锻炼始精粹""非学有所不能""必与其类锻炼追琢，然后工"，又强调锻炼与学力的重要性，他还充分首肯"义山之作尤锻炼精粹，探幽索微"，提示读者"不可草草看过"⑤。他说："岂非资书以为诗，失之腐；捐书以为诗，失之野欤？"⑥ 认为若资书为诗则失之陈腐；捐书为诗则失之粗野。既反对完全以书本材料为诗的陈腐不堪，又提倡为诗适当地佐以书本材料，因为书卷气能使诗避免粗野而趋于雅致。这一辩证的诗学思想较黄庭坚要中肯，黄庭坚《论作诗文》云："奉为道之'词意高胜'，要从学问中来尔。……读书要精深，患在杂博。因按所闻，动静念之，触事辄有得意处，乃为问学之功……作诗遇境而生，便自工耳。"⑦ 又在《书刘景文诗后》中说："余尝评景文胸中有万卷书，笔下无一点俗气。"⑧ 诗歌必须通过锻炼才能达到精粹，锻炼的有效途径之一就是"以书为本，以事为料"，从"余尝评本朝诗，昆体过于雕琢，去情性浸远"可以看出，刘克庄并非完全否认锻炼之必要，他反对的是"过于

---

① 《韩隐君诗序》，《四部丛刊》本《后村先生大全集》卷九十六，第24册，第2页。
② 刘克庄：《跋方俊甫小稿》，《四部丛刊》本《后村先生大全集》卷一一一，第27册，第18页。
③ 刘克庄：《跋赵孟侒诗》，《四部丛刊》本《后村先生大全集》卷一〇六，第26册，第15页。
④ 刘克庄：《跋章仲山诗》，《四部丛刊》本《后村先生大全集》卷一〇九，第27册，第4页。
⑤ 《后村诗话》新集卷四，《后村诗话》，第208页。
⑥ 《韩隐君诗序》，《四部丛刊》本《后村先生大全集》卷九十六，第24册，第2页。
⑦ 《论作诗文》，《文津阁四库全书》第372册，第358页。
⑧ 黄庭坚：《书刘景文诗后》，《文津阁四库全书》第372册，第254页。

雕琢"①的锻炼，因为它容易远离情性。

刘克庄不仅指出江西诗的弊端："迨本朝则文人多，诗人少。三百年间，虽人各有集，集各有诗，诗各自为体；或尚理致，或负材力，或逞辨博。少者千篇，多至万首。要皆经义策论之有韵者尔，非诗也"②，还一针见血地指出了造成这种流弊的原因之一："近世理学兴而诗律坏"③，"近世贵理学而贱诗，间有篇咏，率是语录讲义之押韵者耳"④。宋代理学以"存天理，灭人欲"为"存养"工夫，抑制人欲，排拒情感。其畅谈的所谓"性理"，实质上只是剩下抽掉了情感内核的空洞躯壳。由于刘克庄受业于朱熹的再传弟子真德秀，其诗学思想又不能不打上了理学的烙印。

> 余曰："诗大序曰：'发乎情性，止乎礼义。'古今论诗至是而止。夫发乎性情者，天理不容泯；止乎礼义者，圣笔不能删也。"⑤

他评诗有时也不可避免地从理学着眼："恕斋吴公深于理学者，其诗皆关系伦纪教化，而高风远韵，尤于佳风月、好山水。大放厥辞，清拔骏壮"⑥。我们很难相信"关系伦纪教化"的诗歌会具有"高风远韵""清拔骏壮"！"古诗发乎情性，止乎礼义，三百五篇多淫奔之词，若使后人编次，必皆删弃，圣人并存之以为世戒。……陶公是天地冲和之气所钟，非学力可摹拟。四言最难，韦孟诸人，皆勉强拘急，独《停云》《荣木》诸作优游，自有风雅之趣在。五言尤高妙，其读书考古，皆与圣矣不相悖，而安贫乐道，遁世无闷，使在圣门，岂不与曾点同传"⑦？他认为后人编次《诗》，之所以未删弃其"淫奔之词"，是因为这些作品能够"止乎礼

---

① 刘克庄：《跋刁通判诗卷》，《四部丛刊》本《后村先生大全集》卷一一〇，第27册，第5页。
② 刘克庄：《后村集》卷二十三《竹溪诗序》，《景印文渊阁四库全书》第1180册，第245页。
③ 刘克庄：《林子显序》，《四部丛刊》本《后村先生大全集》卷九十八，第24册，第14页。
④ 刘克庄：《跋恕斋诗存稿》，《四部丛刊》本《后村先生大全集》卷一一一，第27册，第1页。
⑤ 《后村集》卷二十四《唐人五七言绝句序》，《景印文渊阁四库全书》第1180册，第248页。
⑥ 《跋恕斋诗存稿》，《四部丛刊》本《后村先生大全集》卷一一一，第27册，第1～2页。
⑦ 刘克庄：《戊子答真侍郎论选诗》，《四部丛刊》本《后村先生大全集》卷一二八，第32册，第15～16页。

义",故圣人存焉而以为戒世之教化。"曾点气象"是理学家最津津乐道的修身治性之境界,刘克庄以之来评陶渊明《停云》《荣木》诗的"优游"不迫,正是理学家的视角与口吻。他又说:"古之善鸣者,必养其声之所自出。静者之辞雅,躁者之辞浮,悲者之辞畅,蔽者之辞碍,达者之辞和,狷者之辞激,盖轻快则邻于浮,僻晦则伤于碍,刻意则流于激。"① 显然,"养其声"也来自理学家的养心治性之说,所谓"静""悲"("悯")、"达""狷"都是理学家所倡养之性,文辞之"雅""畅""和"则是理学家追求的理想语言风范;而"躁""蔽"则是理学家所去之性,"轻快""浮""僻晦""碍""刻意""激"则是理学家反对的"妨道"之文风。揭示了道德修养与文风之关系,与朱熹"这文皆是从道中流出"② 的观点基本一致。

(二)诗以浑然天成为至境

刘克庄一方面明确指出江西诗的弊端:"杂博者堆队仗,空疏者窘材料,出奇者费搜索,缚律者少变化"③,另一方面又充分肯定其成就:"或曰:'本朝理学古文高出前代,惟诗视唐似有愧色。'余曰:'此谓不能言者也。其能言者,岂惟不愧于唐,盖过之矣。'"④ 刘克庄这一辩证的诗学思想,较之张戒、朱熹、严羽等对江西诗的态度要公允得多,这是他的通脱之处。这一思想集中体现在其《江西诗派小序》中。"后村此序,亦据吕氏《宗派图》而加以论列。此序前有总序,以后则分别论述图中诸人。每人(或合两三人)之前有简评,与吕氏原图只列姓名不同。该序论诗亦论人,且能跳出江西诗派之圈而持论公允"⑤。

刘克庄论江西诗派诸人:

一为黄庭坚:"豫章稍后出,会萃百家句律之长,究极历代体制之变,搜猎奇书,穿穴异闻,作为古、律,自成一家,虽只字半句不轻出,遂为本朝诗家宗祖"⑥,充分肯定了黄庭坚"以才学为诗"、勤苦锻炼之功。联

---

① 刘克庄:《跋林合诗卷》,《四部丛刊》本《后村先生大全集》卷一○六,第26册,第12页。
② 朱熹:《朱子语类》卷一三九,黎靖德编,王星贤点校,中华书局1986年版,第8册,第3305页。
③ 《后村诗话》前集卷二,第31页。
④ 《后村集》卷二十四《本朝五七言绝句序》,《景印文渊阁四库全书》第1180册,第248页。
⑤ 蒋述卓等编著:《宋代文艺理论集成》,中国社会科学出版社2000年版,第1055页。
⑥ 《江西诗派小序·山谷》,《历代诗话续编》上册,第478页。

系所引本段上文"国初诗人，如潘阆魏野，规规晚唐格调，寸步不敢走作。杨、刘则又专为昆体，故优人有寻扯义山之诮。苏、梅二子，稍变以平淡豪俊，而和之者尚寡。至六一、坡公，巍然为大家数，学者宗焉。然二公亦各极其天才笔力之所至而已，非必锻炼勤苦而成也"①，谓宋初诗人或规晚唐，或学李商隐；至苏舜钦、梅尧臣始趋平淡豪俊；欧阳修、苏轼登上诗坛，由于他们天才笔力，竟为大家，但仍然未能形成有别于唐音的时代诗风。所谓"自成一家"，不仅指黄庭坚形成了自己独特的诗风，成为江西诗派的宗祖，还指黄庭坚成为与唐音异趣的宋调风范的体现者。这一评价符合宋诗的实际。严羽在《沧浪诗话·诗辨》中用"以文字为诗，以才学为诗，以议论为诗"②来概括宋诗的基本特征，以此来衡量，只有黄庭坚的诗歌创作当之。

二为陈师道："后山树立甚高，其议论不以一字假借人，然自言其诗师豫章公。或曰：'黄、陈齐名，何师之有？'余曰：'射较一镞，弈角一著，惟诗亦然。后山地位去豫章不远，故能师之。若同时秦、晁诸人，则不能为此言矣。此惟深于诗者知之。文师南丰，诗师豫章，二师皆极天下之本色，故后山诗文高妙一世。'"③陈师道云："仆于诗初无师法，然少好之，老而不厌，数以千计。及一见黄豫章，尽焚其稿而学焉。"④又云："陈诗传笔意，愿立弟子行。"(《赠鲁直》)时人对此提出异议，认为"黄陈齐名"，陈师道不可能以黄庭坚为师。刘克庄的回答是，正因为陈师道的地位与黄庭坚相去不远，故能师之；而秦观、晁补之与黄庭坚诗歌成就相去甚远，故师之难矣。同时还指出陈师道入门正、立志高，学黄而不为，能自树立，故其诗"高妙一世"。的确，黄诗奇拗硬涩，陈诗却清淡峭拔，尽管陈师道以黄庭坚为师，但最终赢得了与黄庭坚齐名的师宗地位。

三为夏倪："均父集中，如拟陶、韦五言，亹亹逼真；律诗用事琢句，超出绳墨。言近旨远，可以讽味。盖用功于诗，而非所谓无意于文之文也。"⑤将夏诗"用事琢句，超出绳墨。言近旨远，可以讽味"的艺术成就归因于"用功于诗，而非所谓无意于文之文也"，表现出对诗内功夫的重视与肯定。

---

① 《江西诗派小序·山谷》，《历代诗话续编》上册，第478页。
② 《沧浪诗话·诗辨》，《沧浪诗话校释》，第26页。
③ 《江西诗派小序·后山》，《历代诗话续编》上册，第478～479页。
④ 《答秦觏书》，《后山居士文集》卷十，下册，第542页。
⑤ 《江西诗派小序·夏均父》，《历代诗话续编》上册，第480页。

四为吕本中:"余尝以为此序(案:指《夏均父集序》)天下之至言也。然均父所作,似未能然,往往紫微父自道耳。所引谢宣城'好诗流转圆美如弹丸'之语,余以宣城诗考之,如锦工机锦,玉人琢玉,极天下巧妙。穷巧极妙,然后能流转圆美。近时学者往往误认弹丸之喻而趋于易。故放翁诗云:'弹丸之论方误人。'又朱文公云:'紫微论诗,欲字字响,其晚年诗多哑了。'然则欲知紫微诗者,以《均父集序》观之,则知弹丸之语,非主于易。又以文公之语验之,则所谓字字响者,果不可以退惰矣。"① 视吕本中"活法"诗论为"天下之至言",认为"流转圆美"即浑成自然的境界并"非主于易",必须经历"锦工机锦,玉人琢玉"的一番锻炼功夫,待到"穷巧极妙",才能超越诗歌法则,最后达到"无蹊径可寻,不绳削而自合"② 的艺术境界。

刘克庄这一观点亦与黄庭坚一致。自黄庭坚示以江西后学"夺脱换骨""点铁成金""以俗为雅,以故为新"等作诗法式后,招致时人和后人的种种责难。其实黄庭坚强调读书,作诗要"无一字无来处",并非主张要因袭古人,而是借古人的言辞写自己的新意,即他所谓"以故为新"的内涵。同时,黄庭坚又认为"读书破万卷"未必"下笔如有神",因为读书若不能有所悟,也难以写出好诗来。李颀《古今诗话》载:"《名贤诗话》云:黄鲁直自黔南归,诗变前体。且云:'须要唐律中作活计,乃可言诗。以少陵渊蓄云萃,变态百出,虽数十百韵,格律益严。盖操制诗家法度如此。'"③ 此载黄庭坚所言,正是吕本中所谓"活法""悟入",严羽所谓"熟参""妙悟"。从某种程度上说,作为江西诗派的后劲,吕本中的"活法"诗论,正是对黄庭坚诗学法式的"悟入"而加以总结提升,使之理论化。吕本中提出"所谓活法者,规矩备具,而能出于规矩之外;变化不测,而亦不背于规矩也",并认为"近世惟豫章黄公……毕精尽知,左规右矩,庶几至于变化不测"④。又提出"悟入必自工夫中来,非侥幸可得",这也惟有"鲁直之于诗,盖尽此理"⑤。"拾遗句中有眼,彭泽意在无弦",这是黄庭坚示以江西后学作诗的先后步骤,其意图昭然:由师法杜甫诗歌的句法,达到陶渊明诗歌浑然天成的艺术境界。这种境

---

① 《江西诗派小序·吕紫微》,《历代诗话续编》上册,第485~486页。
② 刘克庄:《跋仲弟诗》,《四部丛刊》本《后村先生大全集》卷九十九,第24册,第14页。
③ 《古今诗话》,《宋诗话辑佚》卷上,上册,第266页。
④ 《夏均父集序》,《江西诗派小序·吕紫微》,《历代诗话续编》上册,第485页。
⑤ 《童蒙诗训·作文必要悟》,《宋诗话辑佚》卷下,下册,第594页。

界，黄庭坚曾多次描述过："至于渊明，则所谓不烦绳削而自合。"①《与王观复书》云："但熟观杜子美到夔州后古律诗，便得句法：简易而大巧出焉，平淡而山高水深，似欲不可企及。文章成就，更无斧凿痕乃为佳作耳。"②又云："观杜子美到夔州后诗、韩退之自潮州还朝后文章，皆不烦绳削而自合矣。"③"不烦绳削而自合""简易而大巧出焉，平淡而山高水深"，即既有法式又超越法式的浑然天成的境界。可惜江西诗派末流没有领会黄庭坚的意图，师法前人亦步亦趋，不敢越雷池半步，陷入了形式主义泥坑，在一定程度上损害了黄庭坚的名声。刘克庄高度评价吕本中的"活法"诗论，崇尚诗歌"不绳削而自合"的境界，与黄庭坚的诗论桴鼓相应，客观上对黄庭坚为代表的江西诗学理论起了声援的作用。

与此相关，刘克庄还多次揄扬黄庭坚，"若李、杜、韩、柳、欧、苏、黄、陈大宗师，亦皆俯首受令于旗鼓之下，其气魄力量固已关古今骚人墨客之口而夺之气矣！"④"自元祐间天下皆称苏、黄，亦曰坡、谷，称子由曰少公、叔党曰小坡。惟苏、黄之名与韩、柳、李、杜等盛矣哉！"⑤不仅称黄庭坚为"大宗师"，还将他与唐代李白、杜甫、韩愈、柳宗元并列，尽管在他之前，胡仔、杨万里已将李白、杜甫、苏轼、黄庭坚并列，但至少说明刘克庄认同胡仔和杨万里的观点，表明刘克庄承认宋诗已经达到可与唐诗分庭抗礼、并驾齐驱的地位，这种"不薄今人爱古人"的诗学思想，较之中国古代文学批评史上那些复古派的保守诗学思想要进步得多。

（三）诗之不可为禅

葛兆光说："经过唐五代禅宗与士大夫的互相渗透，到宋代，禅僧已经完全士大夫化了。"⑥"禅僧士大夫化的同时，是士大夫禅悦之风的盛行。"⑦禅悦渗透在诗歌创作与诗学批评中分别显现为"以禅入诗"与"以禅喻诗"蔚然成风。以禅法喻诗法，始于苏轼，其《送参寥师》云："欲令诗语妙，无厌空且静。静故了群动，空故纳万境。阅世走人间，观

---

① 《题意可诗后》，《山谷题跋》卷二，第46页。
② 《与王观复书二》，《文津阁四库全书》第372册，第225页。
③ 《与王观复书一》，《文津阁四库全书》第372册，第225页。
④ 刘克庄：《跋陈集句诗》，《四部丛刊》本《后村先生大全集》卷一○九，第27册，第8页。
⑤ 刘克庄：《黄贡士诗选》，《四部丛刊》本《后村先生大全集》卷一一○，第27册，第22页。
⑥ 葛兆光：《禅宗与中国文化》，上海人民出版社1986年版，第43页。
⑦ 《禅宗与中国文化》，第44页。

身卧云岭。咸酸杂众好，中有至味永。诗法不相妨，此语当更请。"①借佛教禅宗的主空主静阐发诗歌创作应保持虚静的心态，使神与物游，思与境偕，让脑海中升腾起丰富生动的人生境界与画面。其弟子李之仪在《与李去言》中公然认为"说禅作诗，本无差别，但打得过者绝少"②，遂开"学诗如学禅"的论诗诗之先河。范温《潜溪诗眼》载黄庭坚言"学者要先以识为主，如禅家所谓正法眼者，直须具此眼目，方可入道"③。又云："识文章者，当如禅家有悟门。夫法门百千差别，要须自一转语悟入。如古人文章直须先悟得一处，乃可通其他妙处。"④张元幹《跋山谷诗稿》云："山谷老人此四篇之稿，初意虽大同，观所改定，要是点化金丹手段。又如本分衲子参禅，一旦悟入，举止神色，顿觉有异。超凡入圣，只在心念间。不外求也。"⑤吴可《学诗诗》："学诗浑似学参禅，竹榻蒲团不计年。直待自家都了得，等闲拈出便超然。""学诗浑似学参禅，头上安头不足传。跳出少陵窠臼外，丈夫志气本冲天。""学诗浑似学参禅，自古圆成有几联？春草池塘一句子，惊天动地至今传。"⑥韩驹《赠赵伯鱼》："学诗当如初学禅，未悟且遍参诸方。一朝悟罢正法眼，信手拈出皆成章。"⑦赵蕃《学诗》："学诗浑似学参禅，识取初年与暮年。巧匠曷能雕朽木，燎原宁复死灰然。""学诗浑似学参禅，要保心传与耳传。秋菊春兰宁易地，清风明月本同天。"⑧至严羽撰《沧浪诗话》，公开宣称："仆之《诗辨》，乃断千百年公案，诚惊世绝俗之谈，至当归一之论。其间说江西诗病，真取心肝刽子手，以禅喻诗，莫此亲切。"⑨"以禅喻诗"作为一种诗学理论正式被提出来了。

刘克庄也有论诗禅之关系，但他明确反对"以禅喻诗"：

> 诗家以少陵为祖，其说曰："语不惊人死不休。"禅家以达摩为

---

① 苏轼：《送参寥师》，《苏轼诗集合注》卷十七，上册，第864页。
② 李之仪：《姑溪居士文集》卷二十九《与李去言》，《景印文渊阁四库全书》第1120册，第529页。
③ 《潜溪诗眼》，《宋诗话辑佚》卷上，上册，第317页。
④ 《潜溪诗眼》，《宋诗话辑佚》卷上，上册，第328页。
⑤ 张元幹：《芦川归来集》卷九《跋山谷诗稿》，《景印文渊阁四库全书》第1136册，第660页。
⑥ 吴可：《学诗诗》，《诗人玉屑》卷一，上册，第8页。
⑦ 韩驹：《赠赵伯鱼》，《全宋诗》卷一四三九，北京大学出版社1995年版，第25册，第16588页。
⑧ 赵番：《学诗》，《诗人玉屑》卷一，上册，第8页。
⑨ 严羽：《答出继叔临安吴景仙书》，《沧浪诗话校释》，第251页。

祖，其说曰："不立文字。"诗之不可为禅，犹禅之不可为诗也。何君合二为一，余所不晓。夫至言妙义，固不在于言语文字。然舍真实而求虚幻，厌切近而慕阔远。久而忘返，愚恐君之禅进而诗退矣。何君其试思之。①

他认为"诗之不可为禅，犹禅之不可为诗"，因为诗追求"惊人"之语，禅则"不立文字"。尽管诗之"至言妙义""不在于言语文字"，但是诗与禅，一"真实""切近"，一"虚幻""阔远"。如果舍诗之真实、切近，而逐禅之虚幻、阔远，则距诗之本体愈来愈远，其结果是"禅进而诗退"。我认为，诗与禅，一属文学，一属宗教，本来风马牛不相及，但一经联袂，却能水乳交融，焕发异彩。尽管禅宗宣称"不立文字"，但事实上它必须借助文字来言说，不仅留下了大量的禅宗语录、公案，还创作了大量的偈诗。同样，以禅入诗，不仅借助禅意、禅味、禅趣、禅理等使诗之意象如在目前、诗之意境空灵透彻，还能使诗的格调超凡脱俗，正如张元幹所说"吾友养直，平生得禅家自在三昧，片言只字，无一点尘埃"②。叶梦得也说："禅宗论云间有三种语：其一为随波逐浪句，谓随物应机，不主故常；其二为截断众流句，谓超出言外，非情识所到；其三为函盖乾坤句，谓泯然皆契，无间可伺"③。"不主故常""超出言外""泯然皆契，无间可伺"即"契合无间"，亦正是诗家所追求的不拘诗体格套和言外之意、韵外之致。

其实，宋人"以禅喻诗"主要看到禅与诗相通数端：一是诗家"识"如禅家"正法眼"，"正法眼"即"正法眼藏"，正法指全体佛法；朗照宇宙谓眼，包含万物谓藏。相传释迦牟尼以正法眼藏付与大弟子迦叶，是为禅宗初祖，为佛教"以心传心"授法的开始。《景德传灯录》卷一载："佛告诸大弟子，迦叶来时，可令宣扬正法眼藏。"④ 是说诗家之"识"要具有禅家所谓"朗照宇宙，包含万物"的开阔视野和高屋建瓴的见识，即严羽所谓"立志须高"——"工夫须从上做下，不可从下做上"⑤。二是

---

① 刘克庄：《题何秀才诗禅方丈》，《四部丛刊》本《后村先生大全集》卷九十九，第 24 册，第 1 页。
② 《芦川归来集》卷九《跋苏诏君赠王道士诗后》，《景印文渊阁四库全书》第 1136 册，第 662 页。
③ 《石林诗话》卷上，《历代诗话》上册，第 406 页。
④ 道原撰，顾宏义译注：《景德传灯录译注》，上海书店出版社 2010 年版，第 1 卷，第 19 页。
⑤ 《沧浪诗话·诗辨》，《沧浪诗话校释》，第 1 页。

诗家对作品熟读深思以领悟其奥妙与禅家之"参"相通。"参"即"参禅",是佛教禅宗的修行方法,谓玄思冥想,明悟道理。严羽一方面强调参诗要广要熟,另一方面又主张参诗要活,强调"须参活句,勿参死句"①。何谓"参活句"？严羽虽未明言,但从他强调"妙悟""透彻之悟"等语来看,主要指学诗不要拘泥于对字句本身意义的理解,而要充分调动艺术思维和想象,透过文本和话语揣摩体会其艺术创作的奥妙。三是诗家之"悟入"与禅家之开悟相通。吴可《藏海诗话》云:"凡作诗如参禅,须有悟门。"② 严羽《沧浪诗话·诗辨》云:"大抵禅道惟在妙悟,诗道亦在妙悟。"③ 包恢《答傅当可论诗》云:"彼参禅固有顿悟,亦须有渐修始得。顿悟如初生孩子,一日而肢体已成;渐修如长养成人,岁久而志气方立。此虽是异端语,亦有理可施之于诗也。"④ 曾季貍《艇斋诗话》云:"后山论诗说换骨,东湖论诗说中的,东莱论诗说活法,子苍论诗说饱参,入处虽不同,然其实皆一关捩,要知非悟入不可。"⑤ 陈师道《次韵答秦少章》:"学诗如学仙,时至骨自换。"⑥ 徐俯"中的"说以射中靶心比喻恰如其分地描绘出事物的本质特征。吕本中所谓"活法",如前所述,即"规矩备具,而能出于规矩之外,变化不测,而亦不背于规矩也。"韩驹所谓"饱参"即严羽所谓"熟参",对作品熟读深思以领悟其奥妙。如前所引《赠赵伯鱼》所言"悟"这一豁然贯通的境界,是经过了"遍参诸方"的阶段,即有一个读遍群书、艰苦学习的过程,所以是水到渠成、由量到质的突变。曾季貍认为这些说法"入处虽不同","实皆一关捩"同一道理,语义指向均为"悟入"之意。赵蕃《琛卿论诗用前韵示之》云:"活法端知自结融,可须琢刻见玲珑。"⑦ 可见,"活法"即"悟入"是建立在"琢刻"功夫之上的,诗人一旦悟入,便能写出好诗来,正如戴复古所言:"欲参诗律似参禅,妙趣不由文字传。个里稍关心有悟,发为言句自超然。"⑧ 四是诗家追求"韵外之致""味外之旨"⑨ 与禅家所

---

① 《沧浪诗话·诗法》,《沧浪诗话校释》,第124页。
② 吴可:《藏海诗话》,《历代诗话续编》上册,第340页。
③ 《沧浪诗话·诗辨》,《沧浪诗话校释》,第12页。
④ 《敝帚稿略》卷二《答傅当可论诗》,《景印文渊阁四库全书》第1178册,第717页。
⑤ 《艇斋诗话》,《历代诗话续编》上册,第296页。
⑥ 陈师道:《次韵答秦少章》,《全宋诗》卷一一一四,第19册,第12652页。
⑦ 赵蕃:《琛卿论诗用前韵示之》,《全宋诗》卷二六三四,北京大学出版社1998年版,第49册,第30783页。
⑧ 戴复古:《论诗十绝》其七,《全宋诗》卷二八一九,北京大学出版社1998年版,第54册,第33608页。
⑨ 司空图:《与李生论诗书》,《诗品集解 续诗品注》,第47~48页。

谓"超出言外"禅语相通。如此看来,刘克庄反对"以禅喻诗",说明他并未领悟诗与禅在上述四个方面相通之理,致使"诗之不可为禅,犹禅之不可为诗"之说武断而偏执。如禅家开悟诗叫"偈诗",诗家禅诗也有三种基本形式,一是以诗示禅,二是以禅喻诗,三是诗禅相融①。王士禛便指出:"严沧浪以禅喻诗,余深契其说,而五言尤为近之。如王、裴辋川绝句,字字入禅。"②但是刘克庄又说过:"余既以吕紫微附宗派之后,或曰:'派诗止此乎?'余曰:'非也,曾茶山赣人,杨诚斋吉人,皆中兴大家数。此(比)之禅学,山谷初祖也,吕、曾南北二宗也,诚斋稍后出,临济德山也。初祖而下止是言句,至捧(棒)喝出尤经捷矣。'故又以二家续紫微之初,陆放翁学于后(当为衍字)茶山而青于蓝,徐渊子、高续古曾参诚斋,警句往往似之。汤季庸评陆、杨二公诗,谓诚斋得于天者不可及。"③似乎前后矛盾,细究方知,刘克庄认同吕本中借禅宗立诗派,但对"以禅喻诗"则谓"余所不晓",明确提出异议。

三、何梦桂对江西诗学的臧与否

何梦桂(1228~?),字严叟,别号尘斋。严州淳安(今浙江淳安)人。咸淳元年(1265)进士,授文林郎台州军事判官。官至监察御史、奉议郎太府卿、大理寺卿。入元后,累征不就,筑室于故居著书自娱。有《潜斋文集》传世。

任何一个作家都有其所遵循或秉承的理论主张,即使作家的实际创作与他的诗歌主张有所背离,在他的诗文中都会不自觉地体现这一主张,文学批评的风貌,很大程度上其实代表了文学创作的风貌。考察何梦桂的诗学思想,对于我们理解何梦桂的诗歌创作是十分必要的,这有助于我们理解其作为遗民诗人,时代的巨变对其诗歌创作思想的影响,进而理解宋元易代之际,遗民诗人们的创作风貌。

---

① 参见吴晟:《中国古代诗歌的禅宗智慧》,《文艺理论研究》2004年第4期。
② 《带经堂诗话》卷三,上册,第83页。
③ 刘克庄:《茶山诚斋诗选》,《四部丛刊》本《后村先生大全集》卷九十七,第24册,第15~16页。

（一）对杜诗的继承与接受

　　一个作家的创作思想的形成，离不开时代的影响和局限，何梦桂生活在宋末入元之际，其诗学思想的形成离不开整个宋代文学发展脉络和宋元之际历史现状的影响，观照整个宋代的文学发展，杜诗一直为人们所膜拜，杜诗学在宋代更是成为显学。"尊杜、论杜、学杜是宋诗坛的整体风尚。宋人对杜诗的精心研习影响着宋诗特质的形成和发展，宋诗的发展又对杜诗学的成熟起着推动作用，二者之间存在着并行互动的因果关系"①。宋代文人对杜甫的推崇奠定了杜甫在文学史上的不朽地位。欧阳修的诗文革新运动一扫当时西昆浮艳诗风，对宋代文学的发展有着极大的贡献，然陈善认为欧阳修"能变国朝之文格，而不能变诗格。及荆公、苏、黄辈出，然后诗格遂极于高古。"②指出欧阳修的古文运动改变当时的散文风气，而真正改变宋代诗格当为王安石、苏轼、黄庭坚等人，而这三位文学巨匠恰恰都是杜诗的推崇者，他们的论诗倾向，对宋代文人的文学意识有着极大的影响。王安石在《老杜诗后集序》中云："予考古之诗，尤爱杜甫氏作者。其辞所从出，一莫知穷极，而病未能学也。"③在他所编的《四家诗选》中，更是将杜甫放在第一位。王安石是北宋著名的改革家，王安石早年的诗作表现的多为关怀民生、抨击弊政的内容，其对杜甫的推崇，首先是其忧国忧民的精神，其舍己为人的崇高品格。苏轼在宋代的文学地位毋庸多言，其对杜甫的推崇备至无疑会引起广泛的影响，进一步提高杜诗在宋代的地位。江西诗派是整个宋代影响最为广大深远的诗歌流派，而其"一祖三宗"说的"祖"指的就是杜甫。黄庭坚曾云"自作语最难，老杜作诗，退之作文，无一字无来处"④，黄庭坚主张熟读古人作品而熔炼之，因而推崇杜甫的博采众家之长而为己用。陈师道云："学诗当以子美为师，有规矩，故可学。"⑤陈师道主要强调学习杜甫作诗立意用字之法。

　　前辈众多大家的扬杜，以及当时内忧外患的社会现实，用诗歌去抒发忠君爱国之情、忧国忧民之感，这一切都与杜诗精神相吻合，对生活在宋元之际的何梦桂诗歌创作产生了重要影响。何梦桂《永嘉林霁山诗序》

---

① 聂巧平：《宋代杜诗学论》，《学术研究》2000年第9期。
② 《扪虱新话》下集卷三，《扪虱新话评注》，第234页。
③ 王安石撰，李之亮笺注：《王荆公文集笺注》，巴蜀书社2004年版，第1619页。
④ 《答洪驹父书三》，《文津阁四库全书》第372册，第225页。
⑤ 《后山诗话》，《历代诗话》上册，第304页。

云:"相望十年间,而士大夫声诗,率一变而为穷苦愁怨之语,而吾霁山诗亦若此,世丧文邪?文丧世耶?古今以杜少陵诗为诗史,至其长篇短章横骛逸出者,多在流离奔走失意中得之。"① 何梦桂对入元后文坛愁苦哀怨之语多有不满,而举杜甫在流离奔走失意中所作诗歌多慷慨激昂之作,借对杜甫精神人格的赞扬,勉励遗民诗人创作不仅仅要围绕个人的流离失所,更要着眼于国家、民族的不幸,学习杜甫用诗歌来纪事,抒发忧国忧民情怀的创作方法。

何梦桂不仅在精神上对杜甫高度赞扬,在诗歌创作上也是推崇备至。如《侄煜之诗序》云:"犹子煜之一日持所业诗来前,请所以教。夫阶庭子弟,操觚弄墨,从事词章,愈于缀珠作凤,拾香为囊,以嬉玩于诸父间者多矣。诗不易作,亦不易谈也。古之诗人,名盖一时而流芳百代,惟杜工部一人,后世雌黄所不敢到。"② 又云:"今汝以年少学诗,当如前辈所谓熟读三百篇及楚词至汉魏间诗人好处,以博其识,而后约而归诸理。殆庶几乎,尝诵少陵《赠阿勤》诗有云:'汝身已见唾成珠,汝伯何由发如漆。'"③ 谓诗之不易作,认为古代诗人中可流芳百世者唯有杜甫一人,对杜诗之推崇无以复加。其教导后进学诗当先熟读三百篇及汉魏间诗人之作,这与杜甫"别裁伪体亲风雅,转益多师是汝师"精神是一致的,正所谓"博其识而后约而归诸理"。

有宋一代,杜诗一直为人们所膜拜,杜诗学也成为显学,这既是时代命运使然——学习杜甫以天下为己任,纵在流离奔走失意中,诗歌亦多慷慨激昂之作;又有众多大家对杜诗"转益多师"及用事炼字方法的学习。何梦桂对杜甫的继承也主要着眼于这两点。

(二) 诗者不可不养其气

宋元易代之际,风雨飘摇的南宋小朝廷,以及诗人们自身的流离失所、命运的跌宕起伏,造成了在这种极度困难的环境下一些诗人发出落叶哀蝉般的声音,所谓"相望十年间,而士大夫声诗率一变而为穷苦愁怨之语,而吾霁山诗亦若此,世丧文邪?文丧世耶?"面对这种现实,何梦桂认为身经国家乱离之际,须涵养浩然的正气,如此方可写出本色之作。如

---

① 何梦桂:《潜斋集》卷五《永嘉林霁山诗序》,《景印文渊阁四库全书》第1188册,第445页。
② 《潜斋集》卷五《侄煜之诗序》,《景印文渊阁四库全书》第1188册,第451页。
③ 《潜斋集》卷五《侄煜之诗序》,《景印文渊阁四库全书》第1188册,第451页。

"古今以杜少陵诗为诗史,至其长篇短章横弩逸出者,多在流离奔走失意中得之",古今以杜诗为"诗史",而其慷慨激昂、横弩逸出之作,多是在乱离之际所作。认为诗者表现的乃是志与气,诗人只有气百变而不衰,在困厄之时所作才不会凄楚哀凉。诗人只有注重养其气,才可以不因境遇的困厄而折服。因此,诗者不可不养其气是何梦桂论诗的一个重要主张。

"'气'在我国古代文论中,是一个非常重要的概念,它从形成到衍变为古代美学中的基本范畴经历了一个漫长的衍变过程。"① 中国人重养气,自古而然。追及古人,首论"养气之说"当推孟子。"我善养吾浩然之气","其为气也,至大而刚,以直养而无害,则塞于天地之间。其为气也,配义与道;无是,馁也。"② 它指人通过"直养"获得的一种极其浩大、极其刚强有力、充满着礼义道德的精神气质之气,这种"气"不是天赋所得,而是后天修养而成。要获得这种"气"必须用儒家的礼义道德净化自己的灵魂,用正直的道德行为来培养它。"孟子所言之'养气',实际是人内在的自我意识在'义'与'道'的浸染下自觉的活动,是人的主体意识向崇高人格化升华的过程,在这个过程中所获得的'气',实际是人的主体意识与'义'和'道'高度融会而形成的一种内在的精神状态"③。虽然孟子初始还不是专从文学创作角度来论述"养气"的,但其对创作主体人格修养的重视,奠定了我国古代"养气说"的基础。"真正文学评论意义上的'养气'滥觞于曹丕《典论·论文》中'文以气为主'的论题"④,自从汉魏曹丕在《典论·论文》中提出"文以气为主"的命题后,历代文论家对于文气都有所阐释,"养气"是针对创作主体而言的,不同的创作主体对于创作有不同的体会,而"气"本身又是一个极大的范畴,因此,"养气说"就有了丰富的内涵。

何梦桂所言"养气说"包含两个方面。首先是"志"的层面——志百变而不折,气亦百变而不衰。由宋入元之际,遗民诗人们,"或隐遁山林,或流落江湖,发为诗歌,皆感今伤昔,凄凉怨慕"⑤,正如《永嘉林

---

① 赵雅妮:《刘勰"养气说"生成论透析》,《邢台学院学报》2009年第2期。
② 张少康、卢永璘:《先秦两汉文论选》,人民文学出版社1999年版,第107页。
③ 张坤晓:《论"养气"说的形成与发展:以孟子、刘勰为中心》,《宝鸡文理学院学报》(社会科学版)2003年第5期。
④ 骆晓倩、杨理论:《陆游养气说的诗学阐释》,《西南大学学报》(社会科学版)2008年第3期。
⑤ 程千帆、吴新雷:《两宋文学史》,上海古籍出版社1991年版,第488页。

景山诗序》云:"近诗三复唱叹,窃于诗之变而有感焉。方庠序群居,高谈阔论,不过颂《猗那》,歌《清庙》,诵《鱼丽》《天保》《凫鹥》《既醉》之什,变风、变雅不忍言之矣。况复齿及魏晋梁陈以下穷苦愁怨等语,如细夫婆人羁旅寡妇之为者。相望十年间,而士大夫声诗率一变而为穷苦愁怨之语,而吾霁山诗亦若此,世丧文邪?文丧世耶?"①"率一变为穷苦愁怨之语",这样的新声音,正是典型的"哀以思"的亡国之音,诗坛一片愁苦哀怨之语,如细夫婆人羁旅寡妇为之,而忠君爱国、坚守民族大义的林景熙诗歌创作也是如此。面对气凋意耗、骨弱肉浮的诗坛创作,何梦桂提出创作主体应该坚持高洁的志气与操守,涵养浩然之正气,重视主体人格的修养,这样诗歌的创作才可能摆脱浮弱之气,正所谓"诗,志至焉,气次之。志百变而不折,故气亦百变而不衰,知此可与言诗矣"②,认为创作主体只有志百变而不折,气才可亦百变而不衰。何梦桂这里所言"百变而不折"之志,乃是指身经乱离之际、诗人自身高洁的志气与操守。何梦桂所言之志一方面继承了孟子的衣钵,强调主体的精神修养,"孟子的养气说,在养生的同时引入了价值观念,珍惜生命的同时更注重人的精神追求,倡导儒家道德认知的同时积极道德践履,不仅对变化气质、提高人生境界意义重大,而且对养生本身也是很有意义的"③。孟子注重用儒家的道德认知来提高自身的精神境界,何梦桂则进一步将这种人格修养具体为乱离之际诗人自身忠义节气的保持,这样所作诗歌方可避免气凋意耗、骨弱气浮之弊。如《永嘉林霁山诗序》云:"古今以杜少陵诗为诗史,至其长篇短章横鹜逸出者,多在流离奔走失意中得之。"④认为杜诗被称为"诗史"之作的,多是在乱离之际所为,因为杜甫是一个忠君爱国、关怀民瘼之人,世事纷乱并没有消弱其诗歌慷慨之气。另外一方面,何梦桂所言忠义与节气受文天祥的影响较大。文天祥生于1236年,于1283年被元军迫害致死,其生年比何梦桂稍晚,但可以算作同时代之人。文天祥是一位以自己鲜血写下了反征服斗争史的英雄人物,他的充满忠义情怀和英雄气概的代表作《正气歌》:"天地有正气,杂然赋流形。下则

---

① 《潜斋集》卷五《永嘉林霁山诗序》,《景印文渊阁四库全书》第1188册,第445页。
② 《潜斋集》卷七《章明甫诗序》,《景印文渊阁四库全书》第1188册,第463页。
③ 钟英战:《孟子养气说:古代养生学与价值观的引入》,《河南教育学院学报》(哲学社会科学版)2009年第4期。
④ 《潜斋集》卷五《永嘉林霁山诗序》,《景印文渊阁四库全书》第1188册,第445页。

为河岳,上则为日星;于人曰浩然,沛乎塞苍冥。"① "从诗中可以看出,刚毅正大的浩然之气是文天祥'富贵不能淫,贫贱不能移,威武不能屈'的精神支柱,对于他来说,正气就是炽烈的爱国主义精神和坚贞的民族气节。"②《文山诗序》云:"生而不屈者,气也。死而不泯者,心也。气之不屈者,忠义而已。心之不泯者,亦忠义而已。忠义之道,塞天地,冠日月,亘古今,通生死,而一之者也。"③ 对征服者的义愤、对亡国之悲慨、对故国的怀恋、对节操的推崇,这一切都使深受儒家思想影响的何梦桂,同文天祥的浩然正气说在精神上深深地契合。他说:"夫国之危亡必有死节,然死者,人情之所甚难。而食人禄,死人事,义有不得不然者,故其忠肝义胆之所激烈,虽太华頽乎前不吾压,况婴斧钺,蹈鼎镬,赴水火,尚复回顾却虑哉!"④ 程千帆认为,何梦桂主张诗人必须涵养浩然的正气,诗者身经国变乱离后,更应讲究志气与操守,所见与文天祥同⑤。试看何梦桂《拟古五首》其一:

木落不离根,菊槁不离枝。人怀父母心,岂愿生别离。
皇路謇幽蔽,民用婴百罹。南枝栖越鸟,忍逐北风飞。
北风藐万里,分此无回期。骨朽化为尘,魂魄将南归。⑥

诗中一扫狭小浮弱之气,而多慷慨悲壮、沉郁苍凉之风,诗者为宗庙社稷的倾颓与华夷之防的崩溃而悲愤,反复表达着对故国的怀恋,用自己的一腔热血谱写了一曲曲悲歌。正所谓"国家不幸诗家幸,赋到沧桑句便工"⑦。清代贺裳《载酒园诗话》云:"尝叹诗法坏而宋衰,宋垂亡诗道反振。"⑧ 宋季诗坛的一片衰飒,却随着家国的沦亡意外地得到了涅槃,诗歌也得到了新生。

读书精博,然后方可为诗——这是何梦桂所言"养气说"的另一个重

---

① 文天祥:《正气歌》,《全宋诗》卷三五九八,北京大学出版社1998年版,第68册,第43055页。
② 《两宋文学史》,第477页。
③ 《潜斋集》卷五《文山诗序》,《景印文渊阁四库全书》第1188册,第443页。
④ 《潜斋集》卷五《太学正节先生徐公序》,《景印文渊阁四库全书》第1188册,第448页。
⑤ 《两宋文学史》,第490页。
⑥ 何梦桂:《拟古五首》其一,《全宋诗》卷三五二六,北京大学出版社1998年版,第67册,第42141页。
⑦ 赵翼:《瓯北集》卷三十三《题遗山集》,《续修四库全书》第1446册,第640页。
⑧ 贺裳:《载酒园诗话》,《清诗话续编》上册,第458页。

要方面:"识"的层面。何梦桂论诗主张要有广博深厚的学养,只有学力达到一定境界,将古人作品之精华,融于诗人心性灵气之中,然后方可有气格超俗、自成一家之言。他说:"世之评诗者,取少陵夔州以后诗,昌黎潮州以后诗,岂非以其气老识老而诗随之?至于王勃滕王阁之句,李贺古乐府之辞,又皆其妙龄绝笔,遂谓诗之工不系于老少,抑不知其后日所作视前又当何如?"①谓世人评论杜甫、韩愈之诗,取其夔州、潮州之后诗,皆是因为其气老、识老而诗歌随之益工。这里的"气老"当指诗者百变而不折之志,发而为诗则多慷慨之气;而"识老"则是指诗者熔铸古今、博采众家之长,发而为诗,自然气格不俗。王勃、李贺虽年轻时既有佳作,如可见其日后之作,应当更加称妙。何梦桂说:"先辈谓杜工部以诗为史,韩吏部以文为诗。繇其胸中储贮博硕,然后信笔拈出,自成宫商,非抉摘刻削,求工于笔墨言语以为诗也。"②认为杜甫以诗为史,韩愈以文为诗而气格超俗,皆因为胸中储贮博硕,然后信笔拈出,并非刻意追求言语之工。可见,何梦桂作诗讲究学力,重视学习前人创作经验,推崇前人成就。

对于具体的学习对象,何梦桂说:"今汝以年少学诗,当如前辈所谓熟读三百篇及楚词至汉魏间诗人好处,以博其识,而后约而归诸理。殆庶几乎,尝诵少陵《赠阿勤》诗有云:'汝身已见唾成珠,汝伯何由发如漆。'"③何梦桂强调学习古人,并且不拘一家之言,广泛吸收前人创作之精华,例如《诗经》、"楚辞"以及汉魏间诗人,在其看来都是值得学习的对象。唐诗创作达到的辉煌成就仿佛压在宋人身上的一块巨石,而宋代诗歌也就沦为这巨石下的青蔓,只能在缝隙中挣扎求生,中国诗歌盛极而衰的原因在于创造力的盛极而衰,宋人要想获得生机只有不断学习前人,同时不断融入自己的特色。观照有宋一代,诗人们都积极学习前人,或学杜,或宗唐,或不主一家。何梦桂主张熔铸古今、广泛学习前人的精神与江西诗派论诗注重借鉴前人创作经验有着相通之处。江西诗派对后世诗学思想影响极大的代表人物黄庭坚云:"自作语最难,老杜作诗,退之作文,无一字无来处。盖后人读书少,故谓韩、杜自作此语耳。古之能为文章者,真能陶冶万物,虽取古人之陈言入于翰墨,如灵丹一粒,点铁成金

---

① 《潜斋集》卷六《罗济川诗集序》,《景印文渊阁四库全书》第1188册,第458页。
② 《潜斋集》卷五《王樵所诗序》,《景印文渊阁四库全书》第1188册,第442页。
③ 《潜斋集》卷五《侄煜之诗序》,《景印文渊阁四库全书》第1188册,第451页。

也。"① "这就是说,将古人诗文熟记于胸中,写作时顺手拈取一言一语,自加发挥,使之在自己的作品中焕发新的奇光异彩,这样,既有'古人绳墨',又有个人创作,两全其美。"② 对于如何学习前人,黄庭坚在此提出了对后世影响极大的"点铁成金"说。江西诗派"三宗"之一陈师道对于学习前人则更进一步,"学诗当以子美为师,有规矩故可学"③,提出从有"规矩"者学,说得比黄庭坚更加直白。江西诗派这些诗学观点对有宋一代影响都甚为广泛,"从理论上来说'点铁成金'并没有什么不好,它是诗歌创新的一种方法;从实践上来看,它可以敦促诗人去学习前代诗人的诗歌艺术,可以更好地继承前代的文学遗产。"④ 然而,在实际创作过程中,对于后来学习江西诗派而力有不逮者,其弊端是明显的,特别是江西诗派末流诸多模仿剽窃之作。到了南宋,永嘉四灵及江湖派都力矫江西诗派的诗风,被认为是宋诗话压卷之作的《沧浪诗话》就把矛头对准了整个江西诗派及其不良诗风:"近代诸公乃作奇特解会,遂以文字为诗,以才学为诗,以议论为诗。夫岂不工,终非古人之诗也。盖于一唱三叹之音,有所歉焉。且其作多务使事,不问兴致,用字必有来历,押韵必有出处,读之反复终篇,不知着到何处。其末流甚者,叫噪怒张,殊乖忠厚之风,殆以骂詈为诗。诗而至此,可谓一厄也。"⑤ 王若虚云:"以予观之,特剽窃之黠者耳。"⑥ 钱锺书先生说:"有唐诗作榜样是宋人的大幸,也是宋人的大不幸。看了这个好榜样,宋代诗人就学了乖,会在技巧和语言方面精益求精;同时,有了这个好榜样,他们也偷起懒来,放纵了模仿和依赖的惰性。"⑦ 何梦桂也注意到了这种创作方法的不足,所谓"若只傍古人篱落,终是钝汉"⑧,一味模仿和依赖古人,终究不登大雅之堂。何梦桂对此提出"学诗如参洞山禅,须不犯正位,而后纵横变化,其用无穷"⑨。宋代禅学发达,以禅喻诗并不少见,所谓不犯正位指作诗之基本法则,"或未免如沈休文所谓八病,释皎然所谓六迷者也"⑩,而纵横变化

---

① 《答洪驹父书三》,《文津阁四库全书》第 372 册,第 225 页。
② 《中国诗学批评史》,第 360 页。
③ 《后山诗话》,《历代诗话》上册,第 304 页。
④ 张燕芳:《山谷之夺胎换骨与点铁成金》,《聊城大学学报》(社会科学版) 2009 年第 2 期。
⑤ 《沧浪诗话·诗辨》,《沧浪诗话校释》,第 26 页。
⑥ 《滹南诗话》卷三,《历代诗话续编》上册,第 523 页。
⑦ 钱锺书:《宋诗选注》,人民文学出版社 1989 年第 2 版,第 10 页。
⑧ 《潜斋集》卷七《琳溪张兄诗序》,《景印文渊阁四库全书》第 1188 册,第 469 页。
⑨ 《潜斋集》卷七《琳溪张兄诗序》,《景印文渊阁四库全书》第 1188 册,第 469 页。
⑩ 《潜斋集》卷五《王樵所诗序》,《景印文渊阁四库全书》第 1188 册,第 442 页。

指诗人根据自己的观察与体会写出灵活生动、气格不俗之作。何梦桂《唐心月集句序》云:"荆公晚年好作集句,正不免黄太史一笑。余谓不然。集句虽古人糟粕,然用之如诸葛孔明,学黄帝兵法作八阵图,必其方圆曲直,纵横离合,悉在吾胸中,而后可以应敌而不穷。不然,龃龉牵合仓卒,鲜有不败者。"① 从何梦桂对王安石集句诗的态度可以看出,他主张将古人作品的精华,融入自己创作之中所谓"纵横离合,悉在吾胸中",而非一味模仿,刻意套用,否则只会"龃龉牵合仓卒,鲜有不败者"。何梦桂这种既讲究基本法则,注重吸取前人创作精华;同时又讲究创作主体的自由,反对刻意模仿、生搬硬套古人之作的诗学思想,正是对吕本中"活法"思想的继承。吕本中《夏均父集序》云:"学诗当识活法。所谓活法者,规矩备具而能出于规矩之外;变化不测而亦不背于规矩也。是道也,盖有定法而无定法,无定法而有定法。知是者,则可以与语活法矣。"② "'活法'是对黄庭坚所说既有'古人绳墨',又要'不烦绳削而自合',既要讲求法度,又要不拘于法度的既活泼又简练的概括"③。何梦桂所谓"须不犯正位而后纵横变化"与吕本中"规矩具备,而能出于规矩之外"有异曲同工之妙,都主张创作既有基本法则,而创作主体又享有自由。《童蒙诗训》云:"作文必要悟入处,悟入必自功夫中来,非侥幸可得也。如老苏之于文,鲁直之于诗,盖尽此理也。"④ 吕本中把"悟入"而得法的根源,归结到勤用工夫。何梦桂也主张"学古人诗,如登高山,始莫不急足疾走,暨绝顶在咫尺,则跬步不能进"⑤。认为学习古人诗歌不可一蹴而就,如登高山,越往后越难,无艰深学力,则跬步不能进。又云:"日新月长,松泉之趣无穷。君之诗所得,亦未渠央也。学诗如学仙,时至骨自换。"⑥ 陈师道《次韵答秦少章》云:"学诗如学仙,时至骨自换。缥缈鸿鹄上,众目焉能玩。"张表臣《珊瑚钩诗话》卷二载:"陈无己先生语余曰:'今人爱杜甫诗,一句之内,至窃取数字以仿象之,非善学者。学诗之要,在乎立格命意用字而已。'"⑦ 如果说陈师道对"换骨"法的理解,重点在"立格命意用字"之上,那么何梦桂所说"学诗如学

---

① 《潜斋集》卷五《唐心月集句序》,《景印文渊阁四库全书》第1188册,第449~450页。
② 《夏均父集序》,《江西诗派小序·吕紫微》,《历代诗话续编》上册,第485页。
③ 《中国诗学批评史》,第369页。
④ 《童蒙诗训·作文必要悟》,《宋诗话辑佚》卷下,下册,第594页。
⑤ 《潜斋集》卷六《王菊山诗集序》,《景印文渊阁四库全书》第1188册,第459页。
⑥ 《潜斋集》卷七《题郑松泉诗序》,《景印文渊阁四库全书》第1188册,第472页。
⑦ 《珊瑚钩诗话》卷二,《历代诗话》上册,第464页。

仙,时至骨自换"则重点在勤用工夫,所谓"日新月长""君之诗所得,亦未渠央也"。可见,何梦桂这种读书精博,然后方可为诗,注重学习古人创作精华,同时又讲究创作主体自由的论诗主张,在很大程度上受到了江西诗派代表人物黄庭坚及吕本中论诗主张的影响。

(三) 有感而诗,贵在自然

"宋之亡也,其诗称盛"①,宋元之际诗坛并没有随着南宋小朝廷的衰落而凋零,研究者将宋元之际文学批评分为三派:"江西"一派,"江湖""四灵"一派,理学家一派。南宋末年,"宁宗之世,江西派诗风已成为强弩之末"②。江西诗派末流已无先辈的学力与才气,而多"资书以为诗",一味模仿,刻意套用,何梦桂看出了这种作诗方法的不足,所谓"若只傍古人篱落,终是钝汉"。至于理学诗,钱锺书斥之为"乃南宋之天行时气病也"③。其实是不能以诗派名之的。除此之外对诗坛影响最大、对后世诗歌风貌影响最深刻的就是"江湖""四灵""宗唐"一脉了,"江湖""四灵"都是出现于南宋,以矫江西之失的诗歌流派,二者的创作主体大都为下层知识分子,在学诗的路径上皆主张效法晚唐,体式上以律体为主,并以许浑、贾岛、姚合等人为宗,而且在审美取向上都追求清新纤巧的风格。也正因此,有的学者往往把他们作为一个整体来论之。随着赵宋王朝的覆亡,江湖诗风在元初诗坛更是占据了主流的位置。不过,"四灵""江湖"固然为一时之风尚,何梦桂对其并没有采取学习的态度,而是针对其细琐格卑的弱点颇多批评:"迩来诗社豪隽,迭见层出,岂能多逊诸贤下耶。然至于气雕意耗,骨弱气浮者,或未免如沈休文所谓八病,释皎然所谓六迷者也。"④"近世诗满南北,当轶唐、凌厉晋魏。然诗难操觚弄墨,抽黄对白,四声八病,人人亦能求其彷佛,古人卓成一家者不多见。"⑤何梦桂所说"操觚弄墨,抽黄对白,四声八病"是对"江湖""晚唐"偶俪熟俗诗风形式上的批评,而所谓"气雕意耗,骨弱气浮",则是对其纤软稚弱风格的批评。⑥

江西诗派末流倍受诟病,而"江湖""四灵"形式上的偶俪熟俗,风

---

① 钱谦益:《胡致果诗序》,《四部丛刊》本《牧斋有学集》卷十八,第4册,第21页。
② 《两宋文学史》,第447页。
③ 《谈艺录》(补订本),第405页。
④ 《潜斋集》卷五《王樵所诗序》,《景印文渊阁四库全书》第1188册,第442页。
⑤ 《潜斋集》卷六《贵德诗集序》,《景印文渊阁四库全书》第1188册,第462页。
⑥ 参见史伟:《元初江南江湖诗风的流衍》,《太平洋学报》2009年第5期。

格上的纤软稚弱，在何梦桂看来更不可效法，对此何梦桂提出自己的论诗主张：有感而诗，贵在自然。他说："诗之起由人心生也。心感物而动，故形于声，声成文谓之诗。然其声之啴缓、噍杀、廉柔、散厉，错出而不同者，岂人心之异哉？时之变者为之也。变风不企乎二南，变雅不竞乎二雅，故诗者所以载民风、系世变也。"①"人心感于物而成声，诗为甚。志高山则峨峨然，志流水则洋洋然，非声不同，所感之异也。"② 何梦桂认为人心感于物而成声，声成文谓之诗，注重有感而诗，并且认为时代之不同，所感之物不同，诗亦不同。至于所感的对象，何梦桂在《分阳诸公感寓诗集序》中说："陈子昂赋感寓，朱子阳赋感兴。今玉华诸君又赋感寓，赋不同而感则均也。诗以感而赋，不感则无诗。诗之感寓，不知所谓寓何也？予尝观之宇宙间，无一非寓，天地至大，物在太虚中，亦寓耳。天地犹寓，况万物乎。故日月星辰寓于天，山川草木寓于地，鸢寓于风，鱼寓于水，蛟龙寓云，蝼蚁寓壤，蠋寓桑，蜩寓菀柳，其所寓大小，不翅泰山毫末，大海礨空之相去。至于适其所适，各足其分而已。今诸君于诗随寓而适，则天地间何物非吾言之寓乎。"③ 进一步提出"诗以感而赋，不感则无诗"，诗歌感遇的内容当是世间万物，所谓"天地间何物非吾言之寓乎"。这种认为有感而诗，无感则无诗，万物皆为可感之物的"感物说"是我国出现最早也是最有影响的一种创作理论，它强调外物的感发下，作家主观情志的表现，中国历代文论家对"感物说"都有丰富而深入的探讨。魏晋六朝时期是中国文学走向自觉的时代，"感物说"在这一时期走向了成熟。刘勰对"感物说"有集中而深刻的论述，《文心雕龙·明诗》云："人禀七情，应物斯感，感物吟志，莫非自然。"④ 这是对诗的生成过程的简明的理论概括，提出了"感物吟志"说，揭示了诗歌创作中"感""物""吟""志"四要素之间内在的联系，把诗与人的情感以及情感对物的感应联系起来，至于"感"的内涵，《文心雕龙·物色》提出"阴阳惨舒"的说法："春秋代序，阴阳惨舒；物色之动，心亦摇焉。"⑤ "情以物迁，辞以情发。一叶且或迎意，虫声有足引心，况清风与朗月同夜，白日与春林共朝哉。是以诗人感物，联类不穷；流连万象之际，沉吟视听之

---

① 《潜斋集》卷五《文勿斋诗序》，《景印文渊阁四库全书》第1188册，第449页。
② 《潜斋集》卷五《汪复心潇洒集序》，《景印文渊阁四库全书》第1188册，第450页。
③ 《潜斋集》卷七《分阳诸公感寓诗集序》，《景印文渊阁四库全书》第1188册，第473页。
④ 《文心雕龙·明诗》，《文心雕龙译注》，第42页。
⑤ 《文心雕龙·物色》，《文心雕龙译注》，第415页。

区。"① 继刘勰之后，历代文论家对"感物说"都有所论述，钟嵘《诗品·总论》云："气之动物，物之感人，故摇荡性情，行诸舞咏。"② 杨万里《答建康府大军库监门徐达书》云："触焉，感焉，而是诗出焉。"③ "感物说"是中国有传统特色的诗学理论的重要组成部分，在历代文论家的阐述中得到发展与完善，"感物说"的关键在于，诗原于诗人的情感与对象物的感触，没有情感就没有诗，没有对象物就没有诗，没有这两者的联系也没有诗，情与物是产生诗的必要条件。

有感而诗，无感则无诗。何梦桂认为"人心感于物而成声，诗为甚"，"诗之起由人心生也。心感物而动，故形于声，声成文谓之诗"的有感而为诗的观点是对中国传统诗学理论"感物说"的继承，在何氏看来，作诗的关键是有感而发，诗人内在情志在外物的触动下，以诗的形式表现出来。那么，这种有感而为诗的审美标准是什么？何梦桂进一步提出了贵在自然的观点："平易者，诗之正声也。心形于声，心正而后声正，故知声可以观心。"④ "康节先生曰：吟自在诗。自在者，平易之谓也"⑤。在何梦桂看来，"平易者，诗之正声也"，并进一步指出"自在者，平易之谓也"，由此可见，何梦桂所说的平易，乃是自然之意。从创作心理上讲，是诗人情感最真诚的流露，当情感积累到一定的程度，在外物的触动下，诗人就会毫不掩饰地尽情倾泻自己的情感，将自己对生活的领悟诉之于诗中。何梦桂对这种情感自然流露所作之诗有着明确的追求："余每爱牧歌樵唱之出于人心自然之韵。晞阳出没，烟雨阴晴，时听欸乃之发于柳边竹外者，声若出金石，是岂世间宫商之所能宣，丹青之所能绘哉？"⑥ 从创作技巧上说，平易美是一种浑然天成的自然表达，是一种不事雕琢、直率自然的语言运用。何梦桂《邵西坡诗序》中记载的一件事情说明了其对这种自然而为诗的追求："客有挟西坡邵君诗踵门者，余读而喜之，因征余序。余曰：序姑俟他日。客三四返，不得序且怒去。余曰：'毋怒且止，余有癖，余非靳序也。余有道癖，方其有事，尸坐一室，吾视吾鼎中雄阳玄施，雌阴黄包，方潾潾狎猎起，吾何暇序。及其无事，又有懒癖，破缊

---

① 《文心雕龙·物色》，《文心雕龙译注》，第415～416页。
② 《诗品·总论》，《诗品注》，第1页。
③ 《诚斋集》卷六十七《答建康大军库监门徐达书》，《景印文渊阁四库全书》第1160册，第639页。
④ 《潜斋集》卷七《钱肯堂诗序》，《景印文渊阁四库全书》第1188册，第470页。
⑤ 《潜斋集》卷七《钱肯堂诗序》，《景印文渊阁四库全书》第1188册，第470页。
⑥ 《潜斋集》卷七《题方山翁牧歌樵唱诗序》，《景印文渊阁四库全书》第1188册，第474页。

蒙头曝日檐下,方熙熙怡怡,休休于于,嗒然忘吾之有四肢,亦何暇序。无是则又有世癖,经生学士,谈诗说书,剑客棋翁,鸣楸弹铗,坐观卧听,更仆未已,倦则杖屦皋田,与畔夫芸子樵童牧竖相尔汝,逮莫而后返,吾又何暇序。必俟吾三癖尽去,然后取西坡诗燕坐读之,如亲见其人,使吾所欲序西坡者。横溃突出于吾胸中而不可御,而后使童子研墨濡笔亟书,则序可以拱手得矣。今吾癖未去而子亟吾序,故序止此,子持此以语西坡可乎?'客笑曰:'此君自序,非序西坡也。'余曰:'子持此去,非序西坡,实与西坡作诗法也。使能于吾言下领会,不惟西坡一大公案,东坡复生,亦当印可。"① 友人求何梦桂作诗序,往返数次而不得,生气将去,此时何梦桂说出原因,并非自己不愿为序,而是要去"道癖""懒癖""世癖"此三者然后才可为序,友人认为这是何梦桂在为自己作序而非为他人,何梦桂这时说这并非是给西坡作序,而是在给其作诗法。何梦桂在这里所说的作诗要去"道癖""懒癖""世癖"三者,实际上是反对刻意雕琢、有意粉饰之语,追求的是一种真诚自然、意境深远的清新之语。

综上所述,何梦桂的诗学思想受到江西诗派的较大影响,其"宗杜"思想,作诗讲究学习前人创作经验、熔铸古人创作精华、博采众家之长,同时又注重创作主体自由的观点,都或多或少继承了黄庭坚、吕本中等江西大家的诗学理论。何梦桂身处宋元易代之际,又看到了江西末流的资书为诗及"江湖""四灵"诗派偶俪熟俗、气雕意耗、骨弱气浮的弊病,对此何梦桂主张有感而诗、贵在自然,追求一种气格不俗、意境深远、情感自然真诚流露的清新之诗。

四、元好问对江西诗学的崇与黜

元好问(1190～1258),字裕之,号遗山,忻州秀容(今山西忻州市)人。祖系拓跋氏,后改姓元,金宣宗兴定五年(1221)进士,哀宗正大元年(1224)中宏词科。官至尚书省左司员外郎。金亡不仕,一生著述颇丰,有《遗山先生文集》《遗山乐府》《杜诗学》《东坡诗雅》《东坡乐府选集》《中州集》《唐诗鼓倡》等。其诗论受苏轼的影响,以儒家诗

---

① 《潜斋集》卷五《邵西坡诗序》,《景印文渊阁四库全书》第1188册,第441～442页。

教理论为基础，又吸收了禅学与老庄的某些思维方式。父亲喜爱杜诗，尊崇苏、黄，元好问受其影响。继承杜甫开创的以诗论诗的传统，著有《论诗三十首》绝句，对建安以来至北宋末年的一些重要诗人和作品进行了评价，尤其是对江西诗学的评价，能够一分为二，有崇有黜，体现了他比较辩证和通达的诗学观念。

（一）一语天然万古新，豪华落尽见真淳

自黄庭坚提出"诗者，人之情性也"①——对诗歌本体特征认知后，在南宋得到普遍的响应和认同，严羽即在《沧浪诗话·诗辨》中桴鼓相应："诗者，吟咏情性也。"② 元好问《杨叔能小亨集引》云：

> 诗与文，特言语之别称耳。有所记述之谓文，吟咏情性之谓诗，其为言语则一也。唐诗所以绝出于《三百篇》之后者，知本焉尔矣。何谓本？诚是也。……故由心而诚，由诚而言，由言而诗也，三者相为一。情动于中而形于言，言发乎迩而见乎远。同声相应，同气相求。虽小夫贱妇、孤臣孽子之感讽，皆可以厚人伦、敦教化，无他道也。故曰：不诚无物。夫惟不诚，故言无所主，心口别为二物，物我邈其千里，漠然而往，悠然而来，人之听之，若春风之过马耳，其欲动天地，感神鬼，难矣。其是之谓本。③

"吟咏情性之谓诗"与黄庭坚、严羽对诗歌本体特征的认知一脉相承，不过在元好问那里，"吟咏情性"最终指向"厚人伦，美教化"，基本上没有超出儒家诗教的范围，一定程度上彰显的是诗歌的功利性一面。但是，它毕竟不是《诗大序》"诗言志"观点的简单复归，其强调诗歌功利性的一面，"既包含了文章教化的内容，同时也包括陶、阮、谢等一派萧散简远、平淡自然的风格。这种态度，显然比正统的诗教理论要宽容得多"④。元好问论诗以"诚"为"本"，诗歌创作即"由心而诚，由诚而言，由言而成诗"的过程，并进一步说明"诚"是诗歌具有"动天地，感神鬼"

---

① 《书王知载〈朐山杂咏〉后》，《山谷题跋》卷二，第48页。
② 《沧浪诗话·诗辨》，《沧浪诗话校释》，第26页。
③ 元好问：《杨叔能小亨集引》，阎凤梧主编《全辽金文》，山西古籍出版社2002年版，下册，第3241页。
④ 《中国历代诗学论著选》，第548页。

的感染力之根本。何谓"诚"？即诗人的真情实感①。

在元好问诗论中，"诚"有多种表述，一是"真淳"。其《论诗三十首》其四云："一语天然万古新，豪华落尽见真淳。南窗白日羲皇上，未害渊明是晋人。"② 郭绍虞案："此元好问论诗重自然之旨。自来论陶潜者，如萧统之'语时事则指而可想，论怀抱则旷而且真'，钟嵘之'文体省净，殆无长语'，王维之'任天真'，杜甫之'浑漫与'（浑漫与虽非论陶诗，但下文正接'焉得思如陶谢手，令渠述作与同游'），以及苏轼之'超然'，苏辙之'珠圆'，黄庭坚之'不烦绳削而自合'，陈师道之'写其胸中之妙'，杨时之'冲淡深粹，出于自然'皆与'一语天然万古新，豪华落尽见真淳'之旨相近。"③ 陶渊明诗之所以为后世不可企及，就在于它"一语天然""豪华落尽""任天真""出于自然"的"真淳"。

二是"高情"。元好问《论诗三十首》其五云："纵横诗笔见高情，何物能浇块垒平？老阮不狂谁会得，'出门一笑大江横'。"④ 郭绍虞案："此亦元好问论诗宗旨也。元氏论诗宗旨，重在诚与雅二字。此首论诚。"然后引上述元好问《杨叔能小亨集引》，进而指出："若引此语以论阮籍《咏怀》之作，则其掩抑隐避之处，在在见其真情之流露，亦所谓怨之愈深，其辞愈婉者邪？"⑤《晋书·阮籍传》载："籍本有济世志，属魏晋之际，天下多故，名士少有全者，籍由是不与世事，遂酣饮为常。"⑥ 在元好问看来，阮籍终日"饮酒昏酣"是为了浇心中的块垒，透过他的佯狂，我们能够感受其《咏怀》诗的"高情"，即高深莫测之情。《文选》李善注曰："嗣宗身仕乱朝，常恐罹谤遇祸，因兹发咏，故每有忧生之嗟。虽志在刺讥，而文多隐避，百代之下，难以情测。"⑦ 即是说，阮籍的佯狂只是自我保护的"面具"，其《咏怀》诗借酒浇心中块垒才是至诚之情。

---

① 查洪德《借鉴中求超越：在唐宋诗之外求出路——元好问关于诗歌发展之路的思考》一文认为，元好问早年论诗主"真"，晚年论诗主"诚"。他所谓"诚"并非真诚，进而也觉得，这里"诚"并非"真"的近义词，从"真"到"诚"并非沿着同一方向、相近意义上的逻辑发展，两者是有差异的，或说是矛盾的。"真"是自然的法则，"诚"是修养的准则。论诗之"真"，远祖庄周，近袭王若虚；而"诚"的概念，取自宋代理学，而远祖《孟子》《中庸》。可参考《杭州师范大学学报》（社会科学版）2009年第6期。
② 元好问：《论诗三十首》其四，薛瑞兆、郭明志编纂《全金诗》卷一二三，南开大学出版社1995年版，第4册，第171页。
③ 《杜甫戏为六绝句集解 元好问论诗三十首小笺》，第61页。
④ 《论诗三十首》其五，《全金诗》卷一二三，第4册，第171页。
⑤ 《杜甫戏为六绝句集解 元好问论诗三十首小笺》，第62页。
⑥ 《晋书》卷四十九，第2册，第899～900页。
⑦ 萧统编：《文选》，李善注，中华书局1977年版，第322页。

总之，陶渊明之"真淳"，阮籍之"高情"，均可"动天地，感神鬼"，所以千载之下，令人仰慕，其作品传诵不绝。

一般来说，文如其人，作品之"诚"来自作者之"诚"。但是元好问发现这一现象在有的作者身上却表现为脱节、分裂，其《论诗三十首》其六云："心画心声总失真，文章宁复见为人。高情千古《闲居赋》，争信安仁拜路尘。"① 明人都穆《南濠诗话》云："扬子云曰：'言心声也，字心画也。'盖谓观言与书，可以知人之邪正也。然世之偏人曲士，其言其字，未必皆偏曲。则言与书，又似不足以观人者。"② 《晋书·潘岳传》："潘岳，字安仁……性轻躁，趋世利，与石崇等谄事贾谧，每候其出，与崇辄望尘而拜。……既仕宦不达，乃作《闲居赋》。"③《闲居赋》中潘岳俨然是一个恬淡高洁、与世无争的君子，然其实他是一个趋炎附势、谄媚权贵的小人。元好问认为，潘岳其人其作就是分裂为二的，其《闲居赋》就是"心口别为二物"之"不诚"的作品。

三是亲身经历。元好问《论诗三十首》其十一云："眼处心生句自神，暗中摸索总非真。画图临出秦川景，亲到长安有几人？"④ 谓只有亲眼所接触现实之境，诗情才能有感而生，这样写出来的诗句就能入神，而脱离生活实际而没有切身感受，只是凭空想象、向壁虚构，总非真实之境。像杜甫亲自到长安而能够题咏秦川一带真实风景的诗人有几人呢？言外之意是批评后人没有亲身生活经历而只是以模仿为能事，其作品"总非真"，即"不诚"。

论诗主张以"诚"为"本"，因此，继杨万里、朱熹、王若虚等学者之后，元好问也反对诗歌次韵唱酬。其《论诗三十首》其二十一云："窘步相仍死不前，唱酬无复见前贤。纵横正有凌云笔，俯仰随人亦可怜。"⑤《南濠诗话》指出："东坡云：'诗须有为而作。'山谷云：'诗文惟不造空强作，待境而生，便自工耳。'予谓今人之诗，惟务应酬，真无为而强作者，无怪其语之不工。元遗山诗云：'纵横正有凌云笔，俯仰随人亦可怜。'知此病者也。"⑥ 宗廷辅《古今论诗绝句》指出元好问此诗"殆讥好次韵者。次韵诗肇始于元、白，皮、陆继之，然亦止今体耳；至苏、黄则

---

① 《论诗三十首》其六，《全金诗》卷一二三，第4册，第171页。
② 都穆：《南濠诗话》，《历代诗话续编》下册，第1356页。
③ 《晋书》卷五十五，第2册，第993～996页。
④ 《论诗三十首》其十一，《全金诗》卷一二三，第4册，第172页。
⑤ 《论诗三十首》其二十一，《全金诗》卷一二三，第4册，第172页。
⑥ 《南濠诗话》，《历代诗话续编》下册，第1351页。

无所不次矣"①。元好问认为，由于唱酬之作要次对方之韵，拘于韵脚，亦步亦趋，随人作计，故谓"窘步相仍""俯仰随人"。由于元好问《论诗三十首》其二十二即论苏、黄诗，因此，郭绍虞据此同意都穆、宗廷辅的看法，认为此诗当讥好次韵者苏轼与黄庭坚："苏、黄论诗虽亦知有为而作，待境而生，然次韵之作，实以苏、黄为多"②。《论诗三十首》其九："斗靡夸多费览观，陆文犹恨冗于潘，心声只要传心了，布谷澜翻可是难。"③ 宗廷辅认为此诗也是批评苏、黄次韵的："先生固不满于晋人者，此则借论潘、陆，以箴宋人也。夫诗以言志，志尽则言竭，自苏、黄创为长篇次韵，于是牵于韵脚，不得不借端生议，勾连比附，而辞费矣。"④ 反对次韵唱酬者都一致认为，这种创作"惟务应酬，真无为而强作者"，一言以蔽之：扼杀情感，汩没性灵。同样，元好问将它归于"不诚"之列。我认为，这种看法不免偏颇，唱酬绝非都是"真无为"之作。元好问《自题中州集后五首》其三云："万古骚人呕肺肝，乾坤清气得来难。诗家亦有长沙帖，莫作宣和阁本看。"⑤ 倡导发自肺腑的真情性之吟咏，反对"不诚无物"的模拟。

《杨叔能小亨集引》云："唐人之诗，其知本乎，何温柔敦厚蔼然仁义之言之多也！幽忧憔悴，寒饥困惫，一寓于诗，而其厄穷而不悯，遗佚而不怨者，故在也。至于伤谗疾恶，不平之气不能自掩，责之愈深，其旨愈婉，怨之愈深，其辞愈缓。优柔餍饫，使人涵泳于先生之泽，情性之外，不知有文字。"⑥ 元好问认为，唐人将"幽忧憔悴，寒饥困惫，一寓于诗"，但传达出来则"其厄穷而不悯，遗佚而不怨"，这是何等"温柔敦厚蔼然仁义之言"！杨宏道（字叔能）之诗亦如此，其"伤谗疾恶不平之气，不能自掩，责之愈深，其旨愈婉，怨之愈深，其辞愈缓"，即"哀而不伤""怨而不怒"，完全符合儒家"温柔敦厚"之诗教。元好问这一诗学观与黄庭坚一致，黄庭坚《胡宗元诗集序》云："士有抱青云之器，而陆沉林皋之下，与麋鹿同群，与草木共尽，独托于无用之空言，以为千岁不朽之计。谓其怨邪，则其言仁义之泽也；谓其不怨邪，则又伤己不见

---

① 《杜甫戏为六绝句集解　元好问论诗三十首小笺》，第73页。
② 《杜甫戏为六绝句集解　元好问论诗三十首小笺》，第73页。
③ 《论诗三十首》其九，《全金诗》卷一二三，第4册，第172页。
④ 《杜甫戏为六绝句集解　元好问论诗三十首小笺》，第64页。
⑤ 元好问：《自题中州集后五首》其三，《全金诗》卷一二五，第4册，第205页。
⑥ 《杨叔能小亨集引》，《全辽金文》下册，第3241页。

其人。然则其言，不怨之怨也。"① 因此，元好问完全赞同黄庭坚反对诗歌"怒邻骂坐"的主张，其《校笠泽丛书后记》云："龟蒙诗文如《丛书》与《松陵集》，予俱曾熟读。龟蒙，高士也，学既博赡，而才亦峻洁，故其成就卓然为一家。然识者尚恨多愤激之辞而少敦厚之义。若《自怜赋》《江湖散人歌》之类，不可一二数。标置太高，分别太甚，镂刻太苦，讥骂太过。唯其无所遇合，至穷悴无聊赖以死，故郁郁之气不能自掩。推是道也，使之有君、有民、有政、有位，不面折庭争、埋轮叩马，则奋髯抵几以柱后惠文从事矣！何中和之治之望哉？"② 元好问对陆龟蒙的人品、才学以及文学成就给予了高度评价，但指出其部分诗文"多愤激之辞而少敦厚之义"，"讥骂太过"，即在传达上过于锋芒毕露，有伤儒家"温柔敦厚"之诗教，使人不能不感到遗憾。《论诗三十首》其二十三云："曲学虚荒小说欺，俳谐怒骂岂诗宜？今人合笑古人拙，除却雅言都不知。"③ 明确反对以俳谐怒骂为诗。在此之前，黄庭坚《答洪驹父书》就指出"东坡文章妙天下，其短处在好骂"，告诫后学"慎勿袭其轨也"。④ 严羽《沧浪诗话·诗辨》对江西末流"以骂詈为诗"也提出了严厉的批评："其末流甚者，叫噪怒张，殊乖忠厚之风，殆以骂詈为诗。诗而至此，可谓一厄也。"⑤ 鉴于苏轼"乌台诗案"的沉痛教训，黄庭坚《书王知载〈朐山杂咏〉后》比较详细地阐述了"诗之美"与"诗之祸"的观点，认为诗歌不宜为"强谏争于廷，怨忿诟于道，怒邻骂坐"而作，尽管"其发为讪谤侵陵"确实"以快一朝之忿者"——郁郁之气不能自掩，宣泄出来，痛快淋漓，但是这种传达方式等于"引颈以承戈，披襟而受矢"，完全将自己置于引祸杀身的危险境地，这并非诗歌本身的过错，而是违背了儒家"温柔敦厚"的诗教。黄庭坚这一诗学观，长期以来为人所诟病，其实它同孔子所说的精神一致，但没有人敢批评孔子。如果说黄庭坚反对诗歌"怒邻骂坐"、倡导儒家"温柔敦厚"诗教的主张是在特定的历史背景下提出来的，那么，在并没有类似北宋这一历史背景的金代，元好问明确反对"多愤激之辞而少敦厚之义""讥骂太过"的诗文，一则表明与诗论以儒家诗教理论为基础，一则表明他对黄庭坚这一诗歌传达方式的遥相呼应。

---

① 《胡宗元诗集序》，《文津阁四库全书》第 372 册，第 212 页。
② 元好问：《校笠泽丛书后记》，《全辽金文》下册，第 3184～3185 页。
③ 《论诗三十首》其二十三，《全金诗》卷一二三，第 4 册，第 172 页。
④ 《答洪驹父书二》，《文津阁四库全书》第 372 册，第 225 页。
⑤ 《沧浪诗话·诗辨》，《沧浪诗话校释》，第 26 页。

（二）论诗宁下涪翁拜，未作江西社里人

元好问《论诗三十首》其二十八云："古雅难将子美亲，精纯全失义山真。论诗宁下涪翁拜，未作江西社里人。"① 关于此诗，古今学者有不同的理解②，一种认为是"诋山谷。上二句直举山谷之疵"③；一种认为"首二句言江西社之毛病，第三句还山谷诗之本领，第四句言自己之倔强。语本明顺，毋庸解释"④。笔者同意后一种理解，如此，第三、四句所谓"论诗宁拜黄庭坚为师，而作诗不可与江西派为伍"方可豁然贯通。与张戒、严羽、王若虚等学者对黄庭坚及其江西诗派作一笔抹煞之论不同⑤，元好问能够将黄庭坚与江西诗派区别开来，加以比较客观公允的评价，体现了他比较辩证和通达的诗学观念。

"论诗宁下涪翁拜"，具体体现在元好问不少论诗主张与黄庭坚基本一致，或者赞同黄庭坚的观点。元好问《杜诗学引》云："故谓杜诗为无一字无来处亦可也，谓不从古人中来亦可也。前人论子美用故事，有著盐水中之喻，固善矣；但未知九方皋之相马，得天机于灭没存亡之间，物色牝牡，人所共知者为可略耳。先东岩君有言：近世唯山谷最知子美。以为今

---

① 《论诗三十首》其二十八，《全金诗》卷一二三，第4册，第173页。

② 古代学者宗廷辅《古今论诗绝句》认为是"诋山谷"，郭绍虞主编的《中国历代文论选》也持同样看法。而当今学者多数认为元好问对黄庭坚与江西诗派是区别对待的，钱锺书先生认为这首诗的意思是"涪翁虽难亲少陵之古雅，全失玉溪之精纯，然较之其门下江西派作者，则吾宁推涪翁，而未屑为江西诗派也。是欲抬山谷高出于其弟子"。（《谈艺录》补订本，第153页）李正民《元好问诗论初探》认为，"将黄庭坚与江西诗派、黄庭坚的诗论与其诗作区别对待，是元好问论诗的特识"。载《西南师范学院学报》（社会科学版）1981年第4期。张文澍《元遗山诘江西诗派辨》，从元好问家庭、师友关系、诗论与诗作三个方面，对此进行了辨析，认为元氏是崇山谷而黜江西末流的。载《文艺研究》2011年第3期。方满锦《元好问〈论诗三十首〉的师承探析》，通过元好问与王若虚对黄庭坚评价的比较，指出元氏不像王氏对黄庭坚全盘否定，而是将黄庭坚与江西诗派区分开来，给予黄庭坚充分地肯定。载《忻州师范学院学报》2011年第1期。持相同观点的还有左汉林《对元好问〈论诗三十首〉的分类和评析》，载《河北农业大学学报》（农村教育版）1999年第1期；黄春梅《论诗宁下涪翁拜，未作江西社里人——由〈论诗绝句三十首〉看元好问对江西诗派的批评》，载《昭通师范高等专科学校学报》2008年第6期。

③ 宗廷辅：《古今论诗绝句》，《杜甫戏为六绝句集解　元好问论诗三十首小笺》引，第83页。

④ 郑献甫：《书石洲诗话后》，《杜甫戏为六绝句集解　元好问论诗三十首小笺》引，第83页。

⑤ 刘福燕、延保全《元好问、严羽宋诗持论考察》，比较了元好问、严羽宋诗持论之异同，相同之处表现在两人都对宋诗失含蓄蕴藉之风、酬唱次韵、"资书以为诗"持批评态度。不同之处，元氏论诗无门户之见，对宋诗的评价侧重思想内容且较为客观中肯；严氏则门户之见森严，对宋诗批评过甚。进而从文化思潮、国情时势、自身素养，探究了两人宋诗持论差异之成因。载《兰州大学学报》（社会科学版）2013年第1期。

人读杜诗,至谓草木虫鱼皆有比兴,如试世间商度隐语然者,此最学者之病。山谷之不注杜诗,试取《大雅堂记》读之,则知此公注杜诗已竟。可为知者道,难为俗人言也。"① 黄庭坚在《答洪驹父书》中认为杜诗韩文"无一字无来处",这一观点成为众矢之的,元好问则能够比较辩证地看待它,认为"杜诗无一字无来处亦可也,谓不从古人中来亦可",因为杜诗用典或化用前人之作犹盐溶于水,显然有回护黄庭坚之意;他又认为最了解杜甫者莫过于黄庭坚,黄庭坚在《大雅堂记》一文中曾批评后生辈解读杜诗求之过深:"彼喜穿凿者,弃其大旨,取其发兴于所遇林泉、人物、草木、鱼虫,以为物物皆有所托,如世间商度隐语者,则子美之诗委地矣。"因为在黄庭坚看来,"子美诗妙处,乃在无意于文,夫无意而意已至,非广之以国风、雅颂,深之以《离骚》《九歌》,安能咀嚼其意味,闯然入其门耶"②。元好问因此认为黄庭坚《大雅堂记》可视为杜诗最好的注脚。

元好问《陶然集诗序》云:"子美夔州以后,乐天香山以后,东坡海南以后,皆不烦绳削而自合,非技进于道者能之乎?诗家所以异于方外者,渠辈谈道,不在文字,不离文字;诗家圣处,不离文字,不在文字。唐贤所谓'情性之外,不知有文字'云耳。"③ 元好问欣赏"不烦绳削而自合"的作品,也与黄庭坚基本一致。黄庭坚《与王观复书一》云:"观杜子美到夔州后诗、韩退之自潮州还朝后文章,皆不烦绳削而自合矣。"④对"不烦绳削而自合",黄庭坚是这样描述的:"句法简易而大巧出焉,平淡而山高水深,似欲不可企及。文章成就,更无斧凿痕,乃为佳作耳。"⑤这是一种千锤百炼却出之于"简易""平淡"的炉火纯青的艺术至境,元好问认为,这种境界"非技进于道者"不能为。元好问《锦机引》云:

> 山谷与黄(王)直方书云:"欲作《楚辞》,须熟读《楚辞》,观古人用意曲折处,然后下笔。喻如世之巧女,文绣妙一世,诚欲织锦,必得锦机,乃能成锦。"因以《锦机》名之。⑥

---

① 元好问:《杜诗学引》,《全辽金文》下册,第3228页。
② 《大雅堂记》,《黄庭坚选集》,第415页。
③ 元好问:《陶然集诗序》,《全辽金文》下册,第3247~3248页。
④ 《与王观复书一》,《文津阁四库全书》第372册,第224~225页。
⑤ 《与王观复书二》,《文津阁四库全书》第372册,第225页。
⑥ 元好问:《锦机引》,《全辽金文》下册,第3230页。

黄庭坚《与王立之》云："若欲作楚词追配古人，直须熟读楚词，观古人用意曲折处讲学之，然后下笔。"① 在此，元好问毫不讳言赞同黄庭坚欲作诗须先熟参前人作品、仔细揣摩古人用意曲折处再下笔的观点，直截了当，不像严羽既承认"先须熟读《楚词》，朝夕讽咏以为之本；及读《古诗十九首》，乐府四篇，李陵苏武汉魏五言皆须熟读，即以李杜二集枕藉观之，如今人之治经，然后博取盛唐名家，酝酿胸中，久之自然悟入"②，又谓"诗有别材，非关书也"③，自相矛盾。《锦机》是元好问于金宣宗兴定丁丑（1217）"集前人议论为一编，以便观览"的一个选本，集名来自黄庭坚的启发，他之所以以"锦机"名之，是因为"文章，天下之难事。其法度杂见于百家之书，学者不遍考之，则无以知古人之渊源"④。足见他对黄庭坚的尊重，对文章"法度"的重视。

元好问《〈刘西岩汲〉小传》云："然则诗者，文之变也。岂有定体哉。故《三百篇》，什无定章，章无定句，句无定字，字无定音。大小长短，险易轻重，惟意所适。虽役夫室妾悲愤感激之语，与圣贤相杂而无愧，亦各言其志也已矣，何后世议论之不公邪？齐梁以降，病以声律，类俳优然。沈宋而下，裁其句读，又俚俗之甚者。自谓灵均以来，此秘未睹。此可笑者一也。李义山喜用僻事，下奇字，晚唐人多效之。号'西昆体'。殊无典雅浑厚之气，反詈杜少陵为'村夫子'。此可笑者二也。黄鲁直天资峭拔，摆出翰墨畦径，以俗为雅，以故为新，不犯正位，如参禅着末后句为具眼。江西诸君子翕然推重，别为一派。高者雕镂尖刻，下者模影剽窃。"⑤ 这段话从诗体演变的角度，充分肯定了《诗经》的艺术成就，批评了齐梁诗"病以声律"、沈宋之下"裁其句读"而流于"俚俗"之弊，以及"殊无典雅浑厚之气"的西昆体，并驳斥了杨亿攻击杜甫为"村夫子"的詈骂，完全赞同黄庭坚"以俗为雅，以故为新"的诗法，一针见血地指出江西诗派末流的"雕镂尖刻"与"模影剽窃"，臧否有别，泾渭分明。黄庭坚《再次韵（杨明叔）并引》云："盖以俗为雅，以故为新。百战百胜，如孙吴之兵，棘端可以破镞；如甘蝇飞卫之射，此诗人之奇也。"⑥ "俗"指俚俗语、街巷语、村野语等，既来自书本也来自现实生

---

① 《与王立之》，《黄庭坚全集》，第1371页。
② 《沧浪诗话·诗辨》，《沧浪诗话校释》，第1页。
③ 《沧浪诗话·诗辨》，《沧浪诗话校释》，第26页。
④ 《锦机引》，《全辽金文》下册，第3230页。
⑤ 元好问：《中州集》卷二《〈刘西岩汲〉小传》，《全辽金文》下册，第3332～3333页。
⑥ 《再次韵（杨明叔）并引》，《黄庭坚诗集注》第2册，第441页。

活;"故"指典故、陈语等书本材料和前人作品;在黄庭坚看来,"俗"可以转化为"雅","故"能够改造为"新",学界对此多持否定意见,元好问则认为黄庭坚"摆出翰墨畦径"——独辟蹊径、"如参禅着末后句为具眼"——颇得"活法",可谓独具慧眼。另在《〈刘龙山仲尹〉小传》中,元好问认为刘仲尹是"参涪翁而得法者",故其"诗、乐府俱有蕴藉"①,足见元好问对黄庭坚诗法的首肯。

尽管元好问"论诗宁下涪翁拜",但他在《论诗三十首》其二十二中却指出:"奇外无奇更出奇,一波才动一波随。只知诗到苏黄尽,沧海横流却是谁?"② 尚"奇"确是黄庭坚诗歌所刻意追求的,正如陈师道《后山诗话》所指出:"王介甫以工,苏子瞻以新,黄鲁直以奇。"③ "奇"的诗歌不一定就是不好的诗歌,"奇"的类别也有多种,诸如构思立意之奇、表现手法之奇、烹字炼句之奇、风格特征之奇等。像岑参诗歌之奇气,韩愈诗歌之奇险,李贺诗歌之奇诡……"一波才动一波随"为秀州华亭船子德诚禅师偈语:"千尺纶丝直下垂,一波才动万波随。夜静水寒鱼不食,满船空载月明归。"④ 黄庭坚《诉衷情》化用其语:"一波才动万波随,蓑衣一钓丝,锦鳞正在深处,千尺也须垂。吞又吐,信还疑。上钩迟。水寒江静,满目青山,载月明归。"⑤ 元好问在此援引黄庭坚此句就意味深长,他虽然没有直接批评黄庭坚,但正是黄庭坚的提倡,致使江西后学推波助澜,变本加厉,正如宗廷辅《古今论诗绝句》指出:"自苏、黄更出新意,一洗唐调,后遂随风而靡,生硬放佚,靡恶不臻,变本加厉,咎在作俑,先生慨之,故责之如此。"⑥ 黄庭坚正是"奇外无奇更出奇"的"始作俑"者,苏轼也难辞其咎,元好问谓"百年以来,诗人多学坡、谷"⑦;宗廷辅也指出"自苏、黄派行,而唐代风流至是尽泯"。⑧

"未作江西社里人"——作诗不可与江西派为伍,反映在元好问《论诗三十首》其二十九:"池塘春草谢家春,万古千秋五字新。传语闭门陈正字,可怜无补费精神。"⑨ 他评价谢灵运《登池上楼》"池塘生春草"句

---

① 元好问:《〈刘龙山仲尹〉小传》,《全辽金文》下册,第3339页。
② 《论诗三十首》其二十二,《全金诗》卷一二三,第4册,第172页。
③ 《后山诗话》,《历代诗话》上册,第306页。
④ 《五灯会元》上册,第275页。
⑤ 黄庭坚:《诉衷情》,《全宋词》第1册,第514页。
⑥ 《古今论诗绝句》,《杜甫戏为六绝句集解 元好问论诗三十首小笺》引,第73~74页。
⑦ 元好问:《赵闲闲书拟和韦苏州诗跋》,《全辽金文》下册,第3313页。
⑧ 《古今论诗绝句》,《杜甫戏为六绝句集解 元好问论诗三十首小笺》引,第79页。
⑨ 《论诗三十首》其二十九,《全金诗》卷一二三,第4册,第173页。

"万古千秋五字新",就在于它出于自然,毫不雕琢;而对闭门苦吟的陈师道,则斥黜为"可怜无补费精神",惨淡经营,无补于世。黄庭坚《病起荆江亭即事十首》其八云:"闭门觅句陈无己,对客挥毫秦少游。"谓陈师道属于作诗闭门谢客、搜肠刮肚的苦吟型诗人;秦观属于赋词即兴而发、才思敏捷型的诗人。江西诗派诗人陈师道可谓中国古代苦吟诗人的典型,宋元文献中记载着他"吟榻"的故事:"世言陈无己每登览得句,即急归,卧一榻,以被蒙首,谓之'吟榻'。家人知之,即猫犬皆逐去,婴儿稚子,亦皆抱持寄邻家。徐待其起,就笔砚,即诗已成,乃敢复常。"①元好问又在《自题中州集后五首》其二中云:"陶谢风流到百家,半山老眼净无花。北人不拾江西唾,未要曾郎借齿牙。"② 显然,他是以崇陶渊明、谢灵运诗和荆公体来黜江西诗派末流。再看下面一段诗论:

> 南渡以来,诗学为盛,后生辈一弄笔墨,岸然以风雅自名,高自标置,转相贩卖,少遭指擿,终死为敌。一时主文盟者,又皆泛爱多可,坐受愚弄,不为裁抑,且以激昂张大之语从臾之,至比为曹、刘、沈、谢者,肩摩而踵接,李、杜而下不论也。③

不仅如此,"讳学金陵""废欧梅"竟成宋金诗坛之风气。元好问《论诗三十首》其二十七云:"百年才觉古风回,元祐诸人次第来。讳学金陵犹有说,竟将何罪废欧、梅?"④《古今论诗绝句》云:"金陵当指王荆公。'犹有说',即以人废言之意。"⑤ 朱弁《曲洧旧闻》卷八《东坡诗文盛行》载:"东坡诗文,落笔辄为人所传诵。……崇宁、大观间,海外诗盛行,后生不复有言欧公者。"⑥ 陈振孙《直斋书录解题》卷十七云:"圣俞为诗,古澹深远,有盛名于一时。近世少有喜者,或加毁訾,惟陆务观重之,此可为知者道也。自世竞宗江西,已看不入眼,况晚唐卑格方锢之时乎?杜少陵犹有窃议妄论者,其于宛陵何有?"⑦ 对欧阳修、梅尧臣如此,其对王安石更无论矣。潘德舆《养一斋诗话》卷一认为:"此首明言欧、

---

① 《文献通考》卷二三七《经籍考六十四》引叶梦得语,下册,第1885页。
② 《自题中州集后五首》其二,《全金诗》卷一二五,第4册,第205页。
③ 元好问:《〈溪南诗老辛愿〉小传》,《全辽金文》下册,第3449页。
④ 《论诗三十首》其二十七,《全金诗》卷一二三,第4册,第173页。
⑤ 《古今论诗绝句》,《杜甫戏为六绝句集解 元好问论诗三十首小笺》引,第81页。
⑥ 李焘、朱弁、陈鹄:《师友谈记 曲洧旧闻 西塘集耆旧续闻》,孔凡礼点校,中华书局2002年版,第204~205页。
⑦ 陈振孙:《直斋书录解题》,徐小蛮、顾美华点校,上海古籍出版社1987年版,第494页。

梅甫能复古。而元祐苏、黄诸人次第变古，学元祐者，废金陵犹可，废欧、梅则必不可。"①张进据刘攽《中山诗话》"欧贵韩而不悦子美，所不可晓；然于李白而甚赏爱"②与陈师道《后山诗话》"欧阳永叔不好杜诗，苏子瞻不好司马《史记》，余每与黄鲁直怪叹，以为异事"③，认为江西后学"废欧梅""实因其'不好杜诗'之故，而杜诗恰恰正是江西诗派尊之为'祖'奉之圭臬者。'废欧梅'（梅自属牵连）仍不外乎门户之见。遗山的不满当缘此而发"④。而郑永晓认为，元好问赞扬欧、梅，是因为这两人"有复兴'古风'的倾向，可是到了元祐时期，由于苏、黄的新变，宋诗特征得以确立，这在元好问看来是葬送了古风的复兴。由此可见，就诗歌史的发展演变而言，元好问在这一组绝句中，主正不主变的思想较为明显，……从积极一面来说，这表现出元好问试图超越宋诗，上承汉魏，自创新体的意图；但从消极一面来说，也表现了元好问诗学观念的某种局限性，不能从发展变化的角度去省察诗歌，对宋人在唐以后的变革和成就的评估有偏颇之处"⑤。这一评价是中肯的。

宋、金、元之交，宋诗已走向衰落，诗界对江西诗学乃至整个宋诗的检讨如火如荼，当南方的严羽标举盛唐、向江西诗学发难之际，北方的元好问也加入了这一反思宋诗的思潮。与严羽对江西诗学的一味否定不同，元好问能够辩证地对待江西诗学，评价中有崇有黜，崇者，黄庭坚的诗论；黜者，黄庭坚的次韵唱和与刻意逐奇之作，以及江西诗派末流之生硬放佚、雕镂尖刻、模影剽窃。可见，他能够将黄庭坚与江西诗派区别开来，而没有同声附和王若虚对黄庭坚的一笔抹煞之论，表明他对江西诗学的知性反思有自己的独立思考。元好问论诗以"诚"为"本"，倡导诗歌创作，诗人要有亲身体验，才能生发真情实感；欣赏"不烦绳削而自合"的作品，反对诗歌"俳谐怒骂"、次韵唱酬，与他"吟咏情性之谓诗"——对诗歌本体特征的认知是一致的。

---

① 潘德舆：《养一斋诗话》卷一，《清诗话续编》下册，第 2012 页。
② 《中山诗话》，《历代诗话》上册，第 288 页。
③ 《后山诗话》，《历代诗话》上册，第 303 页。
④ 张进：《元好问诗学对苏黄的批评与继承》，《文史哲》1996 年第 2 期。
⑤ 郑永晓：《江西诗派研究史》，中国社会科学院研究生院 2003 年博士学位论文，第 108 页。

五、胡应麟的江西派诗比较论

胡应麟（1551～1602），字元瑞、明瑞，自号少室山人，别号石羊生。兰溪（今属浙江）人。万历四年（1576）举人，会试不第，筑室山中读书写作，自名书室曰"少室山房"。六年后又赴会试不第，遂绝意仕进，著述以终。为明代"末五子"之一。其文学思想受王世贞影响，推崇汉魏盛唐的格调，并提出"兴象风神"说，追求诗歌内在风韵之美，上承严羽、下启明清之际的神韵说。著有诗文集《少室山房类稿》、笔记《少室山房笔丛》及论诗专著《诗薮》。

（一）综论江西派诗

《明史·文苑传》载，胡应麟"所著《诗薮》二十卷，大抵奉世贞《卮言》为律令，而敷衍其说"①。尽管胡应麟论诗受"后七子"首领王世贞影响较深，但他提出"诗之体以代变""诗之格以代降"的观点，能够看到文学的发展变化，则有胜于王世贞，他说：

> 四言变而《离骚》，《离骚》变而五言，五言变而七言，七言变而律诗，律诗变而绝句，诗之体以代变也。《三百篇》降而《骚》，《骚》降而汉，汉降而魏，魏降而六朝，六朝降而三唐，诗之格以代降也。上下千年，虽气运推移，文质迭尚，而异曲同工，咸臻厥美。国风雅颂，温厚和平；《离骚》《九章》，怆恻浓至；东西二京，神奇浑璞；建安诸子，雄瞻高华；六朝俳偶，靡曼精工；唐人律调，清圆秀朗；此声歌之各擅也。风雅之规，典则居要；《离骚》之致，深永为宗；古诗之妙，专求意象；歌行之畅，必由才气；近体之攻，务先法律；绝句之构，独主风神；此结撰之殊途也。②

所谓"诗之体以代变"，指诗歌文体形态随着时代的推移而变化，"此结撰之殊途也"；所谓"诗之格以代降"，指诗歌风格随着时代的迁替而各

---

① 张廷玉等：《明史》卷二八七，中华书局2000年版，第6册，第4935页。
② 胡应麟：《诗薮内编》卷一，《诗薮》，上海古籍出版社1958年版，第1页。

异,"此声歌之各擅也"。由于胡应麟能够以史的观念来审视诗体、诗风的演进和嬗变,因而其诗论具有文学史意义。从"体以代变""格以代降"的"史"的视角来审视,胡应麟看到:

> 初唐七言古以才藻胜,盛唐以风神胜,李、杜以气概胜,而才藻风神称之;加以变化灵异,遂为大家。宋人非无气概,元人非无才藻,而变化风神,邈不复睹,固时代之盛衰,亦人事之工拙耶?①

在此,胡氏提出了"风神"概念。风神,原是六朝品鉴人物的用语,《世说新语》及刘孝标注中多见,如《赏誉》称王弥"风神清令"②,大抵指人的风度神采。胡应麟主要指艺术作品内在的风韵之美。上承严羽、下启明清之际的神韵说。刘德重指出:"无论从字面上看,从内涵上看,还是从时间上看,'风神'说都更接近'神韵'说,应该把它看作'神韵'说形成过程中的重要一环。更值得注意的是,胡应麟在《诗薮》中已经开始直接以'神韵'论诗。在他笔下,'神韵'与'风神'是相通的。"③《诗薮》中,"风神"与"兴象"并举:"作诗大要不过二端,体格声调,兴象风神而已。体格声调有则可循,兴象风神无方可执。故作者但求体正格高,声雄调鬯;积习之久,矜持尽化,形迹俱融,兴象风神,自尔超迈。譬则镜花水月,体格声调,水与镜也;兴象风神,月与花也。必水澄镜明,然后花月宛然。讵容昏鉴浊流,求睹二者?故法所当先,而悟不容强也。"④"兴象"一词始见于殷璠《河岳英灵集》,凡三见,一是在序中批评南朝诗风:"理则不足,言常有馀,都无兴象,但贵轻艳"⑤;二是卷上评陶翰诗"既多兴象,复备风骨"⑥;三是卷中评孟浩然诗:"文采芊茸,经纬绵密,半遵雅调,全削凡体。至如'众山遥对酒,孤屿共题诗',无论兴象,复兼故实。"⑦ 黄保真认为:"'兴象'之'兴',集中概括了情感、意兴、玄思、妙理等主体要素,而'象'则综合了人事风物及作为物化手段的词采声律等。所谓'兴象',指情景交融、言意浑沦、事理统一、

---

① 《诗薮内编》卷三,《诗薮》,第55页。
② 张㧑之:《世说新语译注》,上海古籍出版社1996年版,第407页。
③ 刘德重:《格调 风神 神韵——胡应麟〈诗薮〉的理论特色》,《上海大学学报》(社会科学版)2001年第1期。
④ 《诗薮内编》卷五,《诗薮》,第100页。
⑤ 殷璠:《河岳英灵集原序》,《景印文渊阁四库全书》第1332册,第21页。
⑥ 殷璠:《河岳英灵集》卷上,《景印文渊阁四库全书》第1332册,第33页。
⑦ 《河岳英灵集》卷中,《景印文渊阁四库全书》第1332册,第47页。

词调和谐而形成的艺术境界及其审美特征。"① 胡应麟受前后七子的影响，论诗尚"格调"，他认为"体格声调"与"兴象风神"的关系密不可分。黄保真说："体格声调是诗的外在形式，而兴象风神则为诗的内在特质，一实一虚，一表一里，一粗一精，审美把握的方式自有不同。但兴象风神又不能独存于体格声调之外，诗歌创作必须以粗寓精，凭实存虚，融合无间，辩证统一。"② 胡应麟又说：

> 盖作诗大法，不过兴象风神，格律音调。格律卑陬，音调乖舛，风神兴象，无一可观，乃诗家大病。③

他认为诗歌的"格律音调"犹如"水与镜"，"兴象风神"则犹如"月与花"，"必水澄镜明，然后花月宛然"，即是说"格律音调"是"兴象风神"获得的前提，如果格卑调舛，兴象风神便黯然失色，"无一可观"。

正是基于"诗之体以代变""诗之格以代降"的认识，胡应麟从不同角度，在比较中来综论江西派诗：

> 唐人诗如初发芙蓉，自然可爱。宋人诗如披沙拣金，力多功少。元人诗如缕金错采，雕绘满前。三语本六朝评颜、谢诗，以分隶唐、宋、元人，亦不甚诬枉也。④

《世说新语·文学》载：孙兴公云："潘（潘岳）文烂若披锦，无处不善；陆（陆机）文若排沙简金，往往见宝。"注曰：排沙简金：犹言"披沙拣金"，比喻在芜杂中选取精华。刘注引《文章传》，说司空张华看到陆机的文章，篇篇说好，但还是讥评他阐发尽致，对陆机说："人之作文，患于不才；至子为文，乃患太多也。"⑤《南史》载："延之尝问鲍照己与灵运优劣，照曰：'谢五言如初发芙蓉，自然可爱。君诗若铺锦列绣，亦雕绘满眼。'"⑥ 钟嵘《诗品》卷中载："汤惠连曰：'谢诗如芙蓉出水，

---

① 《中国诗学大辞典》，第60页。
② 《中国诗学大辞典》，第60页。
③ 《诗薮外编》卷一，《诗薮》，第126页。
④ 《诗薮外编》卷六，《诗薮》，第234页。
⑤ 《世说新语译注》，第212页。
⑥ 《南史》卷三十四，第1册，第586页。

颜如错采镂金。'颜终身病之。"① "出水芙蓉"之喻，谓唐诗似"清水出芙蓉，天然去雕饰"。"镂金错采"之拟，谓元诗追求华丽，伤于雕琢。"披沙拣金"比喻从大量的事物中细心挑选，去粗存精，谓宋诗月锻季炼，惨淡覃思，穷尽事理之精微。所谓"力多功少"即"事倍功半"，是说主观愿望与客观效果之间存在较大距离，语含贬义，讥讽宋人在创作上尽管刻苦用心，但所取得的成绩却微不足道。《诗薮外编》卷五又云：

> 大历而后，学者溺于时趋，罔知反正。宋、元诸子亦有志复古，而不能者，其说有二：一则气运未开，一则鉴戒未备。苏、黄矫晚唐而为杜，得其变而不得其正，故生涩岖嶒而乖大雅。杨、范矫宋而为唐，舍其格而逐其词，故绮缛闺阃而远丈夫。国初因仍元习，李、何一振，此道中兴。盖以人事则鉴戒大备，以天道则气运方隆。②

谓大历（766～779）之后的诗歌已不复盛唐诗歌的面貌，也难以回归盛唐诗歌气象。指出宋、元人尽管有志于复古，师法盛唐，但"气运推移"，风光不再；而正反创作经验亦未具备。苏轼、黄庭坚为矫晚唐之卑弱，祖述杜甫，但只得杜甫之变体——主要指杜甫的拗体、吴体和"以文为诗"，故而生涩瘦削，有乖《诗》之风雅传统。杨万里、范成大为了纠正江西诗派末流"资书以为诗"的创作倾向，主张学习晚唐诗，但为了追求语言的活泼而丢弃了唐诗之格调，流于"绮缛"而乏劲健老苍。明初的诗歌仍然沿袭元诗的积习，至"前七子"李梦阳、何景明登上诗坛，"气运方隆"，始迎来了诗歌的"中兴"局面。从唐、宋、元、明诗歌的比较中，不难看出胡应麟固守"诗必盛唐"的复古观念，同时也暴露了他厚今薄古诗学思想之矛盾。如果说胡氏对宋、元诗的菲薄还有几分道理的话，那么，他视"前七子"的创作是诗歌之"中兴"，则显然带有个人的时代情结，有失公允。《诗薮外编》卷六云：

> 宋人调甚驳，而材具纵横，浩瀚过于元。元人调颇纯，而材具局促，卑陬劣于宋。然宋之远于诗者，材累之；元之近于诗，亦材使之也。故蹈元之辙，不失为小乘；入宋之门，多流于外道也。③

---

① 《诗品注》，第43页。
② 《诗薮外编》卷五，《诗薮》，第214页。
③ 《诗薮外编》卷六，《诗薮》，第229页。

此以"格调"与"才学"论宋、元诗歌,认为宋诗格调驳杂,而才力纵横,故而气魄浩瀚胜于元诗;元诗则格调纯正,由于才力不足,故而失之卑弱,逊色于宋诗。进而指出,宋诗为才学所累,故而远离诗之本体;元人才学不济,其诗虽浅,反而接近诗之本体。佛经分为大小二乘。佛说法因人而施,人有智愚,故所说有深浅。其说之广大深赜者为大乘,浅小者为小乘。倘若仍遵元诗路数,虽然伤浅,不失为诗;如果由宋诗入门,则流于旁门外道。可见胡应麟对宋诗偏见不浅。《诗薮内编》卷二云:

宋主格,元主调。宋多骨,元多肉。宋人苍劲,元人柔靡。宋人粗疏,元人整密。宋人学杜,于唐远;元人学杜,于唐近。国朝下袭元风,上监宋辙,故虞、杨、范、赵,体法时参欧、苏、黄、陈,轨躅永绝。①

宋人主格不主调,"以文为诗","破弃声律",造成声律拗折、音调生涩之弊。《禁脔》谓"鲁直换字对句法,如……其法于当下平字以仄字易之,欲其气挺然不群,前此未有人作此体,独鲁直变之"。胡仔指出:"今俗谓之拗句者是也。"② 至于"宋多骨,元多肉"之喻,胡应麟在《诗薮外编》卷五释之甚详:"诗之筋骨,犹木之根干也;肌肉,犹枝叶也;色泽神韵,犹花蕊也。筋骨立中,肌肉荣于外,色泽神韵充溢其间,而后诗之美善备,犹木之根干苍然,枝叶蔚然,花蕊烂然,而后木之生意完。斯义也,盛唐诸子庶几近之。宋人专用意而废词,若枯枿槁梧,虽根干屈盘,而绝无畅茂之象。元人专务华而离实,若落花坠蕊,虽红紫嫣熳,而大都衰谢之风。故观古诗于六代、李唐,而知古之无出汉也。观律体于五季、宋、元,而知律之无出唐也。"③ 喻之人体,胡应麟认为宋诗无"肌肉"与"色泽神韵",只剩"筋骨",故瘦硬;喻之树木,宋诗无"枝叶""花蕊",独剩"根干",故"苍劲"。他还以陈师道诗为例,对"宋多骨"做了形象注脚:"宋人学杜得其骨,不得其肉;得其气,不得其韵;得其意,不得其象,至声与色并亡之矣。如无已《哭司马相公》三首,其瘦劲精深,亦皆得之百炼,而神韵遂无毫厘。"④ 严羽曰:"格力如

---

① 《诗薮内编》卷二,《诗薮》,第40页。
② 《渔隐丛话前集》卷四十七,《景印文渊阁四库全书》第1480册,第306页。
③ 《诗薮外编》卷五,《诗薮》,第206页。
④ 《诗薮内编》卷四,《诗薮》,第60页。

人之筋骨,必须劲健。"① 可知,胡氏所谓"诗之筋骨"即"宋主格"之诗格。他认为:"宋近体人以代殊,格以人创,巨细精粗,千岐万轨。元则不然,体制音响,大都如一。其词太绮缛而乏老苍,其调过匀整而寡变幻,要以监戒前车,不得不尔。至于肉盛骨衰,形浮味浅,是其通病。国初诸子尚然。"② 从对元诗、明初诗的比较来看,胡应麟对宋诗主格似乎并非全盘否定。再看下面一段论述:

  近体盛唐至矣,充实辉光,种种备美,所少者曰大、曰化耳。故能事必老杜而后极。杜公诸作,真所谓正中有变,大而能化者。今其体调之正,规模之大,人所共知,惟变化二端,勘覈未彻,故自宋以来,学杜者什九失之。不知变主格,化主境;格易见,境难窥。变则标奇越险,不主故常;化则神动天随,从心所欲。如五言咏物诸篇,七言拗体诸作,所谓变也。宋以后诸人竞相师袭者是,然化境殊不在此。③

  胡应麟以"格调"论诗尚"变"尚"化",如果说"化主境"的主张本于王世贞"调即思之境,格即调之界"的观点④,那么"变主格"的观点则始终贯穿了胡应麟"诗之体以代变""诗之格以代降"的诗学思想。他批评宋人学杜之所以"什九失之",正是因为"不知变主格,化主境"。萧华荣指出:"'变'是对常格的突破,有意追求奇险不常,自出手眼,'化'则是炉火纯青之后,人巧契合天工的所至皆妙的诗境。这里面其实暗含对宋人的针砭,他们只学杜诗'变'的方面。"⑤ 至于"宋以后诸人"——主要指元代和明初诗人,由于他们"竞相师袭",其诗之"化境"无复可睹。

  胡应麟论诗既尚"法"又重"悟",深得诗歌创作的辩证之理。他说:"汉、唐以后谈诗者,吾于宋严羽卿得一'悟'字,于明李献吉得一'法'字,皆千古词场大关键。第二者不可偏废,法而不悟,如小僧缚律;悟不由法,外道野狐耳。"⑥ 李梦阳,名列明代"前七子"之首,"卓然以

---

① 《诗说杂记》卷七,《沧浪诗话校释》引,第7页。
② 《诗薮外编》卷六,《诗薮》,第230页。
③ 《诗薮内编》卷五,《诗薮》,第90页。
④ 《艺苑卮言》卷一,《历代诗话续编》中册,第964页。
⑤ 《中国诗学思想史》,第271页。
⑥ 《诗薮内编》卷五,《诗薮》,第100页。

复古自命","倡言文必秦、汉,诗必盛唐"①,他在《答周子书》中说:"今人法式古人,非法式古人也,实物之自则也。"② 严羽《沧浪诗话·诗辨》云:"大抵禅道惟在妙悟,诗道亦在妙悟。"③《诗薮内编》卷二云:"诗则一悟之后,万象冥会,呻吟欬唾,动触天真。"④ 他强调由"法"而"悟","悟"不离"法",二者"不可偏废"。胡氏虽然没有直接批评江西派诗,却切中江西末流死守法度而不悟的弊端。

(二)分评江西派诗

面对难以逾越的唐诗高峰,宋人不得不另辟蹊径。严羽《沧浪诗话·诗辨》指出宋诗"以文字为诗,以才学为诗,以议论为诗"⑤。严羽所述正是迥异于唐音的宋调。但是,宋调是何时形成的,又以何人为典范?胡应麟大致勾勒了宋调形成的历程:

> 六一虽洗削"西昆",然体尚平正,特不甚当行耳。推毂梅尧臣诗,亦自具眼。至介甫创撰新奇,唐人格调,始一大变。苏、黄继起,古法荡然。⑥

宋真宗时,杨亿、刘筠等诗学李商隐,西昆体称盛一时,"耸动天下"。宋仁宗之世,欧阳修主盟文坛,力矫"西昆"之弊,推举梅尧臣,倡平淡诗风。至王安石始"以议论为诗",初成宋调,苏轼、黄庭坚继出,"皆堂芜阔大","宋诗至此,号为极盛"⑦。所谓"古法荡然"从反面说明了苏、黄诗已与唐音判然异趣。胡氏另一段论述可以与此对读:"二宋之富丽,晏同叔、夏英公之和整,梅圣俞之闲淡,王平甫之丰硕,虽时有宋气,而多近唐人。永叔、介父,始欲汛扫前流,自开堂奥。至坡老、涪翁,乃大坏不复可理。"⑧ 准确地说,苏轼"以才学为诗"的特色并不鲜明,宋诗风范体现者当推黄庭坚。刘克庄指出:"豫章稍后出,会萃百家句律之长,

---

① 《明史》卷二八六,第6册,第4911页。
② 李梦阳:《空同集》卷六十二《答周子书》,《景印文渊阁四库全书》第1262册,第569页。
③ 《沧浪诗话·诗辨》,《沧浪诗话校释》,第12页。
④ 《诗薮内编》卷二,《诗薮》,第25页。
⑤ 《沧浪诗话·诗辨》,《沧浪诗话校释》,第26页。
⑥ 《诗薮外编》卷五,《诗薮》,第211页。
⑦ 缪钺:《论宋诗(代序)》,《宋诗鉴赏辞典》卷首,上海辞书出版社1987年版。
⑧ 《诗薮外编》卷五,《诗薮》,第209页。

究极历代体制之变，搜猎奇书，穿穴异闻，作为古、律，自成一家，虽只字半句不轻出，遂为本朝诗家宗祖。"① 故缪钺先生说："而黄之畦径风格，尤为显异，最足以表宋诗之特色，尽宋诗之变态。"②《诗薮外编》卷五又指出："熙宁诸子，负其才力，一变而为议论，又一变而为簿牒，又一变而为俳优，遂令后世词坛，列为大戒。元人而下，此义几亡。明至嘉、隆，始复吐气云。"③ "熙宁"为北宋神宗（1068～1077）年号，其时重要诗人有王安石、苏轼、黄庭坚、陈师道等。簿牒，簿籍文书。俳优，古代以乐舞谐戏为业的艺人。俳谐体，旧时诗文中内容诙谐的游戏之作。胡应麟认为，王、苏、黄、陈所变唐风者，以议论为诗，以才学为诗，以谐谑为诗，此为诗之"大戒"。明代"前七子"于嘉靖（1522～1566）初逐渐偃旗息鼓，至嘉靖中期，以李攀龙、王世贞为首的"后七子"重新在文坛高举复古大旗，声势赫然。隆庆四年（1570）李攀龙去世后，王世贞独柄文坛近二十年。因此"始复吐气"指"后七子"始恢复唐诗"格调风神"。正如沈德潜所标榜前后"七子"的复古业绩："弘、正之间，献吉（李梦阳）、仲默（何景明）力追雅音，庭实（边贡）、昌穀（徐祯卿）左右骖靳，古风未坠。……于鳞（李攀龙）、元美（王世贞），益以茂秦（谢榛），接踵曩哲。"④

江西诗派"以才学为诗"，"以故为新"，逞才炫博，故好用事。刘辰翁《简斋诗笺序》指出："黄太史矫然特出新意，真欲尽用万卷，与李、杜争能于一词一字之顷，其极至寡情少恩，如法家者流。"⑤ 胡应麟对此批评颇多，他说："禅家戒事理二障，余戏谓宋人诗，病政坐此。苏、黄好用事，而为事使，事障也；程、邵好谈理，而为理缚，理障也。"⑥ 认为诗歌创作中，无论是为用事所役的"事障"，还是为谈理所缚的"理障"，都不可能获得"悟"。《诗薮内编》卷四云："用事之工，起于太史冲《咏史》。唐初王、杨、沈、宋，渐入精严。至老杜苞孕汪洋，错综变化，而美善备矣。用事之僻，始见商隐诸篇。宋初杨、李、钱、刘，愈流绮刻。至苏、黄堆叠诙谐，粗疏诡谲，而陵夷极矣。"⑦ 他简要梳理了诗

---

① 《江西诗派小序·山谷》，《历代诗话续编》上册，第478页。
② 《论宋诗（代序）》，《宋诗鉴赏辞典》卷首。
③ 《诗薮外编》卷五，《诗薮》，第255页。
④ 《明诗别裁集序》，沈德潜、周准编《明诗别裁集》，中华书局1975年版，第1页。
⑤ 《简斋诗笺序》，《刘辰翁集》卷十五，第440页。
⑥ 《诗薮内编》卷二，《诗薮》，第39页。
⑦ 《诗薮内编》卷四，《诗薮》，第64页。

歌用事的传统：它始于左思《咏史》，初唐的王勃、杨炯、沈佺期、宋之问用事渐趋精严，至杜甫错综变化，尽善尽美。用事冷僻，自李商隐始，"西昆体"用事则流于绮丽雕刻，而苏轼、黄庭坚用事堆砌典故，插科打诨，粗疏怪异，登峰造极，无以复加。《诗薮外编》卷五云："宋人用史语，如山谷'平生几两屐，身后五车书。'源流亦本少陵；用经语如后山'呪功先服猛，戒力得扶颠。'剪裁亦法康乐。然工拙顿自千里者，有斧凿之功，无镕炼之妙。矜持于句格，则面目可憎；架叠于篇章，则神韵都绝。"① 批评黄庭坚、陈师道用事虽本杜甫、谢灵运，但刻意雕琢，架屋叠床，"神韵都绝"，故"工拙"相差千里。胡应麟还以形象比喻，批评宋人用事"如作谜"："杜用事错综，固极笔力，然体自正大，语尤坦明。晚唐宋初，用事如作谜：苏如积薪，陈如守株，黄如缘木。"② 谓苏轼堆砌典故，陈师道用事不知活用，黄庭坚用事则未达到"以故为新"的效果。

　　江西诗派祖述杜甫，胡应麟对此亦多有评价，他总论曰："黄、陈、曾、吕，名师老杜，实越前规。"③ 邱美琼指出："胡应麟非常清楚地看到，黄庭坚、陈师道等人的学杜，实际上有诸多创变，学杜而不拘于杜，学古与创变统一，使其诗歌创作体现了自身鲜明的个性和独创的品格。"④ 然而，由于胡应麟受前后"七子"尊唐黜宋影响颇深，他对江西诗学褒扬少贬抑多，试看以下诸评：

　　　　宋黄、陈首倡杜学，然黄律诗徒得杜声调之偏者，其语未尝有杜也。至古选歌行，绝与杜不类，晦涩枯槁，刻意为奇而不能奇，真小乘禅耳。而一代尊之无上。陈五言律得杜骨，宋品绝高，他作亦皆悬远。⑤

　　　　苏子瞻《定慧寺海棠》，郭功父《金山行》等篇，亦尚有佳处，而不能脱尽宋气。欧学韩，黄学杜，用力愈多，去道愈远。⑥

　　　　苏、黄初亦学唐，但失之耳。眉山学刘、白得其轻浅，而不得其

---

① 《诗薮外编》卷五，《诗薮》，第212页。
② 《诗薮内编》卷四，《诗薮》，第65页。
③ 《诗薮内编》卷二，《诗薮》，第38～39页。
④ 邱美琼：《胡应麟对黄庭坚诗歌的接受与明末宗宋诗风》，《南昌大学学报》（人文社会科学版）2007年第3期。
⑤ 《诗薮内编》卷三，《诗薮》，第56页。
⑥ 《诗薮内编》卷三，《诗薮》，第57页。

流畅，又时杂以论宗，填以故实。修水学老杜，得其拗涩，而不得其沉雄，又时杂以名理，发以诙谐。宋、唐体制，遂尔悬绝。①

老杜吴体，但句格拗耳。其语如"侧身天地更怀古，回首风尘甘息机"，"落花游丝白日静，鸣鸠乳燕青春深"，实皆冠冕雄丽。鲁直"黄流不解浣明月，碧树为我生凉秋"，"蜂房各自开户牖，蚁穴或梦封侯王"，自以平生得意，遍读老杜拗体，未尝有此等语。独"盘涡鹭浴底心性，独树花发自分明"稍类。然亦老杜之僻者，而黄以为无始心印。"天下几人学杜甫，谁得其皮与骨"，其鲁直谓哉！②

黄、陈律诗法杜，可也，至绝句亦用杜体，七言小诗，遂成梯突谑浪之资。唐人风韵，毫不复睹，又在近体下矣。③

二陈五言古皆学杜，所得惟粗强耳。其沉郁雄丽处，顿自绝尘。无已复参鲁直，故尤相去远。大抵宋诸君子以险瘦生涩为杜，此一代认题差处，所谓七圣皆迷也。工部诗尽得古今体势，其中何所不有，而仅仅若此耶？④

以上数段都是批评宋人不善学杜和前人，或仅取其一端；或只得其皮骨；或只得其变而不得其正。苏轼《书鄢陵王主簿所画折枝二首》其一云："论画以形似，见与儿童邻。赋诗必此诗，定非知诗人。"⑤ 他认为模仿前人不要拘泥于形而忘其神，要求形神兼备。学习前人即使酷似前人，只得其形似，终究落入第二义；要做到学习前人而不为，略其形而得其神，才能形成自己独特的面目。胡氏对黄庭坚、陈师道等人学杜的批评尽管不无道理，但过于求全责备。黄庭坚《与王观复书二》云："所寄诗多佳句，犹恨雕琢功多耳。但熟观杜子美到夔州后古律诗，便得句法：简易而大巧出焉。平淡如山高水深，似欲不可企及。文章成就，更无斧凿痕，乃为佳作耳。"⑥ 黄庭坚指导青年师法杜甫主要熟读其到夔州后诗，他本人也是以学杜甫到夔州后的古体诗和拗律诗为主，故"得杜声调之偏者""晦涩枯槁""拗涩""险瘦生涩"，都是黄庭坚的主观选择，胡氏似乎认为学杜

---

① 《诗薮外编》卷五，《诗薮》，第214页。
② 《诗薮外编》卷五，《诗薮》，第217页。
③ 《诗薮外编》卷五，《诗薮》，第227页。
④ 《诗薮外编》卷五，《诗薮》，第210页。
⑤ 苏轼：《书鄢陵王主簿所画折枝二首》其一，《苏轼诗集合注》卷二十九，中册，第1437页。
⑥ 《与王观复书二》，《文津阁四库全书》第372册，第225页。

必须得其"古今体势",否则都只是"得其声调""得其拗涩"——"得其皮与骨"之偏者。笔者认为,这种要求,过于苛刻,未免强人所难。

胡应麟与王世贞交往甚密,对世贞推崇备至,以至有"贡谀"(献媚)之嫌,"谓诗家之有世贞,集大成之尼父也。其贡谀如此"①。但是他对待江西派诗的态度不像王世贞那样一味菲薄,而时有中肯、辩证之评价。他说:"余谓黄、陈学杜瘦劲,亦其材近之耳。律诗主格,尚可矍铄自矜。歌行间涉纵横,往往束手矣。然黄视陈觉稍胜。"②这是黄庭坚、陈师道比较论,认为他们在师法杜甫得其瘦劲上,两人才力相当,伯仲之间;在主格的律诗创作上,两人均可以笔力老健自矜;但在纵横自如的歌行体创作上,黄诗略胜一筹,而陈诗稍嫌拘谨。对陈师道学杜,尽管如前所述,他批评无己"所得惟粗强耳",但对其一些句法则予以肯定:"无己句如'百姓归周老,三年待鲁儒','丘原无起日,江汉有东流','事多违谢傅,天遽夺杨公','公私两多事,灾病百相催','精爽回长安,衣冠出广廷',皆典重古澹得杜意,且多得杜篇法。"③肯定陈师道这些诗句不仅"典重古澹得杜意",而且"多得杜篇法"。又说:"七言律壮者必丽,淡者必弱。……古今七言律淡而不弱者,惟陈无己一家,然老硬枯瘦,全乏风神,亦何取也。"④认为七言律诗"淡而不弱"者在宋代只有陈师道一人,同时又指出它"老硬枯瘦""全乏风神"之病,即作品内在的风韵不足,从上文来看,这种风韵当指"壮丽"。这一评价不仅辩证且中肯。再看几则材料:"宋之为律者,吾得二人:梅尧臣之五言,淡而浓,平而远;陈去非之七言,浑而丽,壮而和。梅多得右丞意,陈多得工部句"⑤。这是梅尧臣诗与陈与义诗比较,前者五言律"淡而浓,平而远",多得王维诗意韵;后者七言律"浑而丽,壮而和",则多得杜甫诗句法。"宋之学杜者,无出二陈。师道得杜骨,与义得杜肉。无己瘦而劲,去非赡而雄。后山多用杜虚字,简斋多用杜实字"⑥。这是陈师道与陈与义比较,两人学杜,各有所得,一多用虚字,得杜诗之瘦劲;一多用实字,得杜诗之雄赡。对江西派诗,胡应麟肯定较多者是陈与义,他说:"陈去非

---

① 《明史》卷二八七,第6册,第4935页。
② 《诗薮外编》卷五,《诗薮》,第213页。
③ 《诗薮外编》卷五,《诗薮》,第216~217页。
④ 《诗薮外编》卷五,《诗薮》,第218页。
⑤ 《诗薮外编》卷五,《诗薮》,第214页。
⑥ 《诗薮外编》卷五,《诗薮》,第214页。

诸绝，虽亦多本老杜，而不为已甚，悲壮感慨，时有可观处。"①"大抵南宋古体当推朱元晦，近体无出陈去非。"② 又指出：

> 王维"遥知兄弟登高处，遍插朱萸少一人"，岑参"遥怜故园菊，应傍战场开"，皆佳句也。去非《重九》二绝七言云："龙沙北望西风冷，谁折黄花寿两宫？"五言云："菊花纷四野，作意为谁愁？"虽用前人之意，而不袭其语，殊自苍然。③

《冷斋夜话》载："山谷云：'……不易其意而造其语，谓之换骨法；窥入其意而形容之，谓之夺胎法。'"④ 胡应麟在此对陈与义"虽用前人之意，而不袭其语"的"换骨法"是予以首肯的⑤。

与前后"七子"一样，胡应麟以汉古唐律作为诗之标准，因此，他亦多以之来衡量、评价江西派诗：

> 无己"梅柳春犹浅，关山月自明"，去非"春生残雪外，酒尽落梅时"，却自然有唐味，然不多得。⑥
>
> 宋初及南渡诸家，亦往往有可参唐集者，世率以时代置之。今摘其合作之句列于左方：……七言如……吕居仁"江回夜雨千崖黑，霜著高林万叶红"……皆七言近唐句者，此外不多得也。⑦
>
> 南渡诸人诗，尚有可观者，如尤、杨、范、陆，时近元和；永嘉四灵，不失晚季，至陈去非宏壮，在杜陵廊庑，谢皋羽奇奥，得长吉风流，尤足称赏；以其才则不如王、苏、黄、陈。⑧

刘辰翁《陈去非集序》云："后山自谓黄出，理实胜黄。其陈言妙语，乃可称破万卷者。然外示枯槁，如息夫人绝世，一笑自难。惟陈简斋以后山体用后山，望之苍然，而光景明丽，肌骨匀称。古称陶公用兵，得

---

① 《诗薮外编》卷五，《诗薮》，第227页。
② 《诗薮杂编》卷五，《诗薮》，第316页。
③ 《诗薮外编》卷五，《诗薮》，第227页。
④ 《冷斋夜话》卷一，《历代笔记小说大观·宋元笔记小说大观》第2册，第2171页。
⑤ 胡应麟袭用了惠洪"不易其意而造其语"之"换骨法"的解释，因此，他有"虽用前人之意，而不袭其语"之评。
⑥ 《诗薮外编》卷五，《诗薮》，第217页。
⑦ 《诗薮内编》卷二，《诗薮》，第219～220页。
⑧ 《诗薮外编》卷五，《诗薮》，第215页。

法外意,以简斋视陈、黄,节制亮无不及。则后山比简斋,刻削尚似,矜持未尽去也。"① 胡应麟在转述这段话之后略加评点:"刘评宋三家,切中肯綮,且内多名言快语。"② 胡应麟认为刘辰翁对江西诗派"三宗"的比较评价"切中肯綮",显然,他完全同意刘氏对"三宗"诗歌成就的排序:陈与义第一,陈师道第二,黄庭坚第三。不论这种评价是否符合实际,从以上所示材料来看,与胡应麟对江西诗派的基本态度、个人偏好始终是一以贯之的。

六、王士禛对江西诗派的评析

王士禛(1634~1711),字子真,一字贻上,号阮亭,晚号渔洋山人。新城(今属山东桓台)人。顺治十二年(1655)会试中式,顺治十五年补行殿试,中二甲第三十六名进士。累官至刑部尚书。他于钱谦益之后主盟清初诗坛,倡"神韵"说。有《带经堂集》传世。其弟子俞兆晟在《渔洋诗话序》中记载了王士禛晚年自述诗学思想之变化:"吾老矣,还念平生,论诗凡屡变。……少年初筮仕时,惟务博综该洽,以求兼长。……入吾室者,俱操唐音,韵胜于才,推为祭酒。……中岁越三唐而事两宋,良由物性厌故,笔意喜生,耳目为之顿新,心思于焉避熟。……既而清利流为空疏,新灵寖以佶屈,顾瞻世道,恧焉心忧,于是以太音希声,药淫哇锢习,《唐贤三昧》之选,所谓乃造平淡时也,然而境亦从兹老矣。"③ 可知士禛早年宗唐,中年亲宋,晚年复归尊唐。他亲宋诗,主要原因是对明代"七子""尊唐祧宋"——一味抹煞宋诗之风不满:"故尝著论,以为唐有诗,不必建安、黄初也;元和以后有诗,不必神龙、开元也;北宋有诗,不必李、杜、高、岑也。"④ 又在《论诗绝句》中说:"铁崖乐府气淋漓,渊颖歌行格尽奇。耳食纷纷说开元,几人眼见宋元

---

① 《简斋诗笺序》,《刘辰翁集》卷十五,第440页。
② 《诗薮外编》卷五,《诗薮》,第213页。
③ 俞兆晟:《渔洋诗话序》,《清诗话》,第163页。
④ 王士禛:《带经堂集》卷六十五《鬲津草堂诗集序》,《续修四库全书》第1414册,第612页。

诗。"① 由独尊唐诗扩大到兼取宋元诗。

（一）主性情学问相兼以济"神韵"说

"神韵"说是王士禛诗学思想的核心。张宗柟《带经堂诗话纂例》指出："山人仿元秀容作《论诗绝句》，又尝拈出'神韵'二字示学者，于表圣'美在酸咸之外'、沧浪'一味妙悟'之旨，别有会心。"② 由于王士禛对"神韵"的内涵没有做出具体阐释，故而时人和后人仅据士禛晚年所作《唐贤三昧集序》认为"神韵"的主旨与钟嵘《诗品》的"滋味"说、司空图的"近而不浮，远而不尽"的"韵外之致"③ 大体相同，而以"不着一字，尽得风流"④ 和"羚羊挂角，无迹可求"⑤ 为诗之最高境界。吴陈琰《蚕尾续集序》说："司空表圣论诗云：'梅止于酸，盐止于咸，饮食不可无酸咸，而其美常在酸咸之外。'余尝深旨其言，酸咸之外者何？味外味也。味外味者何？神韵也。"⑥ 吴氏将"神韵"释为"味外味"即其中富有代表性的观点之一。《池北偶谈》卷十八云："汾阳孔文谷云：诗以达性，然须清远为尚。薛西原论诗，独取谢康乐、王摩诘、孟浩然、韦应物，言'白云抱幽石，绿筱媚清涟'，清也；'表灵物真赏，蕴真谁与传'，远也；'何必丝与竹，山水有清音'，'景昃鸣禽集，水木湛清华'，清远兼之也。总其妙在神韵矣。'神韵'二字，予向论诗，首为学人拈出，不知先见于此。"⑦ 据此，学界一般认为，"神韵"追求富于诗情画意、清幽淡远的意境。然而，《唐贤三昧集》毕竟是王士禛晚年所编，此时他的诗学思想又复尊唐音，如果仅据此来理解王士禛的"神韵"说内涵，可能执于一端，"非神韵之全旨"⑧，因此，翁方纲特撰《神韵论》辨正说："其新城之专举空音镜像一边，特专以针灸李、何一辈之痴肥貌袭者言之，非神韵之全也"⑨；指出"神韵"说是针对以李梦阳、何景明为代表的明代"前七子"貌袭盛唐流于空疏之弊而提出来的，实际上"神

---

① 王士禛：《渔洋诗集》卷十四《戏仿元遗山论诗绝句三十二首》其十六，《景印文渊阁四库全书》第1315册，第96页。
② 张宗柟：《带经堂诗话纂例》，《带经堂诗话》上册，第1页。
③ 司空图：《与李生论诗书》，《全唐文》卷八〇七，第4册，第3761页。
④ 《二十四诗品·含蓄》，《诗品集解 续诗品注》，第21页。
⑤ 《沧浪诗话·诗辨》，《沧浪诗话校释》，第26页。
⑥ 吴陈琰：《蚕尾续集序》，《四库全书存目丛书》集部第227册，齐鲁书社1997年版，第325页。
⑦ 王士禛：《池北偶谈》，《带经堂诗话》卷三，上册，第73页。
⑧ 翁方纲：《复初斋文集》卷三《坳堂诗集序》，《续修四库全书》第1455册，第376页。
⑨ 《复初斋文集》卷八《神韵论上》，《续修四库全书》第1455册，第423页。

韵"的内涵要丰富得多："神韵者，非风致情韵之谓也。……其实神韵无所不该，有于格调见神韵者，有于音节见神韵者，亦有于字句见神韵者，……有于实际见神韵者，亦有虚处见神韵者，有于高古浑朴见神韵者，亦有于情致见神韵者，非可执一端以名之也。"① 尽管翁方纲谓"神韵即格调者"② ——有将"神韵"纳入其"格调"说的意图，但我认为他委实更得"神韵"之全旨。

王士禛题友人《丁丑诗》云："自昔称诗者，尚雄浑则鲜风调，擅神韵则乏豪健，二者交讥；唯今太宰说严先生之诗，能去其二短，而兼其两长。吾推先生诗三十餘年，世之谈士皆以为定论而无异辞者以此。《丁丑诗》一卷公所自书，盖渐老渐熟之候，而书法圆美苍劲，姿态横生，适与其诗相称，真两绝也。"③ 郑才林指出："在渔洋看来，诗作中雄浑风调、神韵与豪健不是互相排斥的，是可以并存、可以互补且相得益彰的，这才是理想的诗作。"④ 张毅则认为："这种神韵风调与雄浑气格兼备的审美理想，与王士禛早年学问根柢与性情兴会的主张异曲同调。"⑤ 王士禛云："夫诗之道，有根柢焉，有兴会焉，二者率不可得兼。镜中之象，水中之月，相中之色，羚羊挂角，无迹可求，此兴会也。本之风雅以导其源，溯之楚骚、汉魏乐府诗以达其流，博之九经、三史、诸子以穷其变，此根柢也。根柢原于学问，兴会发于性情。于斯二者兼之，又斡以风骨，润以丹青，谐以金石，故能衔华佩实，大放厥词，自名一家。"⑥ "兴会"意指审美主体在自然景物、社会生活或文艺作品的激发下，产生了昂扬的诗情，或者说它是主观精神世界里突然发生的高度亢奋的审美创造欲望或审美创作的心理机制。语见齐梁时代沈约《宋书·谢灵运传论》："爰逮宋氏，颜、谢腾声，灵运之兴会标举，延年之体裁明密，并方轨前秀，垂范后昆。"⑦ 颜之推《颜氏家训·文章》："文章之体，标举兴会，发引性灵。"⑧ 所谓根柢与兴会即学问与性情之关系，《师友诗传录》载："问：

---

① 《复初斋文集》卷八《神韵论下》，《续修四库全书》第1455册，第424页。
② 《复初斋文集》卷八《神韵论下》，《续修四库全书》第1455册，第424页。
③ 王士禛：《蚕尾续文》，《带经堂诗话》卷六，上册，第161页。
④ 郑才林：《略论王士禛的宋诗观与"神韵"说之关联——兼论王士禛和严羽的苏、黄诗观之异》，《宁夏大学学报》（人文社会科学版）2005年第4期。
⑤ 张毅：《求唐诗"神韵"以"肌理"——王士禛、翁方纲唐诗接受思想合论》，《复旦学报》（社会科学版）2012年第6期。
⑥ 王士禛：《渔洋文》，《带经堂诗话》卷三，上册，第78页。
⑦ 《宋书》卷六十七，第2册，第1177页。
⑧ 颜之推：《颜氏家训》，《诸子集成》，上海书店1986年版，第8册，第19页。

作诗学力与性情必兼具而后愉快，愚意以为学力深始能见性情，若不多读书、多贯穿，而遽言性情，则开后学油腔滑调、信口成章之恶习矣。近时风气颓疲，唯夫子一言以为砥柱。（答）司空表圣云：'不著一字，尽得风流'，此性情之说也；扬子云云：'读千赋则能赋'，此学问之说也。二者相辅而行，不可偏废。若无性情而侈言学问，则昔人有饥点鬼簿、獭祭鱼者矣。学力深始能见性情，此一语是造微破的之论。"① 由此可见，王士禛是以性情学问相兼以济"神韵"之说，或者说其"神韵"说包含性情与学问兼济的内涵。尽管王士禛说"余于古人论诗，最喜钟嵘《诗品》、严羽《诗话》、徐祯卿《谈艺录》"②，但并未全盘接受他们的诗学思想，比如严羽反对宋人"以才学为诗"，王士禛则主张性情与学问"二者相辅而行，不可偏废"，这才是王士禛除不满明代"七子""尊唐祧宋"外而亲炙宋诗的原因。

"诗者，吟咏情性也"的诗学观念经过长期的沉寂后，至北宋黄庭坚鉴于苏轼"乌台诗案"的惨痛教训，以及自己所遭文字之祸③，产生了畏祸心理，重新提出了"诗者，人之情性也"④——对诗歌本体特征的认知。这一诗学观念的重提，得到后世的广泛认同，严羽《沧浪诗话·诗辨》桴鼓相应："诗者，吟咏情性也。"⑤ 但他认为"夫诗有别材，非关书也"⑥，明确反对黄庭坚为代表的江西诗派"以才学为诗"。在严羽看来，才学与情性互为矛盾，不能相兼，"以才学为诗"势必淹没诗人的情性。王士禛的看法则比较辩证，他认为学力不深则无以见性情，无情性而侈言学问则必坠入掉书袋。如果说黄庭坚的"情性"说与王士禛的"神韵"说有某种关联的话，那就是回避政治、远离现实。这一共同之处，正是两者遭到世人诟病的短板。不过，黄庭坚的"情性"说并非主张"根本取

---

① 王士禛：《师友诗传录》，《带经堂诗话》卷二十九，下册，第 822~823 页。
② 王士禛：《渔洋诗话》，《清诗话》，第 170 页。
③ 黄庭坚一生遭三次文字之祸：第一次是绍圣元年（1094），因修《神宗实录》以"诬毁先帝"之罪贬涪州别驾、黔州安置。第二次是崇宁元年（1102）因作《蚁蝶图》遭重贬。最早记载见岳珂《桯史》，王士禛在此转述后加以评说："山谷居黔，有《题蚁蝶图》六言云：'胡蝶双飞得意，偶然毕命网罗。群蚁争收坠翼，策励归去南柯。'后又迁宜，此图传于京师，蔡京见之大怒，将以怨望重其贬，会山谷卒乃免。小人之祸君子，其毒乃至于此。宋以忠厚开国，然文字之祸亦代之所无，而于坡谷尤甚矣。"（王士禛：《居易录》，《带经堂诗话》卷二十三，下册，第 672 页）第三次是崇宁二年（1103），转运判官陈举承赵挺之风旨，摘取黄庭坚在荆州所作《承天院塔记》中数语，以为幸灾谤国。遂谪宜州。
④ 《书王知载〈朐山杂咏〉后》，《山谷题跋》卷二，第 48 页。
⑤ 《沧浪诗话·诗辨》，《沧浪诗话校释》，第 26 页。
⑥ 《沧浪诗话·诗辨》，《沧浪诗话校释》，第 26 页。

消诗歌的现实性与战斗性"①，而是倡导"与时乖逢""情之所不能堪，因发于呻吟调笑之声"，即感受到巨大的社会矛盾，要以调侃的方式表现出来——寓庄于谐的策略，即恪守儒家"温柔敦厚"的诗教，将尖锐的政治斗争和社会矛盾，消解在自我调笑之中。这是黄庭坚"情性"说与王士禛"神韵"说之差别。

基于情性与学问相兼的观点，王士禛尤为推崇黄庭坚的"才力学识"，他说：

> 欧、梅、苏、黄诸家，其才力学识皆足凌跨百代，使俛首而为掇拾吞剥、秃屑俗下之调，彼遽不能耶？其亦有所不为耶！②

又引朱弁《风月堂诗话》"黄鲁直……乃独用昆体工夫，而造老杜浑成之地，今之诗人少有及者，此禅家所谓更高一著也"③，然后评点说："此语入微，可与知者道，难为俗人言。"④ "西昆体"专学李商隐，好用典故。所谓"用昆体工夫"主要指"以才学为诗"，王士禛完全赞同朱弁的观点，认为黄庭坚"以才学为诗"能够达到杜甫诗歌"浑成"的境地。笔者认为，"浑成"既指诗歌意境之浑成，当也包含诗歌风格之雄浑。如此便与王士禛神韵风调与雄浑豪健相兼的诗歌审美理想契合。王士禛在《七言诗凡例》中指出："山谷虽脱胎于杜，顾其天资之高，笔力之雄，自辟庭户。"⑤ 如果说"笔力之雄"还不能理解为雄浑豪健的话，那么我们再联系前引王士禛评《丁丑诗》所谓"《丁丑诗》一卷公所自书，盖渐老渐熟之候，而书法圆美苍劲，姿态横生，适与其诗相称"得知，"雄浑豪健"与"苍劲""相称"，黄庭坚诗歌风格以苍劲老健为特征应该没有异议。由此可见，王士禛之所以欣赏黄庭坚诗歌，是其"神韵"说中应有之义。《师友诗传录》载："问：宋诗不如唐诗者，或以气厚薄分耶？（答）唐诗主情，故多蕴藉；宋诗主气，故多径露，此其所以不及，非关厚薄。"⑥ 王士禛认为唐诗主情而蕴藉，宋诗主气而径露，故宋诗不及唐诗。"径露"即乏含蓄蕴藉，这与他所倡"神韵"是一致的。参之宋诗，尽管它

---

① 《中国历代文论选》第 3 册，第 368 页。
② 《渔洋文》，《带经堂诗话》卷二十七，下册，第 754 页。
③ 《风月堂诗话》卷下，《景印文渊阁四库全书》第 1479 册，第 26 页。
④ 《居易录》，《带经堂诗话》卷三，上册，第 73 页。
⑤ 王士禛：《七言诗凡例》，《带经堂诗话》卷四，上册，第 96 页。
⑥ 《师友诗传录》，《带经堂诗话》卷二十九，下册，第 841 页。

不及唐诗，但并不意味着要否定宋诗；欣赏黄庭坚诗歌，也并不等同"祖宋祧唐"。王士禛"参之宋、元以博其趣，并不是排斥神韵，而只是扩大了神韵的范围，不拘囿于唐人王、孟的古澹清音一路"①，正如徐乾学在《渔洋山人续集序》中所指出："或乃因先生持论，遂疑先生续集，降心下师宋人，此犹未知先生之诗者也。"② 当对明代"七子"宗唐说救弊补偏、纠正扭转时人"矫枉过正，或乃欲祖宋而祧唐"③ 之后，当然也包括认识到宋诗"清利流为空疏，新灵寖以佶屈"的流弊之后，王士禛又复尊唐音，编选《唐贤三昧集》，"于唐贤独推右丞、少伯以下诸家得三昧之旨，盖专以冲和淡远为主，不欲以雄鸷奥博为宗"④，因为以黄庭坚为代表的宋诗之苍劲瘦硬与王士禛以清幽淡远为内核的"神韵"说，毕竟不甚契合。

"神韵"是王士禛对诗境的至高要求，欲达到这种境界的途径与方法，在王士禛看来，一是"兴会"，二是"妙悟"。《蚕尾续文》云："严沧浪以禅喻诗，余深契其说，而五言尤为近之。如王、裴辋川绝句，字字入禅。……妙谛微言，与世尊拈花，迦叶微笑，等无差别。通其解者，可悟上乘。"⑤《香祖笔记》云："舍筏登岸，禅家以为悟境，诗家以为化境，诗禅一致，等无差别。"⑥ 青年诗人晁冲之向黄庭坚请教作诗法度，如何才能取得显著的进步效果，黄庭坚告之"识取关捩"，冲之始悟"当令参者自相领解"⑦，即参解领悟。《居易录》云："象耳袁觉禅师尝云：东坡云'我持此石归，袖中有东海'；山谷云'惠崇烟雨芦雁，从我潇湘洞庭。欲唤扁舟归去，傍人云是丹青。'此禅髓也。予谓不唯山谷，唐人如王摩诘、孟浩然、刘眘虚、常建、王昌龄诸人之诗，皆可语禅。"⑧ 不唯如此，黄庭坚《次韵答斌老病起独游东园》其一、《又答斌老病愈遣闷二首》《题山谷石牛洞》《庭坚得邑太和，六舅按节出同安，邂逅于皖公溪口。风雨阻留十日，对榻夜语，因咏"谁知风雨夜，复此对床眠"。别后觉斯言可念，列置十字，字为八句，寄呈十首》等，都是极富禅悟的作品。可见，王士禛欣赏黄庭坚的诗歌，与其极具禅宗悟性不无关系，因为

---

① 《中国历代文论选》第 3 册，第 367 页。
② 徐乾学：《憺园文集》卷二十一《渔洋山人续集序》，《四库全书存目丛书》集部第 243 册，第 129 页。
③ 《带经堂集》卷六十五《鬲津草堂诗集序》，《续修四库全书》第 1414 册，第 612 页。
④ 翁方纲：《七言诗三昧举隅》，《清诗话》，第 291 页。
⑤ 《蚕尾续文》，《带经堂诗话》卷三，上册，第 83 页。
⑥ 王士禛：《香祖笔记》，《带经堂诗话》卷三，上册，第 83 页。
⑦ 《太仓稊米集》卷五十九《见王提刑》，《景印文渊阁四库全书》第 1141 册，第 423 页。
⑧ 《居易录》，《带经堂诗话》卷三，上册，第 81 页。

它是"神韵"说中应有之义。

（二）以辩证态度评析江西诗派

大约在三十岁之后，王士禛"越三唐而事两宋"，"笔意喜生，耳目为之顿新，心思于焉避熟"，他感受到迥异于唐诗的宋诗生新的审美特点。他说："宋人诗，至欧、梅、苏、黄、王介甫而波澜始大。前此杨、刘、钱思公、文潞公、胡文恭、赵清献辈，皆沿西昆体，王元之独宗乐天。"①指出宋初的西昆体学李商隐，王禹偁学白居易，仍然囿于唐人，至王安石始开宋调，苏轼加以发展，黄庭坚则成为宋诗风范的代表。"宋初学西昆，于唐却近，欧、苏、豫章始变西昆，去唐却远；"②"于唐却近"即未逾唐人樊篱；"去唐却远"即与唐人异调。所谓"波澜始大"，不仅勾勒了宋诗的形成，且充分肯定了宋诗的蔚为大观。

"故论宋诗者，不得不以江西派为主流，而以黄庭坚为宗匠矣"③。王士禛兼参宋诗，尤其推赏黄庭坚：

> 一代高名孰主宾？中天坡谷两嶙峋。
> 瓣香只下涪翁拜，宗派江西第几人④。

> 涪翁掉臂自清新，未许传衣蹑后尘。
> 却笑儿孙媚初祖，强将配食杜陵人⑤。

翁方纲辨析说："其实山谷学杜，得其微意，非貌杜也。即或后人以配食杜陵，亦奚不可！而此诗以为'未许传衣'，则专以'清新'目黄诗，又与所作《七言诗凡例》之旨不合矣。遗山云：'论诗宁下涪翁拜，未作江西社里人。'此不以山谷置《江西派图》中论之也。渔洋云：'却笑儿孙媚初祖，强将配食杜陵人。'此专以山谷置《江西派图》中论之也。山谷是'江西派'之祖，又何待言！然而因其作'江西派'之祖，即不许其

---

① 《香祖笔记》，《带经堂诗话》卷一，上册，第43页。
② 《师友诗传录》，《带经堂诗话》卷二十九，下册，第828页。
③ 《论宋诗（代序）》，《宋诗鉴赏辞典》卷首。
④ 《渔洋诗集》卷二十二《冬日读唐宋金元诸家诗，偶有所感，各题一绝于卷后，凡七首》其四，《景印文渊阁四库全书》第1315册，第112页。
⑤ 《渔洋诗集》卷十四《戏效元遗山论诗绝句三十二首》其十二，《景印文渊阁四库全书》第1315册，第95页。

继杜,则非也。吾故曰:遗山诗初非斥薄'江西派',正以其在论杜一首中,与义山并推,其继杜则即不作一方之音限之可矣。此不斥薄'江西派',愈见山谷之超然上接杜公耳。……渔洋极推山谷,似是山谷知己矣,而此章却又必拘拘置之'江西派',不许其嗣杜。……若云'瓣香',吾不知渔洋之意果其欲专学山谷诗乎?先生固未尝专学山谷诗也。然即使欲专学山谷,则其意,以'只'字特见推崇山谷矣,乃其下接句却又不然,乃曰:'宗派江西第几人?'此又实不可解。夫山谷是《江西宗派图》中之第一人也,所以云'儿孙媚初祖',先生固明知其为'江西派'之初祖也,何以此处又佯问曰:是'江西派''第几人?'不知其意欲显高出江西诸人乎?抑欲较量其与江西诸人之等级乎?"①

王士禛确实说过:"宋人作《江西宗派图》,极尊之,配食子美,要亦非山谷意也。"② 但他又充分肯定黄庭坚学杜:"宋明以来诗人学杜子美者多矣。予谓退之得杜神,子瞻得杜气,鲁直得杜意,献吉得杜体,郑继之得杜骨。它如李义山、陈无己、陆务观、袁海叟辈又其次也。"③ 又云:"予谓从来学杜者无如山谷。山谷语必已出,不屑稗贩杜语,后山、简斋之属都未梦见,况其下如海叟者乎?"④ 他认黄庭坚学杜不仅深得其意,且能学杜而不为,语必已出,推陈出新。又说:"七言歌行,至杜子美、子瞻二公,无以加矣。而子美同时,又有李供奉、岑嘉州之创辟经奇;子瞻同时,又有黄太史之奇特,正如太华之有少华,太室之有少室。"⑤ 明确首肯黄庭坚诗歌之奇特。黄庭坚《再次韵(杨明叔)并引》:"盖以俗为雅,以故为新。百战百胜,如孙吴之兵,棘端可以破镞;如甘蝇飞卫之射,此诗人之奇也。"⑥ 可见"尚奇"是黄庭坚诗歌理论与创作上的自觉。王士禛云:"如山谷千古奇作,于杜韩苏之外自开一宗,故为江西初祖,而贺(裳)谓其所得不如杨刘,并疵其'春网荐琴高'之句,岂曹瞒'何以解忧,唯有杜康'之句亦未尝寓目耶?更舍其汪洋大篇,而取其二三律句,此如乞儿轻议波斯贾胡,足发一笑耳!……大抵所取率晚唐窕巧之语,以为隽异,岂得辄衡量大家耶!"⑦ 认为黄庭坚以其奇作,不仅在

---

① 《石洲诗话》卷八,第244～245页。
② 《七言诗凡例》,《带经堂诗话》卷四,上册,第96页。
③ 《渔洋诗话》,《带经堂诗话》卷一,上册,第20页。
④ 《香祖笔记》,《带经堂诗话》卷一,上册,第21页。
⑤ 《渔洋诗话》,《带经堂诗话》卷一,上册,第41页。
⑥ 《再次韵(杨明叔)并引》,《黄庭坚诗集注》第2册,第441页。
⑦ 《居易录》,《带经堂诗话》卷十八,下册,第501页。

杜甫、韩愈、苏轼之外别开一宗，且当之无愧地成为江西诗派宗主之"大家"，驳斥贺裳对黄庭坚的"轻议"，是"取其二三律句"而"舍其汪洋大篇"。对黄庭坚具体作品，王士禛也有评析，《分甘馀话》云："咏物诗最难超脱，超脱而复精切则尤难也。宋人《咏猩猩毛笔》云：'生前几两屐，身后五车书。'超脱而精切，一字不可移易。"宗柟按："《山谷内集》咏猩猩毛笔凡三诗，此其和答钱父五律也，虚谷选此，查田太史云：三四属物邪，属人邪？终觉去题太远，使老杜为之必别有斡排之法。窃谓此联借物感人，其兴寄乃在离即之间。太史于诗律极细，意境稍有未融，虽论前贤不少宽假如此。尝见太史手阅《律髓》一书，评次圈点，一字不轻放过，与外间传本绝异，因极录一副，时加玩味，真觉接引无方也。"① 《蚕尾文》云："山谷诗云：'子瞻谪海（岭）南，时宰欲杀之。饱吃惠州饭，细和渊明诗。'吾友黄州杜濬亦有诗云：'堂堂复堂堂，子瞻出峨眉。早读《范滂传》，晚和渊明诗。'二作说尽东坡一生，并识之。"② 苏轼去世前自题画像自嘲说："问汝平生功业，黄州、惠州、儋州。"③ 黄庭坚《跋子瞻和陶诗》以苏轼惠州之贬为背景，称扬苏轼面对时宰的迫害，能够泰然处之，不以迁谪介怀，追慕陶渊明，虽然一生宦海浮沉，但在率真的个性和绝俗的人格上，与陶渊明是一致的。终其一生，都是如此。全诗所写虽然只是苏轼一生中的一个片断，但涉及苏轼的身世遭遇、人生态度、胸襟人格和文学成就，故王士禛说"说尽东坡一生"。

《池北偶谈》云："苏文忠作诗常云'效山谷体'，世因谓苏极推黄，而黄每不满苏诗，非也。黄集有云：'吾诗在东坡下，文潜、少游上，杂文与无咎伯仲耳。'此可证俗论付会之谬。《野老记闻》载：林季野目鲁直诗未必篇篇佳，但格制高耳。"④ 这段话涉及两个问题，一是所谓"苏、黄争名"说；二是黄庭坚诗歌"格高"。前一个问题，见诸胡仔《渔隐丛话前集》所载："元祐文章，世称苏、黄。然二公当时争名，互相讥诮，东坡尝云：'黄鲁直诗文，如蝤蛑江瑶柱，格韵高绝，盘飧尽废，然不可多食，多食则发风动气。'山谷亦云：'盖有文章妙一世，而诗句不逮古人者。'此指东坡而言也。二公文章，自今视之，世自有公论，岂至各如前言，盖一时争名之词耳。"⑤ 周昂《鲁直墨帖》、王若虚《滹南诗话》、吴

---

① 王士禛：《分甘馀话》，《带经堂诗话》卷十二，上册，第308～309页。
② 王士禛：《蚕尾文》，《带经堂诗话》卷十五，上册，第405页。
③ 苏轼：《自题金山画像》，《苏轼诗集合注》卷五十，下册，第2475页。
④ 《池北偶谈》，《带经堂诗话》卷一，上册，第46页。
⑤ 《渔隐丛话前集》卷四十九，《景印文渊阁四库全书》第1480册，第319页。

垌《五总志》等都有相关记载或议论。王士禛以黄庭坚对自己诗歌成就的定位驳斥了"苏、黄争名"的附会之谬。又在《七言诗凡例》中说:"苏文忠公凌跨千古,独心折山谷之诗,数效其体。前人之虚怀如此。后世腐儒乃谓山谷与东坡争名,何其陋耶!"① 王士禛曾转引宋代林光朝(号艾轩)论苏、黄语:"譬如丈夫见客,大踏步便出去;若女子,便有许多妆裹:此坡谷之别也。"② 可知在王士禛心目中,苏、黄诗歌成就之高下早有定论。后一个问题转述王大成《野老纪闻》所载林季野语,谓黄诗"格高"。黄庭坚诗歌格高,为多数学者之共识,无须赘言。

但是,王士禛对黄庭坚并非一味地推崇,而是能够辩证地评价,《居易录》载:"张嵲巨山评山谷云:'誉者或过其实,毁者或损其真,皆非知鲁直者。鲁直自以为出于《诗》,于《楚词》过矣。盖规模汉魏以下者也。佳处往往与古乐府、《玉台新咏》诸人所作合。古、律诗酷学少陵,雄健太过,遂流而入于险怪。要其病在太著意,欲道古今人所未道语耳。其文专学西汉,惜才力褊局,不能汪洋趯趨;如其纪事立言,颇有类处。'"转述之后,王士禛说:"此论极公。但以山谷似《玉台新咏》,拟非其伦矣。"③ 他一方面同意张嵲对黄庭坚学杜的评价,认为黄庭坚著意追求"古今人所未道语",以至于"雄健太过",流入"险怪";另一方面不苟同张氏将黄庭坚诗歌作《玉台新咏》之拟。刘肃《大唐新语》卷三载:"梁简文帝为太子,好作艳诗,境内化之,浸以成俗,谓之宫体。晚年改作,追之不及,乃令徐陵撰《玉台集》,以大其体。"④《四库全书总目·玉台新咏提要》曰:"虽皆取绮罗脂粉之词,而去古未远,犹有讲于温柔敦厚之遗,未可概以淫艳斥之。"⑤ 尽管黄庭坚好作艳词,但其诗绝无"绮罗脂粉之词",而以剥落铅华、老苍瘦硬为本色。王士禛的异议当为中肯之论。

王士禛对江西诗派其他成员也有评析。《蚕尾续文》云:"陈无己平生皈向苏公,而学诗于黄太史,然其论坡诗,谓如教坊雷大使舞,又有诗云:'人言我语胜黄语,扶竖夜燎齐朝光。'其自负不在二公之下。然予反复其诗,终落钝根,视苏黄远矣。任渊云:无己诗如曹洞禅,不犯正位,

---

① 《七言诗凡例》,《带经堂诗话》卷四,上册,第96页。
② 《池北偶谈》,《带经堂诗话》卷一,上册,第45页。
③ 《居易录》,《带经堂诗话》卷一,上册,第46页。
④ 刘肃:《大唐新语》卷三,《笔记小说大观》,周光培校勘,江苏广陵古籍刻印社1995年版,第1册,第24页。
⑤ 《玉台新咏提要》,《四库全书总目提要》卷一六八,第1013页。

切忌死语。恐未尽然。"①《后山诗话》云:"子瞻以诗为词,如教坊雷大使之舞,虽极天下之工,要非本色。"②王士禛认为陈师道受知于苏轼、诗学黄庭坚,却自负不在二人之下,实际上其诗歌成就较苏、黄甚远。陈师道诗歌成就不如苏、黄是事实,但谓受知于苏轼而不能批评其诗则未必正确,问题在于这种批评是否恰当。陈师道说他人谓己诗胜过黄诗,他自评道,那就等于将"夜燎"与"朝光"相比,明确表示自愧不如,未见其自负。《渔洋诗话》云:"宋明以来诗人学杜子美者多矣。予谓退之得杜神,子瞻得杜气,鲁直得杜意,献吉得杜体,郑继之得杜骨。它如李义山、陈无己、陆务观、袁海叟辈又其次也。陈简斋最下。《后村诗话》谓简斋以简严扫繁缛,以雄浑代尖巧,其品格在诸家之上,何也?"③陈与义在学杜者中算得上卓有成效的诗人之一,尤其是经历靖康之变,目睹了亡国的惨祸;又避乱南行,经历了辗转流亡的艰苦生活,颇得杜甫诗歌现实主义精神之髓,诗风感愤沉郁。王士禛对陈与义诗歌评价偏低。刘克庄对陈与义的评价也基本符合事实,王士禛却予以否定。在此暴露了王士禛"神韵"说之局限,正如有学者所评:"当清初民族斗争十分尖锐的时代,作为封建官僚诗人代表的王士禛,对明代脱离现实的七子诗风的纠正,只是着眼于艺术形式方面。追求虚无飘渺的境界的神韵说,只能使诗人们脱离政治脱离社会。"④

　　王士禛还为江西诗派的一些成员补录生平资料。一是王直方。"刘后村作《江西诗派序》,不为王直方立之作传;牧仲中丞顷寄张吏部扶长《江西诗派图录》,补立之传。(《蚕尾文》有'亦不甚详'四字。)适读晁以道《嵩山集》有立之墓铭,盖吏部亦未之见,略录条以备考证:立之少乐从诸丈人行游,无他嗜好,唯昼夜读书,手自传录,凡大编数十。时遐荒穷海有先生居焉;立之身不出京师,而传彼所赋歌诗,独早且多,若只尺居而手授受也。立之于人,顾岂燥湿寒暑之异哉。然非其所好,虽以势力美官诱致之,莫肯自枉也。常监怀州酒税,寻易冀州籴官,仅数月,投劾归。凡十五年,处城隅小园,啸傲自适,命其园之堂曰'赋归',亭曰'顿有',一时文士多为赋诗。彭城陈无己卒于京师,立之割田十顷以周其孤,多北类者。立之病中,取其平生书画古器,散之四方,朋友无

---

① 《蚕尾续文》,《带经堂诗话》卷十,上册,第222页。
② 《后山诗话》,《历代诗话》上册,第309页。
③ 《渔洋诗话》,《带经堂诗话》卷一,上册,第20～21页。
④ 《中国历代文论选》第3册,第367～368页。

遗,慕义乐善如此,此事盖(《蚕尾文》作'殆')古人所未有也。大观三年三月日葬密县。立之病卧久,口不能良,言犹慷慨,忠愤不少备,且曰:我所作诗文,他日无咎序之,死则以道铭我。所谓'遐荒穷海有先生居焉'者。盖东坡也。"① 他据《嵩山集》王直方之墓志,补充了王直方一些生平资料,弥补了清张泰来《江西宗派图录》之缺,填补了刘克庄《江西诗派小序》的遗漏。二是江端本。"后村作江端本传太略,但云:子我弟也。子我诗多而工,舍兄而取弟,亦不可晓。张不为端本传,缺其字,而谓临川人。予按晁以道《江子和端礼墓志》云:祖休复,(即邻几)仁宗时修起居注有重名;父懋相,朝散郎。又寿昌县君刘氏墓志曰:夫人刘原父待读家女,嫁为江邻几舍人之子妇,男三人,长端礼,次端友、端本。端友等一日白夫人曰:幸见听,敢有言。夫人笑曰:不欲从科举乎?是吾素已疑之矣。且汝兄力学能文,屈于有司二十年,常为予言有司待士之礼薄,而法益苛,愧之终其身。汝等尚少,而能不乐于此乎?汝安之,则吾何有!故端友与弟端本遂优游于圉城数亩之田,人多高之。又按《子和志》云:江氏自轑阳侯德为陈留圉人,非临川也。端友字子我,端本字子之。"② 《江西诗派小序》所录江端本生平资料甚略,王士禛根据《江子和端礼墓志》《子和志》补充了江端本之家世资料,并辨正了其籍贯。三是高荷。"《石林诗话》载鲁直自戎州归荆南,高荷以五十韵见;鲁直极爱赏之,有诗云:'张侯海内长句,晁子庙中雅歌,高郎稍加笔力,我知三杰同科。'张谓文潜,晁谓无咎也,无咎闻之颇不平。荷有《云台观》诗云:'亲祠圣主鸾曾驻,善梦先生蝶不归。'见范公偁《过庭录》。晚得兰州通判以死。顷见张吏部扶长(泰来)作《江西宗派图录》,高荷有传而太略,应补入之。"③ 将叶梦得《石林诗话》与范公偁《过庭录》所录有关高荷的生平材料补入张泰来《江西宗派图录》。四是徐俯。《分甘馀话》载:"宋南渡后,高宗最重苏黄诗文笔墨,求其子孙官之,徐俯师川亦以山谷之甥,驯至通显,其诗本江西派也。贵后,或以书贺之,稍及山谷渊源,师川答云:涪翁之妙天下,君其问诸水滨。噫,安得此负心之语!"④ 此事最早见诸宋代周煇《清波杂志》卷五所载:徐俯"视山谷为外家,晚年欲自立名世,客有贽见,盛称渊源所自,公读之不乐,答以

---

① 《居易录》,《带经堂诗话》卷十七,下册,第490页。
② 《居易录》,《带经堂诗话》卷十七,下册,第491页。
③ 《居易录》,《带经堂诗话》卷十七,下册,第491页。
④ 《分甘馀话》,《带经堂诗话》卷二十四,下册,第701页。

小启曰:'涪翁之妙天下,君其问诸水滨;斯道之大域中,我独知之濠上。'"① 徐俯诗深受其舅黄庭坚的影响,但他不甘居山谷门下,有人说他的诗渊源于山谷,他矢口否认,足见他颇为自负。王士禛转述后略加议论,表明他对徐俯的自负持批评态度。

(三) 结 语

"神韵"说是王士禛诗学思想的核心,尽管它以清幽淡远的意境为内核,以"不着一字,尽得风流"和"羚羊挂角,无迹可求"为诗之最高境界。但并不拘囿于唐人王维、孟浩然诗歌的古澹清音一路,而主张情性兴会与学问根柢相兼,以济其"神韵"之说,这是他兼取宋诗的原因。终其一生,王士禛宗唐始终一贯,且他尊唐并不祧宋,也未陷入狭隘的"唐宋之争"之中。他批评"近人言诗,好立门户。某者为唐,某者为宋,李、杜、苏、黄强分畛域。如蛮触氏之斗于蜗角,而不自知其陋也"②。开诚布公地发表自己对宋诗的看法,对江西诗派的"三宗"及部分成员或有评析,或转述补录生平资料,其中特别推赏黄庭坚及其诗歌"格高",充分肯定他学杜而不为的创新精神和自开一宗、生新奇特的诗风,同时也指出其诗多径露乏含蓄、雄健太过、流于险怪的弊病,体现了他比较辩证的诗学思想。然而,王士禛对陈与义诗歌评价的偏低,也暴露了其"神韵"说专注艺术形式、远离现实的局限。

七、袁枚性灵诗学视野下的江西诗学

袁枚(1716～1798),字子才,号简斋,晚称随园老人、仓山居士,浙江钱塘(今浙江杭州)人。乾隆四年(1739)进士,选庶吉士,入翰林院。七年(1742)外放江南任县令。乾隆十九年(1754)辞官,寓居江宁小仓山随园,以诗文自娱,广交名流,领袖一代诗坛,诗与赵翼、蒋士铨齐名,号称"江右三大家"。著有《小仓山房诗文集》《随园诗话》《子不语》等。

学术界对袁枚诗学的研究,主要集中于对性灵说的阐释与评论;关于

---

① 《清波杂志》,《历代笔记小说大观·宋元笔记小说大观》第 5 册,第 5062 页。
② 《渔洋文》,《带经堂诗话》卷十七,下册,第 754 页。

袁枚对宋诗的态度,有几篇专题探讨的论文①,而专论袁枚对江西诗学之评价,迄今未见著述。本论尝试之。

(一) 标举性灵,反对以学问为诗

清代乾、嘉年间的袁枚,"论诗主抒写性灵"②,以与当时诗坛沈德潜的拟古格调说、翁方纲以考据为诗的肌理说相对抗。作为一个诗学概念,"性灵"较早见诸刘勰的《文心雕龙·原道》:"两仪既生矣,惟人参之,性灵所钟,是谓三才,为五行之秀,实天地之心,心生而言立,言立而文明,自然之道也。"③钟嵘《诗品》称阮籍"咏怀之作,可以陶性灵,发幽思"④。至明代的公安派则公开标举"独抒性灵"。而袁枚的性灵说,赋予了更鲜明的主观色彩,其内涵更为丰富,指创作主体的天才、个性、情感和机灵,强调独创新变,抒写富于情趣、机智的真性情。其《钱玙沙先生诗序》曰:

> "诗言志。"又曰:"修词立其诚。"然而传巧不传拙,故曰:"情欲信,词欲巧。"又曰:"神也者,妙万物而为言。"古之名家,鲜不由此;今人浮慕诗名,而强为之,既离性情,又乏灵机。转不若野氓之击辕相杵,犹应风雅焉。⑤

可知"性灵"包含"性情"与"灵机"两层意思,前者指诗的思想内容,后者指诗的艺术形式。他说:"诗难其真也,有性情而后真;否则敷衍成文矣。"⑥"性情"贵"真";"灵机"尚"巧",合而言之,即"情欲信,

---

① 代表性研究成果主要有:邬国平、王镇远《清代文学批评史》,上海古籍出版社1995年版。王亚峰《论〈随园诗话〉中袁枚对唐宋诗的态度》,《内蒙古农业大学学报》(社会科学版) 2010年第6期。蒋寅《"神韵"与"性灵"的消长——康、乾之际诗学观念嬗变之迹》,《北京大学学报》(哲学社会科学版) 2012年第3期。代亮《袁枚对宋诗的态度》,《长江学术》2012年第4期。蒋寅《袁枚性灵诗学的解构倾向——康、乾之际诗学观念嬗变之迹》,《文学评论》2013年第2期。蒋寅《袁枚诗学的核心观念与批评实践》,《文学遗产》2013年第4期。王怡云《三唐两宋摄其德——论〈随园诗话〉中的唐宋诗调和论》,《中央大学人文学报》2014年10月(第54期)。这些论文所论宋诗均非专指江西派诗,笔者认为,只有以黄庭坚为代表的江西诗派,才堪称宋诗风范之体现者。
② 《清史稿》卷四八五,第44册,第13383页。
③ 《文心雕龙译注》,第2页。
④ 《诗品注》,第23页。
⑤ 袁枚:《小仓山房文集》卷二十八《钱玙沙先生诗序》,《续修四库全书》第1432册,第313页。
⑥ 《随园诗话》卷七,第177页。

词欲巧"。在袁枚看来，性灵的核心是抒写"真性情"。这方面的论述颇多："不知诗者，人之性情"①；"诗写性情，惟吾所适"②；"诗，性情也。性情得而形骸可忘"③；"诗者，人之性情也。近取诸身而足矣。其言动心，其色夺目，其味适口，其音悦耳：便是佳诗"④。

"诗者，人之情性也"，这是黄庭坚对诗歌本体特征的认知，袁枚以"性情"为内核的性灵说与之近。但是，黄庭坚这一诗学观是在苏轼"乌台诗案"的惨痛教训之后提出来的。他明确反对诗歌"强谏争于廷，怨忿诟于道，怒邻骂坐""讪谤侵陵"，认为如此无异于"引颈以承戈，披襟而受矢"，易招来"诗之祸"。那么，"情之所不能堪"即遇到巨大的社会矛盾如何处置呢？他主张"发于呻吟调笑之声"，即通过寓庄于谐的形式委婉地传达出来，于己"胸次释然"，于人"有所劝勉"，符合儒家"温柔敦厚"诗教，这样就是"诗之美"。

袁枚以"性情"为内核的性灵说，是针对当时诗坛沈德潜的拟古格调说、翁方纲以考据为诗的肌理说提出的。由于诗学背景不同，袁枚标举性灵说的同时，力破以经学、考据入诗的风气：

> 杨诚斋曰："从来天分低拙之人，好谈格调，而不解风趣。何也？格调是空架子，有腔口易描；风趣专写性灵，非天才不办。"余深爱其言。须知有性情，便有格律；格律不要性情外。《三百篇》半是劳人思妇率意之事；谁为之格，谁为之律？而今之谈格调者，能出其范围否？况皋、禹之歌，不同乎《三百篇》；《国风》之格，不同乎《雅》《颂》：格岂有一定哉？许浑云："吟诗好似成仙骨，骨里无诗莫浪吟。"诗在骨不在格也。⑤

他十分赞同宋人杨万里的观点，"好谈格调"者，"不解风趣"，"风趣专写性灵"，格调肤廓，提出"有性情，便有格律"。《随园诗话》云：

> 近日有巨公教人作诗，必须穷经读注疏，然后落笔，诗乃可传。余闻之，笑曰：且勿论建安、大历、开府、参军，其经学何如；只问

---

① 《随园诗话》卷六，第148页。
② 《随园诗话》卷一，第3页。
③ 《小仓山房文集》卷二十八《童二树诗序》，《续修四库全书》第1432册，第318页。
④ 《随园诗话》补遗卷一，第423页。
⑤ 《随园诗话》卷一，第1～2页。

"关关雎鸠""采采卷耳",是穷何经、何注疏,得此不朽之作?陶诗独绝千古,而"读书不求甚解";何不读此疏以解之?梁昭明太子《与湘东王书》云:"夫六典、三礼,所施有地,所用有宜。未闻吟咏情性,反拟《内则》之篇;操笔写志,更摹《酒诰》之作。'迟迟春日',翻学《归藏》;'湛湛灌江水',竟同《大诰》。"此数语振聋发聩;想当时必有迂腐曲士,以经学谈诗者,故为此语以晓之。①

他认为以经学入诗,不仅"迂腐",且"诗多晦滞"②。并历数《诗经》、建安、陶渊明、鲍照、庾信、大历"不朽之作",质问何尝穷经?认同昭明太子语,未闻吟咏情性之作,非得引经据典。至于以考据入诗,袁枚尤其深恶痛绝:

> 人有满腔书卷,无处张皇,当为考据之学,自成一家;其次,则骈体文,尽可铺排。何必借诗为卖弄?自《三百篇》至今日,凡诗之传者,都是性灵,不关堆垛。惟李义山诗,稍多典故;然皆用才情驱使,不专砌填也。余续司空表圣《诗品》,第三首便曰《博习》,言诗之必根于学,所谓"不从糟粕,安得精英"是也。近见作诗者,全杖糟粕,琐碎零星,如剃僧发,如拆袜线,句句加注,是将诗当考据作矣。虑吾说之害也,故续元遗山《论诗》,末一首云:"天涯有客号詅痴,误把抄书当作诗。抄到钟嵘《诗品》日,该他知道性灵时。"③

指摘以考据入诗者"误把抄书当作诗",指出性灵"不关堆垛"。并示以例证:"考据家不可与论诗。或訾余《马嵬》诗,曰:'石壕村里夫妻别,泪比长生殿上多。'当日贵妃不死于长生殿。余笑曰:'白香山《长恨歌》'峨眉山下少人行',明皇幸蜀,何曾路过峨眉耶?'其人语塞。然太不知考据者,亦不可与论诗。余《钱塘江怀古》云:'劝王妙选三千弩,不射江潮射汴河。'或訾之曰:'宋室都汴,不可射也。'余笑曰:'钱镠射潮时,宋太祖未知生否。其时都汴者何人,何不一考?'"④ 批评时人:"抱

---

① 《随园诗话》补遗卷一,第 424~425 页。
② 《随园诗话》补遗卷一,第 431 页。
③ 《随园诗话》卷五,第 110~111 页。
④ 《随园诗话》卷十三,第 334 页。

韩、杜以凌人，而粗脚笨手者，谓之权门托足。仿王、孟以矜高，而半吞半吐者，谓之贫贱骄之。开口言盛唐及好用古人韵者，谓之木偶演戏。故意走宋人冷径者，谓之乞儿搬家。好叠韵、次韵，刺刺不休者，谓之村婆絮谈。一字一句，自注来历者，谓之骨董开店。"① 斩钉截铁地表明："著作之文，形而上；考据之学，形而下，各有资性，两者断不能兼。"② 旗帜鲜明地反对以经学、考据入诗的学问诗："经学深渊，而诗多涩闷，所谓学人之诗，读之令人不欢。"③ 但他又说："诗难其雅也，有学问而后雅；否则俚鄙率意矣。"④ 认为诗歌欲雅又必须有学问，否则俚鄙率意。并引李玉洲语："凡多读书，为诗家最重要事。所以必须胸中有万卷者，欲其助我神气耳。其隶事、不隶事，作诗者不自知，读诗者亦不知：方可谓之真诗。若有心矜炫淹博，便落下乘。"⑤ 指出"必须胸中有万卷者"，方能助诗之神气；但诗之隶事，要做到作者、读者均不觉，才是真诗；如果一味"矜炫淹博，便落下乘"。"人闲居时，不可一日无古人；落笔时，不可一刻有古人。平居有古人，而学力方深；落笔无古人，而精神始出"⑥；"用巧无斧凿痕，用典无填砌痕，此是晚年成就之事。若初学者，正要他肯雕刻，方去费心；肯用典，方去读书"⑦。并现身说法："余每作咏古、咏物诗，必将此题之书籍，无所不搜；及诗之成也，仍不用一典。尝言：人有典而不用，犹之有权势而不逞也。"⑧ 吴江严蕊珠女子拜袁枚为师，袁枚还借她之口评价自己的诗："先生之诗，专主性灵，故运化成语，驱使百家，人习而不察。譬如盐在水中，食者但知盐味，不见有盐也。然非读破万卷、且细心者，不能指其出处。"⑨ 他认为，平时学古人，读书用典，学力方深；写诗时又无古人，有典不用，精神始出；或者"运化成语，驱使百家"，读者"习而不察"，如盐在水中，食之有味，方是性灵诗。他批评"宋人好附会名重之人，称韩文杜诗，无一字没来历。不知此二人之所以独绝千古者，转妙在没来历"⑩。这里的宋人指黄庭坚，

---

① 《随园诗话》卷五，第112页。
② 《小仓山房文集》卷二十八《随园随笔序》，《续修四库全书》第1432册，第321页。
③ 《随园诗话》卷四，第89页。
④ 《随园诗话》卷七，第177页。
⑤ 《随园诗话》补遗卷一，第423页。
⑥ 《随园诗话》卷十，第262页。
⑦ 《随园诗话》卷六，第132页。
⑧ 《随园诗话》卷一，第15页。
⑨ 《随园诗话》补遗卷十，第626页。
⑩ 《随园诗话》卷三，第73页。

其《答洪驹父书》说:"自作语最难。老杜作诗,退之作文,无一字无来处。盖后人读书少,故谓韩、杜自作此语耳。古之能为文者,真能陶冶万物,虽取古人之陈言入于翰墨,如灵丹一粒,点铁成金也。"① 黄庭坚这一段话是就指导青年诗人而言,要求他们读前人作品,要逐字逐句琢磨。尽管杜甫、韩愈化用前人作品,信手拈来,不露痕迹,但认为杜诗韩文"无一字无来处",委实言之过甚,袁枚的批评甚是。黄庭坚《论作诗文》云:"奉为道之:词意高胜,要从学问中来尔。……读书要精深,患在杂博。因按所闻,动静念之,触事辄有得意处,乃为问学之功。文章惟不构空强作,诗遇境而生,便自工耳。"② 任渊指出黄庭坚是"一字一句,必月锻季炼,未尝轻发,必有所考"的学力型诗人,其诗"一句一字有历古人六七作者"③。袁枚则既强调学力,又看重天分和才识:"诗文自须学力,然用笔构思,全凭天分。往往古今人持论,不谋而合"④;"作诗如作史也,才、学、识三者宜兼。而才为尤先。造化无才,不能造万物;古圣无才,不能制器、尚象;诗人无才,不能役典籍、运心灵。才之不可已也"⑤;他还形象地比喻说:"诗文之作意用笔,如美人之发肤巧笑,先天也;诗文之征文用典,如美人之衣裳首饰,后天也。至于腔调涂泽,则又是美人之裹足穿耳,其功更后矣!"⑥ 袁枚《老来》诗云:"老来不肯落言筌,一月诗才一两篇。我不觅诗诗觅我,始知天籁本天然。"⑦ 显然,他以既有学问又有天分、才识的诗人自居,而视黄庭坚为学力型诗人。

在诗歌艺术形式上,袁枚既尚巧又反对巧:"凡作人贵直,而作诗文贵曲。孔子曰:'情欲信,词欲巧。'孟子曰:'智譬则巧,圣譬则力。'巧,即曲之谓也。"⑧ 他尚诗文之巧,是因为诗文宜婉曲。"先生有《莲塘诗话》(当作《莲坡诗话》)载初白老人教作诗法云:'诗之厚在意不在辞,诗之雄在气不在句,诗之灵在空不在巧,诗之淡在妙不在浅。'其言颇与吾意相合。"⑨ 他反对纤巧,是因为诗文宜空灵。袁枚这一诗学观似

---

① 《答洪驹父书三》,《文津阁四库全书》第372册,第225页。
② 《论作诗文》,《文津阁四库全书》第372册,第358页。
③ 《黄陈诗集注序》,《黄庭坚诗集注》第1册,第1页。
④ 《随园诗话》卷十五,第394页。
⑤ 《小仓山房文集》卷二十八《蒋心余藏园诗序》,《续修四库全书》第1432册,第315页。
⑥ 《随园诗话》补遗卷六,第536页。
⑦ 《小仓山房诗集》卷二十六《老来》,《续修四库全书》第1431册,第498页。
⑧ 《随园诗话》卷四,第84页。
⑨ 《随园诗话》卷四,第100页。

乎自相矛盾,其实不然。他又说:"诗宜朴不宜巧,然必须大巧之朴。"①这一辩证诗学观与江西诗学相近。陈师道《后山诗话》曰:"宁拙毋巧,宁朴毋华,宁粗毋弱,宁僻毋俗,诗文皆然。"② 黄庭坚说:"但熟读杜子美到夔州后古律诗,便得句法:简易而大巧出焉,平淡而山高水深,似欲不可企及。文章成就,更无斧凿痕,乃为佳作耳。"③ 在袁枚那里,"大巧"之后是"朴";在江西诗学那里,"大巧"之后是没有"斧凿痕"的"简易""平淡"。袁枚又说:"或云:'诗无理语。'予谓不然。陈后山《训子》云:'勉汝言须记,逢人善即师。'……皆理语,何尝非诗家上乘?"④ 受宋代理学影响,宋诗好用理语,多造成"理障",但袁枚对陈师道《训子》诗所用理语,却表示肯定,认为堪称上乘之作。

(二) 对江西诗学的态度

唐宋诗之争肇始于南宋,元、明、清三朝或宗唐祧宋,或祧唐祢宋,一直争论不休,未曾调停。袁枚深知介入其中,必定各自为是,莫衷一是。他在《答施兰垞论诗书》中说:"夫诗无所谓唐宋也。……诗者,各人之性情耳,与唐宋无与也。"⑤ 他从对诗歌本体特征的认知出发,认为唐宋诗各有性情,无所谓高下优劣之分:"诗分唐、宋,至今人犹恪守。不知诗者,人之性情;唐、宋者,帝王之国号。人之性情,岂因国号而转移哉?"⑥ 公开表示:"论诗区别唐、宋,判分中、晚,余雅不喜。"⑦ 因此,他对宋诗尽变唐音的创新精神予以首肯:"唐人学汉、魏,变汉、魏,宋学唐变唐。其变也,非有心于变也,乃不得不变也。使不变,则不足以为唐,不足以为宋也。"⑧ 指出学唐变唐之宋诗,乃时代使然;不变则不成其为宋诗。而对宋诗风范之体现者、江西诗派宗师黄庭坚学杜而不为的创新精神亦赞赏有加:"宋之半山、山谷、后村、放翁,谁非学杜者?今观其诗,皆不类杜。"⑨ 袁枚《续诗品·著我》云:"不学古人,法无一

---

① 《随园诗话》卷五,第114页。
② 《后山诗话》,《历代诗话》上册,第311页。
③ 《与王观复书二》,《文津阁四库全书》第372册,第225页。
④ 《随园诗话》卷三,第71页。
⑤ 《小仓山房文集》卷十七《答施兰论诗书》,《续修四库全书》第1432册,第177页。
⑥ 《随园诗话》卷六,第148页。
⑦ 《随园诗话》卷七,第182页。
⑧ 《小仓山房文集》卷十七《答沈大宗伯论诗书》,《续修四库全书》第1432册,第175页。
⑨ 《小仓山房文集》卷三十一《与稚存论诗书》,《续修四库全书》第1432册,第372页。

可;竟似古人,何处著我?"① 在他看来,黄庭坚诗学杜甫,能够形成自己独特面貌,可谓善学杜者。又说:"黄山谷,奥于诗者也,岂屑为杨、刘哉,然尊西昆以为一朝郛郭矣。"② 指出黄庭坚诗之奥峭,宜不屑于杨亿、刘筠,但他却尊西昆为本朝诗歌之典范,足见其虚怀若谷。黄庭坚说过,"文章切忌随人后",袁枚认为是"金针度人语"③,称许黄庭坚将个人诗歌创作的独创经验授之于人。袁枚说:"余读钱注杜诗,而知钱之为小人也。少陵'鄜州月'一首,所云'儿女'者,自己儿女也。钱以为指肃宗与张后而言,则不特心术不端,而且与下文'双照泪痕干'之句,亦不连贯。善乎黄山谷之言曰:'少陵之诗,所以独绝千古者,为其即景言情,存心忠厚故也,若寸寸节节,皆以为有所刺;则少陵之诗扫地矣!'"④ "鄜州月"指杜甫《月夜》:"今夜鄜州月,闺中只独看。遥怜小儿女,未解忆长安。香雾云鬟湿,清辉玉臂寒。何时倚虚幌,双照泪痕干?"⑤ 天宝十五载(756)六月,安史叛军攻进长安,杜甫携家逃难,将家安顿在鄜州(今陕西省富县),只身投效肃宗,途中为叛军所俘。这首诗是他困于沦陷的长安所作。四句谓在鄜州的妻子今夜独自看月,而年纪尚小的儿女不懂母亲是在思念长安的父亲。钱谦益注释显然过度阐释。袁枚为了驳斥钱氏,援引黄庭坚语作为自己观点的有力支撑。上文袁枚所引黄庭坚语只是凭记忆,黄庭坚的原话见诸《大雅堂记》:"子美之诗妙处乃在无意于文,夫无意而意已至,……彼喜穿凿者,弃其大旨,取其发兴于所遇林泉、人物、草木、鱼虫,以为物物皆有所托,如世间商度隐语者,则子美之诗委地矣。"⑥ 批评那些解读杜诗者穿凿附会、阐释过度,不啻对杜诗的曲解。

对江西诗学之创作,袁枚也多有揄扬。他说:

> 今之士大夫,已竭精神于时文八股矣;宦成后,慕诗名而强为之,又慕大家之名而挟取之。于是所读者,在宋非苏即黄,在唐非韩则杜,此外付之不观。亦知此四家者,岂浅学之人所能袭取哉?于是

---

① 袁枚:《续诗品·著我》,《清诗话》,第 1035 页。
② 《小仓山房文集》卷十七《再与沈大宗伯书》,《续修四库全书》第 1432 册,第 176 页。
③ 《随园诗话》卷七,第 178 页。
④ 《随园诗话》卷十六,第 416 页。
⑤ 杜甫:《月夜》,《杜诗详注》卷四,第 1 册,第 309 页。
⑥ 《大雅堂记》,《黄庭坚选集》,第 415 页。

> 专得皮毛，自夸高格，终身由之，而不知其道。①

批评时人袭取古人而强为之，只得其皮毛，肤浅之至；从反面透露他对黄庭坚的总体评价：堪称与杜甫、韩愈、苏轼并列之大家，诗道之深，诗格之高，非浅学之人可望其项背。对"卧榻构思"的苦吟诗人陈师道，袁枚亦给予肯定："萧子显自称：'凡有著作，特寡思功；须其自来，不以力构。'……陈后山作诗，家人为之逐猫犬，婴儿都寄别家……二者不可偏废：盖诗人从天籁来者，有从人巧得者，不可执一以求。"② 与"从天籁来"的诗人不同，陈师道属于"从人巧得者"的"力构"诗人，袁枚认为其诗之朴拙来自大巧。又说"陈后山吟诗最刻苦"，并示其《次韵李节推九日登南山》诗"人事自生今日意，寒花只作去年香"③，然后指出："此种句，似易实难。人能知易中之难，可与言诗。"④ 它正是王安石所评张籍诗歌"看似寻常最奇崛，成如容易却艰辛"⑤之意。尽管袁枚比较看重天分，但也不否定人巧，体现了他比较辩证、多元的诗学观。

与宗宋诗派一味地祢宋不同，袁枚对宋诗既臧又否，他从宏观上肯定宋诗的创变精神的同时，对宋诗之弊直言不讳："宋诗之弊，而子亦知之乎？不依永，故律亡；不润色，故采晦。又往往叠韵如蝦蟆繁声，无理取闹。或使事太僻，如生客阑入，举座寡欢。其他禅障理障，廋词替语，皆曰远夫性情。"⑥ 黄庭坚"以文为诗"主要承杜甫、韩愈而来，有意破弃声律，创作了不少拗体诗，以达到挺拔苍劲的审美效果，表现兀傲绝俗的个性。应该说属于"学唐变唐"的创新之举。但对于恪守"诗本乐章，按节当歌"⑦的袁枚来说，就是"不依永"的弊端；江西诗又追求朴拙老苍，袁枚批评其"不润色，故采晦"；江西诗宁生僻勿熟易，袁氏便视之为"使事生僻"；江西诗喜用禅语理语，袁氏认为太隔。宋诗这些弊端，皆距"性情"甚远。

袁枚对江西诗的批评，每集矢于黄庭坚："蒋苕生与余互相推许，惟论诗不合者：余不喜黄山谷，而喜杨诚斋；蒋不喜杨，而喜黄：可谓和而

---

① 《随园诗话》卷四，第93页。
② 《随园诗话》卷四，第95~96页。
③ 陈师道：《次韵李节推九日登南山》，《全宋诗》卷一一一四，第19册，第12640页。
④ 《随园诗话》卷四，第83页。
⑤ 王安石：《题张司业诗》，《全宋诗》卷五六八，北京大学出版社1992年版，第10册，第6713页。
⑥ 《小仓山房文集》卷十七《答兰垞第二书》，《续修四库全书》第1432册，第178页。
⑦ 《续诗品·结响》，《清诗话》，第1031页。

不同。"① 他喜欢杨万里，是因为他走出了江西诗"资书以为诗"的樊篱，投向大自然，抒写性灵；他不喜黄庭坚诗，指出了其种种弊端：

> 余不喜黄山谷诗，而古人所见有相同者。魏泰讥山谷："得机羽而失鹍鹏，专拾取古人所吐弃不屑用之字，而矜矜然自炫其奇，抑末也。"王弇州曰："以山谷诗为瘦硬，有类驴夫脚跟，恶僧藜杖。"东坡云："读山谷诗，如食蜇蜂，恐发风动气。"郭功甫云："山谷作诗，必费如许气力，为是甚底？"林艾轩云："苏诗如丈夫见客，大跑步便出去。黄诗如女子见人，先有许多妆裹作相。此苏、黄两公之优劣也。"余尝比山谷诗：如果中之百合，蔬中之刀豆也，毕竟味少。②

他认同前人对黄诗的批评：专在字句上逐奇；瘦硬枯涩；"资书以为诗"致使读者难以消化；雕琢费力；矫情作态。他认为黄诗"如果中百合，蔬中之刀豆"，品之寡味。具体而言："黄瘦硬，短于言情。"③ 在袁枚看来，瘦硬即短于言情。又云："《世说》称：'王平北相对使人不厌，去后亦不见思。'我道是梅圣俞诗。'王夷甫太鲜明。'我道是东坡诗。'张茂先我所不解。'我道是鲁直诗。"④ 批评黄诗用典冷僻令读者费解。"郭功甫曰：'黄山谷诗，费许多气力，为是甚底？'何也，欠平淡故也"⑤；"晁以道问邵博：'梅二诗，何如黄九？'邵曰：'鲁直诗到人爱处，圣俞诗到人不爱处。'其意似尊梅而抑黄。余道：两人诗，俱无可爱。一粗硬，一平浅"⑥。指摘黄诗雕琢费力而欠平淡，流于平浅。"山谷诗佳处，老人至今茫然。……如食刀豆，嚼芋皮，始终无味。"⑦ 以饮食为喻，诟病黄诗咀嚼无味。袁枚性灵诗学追求的诗味是什么呢？他说："熊掌、豹胎，食之至珍贵者也；不如一蔬一笋矣。牡丹、芍药，花之至富丽者也；剪彩为之，不如野蓼、山葵矣。味欲其鲜，趣欲其真；人必知此，而后可与论诗。"⑧ 可知，他认为诗味要鲜活清淡。故而他赞同苏轼品黄庭坚诗的

---

① 《随园诗话》卷八，第 211 页。
② 《随园诗话》卷一，第 9 页。
③ 《随园诗话》卷五，第 113 页。
④ 《随园诗话》补遗卷三，第 477~478 页。
⑤ 《随园诗话》卷八，第 203 页。
⑥ 《随园诗话》补遗卷三，第 471 页。
⑦ 袁枚：《小仓山房尺牍》卷十，王英志编《袁枚全集》，江苏古籍出版社 1993 年版，第 207 页。
⑧ 《随园诗话》卷一，第 15 页。

"蝤蛑"之喻,认为黄诗太腻味;而这里又谓品黄诗如食"百合""刀豆""芋皮"之寡味,彼此抵牾。张寅彭指出,由于袁枚"在具体阐述中往往既肯定又否定,同时从两面立论,所以能与性灵立场相反而达到相成,于矛盾中求得统一"①。蒋寅将袁枚诗学概括为"一种解构的诗学"②,不无道理。袁枚又指出:"今之诗流,号称有才者,往往从苏、黄入手,迄阶而升,以致文而不采,有声而无音,坠入槎枒粗硬一途,与四始、六义之风远矣"③;"杜紫纶先生选《唐人叩弹集》,专尚中、晚。学者从兹入手,可免粗硬槎丫之病。而宗法少陵、山谷者,意颇轻之"④;"冯定远谓:'熟观义山诗,可免江西粗俗槎丫之病。'余谓熟观义山诗,兼悟西昆之失。西昆只是雕饰字句,无义山之高情远识;即文从字顺,犹有间也"⑤。槎丫(枒),形容语句不整饬。主要批评黄诗粗硬拗涩而造成文不从字不顺。

袁枚指出:"吾乡诗多浙派,专趋宋人生癖一路。"⑥ 主要批评同时代宗宋诗的老乡厉鹗,他是诗学上"浙派"之代表。朱庭珍云:"浙派自西泠十子始倡,先开其端,至厉太鸿而自成一派,后来多宗之……其宗派囿于宋人,唐风败尽。好用说部丛书中琐屑生僻,典故,尤好使宋以后事。"⑦《随园诗话》卷九指出:"吾乡诗有浙派,好用替代字,盖始于宋人,而成于厉樊榭。……樊榭在扬州马秋玉家,所见说部书多,好用僻典及零碎故事,有类《庶物异名疏》《清异录》二种。"⑧ 任渊指出黄庭坚:"盖其学该通乎儒、释、老、庄之奥,下至于医、卜、百家之说,莫不尽摘其英华,以发之于诗。"⑨ 卫宗武指出黄庭坚"盖其于经子传记、历代诗文,以至九流百家、稗官野史,靡不诵阅,腹之所贮,手之所集,殆成笥而充栋矣。肆而成章,皆英华膏馥之所流溢,而尤善于用,故自不得不喜也"⑩;刘克庄也指出:"豫章稍后出,会萃百家句律之长,究极历代体制之变,搜猎奇书,穿穴异闻,作为古、律,自成一家,虽只字半句不轻

---

① 《中国诗学大辞典》,第239页。
② 蒋寅:《袁枚性灵诗学的解构倾向——康、乾之际诗学观念嬗变之迹》,《文学评论》2013年第2期。
③ 《小仓山房尺牍》卷七,第141页。
④ 《随园诗话》补遗卷一,第433页。
⑤ 《随园诗话》卷十四,第373页。
⑥ 《随园诗话》补遗卷四,第503页。
⑦ 朱庭珍:《筱园诗话》卷二,《清诗话续编》下册,第2367页。
⑧ 《随园诗话》卷九,第239页。
⑨ 任渊:《黄陈诗集注序》第1册,第1页。
⑩ 《秋声集》卷五《林丹岩吟编序》,《景印文渊阁四库全书》第1187册,第705页。

出，遂为本朝诗家宗祖"①。黄庭坚为了追求诗歌的生新，"以故为新，以俗为雅"，大量地用典使事，使人望而生畏，造成读者解读的障碍，此乃其突出的短板。袁枚指出："自赵宋以来，一典实一故事，必缕述焉"②；"诗重性情，不重该博，古之训也"③。一言以蔽之：遮蔽性情，汩没性灵。

在微观解读作品上，袁枚也指出了黄庭坚诗的若干瑕疵："晁君诚诗：'小雨愔愔人不寐，卧听嬴马龁残刍。'真静中妙境也。黄山谷学之云：'马龁枯萁喧午梦，误惊风雨浪翻江。'落笔太狠，便无意致。"④ 谓晁诗写夜雨不寐，卧听马厩瘦马吃草的声音，堪称绝妙之静境。黄诗写马吃枯萁之声，搅醒了午睡之梦，误以为风雨大作，翻江倒海。袁枚批评"落笔太狠"即夸张过头，意趣索然。又云："黄鲁直诗：'月黑虎夒藩'，用少陵《课伐木》诗序，云：'有虎知禁'，'必昏黑撑夒人屋壁'。夒者，夒州人也。鲁直以'夒'字当'窥'字解，为益公《题跋》所讥。"⑤ 黄庭坚诗追求用字之奇，有时难免造成槎牙之病，受人诟病。

袁枚不介入唐宋诗之争，他从性灵诗学视野来论诗评诗，既不宗唐祧宋，也不祧唐祢宋，因此，他对江西诗学的态度就显得相对客观公允。虽然他自言不喜黄庭坚诗，却能够对他学唐变唐、学杜而不为的创新精神给予首肯，对其创作中的若干弊端也基本上针砭到要穴。袁枚的诗学批评，既有对前人的承传，又有个人的建树。尽管他标举的性灵说不免有些浅率滑易，但在解读具体作品时，如上所述对江西诗派二宗——黄庭坚、陈师道诗歌的评析，均能落到实处，并非空疏之论。

---

① 《江西诗派小序》，《历代诗话续编》上册，第 478 页。
② 《小仓山房文集》卷十一《汪朴庐圣湖诗序》，《续修四库全书》第 1432 册，第 115 页。
③ 《小仓山房文集》卷十九《答洪华峰书》，《续修四库全书》第 1432 册，第 213 页。
④ 《随园诗话》卷九，第 238 页。
⑤ 《随园诗话》卷十二，第 309 页。

第四章
江西诗学之反拨

江西诗派标举祖述杜甫，张戒便尊杜以抑黄。尊杜则美其为代圣人立言。抑黄数端为喜用俗语但费安排，不如杜甫自胸中流出而自然；学杜甫只专注于其诗格律，未求得其精髓；用事押韵登峰造极，失诗言志之本；专以补缀奇字，败坏了诗风；韵度矜持、冶容太甚，是邪思之尤者。论诗尚情、意、味、韵、气，提出自然成诗之说；反对以书本材料为诗，反对预设法式。对张戒以上观点，本章一一做了辩证的分析评价。

　　通过《沧浪诗话》与江西诗学相关的理论与批评做一比对，笔者认为严羽不少诗学思想来自江西诗学，尤其是黄庭坚的诗学思想，诸如师法前人"立志须高""参""悟"之法、"别趣"之说、"收拾贵在出场"等。"别材"与用字拘来历，针对江西"以才学为诗"而发则切中江西诗学病痛，但未能考虑特定的政治背景。批评宋诗"尚理而病于意兴"，实则宋诗尚理而趣在其中。反对宋人和韵酬唱，本自朱熹，当辩证分析。

　　王若虚倡导文学创作要如肺肝中流出般自得，即"哀乐之真，发乎情性"，认为这样的作品才能"辞达理顺"，即传达不断意脉、又不违背生活逻辑和物理，浑然天成；批评江西诗学"衣钵相传""纷纷法嗣"、次韵唱和均非自得。尤其是用猛药针砭黄庭坚"夺胎换骨"诗法是"剽窃"之狡辩，严厉批评了黄庭坚的好强争胜，加之对黄庭坚某些作品的误读，不难看出，王若虚不惟对黄庭坚诗歌，对整个江西诗学皆是持一笔抹煞之论的。

　　明代"后七子"的代表王世贞论诗倡"格调"说，与明代"前七子"不同，他从才思来谈格调，进一步深入到艺术意境的探讨，以矫江西诗之生涩奇峭，批评宋人资书以为诗，淹没了诗人情性，距"真诗"甚远。主张师古而不泥古，模拟古人以不犯痕迹者为佳；倘若不能"师心独造"，所作诗终究是古人面目，已落入第二义，以药江西诗之模拟剽窃。

　　同光体诗人陈衍提出"三元"说，主张兼取唐宋，博采众长。承认"江西诗"与杜甫、韩愈一脉相承的统系，但他所宗宋诗并不包括江西派诗，指出黄庭坚、陈师道诗艰深费力，造成槎牙、苦涩之弊。倡导学人之诗与诗人之诗合，即必具学人之根柢与诗人之性情、才力与怀抱才能激发表现出来，才能写出好诗来。批评黄庭坚"以才学为诗"的学人诗，学问有余，性情不足，使人读之难晓。先诗人之诗而后学人之诗，最终是学人之诗，且关注更多的是诗艺等形式，这是陈衍诗论的局限。

一、评张戒尊杜抑黄论

张戒（生卒年不详），河东绛州正平（今山西新绛县）人。宋徽宗宣和六年（1124）进士，宋高宗绍兴五年（1135）因宰相赵鼎推荐而授国子监丞，历任秘书郎、侍御史、司农少卿等职。因与赵鼎、岳飞一起反对和议，遭到秦桧排挤，被劾革职，官终主管台州崇道观。后不知所终。所著《岁寒堂诗话》原书已佚。《说郛》《学海类编》《萤雪轩丛书》所载，均非全本。近人丁福保《历代诗话续编》据《武英殿》本厘为上、下两卷。上卷以探讨诗歌理论为主，兼评历代诗人及其作品；下卷专评杜诗。本节就张戒尊杜抑黄进行评议。

（一）批评黄庭坚学杜未得其髓

张戒是较早对黄庭坚提出尖锐批评者，其《岁寒堂诗话》论诗标举"言志之为本"，重申传统儒家的正宗诗学，即汉儒的《诗》"经"之功利主义诗学观，主张言志，强调"思无邪"，认为古今之诗"其正少，其邪多"，反对"失诗人之本旨"的专以咏物的咏物诗，推崇曹植、阮籍、陶渊明、李白，尤尊杜甫。他说：

> 建安陶、阮以前诗，专以言志；潘、陆以后诗，专以咏物。兼而有之者，李、杜也。言志乃诗人之本意，咏物特诗人之馀事。……子美之诗，颜鲁公之书，雄姿杰出，千古独步，可仰而不可及耳。①

张戒之所以极力推崇杜甫，一则因为"杜子美之诗，后世所以莫能及也"；一则因为黄庭坚示以江西诗派后学祖述杜甫，"学诗当以子美为师，有规矩故可学"②。因此他极力尊杜抑黄：

> 近世苏、黄亦喜用俗语，然时用之亦颇安排勉强，不能如子美胸

---

① 《岁寒堂诗话》卷上，《历代诗话续编》上册，第450~451页。
② 《后山诗话》，《历代诗话》上册，第304页。

襟流出也。①

鲁直学子美，但得其格律耳。……鲁直自言学子美。人才高下，固有分限，然亦在所习，不可不谨，其始也学之，其终也岂能过之。屋下架屋，愈见其小，后有作者出，必欲学李、杜争衡，当复从汉魏诗中出尔。②

子美之诗，得山谷而后发明。后世复有扬子云，必爱之矣，诚然诚然。往在桐庐见吕舍人居仁，余问："鲁直得子美之髓乎？"居仁曰："然。""其佳处焉在？"居仁曰："禅家所谓死蛇弄得活。"余曰："活则活矣，如子美'不见旻公三十年，封书寄与泪潺湲。旧来好事今能否？老去新诗谁与传'，此等句鲁直少日能之。……至于子美'客从南溟来'，'朝行青泥上'，《壮游》《北征》，鲁直能之乎？如'莫自使眼枯，收汝泪纵横。眼枯却见骨，天地终无情'，此等句鲁直能到乎？"居仁沉吟久之曰："子美有可学者，有不可学者。"余曰："然则未可谓之得髓矣。"③

诗以用事为博，始于颜光禄而极于杜子美。以押韵为工，始于韩退之而极于苏、黄。……苏、黄用事押韵之工，至矣尽矣，然究其实，乃诗人中一害，使后生只知用事押韵之为诗，而不知咏物之为工，言志之为本也，风雅自此扫地矣。④

《国风》《离骚》固不论，自汉魏以来，诗妙于子建，成于李、杜，而坏于苏、黄。余之此论，固未易为俗人言也。子瞻以议论作诗，鲁直又专以补缀奇字，学者未得其所长，而先得其所短，诗人之意扫地矣。段师教康昆仑琵琶，且遣不近乐器十馀年，忘其故态，学诗亦然。苏、黄习气净尽，始可以论唐人诗。⑤

王介甫只知巧语之为诗，而不知拙语亦诗也。山谷只知奇语之为诗，而不知常语亦诗也。⑥

国朝黄鲁直，乃邪思之尤者。鲁直虽不多说妇人，然其韵度矜持，冶容太甚，读之足以荡人心魄，此正所谓邪思也。鲁直专学子美，然子美诗读之，使人凛然兴起，肃然生敬，《诗序》所谓"经夫

---

① 《岁寒堂诗话》卷上，《历代诗话续编》上册，第451页。
② 《岁寒堂诗话》卷上，《历代诗话续编》上册，第451～452页。
③ 《岁寒堂诗话》卷上，《历代诗话续编》上册，第463页。
④ 《岁寒堂诗话》卷上，《历代诗话续编》上册，第452页。
⑤ 《岁寒堂诗话》卷上，《历代诗话续编》上册，第455页。
⑥ 《岁寒堂诗话》卷上，《历代诗话续编》上册，第464页。

妇，成孝敬，厚人伦，美教化，移风俗"者也，岂可与鲁直诗同年而语耶？①

概括起来，张戒批评黄庭坚有数端：一是喜用俗语颇费安排，不如杜甫自胸中流出而自然；二是学杜甫只专注于其诗格律，未求得其精髓，这是由二人才力高下所决定的；三是用事押韵登峰造极，失诗言志之本，风雅扫地；四是专以补缀奇字，败坏了诗风；五是韵度矜持、冶容太甚，读之荡人心魄，是邪思之尤者。以上五点，均为诗之形式。至于诗之内容，最后一条言及黄诗不能与杜诗同日而语，是因为杜诗具有"经夫妇，成孝敬，厚人伦，美教化，移风俗"的政治教化功能，甚至"乃圣贤法言"②"正而有礼"③，即符合儒家伦理规范、遵循封建等级秩序，其目的是充分肯定杜诗的思想价值，却反而曲解和误解了杜诗。杜甫处在唐朝由盛而衰的时代，他怀着忠君报国、积极用世的精神，但因仕途失意，遭遇坎坷，又历经祸乱，饱经时代的苦难，因而能够体验和同情人民的疾苦。其诗抒写个人情怀往往紧密结合时代，思想深厚，境界广阔，有强烈的社会现实意义，深刻反映了他所处的时代，被称为"诗史"，并无意代圣贤立言。《岁寒堂诗话》卷下专赏杜诗，评杜甫代表作《自京赴奉先县咏怀五百字》云："此岂嘲风咏月者哉？盖深于经术者也。"④ 评《乾元中寓居同谷七歌》"真所谓主文而谲谏，可以群，可以怨，迩之事父，远之事君者也"⑤。这些评价求之过深，阐释过度。其实，黄庭坚对杜诗思想价值的评价倒更符合实际："子美诗妙处，乃在无意于文。夫无意而意已至。非广之以国风、雅、颂，深之以《离骚》《九歌》，安能咀嚼其意味，闯然入其门耶？"批评那些"喜穿凿者"，"弃其大旨，取其发兴于所遇林泉、人物、草木、鱼虫，以为物物皆有所托，如世间商度隐语者"，使"子美之诗委地"⑥。

张戒对黄庭坚用俗语、专注于杜诗格律、用事押韵、补缀奇字等诗歌形式上的批评，基本切中要害，然其中亦有可辩者，如批评黄庭坚《登快阁》诗颔联"落木千山天远大，澄江一道月分明"："此但以远大分明之

---

① 《岁寒堂诗话》卷上，《历代诗话续编》上册，第465页。
② 《岁寒堂诗话》卷上，《历代诗话续编》上册，第453页。
③ 《岁寒堂诗话》卷上，《历代诗话续编》上册，第453页。
④ 《岁寒堂诗话》卷下，《历代诗话续编》上册，第467页。
⑤ 《岁寒堂诗话》卷下，《历代诗话续编》上册，第469页。
⑥ 《大雅堂记》，《黄庭坚选集》，第415页。

语为新奇，而究其实，乃小儿语也。"① 张宗泰反驳道："至其意境天开，则实能辟古今未泄之奥妙……不知何处有此等小儿能具如许胸襟也。"② 此联从杜甫《登高》"无边落木萧萧下，不尽长江滚滚来"③ 与柳宗元《游南亭夜还叙志七十韵》"木落寒山静，江空秋月高"胎息而来，但有杜诗之雄浑而无其悲凉之气，有柳诗澄澈透明而气象更为阔大。其表层是写秋天山水空旷澄明景象——天空远大是因千山树叶零落而显得空旷，赣江澄明是因月色皎洁而更加清澈。表明因果，暗含辨识、判断，与柳诗近。其深层之意是诗人心境之写照。联系上联，当透露诗人屈居下僚、官场失意的心情。可见此联实含理趣。张戒这些批评并没有考虑到黄庭坚所处的特定现实环境。苏轼因"乌台诗案"险些送了性命，作为"苏门四学士"之一的黄庭坚不得不接受这一沉痛的教训。北宋剧烈的党争，使黄庭坚产生了一种畏祸心理，促使他的诗学观产生重大转变，"兴观群怨"、匡时救世的社会责任感失落，诗歌由"补察时政"的政治使命转为个体生命圆成的证示，即由干预现实生活转向表现个人的节操、人格理想为主。作为江西诗派的领袖，黄庭坚示以后学学诗的法门，只能以诗歌创作的技巧法式为主，所谓"夺胎换骨""点铁成金""以俗为雅，以故为新"等，均属此类。诚然，黄庭坚在诗歌形式上也有强调过头的地方，如谓："自作语最难。老杜作诗，退之作文，无一字无来处。盖后人读书少，故谓韩、杜自作此语耳。古之能为文者，真能陶冶万物，虽取古人之陈言入于翰墨，如灵丹一粒，点铁成金也。"④ "奉为道之：词意高胜，要从学问中来尔。……读书要精深，患在杂博。因按所闻，动静念之，触事辄有得意处，乃为问学之功。文章惟不构空强作，诗遇境而生，便自工耳。"⑤ 杜甫虽然说过"读书破万卷，下笔如有神"⑥，但是，杜诗的成就主要来自现实生活的艰苦磨难与亲身体验。谓杜诗"无一字无来处"则太过，也不符合实际；又谓诗歌"词意高妙"皆"从学问中来"、学问精深"诗遇境而生便自工"也偏执。陆机《文赋》云："伫中区以玄览，颐情志于《典》《坟》。遵四时以叹逝，瞻万物而思纷；悲落叶于劲秋，喜柔条于芳

---

① 《岁寒堂诗话》卷上，《历代诗话续编》上册，第457页。
② 张宗泰：《鲁岩所学集》卷十四《跋张戒岁寒堂诗话》，《古典文学研究资料汇编·黄庭坚和江西诗派卷》上卷，第310页。
③ 杜甫：《登高》，《杜诗详注》卷二十，第4册，第1766页。
④ 《答洪驹父书三》，《文津阁四库全书》第372册，第225页。
⑤ 《论作诗文》，《文津阁四库全书》第372册，第358页。
⑥ 杜甫：《奉赠韦左丞丈二十二韵》，《杜诗详注》卷一，第1册，第74页。

春。"① 言文学创作之由不外两途：一感于物，一本于学；即直接感受与间接感受。如果将文学创作感受的来源只归于"从学问中来"的间接感受一途，则显然失之偏颇。黄庭坚这一诗学理论的提出有其特定的社会背景和时代原因，既然诗歌反映当时严峻的社会现实容易招致祸患，只好转向对诗歌形式的探讨。

张戒批评黄庭坚学杜"未得其髓也"是中肯的，诚如他所言"人才高下，固有分限"、吕本中所言"子美有可学者，有不可学者"。黄庭坚一生以杜甫为学习的典范，并试图通过研习"拾遗句中有眼"达到"彭泽意在无弦"的境界（黄庭坚《赠高子勉四首》其四），尽管其晚年诗风趋于平淡，但始终未能达到"杜子美到夔州后古律诗"，"简易而大巧出焉，平淡而山高水深"②"皆不烦绳削而自合矣"的境界，就像苏轼晚年学陶渊明而亦未能达到陶诗的艺术高度一样。这是由个人才情与时代所决定的。

张戒重申诗以言志为本，强调"思无邪"，认为古今之诗"其正少，其邪多"，批评黄庭坚"乃邪思之尤者"，即"虽不多说妇人，然其韵度矜持，冶容太甚，读之足以荡人心魄，此正所谓邪思也"。一般来说，我们对孔子所谓"《诗三百》，一言以蔽之，曰：'思无邪'"（《论语·为政》）的理解是指《诗》的思想情感纯正，但张戒这里却以"韵度矜持，冶容太甚，读之足以荡人心魄"批评黄庭坚诗，即将黄庭坚诗喻为一个浓妆妖艳、"荡人心魄"的妇人；若释之以诗，"韵度矜持"当指高贵雅致的诗风，"冶容太甚"当指装饰华美的语言等技巧，而风格、语言等均属艺术形式。"思无邪"自汉儒释之后专指思想教化，其实，孔子的"思无邪"一语较为宽泛，实为概括了《诗》三百篇的思想内容与艺术形式特点两个方面，"无邪"之正，指的是诗歌思想情感、语言乐调等的中和之美。张戒在此用来批评黄庭坚诗歌对艺术形式的刻意追求、对情感的激发之负面影响，应该说恢复了孔子"思无邪"的原意。张戒认为在诗歌史上，"思无邪"者只有陶渊明和杜甫，其余"皆不免落邪思"，评价不仅苛刻且不符合我国古代诗歌发展的实际。可见，张戒这一诗学观点比较偏激。

---

① 《文赋集释》，第20页。
② 《与王观复书二》，《文津阁四库全书》第372册，第225页。

（二）论诗"情""意""味""韵"并重，反对预设法式

张戒认为："古诗苏、李、曹、阮本不期于咏物，而咏物之工，卓然天成，不可复及。其情真，其味长，其气胜。……阮嗣宗诗，专以意胜；陶渊明诗，专以味胜；曹子建诗，专以韵胜；杜子美诗，专以气胜。然意可学也。味亦可学也，若夫韵有高下，气有强弱，则不可强矣"①；"渊明之诗，妙在有味耳，而子建诗，微婉之情、洒落之韵、抑扬顿挫之气，固不可以优劣论也"②。这里论及"情""意""味""韵""气"几个诗学概念。

陆机在"诗言志"之后提出了"诗缘情"的观点，确立了抒情乃我国传统诗歌的本质特征，"情真"确为文学的生命所在。《毛诗序》云："诗者，志之所之也，在心为志，发言为诗。情动于中而形于言。"③ 其所言"志"虽然有情的成分，但包含了伦理道德等功利性因素。而陆机所言"情"主要指诗人个人之情，使诗歌从政治的工具、伦理道德的附庸中独立出来，是"文学的自觉"之标志之一。在此，我们看到，张戒是主张诗歌情志并重的，即功利与审美统一兼顾。这一诗学观念在当时是有进步意义的。黄庭坚也持这一观点，其《与郭英发帖二》云："所作乐府，词藻殊胜，但此物须兼缘情绮靡、体物浏亮，乃能感动人耳。"④《书王知载〈朐山杂咏〉后》也云："诗者，人之情性也。"⑤ 但从创作实际来看，不独黄庭坚，整个有宋一代，由于时代原因以及理学的盛行，宋人感情由唐人的张扬转向内敛，重格物，好思辨，作为正统文学的诗歌，理性色彩较浓。与前代相比，不能谓宋人的感情虚假，但诗人的真情在一定程度上被理性所抑制或遮蔽，因此，张戒重提"情真"之诗就十分必要，可谓有的放矢。

"味"作为一个诗学概念，较早见于刘勰《文心雕龙》和钟嵘《诗品》。如果说刘勰是在传统的杂文学观念基础上来论"味"，其范围较宽泛，具有多义性和不确定性，那么，钟嵘则是以纯文学观点论诗。他说："五言居文词之要，是众作之有滋味者也，故云会于流俗。岂不以指事造

---

① 《岁寒堂诗话》卷上，《历代诗话续编》上册，第450页。
② 《岁寒堂诗话》卷上，《历代诗话续编》上册，第451页。
③ 《毛诗序》，《中国历代文论选》第1册，第63页。
④ 《与郭英发帖二》，《文津阁四库全书》第372册，第393页。
⑤ 《书王知载〈朐山杂咏〉后》，《山谷题跋》卷二，第48页。

形,穷情写物最,为详切者耶!"① 诗之有"味",来自纯粹的审美把握,与诗歌政治教化作用无直接关联,同玄学思辨、名言之理性质也不同。唐宋以后,皎然论诗"味",已注意到从整体上把握不同境界的审美特征,而司空图则深入一层,在《与李生论诗书》中提出了"味外之旨"的美学命题。张戒《岁寒堂诗话》云:"大抵句子若无意味,譬之山无烟云,春无草树,岂复可观?"② 可见,既有"意",又有"味",才能称有"意味"。"意"之于"味",犹盐之于水,分则两离,合则化一,而味在盐中。张戒所言"意味"大致指情味或意趣。宋代理学盛行,诗歌创作主乎意理,故张戒批评"子瞻以议论为诗,鲁直又专以补缀奇字",主张将诗歌抽象之"意"化为可感之"味"。

"韵"作为一个美学概念,用来评论文学,在齐梁时期见诸沈约的《宋书·谢灵运传论》、萧子显《南齐书·文学传论》、刘勰《文心雕龙·体性》,至唐代司空图将"韵""味"并举,明确提出了"韵味"说,其含义有二:一指有生动、空灵的审美意象;一指具有含蕴无限、余味无穷的"醇美",即本体之美的审美品格。至宋代范温说:"有馀意之谓韵。……凡事既尽其美,必有其韵,韵苟不胜,亦亡其美。……必也备众善而自韬晦,行于简易闲澹之中,而有深远无穷之味。"③ 他认为,"韵"生于"尽美""有馀","味"在于"深远无穷",而赏韵玩味的特殊审美规律即"超然神会,冥然吻合"。"韵"是诗人诗作的特殊审美品格,"味"则是创作主体特定的审美体验,因"韵"而得的特殊美感即"韵味"。

以"气"来评论作家的性格、气质特点及其体现于作品而形成的总体风貌,始于曹丕《典论·论文》:"文以气为主。"④ 刘勰《文心雕龙·风骨》云:"缀虑裁篇,务盈守气,刚健既实,辉光乃新。"⑤ 谓构思谋篇,务必使气饱满,刚健之气充沛,文采才能鲜明生动。韩愈《答李翊书》则说:"气,水也;言,浮物也。水大而物之浮者大小毕浮。气之与言犹是也。气盛则言之短长与声之高下皆宜。"⑥ 指出作家之气充沛,语言表达才能无所不妥。

---

① 《诗品注》,第 2 页。
② 《岁寒堂诗话》卷上,《历代诗话续编》上册,第 450 页。
③ 《潜溪诗眼》,《宋诗话辑佚》卷上,上册,第 373 页。
④ 《典论·论文》,《全上古三代秦汉三国六朝文》第 2 册,第 1098 页。
⑤ 《文心雕龙·风骨》,《文心雕龙译注》,第 260 页。
⑥ 《答李翊书》,《韩昌黎文集校注》,第 171 页。

黄庭坚论诗也强调"意""味""韵""气":"吟诗不必务多,但意尽可也。"① "彭泽千载人,东坡百世士。出处虽不同,风味乃相似。"(《跋子瞻和陶诗》)"诗颂要得出尘拔俗,有远韵而语平易。"② "文如雾豹容窥管,气似灵犀可辟尘。"③ "文章盖自建安以来,好作奇语,故其气象衰茶。"④ "予友生王观复作诗有古人态度,虽气格已超俗,但未能从容中玉佩之音,左准绳、右规矩尔。"⑤ "今观阆州鲜长江诗,不甚愧之也。虽切磋琢磨之功少,而浑厚之气几度其前矣。"⑥ "承寄惠长韵诗,……词意高妙,气极老成,叹服无已!"⑦ 但在创作实践中,黄庭坚是否实现了这些诗学主张呢?尽管在中国文学史上理论与创作脱节的现象客观存在,但客观地说,黄庭坚基本实现了,如刘熙载说:"唐诗以情韵气格胜,宋苏、黄以意胜。"⑧ "以意胜",不仅是黄庭坚诗歌的显著特色之一,也是宋诗与"情韵气格"见长的唐诗的分野之所在。相关的讨论,学术界已有不少著述,此不赘言。

张戒认为阮籍诗"专以意胜",陶渊明诗"专以味胜",曹植诗"专以韵胜",杜甫诗"专以气胜"。"意""味"可学,"韵""气"则不可学。此正是曹植与杜甫诗"后世所以莫能及"的原因。此话有其道理。因为"韵""气"都与人之性格有关,魏晋之后,"韵"多用来品评人物的言谈举止与精神风度的统一,如《世说新语·任诞》:"阮浑长成,风气韵度似父,亦欲作达。"⑨ 曹植称徐干"时有齐气",谓徐干为齐人,禀受齐地水土之风气,性格舒缓,而其作品亦有舒缓风格;"公幹有逸气",谓刘桢为人少所拘忌,其作品亦有奔逸不羁的风貌。张戒没有直接批评黄庭坚诗歌乏"意""味""韵""气",因为他难以从黄诗中摘出例证,故而变换了一个说法:"鲁直自言学子美。人才高下,固有分限,然亦在所习,不可不谨,其始也学之,其终也岂能过之?屋下架屋,愈见其小,后有作者出,必欲学李、杜争衡,当复从汉魏诗中出尔。"若谓黄庭坚与杜甫才力有高下,性格各殊,故黄虽学杜但却终未能过之则可,若谓欲与杜甫争

---

① 《论作诗文》,《文津阁四库全书》第 372 册,第 358 页。
② 《与党伯舟帖七》,《文津阁四库全书》第 372 册,第 401 页。
③ 黄庭坚:《次韵奉答少激纪赠二首》其一,《黄庭坚诗集注》第 2 册,第 473 页。
④ 《与王观复书一》,《文津阁四库全书》第 372 册,第 225 页。
⑤ 《跋柳子厚诗》,《山谷题跋》卷二,第 36 页。
⑥ 黄庭坚:《书鲜洪范长江诗后》,《山谷题跋》卷二,第 62 页。
⑦ 黄庭坚:《答黎晦叔》,《文津阁四库全书》第 372 册,第 313 页。
⑧ 《艺概》卷二"诗概",第 68 页。
⑨ 《世说新语译注》,第 619 页。

衡则冤屈了山谷。生于唐代的韩愈便有自知之明，故在李白、杜甫两座高峰面前另辟蹊径，别开生面，以丑为美，以文为诗，开创奇险诗风。黄庭坚生于宋代，当时有一些后学向他请教学诗门径和技法，他便推出杜甫，因为杜诗有法可循，但他深知杜诗成就难以企及，其《与王观复书二》云："所寄诗多佳句，犹恨雕琢功多耳。但熟读杜子美到夔州后古律诗，便得句法：简易而大巧出焉，平淡而山高水深，似欲不可企及。文章成就，更无斧凿痕乃为佳作耳。"① 黄庭坚一生以杜甫为典范，尽管未能达到杜诗的艺术高度，但平心而论，正是黄庭坚开创了与唐诗异趣的宋调，为宋诗赢得了能与唐诗分庭抗礼的文学地位。杨万里《江西宗派诗序》云："今夫四家者流，苏似李，黄似杜。李苏之诗，子列子之御风也；杜黄之诗，灵均之乘桂舟、驾玉车也。"② 将苏轼、黄庭坚与李白、杜甫并列，充分肯定了宋诗的文学地位。对比之下，张戒对黄庭坚的批评显得苛刻，其诗学思想也显得偏狭。

张戒《岁寒堂诗话》还提出了一个颇有价值的诗学思想："诗文字画，大抵从胸臆中出"③；"喜怒哀乐，不择所遇，一发于诗，盖出口成诗，非作诗也"④。即自然成诗。批评黄庭坚喜用俗语"颇安排勉强"，即刻意雕琢而失之自然，"不能如子美胸襟流出也"，"世徒见子美诗多粗俗，不知粗俗语在诗句中最难，非粗俗，乃高古之极也"⑤。黄庭坚示以江西派后学熟读前人作品，以书本材料为诗，的确有这一通病。因为从思维特征而言，诗人若一味从书本材料中获得创作感受，确实会限制甚至阻碍情志的充分自由表达和抒发。本于学的间接感受固然是诗歌创作的一种途径，但丰富多彩的现实生活才是诗歌创作唯一的源泉。实践证明，诗歌创作本于前人诗作的间接感受委实不如源于现实生活的直接感受来得自然流畅。

张戒又云："诗人之工，特在一时情味，固不可预设法式也。"⑥ 即诗人创作乃一时感兴所致，触景生情，猝然成篇。张戒还借黄庭坚所言"诗句不可凿空强作，对景而生便自佳"，认为"山谷之言诚是也"⑦。李东阳

---

① 《与王观复书二》，《文津阁四库全书》第 372 册，第 225 页。
② 《诚斋集》卷八十《江西宗派诗序》，《景印文渊阁四库全书》第 1161 册，第 77～78 页。
③ 《岁寒堂诗话》卷上，《历代诗话续编》上册，第 458～459 页。
④ 《岁寒堂诗话》卷上，《历代诗话续编》上册，第 468 页。
⑤ 《岁寒堂诗话》卷上，《历代诗话续编》上册，第 450 页。
⑥ 《岁寒堂诗话》卷上，《历代诗话续编》上册，第 453 页。
⑦ 《岁寒堂诗话》卷上，《历代诗话续编》上册，第 468 页。

《麓堂诗话》云："唐人不言诗法，诗法多出宋。"① 具体说，言"诗法"始自黄庭坚，这是时代使然。唐人诗歌高度繁荣并取得了辉煌成就，尤以李白、杜甫为诗坛难以逾越的两座高峰，各种诗歌技法差不多业已成熟甚至炉火纯青，总结这份珍贵诗歌遗产的任务，便历史地落在了宋人肩上。宋初诗坛，或学白居易，或学贾岛、姚合，或学李商隐，基本上是沿袭唐风，并无建树。至王安石，以议论为诗，始开宋调，苏轼"学刘梦得，学白乐天、太白，晚而学渊明"②，但又"以文字为诗，以议论为诗"，对宋调的形成起了推波助澜的作用。黄庭坚登上诗坛，如前所述，政治环境十分严峻，反映现实易招祸患，加上一批后学向黄庭坚学习作诗，于是，黄庭坚在王安石与苏轼"以文字为诗，以议论为诗"上又加上"以才学为诗"，即以书本材料为诗，熟读前人作品，其中以杜甫为典范资以借鉴，于是比较有系统的作诗法式便应运而生。如果我们能够正视这一特定的诗学背景，可谓"知人论世"。问题在于，文学创作有共同的规律，有否固定创作模式？黄庭坚总结出系列诗法，是否适应每一位后学？回答是因人而异，这便是黄庭坚遭到时人和后人责难之处。应该承认，作诗有一些基本的技法，但古人多数保守，秘而不宣，黄庭坚却将之公开化、系统化，应该说是黄庭坚的一大贡献，但这种做法往往吃力不讨好，于是批评鹊起，毁誉参半。加上江西诗派后学固守诗法而不知变通，在很大程度上损害了黄庭坚的名声，正如陈岩肖指出："本朝诗人，与唐世相亢，其所得各不同，而俱自有妙处，不必相蹈袭也。至山谷之诗，清新奇峭，颇造前人未尝道处，自为一家，此其妙也。至古体诗，不拘声律，间有歇后语，亦清新奇峭之极也。然近时学其诗者，或未得其妙处，每有所作，必使声韵拗捩，词语艰涩，曰'江西格'也；此何为哉？"③ 吕本中也言："近世江西之学者，虽左规右矩，不遗馀力，而往往不知出此，故百尺竿头，不能更进一步，亦失山谷之旨也。"④ 故吕本中针对江西派后学固守前人诗法句格，不敢越雷池半步的流弊指出："学诗当识活法，所谓活法者，规矩备具而能出于规矩之外，变化不测而亦不背于规矩也。是道也，盖有定法而无定法，无定法而有定法。知是者，则可以与语活法矣。"⑤ "诗有活

---

① 李东阳：《麓堂诗话》，《历代诗话续编》下册，第1371页。
② 《岁寒堂诗话》卷上，《历代诗话续编》上册，第452页。
③ 陈岩肖：《庚溪诗话》卷下，《历代诗话续编》上册，第182页。
④ 《与曾吉甫论诗第二帖》，《苕溪渔隐丛话前集》卷四十九引，《景印文渊阁四库全书》第1480册，第318页。
⑤ 《夏均父集序》，《江西诗派小序·吕紫微》，《历代诗话续编》上册，第485页。

法，若灵均自得，忽然有人，然后惟意所出，万变不穷。"①"法"指艺术表现的技巧法则、规矩和程式，"死法"谓墨守艺术表现成规，僵硬少变；"活法"则是指对艺术表现法则成规的灵活运用，中其规矩又富于变化。

范温云："夫惟曲尽法度，而妙在法度之外，其韵自远。"② 这里所谓"曲尽法度而妙在法度之外"正是吕本中"活法"的最好注脚。可见，诗歌创作达到"韵胜"，或有"韵味"，并非张戒强调只有"感于物"一途，正如前引陆机所谓"本于学"也是一途，但如果能够做到不墨守艺术表现成规，灵活运用它，既遵艺术法则又能超越法则，就可能创作出韵味无穷的佳作来。

二、《沧浪诗话》与江西诗学

严羽（？～1264），字仪卿，一字丹邱；号沧浪逋客。邵武（今属福建）人。终生未仕，长年隐居乡里。南宋理宗绍定（1228～1233）间，因避家乡变乱，出走豫章、浔阳及洞庭、潇湘一带。端平（1234～1236）年间，曾出游吴越，至建康、扬州、吴中临安一带。有《沧浪诗话》一卷、《沧浪集》二卷传世。

继张戒、朱熹等之后，严羽针对"江西诗病"特撰《沧浪诗话》，分"诗辨""诗体""诗法""诗评""考证"五部分，自矜为"自家实证实悟者""非傍人离壁、拾人涕唾得来者"③。实则受前人启示颇多，其中不少观点来便来自以黄庭坚为代表的江西诗学。严羽的高明之处在于，其诗学思想较黄庭坚、张戒、朱熹等的诗学思想，更加系统化、理论化，尤其是"以禅喻诗"，借助"大抵禅道惟在妙悟，诗道亦在妙悟"④ 相通之理，由此切入诗学批评，建构他的具有鲜明特色的诗学理论体系。关于严羽对宋诗创作的批评，学术界关注较多。其实严羽著《沧浪诗话》的另一意图，是不满江西诗学的诗法误导作诗者"差入""旁门"⑤，为此提出"作

---

① 《江西诗社宗派图序》，转引自《中国诗学大辞典》，第100页。
② 《潜溪诗眼》，《宋诗话辑佚》上册，第374页。
③ 严羽：《答出继叔临安吴景仙书》，《沧浪诗话校释》，第251页。
④ 《沧浪诗话·诗辨》，《沧浪诗话校释》，第12页。
⑤ 《答出继叔临安吴景仙书》，《沧浪诗话校释》，第252页。

诗正须辨尽诸家体制"①，规范诗歌创作原则，试图为学诗作诗者指明正确门径。他主张取法前人"入门须正，立志须高"②，但只言"楚辞"而不及《诗三百》，知其论诗主旨与儒家诗言志之说有异，摆脱其传统诗教，从本体出发，使诗回归美学领域；由于严羽主要讨论诗的形式和艺术性，加上"以禅喻诗"，使其理论和批评带有明显的主观唯心主义色彩，有几分玄乎，反而不如江西诗法便于操作。本论仅就《沧浪诗话》与江西诗学相关的理论与批评做一比照分析。

（一）活参彻悟本于江西以禅说诗而使之理论化

严羽针对"至东坡山谷始自出己意以为诗，唐人之风变矣"③，为学诗者指明入门蹊径："入门须正，立志须高"，即师法前人之作"须从上做下，不可从下做上"④。《沧浪诗话·诗辨》云："先须熟读'楚词'，朝夕讽咏以为之本；及读《古诗十九首》，乐府四篇，李陵、苏武，汉魏五言皆须熟读，即以李、杜二集枕藉观之，如今人之治经，然后博取盛唐名家，酝酿胸中，久之自然悟入。"⑤ 这种观点乃古人习见之论，它远绍韩愈，近承时人。韩愈提出学习古文，学习先秦两汉，严格规定"非三代两汉之书不敢观，非圣人之志不敢存"⑥ 的学习范围和对象；五经之外，博取兼资庄周、屈原、司马迁、司马相如、扬雄诸家"异曲同工"之作："上规姚姒，浑浑无涯；《周诰》《殷盘》，佶屈聱牙；《春秋》谨严，《左氏》浮夸；《易》奇而法，《诗》正而葩；下逮《庄》《骚》，太史所录，子云相如，同工异曲。"⑦《彦周诗话》载苏轼"教人作诗曰：'熟读《毛诗》《国风》《离骚》，曲折尽在是矣。'仆尝以谓此语太高，后年齿益长，乃知东坡先生之善诱也"⑧。黄庭坚《大雅堂记》告之后学"广之以国风、雅、颂，深之以《离骚》《九歌》，……"⑨ 吕本中也谓："大概学诗，须以《三百篇》、'楚辞'及汉魏间人诗为主，方见古人妙处，自无齐、梁

---

① 《答出继叔临安吴景仙书》，《沧浪诗话校释》，第252页。
② 《沧浪诗话·诗辨》，《沧浪诗话校释》，第1页。
③ 《沧浪诗话·诗辨》，《沧浪诗话校释》，第26页。
④ 《沧浪诗话·诗辨》，《沧浪诗话校释》，第1页。
⑤ 《沧浪诗话·诗辨》，《沧浪诗话校释》，第1页。
⑥ 韩愈：《答李翊书》，《韩昌黎文集校注》，第170页。
⑦ 韩愈：《进学解》，《韩昌黎文集校注》，第46页。
⑧ 许顗：《彦周诗话》，《历代诗话》上册，第386页。
⑨ 《大雅堂记》，《黄庭坚选集》，第415页。

间绮靡气味也。"① 不难看出，从韩愈到吕本中，示以后学学习的对象均《诗》《骚》并举，严羽却独标《离骚》而不提《诗经》，郭绍虞先生指出："大抵本于风者，多有现实主义的倾向，而出于骚者往往重形式技巧。沧浪论诗所以只从艺术上着眼，恐与此亦不无关系。"②

在严羽看来，若提高了"识""辨"能力，即艺术辨析能力和审美判断能力，才能实现"悟"。可见，"识""辨"是"悟"的前提和基础，"悟"乃"识""辨"的升华，但还不是"识""辨"的必然结果。还有一个关键环节，即"悟"的根本途径是"参"。他认为若不能悟入，"则是见诗之不广，参诗之不熟耳"③。因此，严羽又提倡"熟参"："试取汉魏之诗而熟参之，次取晋宋之诗而熟参之，次取南北朝之诗而熟参之，次取沈、宋、王、杨、卢、骆、陈拾遗之诗而熟参之，次取开元、天宝诸家之诗而熟参之，次独取李、杜二公之诗而熟参之，又取大历十才子之诗而熟参之，又取元和之诗而熟参之，又尽取晚唐诸家之诗而熟参之，又取本朝苏、黄以下诸家之诗而熟参之。"④ 与"悟"一样，"参"本禅宗术语，谓玄思冥想，明悟道理。原指"参禅"，是佛教禅宗的修行方法。后移借为文学批评术语，强调对作品熟读深思，以领悟其奥妙。严羽一方面强调参诗要广要熟，另一方面又主张参诗要活，强调"须参活句，勿参死句"⑤。何谓"参活句"？严羽虽未明言，但从他强调"妙悟""透彻之悟"等语来看，主要指学诗不要拘泥于对字句本身意义的理解，而要充分调动艺术思维和想象，透过文本和话语揣摩体会其艺术创作的奥妙。严羽这一"参""悟"法，也来自江西诗学。

范温《潜溪诗眼》载："山谷言学者若不见古人用意处，但得其皮毛，所以去之更远。……故学者要先以识为主，如禅家所谓正法眼者。直须具此眼目，方可入道。"⑥ 郭绍虞指出："此即沧浪第一义之说之所本。"⑦ 周紫芝《见王提刑》载："具茨（晁冲之），太史黄公客也，具茨一日问：'作诗法度，向上一路如何？'山谷曰：'如狮子吼，百兽吞声。'他日又问，则曰：'识取关捩。'具（茨）谓鲁直接引后进，门庭颇峻，

---

① 《童蒙诗训·学古人妙处》，《宋诗话辑佚》卷下，下册，第593页。
② 《沧浪诗话校释》，第6页。
③ 《沧浪诗话·诗辨》，《沧浪诗话校释》，第1页。
④ 《沧浪诗话·诗辨》，《沧浪诗话校释》，第12页。
⑤ 《沧浪诗话·诗辨》，《沧浪诗话校释》，第1页。
⑥ 《潜溪诗眼》，《宋诗话辑佚》卷上，上册，第317页。
⑦ 《沧浪诗话校释》，第20页。

当令参者自相领解。"① 郭绍虞认为"有人竟认为沧浪此说是从江西诗人引申得来的了"②。笔者认为，黄庭坚在此对作诗法度如何向上一路的回答，正是禅宗所谓"悟"也。在严羽看来，悟非来自思而不学，悟来自工夫。钱锺书认为"曰'读书穷理以极其至'，则因悟而修，以修承悟也。可见诗中'解悟'，已不能舍思学而不顾；至于'证悟'，正自思学中来"③。崔旭《念堂诗话》卷三："读书破万卷，学也；下笔如有神，悟也。"④ 黄庭坚也说："杜子美云：'读书破万卷，下笔如有神。'此作诗之器也。然则虽利器而不能善其事者，何也？无妙手故也。所谓妙手者，殆非世智下聪所及，要须得之心地。"⑤ 他认为下"读书破万卷"的工夫是作诗的"利器"，但还需靠聪明才智与"得之心"即"悟"。

严羽又说："惟悟乃为当行，乃为本色。"⑥ "须是本色，须是当行。"⑦ 对"本色""当行"，郭绍虞先生这样解释："都是说不可破坏原来的体制以逞才学。"⑧ 即是说，在严羽看来，怎样的体制才是诗之本色当行。这要从"本色""当行"的来源说起。"本色"一词最早见于《后山诗话》："退之以文为诗，子瞻以诗为词，如教坊雷大使之舞，虽极天下之工，要非本色。"⑨ 又云："诗文各有体，韩以文为诗，杜以诗为文，故不工尔。"⑩ 评刘禹锡"望来已是几千岁，只似当年初望时"，"语虽拙而意工"⑪。许学夷《诗源辩体》卷七："以工者相比，则拙者自见矣。"⑫ 就此看来，诗之"本色"体制当指"工"，"不工"即"拙"。"拙"乃江西诗学所追求："宁拙毋巧，宁朴毋华，宁粗毋弱，宁僻毋俗，诗文皆然"⑬；黄庭坚《题意可诗后》云："宁律不协，而不使句弱；用字不工，不使语俗，此庾开府之所长也，然有意于为诗也。至于渊明，则所谓不烦绳削而自合。……虽然，巧于斧斤者多疑其拙，窘于检括者辄病其放。……渊明

---

① 《太仓稊米集》卷五十九《见王提刑》，《景印文渊阁四库全书》第1141册，第423页。
② 《沧浪诗话校释》，第22页。
③ 《谈艺录》（补订本），第99页。
④ 崔旭：《念堂诗话》，《沧浪诗话校释》引，第28页。
⑤ 《答徐甥师川》，《黄庭坚全集》，第2028页。
⑥ 《沧浪诗话·诗辨》，《沧浪诗话校释》，第12页。
⑦ 《沧浪诗话·诗法》，《沧浪诗话校释》，第111页。
⑧ 《沧浪诗话·诗法》，《沧浪诗话校释》，第111页。
⑨ 《后山诗话》，《历代诗话》上册，第309页。
⑩ 《后山诗话》，《历代诗话》上册，第303页。
⑪ 《后山诗话》，《历代诗话》上册，第302页。
⑫ 《诗源辩体》，第111页。
⑬ 《后山诗话》，《历代诗话》上册，第311页。

之拙与放,岂可为不知者道哉!……说者曰:若以法眼观,无俗不真;若以世眼观,无真不俗。渊明之诗,要当与一丘一壑者共之耳。"① 在严羽看来,江西诗派追求"拙"非诗之本色。"当行"之说始见于王若虚《滹南诗话》卷二:"晁无咎云,'东坡词小不谐律吕,盖横放杰出,曲子中缚不住者。'其评山谷则曰,'词固高妙,然不是当行家语,乃著腔子唱和诗耳。'"② 指出苏轼以词为诗、黄庭坚以诗为词,均非当行。

《沧浪诗话·诗辨》云:"谢灵运至盛唐诸公,透彻之悟也。"③ 严羽如此推崇谢灵运,认为他的诗属"透彻之悟",可能轻信了史传或沿袭前人之说,而自己并未认真研习谢诗。《南史·谢惠连传》载:"(灵运)尝于永嘉西堂思诗,竟日不就,忽梦见惠连,即得'池塘生春草',大以为工。常云'此语有神工,非吾语也'。"④ 杨万里《和李天麟二首》其一云:"学诗须透脱,信手自孤高。衣钵无千古,丘山只一毛。句中池有草,字外目俱蒿。可口端何似,霜螯略带糟。""句中池有草"指谢灵运的名句"池塘生春草,园柳变鸣禽"(《登池上楼》),谓谢灵运有悟性,诗句犹如神助,妙手天成。但黄庭坚不这样认为,其《论诗》云:"谢康乐、庾义城之于诗,炉锤之功不遗力也。然陶彭泽之墙数仞,谢、庾未能窥者,何哉?盖二子有意于俗人赞毁其工拙,渊明直寄焉耳。"⑤ 认为谢灵运的诗"炉锤之功不遗力",即过于雕琢,失去天然,言下之意何悟之有!许学夷《诗源辩体》卷七亦云:"五言至灵运,雕刻极矣,……然自然者十之一,而雕刻者十之九。沧浪谓灵运'透彻之悟',则予未敢信也。"⑥ 严羽又说:"谢所以不及陶者,康乐之诗精工,渊明之诗质而自然耳"⑦;"建安之作,全在气象,不可寻枝摘叶。灵运之诗,已是彻首尾成对句矣,是以不及建安也"⑧。在此并不能视严羽自相矛盾,因为严羽那里,"透彻之悟"属诗人的艺术修养,诗的最高审美境界是"入神":"诗之极致有一,曰入神。诗而入神,至矣,尽矣,蔑以加矣"⑨!"充分肯定了'入'的是诗人主体之神,诗人在诗中的审美创造,最终是创造了他自己,创造

---

① 《题意可诗后》,《山谷题跋》卷二,第46页。
② 《滹南诗话》卷二,《历代诗话续编》上册,第516~517页。
③ 《沧浪诗话·诗辨》,《沧浪诗话校释》,第12页。
④ 《南史》卷十九,第1册,第353页。
⑤ 《论诗》,《山谷题跋》卷七,第184页。
⑥ 《诗源辩体》,第109~110页。
⑦ 《沧浪诗话·诗评》,《沧浪诗话校释》,第151页。
⑧ 《沧浪诗话·诗评》,《沧浪诗话校释》,第158页。
⑨ 《沧浪诗话·诗辨》,《沧浪诗话校释》,第8页。

了一个艺术中新的自我"①。在严羽之前，黄庭坚也有类似论述："人谓东坡作此文，因难以见巧，故极工。余则以为不然。彼其老于文章，故落笔皆超轶绝尘耳。"②——境界入神。

（二）别材别趣救江西之弊而失之偏颇

严羽在指导学诗者如何"识""辨""参""悟"之后，提出了师法盛唐，"故予不自量度，辄定诗之宗旨，且借禅以为喻，推原汉魏以来，而截然谓当以盛唐为法，虽获罪于世之君子，不辞也"③：

> 夫诗有别材，非关书也；诗有别趣，非关理也。然非多读书，多穷理，则不能极其至。所谓不涉理路，不落言筌者，上也。诗者，吟咏情性也。盛唐诸人惟在兴趣，羚羊挂角，无迹可求。故其妙处透切玲珑，不可凑泊，如空中之音，相中之色，水中之月，镜中之象，言有尽而意无穷。近代诸公乃作奇特解会，遂以文字为诗，以才学为诗，以议论为诗。④

别材别趣，救江西末流之弊；读书穷理，救江湖诗人之失。郭绍虞先生说："沧浪在当时，看到了江西诗之流弊，又看到了永嘉四灵欲转移江西诗风而无其才力，更看到了江湖诗人之走入性灵一路，所以毅然以矫正诗风自任。他的诗论，就是为救时弊而发的。'虽获罪于世之君子不辞也'"⑤。笔者认为"别材"针对江西"以才学为诗"而发；"别趣"则针对江西"以议论为诗"而言。黄庭坚《论作诗文》："奉为道之'词意高胜'，要从学问中来尔。……读书要精深，患在杂博。因按所闻，动静念之，触事辄有得意处，乃为问学之功……诗遇境而生，便自工耳。"⑥ 黄庭坚《答秦少章帖》："文章虽末学，要须茂其根本，深其渊源，以身为度，以声为律，不加开凿之功，而自闳深矣。"⑦ 黄庭坚《答王观复》："更愿加求己之功，沉潜于经术，自印所得。根源深远，则波澜枝叶无遗

---

① 《中国历代诗学论著选》，第520页。
② 黄庭坚：《跋子瞻醉翁操》，《山谷题跋》卷二，第39页。
③ 《沧浪诗话·诗辨》，《沧浪诗话校释》，第27页。
④ 《沧浪诗话·诗辨》，《沧浪诗话校释》，第26页。
⑤ 《沧浪诗话校释》，第41页。
⑥ 《论作诗文》，《文津阁四库全书》第372册，第358页。
⑦ 《答秦少章帖》，《黄庭坚全集》，第1867页。

恨矣。"① 黄庭坚《答郭英发》："要须下十年工夫，识取自己，则有根本。凡有言句，皆从自根本中来。"② 严羽强调诗歌是别一种题材、别一种旨趣，主要是着眼于诗歌的思想内容和创作的思维方式。他认为，从诗歌的题材来说，不可用以表现书本知识；从表现方式来说，他又不可能断然否认议论的必要，即不能于理无涉，因此又指出"多读书""多穷理"的重要性，显然，他所强调的是不要直接以书本材料入诗，不要直接在诗中发表议论。"不涉理路，不落言筌"，是说诗歌创作不能用抽象思维，而必须用形象思维；不能用知性语言进行表述，而须用诗性语言进行言说。冯班提出质疑："诗者言也，言之不足，则长言之；长言不足，故咏歌之。但其言微，不与常言同耳，安得有不落言筌者乎？诗者，讽刺之言也，凭理而发，怨诽者不乱，好色者不淫，故曰'思无邪'。但其理元或在文外，与寻常文笔言理者不同，安得不涉理路乎？"③ 诗有别材别趣，固然不错，但黄庭坚示以后学以书本材料为诗有其特定的时代背景，苏轼因"乌台诗案"险些送命，这一严峻的现实教训向黄庭坚发出了严重警告，于是转向探讨诗法等艺术形式就成为黄庭坚无奈之下的一种选择。以理入诗，则是时代之风尚使然，一是宋由唐人诗赋取士改为以策论取士，因而议论之风必然影响到文学创作，诗歌也不例外；一是宋代理学盛行，"格物致知"，穷理尽性之思辨蔚然成风，诗歌"不涉理路"不可避免。严羽批评宋人"以文字为诗，以才学为诗，以议论为诗"，本自张戒《岁寒堂诗话》"苏黄用事押韵之工，至矣尽矣，然究其实，乃诗人中一害"④。"子瞻以议论作诗，鲁直又专补缀奇字，学者未得其所长，而先得其所短，诗人之意扫地矣"⑤。严羽所谓"其末流甚者，叫噪怒张，殊乖忠厚之风，殆以骂詈为诗。诗而至此，可谓一厄也"，与黄庭坚同。黄庭坚《书王知载〈朐山杂咏〉后》："诗者，人之情性也，非强谏争于廷，怨忿诟于道，怒邻骂坐之为也。"⑥ 黄庭坚《答洪驹父书》："东坡文章妙天下，其短处在好骂，慎勿袭其轨也。"⑦ 黄庭坚亦反对以骂詈为诗者。

严羽所谓"兴"主要指诗歌抒情的审美特征，即情感的自然生发、自

---

① 《答王观复》，《黄庭坚全集》，第 2005 页。
② 《答郭英发》，《黄庭坚全集》，第 2016 页。
③ 冯班：《严氏纠谬》，张寅彭选辑，吴忱、杨焄点校《清诗话三编》，上海古籍出版社 2014 年版，第 1 册，第 6 页。
④ 《岁寒堂诗话》卷上，《历代诗话续编》上册，第 452 页。
⑤ 《岁寒堂诗话》卷上，《历代诗话续编》上册，第 455 页。
⑥ 《书王知载〈朐山杂咏〉后》，《山谷题跋》卷二，第 48 页。
⑦ 《答洪驹父书二》，《文津阁四库全书》第 372 册，第 225 页。

由抒发及其产生的美感。"趣"即趣味、情味或旨趣。"兴趣"指诗人情感自然生发、自由抒发产生的审美趣味。这一观点也来自江西诗学。陈与义是江西诗派中较早表述自己创作过程中感物兴发体验的诗人:"落日留霞知我醉,长风吹月送诗来。"(《后三日再赋》)"城中那有此,触处皆新诗。"(《赴陈留二首》其一)"佳句忽堕前,追摹已难真。"(《题酒务壁》)"蛛丝闪夕霁,随处有诗情。"(《春雨》)"晓窗飞雪惬幽听,起见新诗自启扃。"(《周尹潜雪中过门不我顾遂登西楼作诗见寄次韵谢之三首》其一)"不须惜别作酸然,满路新诗付吾子。"① 另一位江西诗人杨万里在《答建康府大军库监门徐达书》中则从理论上提出了"感兴"说:

> 大抵诗之作也,兴上也。……我初无意于作是诗,而是物是事适然触乎我,我之意亦适然感乎是物是事。触先焉,感随焉,而是诗出焉,我何与哉,天也。斯之谓兴。②

具体说来,严羽所谓"兴趣"主要包含两方面的内涵:其一,强调情感的自然抒发,要求词理意兴高度融合,形成浑然一体的情境或意境,其中,"兴"又称"意兴",他在《诗评》中说:"诗有词理意兴,南朝人尚词而病于理;本朝人尚理而病于意兴;唐人尚意兴而理在其中;汉魏之诗,词理意兴,无迹可求。"③ 郭绍虞说:"诗之内容,从沧浪看来,似有二种分别:偏于逻辑思维者为理,偏于形象思维者为意。理不易与词相结合,截然分明,故分开着讲;意与兴虽有兴虚意实之分,而容易结合,故连缀用之。词和理的结合或词和意的结合,是形式和内容的统一问题,容易分别。意和兴的结合,不是象被意化,便是意融于象,不是景被情化,便是融于景,这是主观和客观的统一问题,非融而化,所以不容易分别。……沧浪之意,只重在说明理和意兴之不容易结合。意兴虚而实,虚实之间,不是没有统一的可能性,但由于一属逻辑思维,一属形象思维,性质不同,所以宋诗会因尚理之故而病于意兴。"④ 认为沧浪此说所谓"意兴"近于白石之所谓"自然高妙":"非奇非怪,剥落文采,知其妙而不知其

---

① 陈与义:《送王因叔赴试》,《全宋诗》卷一七四九,第 31 册,第 19541 页。
② 《诚斋集》卷六十七《答建康府大军库监门徐达书》,《景印文渊阁四库全书》第 1160 册,第 639 页。
③ 《沧浪诗话·诗评》,《沧浪诗话校释》,第 148 页。
④ 《沧浪诗话校释》,第 149 页。

所以妙，曰自然高妙"①。其二，崇尚含蓄蕴藉、朦胧之美，要求诗歌中的意象、意境如同镜花之月，既空灵虚幻，又富有无穷的意味。如果说严羽这一崇尚空灵虚幻的思想受到佛教教义中色相空幻观念的影响，那么，他强调含蓄蕴藉美的诗学观则继承了唐代皎然提倡的"重意""文外之旨"和司空图主张的"象外之象""味外之旨"之说。由于严羽论诗专注形式和艺术性，认识不到现实生活是创作的主要源泉这一艺术真谛，所以，只能提出"空中之音，相中之色，水中之月，镜中之象，言有尽而意无穷"这样玄虚的"兴趣"说；尽管严羽推崇盛唐的李、杜，但从他描述的"兴趣"来看，他欣赏的只能是王维、孟浩然山水田园诗冲淡空灵的艺术风格。

由于严羽抑低了说理诗的地位，遭到吴乔的驳诘："予友贺黄公曰：'严沧浪谓：诗有别趣，不关于理。而理实未尝碍诗之妙。如元次山《春陵行》、孟东野《游子吟》等，直是六经鼓倡，理岂可废乎？"②否定了严羽关于诗"不涉理路"之说。但并非凡"理"均不碍诗之妙。沈德潜说："杜诗'江山如有待，花柳自无私'，'水深鱼极乐，林茂鸟知归'，'水流心不竞，云在意俱迟'，俱入理趣。邵子则云'一阳初动处，万物未生时'，以理语成诗矣。"③可见，"理"有"理趣""理语"之别。概言之，"理趣"即用诗说理，又不失具体生动的感性形象，寄理于象外，可求之于诗中，回味无穷。宋诗尚意自不待言，严羽批评宋诗"尚理而病于意兴"，实则宋诗尚理而趣在其中。黄庭坚诗歌有不少富有理趣，如《题阳关图二首》其二、《次韵公择舅》《题竹石牧牛》《寄黄几复》《池口风雨留三日》等④。

（三）诗体诗评取自山谷法式而切中江西之病

严羽说："学诗先除五俗：一曰俗体，二曰俗意，三曰俗句，四曰俗字，五曰俗韵。"⑤"绝俗"乃江西诗学自觉追求的诗歌格调，苏轼《于潜僧绿筠轩》："可使食无肉，不可使居无竹。无肉令人瘦，无竹令人俗。人

---

① 《白石道人诗说》，《历代诗话》下册，第682页。
② 吴乔：《围炉诗话》卷一，《清诗话续编》上册，第477~478页。
③ 沈德潜：《说诗晬语》，郭绍虞主编《原诗 一瓢诗话 说诗晬语》，人民文学出版社1979年版，第252页。
④ 参见吴晟：《黄庭坚诗词理趣、禅趣辨味》，《广东教育学院学报》1995年第3期。
⑤ 《沧浪诗话·诗法》，《沧浪诗话校释》，第108页。

瘦尚可肥，俗士不可医。"① 黄庭坚《书缯卷后》曰："余尝为少年言士大夫处世可以百为，唯不可俗，俗便不可医也。……视其平居，无异于俗人。临大节而不可夺，此不俗人也。"② 黄庭坚《书嵇叔夜与侄榎》云："叔夜此诗豪壮清丽，无一点尘俗气。凡学作诗者，不可不成诵在心，想见其人。虽沉于世故者，暂而揽其馀芳，便可扑去面上三斗俗尘矣，何况探其义味者乎？"③《题意可诗后》云："宁律不协，而不使句弱；用字不工，不使语俗。"④《与韩纯翁宣义》云："观其诗句，知其言行必超逸绝尘。"⑤ 黄庭坚还每以是否"俗"来论人品诗。《书刘景文诗后》云："余尝评景文胸中有万卷书，笔下无一点俗气。"⑥ 评胡少汲："湖少汲，后生中豪杰士也。读书作文，殊不尘埃。"⑦ 江西诗学崇尚绝俗原因有三：一是宋代是中国文化的集大成时期，文化氛围浓厚。而江西诗派中多为学者型诗人，学问功底扎实，文化底蕴深厚，以书本材料为诗，既显得有才学，也使诗歌创作具有书卷气息和文化内涵而雅致不俗。二是宋人注重道德修养、生命圆成，崇尚绝俗的人格美。李焘《续资治通鉴长编》卷一四八载，宋仁宗庆历四年（1044）："初，吕夷简罢相，夏竦授枢密使，复夺之，代以杜衍，同时进用富弼、韩琦、范仲淹在二府，欧阳修等为谏官。石介作《庆历圣德诗》，言进贤退奸之不易。奸，盖斥夏竦也。竦衔之。而仲淹等皆修素所厚善。修言事一意径行，略不以形迹嫌疑顾避。竦因与其党造为党论，目衍、仲淹及修为党人。修乃作《朋党论》上之。"⑧《朋党论》，说明朋党有邪正：君子"以同道为朋"，小人"以同利为朋"。北宋时期的这种政治斗争，在统治阶级内部越演越烈，终于酿成了不可调和的新旧党争，泄私怨而报复之小人，肆无忌惮，令人发指。苏轼因与王安石政见不同，在诗文中对其推行的"熙宁变法"提出了一些个人不同的看法，被何正臣、舒亶、李定、李宜等弹劾，下御史台勘问，责授水部员外郎充黄州团练副使，本州安置。在这种严峻的形势下，保持君子的人格节操，就成为宋人追求的人格理想。三是宋代理学强调养心治性，特别重

---

① 苏轼：《于潜僧绿筠轩》，《苏轼诗集合注》卷九，上册，第425～426页。
② 《书缯卷后》，《山谷题跋》卷五，第141页。
③ 《书嵇叔夜与侄榎》，《山谷题跋》补编，第279页。
④ 《题意可诗后》，《山谷题跋》卷二，第46页。
⑤ 《与韩纯翁宣义二首》其一，《文津阁四库全书》第372册，第315页。
⑥ 《书刘景文诗后》，《文津阁四库全书》第372册，第254页。
⑦ 《跋胡少汲与刘邦直诗》，《文津阁四库全书》第372册，第255页。
⑧ 李焘：《续资治通鉴长编》卷一四八，上海师范学院、上海师范大学古籍整理研究室点校，中华书局1985年版，第11册，第3580页。

视人格品质的完善。

江西诗学讲究诗歌法式,严羽也一样,他说:"发端忌作举止,收拾贵在出场。"①"忌作举止",当是不装模作样之意;"收拾贵在出场",要求诗之结尾要退思有味。"出场"一词始见孔平仲《孔氏谈苑》卷五:"山谷云,作诗如作杂剧,初时布置,临了须打诨,方是出场,盖是读秦少章诗恶其终篇无所归也。"② 这便是黄庭坚著名的"以剧喻诗"说,指诗歌借鉴宋杂剧的"全以故事世务滑稽"即"插科打诨"而设计谐趣,和"本为鉴戒,或隐为谏诤"而寓庄于谐。"初时布置"与"临了打诨"构成互动关系:"初时布置"即预设诙谐情调,为"临了打诨"获得喜剧效果服务;"临了打诨"使莫名其妙的"初时布置"之用意——诙谐情调豁然明了。"读秦少章诗恶其终篇无所归",指秦观诗歌开篇由于没有诙谐情调的预设,所以"临了打诨"就"无所归"了——只是加上去的噱头尾巴,不但不能引人发笑,反而令人感到多此一举。这里"初时布置"与严羽"发端忌作举止"意思不同,但"出场"则与严羽所说相近,均属诗歌法式问题。

严羽云:"押韵不必有出处,用字不必拘来历。"③ 它显然是针对江西诗流弊而发。黄庭坚在回答青年诗人洪驹父时指出:"老杜作诗,退之作文,无一字无来处。"④ 杜诗韩文取得很高的成就,一是来自丰富的现实生活,亲身的社会阅历;一是来自广泛地向前人学习,融会贯通,自成一家。若谓他们的作品语言均为点化古人之陈言,字字有来历,委实夸大其词。相反,杜诗韩文中有不少语言为个人独创,尤其是韩愈,堪称语言大师,现行《汉语成语词典》中有不少成语即出自韩愈笔下。黄庭坚示以江西后学的"换骨法""夺胎法",分别指点化改造前人诗句不用其原意与在不改变所模仿作品构思立意的前提下用自己的语言表达出来之诗法。早在黄庭坚之前,韩愈就提出过师法前人之技法,虽对古文而言,其实诗文相通,见诸其《答刘正夫》:"或问:为文宜何师?必谨对曰:宜师其古圣贤人。曰:古圣贤人所为书具存,辞皆不同,宜何师?必谨对曰:师其意,不师其辞。"⑤ 韩愈所谓师古人之意而不师其辞,类似黄庭坚所谓"夺胎法"。张镃云:"诗家有换骨法,谓用古人意而点化之,使加工也。

---

① 《沧浪诗话·诗法》,《沧浪诗话校释》,第113页。
② 孔平仲:《孔氏谈苑》卷五,《景印文渊阁四库全书》第1037册,第154页。
③ 《沧浪诗话·诗法》,《沧浪诗话校释》,第116页。
④ 《答洪驹父书三》,《文津阁四库全书》第372册,第225页。
⑤ 韩愈:《答刘正夫》,《韩昌黎文集校注》,第207页。

李白诗云：'白发三千丈，缘愁似箇长。'荆公点化之，则云：'缲成白发三千丈。'刘禹锡云：'遥望洞庭山翠色，白银盘里一青螺。'山谷点化之，云：'可惜不当湖水面，银盘堆里看青山。'孔稚圭《白苧歌》云：'山虚钟响彻。'山谷点化之，云：'山谷响莞弦。'卢仝诗云：'草石是亲情。'山谷点化之，云：'小山作友朋，香草当姬妾。'学诗者不可不知此。"① 张镃释"换骨法"，从其所示例来看，倒属"点铁成金"法。点化古人之陈言，确为古代文学创作的常见手法之一，本无可非议，但倘若将之视为作诗的主要造句之手段，则显然走向极端。如果如此，诗歌的语言还有什么独创可言？！这是黄庭坚向来受人诟病的地方，严羽的批评可谓触及黄庭坚的病痛。

严羽云："和韵最害人诗。古人唱酬不次韵，此风始盛于元白皮陆。本朝诸贤，乃以此而斗工，遂至往复有八九和者。"② 古人诗歌酬唱最早只是和内容，酬唱和韵始于"元白""韩孟"。"和韵"虽然是古人切磋诗艺的一种交流方式之一，但容易逞才使气，争奇斗险，最突出的弊端是为了趁韵，致使诗之意脉中断，负面影响客观存在。在严羽之前，朱熹就有类似的批评，他指出："近世诸公作诗费工夫，要何用？元祐时，有无限事合理会，诸公却尽日唱和而已。今言诗不必作。且道：恐分了为学工夫。然则极处，当自知作诗果无益。"③ 尽管他没有直接批评"和韵"，但"元白"之后的唱和包括和韵无疑。元祐时期，黄庭坚在京城秘书省度过了六年的馆阁生活。此期间馆阁文人公务清闲，饮茶酣睡，生活优裕，环境安定。苏轼时为主持礼部试官员。他们与张耒、晁补之、张耒、钱勰、邢居实等，茶余饭后游戏征逐，赠答酬唱，创作了大量的和韵诗，严羽所谓"山谷体"亦正是这个时候形成的④，应该说不无收获。唱和，不仅显示出汉语的魅力，也考验古人的智慧。但是毋庸讳言，唱和也留下了一些无聊平庸、玩弄文字游戏之作，正如张戒所批评"以押韵为工，始于韩退之而极于苏、黄。……苏、黄用事押韵之工，至矣尽矣，然究其实，乃诗人中一害，使后生只知用事押韵之为诗，而不知咏物之为工，言志之为本也，风雅自此扫地矣"⑤。

---

① 《仕学规范》卷四十，《景印文渊阁四库全书》第 875 册，第 201 页。
② 《沧浪诗话·诗评》，《沧浪诗话校释》，第 193～194 页。
③ 朱熹撰，李光地、熊赐履等编：《御纂朱子全书》卷六十五，《景印文渊阁四库全书》第 721 册，第 759 页。
④ 参见吴晟：《试论"黄庭坚体"》，《南昌大学学报》（人文社会科学版）1995 年第 2 期。
⑤ 《岁寒堂诗话》卷上，《历代诗话续编》上册，第 452 页。

严羽说:"李杜二公,正不当优劣。太白有一二妙处,子美不能道;子美有一二妙处,太白不能作。"① "子美不能为太白之飘逸,太白不能为子美之沉郁。太白《梦游天姥吟留别》《远别离》等,子美不能道;子美《北征》《兵车行》《垂老别》等,太白不能作。论诗以李杜为准,挟天子以令诸侯也。"② 评李杜诗各自所擅。据范温《潜溪诗眼》载:"孙莘老尝谓老杜《北征诗》胜退之《南山诗》,王平甫以谓《南山》胜《北征》,终不能相服。时山谷尚少,乃曰:'若论工巧,则《北征》不及《南山》;若书一代之事,以与《国风》《雅》《颂》相为表里,则《北征》不可无,而《南山》虽不作未害也。'"③ 尽管黄庭坚比较的是杜甫《北征》与韩愈《南山诗》所擅,但笔者认为,它对严羽比较李杜诗可能有所启发。

三、王若虚针砭黄庭坚及江西诗学辨析

王若虚(1174～1243),字从之,号慵夫,真定藁城(今河北藁城)人。金章宗承安二年(1197)进士,官至翰林直学士。金亡,隐居不仕,自号滹南遗老。精于经、史、文学,独步一时,其《诗话》三卷、《文辨》四卷,针对当时文坛竞靡夸侈、追奇逐险的形式主义之风,进行了严厉的批评,并将此风的始作俑者归咎于江西诗派的宗师黄庭坚。其针砭颇为猛烈,其中有些虽说触及江西诗派尤其是黄庭坚的病痛,但不无偏执之处;有些则属误诊。

学术界对王若虚诗学的讨论,多数研究成果均涉及其对以黄庭坚为代表的江西诗学的针砭,专著代表性成果主要有齐治平《唐宋诗之争概述》、陈良运《中国诗学批评史》、顾易生等《宋金元文学批评史》、蒋述卓等《宋代文艺理论集成》等;论文代表性成果主要有余荩《王若虚写作理论初探》、傅希尧《王若虚文学理论初探》、丁放等《王若虚对金代诗学的贡献》、张晶《王若虚诗学思想得失论》、文师华等《王若虚的诗学观》、高桥幸吉《金末元初文人论黄庭坚》、邱美琼《颠覆与指斥:浅谈王若虚

---

① 《沧浪诗话·诗评》,《沧浪诗话校释》,第166页。
② 《沧浪诗话·诗评》,《沧浪诗话校释》,第168页。
③ 《潜溪诗眼》,《宋诗话辑佚》卷上,上册,第327页。

对黄庭坚诗歌批评》等①。其中有不少论者不同程度地指出了王若虚对江西诗学尤其是黄庭坚诗学针砭的偏颇极端。但个人认为，这些评论，要么侧重理论性申辩而实证不足；要么将王氏对黄庭坚诗学的批评归纳几个要点而缺乏深入的辩证。因此，给人的总体感觉是对王若虚针砭黄庭坚诗学附和的多、异议的少。本论试图将王若虚对黄庭坚及江西诗学的针砭置于反思江西诗学、南北遥相呼应的学术背景下，紧密结合王若虚所指斥黄庭坚的诗论与创作，尤其是针对后者以条分缕析，来辨析王氏针砭黄庭坚及江西诗学的得与失。

（一）文章自得方为贵，衣钵相传岂是真

王若虚早年师从其舅周昂，因此，他的一些诗学主张直接来自其舅："吾舅尝论诗云：'文章以意为之主，字语为之役。主强而役弱，则无使不从。世人往往骄其所役，至跋扈难制，甚者反役其主。'可谓深中其病矣。又曰：'以巧为巧，其巧不足，巧拙相济，则使人不厌。唯甚巧者，乃能就拙为巧，所谓游戏者，一文一质，道之中也。雕琢太甚，则伤其全。经营过深，则失其本。'"② 早在唐代，杜牧在《答庄充书》中就提出了"凡为文以意为主，以气为辅，以辞彩章句为之兵卫"③ 的观点，杜牧强调文学创作以己意为主，是针对韩愈论文以圣人之道为主而发，强调作品思想内容的重要性，不为圣人代言，自由表达作者自己的真情实感。从与"字语"对举来看，王若虚主张"文章以意为之主"之"意"与杜牧基本一致，因此，他批评世人"反役其主"，专在"字语"等形式上下工夫，"雕琢太甚"，"经营太深"，本末倒置。

那么，王若虚提倡怎样的"意"呢？他说："古之诗人，虽趣尚不同，体制不一，要皆出于自得。至其辞达理顺，皆足以名家，何尝有以句法绳人者。鲁直开口论句法，此便是不及古人处。而门徒亲党以衣钵相

---

① 余荩：《王若虚写作理论初探》，《杭州大学学报》（哲学社会科学版）1983 年第 4 期。傅希尧：《王若虚文学理论初探》，《河北学刊》1990 年第 4 期。丁放、孟二冬：《王若虚对金代诗学的贡献》，《安徽师范大学学报》（人文社会科学版）1993 年第 2 期。张晶：《王若虚诗学思想得失论》，《辽宁师范大学学报》（社会科学版）1997 年第 2 期。文师华、余敏：《王若虚的诗学观》，《南昌大学学报》（人文社会科学版）1999 年第 2 期。〔日〕高桥幸吉：《金末元初文人论黄庭坚》，《民族文学研究》2004 年第 3 期。邱美琼：《颠覆与指斥：浅谈王若虚对黄庭坚诗歌批评》，《鸡西大学学报》（综合版）2006 年第 5 期。

② 《滹南诗话》卷一，《历代诗话续编》上册，第 507 页。

③ 杜牧：《答庄充书》，《全唐文》卷七五一，第 4 册，第 3449 页。

传,号称法嗣,岂诗之真理也哉?"① 从这里可知,即"自得"。如何理解王若虚的"自得",试看下面两段论述:

> 乐天之诗,情致曲尽,入人肝脾,随物赋形,所在充满,殆与元气相侔。至长韵大篇,动数百千言,而顺适惬当,句句如一,无争张牵强之态。此岂撚断吟须悲鸣口吻者之所能至哉!而世以浅易轻之,盖不足与言矣。②

> 郊寒白俗,诗人类鄙薄之,然郑厚评诗,荆公、苏、黄辈曾不比数,而云乐天如柳阴春莺,东野如草根秋虫,皆造化中一妙,何哉?哀乐之真,发乎情性,此诗之正理也。③

针对世人对白居易、孟郊诗歌的鄙薄、轻视,王若虚提出截然相反的看法。他认为白居易诗歌,无论长篇还是短章,都能"情致曲尽""入人肝脾",毫无"争张牵强之态",即毫不做作,均发自肺腑,出于自得。同样,孟郊的诗歌虽然如同"草根秋虫"呢喃,或许稍嫌微弱,但其"哀乐之真,发乎情性",一言以蔽之:真实。真实才是诗歌生命之所在,才是"诗之正理"。

何谓诗之理?王若虚多次述及,如前所引"辞达理顺",他又说:"近岁诸公,以作诗自名者甚众,然往往持论太高,开口辄以《三百篇》《十九首》为准。六朝以下,渐不满意。至宋人殆不齿矣。此固知本之说,然世间万变,皆与古不同,何独文章而可以一律限之乎?就使后人所作,可到《三百篇》,亦不肯悉安于是矣。何者,滑稽自喜,出奇巧以相夸,人情固有不能已焉者。宋人之诗,虽大体衰于前古,要亦有以自立,不必尽居其后也。遂鄙薄而不道,不已甚乎?少陵以文章为小技,程氏以诗为闲言语。然则凡辞达理顺,无可瑕疵者,皆在所取可也。其馀优劣,何足多较哉?"④ 他认为,世间万事万物在变化发展,同样,诗歌创作也在变化发展,因此,评价诗歌的标准也要与时俱进,不能以古代一个标准"一律限之"。他还指出,宋诗"虽大体衰于前古",却能自立门户,盛极一代,不一定落居古人之后,体现了王若虚发展的历史观和比较通达的诗学

---

① 《滹南诗话》卷三,《历代诗话续编》上册,第523页。
② 《滹南诗话》卷一,《历代诗话续编》上册,第511~512页。
③ 《滹南诗话》卷一,《历代诗话续编》上册,第512页。
④ 《滹南诗话》卷三,《历代诗话续编》上册,第529页。

批评观念。在他看来，凡"辞达理顺"的诗歌都是可取的好作品。反之，凡是"害于理""不中理"之作，都是有"瑕疵"者。他说："张文潜诗云：'不用为文送穷鬼，直须图事祝钱神。'唐子西云：'脱使真能去穷鬼，自量无以致钱神。'夫钱神所以不至者，唯其有穷鬼在耳。二子之语，似可喜而实不中理也。"① 又说："乐天诗云：'楚王疑忠臣，江南放屈平。晋朝轻高士，林下弃刘伶。一人常独醉，一人常独醒。醒者多苦志，醉者多欢情。欢情信独善，苦志竟何成！'夫屈子所谓独醒者，特以为孤洁不同俗之喻耳，非真言饮酒也，词人往往作实事用，岂不误哉？"②《楚辞·渔父》中渔父问："子非三闾大夫欤？何故至于斯？"屈原答曰："举世皆浊我独清，众人皆醉我独醒，是以见放。"③ 正如王若虚所指出，屈原所谓独醒者，"特以为孤洁不同俗之喻耳"，而白居易却作饮酒实事来用，显然有悖现实生活之理。《滹南诗话》卷二指出："东坡《题阳关图》云：'龙眠独识殷勤处，画出阳关意外声。'予谓可言声外意，不可言意外声也。"④ 同书卷三谓："萧闲《乐善堂赏荷花》词云：'胭脂肤瘦薰沉水，翡翠盘高走夜光。'世多称之。此句诚佳，然莲体实肥，不宜言瘦。"⑤ 此为有叛物理。同书卷二指出："山谷《题阳关图》云：'渭城柳色关何事，自是行人作许悲。'夫人有意而物无情，固是矣。然《夜发分宁》云：'我自只如常日醉，满川风月替人愁。'此复何理也？"⑥ 指出黄庭坚在《题阳关图》中说送别时心情悲伤，与送别之地的柳色无关；而在《夜发分宁》诗中却说自己夜间从分宁出发赴地方官任，船行江上，好似那一川风月替人而愁。如此便前后矛盾。这是以子之矛攻子之盾。笔者认为，这一批评不免胶柱鼓瑟。《阳关图》指王维的《送元二使安西》："渭城朝雨浥轻尘，客舍青青柳色新。劝君更进一杯酒，西出阳关无故人。"前两句描写出一幅明朗清新的送别环境和气氛，后两句表达诗人依依不舍的惜别之情，因为友人即将出使的"阳关"以西是穷荒绝域，他将经历万里迢迢的艰辛跋涉，备尝独行绝域的寂寞煎熬。可见前后两联的关系，类似王夫之所谓"以乐景写哀，以哀景写乐，一倍增其哀乐"⑦。它大概是黄庭坚

---

① 《滹南诗话》卷三，《历代诗话续编》上册，第 525 页。
② 《滹南诗话》卷一，《历代诗话续编》上册，第 511 页。
③ 屈原：《渔父》，金开诚、董洪利、高路明《屈原集校注》，中华书局 1996 年版，下册，第 758 页。
④ 《滹南诗话》卷二，《历代诗话续编》上册，第 514 页。
⑤ 《滹南诗话》卷三，《历代诗话续编》上册，第 527～528 页。
⑥ 《滹南诗话》卷二，《历代诗话续编》上册，第 519 页。
⑦ 王夫之：《薑斋诗话》卷上，《清诗话》，第 4 页。

所谓送行双方自作悲伤而无关客舍青青柳色。后者《夜发分宁寄杜涧叟》："《阳关》一曲水东流，灯火旌阳一钓舟。我自只如常日醉，满川风月替人愁。"① 此诗作于宋神宗元丰六年（1083），黄庭坚被任命为吉州太和县（今江西泰和县）知县。分宁，今江西修水，是黄庭坚的家乡。从诗题可知，它作于黄庭坚赴任时友人杜槃（字涧叟）来为之送行。离乡背井去赴官任，其依恋不舍之情不言而喻，诗人不说自己心情难堪，却说"满川风月"替自己而愁，其一，这是"以我观物，物皆著我之色彩"②；其二，笔者认为，它较直接说出自己背井离乡之愁要更强烈。王若虚对黄庭坚诗歌的误读还有："山谷《题严溪钓滩》诗云：'能令汉家九鼎重，桐江波上一丝风。'说者谓东汉多名节之士，赖以久存，迹其本原，正在子陵钓竿上来。予谓论则高矣，而风何与焉？……须不害于理乃可。"③ 黄庭坚《题伯时画严子陵钓滩》："平生久要刘文叔，不肯为磻作三公。能令汉家九鼎重，桐江波上一丝风。"④ 东汉严光字子陵，少与光武刘秀（字文叔）同游学。及光武即帝位，除为谏议，不就，乃耕于富春山。后人名其钓处为严陵滩。"平生"二句即写此意。后二句说，能够使东汉政权久存的，是桐江上严子陵的钓竿。任渊注："东汉多名节之士，赖以久存。迹其本原，政在子陵钓竿上来耳。"⑤ 东汉尚名节同严子陵不受光武帝之聘有关。自严子陵之后，汉代名节之士纷出。"桐江波上一丝风"之"风"所寓正是有汉一代的崇尚名节之风。立意新颖，造句奇警，不但"不害于理"，而且富有理趣。《滹南诗话》卷二又指出："诗人之语，诡谲寄意，固无不可，然至于太过，亦其病也。山谷《题惠崇画图》云：'欲放扁舟归去，主人云是丹青。'使主人不告，当遂不知。……昨日酒间偶谈及之，客皆绝倒也。"⑥ 王若虚误记，此诗当作《题郑防画夹五首》其一："惠崇烟雨归雁，坐我潇湘洞庭。欲唤扁舟归去，故人言是丹青。"⑦ 任渊注引郭若虚《图画见闻志》云："僧惠崇，建阳人，工画鹅、雁、鹭鸶，尤工小景，善为寒汀、烟渚，潇洒虚旷之象。"⑧ 这是一首题画诗，说惠崇所画烟雨归雁图，使"我"顿生身临潇湘洞庭其境之感，于是要唤取一叶扁

---

① 黄庭坚：《夜发分宁寄杜涧叟》，《黄庭坚诗集注》第 4 册，第 1254 页。
② 彭玉平：《人间词话疏证》，中华书局 2011 年版，第 408 页。
③ 《滹南诗话》卷二，《历代诗话续编》上册，第 519 页。
④ 黄庭坚：《题伯时画严子陵钓滩》，《黄庭坚诗集注》第 1 册，第 324 页。
⑤ 《黄庭坚诗集注》第 1 册，第 324 页。
⑥ 《滹南诗话》卷三，《历代诗话续编》上册，第 522 页。
⑦ 黄庭坚：《题郑防画夹五首》其一，《黄庭坚诗集注》第 1 册，第 266 页。
⑧ 《黄庭坚诗集注》第 1 册，第 265 页。

舟，从水路（指图中所画）出发而归隐江湖。一旁的朋友提醒他说："这只是一幅图画而已。"此诗正是通过"我"信以为真、故人一语道破的夸张手法，高度称赞惠崇烟雨归雁图的逼真活脱，诙谐有趣，娱人娱己。王若虚却认为夸张太过，给人虚假做作之感，亦违背生活之理，因而失其真，乃"其病也"。在此，笔者并非为黄庭坚护短，讲究诗之理是黄庭坚清醒的认识和自觉的追求："好作奇语，自是文章病，但当以理为主，理得而辞顺，文章自然出群拔萃"①。因此，黄庭坚"害于理""不中理"的诗作并不多见。张晶指出："诗歌创作中有很多意象并不用来表现某种观念，但却具有较高的审美价值，能够使欣赏者得到较大程度的审美愉悦，这类诗作自有其艺术魅力所在。王若虚从'以意为主'的观念出发……否定这类审美情韵为主的诗作，实际上与'文以载道'的理学家的文学观不无类似之处，似乎可以从中看到'文以意为主'的某种负面效应。"②

王若虚倡导文学创作要发自内心的自得，有感而发，因此反对次韵唱和：

> 郑厚云："魏晋已来，作诗唱和，以文寓意。近世唱和，皆次其韵，不复有真诗矣。……"慵夫曰："郑厚此论，似乎太高，然次韵实作者之大病也。诗道至宋人，已自衰弊，而又专以此相尚，才识如东坡，亦不免波荡而从之，集中次韵者几三之一。虽穷极技巧，倾动一时，而害于天全多矣。使苏公而无此，其去古人何远哉？"③

王若虚十分推崇苏轼诗歌："东坡，文中龙也，理妙万物，气吞九州，纵横奔放，若游戏然，莫可测其端倪。"④但对他次韵唱和却提出了尖锐的批评，认为它不但"不复有真诗矣"，且"害于天全多矣"，故去古人也远。"东坡酷爱《归去来辞》，既次其韵，又衍为长短句，又裂为集字诗，破碎甚矣。陶文信美，亦何必尔，是亦未免近俗也"⑤。

《滹南诗话》卷二指出："东坡《薄薄酒》二篇，皆安分知足之语，而山谷称其愤世嫉邪，过矣。或言山谷所拟胜东坡，此皮肤之见也。彼虽力加奇险，要出第二，何足多贵哉？且东坡后篇自破前说，此乃眼目，而

---

① 《与王观复书一》，《文津阁四库全书》第372册，第225页。
② 张晶：《王若虚诗学思想得失论》，《辽宁师范大学学报》（社会科学版）1997年第2期。
③ 《滹南诗话》卷二，《历代诗话续编》上册，第515页。
④ 《滹南诗话》卷二，《历代诗话续编》上册，第517页。
⑤ 《滹南诗话》卷二，《历代诗话续编》上册，第514～515页。

山谷两篇，只是东坡前篇意，吾未见其胜之也。"① 试看苏轼《薄薄酒二首并引》：

胶西先生赵明叔，家贫好饮，不择酒而醉。常云：薄薄酒，胜茶汤；丑丑妇，胜空房。其言虽俚，而近乎达。故推而广之，以补东州之乐府。既又以为未也，复自和一篇，聊以发览者之一噱云尔。

薄薄酒，胜茶汤；麤麤布，胜无裳；丑妇恶妾胜空房。五更待漏靴满霜，不如三伏日高睡足北窗凉。珠襦玉柙万人相送归北邙，不如悬鹑百结独坐负朝阳。生前富贵，死后文章，百年瞬息万世忙，夷齐盗跖俱亡羊。不如眼前一醉，是非忧乐两都忘。

薄薄酒，饮两钟，麤麤布，著两重。美恶虽异醉暖同，丑妻恶妾寿乃公。隐居求志义之从，本不计较东华尘土北窗风。百年虽长要有终，富死未必输生穷。但恐珠玉留君容，千载不朽遭樊崇。文章自足欺盲聋，谁使一朝富贵面发红？达人自达酒何功，世间是非忧乐本来空！②

黄庭坚《薄薄酒二章并引》：

苏密州为赵明叔作《薄薄酒》二章，愤世疾邪，其言甚高。以予观赵君之言，近乎知足不辱，有马少游之馀风。故代作二章，以终其意。

薄酒可与忘忧，丑妇可与白头。徐行不必驷马，称身不必狐裘。无祸不必受福，甘餐不必食肉。富贵于我如浮云，小者谴诃大戮辱。一身畏首复畏尾，门多宾客饱僮仆。美物必甚恶，厚味生五兵。匹夫怀璧死，百鬼瞰高明。丑妇千秋万同室，万金良药不如无疾。薄酒一谈一笑胜茶，万里封侯不如还家。

薄酒终胜饮茶，丑妇不是无家。醇醪养牛等刀锯，深山大泽生龙蛇。秦时东陵千户食，何如青门五色瓜。传呼鼓倡拥部曲，何如春雨一池蛙。性刚太傅促和药，何如羊裘钓烟沙。绮席象床琱玉枕，重门

---

① 《潴南诗话》卷二，《历代诗话续编》上册，第 516 页。
② 苏轼：《薄薄酒二首并引》，《苏轼诗集合注》上册，第 659～660 页。

夜鼓不停挝。何如一身无四壁，满船明月卧芦花。吾闻食人之肉，可随以鞭朴之戮；乘人之车，可加铁钺之诛。不如薄酒醉眠牛背上，丑妇自能搔背痒。①

王若虚在此没有批评苏轼的和作，而是针对文坛所谓"山谷所拟胜东坡"而发，指出黄庭坚拟作不仅没有超过苏轼之作，还十分严厉地批评黄庭坚曲解了苏作之本意。纵观《滹南诗话》，王若虚对黄庭坚争强好胜多有批评，如他转引《王直方诗话》云："秦少游尝以真字题邢惇夫扇云：'月团新碾瀹花瓷，饮罢呼儿课《楚辞》。风定小轩无落叶，青虫相对吐秋丝。'山谷见之，乃于扇背作小草云：'黄叶委庭观九州，小虫催女献功裘。金钱满地无人费，百斛明珠薏苡秋。'少游见之，复云：'逼我太甚。'"然后发表评论："予谓黄诗语徒雕刻而殊无意味，盖不及少游之作。少游所谓相逼者，非谓其诗也，恶其好胜而不让耳。"② 在此王若虚虽然没有明言，但从"吾未见其胜之也"不难看出亦当有此意。"文章自得方为贵，衣钵相传岂是真。已觉祖师低一著，纷纷法嗣复何人"？③ 在王若虚看来，黄庭坚及其江西诗派，其"衣钵相传""纷纷法嗣"均非"自得"，故失其"真"。

（二）夺胎换骨何多样，都在先生一笑中

金与南宋，南北对峙。南宋对江西诗学的知性反思，在北方的金代也得到响应。王若虚鄙薄宋诗而尤集矢于黄庭坚。江西诗派祖述杜甫，王若虚便扬杜抑黄，且每每搬出其舅作为重型炮弹，以增强杀伤力。《滹南诗话》卷一载："史舜元作吾舅诗集序，以为有老杜句法，盖得之矣；而复云由山谷以入，则恐不然。吾舅儿时，便学工部，而终身不喜山谷也。若虚尝乘间问之，则曰：'鲁直雄豪奇险，善为新样，固有过人者。然于少陵初无关涉，前辈以为得法者，皆未能深见耳。'"④ 这段记载不可全信，其舅周昂有《鲁直墨迹》一诗："诗健如提十万兵，东坡真欲避时名。须知笔墨浑闲事，犹与先生抵死争。"⑤ 不仅高度评价黄庭坚"诗健如提十

---

① 《薄薄酒二章并引》，《黄庭坚诗集注》第3册，第891～892页。
② 《滹南诗话》卷三，《历代诗话续编》上册，第524页。
③ 王若虚：《山谷于诗，每与东坡相抗，门人亲党，遂有言文首东坡，论诗右山谷之语。今之学者亦多以为然，漫赋四诗为商略之云》其四，《全金诗》卷八十六，第3册，第147页。
④ 《滹南诗话》卷一，《历代诗话续编》上册，第507页。
⑤ 周昂：《鲁直墨迹》，《全金诗》卷五十七，第2册，第239页。

万兵"——苍劲有力,且肯定他可与苏轼齐名的诗歌成就。如此看来,王若虚对黄庭坚的偏见确实很深。

朱弁《风月堂诗话》卷下云:"……西昆体,句律太严,无自然态度。黄鲁直深悟此理,乃独用昆体工夫,而造老杜浑成之地,今之诗人少有及者。此禅家所谓更高一著也。"① 何谓"用昆体工夫,而造老杜浑成之地"?胡仔指出:"古诗不拘声律,自唐至今诗人皆然,初不待破弃声律,诗破弃声律,老杜自有此体,如绝句《漫兴》《黄河》《江畔独步寻花》《夔州歌》《春水生》,皆不拘声律,浑然成章,新奇可爱,故鲁直效之作《病起荆州江亭即事》《谒李材叟兄弟》《谢答闻善绝句》之类是也。"② 可知当指黄庭坚所习乃杜甫到夔州后"皆不烦绳削而自合"③ 的古律诗。王若虚反驳道:"朱少章论江西诗律,以为用昆体功夫,而造老杜浑全之地。予谓用昆体功夫,必不能造老杜之浑全,而至老杜之地者,亦无事乎昆体功夫,盖二者不能相兼耳。"④ 在他看来,昆体工夫与杜诗浑成之境"不能相兼",即是根本对立的,绝没有转化融合之可能。笔者认为,此话过于绝对。至于黄庭坚晚年诗歌有否达到杜甫"皆不烦绳削而自合"艺术高度,另当别论。

江西诗派以杜甫为祖,王若虚便以"必不能造老杜之浑全,而至老杜之地"折之;宋代诗坛"苏黄"并称,王若虚则提出异议:"世称李、杜,而李不如杜;称韩、柳,而柳不如韩;称苏、黄,而黄不如苏。不必辨而后知。欧阳公以为李胜杜,晏元献以为柳胜韩,江西诸子以为黄胜苏。人之好恶固有不同者,而古今之通论不可易也。"⑤ "山谷之诗,有奇而无妙,有斩绝而无横放,铺张学问以为富,点化陈腐以为新,而浑然天成,如肺肝中流出者,不足也。此所以力追东坡而不及欤?或谓论文者尊东坡,言诗者右山谷,此门生亲党之偏说,而至今词人多以为口实,同者袭其迹而不知返,异者畏其名而不敢非。善乎吾舅周君之论也。曰:'宋之文章至鲁直,已是偏仄处。陈后山而后,不胜其弊矣。人能中道而立,以巨眼观之,是非真伪,望而可见也。'若虚虽不解诗,颇以为然。近读《东都事略·山谷传》云:'庭坚长于诗,与秦观、张耒、晁补之游苏轼之门,号四学士,独江西君子以庭坚配轼,谓之苏黄。'盖自当时已不以

---

① 朱弁:《风月堂诗话》卷下,《景印文渊阁四库全书》第1479册,第26页。
② 《渔隐丛话前集》卷四十七,《景印文渊阁四库全书》第1480册,第306页。
③ 《与王观复书一》,《文津阁四库全书》第372册,第225页。
④ 《滹南诗话》卷三,《历代诗话续编》上册,第524页。
⑤ 王若虚:《滹南集》卷三十五《文辨二》,《景印文渊阁四库全书》第1190册,第453页。

是为公论矣。"① 文人齐名并称，是我国文学史上常见的现象。综而观之，不外乎以下三种情形：一是文学成就旗鼓相当；二是同一文学流派；三是创作倾向相近。黄庭坚为"苏门四学士"之一，一生对苏轼的人格及其文学成就十分钦服，其《子瞻诗句妙一世乃云效庭坚体盖退之戏效孟郊樊宗师之比以文滑稽耳恐后生不解故次韵道之（子瞻送杨孟容诗云我家峨眉阴与子同一邦即此韵）》云："我诗如曹郐，浅陋不成邦。公如大国楚，吞五湖三江。赤壁风月笛，玉堂云雾窗。句法提一律，坚城受我降。"② 将自己的诗比作西周时分封的小诸侯国，而将苏诗喻为气吞五湖三江的大楚国，谓无论是贬谪黄州时期还是供职翰林院时期的作品，都是优秀之作，表达自己甘拜下风的敬仰之情。显而易见，黄庭坚对"苏黄"并称是有自知之明的。但是，如果从开创江西诗派、体现可与唐诗平分秋色的宋诗风范而言，黄庭坚功不可没，与苏轼并称并不逊色。

《滹南诗话》卷二云："东坡，文中龙也，理妙万物，气吞九州，纵横奔放，若游戏然，莫可测其端倪。鲁直区区持斤斧准绳之说，随其后而与之争，至谓未知句法，东坡而未知句法，世岂复有诗人？而渠所谓法者，果安出哉？老苏论扬雄，以为使有孟轲之书，必不作《太玄》。鲁直欲为东坡之迈往而不能，于是高谈句律，旁出样度，务以自立而相抗，然不免居其下也，彼其劳亦甚哉，向使无坡压之，其措意未必至是。"③ 苏轼与黄庭坚的友谊，在封建社会可谓一个典范，他们互相扶持，相互勉励，共处时相互切磋诗艺，分隔时互通书信，次韵唱和从未间断。王若虚却认为黄庭坚"高谈句律""务以自立"，欲与苏轼"相抗"，一争高下，纯属徒劳。并有感于"山谷于诗，每与东坡相抗，门人亲党，遂有言文首东坡，论诗右山谷之语。今之学者亦多以为然，漫赋四诗为商略之云"④，这一偏见，实乃附和诗界成说，未加辨析，人云亦云。宋人史绳组就臆测："黄鲁直次东坡韵云：'我诗如曹郐，浅陋不成邦；公如大国楚，吞五湖三江。'其尊坡公可谓至，而自况可谓小矣。而实不然，其深意乃自负而讽坡诗之不入律也。曹郐虽小，尚有四篇之诗入《国风》；楚虽大国，

---

① 《滹南诗话》卷二，《历代诗话续编》上册，第518～519页。
② 黄庭坚：《子瞻诗句妙一世乃云效庭坚体盖退之戏效孟郊樊宗师之比以文滑稽耳恐后生不解故次韵道之（子瞻送杨孟容诗云我家峨眉阴与子同一邦即此韵）》，《黄庭坚诗集注》第1册，第191～192页。
③ 《滹南诗话》卷二，《历代诗话续编》上册，第517～518页。
④ 王若虚：《山谷于诗，每与东坡相抗，门人亲党，遂有言文首东坡，论诗右山谷之语。今之学者亦多以为然，漫赋四诗为商略之云》其四，《全金诗》卷八十六，第3册，第146页。

而《三百篇》绝无取焉。"① 烹炼句法,确为江西诗派的不二法门,但众所周知,黄庭坚讲句法,是为了指导青年规范写诗。王若虚却斥之为"持斤斧准绳之说"。笔者认为,对于初习诗作的青年来说,以句法篇章等规矩约束之以防旁入偏门是有必要的。问题在于初习诗者能否领悟而变通。正因为江西诗派末流死守成法,亦步亦趋,误入形式主义歧途,故江西诗派后期成员吕本中提出"活法"一说。拿江西末流之失问责于其宗师黄庭坚,是未经慎重思考的"连坐"式批评,这种反思是缺乏理智的。

作为江西诗派之宗师,黄庭坚示以后学的诗法中颇受争议者是"夺胎换骨""点铁成金"之说。所谓"夺胎法""换骨法""点铁成金"法,均指对前人作品的借鉴,或保留仿作的原意而重新构思;或在不改变原作整体构思立意的前提下用自己的语言来表达;或点化改造前人的诗句而改变其意。平心而论,这些诗法,对于初学诗者来说,不啻为便于操作、切实可行的有效方法之一。王若虚却对此猛烈抨击:

> 鲁直论诗,有夺胎换骨、点铁成金之喻,世以为名言,以予观之,特剽窃之黠者耳。鲁直好胜,而耻其出于前人,故为此强辞,而私立名字。夫既已出于前人,纵复加工,要不足贵。虽然,物有同然之理,人有同然之见,语意之间岂容全不见犯哉?盖昔之作者,初不校此,同者不以为嫌,异者不以为夸,随其所自得而尽其所当然而已。至于妙处,不专在于是也,故皆不害为名家,而各家传后世,何必如鲁直之措意邪?②

文学创作固然以现实生活为活水源头,但也不排拒书本材料,后者乃是一种文化传承。既然前人创造了灿烂的文化,留下了许多优秀的名篇佳构,后人岂可熟视无睹,也没有理由不去学习借鉴。任何创新都不可能是不复依傍,推陈才能出新,这个最普通的道理,王若虚不会不知。如果将借鉴化用前人成果一概视为"剽窃"行为,那么,我国文学史上还有没有独创者可言?细读上述之论,黄庭坚"夺胎换骨""点铁成金"之诗法,之所以引起王若虚的强烈不满,要皆"好胜""为夸"也。作为受中国传统文化濡染的学者,像许多学者一样,王若虚极其反感好张扬卖弄者。试看下

---

① 史绳组:《学斋佔毕》卷二《坡诗不入律》,《景印文渊阁四库全书》第854册,第22页。
② 《滹南诗话》卷三,《历代诗话续编》上册,第523~524页。

面一则材料:"谢灵运梦见惠连而得'池塘生春草'之句,以为神助。《石林诗话》云:'世多不解此语为工,盖欲以奇求之耳。此语之工,正在无所用意,猝然与景相遇,借以成章,故非常情所能到。'冷斋云:'古人意有所至,则见于情,诗句盖寓也。谢公平生喜见惠连,而梦中得之,此当论意,不当泥句。'张九成云:'谢灵运平日好雕镌,此句得之自然,故以为奇。'田承君云:'盖是病起忽然见此为可喜而能道之,所以为贵。'予谓天生好语,不待主张,苟为不然,虽百说何益。李元膺以为反复求之,终不见此句之佳,正与鄙意暗同。盖谢氏之夸诞,犹存两晋之遗风;后世惑于其言而不敢非,宜其委曲之至是也。"① "池塘生春草"是谢灵运《登池上楼》中的名句,为历代文人、读者所欣赏,王若虚却不以为然,谓"'池塘生春草',有何可嘉,而品题者百端不已"②。我们不能视王氏好标新立异,诗无达诂,见仁见智,人之常情。原因正在"盖谢氏之夸诞"几字。谢灵运夸诞最早见诸《南史·谢灵运传》:"(灵运)尝于永嘉西堂思诗,竟日不就,忽梦见惠连,即得'池塘生春草',大以为工。常云'此语有神工,非吾语也'。"③ 王若虚认同"终不见此句之佳",是与他"天生好语,不待主张"的诗学观相抵牾。黄庭坚之"措意"、谢灵运之"夸诞",正是违背了诗坛的"潜规则",过于张扬,好卖弄。故他说:"戏论谁知是至公,螳蛑信美恐生风。夺胎换骨何多样,都在先生一笑中。"④

王若虚对黄庭坚的斥责还体现在对作品的解读上。黄庭坚认为杜诗"无一字无来处",故主张"以故为新",以才学为诗,诗中大量用典,确实令人望而生畏。《滹南诗话》卷三指出:"山谷《闵雨》诗云:'东海得无冤死妇,南阳应有卧云龙。''得无'犹言'无乃'耳,犹欠有字之意。卧云龙,真龙邪?则岂必南阳;指孔明邪?则何关雨事。若曰遗贤所以致旱,则迂阔甚矣。"⑤ 从诗题《闵雨》可知写干旱祈雨,"东海得无冤死妇",典出《汉书·于定国传》中关于东海孝妇的传说:东海郡有孝妇,事家姑尽孝,后家姑自缢而死,孝妇遂蒙冤,当地即大旱⑥。"南阳应有

---

① 《滹南诗话》卷一,《历代诗话续编》上册,第507~508页。
② 《滹南诗话》卷一,《历代诗话续编》上册,第511页。
③ 《南史》卷十九,第1册,第353页。
④ 王若虚:《山谷于诗,每与东坡相抗,门人亲党,遂有言文首东坡,论诗右山谷之语。今之学者亦多以为然,漫赋四诗为商略之云》其三,《全金诗》卷八十六,第3册,第147页。
⑤ 《滹南诗话》卷三,《历代诗话续编》上册,第521页。
⑥ 参见班固:《汉书》卷七十一,颜师古注,中华书局2000年版,第3册,第2281~2282页。

卧云龙"只是取云从龙之意。但诗人为求工对,造成读者误认为用南阳卧龙诸葛亮之典。故王若虚批评说在此言孔明"何关雨事""若曰遗贤所以致旱,则迂阔甚矣"。又谓:"《清明》诗云:'人乞祭馀骄妾妇,士甘焚死不封侯。'士甘焚死,用介之推事也。齐人乞祭馀,岂寒食事哉?若泛言所见。则安知其必骄妾妇,盖姑以取对,而不知其疏也,此类甚多。"①"人乞祭馀骄妾妇"典出《孟子·离娄下》第三十三章。王若虚批评黄庭坚用这一典故"盖姑以取对"——为了对仗工整,与"寒食"节气风马牛不及。但任渊注曰:"《孟子》所称齐人乞墦间之祭,归而骄其妻妾。以言清明上塚。"②如此,此典就与"清明"有关了。又谓:"《弈棋》云:'湘东一目诚甘死,天下中分尚可持。'以湘东目为棋眼,不惬甚矣,且此联岂专指输局邪?不然,安可通也?"③"湘东一目诚甘死,天下中分尚可持"为黄庭坚《弈棋二首呈任渐》其二之颈联。"弈棋"即对弈围棋。上句写局部战役,说如果像梁朝湘东王萧绎那样只有一只眼,那就是输局;下句写全盘形势,谓棋局如天下中分,双方各占一定地盘,那就可以相持下去。王若虚认为以湘东王独眼喻棋眼不确切,此联专指输局才讲得通。通过上述分析可知,王氏理解有误。又谓:"山谷诗云:'语言少味无阿堵,冰雪相看有此君。'夫阿堵者,谓阿底耳。顾恺之云:'传神写照,正在阿堵中',殷浩见佛经云'理应阿堵上',谢安指桓温卫士云:'明公何须壁间阿堵辈'是也。今去物字,犹此君去君字,乃歇后之语,安知其为钱乎?"④"语言少味无阿堵,冰雪相看有此君"为黄庭坚《次韵外舅喜王正仲三丈奉诏相南兵回至襄阳舍驿马就舟见过三首》其三之首联。"阿堵"典出《世说新语·规箴》:"王夷甫雅尚玄远,常嫉其妇贪浊,口未尝言'钱'字。妇欲试之,令婢以钱绕床,不得行。夷甫晨起,见钱阁行,呼婢曰:'举却阿堵物!'"⑤后遂以"阿堵物"代指"钱"。"此君"典出《晋书·王徽之传》:"(徽之)尝寄居空宅中,便令种竹。或问其故,徽之但啸咏,指竹曰:'何可一日无此君邪!'"⑥后因作竹的代称。王若虚认为,"阿堵"当作所引前二解,若作"钱"解,不应省却"物"字,否则成为歇后语,照此"此君"亦当省却"君"字才相称。笔

---

① 《滹南诗话》卷三,《历代诗话续编》上册,第521页。
② 《黄庭坚诗集注》第3册,第758页。
③ 《滹南诗话》卷三,《历代诗话续编》上册,第521页。
④ 《滹南诗话》卷二,《历代诗话续编》上册,第519页。
⑤ 《世说新语译注》,第469页。
⑥ 《晋书》卷八十,第2册,第1400页。

者认为王氏这种批评实属吹毛求疵。因为在长期使用中,"阿堵"所指已约定俗成,读者对"阿堵"的理解也心照不宣。

《后山诗话》指出:"王介甫以工,苏子瞻以新,黄鲁直以奇。"① 比喻的生新奇警是黄庭坚诗歌一个鲜明的艺术特征。王若虚对此也持异议:

> 《冷斋夜话》云:"前辈作花诗,多用美女比其状,如曰'若教解语应倾国,任是无情也动人',尘俗哉。山谷作《酴醾》诗曰:'露湿何郎试汤饼,日烘荀令炷炉香。'乃用美丈夫比之,特为出类。而吾叔渊材《咏海棠》则又曰:'雨过温泉浴妃子,露浓汤饼试何郎。'意尤佳也。"慵夫曰:"花比妇人,尚矣。盖其于类为宜,不独在颜色之间。山谷易以男子,有以见其好异之僻,渊材又杂而用之,益不伦可笑。"此固甚纰缪者,而惠洪乃节节叹赏,以为愈奇,不求当而求新,吾恐他日复有以白皙武夫比之者矣。此花无乃太粗鄙乎?魏帝疑何郎傅粉,止谓其白耳,施于酴醾尚可,比海棠则不类矣。且夫雨过露浓,同于言湿而已,果何所异而别之为对耶?②

前人多以美女喻花,黄庭坚却以美男子喻花。《世说新语·容止》载:"何平叔美姿仪,面至白。魏明帝疑其傅粉。正夏月,与热汤饼。既噉,大汗出,以朱衣自拭,色转皎然。"③ 王若虚批评为"好异之僻""不求当而求新",但又承认形容酴醾花白"尚可"。又批评说:"山谷《雨丝》诗云:'烟云杳霭合中稀,雾雨空濛密更微。园客茧丝抽万绪,蛛螯网面罩群飞。风光错综天经纬,草木文章帝杼机。愿染朝霞成五色,为君王补坐朝衣。'夫雨丝云者,但谓其状如丝而已,今直说出如许用度,予所不晓也。"④ 诗题《雨丝》,后三联均从"丝"字生发联想,运用博喻修辞手法,来状雨丝。博喻是"一连串把五花八门的形象来表达一件事物的一个方面或一种状态。这种描写和衬托的方法仿佛是采用了旧小说里讲的'车轮战法',连一接二的搞得那件事物应接不暇,本相毕现,降服在诗人的笔下"⑤。王若虚谓"说出如许用度",言下之意状雨如丝,没有必要用那

---

① 《后山诗话》,《历代诗话》上册,第 306 页。
② 《滹南诗话》卷三,《历代诗话续编》上册,第 525~526 页。
③ 《世说新语译注》,第 511 页。
④ 《滹南诗话》卷二,《历代诗话续编》上册,第 520 页。
⑤ 《宋诗选注》,第 61 页。

么多比喻，表示不可理解，难以接受。

王若虚对黄庭坚诗歌的解读，时有未读懂或误读之处。《滹南诗话》卷三："山谷《牧牛图》诗，自谓平生极至语，是固佳矣，然亦有何意味？黄诗大率如此，谓之奇峭，而畏人说破，元无一事。"①《牧牛图》指《题竹石牧牛并序》"子瞻画丛竹怪石，伯时增前坡牧儿骑牛，甚有意态。戏咏"："野次小峥嵘，幽篁相倚绿。陈童三尺棰，御此老觳觫。石吾甚爱之，勿遣牛砺角，牛砺角尚可，牛斗残我竹。"②此诗作于宋哲宗元祐三年（1088），时作者在京师，任秘书省著作佐郎。此时北宋统治集团矛盾尖锐，党争剧烈，新旧两党之间，互相倾轧，两败俱伤现象十分严重。此诗正是借题画表达作者希望调停党争、消弭两败俱伤、安定时局的愿望，巧妙中折射出作者的智慧和策略。王若虚却未能读懂这一"意味"。"《猩毛笔》云：'身后五车书'，按《庄子》，惠施多方，其书五车，非所读之书，即所著之书也，遂借为作笔写字，此以自赞耳。而吕居仁称其善咏物，而曲当其理，不亦异乎？只平生几两屐，细味之亦疏，而拔毛济世事，尤牵强可笑。以予观之，此乃俗子谜也，何足为诗哉？"③《猩毛笔》指《和答钱穆父咏猩猩毛笔》："爱酒醉魂在，能言机事疏。平生几两屐，身后五车书。物色看王会，勋劳在石渠。拔毛能济世，端为谢杨朱。"任渊注："猩猩在山谷间，数百为群。人以酒设于路侧；又爱着屐，里人织草为履，更相连结。猩猩见酒及履，知里人设张，则知张者祖先姓字，乃呼名骂云：'奴奴张我。'舍之而去。复自再三，相谓曰：'试共尝酒。'及饮其味，逮乎醉，因取履而着之，乃为人所擒获。"④首联谓毛笔原料来源。颔联说毛笔制作用料节俭，但著书丰富。颈联说猩猩毛笔来自外域（猩猩毛笔为钱穆父出使高丽所得）和对充实书阁的贡献。末联说毛笔的文治之功。王若虚对"平生几两屐"一句不解，因为猩猩爱着屐，故用阮孚事；而认为末联"尤牵强可笑"。《孟子·尽心上》："杨子取为我，拔一毛而利天下，不为也。"⑤黄庭坚反用其意，说拔下猩猩的毛就能对世人有所帮助——制成毛笔用于著书，真的要把这个道理告诉一毛不拔的杨朱。

《滹南集》卷三十七《文辨四》云："扬雄之经，宋祁之史，江西诸

---

① 《滹南诗话》卷三，《历代诗话续编》上册，第522页。
② 黄庭坚：《题竹石牧牛并序》，《黄庭坚诗集注》第1册，第352页。
③ 《滹南诗话》卷三，《历代诗话续编》上册，第522页。
④ 《黄庭坚诗集注》第1册，第149页。
⑤ 《四书章句集注》，第357页。

子之诗,皆斯文之蠹也。散文至宋人,始是真文字;诗则反是矣。"① 由此看来,王若虚不仅对黄庭坚诗歌,而且对整个江西诗学是作一笔抹煞之论的。

不少学者都援引金人刘祁《归潜志》卷八的一则材料"正大中,王翰林从之在史院领史事,雷翰林希颜为应举兼编修官,同修《宣宗实录》。二公由文体不同,多纷争,盖王平日好平淡纪实,雷尚奇峭造语也"②,来探究王若虚极其反感"奇峭造语"的原因。那么,王若虚否定黄庭坚及其江西诗学,是否与此有关呢?通过上述分析可知,王若虚对黄庭坚及江西诗学的针砭,绝非仅此一端而涉及更广。表明它有更为广阔的学术背景,即与南宋诗坛全面反思江西诗学遥相呼应。可以说,王若虚的诗学观基本上是在这一论争中建构的。对某个诗人、某种诗风的好恶,每个人都有自己见仁见智的选择。黄庭坚的诗学确实存在一些短板,王若虚"诗不爱黄鲁直"③,本无可非议。但纵观中国诗学批评史,没有一个学者像王若虚如此偏执与苛厉。作为学者,一旦感情用事,走向极端,其诗学批评就难以做到客观公正了。

四、王世贞对江西诗的批评

王世贞(1526～1590),字元美,号凤洲,又号弇州山人,江苏太仓人。嘉靖二十六年(1547)进士,官至南京刑部尚书。在明代中叶,他不仅以政术显世,而且是以诗文鸣世的重要作家和文论家,为明代"后七子"之一,《明史》卷二八七载:"世贞始与李攀龙狎主文盟,攀龙殁,独操柄二十年。才最高,地望最显,声华意气,笼盖海内。一时士大夫及山人、词客、衲子、羽流,莫不奔赴门下。……其持论,文必西汉,诗必盛唐,大历以后书勿读,而藻饰太甚。"④ 可知他才高望重,名噪天下,海内文士,争趋其门下,成为当时颇具影响力的文坛领袖。著有《弇州山人四部稿》《续稿》《弇州山堂别集》《读书后》等近五百卷。《艺苑卮

---

① 《滹南集》卷三十七《文辨四》,《景印文渊阁四库全书》第1190册,第465页。
② 刘祁:《归潜志》卷八,《笔记小说大观》第5册,第287页。
③ 元好问:《内翰王公墓表》,《全辽金文》下册,第2935页。
④ 《明史》卷二八七,第6册,第4934页。

言》为其诗论代表作。

20世纪以来对王世贞的研究,主要集中在三个方面:一是生平研究,主要为王世贞编撰年谱;二是文学研究,热点集中在王世贞是否为《金瓶梅》的作者;三是对王世贞的文学思想、史学与书画成就等的研究①。其中,王世贞文学思想研究,主要集中于其诗论中的"格调""情采""性灵"及复古思想探讨;关于王世贞对宋诗的态度,有两篇代表性论文。邱美琼《论黄庭坚诗歌在明代的接受》认为,王世贞首先肯定了苏轼、黄庭坚诗歌的创新求变特色,但又指出黄诗刻意务新求巧,不如苏诗于新变中含蓄自然流畅之美,并比较了苏、黄学杜的不同——苏渊源于杜诗五古、排律,自然浑成;黄取法于杜甫歌行,奇崛拗硬。②陈颖聪《论王世贞对唐、宋诗的态度》指出,王世贞批评宋诗,但没有全盘否定宋诗,他看到宋诗对明代诗坛产生的积极影响。他认为各个时代的诗都有其自己的长处和不足,反对以时代评判诗歌创作的优劣。③二文均以苏、黄比较来观照王世贞对宋诗的态度,并认为王世贞对黄诗肯定较多。笔者认为,二文非专论王世贞对江西诗的批评,因为严格意义上的宋诗指以黄庭坚为代表的江西派诗,并不包括苏轼的诗歌;尽管黄庭坚诗歌在明代的唐宋诗之争中呈低落回升、此消彼长之态势,但王世贞对江西诗基本上是持否定态度的。

(一)倡言格调,矫江西诗之生涩奇峭

作为明代"后七子"复古理论的集大成者,王世贞在文坛重新举起了李梦阳、何景明等"前七子""文必秦汉,诗必盛唐"的复古大旗。《艺苑卮言》卷一云:"李献吉(李梦阳)劝人勿读唐以后文,吾始甚狭之,今乃信其然耳。"④ 同书卷七又云:"而伯承者(李先芳),前已通余于于鳞(李攀龙),又时时为余言于鳞也。久之,始定交,自是诗知大历以前,文知西京而上矣。"⑤ 大历以后的诗歌不必读,宋诗便自然不足观了。

---

① 鲁茜、姚红卫:《20世纪以来王世贞研究述评》,《湖南第一师范学院学报》2012年第2期。
② 邱美琼:《论黄庭坚诗歌在明代的接受》,《集美大学学报》(哲学社会科学版)2006年第3期。
③ 陈颖聪:《论王世贞对唐、宋诗的态度》,《阴山学刊》(社会科学版)2012年第2期。
④ 《艺苑卮言》卷一,《历代诗话续编》中册,第964页。
⑤ 《艺苑卮言》卷七,《历代诗话续编》中册,第1068页。李先芳(1511~1594),字伯承。早与李攀龙首倡诗社,"后七子"兴起,不予"七子"之列。其诗与李攀龙异曲同工,名为攀龙所掩。

明代前期茶陵派李东阳首创"格调"说,其《怀麓堂诗话》云:"今泥古诗之成声,平侧短长,句句字字,摹仿而不敢失,非惟格调有限,亦无以发人之情性。"① "诗必有具眼,变必有具耳。眼主格,耳主声。闻琴断知为第几弦,此具耳也;月下隔窗辨五色线,此具眼也。费侍郎廷言尝问作诗,予曰:'试取所未见诗,即能识其时代格调,十不失一,乃为有得。'"② 王世贞继承了这一论诗主张,但对"格调"说有所发展与深入,他说:

> 才生思,思生调,调生格。思即才之用,调即思之境,格即调之界。③

李树军这样理解:"才是才能、性情等先天具有和后天养成的个性特征的总和;思是情感、意义的生成和存在;调倾向于指一切声容意兴的品质;格倾向于指体裁和体貌。"④ 袁震宇、刘明今认为:"此语包含两重意思,一是由才思产生格调,二是格调为才思的境界。也即是说:诗文的格调是作者个人才思的体现,反过来格调又对作者的才思起一定的制约与规范作用。"⑤ 陈伯海解释说:"诗人的才情形成了诗篇的构思,构思产生了音调,音调的高下又决定着作品的形体规范",同时,他主张:"用特定的形体规范来给诗歌音调立界,更以形体与声音的规范来制约诗人的才思。"⑥ 萧华荣指出:"显然在他看来,才、思更首要,更主动,调、格不过是才、思的生成物。但另一方面,他也承认和重视调、格对才、思的规范作用,认为'调即思之境,格即调之界'。'境''界'在这里均指疆域、界限、范围,……他主以调、格规范才、思,不至于流为佚荡无检,即才、思不能损伤调格。"⑦ 简言之,诗歌的格调即诗歌的体制与规范。郭绍虞主编的《中国历代文论选》指出:"从才思来谈格调,就进一步深入到艺术意境的探讨。"⑧ 朱恩彬解释说,"意谓作者才情,通过构思,形成于音节,构成意境,而诗格也就体现在其中了";进而评价说,"王世贞看到了作品

---

① 《怀麓堂诗话》,《历代诗话续编》下册,第 1370 页。
② 《怀麓堂诗话》,《历代诗话续编》下册,第 1371 页。
③ 《艺苑卮言》卷一,《历代诗话续编》中册,第 964 页。
④ 李树军:《王世贞"才、思、调、格"的文体意义》,《江汉论坛》2008 年第 3 期。
⑤ 袁震宇、刘明今:《中国文学批评史》,上海古籍出版社 1996 年版,第 262 页。
⑥ 陈伯海:《中国诗学之现代观》,上海古籍出版社 2006 年版,第 336～337 页。
⑦ 《中国诗学思想史》,第 262 页。
⑧ 《中国历代文论选》第 3 册,第 108 页。

境界的构成与作家才思的关系，接触到了意境构成的一个重要因素，注意到了作家创作主体的作用"①。的确，王世贞"将'格调'说从格律、声调转化到审美境界来观照，比徐祯卿与谢榛都更明确"②。王世贞说："篇法之妙，有不见句法者；句法之妙，有不见字法者。此是法极无迹，人能之至，境与天会，未易求也。有俱属象而妙者，有俱属意而妙者，有俱作高调而妙者，有直下不对偶而妙者，皆兴与境诣，神合气完使之然。"③作为诗歌格调的篇法、句法、字法之"妙"，最终必须取决于诗歌"兴与境诣""境与天会"，反之，诗歌格调未妙便不能臻于"兴与境诣""境与天会"的佳境、妙境。这从他对沈嘉则诗歌的评论可以更加清晰地看出："夫格者，才之御也；调者，气之规也。子之响者，遇境而必触，蓄意而必达。夫是以格不能御才，而气恒溢于调之外。……今子能抑才以就格，完气以成调，几于纯矣。"④指出诗人的才、气驾驭、规范着诗歌的格调，而诗歌的格调又反过来制约着诗人的才与气。评价沈诗能够抑制才思以就格，贯注充沛之气以成调，故其音节响亮、体制纯正的格调自然蕴含于生成的诗歌意境之中了。

宋人尚格不主调，"诗格变自苏、黄，固也"⑤。宋人所尚格主要指"超尘出俗的风神、作品的余味、生动传神以及结构的和谐美等诸方面的意蕴"⑥。宋人"不主调"则主要指江西诗派尤其是黄庭坚有意追求音节不和谐、平仄不协调的拗体诗，以"破弃声律"，造成生涩而不滑熟的陌生化艺术效果，从而表现一种兀傲绝俗的人格。如《寄黄几复》："我居北海君南海，寄雁传书谢不能。桃李春风一杯酒，江湖夜雨十年灯。持家但有四立壁，治病不蕲三折肱。想见读书头已白，隔溪猿哭瘴溪藤。"其中颈联平仄依次为：平平仄仄仄仄仄，仄仄仄平平仄平，不仅使句子拗折有力、生涩奇峭，又与黄几复刚正不阿的性格及作者的愤激之情达到了和谐的统一。黄庭坚这类拗体诗还有《病起荆州江亭即事》《谒李材叟兄弟》《谢答闻善绝句》《寄上叔父夷仲》《次韵李任道晚饮锁江亭兼简履中南玉》《廖致平送绿荔支》《赠郑交》等。张耒评价说："以声律作诗，其

---

① 《中国历代诗学论著选》，第 703 页。
② 《中国诗学批评史》，第 439 页。
③ 《艺苑卮言》卷一，《历代诗话续编》中册，第 961 页。
④ 王世贞：《弇州续稿》卷四十《沈嘉则诗选序》，《景印文渊阁四库全书》第 1282 册，第 527 页。
⑤ 《艺苑卮言》卷四，《历代诗话续编》中册，第 1018 页。
⑥ 凌左义：《黄庭坚"韵"说初探》，《中国韵文学刊》1993 年第 7 期。

末流也，而唐至今谨守之。独鲁直一扫古今，直出胸臆，破弃声律，作五七言，如金石未作，钟声和鸣，浑然天成，有言外意。近来作诗者颇有此体，然自吾鲁直始也。"① 胡仔辨析说："古诗不拘声律，自唐至今诗人皆然，初不待破弃声律，诗破弃声律，老杜自有此体。……文潜不细考老杜诗，便谓此体'自吾鲁直始'，非也。鲁直诗本得法于杜少陵，其用老杜此法何疑。"② 胡氏的批评甚是，黄庭坚"破弃声律""以文为诗"确由杜甫的拗体诗而来，并非首创。王世贞指出，"彼见夫盛唐之诗，格极高、调极美，而不能多有，不足以酬物而尽变，故独于少陵氏而有合焉"，批评"无论苏公，即黄鲁直，倾奇峭峻，亦多得之少陵，特单薄无深味，蹊径宛然，故离而益相远耳。鲁直不足观也。"③ 同样"破弃声律"，王世贞却盛赞杜甫诗歌"格极高、调极美"，能"酬物而尽变"，而独诟病黄庭坚诗歌"单薄无深味"而"不足观"，不能不说囿于其"诗必盛唐"的成见。

王世贞云："山谷《中兴颂》碑后诗，是论宗语。俯仰感慨，不忍再读；迫切诘屈，亦令人易厌。"④ 宋徽宗崇宁三年（1104），黄庭坚赴宜州贬所途经永州时，游浯溪，观颜真卿书元结所作《大唐中兴颂》磨崖碑，作《书磨崖碑后》："春风吹舡著浯溪，扶藜上读中兴碑。平生半世看墨本，摩挲石刻鬓成丝。明皇不作包桑计，颠倒四海由禄儿。九庙不守乘舆西，万官已作乌择栖。抚军监国太子事，何乃趣取大物为。事有至难天幸尔，上皇蹒跚还京师。内间张后色可否，外间李父颐指挥。南内凄凉几苟活，高将军去事尤危。臣结春陵二三策，臣甫杜鹃再拜诗。安知忠臣痛至骨，世上但赏琼琚词。同来野僧六七辈，亦有文士相追随。断崖苍藓对立久，冻雨为洗前朝悲。"⑤ 诗中评论唐玄宗因宠任安禄山以致失国，及肃宗擅自即位并受制于张后父以致失为人子之道，用意深刻，足为后世鉴戒。曾季貍《艇斋诗话》评价说："山谷《浯溪碑》诗有史法，古今诗人不至此也。"⑥ 胡仔推为绝唱："杰句伟论，殆为绝唱，后来难复措词矣。"⑦ 对黄庭坚这首思想深刻、笔力苍劲、风格纯熟之作，王世贞在指

---

① 《王直方诗话》引，《宋诗话辑佚》卷上，上册，第101页。
② 《渔隐丛话前集》卷四十七，《景印文渊阁四库全书》第1480册，第306～307页。
③ 王世贞：《读书后》卷四《书苏诗后》，《景印文渊阁四库全书》第1285册，第48页。
④ 王世贞：《弇州四部稿》卷一三六《山谷中兴颂碑后诗》，《景印文渊阁四库全书》第1281册，第250页。
⑤ 《书磨崖碑后》，《黄庭坚诗集注》第2册，第688～690页。
⑥ 《艇斋诗话》，《历代诗话续编》上册，第296页。
⑦ 《渔隐丛话前集》卷四十七，《景印文渊阁四库全书》第1480册，第309页。

出它是"论宗语",即阐明深刻道理之作,是俯仰古今、感慨万千、使人"不忍再读"的伤感之作,之后却批评它措辞急迫严厉、生涩拗折,"令人易厌"。这一评价,足见他对黄庭坚诗歌的偏见之深。

王世贞既承认"诗格变自苏、黄",又批评"黄意不满苏,直欲凌其上,然故不如苏也。何者?愈巧愈拙,愈新愈陈,愈近愈远"①。指出黄庭坚诗"不如苏"是因为其"愈巧愈拙,愈新愈陈",即黄诗追求尖巧反失朴拙,追求新奇反失陈腐。王世贞说过:"余所以抑宋者,为惜格也。"② 黄庭坚诗歌以格韵高绝、脱尽流俗著称并为后世公认。在此,王世贞所谓"格"仍然指诗歌的体制与规范,与宋人所谓"格"的内涵有所不同。"愈近愈远"如何理解?试看下面两则诗论:其一,"虽然声响而不调则不和,格尊而亡情实则不称"③;其二,"然其高者,以气格声响相高而不根于情实,骤而咏之,若中宫商,阅之若备经纬已,徐而求之,而无有也"④。在王世贞看来,黄庭坚诗歌由于"破弃声律",失去声响之和谐,造成"格尊"与"亡情实"不相称;即使"以气格声响相高",但"不根于情实"的作品,最终仍然既不中"宫商"——无"调"可言,也不具备"经纬"——无"格"可寻。所谓"情实",即"盖有真我,而后有真诗"⑤,这是王世贞晚年悟罢所得,它已突破了他以前恪守的"格"的体制与规范局限,认识到有"真我"才有"真诗"。以此观之,他不满黄诗"愈近愈远",我认为,主要指黄庭坚学习前人,以书本材料为诗,"不根于情实",淹没了诗人情性,因而距"真诗"甚远。至于这一评价是否中肯,另当别论。

明人以"格调"为核心论诗,欲以高格矫元诗之"格卑",以逸调矫宋诗之"调舛"。"'格'是诗的词采、对偶等形成的视觉体貌及其所引起的审美感受,'调'是诗的声律、音韵等形成的听觉律动及其所引起的审美感受"⑥。王世贞论诗评诗特别注重"调",他在答胡应麟论诗时说:"诗格调高秀,声响宏朗,而入字入事皆古雅,家弟畏之固当。……才骋则御之以格,格定则通之以变;气扬则沉之使实,节促则澹之使和。非谓

---

① 《艺苑卮言》卷四,《历代诗话续编》中册,第1018页。
② 《弇州续稿》卷四十一《宋诗选序》,《景印文渊阁四库全书》第1282册,第549页。
③ 《弇州续稿》卷四十七《汤迪功诗草序》,《景印文渊阁四库全书》第1282册,第621页。
④ 《弇州续稿》卷四十二《陈子吉诗选序》,《景印文渊阁四库全书》第1282册,第552~553页。
⑤ 《弇州续稿》卷五十一《邹黄州鹡鸰集序》,《景印文渊阁四库全书》第1282册,第663页。
⑥ 《中国诗学思想史》,第241页。

足下所少而进之,进仆所偶得者而已。"① 赞美胡应麟诗"格调高秀""声响宏朗""入字入事皆古雅"。接着,论述了"才""格""气""节"之关系:以格御才,以变通格;气扬则使之沉实,节促则使之澹和。足见王世贞论诗重视听觉效果,总是离不开节奏音调。明代戏曲发达,戏曲追求音响效果,王世贞是一位精通戏曲的作家和曲论家,《艺苑卮言》附录四卷论及词曲诗画,对南北曲产生及优劣所作评述时有创见。传奇《鸣凤记》一般认为是他所作。他以"格调高秀"来论诗,重视诗歌的音乐性,应该说与他的戏曲观念和趣尚不无关系。

(二) 主张师古,以药江西诗之剽窃模拟

严羽《沧浪诗话·诗辨》指出江西诗派"以文字为诗,以才学为诗,以议论为诗"②。所谓"以才学为诗"即资书以为诗,包括模仿、点窜、化用、改造前人的作品。黄庭坚云:"自作语最难。老杜作诗,退之作文,无一字无来处。盖后人读书少,故谓韩、杜自作此语耳。古之能为文者,真能陶冶万物,虽取古人之陈言入于翰墨,如灵丹一粒,点铁成金也。"③"点铁成金"即"以才学为诗"的手段之一,是黄庭坚示以后学学诗的必经门径,它向来遭人诟病。究其原因有二:一是无论是杜诗还是韩文,都善于点窜、化用前人的作品而不留痕迹,但秘而不宣,黄庭坚却将其说破,并示之与人,故而引起公愤;二是江西诗派及后学在点窜、化用前人作品时留下了因袭和逊色于原作的口实。批评最为尖锐者当属金代的王若虚,他说:"鲁直论诗,有'夺胎换骨''点铁成金'之喻,世以为名言,以予观之,特剽窃之黠者耳。"④ 王世贞也有类似的批评:

独李太白有"人烟寒橘柚,秋色老梧桐"句,而黄鲁直更之曰:"人家围橘柚,秋色老梧桐。"晁无咎极称之。何也?余谓中只改二字,而丑态毕具,真点金作铁手耳。⑤

又有点金成铁者,少陵有句云:"昨夜月同行。"陈无己则云:"勤勤有月与同归。"少陵云:"暗飞萤自照。"陈则曰:"飞萤元失

---

① 《弇州续稿》卷二〇六《答胡元瑞》,《景印文渊阁四库全书》第1284册,第893~894页。
② 《沧浪诗话校释》,第26页。
③ 《答洪驹父书三》,《文津阁四库全书》第372册,第225页。
④ 《滹南诗话》卷三,《历代诗话续编》上册,第523页。
⑤ 《艺苑卮言》卷四,《历代诗话续编》中册,第1019页。

照。"少陵云:"文章千古事。"陈则云:"文章平日事。"少陵云:"乾坤一腐儒。"陈则云:"乾坤着腐儒。"少陵云:"寒花只暂香。"陈则云:"寒花只自香。"一览可见。①

前则材料批评黄庭坚化用李白诗句为"点金成铁",后则材料批评陈师道化用杜甫诗句属"点金成铁"。两相对照,"丑态毕具",一览可见。

王世贞主张师古,注重学习古诗文的法度规则,认为既要重视法又不能泥于法。《艺苑卮言》卷一云:"首尾开阖,繁简奇正,各极其度,篇法也。抑扬顿挫,长短节奏,各极其致,句法也。点掇关键,金石绮采,各极其造,字法也。"②他具体谈及七言律之法颇为精微:"七言律,不难中二联,难在发端及结句耳。发端,盛唐人无不佳者;结颇有之,然亦无转入他调及收顿不住之病。篇法有起有束,有放有敛,有唤有应,大抵一开则一阖,一扬则一抑,一象则一意,无偏用者。句法有直下者,有倒插者,倒插最难,非老杜不能也。字法有虚有实,有沉有响,虚响易工,沉实难至。"③七言律诗之法,从发端到结束、收放到照应、开阖到抑扬、取象到立意的篇法;从直下到倒插的句法;从虚实到沉响的字法,头头是道,娓娓道来,较之江西诗派句法更为具体入微。既然古代诗文有其法度规则可循,师古者就必须遵照恪守,遵守包含模拟。但王世贞认为"法之妙"者是"无迹",即模拟不留痕迹者为妙:"模拟之妙者,分岐逞力;穷势尽态,不唯敌手,兼之无迹,方为得耳。"④他指出:"《风》《雅》三百,《古诗十九》,人谓无句法,非也;极自有法,无阶级可寻耳。"⑤阶级,台阶,在此引申为路径痕迹。又认为王维诗之所以胜出孟浩然诗一筹,"由工入微,不犯痕迹"之故,"所以为佳"⑥。他批评黄、陈诗点窜李、杜诗句"点金成铁",大概亦是着眼于模拟痕迹明显而发。

王世贞主张师古,反对模拟剽窃,认为"剽窃模拟,诗之大病"。但他又认为,模拟古人"亦有神与境触,师心独造,偶合古语者",并示以例证:"'客从远方来','白杨多悲风','春水船如天上坐',不妨俱美,定非窃也。其次,衷集既富,机锋亦圆,古语口吻间,若不自觉……又有

---

① 《艺苑卮言》卷四,《历代诗话续编》中册,第1019～1020页。
② 《艺苑卮言》卷一,《历代诗话续编》中册,第963页。
③ 《艺苑卮言》卷一,《历代诗话续编》中册,第961页。
④ 《艺苑卮言》卷四,《历代诗话续编》中册,第1019页。
⑤ 《艺苑卮言》卷一,《历代诗话续编》中册,第964页。
⑥ 《艺苑卮言》卷四,《历代诗话续编》中册,第1006页。

全取古文，小加裁剪，如黄鲁直宜州用白乐天诸绝句，……然犹彼我趣合，未致足厌。"① 所谓"黄鲁直宜州用白乐天诸绝句"，指黄庭坚《谪居黔南十首》。任注曰：

> 近世曾慥端伯作《诗选》（即《宋百家诗选》），载潘邠老事云：张文潜晚喜乐天诗，邠老闻其称美辄不乐，尝诵山谷十绝句，以为不可跂及。其一云："老色日上面，欢惊日去心。今既不如昔，后当不如今。"文潜一日召邠老饭，预设乐天诗一秩，置书室床枕间。邠老少焉假榻翻阅，良久才悟山谷十绝诗，尽用乐天大篇裁为绝句。盖乐天长于敷衍，而山谷巧于剪裁。自是不敢复言。端伯所载如此，必有依据。然敷衍剪裁之说非是。盖山谷谪居黔南时，取乐天江州忠州等诗，偶有会于心者，摘其数语，写置斋阁；或尝为人书，世因传以为山谷自作。然亦非有意与乐天较工拙也。诗中改易数字，可为作诗之法。②

任渊不同意曾慥谓黄庭坚《谪居黔南十首》"尽用乐天大篇裁为绝句"的说法，认为它只是将白居易江州、忠州等诗"改易数字"而成。"可为作诗之法"，当包含"点铁成金""夺胎换骨"诗法在内。如前所示，尽管王世贞对黄庭坚点窜杜诗持以异议，但对黄庭坚"用白乐天诸绝句""小加裁剪"的《谪居黔南十首》并不反感，还认为颇投合他的趣味，不至于让人生厌。说明王世贞在对待模拟化用前人作品这一问题上，并非"一根筋"，而是表现得比较辩证、通脱。

王世贞师古的诗学观受严羽影响颇为明显，《沧浪诗话·诗辨》云："夫学诗者以识为主：入门须正，立志须高；以汉魏晋盛唐为师，不作开元天宝以下人物。"③《艺苑卮言》卷一云："大抵诗以专诣为境，以饶美为材，师匠宜高，捃拾宜博。"④ 所谓"师匠宜高"即师古取法要高要严，所谓"捃拾宜博"即师古要兼收并采，他说："世人《选》体，往往谈西京、建安，便薄陶、谢，此似晓不晓者。毋论彼时诸公，即齐、梁纤调，李、杜变风，亦自可采。"⑤ 又说："若模拟一篇，则易于驱斥，又觉局

---

① 《艺苑卮言》卷四，《历代诗话续编》中册，第1018~1019页。
② 《黄庭坚诗集注》第2册，第442~443页。
③ 《沧浪诗话校释》，第1页。
④ 《艺苑卮言》卷一，《历代诗话续编》中册，第960页。
⑤ 《艺苑卮言》卷一，《历代诗话续编》中册，第960页。

促，痕迹宛露。……日取'六经'、《周礼》《孟子》《老》《庄》《列》《荀》《国语》《左传》《战国策》《韩非子》《离骚》《吕氏春秋》《淮南子》《史记》、班氏《汉书》，西京以还至六朝及韩、柳，便须铨择佳者，熟读涵泳之，令其渐渍汪洋。"① 较之于"前七子"的李梦阳、何景明"诗必盛唐"的观点，取径稍宽。然而毕竟为"诗必盛唐"的成见所囿，王世贞固执地坚持"贞元而后，方足覆瓿"②，摒弃贞元以后的作品不观，"勿用六朝强造语，勿用大历以后事。此诗家魔障，慎之慎之"③。王世贞云："鲁直不足小乘，直是外道耳，已堕傍生趣中。"④ 佛经分为大小二乘。佛说法因人而施，人有智愚，故所说有深浅。其说之广大深赜者为大乘，浅小者为小乘。严羽以禅喻诗："汉魏晋与盛唐之诗，则第一义也。大历以还之诗，则小乘禅也，已落第二义矣。晚唐之诗，则声闻辟支果也。"⑤ 郭绍虞先生释曰："辟支、声闻仅求自度，故称小乘。辟支，梵语独觉之义，谓并无师承，独自悟道也。声闻，谓由诵经听法而悟道者。"⑥ 再联系《艺苑卮言》"遇有操觚，一师心匠，气从意畅，神与境合……世亦有知是古非今者，然使招之而后来，麾之而后却，已落第二义矣"⑦，可知王世贞批评黄庭坚虽然善于师古，且能得心应手、左右逢源，但由于受到古人法度的制约而缺乏变通，不能"一师心匠"——按自己的意图去立意构思，"招之而后来，麾之而后却"，所作诗终究是古人面目，已落入第二义了，直是旁门外道，不足观也。

直到晚年，王世贞的诗学观才有所转变，一是不再迷信严羽："夫古之善治诗者，莫若钟嵘、严仪（卿），谓某诗某格、某代、某人，诗出某人法。今乃悟其不尽然。"⑧ 二是始悟："仆故有《艺苑卮言》时，是四十前未定之书。于鳞尝谓'中多俊语，英雄欺人。'意似不满，仆亦服之。第渠所弃取，却未尽人意"⑨。于是他有取于宋、元之诗，其《宋诗选序》云：

---

① 《艺苑卮言》卷一，《历代诗话续编》中册，第964页。
② 《艺苑卮言》卷一，《历代诗话续编》中册，第960页。
③ 《艺苑卮言》卷一，《历代诗话续编》中册，第961页。
④ 《艺苑卮言》卷四，《历代诗话续编》中册，第1018页。
⑤ 《沧浪诗话校释》，第11～12页。
⑥ 《沧浪诗话校释》，第14页。
⑦ 《艺苑卮言》卷一，《历代诗话续编》中册，第964页。
⑧ 《弇州续稿》卷五十一《邹黄州鹪鹩集序》，《景印文渊阁四库全书》第1282册，第663页。
⑨ 《弇州续稿》卷二○六《答胡元瑞》，《景印文渊阁四库全书》第1284册，第894页。

  自杨、刘作，而有"西昆体"，永叔、圣俞思以淡易裁之；鲁直出，而又有"江西派"；眉山氏睥睨其间，最号为雄豪，而不能无利钝；南渡而后，务观、万里辈，亦遂彬彬矣。去宋而为元，稍以轻俊易之。明兴，而诸先大夫之作，不能无兼采二季（宋、元）之业。而自北地（李梦阳）、信阳（何景明）显，弘、正间，古体乐府非东京而下至三谢，近体非显庆而下至大历，俱亡论矣。二季黜是屈矣。吴兴慎侍御子正，顾独取《宋诗选》而梓之，以序属余。余故尝从二三君子后抑宋者也，……余所以抑宋者，为惜格也。然而代不能废人，人不能废篇，篇不能废句，盖不止前数公（案：欧、梅、苏、黄）而已。此语于格之外者也。……虽然以彼为我则可，以我为彼则不可。子正非求为伸宋者也，将善用宋者也。①

  这是为慎蒙（字子正）所编《宋诗选》而作的序，俨然一篇"宋元明诗歌简史"，当王世贞接触到杨亿、刘筠、欧阳修、梅尧臣、苏轼、黄庭坚、陆游、杨万里等人的宋调，油然顿生彬彬盛矣之感，始悟"代不能废人，人不能废篇，篇不能废句"之理，觉得宋诗、元诗亦不妨读，他说："子瞻多用事实，从老杜五言古、排律中来。鲁直用生拗句法，或拙或巧，从老杜歌行中来。介甫用生重字力于七言绝句及颔联内，亦从老杜律中来。但所谓差之毫厘，谬之千里耳。骨格既定，宋诗亦不妨看。"②

  王世贞虽然在一定程度上突破了"前七子"的拟古论，但仍然固执地坚持其"格调"说。他认识到宋元诗虽然不可偏废，但毕竟是"格之外者也"，即宋元诗终究不能与盛唐诗同日而语，"以彼为我则可，以我为彼则不可"，它只能为我所用，绝不可我去迁就它。他特地说明慎蒙编选宋诗"以序属余"，"非求为伸宋者也，将善用宋者也"——并非嘱我鼓倡张扬宋诗，而是以备创作参照之用。这与其说是慎蒙编选宋诗的初衷，毋宁说是王世贞固守的对待宋诗的基本立场。

---

① 《弇州续稿》卷四十一《宋诗选序》，《景印文渊阁四库全书》第1282册，第549页。
② 《艺苑卮言》卷四，《历代诗话续编》中册，第1021页。

五、陈衍的宋诗观之检视

陈衍（1856～1937），字叔伊，号石遗，福建侯官（今福州）人，清光绪八年（1882）举人。曾入台湾巡抚刘铭传、湖广总督张之洞幕，任官报局总纂。后官学部主事，任京师大学堂教习。清亡后，先后执教于厦门大学、暨南大学、无锡国学专修学校等。晚清以来同光体诗人中闽派首领，长期主盟同治、光绪年间诗坛，编撰诗话、诗选，评论当代诗人，在近代文学史上影响甚巨。著有《石遗室诗话》《近代诗钞》《辽诗纪事》《金诗纪事》《元诗纪事》《诗品平议》《宋诗精华录》《感旧集小传拾遗》《翁方纲评〈渔洋精华录〉平议》《诗学概要》等。钱仲联总汇其诗学著作并于诗文集中辑录其诗论，编为《陈衍诗论合集》，1999年由福建人民出版社出版。

中国文学史上，一般将同治年间（1862～1874）的郑珍、莫友芝、曾国藩、何绍基等与光绪年间（1975～1908）的沈曾植、陈三立、陈衍、郑孝胥等，称作"同光体"诗人，学术界普遍认为他们是宗宋调的宋诗派[①]，陈衍本人也作如是观："咎同、光以来闽人舍唐诗不为而为宋诗。"[②] 其实不尽然，其中，陈衍就不专宗宋诗，他兼取唐宋，博采众长。他所宗宋诗并不包括江西派诗。他主要偏爱王安石、苏轼、杨万里、陆游、刘克庄等的宋诗，而于江西诗派的"二宗"黄庭坚与陈师道诗，尤所不喜。这是陈衍与其他同样宗宋调的"同光体"诗人相异之处。以往学术界在探讨陈衍的宋诗观时，往往不加区分，缺乏必要的辨析。本论试做检视。

---

① 代表性观点主要有黄霖所著《近代文学批评史》，上海古籍出版社1993年版；吴淑钿：《近代宋诗派的诗体论》，《华东师范大学学报》（哲学社会科学版）1996年第2期；魏泉：《论陈衍的"学人之诗"说》，《文艺理论研究》2006年第4期；林东源：《陈衍〈石遗室诗话〉论"同光体"》，《闽江师院学报》（社会科学版）2006年第4期；宁夏江、魏中林：《论学人之诗》，《暨南学报》（哲学社会科学版）2009年第3期；王友胜：《论〈宋诗精华录〉的编选宗旨与诗学思想》，《中南大学学报》（社会科学版）2010年第2期；马卫中：《陈衍"三元说"与沈曾植"三关说"之理论差异》，《徐州师范大学学报》（哲学社会科学版）2011年第1期；吴中胜：《翁方纲与近代宋诗派：以陈衍为中心的讨论》，《中国文学研究》2012年第4期。这些研究成果，都将陈衍视为宋诗派的代表，但均未辨析陈衍亲炙宋诗并不包括以黄庭坚、陈师道为代表的江西派诗。可见，陈衍对宋诗并非全盘接受，而是有鲜明的取舍。

② 陈衍：《石遗室论诗文录·剑怀堂诗草叙》，《陈衍诗论合集》下册，第1059页。

（一）唐宋并举，兼取汉魏六朝

作为同光体的诗论家，陈衍明确申明"同光体者，余与苏戡戏目同光以来诗人不专宗盛唐者也"①。于是，他提出了著名的"三元"说：

> 盖余谓诗莫盛于"三元"：上元开元，中元元和，下元元祐也。君谓"三元"皆外国探险家觅新世界、殖民政策开埠头本领，故有"开天启疆域"云云。余言今人强分唐诗、宋诗，宋人皆推本唐人诗法，力破馀地耳。庐陵、宛陵、东坡、山谷、后山、放翁、诚斋，岑、高、李、杜、韩、孟、刘、白之变化也；简斋、止斋、沧浪、四灵，王、孟、韦、柳、贾岛、姚合之变化也。故开元、元和者，世所分唐宋人之枢干也。若墨守旧说，唐以后之书不读，有日蹙国百里而已，故有"唐馀逮宋兴"及"强欲判唐宋"各云云②。

总体而言，明人皆主唐音，尤其是前后"七子"力倡"诗必盛唐"之说，清人多尚宋调。但也不可一概而论，如明代公安派痛斥"七子"之复古而推尊宋诗；而清人顾炎武、朱彝尊、王士禛、王夫之、毛奇龄、吴乔、贺裳、冯班等则仍主唐音。故而，陈衍明确反对"今人强分唐诗、宋诗"畛域，他看到或尊唐或宗宋均有各执一端之偏颇，认为如此无休止地纷争下去，莫衷一是，谁也说服不了谁。他提出"三元"说并非简单地"和稀泥"，也无意调停唐宋诗之争。"三元"说旨在说明：一是宋诗乃唐诗之承传，如果说"开元"以杜甫为代表，"元和"以韩愈为代表，"元祐"则以黄庭坚为代表。如此他便承认"江西诗"系从杜、韩"以文为诗"发展而来，形成一脉相承的统系："余谓唐诗至杜、韩而下现诸变相；苏、王、黄、陈、杨、陆诸家沿其波而参互错综，变本加厉耳。"③ 二是宋诗乃唐诗之变化，所谓"宋人皆推本唐人诗法，力破馀地"："诗人之盛，唐代后以宋代为观止。盖宋人诗学，各本唐法，而扩充变化之。卓然成大家者，不甚亚于唐也"④；"庐陵、宛陵、东坡、临川、山谷、后山、无咎、文潜、岑、高、杜、韩、刘、白之变化也。简斋、止斋、沧浪、四

---

① 《石遗室诗话》卷一，《民国诗话丛编》第1册，第18页。
② 《石遗室诗话》卷一，《民国诗话丛编》第1册，第21页。
③ 《石遗室诗话》卷十四，《民国诗话丛编》第1册，第203页。
④ 陈衍：《诗学概要》，《陈衍诗论合集》下册，第1037页。

灵,王、孟、韦、柳之变化也。子孙虽肖祖父,未尝骨肉间一一相似"①。撇开这一传承关系的梳理是否恰当不论,至少它既厘清了宋诗与唐诗的渊源关系,又肯定了与唐诗未尝"一一相似"的宋诗有开辟创新之功。陈氏唐宋并举,一是为宋诗张目,将宋诗提高到与唐诗并驾齐驱、平分秋色的地位。二是避免了重蹈唐宋诗之争的覆辙,这是他的清醒精明之处。他说:"鄙意古人诗到好处,不能不爱,即不能不学,但专学一家之诗,利在易肖,弊在太肖;不肖不成,太肖无以自成也。"②他主张学古人不能专学一家,其弊在太似某家;学古人要在似与不似之间,即"学古人总要能变化"③,方能自成一家。与同光派陈三立"力祖山谷"不同,陈衍门人黄曾樾指出:"而吾师陈石遗先生则不唐,不宋,不汉魏,不六朝;亦唐,亦宋,亦汉魏,亦六朝。"④强调了陈衍唐宋并举、兼取汉魏六朝的师法取向。同光体诗人沈曾植又提出了"三关"说:"吾尝谓诗有元祐、元和、元嘉三关。……元嘉如何通法?但将右军《兰亭诗》与康乐山水诗打并一气读。"⑤它可济"三元"说,并与之互为补充。这种不专学一家、兼取众家的诗学取向,与杜甫"转益多师"的学习观点与创作方法一致。

陈衍之所以主张唐宋兼取,基于他对唐诗宋诗各有所长又各有所短的认识,他说:"一、唐宋之诗,其严格之分别何在?世谓唐诗主情,宋诗主理,其说然否?唐宋诗佳者,无大分别。真能诗者,使人不能分其为唐为宋。使人能分出者,非诗之至者也,自家之诗而已;其次,乃似某大家。二、学诗入门,或谓取唐,或谓取宋,然学宋者每入于生硬枯涩,理足而趣少;学唐者多空泛浅薄,有韵而寡意,究宜如何取法,方免此弊?无可专学,无不可学。"⑥前辈时人所谓唐诗主情,宋诗主理,在他看来,两者并"无大分别",即唐诗也主理,宋诗也主情;宋诗多生硬枯涩,学习宋诗者往往理足而趣少;唐诗多神韵,学习唐诗多流于空泛浅薄而寡意,因此,陈衍主张各取所长,弃其所短,不专学一体。这种取法路径甚宽的诗学观念,确实要辩证通达得多。

---

① 《石遗室论诗文录·剑怀堂诗草叙》,《陈衍诗论合集》下册,第1059页。
② 《石遗室诗话》卷十四,《民国诗话丛编》第1册,第200页。
③ 《石遗室诗话》卷二十四,《民国诗话丛编》第1册,第322页。
④ 黄曾樾辑,张寅彭校点:《陈石遗先生谈艺录·序二》,《民国诗话丛编》第1册,第701页。
⑤ 沈曾植:《与金潜庐太守论诗书》,见金蓉镜《滮湖遗老集》,民国十七年(1928)刊本。
⑥ 《石遗室论诗文录·答陈汉光诗学阙疑七则》,《陈衍诗论合集》下册,第1088页。

陈衍云:"东坡之诗所以异于江西派之诗者,若何?江西派中人诗并不一样。吕强为一派,已无理取闹。只有山谷可言与坡异,馀并不配言异。坡、谷之异,即在扭捏与否耳。"① 他认识到,同为宋诗,苏轼诗与江西派诗却有着较大的差异,因此,陈衍虽然推重宋诗,并不包括江西派诗,他多次申明:"双井、后山,尤所不喜。日本博士铃木虎雄,特撰《诗说》一卷,专论余诗,以为主张江西派,实大不然。余七古向鲜转韵,七律向不作拗体,皆大异山谷者。"② 他最不喜即黄庭坚的拗体七律。黄的拗体主要从杜甫、韩愈"以文为诗"发展而来,故意不守平仄,破弃声律,造成一种拗折生新的艺术效果,尽管有得有失,表明陈衍作七律谨守其正体而不欣赏其变体,故而他批评说:"余论诗雅不喜山谷、后山,犹东坡、遗山之不喜东野,非谓其不工也。诗不能不言音节,二家音节,山谷偶有琴瑟,馀多柷敔,笙箫则未曾有,不得谓非八音之一,听之未免使人不欢。"③ 他认为"琴瑟笙箫"才是正体之音,而视黄庭坚的拗体为打击乐"柷敔",故"听之未免使人不欢"。又说:"山谷之不好,即在字字矜炼,又不切,最可。"④ 批评黄庭坚诗歌用字炼句过于"艰辛",以造成"楂牙":"余旧论伯严诗避俗避熟,力求生涩,而佳语仍在文从字顺处。世人只知以生涩为学山谷,不知山谷仍楂牙,并不生涩也。"⑤ 又引张之洞语:"张广雅论诗,扬苏斥黄,略谓黄吐语多楂牙,无平直,三反难晓,读之梗胸臆,如佩玉琼琚,舍车而行荆棘,又如佳茶,可啜而不可食;子瞻与齐名,则坦荡殊雕饰,受党祸为枉。亦可见大人先生之性情,乐广博而恶艰深;于山谷且然,况于东野、后山之伦乎?"⑥ 批评"曾(国藩)楂牙专学黄,高(心夔)兼黄陈,则苦涩矣"⑦。楂牙,楂枒。形容语句不整饬。主要指黄庭坚诗句"无平直"又少"文从字顺"。并示例:"如《次韵吴宣义三径怀友》云:'佳眠未知晓,屋角闻晴哗。'明明将孟浩然句'春眠'易为'佳眠','不觉'易为'未知','处处'易为'屋角','啼鸟'易为'晴哗',亦何必哉?《次韵宋楙宗都人盛观翰林公出郊》云:'人间化鹤三千岁,海上看羊十九年。'翰林公指东坡。此二

---

① 《石遗室论诗文录·答陈汉光诗学阙疑七则》,《陈衍诗论合集》下册,第1089页。
② 陈衍:《石遗室诗话续编》卷三,《民国诗话丛编》第1册,第579页。
③ 《石遗室诗话续编》卷六,《民国诗话丛编》第1册,第679页。
④ 《石遗室论诗文录·答陈汉光诗学阙疑七则》,《陈衍诗论合集》下册,第1089页。
⑤ 《石遗室诗话》卷十四,《民国诗话丛编》第1册,第204页。
⑥ 《石遗室论诗文录·知稼轩诗叙》,《陈衍诗论合集》下册,第1058页。
⑦ 《石遗室诗话续编》卷六,《民国诗话丛编》第1册,第679页。

句徒切苏而已，东坡并无与苏耽、苏武关合事，任注乃附会其说，以下句为指黄州之谪，是以匈奴比神宗，慢君莫甚，不但拟于不伦。《戏书秦少游壁》云：'谁馈百牢鹳鹒妃。'鹳鹒与妃，不能相连，三字为不词。《次韵子瞻和王子立风雨败书屋》云：'南冶从东家。'注：'南冶用南容公冶长。'可谓杂凑。公冶只拈一'冶'字，视葛亮、马卿，割裂尤甚。"① 在他看来，"杂凑""割裂"均属"槎牙"之病。一般认为，"生涩"是黄庭坚诗歌的显著表征之一，但陈衍不苟同，这是他独到的见解。又指出："复念瞰谷力学山谷、后山，宁艰辛，勿流易，宁可憎，勿可鄙。……后山学杜，其精者突过山谷，然粗涩者往往不类诗语。瞰谷学后山，每学此类。"② 批评黄庭坚、陈师道诗有艰深费力之弊，而陈诗精工处超过黄诗，粗涩处则不类诗语，这些看法针砭到黄、陈诗的病痛。陈衍又说："山谷七古，读之令人不舒畅"③；"双井固佳，然实无若何深远高妙处"④。后一看法本自桐城派诗论家方东树："山谷死力造句，专在句上弄远；成篇之后，意境皆不甚远。"⑤

陈衍引张之洞《过芜湖吊袁沤簃》"江西魔派不堪吟，北宋清奇是雅音。双井半山君一手，伤哉斜日广陵琴"指出，张之洞"不喜江西派，即不满双井，特本渔洋说：'山谷虽脱胎于杜，顾其天资之高，笔力之雄，自开门庭，宋人作《江西宗派图》，极尊之，以配食子美，要亦非山谷意也'云云。故阳不贬双井，而斥江西为魔派，实则江西派岂能外双井，双井岂能高过子美、雄过子美，而自开门庭哉？渔洋未用功于杜，故不知杜，不喜杜，亦并不知黄，乃为是言"⑥。黄庭坚开创江西诗派，以祖述杜甫相号召。王士禛认为，由于黄庭坚"天资之高，笔力之雄"，故而能够学杜而不为，"自开门庭"，卓然成家。陈衍提出异议，认为黄庭坚并不能与杜甫相提并论，也未自开门庭。批评王士禛既不知杜也不知黄，似尊黄实抑黄。而认同张之洞痛斥江西诗派为魔派，实乃黄庭坚之过。笔者认为这一看法失之偏颇。黄庭坚探索实践尽变唐音的宋调，应该视为欧阳修倡导诗文革新的嗣响。在自己与师友苏轼均遭文字之祸的严酷政治背景下，他指导青年后学师法杜甫，主要侧重诗法等艺术形式，不仅在创作实

---

① 《石遗室诗话续编》卷一，《民国诗话丛编》第1册，第478～479页。
② 《石遗室论诗文录·重刻晚翠轩诗叙》，《陈衍诗论合集》下册，第1047页。
③ 《陈石遗先生谈艺录》，《民国诗话丛编》第1册，第704页。
④ 《陈石遗先生谈艺录》，《民国诗话丛编》第1册，第702～703页。
⑤ 《昭昧詹言》卷十二，第315页。
⑥ 《石遗室诗话》卷十一，《民国诗话丛编》第1册，第156页。

践上身体力行地示范,且提出了系列便于操作的诗歌理论,尽管得失相参,毕竟在唐诗的基础上"扩充变化",有所开辟。由于一些青年后学没有领会黄庭坚的意图,陷入了死守成法而不知变通的窘境,有损黄庭坚的名声。笔者认为,这一过失不能算在黄庭坚账上。痛斥江西诗派为魔派,更是感情用事的偏激之说。

黄庭坚《题竹石牧牛》:"野次小峥嵘,幽篁相倚绿。阿童三尺棰,御此老觳觫。石吾甚爱之,勿使牛砺角。牛砺角尚可,牛斗残我竹。"陈衍批评说:"理之不足,名大家常有之。……若其石既为吾所甚爱,惟恐牛之砺角损坏吾石矣,乃以较牛斗之伤竹,而曰砺角尚可,何其厚于竹而薄于石耶,于理似说不去。"① 这是一首题画诗,黄庭坚以戏咏之笔,以牛斗伤石残竹,借题发挥,寄托了他希望调停党争、消弭两败俱伤的愿望,立意巧妙,策略高明。陈衍却批评"厚于竹而薄于石","于理似说不去",可见他并未读懂此诗。范温《潜溪诗眼》载:"孙莘老尝谓老杜《北征诗》胜退之《南山诗》,王平甫以谓《南山》胜《北征》,终不能相服。时山谷尚少,乃曰:'若论工巧,则《北征》不及《南山》;若书一代之事,以与《国风》《雅》《颂》相为表里,则《北征》不可无,而《南山》虽不作未害也。'"② 陈衍不同意黄庭坚的看法:"昌黎《南山》诗固未甚高妙,然论诗者必谓《北征》不可不作,《南山》可以不作,亦觉太过。《北征》虽忧念时事,说自己处居多;《南山》乃长安镇山,自《小雅》'秩秩斯干,幽幽南山'后,无雄词可诵者。必谓《南山》可不作,《斯干》诗不亦可不作邪?"③ 黄庭坚从比较的角度,分别肯定了杜甫《北征》"书一代之事"的史诗性质与韩愈《南山》体物"工巧"的艺术成就。若从两者取一来说,《北征》不可无而《南山》不作未害。说明黄庭坚看重作品的思想内容。陈衍的异议,从侧面暴露了身处晚清之际的他,主张学古人博采众家,关注更多的是诗艺等形式,其《石遗室诗话》多为寻章摘句就是一个明证。这是陈衍诗论的局限。

(二) 学人之根柢与诗人之性情统合

陈衍《近代诗钞述评》指出:"嘉道以来,则程春海侍郎、祁春圃相国。而何子贞编修、郑子尹大令,皆出程侍郎之门,益以莫子偲大令、曾

---

① 《石遗室诗话》卷十七,《民国诗话丛编》第1册,第236页。
② 《潜溪诗眼》,《宋诗话辑佚》卷上,上册,第327页。
③ 《石遗室诗话》卷二十六,《民国诗话丛编》第1册,第351页。

涤生相国。诸公率以开元、天宝、元祐大家为职志，不规规于王文简之标举神韵，沈文悫之主持温柔敦厚，盖合学人、诗人之诗二而一之也。"①针对清代诗坛"神韵"说之空疏、"格调"说之肤廓、"性灵"说之浅率，陈衍提出了"合学人、诗人之诗二而一之"的诗学观点。笔者认为，所谓"学人之诗"即严羽《沧浪诗活·诗辨》中所谓"以才学为诗"；所谓"诗人之诗"即"吟咏情性"②。但与严羽反对"以才学为诗"的学人之诗、提倡"吟咏情性"的诗人之诗不同，陈衍认为"诗也者，有别才而又关学者也"③，主张"学人之诗"与"诗人之诗"统合。

关于学人之诗与诗人之诗，陈衍并未给出明确的界定，但从他对时人诗歌评价大致可窥其义，他评祁寯藻诗"证据精确，比例切当，所谓学人之诗也。而诗中带着写景言情，则又诗人之诗矣。"④"证据"关乎书本，"比例"当指运用。他说："求诗文于诗文中，末矣。必当深于经、史、百家，以厚其基。然尤必其人高妙，而后其诗能高妙。"⑤ 认为作为一名学人，必须具有渊博的学问、深厚的经史基础，其人品修养才会高妙；人品修养之高妙，写出来的诗才有可能达到高妙之境。陈衍特别强调读书要"精确""精微"，唯其如此，才能积成广大："余谓诗固宜广大，然不精微，何以积成广大？读书先广大而后精微，由博返约之说也。作文字先精微而后广大，故能一字不苟、字字有来历，非徒为大言以欺人。即算学之微积，禅宗渐之义也。抑亦思由博返约，其博果何自来？亦渐而非顿乎？不广大固所患，不精微尤其大患，则画虎刻鹄之譬矣。"⑥ 他将精读喻为北禅之渐修而非南禅之顿悟，即是说只有下一番苦工夫，绝对没有捷径可走。有意思的是，他认为与读书由广博到精微过程相反，创作则是先精微而后广大，写作精微指"一字不苟、字字有来历"，唯其如此，作品的思想内涵才能博大精深。陈衍这一诗学观点与黄庭坚一致："奉为道之：词意高胜，要从学问中来尔。……读书要精深，患在杂博。因按所闻，动静念之，触事辄有得处，乃为问学之功。文章惟不构空强作，诗遇境而生，便自工耳。"⑦"自作语最难。老杜作诗，退之作文，无一字无来处"⑧。

---

① 《近代诗钞述评》，《陈衍诗论合集》上册，第879页。
② 《沧浪诗话·诗辨》，《沧浪诗话校释》，第26页。
③ 《石遗室论诗文录·瘦唵诗叙》，《陈衍诗论合集》下册，第1058页。
④ 《石遗室诗话》卷二十八，第381页。
⑤ 《陈石遗先生谈艺录》，《民国诗话丛编》第1册，第702页。
⑥ 《石遗室诗话》卷六，《民国诗话丛编》第1册，第92页。
⑦ 《论作诗文》，《文津阁四库全书》第372册，第358页。
⑧ 《答洪驹父书三》，《文津阁四库全书》第372册，第225页。

陈衍将"诗人之诗"释为"诗中带着写景言情",即是说写景言情有感而发,不关乎学问。换言之,写景言情有感而发本乎"性情":"诗之为道,易能而难精。工力未至,往往侪伍时辈,莫能相尚也。然所贵乎为诗者,非必蕲于相尚也,而不可无以自尚。自尚者,一人有一人之境地,一人之性情,所以发挥境地性情,称其量无所于歉,则自尚其志,不随人为步趋者已。"① 他认为,各人有各人之性情,不会雷同,作诗只求"自尚"而不必求"相尚"。他又说:"夫学问之事,惟在至与不至耳。至则有变化之能事焉,不至则声音笑貌之为尔耳。唐人专声貌,至不一矣。开、天、元和,一其人,一其声貌,所以为开、天、元和也。开、天之少陵、摩诘,元和之香山、昌黎,又往往一人不一其声貌,故开、天、元和者,世所分唐、宋诗之枢斡也。"② 他指出杜甫、王维、白居易、韩愈性情不同,故其诗"声貌"不一;不同的时期,其各自的"声貌"也不同。这种性情、诗风之差异,还有一个前提条件,即学问必须达到一定的程度。黄庭坚在《书王知载〈朐山杂咏〉后》中已提出了"诗者,人之情性也"这一诗之本体特征的认知,这里的"情性"主要指一种深厚的道德修养与不堪之情"发于呻吟调笑之声"的传达策略。在"诗是吟咏性情"的认识上,陈衍与黄庭坚可谓达到共识。

陈衍说:"余生平论诗,以为必具学人之根柢,诗人之性情,而后才力与怀抱相发越。"③ 他之所以主张"学人之诗"与"诗人之诗"统合,是因为必须具备学人之根柢与诗人之性情,才力与怀抱才能相发越,从而创作出好诗来。"作诗文要有真实怀抱、真实道理、真实本领。非靠著一二灵活虚实字、可此可彼者斡旋其间,便自诧能事也。"④ 而具备了"学之根柢"与"诗人之性情",倘若没有"真实怀抱",也只能在字句之间斡旋,同样创作不出好诗来。这里虽然没有直接批评江西诗,但在陈衍看来,黄、陈诗当属斡旋在字句之间者。所谓"真实怀抱",用陈衍的话来说即"作诗尚是自家意思,自家言说"⑤。"自家意思""自家言说"即人人能道语我不道,人人所喜语我不语:"诗最患浅俗。何谓浅?人人能道语是也。何谓俗?人人所喜语是也。"⑥ 这一观点亦与江西诗学近,黄

---

① 《石遗室论诗文录·奚无识诗叙》,《陈衍诗论合集》下册,第1073页。
② 《石遗室论诗文录·剑怀堂诗草叙》,《陈衍诗论合集》下册,第1059页。
③ 《石遗室论诗文录·聆风簃诗叙》,《陈衍诗论合集》下册,第1076页。
④ 《石遗室诗话》卷八,《民国诗话丛编》第1册,第112页。
⑤ 《石遗室诗话》卷一,《民国诗话丛编》第1册,第18页。
⑥ 《石遗室诗话》卷二十三,《民国诗话丛编》第1册,第318页。

庭坚说:"宁律不协,而不使句弱;用字不工,不使语俗。"① 陈师道也说:"宁拙毋巧,宁朴毋华,宁粗毋弱,宁僻毋俗,诗文皆然。"② 黄、陈在诗歌语言上力避陈词滥调之熟语,化腐朽为神奇,造成拗折生新、兀傲绝俗的审美效果。陈衍虽然没有正面评价黄庭坚诗歌兀傲绝俗,但从他对时人诗歌的评价中可窥一斑:"铅山胡子方(朝梁),陈伯严诗弟子,……其为诗专学山谷,七言律中二联,多兀傲不调平仄,然其笔端实无丝毫俗韵,殊可喜也"③;"双井为散原乡先哲,散原之兀傲僻涩似之,皆成确证"④。

《石遗室诗话》卷十四云:"余亦请剑丞评余诗,则谓由学人之诗作到诗人之诗,此许固太过;然不先为诗人之诗,而径为学人之诗,往往终于学人,不到真诗人境界。盖学问有馀,性情不足也。"⑤ 陈衍认为"学人之诗"与"诗人之诗"之统合,须先为诗人之诗后为学人之诗,如此,已经培养起诗之性情、感觉,再充之以学问,写出来的诗就典雅不俗,耐人咀嚼回味了。如果反过来,则只能成一个学人而已,成不了一个真诗人,因为"学问有馀,性情不足",写出来的诗就可能学究气十足,没有诗的韵味了。但是,如果只停留在诗人之诗层面,则只能写景言情而已,即使具有高超的写作技巧,终因缺乏精确的证据——厚实的诗歌材料"而难工",其作品自然难以流传后世。陈衍《李审言诗叙》云:

> 余屡言诗之为道,易能而难工。工也者,必有以异乎众人之为,则读书不读书之辨已。诗莫盛于唐,唐之诗,莫盛于杜子美。子美曰:"读书破万卷,下笔如有神。"子美之言信矣,则严沧浪有别才非关学之言误矣。然非沧浪之误也,钟记室之言曰:"'清晨登陇首',羌无故实,'明月照积雪',讵出经典,'思君若流水',即是即目,'高台多悲风',亦惟所见。"持斯术也,一人传作,不越二篇,一篇传诵,不越一二句。汉高《大风》之作,斛律金《勅勒》之歌,岂不横绝今古,请益则谢不敏矣。东坡谓孟襄阳是造法酒手段,苦乏材料;郑世翼阅崔信明全集,止录取枫落吴江一语,馀将弃之水中。岂妄也哉?故沧浪又曰非多读书多穷理,则不能极其至。故别才不关学

---

① 《题意可诗后》,《山谷题跋》卷二,第46页。
② 《后山诗话》,《历代诗话》上册,第311页。
③ 《石遗室诗话》卷十五,《民国诗话丛编》第1册,第216页。
④ 《石遗室诗话续编》卷三,《民国诗话丛编》第1册,第578页。
⑤ 《石遗室诗话》卷十四,《民国诗话丛编》第1册,第200页。

者，言其始事，多读书云云，言其终事，沧浪固未误也。①

他指出钟嵘提倡诗歌非关学的所谓"直寻"实误人不浅，其所举无故实、不见经典的诗句也好，即目所见的诗句也好，一人所作，充其量不超过一两篇；能够为后世传诵者也不过一二句而已。杜甫说过"读书破万卷，下笔如有神"，此话揭示了学问积累与情性自由挥洒之关系，不啻为创作成功经验之谈。严羽"诗有别才，非关学也"的观点显然承钟嵘而来一错再错；但是严羽转而又说"非多读书多穷理，则不能极其至"，最后回到了诗之别才与多读书密不可分的正确认识上来。陈衍认同苏轼对孟浩然的评价："孟浩然诗韵高而才短，如造内法酒手，而无材料耳。"② 尽管孟浩然诗韵高绝，在陈衍看来，由于学识所限，才力之短，其视野狭窄，诗歌题材单一。苏轼在此所谓"材料"主要指生活阅历，谓主要是生活阅历之浅局限了孟浩然的诗歌题材和成就。陈衍却将它视为"读书"之学识，显然误读。

陈衍主张"学人之诗"与"诗人之诗"的统合，即反对"捐书以为诗"的粗野浅俗，也反对"资书以为诗"的陈腐艰深。在他看来，黄庭坚的诗歌就有后者这个毛病："故余近叙友人诗，言大人先生之性情喜广易而恶艰深，于山谷且然，况于东野、后山之伦乎？东坡之贬东野，渔洋之抑柳州，皆此例也。"③ 他批评黄诗"以才学为诗"而造成"艰深"之弊，使人"三反信难晓，读之鲠胸臆"。其《春海以山谷集见示》又云："胎骨能追李杜豪，肯从苏海乞余涛。但论宗派开双井，已是绥山得一桃。人说仲连如鹨子，我怜东野作虫号。蝤蛑瑶柱都尝遍，且酌清尊试茗醪。"④ "蝤蛑瑶柱"之喻出自苏轼评黄庭坚诗语："鲁直诗文如蝤蛑江瑶柱，格韵高绝，盘飧尽废；然不可多食，多食则发风动气。"⑤ 谓黄庭坚"以才学为诗"，具有深厚的学问根柢和文化底蕴，读者要仔细地品味才能把握其内涵，如果贪多图快，则易引起消化不良。陈衍在此将黄庭坚的"学人之诗"视作与苦吟诗人孟郊同科⑥，读之腻味。喝杯清酒，饮杯清

---

① 陈衍：《石遗室论诗文集·李审言诗叙》，《陈衍诗论合集》下册，第1073页。
② 《后山诗话》，《历代诗话》上册，第308页。
③ 《石遗室诗话》卷十一，《民国诗话丛编》第1册，第156页。
④ 《石遗室诗话》卷十一，《民国诗话丛编》第1册，第166页。
⑤ 《书鲁直诗后二首》，《东坡题跋》卷二，第149页。
⑥ 陈衍将"学人之诗"的"江西诗"也视作苦吟："清末季不知始于何人，极力崇拜黄、陈二家，而后生之厌伪体（谓赝体汉魏六朝）能苦吟者，靡然从之。"（《石遗室诗话续编》卷六，《民国诗话丛编》第1册，第679页）

茶，换换口味。

当然，陈衍并非一味地贬抑黄庭坚的诗歌，其《题山谷梨花诗后》云："豫章梨花诗，刻在秦邮帖。字字冰雪词，合入次山箧。笔笔画葡萄，须醒与枝叶。我爱歌《罗驿》，花片明妃靥。却遗此数首，嚼之芬满颊。我观《松风阁》，香韵扑眉睫。岂如此数纸，笔势森长鬣。我思文游台，当年几人蹑：东坡与淮海，双井未步躐。后人此刻石，连类遂牵涉。蔡侯画锦堂，未家书画艓。女郎词自佳，请诵韵再叠。"① 评黄《梨花诗》"字字冰雪词"、《梦李白诵竹枝词三叠》"嚼之芬满颊"、《武昌松风阁》"香韵扑眉睫"。其《宋诗精华录》选黄庭坚诗歌 39 首，排名于苏轼 88 首、杨万里 55 首、陆游 54 首之后，居第四。其中评《题伯时画严子陵钓滩》"此兴到语耳"②，评《病起荆江亭即事十首》（录二首）"兴会之作"③，评《寄黄几复》"次句语妙，化臭腐为神奇也；三四为此老最合时宜语；五六则狂奴故态矣"④。

陈衍曰："江右诗家，自陶潜以降，至赵宋而极盛。欧公、荆公、南丰、广陵外，又有所谓江西宗派，祖山谷而祢后山。其甥徐师川，即不宗仰山谷，不足凭之说也。"⑤ 徐俯是黄庭坚的外甥，其诗也深受其舅影响，但他不甘居其舅门下。陈衍认为此说不足为凭。我们认为，陈衍倒有点像徐俯，从他选诗评诗以及个人的诗歌创作来看，他对黄诗用过工夫无疑。他却辩解说"日本博士铃木虎雄，特撰《诗说》一卷，专论余诗，以为主张江西派，实大不然"。又有人以苏轼属他，他也说"余于诗不主张专学某家"⑥。他觉得谓自己的诗歌专学某家，不仅与他倡导的唐宋并举、兼取汉魏六朝的诗学主张相悖，或许也低估了他的诗歌创作实绩。

陈衍主张先"诗人之诗"而后"学人之诗"，其归宿仍在"学人之诗"，这与他"余亦喜治考据之学"⑦ 密切相关。清代乾、嘉学派重考据、义理、辞章治学风气影响所及，多数学者诗人如翁方纲、方东树等均主张以考据入诗，陈衍也不例外。由于陈衍最后的指向是"学人之诗"，故而诗评界自然将其与"以才学为诗"的江西派诗相关联，这便是文学史上将

---

① 陈衍：《题山谷梨花诗后》，《陈衍诗论合集》下册，第 1116～1117 页。
② 《宋诗精华录》，第 109 页。
③ 《宋诗精华录》，第 111 页。
④ 《宋诗精华录》，第 106 页。
⑤ 《石遗室诗话续编》卷三，《民国诗话丛编》第 1 册，第 578 页。
⑥ 《石遗室诗话续编》卷三，《民国诗话丛编》第 1 册，第 579 页。
⑦ 《石遗室诗话》卷一，《民国诗话丛编》第 1 册，第 18 页。

他归于宋诗派的根据。的确,陈衍的"诗人之诗"与"学人之诗"的观点,都能够与黄庭坚"诗者,人之情性也"和"以才学为诗"相关联,只是他并未全盘照搬而是有所取舍。也并不认同学问会淹没情性的观点,而主张"诗人之诗"与"学人之诗"统合,这一辩证诗学观虽然不是他首倡,但较黄庭坚分而论之要明确得多,这也为他宗宋诗而不承认取法黄庭坚留下了批评空间。

(三) 结 语

通过检视陈衍的宋诗观发现,陈衍所主宋诗虽然不包括以黄庭坚与陈师道为代表的江西派诗,但他的创作与诗歌观念对黄庭坚均有所取法却是事实。他为何却对黄庭坚"资书以为诗"的"学人之诗"提出批评呢?我们认为,一是黄庭坚的诗歌确实有时因为用典艰深而造成"槎牙",不够"文从字顺";二是试图跳出狭窄的唐宋诗之争,以"三元"说拓宽诗歌取法之路径,来凸显其开阔融通的诗学观念。由于《石遗室诗话》及《续编》四十二卷,篇幅之浩繁,为历代诗话之冠,加上陈衍是光绪以后宋诗派乃至"中国古典诗学最后一位真正的理论家"[①],故其在近现代旧诗界影响甚巨。若按《沧浪诗话》"以文字为诗,以才学为诗,以议论为诗"界定宋诗的审美特质来衡量,黄庭坚、陈师道为代表的江西诗派最能体现宋诗的风范,它正是"同光体"诗人的共识。如果将恰恰不喜黄、陈诗的陈衍归入宋诗派,则难以自圆其说。这便是学术界在阐释陈衍的宋诗观时较少辨析他对黄、陈诗的不取而作一仍其旧、统而论之的原因所在。

---

① 《近代文学批评史》,第140页。

第五章
理学家与江西诗学的离或合

对江西诗学的知性反思,是宋元诗学的自觉意识,不少理学家也参与其中。本章第一节论朱熹与黄庭坚诗学的离或合。针对南宋诗坛学苏者或流于恣肆驰骋、学黄者多务为锻炼雕刻,朱熹从其"这文章皆是从道中流出"的文学本体论出发,提出了一些重要诗学思想,其中与以黄庭坚为代表的江西诗学有合有离,合者如重道德修养、养心治性与"诗见得人";倡儒家"温柔敦厚"之诗教;讲究诗之法度,主张循序渐进;黜浮华之习气。离者如欣赏自然平淡之作,反对刻意费力之作;尊古非律;反对无益的唱和之风,认为"失其自然之趣",不如不作。

第二节楼钥与黄庭坚诗学的离或合,反映在诗学观念上,都倡导诗文平和或"不怨之怨"的风格,认为它本自作者深厚的道德修养和充实的学问积累。但楼氏之论具有鲜明的理学思想特点,黄氏则带有凸显的伦理性质。在人物品评上,他们敬仰陶渊明、苏轼的节操胸襟是一致的。在诗歌评价上,他们都推崇杜甫的史诗地位与忠君忧国的情怀,但楼氏推重杜诗"兼备众体"尤其是歌行体,黄氏则更欣赏杜甫晚年"不烦绳削而自合"的古律。对白居易与孟郊的诗歌,楼钥甚为青睐,评价甚高;黄庭坚则颇有微词,或未加批评。

第三节论叶适与江西诗学的离或合。叶适在学术上反对理学家空谈性理,倡导事功之学。论诗强调文学的政治内容和社会作用,推崇"德艺兼成"的境界。在物与理关系上,认为"物之所在,道则在焉";"理"即"物之理",与黄庭坚的道可以独立于物外、"理"主要指诗的结构布置之观点有离。在诗歌情感传达上,反对"叫呼怒骂",倡导儒家"温柔敦厚"的诗教,则与黄庭坚反对"怒邻骂坐"的诗学主张合。叶适肯定了永嘉四灵以工巧清奇救江西诗派末流刻削枯涩之弊、复尊唐体的历史功绩,批评了北宋后期以来诗坛以朴拙为尚的风气。

第四节选择几位具有代表性的理学家,试析他们与江西诗学主要是黄庭坚诗学思想的离或合。如在"文"与"道"的关系上,强调"吟咏情性""玩心六经""沉潜义理"等,在诗歌传达上倡导儒家"温柔敦厚"的诗教,与黄庭坚诗学思想有离有合。南宋理学家对黄庭坚其人其诗的评价,一致肯定的是他对道德修养的重视,不以迁谪介怀的超旷胸襟,以及剥落铅华、直造简远的晚年诗风;而对黄庭坚学杜则有分歧。

第五节论述宋元之际学者刘壎,他推崇超轶绝尘、格韵拔俗的诗歌,认为其内核是作者深厚的人格涵养,而欲达到这一人格境界的途径之一是博览群书,并阐释了学与悟之关系。充分肯定宋诗风范,以及江西诗派代表黄庭坚、陈师道学杜能够推陈出新,自成一家。这是刘壎与江西诗学之合。指出江西诗以文为诗、主议论说理、忽视现实的弊端;不满江西末流的剽窃因袭,斥其作品流于陈腐滑熟;批评黄庭坚倡导句法朴拙、用事核实、立意冷僻之论失之偏颇。这是刘壎与江西诗学之离。

一、朱熹与黄庭坚诗学的离或合

朱熹（1130～1200），字元晦，一字仲晦，号晦庵、晦翁、考亭先生、云谷老人、沧洲病叟。祖籍徽州婺源（今属江西），生于南剑州尤溪（今属福建），后徙居建阳（今属福建）考亭。高宗绍兴十八年（1148）进士，授泉州同安县主簿。后罢归请祠，监潭州南岳庙。孝宗朝，诏求直言，朱熹上书主战，反对和议。淳熙五年（1178），知南康军，改提举浙东常平茶盐公事，提点江西刑狱公事，后又授秘阁修撰，奉外祠。光宗时，知漳州，任秘阁修撰，主管南京鸿庆宫。绍熙四年（1193），知潭州兼荆湖南路安抚。宁宗时，除焕章阁待制兼侍讲，寻提举南京鸿庆宫。庆元二年（1196），因得罪韩侂胄，落职罢祠，后乞致仕。著有《四书章句集注》《诗集传》《楚辞集注》等及后人编纂的《朱文公文集》《朱子语类》等。

（一）"文道合一"上的离或合

作为一代儒学宗师、宋代理学之集大成者，朱熹毕生以弘扬光大性理之学为己任，尽管他说"今人不去讲义理，只去学诗文，已落得第二义"①"作诗费工夫""诗不必作""恐分了为学工夫""作诗果无益"②，但是他又说："间隙之时，感事触物，又有不能无言者，则亦未免以诗发之。"③ 不过在他那里，文学被包容在其庞大严密的理学思想体系之中。但与程颐"作文害道""玩物丧志"④、邵雍"曲尽人情莫若诗"⑤ 的诗为道之工具论相比，朱熹对待诗的态度要折中得多。从理学立场出发，朱熹建立了他的"这文皆是从道中流出"之文学本体论：

---

① 朱熹：《清邃阁论诗》，《四库全书存目丛书》集部第16册，第4451页。
② 《御纂朱子全书》卷六十五，《景印文渊阁四库全书》第721册，第759页。
③ 朱熹：《东归乱稿序》，《四部丛刊》本《晦庵先生朱文公文集》卷三十六，第6册，第19页。
④ 程颢、程颐：《二程遗书》，上海古籍出版社2000年版，第290页。
⑤ 邵雍：《观诗吟》，《全宋诗》卷三七五，北京大学出版社1992年版，第7册，第4608页。

这文皆是从道中流出，岂有文反能贯道之理？文是文，道是道。文只如吃饭时下饭耳。若以文贯道，却是把本为末，以末为本，可乎？其后作文者，皆是如此。①

这与朱熹"理一分殊"的思想有关，一理之本与万物之殊是普遍与特殊的关系，万物之殊寓于一理之本之中。如果说诗文是万物之殊，道是一理之本，那么"文章是从道中流出"就是自然而然之理了。莫砺锋分析说："朱熹所说的'道'常常带有本体论的意义，它不但是事物的规律，而且是事物的本源，宇宙万物都是从'道'派生出来的。那么，作为万物之一的'文'，无论它是典章制度、文化学术还是文字、文章，当然都是'从道中流出'的了。而且，既然'道'是事物的本源，'文'只是'道'派生出来的事物之一，两者当然不可能分庭抗礼，所以说'文是文，道是道'"②。朱熹又说：

道者，文之根本；文者，道之枝叶。惟其根本乎道，所以发之于文，皆道也。三代圣贤文章，皆从此心写出。文便是道。今东坡之言曰："吾所谓文，必与道俱。"则是文自文，而道自道；待作文时，旋去讨个道来，入放里面，此是他大病处。③

朱熹把"文"与"道"比喻为树木的"枝叶"和"根本"。根深叶茂的树木和情文并茂的文章都是完整的统一体，故谓"文"与"道"是统一的，"文"便是"道"。批评苏轼写文章时，临时"讨个道来，入放里面"，是"文自文，而道自道"即"文""道"分离。朱熹"所谓道主要指作者的性情、道德、学问，这些综合地体现在诗文中即是文气、气象"④。故云"大意主乎学问以明理，则自然发为好文章。诗亦然"⑤。

整个南宋诗坛基本上笼罩在苏轼与黄庭坚的影响之下，学苏者或流于恣肆驰骋，学黄者多务为锻炼雕刻，正如朱熹所批评："苏才豪，然一衮说尽，无馀意。黄费安排。"⑥ 主观上尽管如此，但客观上朱熹不少诗学

---

① 《朱子语类》卷一三九，第 8 册，第 3305～3306 页。
② 莫砺锋：《朱熹文学研究》，南京大学出版社 2000 年版，第 112 页。
③ 《朱子语类》卷一三九，第 8 册，第 3319 页。
④ 《宋金元文学批评史》下册，第 771 页。
⑤ 《朱子语类》卷一三九，第 8 册，第 3307 页。
⑥ 《御纂朱子全书》卷六十五，《景印文渊阁四库全书》第 721 册，第 757 页。

思想却与以黄庭坚为代表的江西诗学合。如黄庭坚特别主张加强道德修养，养心治性。他说："文章者，道之器也；言者，行之枝叶也。"① 《书赠韩琼秀才》云："治经之法，不独玩其文章，谈说义理而已，一言一句，皆以养心治性。"② 《与韩纯翁宣义二》云："如子苍之诗，今不易得，要是读书数千卷，以忠义孝友为根本，更取六经之义味灌溉之耳。"③ 告诫其甥"然孝友忠信，是此物之根本，极当加意养以敦厚醇粹，使根深蒂固，然后枝叶茂耳。"④ 比照之下，朱熹关于"文"与"道"的观点与黄庭坚比较相似。这是因为黄庭坚深受当时理学的影响，还被列入《宋元学案·范吕诸儒学案》和《华阳学案》。他在《濂溪诗并序》中颂扬周敦颐"人品甚高。胸中洒落，如光风霁月"⑤。又在《跋元圣庚清水岩记》说："古之人正心诚意，而游于万仞之表，故六经我之陈迹也。山迹冠冕，吾又何择焉！"⑥

黄庭坚主张加强道德修养，途径之二是熟读前人作品，从中汲取人格力量，陶冶情操。《与王立之》云："若欲作楚词追配古人，直须熟读楚词，观古人用意曲折处讲学之，然后下笔。"⑦ 《论作诗文》云："作诗句要须详略，用事精切，更无虚字也。如老杜诗，字字有出处，熟读三五十遍，寻其用意处。则所得多矣。"⑧ 《书嵇叔夜诗与侄榎》云："叔夜此诗豪壮清丽，无一点尘俗气。凡学作诗者，不可不成诵在心，想见其人。虽沉于世故者，暂而揽其馀芳，便可扑去面上三斗俗尘矣，何况探其义味者乎？"⑨ 《与党伯舟帖七》云："诗颂要得出尘拔俗，有远韵而语平易，不知曾留意寻此等师匠楷模否？"⑩ "不俗"就是黄庭坚执着追求的人格理想，也是他整个诗学观的内核。他还每以"俗"否来论人品诗，其《论诗》认为，谢灵运、庾信之诗，之所以不及陶渊明诗直寄胸臆，"有意于俗人赞毁其工拙"，"炉锤之功不遗力也"⑪。《书刘景文诗后》："余尝评

---

① 《次韵杨明叔四首序》，《黄庭坚诗集注》第 2 册，第 436 页。
② 《书赠韩琼秀才》，《山谷题跋》卷一，第 28 页。
③ 《与韩纯翁宣义二》，《文津阁四库全书》第 372 册，第 315 页。
④ 《与洪驹父》，《黄庭坚全集》第 2 册，第 1365 页。
⑤ 《濂溪诗并序》，《黄庭坚诗集注》第 5 册，第 1411 页。
⑥ 《跋元圣庚清水岩记》，《山谷题跋》卷二，第 63 页。
⑦ 《与王立之》，《黄庭坚全集》，第 1371 页。
⑧ 《论作诗文》，《黄庭坚全集》，第 1684 页。
⑨ 《书嵇叔夜诗与侄榎》，《山谷题跋》补编，第 279 页。
⑩ 《与党伯舟帖七》，《文津阁四库全书》第 372 册，第 401 页。
⑪ 《论诗》，《山谷题跋》卷七，第 184 页。

景文胸中有万卷书，笔下无一点俗气。"①《跋胡少汲与刘邦直诗》："胡少汲，后生中豪杰士也。读书作文，殊不尘埃。"② 朱熹亦有类似的言论："作诗，先用看李、杜，如士人治本经。本既立，次第方可看苏、黄以次诸家诗。"③ 论作诗主张要像治经一样先读李白、杜甫诗，再参之以苏轼、黄庭坚等诸家诗，方能立诗之本——道。又云："作诗须从陶、柳门庭中来乃佳。不如是，无以发萧散冲淡之趣，不免于局促尘埃，无由到古人佳处也。如《选》诗及韦苏州诗，亦不可不熟观。……《三百篇》，性情之本；《离骚》，辞赋之宗。学诗而不本之于此，是亦浅矣。"④ 指出作诗欲使之"萧散冲澹"，须熟观陶渊明、柳宗元、韦应物诗；欲使之深厚，须本于《诗经》《离骚》。又云："曼卿诗极雄豪而缜密方严，极好。……曼卿胸次极高，非诸公所及。其为人豪放，而诗词乃方严缜密，此便是他好处。"⑤ 指出石延年"胸次极高""为人豪放"，故其诗"极雄豪而缜密方严"。又云："不是胸中饱丘壑，谁能笔下吐云烟？故应只有王摩诘，解写《离骚》极目天。"⑥ 谓王维诗堪追《离骚》，在于他"胸中饱丘壑"，阅历丰富，胸次极高。"然则诗者，岂复有工拙哉？亦视其志之所向者高下如何耳。是以古之君子，德足以求其志"⑦。——"诗见得人""气象近道"是朱熹的重要诗学观点，在他看来，读者吟哦诗歌，体悟文意时，仅仅领会诗歌的诗意形象还不够，更要体察其背后蕴含的作者之人格气象。当然，由于受其理学背景的影响，"诗见得人"中的"人"，在很大程度上指"仍是伦理化的作为类的人，所欲见者也多是作者的道德水平、伦理觉悟。因而，人品与诗品的关系在很大程度上仍不过是道德标准对审美活动的一种统摄"⑧。

儒家倡导诗歌"兴观群怨"的美刺精神，又建立"温柔敦厚"的诗教。朱熹认为诗人的职责固然当惩恶扬善，"诗之作，本非有不善也；而善人之所以深惩而痛绝之者，惧其流而生患耳。初亦岂有咎于诗哉？……

---

① 《书刘景文诗后》，《文津阁四库全书》第 372 册，第 254 页。
② 《跋胡少汲与刘邦直诗》，《文津阁四库全书》第 372 册，第 255 页。
③ 《清邃阁论诗》，《四库全书存目丛书》集部第 16 册，第 451 页。
④ 朱熹：《与内弟程洵帖》，王懋竑纂订《宋朱子年谱》，台湾商务印书馆 1982 年版，第 7 页。
⑤ 《御纂朱子全书》卷六十五，《景印文渊阁四库全书》第 721 册，第 758 页。
⑥ 朱熹：《奉题李彦中所藏俞侯墨戏》，《全宋诗》卷二三九一，第 44 册，第 27638 页。
⑦ 朱熹：《答杨宋卿书》，《四部丛刊》本《晦庵先生朱文公文集》卷三十九，第 18 册，第 13 页。
⑧ 周瑾：《诗见得人——朱熹诗论的生存论诠释》，《浙江社会科学》2004 年第 2 期。

诗本言志,则宜其宣畅湮郁、优柔平中,而其流乃几至于丧志;群居有辅仁之益,则宜其义精理得、动中伦虑,而犹或不免于流,况乎离群索居之后,事物之变无穷,几微之间,毫忽之际,其可以营惑耳目、感移心意者,又将何以御之哉?"① 有善心的诗人之所以借助诗来惩恶,是防止它流布而生后患;诗是用来宣泄心中湮郁的,但须"优柔平中"即"怨而不怒"式的"温柔敦厚",其末流却剑拔弩张、锋芒毕露,以至于"丧志"——失诗之本。从诗人来说,群居时虽有益于辅仁、研习义理,尚且有可能为流俗所移,何况离群索居之时,由于事物的瞬息变化,更可能"营或耳止、感移心意",诗人如何能够抵御? 意谓诗人以诗惩恶尚且不易,自我完善而向善更难,"非以作诗之人所思皆无邪也"②,可见,诗人不可能无怨。但诗人如何惩恶扬善,即如何表达爱憎? 朱熹则取后者,他说:"'温柔敦厚',《诗》之教也。使篇篇皆是讥刺人,安得'温柔敦厚'!"③ 批评梅尧臣《河豚诗》"只似个上门骂人底诗"④。"曰:然则其所以教者,何也? 曰:诗者,人心之感物而形于言之馀也。心之所感有邪正,故言之所形有是非。惟圣人在上,则其所感者无不正,而其言皆足以为教;其或感之之杂,而所发不能无可择者,则上之人必思所以自反,而因有以劝惩之,是亦所以为教也。"⑤ 又云:"诗之言,有善有恶,而读者足以为劝戒,非谓诗人为劝戒而作。"⑥ 朱熹认为只有圣人之言足以为教;若诗有劝戒,只是对读者有所劝戒,"今必曰彼以无邪之思铺陈淫乱之事,而闵惜惩创之意自见于言外,则曷若曰彼虽以有邪之思作之,而我以无邪之思读之,则彼之自状其丑者,乃所以为吾警惧惩创之资耶?"⑦ "非谓诗人为劝戒而作也",不是指诗人不为劝戒而作,而是指这种劝戒意图要深藏在诗中含而不露,即"怨而不怒"式"温柔敦厚"之诗教。这些观点又与黄庭坚合。诗是"人之情性"的抒发,如何表达"情性",黄庭坚主张"情之所不能堪,因发于呻吟调笑之声",即感受到巨大的社会

---

① 朱熹:《南岳游山后记》,《四部丛刊》本《晦庵先生朱文公集》卷七十七,第37册,第12页。
② 朱熹:《读吕氏诗记桑中高》,《四部丛刊》本《晦庵先生朱文公集》卷七十,第33册,第1页。
③ 《朱子语类》卷八十,第6册,第2065页。
④ 《朱子语类》卷一四〇,第8册,第3334页。
⑤ 朱熹:《诗集传序》,《四部丛刊》本《晦庵朱文公集》卷七十六,第36册,第13页。
⑥ 朱熹:《答汪长孺别纸》,《四部丛刊》本《晦庵朱文公文集》卷五十二,第25册,第38页。
⑦ 《读吕氏诗记桑中高》,《四部丛刊》本《晦庵先生朱文公集》卷七十,第33册,第1页。

矛盾,要曲折含蓄地表达出来,所谓"士有抱青云之器,而陆沉林皋之下,与麋鹿同群,与草木共尽,独托于无用之空言,以为千岁不朽之计。谓其怨邪,则其言仁义之泽也;谓其不怨邪,则又伤己不见其人。然则其言,不怨之怨也。"① 这样的诗歌就"比律吕而可歌,列干羽而可舞",就是"诗之美"。他反对"怒邻骂坐""讪谤侵陵",认为这样等于"引颈以承戈,披襟而受矢",是"诗之祸"。所以,他批评苏轼文章"短处在好骂",警戒后学"慎勿袭其轨"②。黄庭坚这一诗学观的提出有其特定的政治背景,北宋中后期,苏轼因"乌台诗案"被贬黄州,作为"苏门学士"之一的黄庭坚因此受到牵连,两次遭贬,还被列入"元祐奸党"。可见黄庭坚取向儒家"温柔敦厚"的诗教,是接受惨重的现实教训,明哲保身。朱熹则认为诗歌之"讥刺"与"温柔敦厚"矛盾冲突,这是由他将诗视为"沉潜讽诵,玩味义理,咀嚼滋味"以印证入道之理学思想所决定的:"作诗间以数句适怀亦不妨。但不用多作。盖便是陷溺尔。当其不应事时,平淡自摄,岂不胜如思量诗句。至如真味发溢,又却与寻常好吟者不同。"③ 这是二人诗学观的同中之异。

  黄庭坚《论作诗文》云:"作文字须摹古人,百工之技,亦无有不法而成者。"④ 这是黄庭坚针对江西后学而言的。他又示以他们"夺脱换骨""点铁成金"之学诗初阶,其实这并非黄庭坚指点后学的终极目标,他在《赠高子勉四首》其四中说得很明确:"拾遗句中有眼,彭泽意在无弦",旨在启示后学通过研习杜甫诗歌的句法而悟入,最后达到陶渊明诗歌"不烦绳削而自合"——既有法度又超越法度的艺术至境。朱熹论诗也讲法度,从宏观而论,他说:"天下万事皆有一定之法,学之者须循序而渐进。如学诗,则且当以此等为法,庶几不失古人本分、体制。"⑤ 认为学诗有一定之法,主张学者要"循序渐进",与黄庭坚完全一致,只是如何"循序渐进"没有黄庭坚具体。从微观即具体作家作品而言,他说:"李太白诗,非无法度,乃从容于法度之中,盖圣于诗者也。"⑥ "古人诗中有句,今人诗更无句,只是一直说将去。这般诗一日作百首也得",批评陈与义

---

① 《胡宗元诗集序》,《文津阁四库全书》第372册,第212页。
② 《答洪驹父书二》,《文津阁四库全书》第372册,第225页。
③ 《御纂朱子全书》卷六十五,《景印文渊阁四库全书》第721册,第759页。
④ 《论作诗文》,《黄庭坚全集》,第1684页。
⑤ 朱熹:《跋病翁先生诗》,《四部丛刊》本《晦庵先生朱文公文集》卷八十四,第39册,第20页。
⑥ 《御纂朱子全书》卷六十五,《景印文渊阁四库全书》第721册,第758页。

诗"乱云交翠壁,细雨湿青林""暖日薰杨柳,浓阴醉海棠""是甚么句法?"① 但与黄庭坚不同之处是,朱熹认为:"李、杜、韩、柳,初亦皆学《选》诗者。然杜、韩变多,而柳、李变少。变不可学,而不变可学。故自其变者而学之,不若自其不变者而学之。"② 黄庭坚认为杜诗有规矩,故可学;朱熹则相反,他认为杜甫与韩愈诗变化多,故"不可学";李白与柳宗元诗变化少,故"可学"。并批评黄庭坚所谓陶渊明诗、"杜子美到夔州后诗、韩退之自潮州还朝后文章","皆不烦绳削而自合",是误导后学作诗恣肆的欺人之谈:"人多说子美、夔州诗好,此不可晓。鲁直一时固自有所见。今人只觉鲁直说好,便却说好,如矮人看场耳。问:'韩退之潮州诗,东坡海外诗,如何?'曰:'却好。东坡晚年诗固好,只文字也多是信笔胡说,全不看道理。'"③ 告诫"学者其毋惑于'不烦绳削'之说而轻为放肆以自欺也哉?"④ 这与他不满于苏轼的恣肆看法一致:"到东坡文字,便已驰骋,忒巧了"⑤。

(二)平淡诗风上的离或合

有人问朱熹为什么要写诗?他回答说:"人生而静,天之性也;感于物而动,性之欲也。夫既有欲矣,则不能无思;既有思矣,则不能无言;既有言矣,则言之所不能尽,而发于咨嗟咏叹之馀者,必有自然之音响节奏,而不能已焉:此诗之所以作也。"⑥ 朱熹认为感物而动是人之本性,本性有欲望就有思想,有思想就要发言,言不能尽则发于咏叹而不能已,此诗所以作也。在朱熹看来,写诗是出于人的本能或天性,因此,他倡导从心中自然流出、自在不费力的平淡诗风:"自然触目成佳句,云锦无劳更剪裁。"⑦ "急呼我辈穿花去,未觉诗情与道妨。"⑧ 这样"自然触目"、有感而发的"诗情"便与"道"合,且可证道。可见,朱熹崇尚平淡之美与其理学旨趣密切相关。理学提倡清心寡欲,故排斥诗中的激情乃自然

---

① 《清邃阁论诗》,《四库全书存目丛书》集部第16册,第450~451页。
② 《跋病翁先生诗》,《四部丛刊》本《晦庵先生朱文公文集》卷八十四,第39册,第21页。
③ 《清邃阁论诗》,《四库全书存目丛书》集部第16册,第449页。
④ 《跋病翁先生诗》,《四部丛刊》本《晦庵先生朱文公文集》卷八十四,第39册,第21页。
⑤ 《朱子语类》卷一三九,第8册,第3307页。
⑥ 《诗集传序》,《四部丛刊》本《晦庵先生朱文公集》卷七十六,第36册,第3页。
⑦ 朱熹:《新喻西境》,《全宋诗》卷二三八七,北京大学出版社1998年版,第44册,第27560页。
⑧ 朱熹:《次秀野韵五首》其三,《全宋诗》卷二三八五,第44册,第27526页。

之理。"不虚不静,故不明,不明,故不识,若虚静而明,便识好事物"①,虚静其心,始能复性,始能体悟诗中性理之学的真谛。朱熹所谓平淡之美"乃是有道者对人生、对自然的体悟,其终极会归于大道,是一种天人合一的境界"②。

于是,朱熹又提出了诗之"三变"或即"三等"说:"古今之诗,凡有三变。盖自书传所记,虞、夏以来,下及魏、晋,自为一等。然自晋、宋间颜、谢以后,下及唐初,自为一等。自沈、宋以后,定著律诗,下及今日,又为一等。然自唐初以前,其为诗者,固有高下,而法犹未变;至律诗出,而后诗之与法,始皆大变,以至今日,益巧益密,而无复古人之风矣。"③ 这是因为"古人之诗,本岂有意于平淡哉?"④ "古人文章,大率只是平说,而意自长。……如《离骚》,初无奇字,只恁说将去,自是好。"⑤ "陶渊明诗平淡出于自然。"⑥ "若但以诗言之,则渊明所以为高,正在其超然自得,不费安排处。"⑦ "东晋诗已不逮前人。齐、梁益浮薄。"⑧"齐、梁间人诗,读之使人四肢懒慢,不收拾。"⑨ 朱熹有关这方面的评价还有不少,试摘数则:

问:"李白'清水出芙蓉,天然去雕饰',前辈多称此语,如何?"曰:"自然之好。"⑩

(韦应物)其诗无一字做作,直是自在。其气象近道。⑪

韩诗平易。孟郊吃了饱饭,思量到人不到处,联句中被他牵得,亦着如此做。⑫

李贺较怪得些子,不如李白自在。又曰:"贺诗巧。"⑬

---

① 《清邃阁论诗》,《四库全书存目丛书》集部第16册,第451页。
② 《宋金元文学批评史》下册,第781页。
③ 朱熹:《答巩仲至》,《四部丛刊》本《晦庵先生朱文公文集》卷六十四,第31册,第3~4页。
④ 《答巩仲至》,《四部丛刊》本《晦庵先生朱文公文集》卷六十四,第31册,第16页。
⑤ 《朱子语类》卷一三九,第8册,第3299页。
⑥ 《御纂朱子全书》卷六十五,《景印文渊阁四库全书》第721册,第757页。
⑦ 朱熹:《答谢成之》,《四部丛刊》本《晦庵先生朱文公集》卷五十八,第28册,第4页。
⑧ 《清邃阁论诗》,《四库全书存目丛书》集部第16册,第449页。
⑨ 《清邃阁论诗》,《四库全书存目丛书》集部第16册,第449页。
⑩ 《清邃阁论诗》,《四库全书存目丛书》集部第16册,第449页。
⑪ 《清邃阁论诗》,《四库全书存目丛书》集部第16册,第450页。
⑫ 《清邃阁论诗》,《四库全书存目丛书》集部第16册,第450页。
⑬ 《清邃阁论诗》,《四库全书存目丛书》集部第16册,第450页。

诗须是平易不费力,句法浑成。如唐人玉川子辈,句语虽险怪,意思亦自有浑成气象。因举陆务观诗:"春寒催唤客尝酒,夜静卧闻儿读书。"不费力,好。①

　　叔通之诗,不为雕刻篆组之工,而其平易从容,不费力处乃有余味。②

　　苏、黄只是今人诗。苏才豪,然一衮说尽,无余意。黄费安排。③

　　山谷诗精绝,知他是用多少工夫。今人卒乍如何及得。可谓巧好无余,自成一家矣。但只是古诗较自在。山谷则刻意为之。又曰:山谷诗忒巧了。④

　　后人文章,务意多而酸涩。……后来如鲁直,恁地著力做,却自是不好。⑤

　　今人都不识这意思,只要嵌事、使难字,便云好。⑥

　　"闭门觅句陈无己,对客挥毫秦少游。"无己平时出行,觉有诗思,便急归,拥被卧而思之,呻吟如病者,或累日而后成。真是"闭门觅句"。如秦少游诗甚巧,亦谓之"对客挥毫"者,想他合下得句便巧。张文潜诗,只一笔写去,重意重字皆不问。然好处亦是绝好。⑦

　　放翁之诗,读之爽然。近代唯见此人有诗人风致。如此篇者,初不见其著意用力处,而语意超然,自是不凡。⑧

从这些评点可以看出,朱熹欣赏自然、自在、不做作、平易、不费力之作;反对浮薄、尖巧、酸涩诗风,反对刻意为诗,批评孟郊诗搜肠刮肚、惨淡经营,"思量到人不到处",尤其是联句诗;李贺诗怪而巧;苏轼诗恣肆"忒巧了""无余意";黄庭坚诗"费安排""刻意为之";陈师道卧榻苦吟;秦观诗"甚巧"。他认为造成这种"无复古人之风"的根本原因是"至律诗出,而后诗之与法始皆大变,以至今日,益巧益密",即唐初以

---

①《朱子语类》卷一四〇,第8册,第3328页。
② 朱熹:《跋刘叔通诗卷》,《四部丛刊》本《晦庵先生朱文公文集》卷八十三,第39册,第7页。
③《御纂朱子全书》卷六十五,《景印文渊阁四库全书》第721册,第757页。
④《清邃阁论诗》,《四库全书存目丛书》集部第16册,第450页。
⑤《朱子语类》卷一三九,第8册,第3299页。
⑥《清邃阁论诗》,《四库全书存目丛书》集部第16册,第451页。
⑦《朱子语类》卷一四〇,第8册,第3330页。
⑧ 朱熹:《答徐载叔赓》,《四部丛刊》本《晦庵先生朱文公文集》卷五十六,第27册,第6页。

前,无所谓诗之法度,自唐之沈佺期、宋之问"回忌声病,约句准篇"①——律诗出始设诗之法式,"益巧益密""细碎卑冗",诗之"馀味"荡然无存②。诚然,"一代不如一代"的复古思想不唯朱熹独有,应该说,纵观中国文学史,多数诗人都厚古薄今,即便是文学革新运动也多打着"复古"的旗号。从文学发展来看,律诗的形成是诗歌内部变革的必然要求,它不仅迎来了唐诗的全面繁荣,也体现了汉语的张力以及中华民族的智慧。尽管不排除有些诗人因追求平仄、对仗、协韵、词藻、"嵌事""使字"等形式,"巧于斧斤",以文害意,造成诗意的生涩而失去平淡;尽管律诗创作近似"戴着镣铐跳舞",不如古体诗那样自由,但若将"第三等"诗的种种弊端仅仅归咎于诗之格律之过,朱熹这种尊古非律的诗学思想显然失之公允。

实际上,崇尚平淡乃有宋一代之时代风气,梅尧臣所谓"作诗无古今,唯造平淡难"③,就颇具代表性。黄庭坚《与王观复书二》云:"所寄诗多佳句,犹恨雕琢功多耳。但熟读杜子美到夔州后古律诗,便得句法:简易而大巧出焉,平淡而山高水深,似欲不可企及。文章成就,更无斧凿痕乃为佳作耳。"④ 在此,黄庭坚是欣赏杜甫到夔州后古律诗"简易而大巧出焉,平淡而山高水深"的诗风的,反对雕琢。这里提到"大巧"却以"简易"出之,即"无斧凿痕",正是王安石所谓"看似寻常最奇崛,成如容易却艰辛"(《题张司业诗》)——平淡乃艰辛之极致。朱熹并非绝对反对"巧",他评道:"杨大年诗巧,然巧之中犹有混成底意思,便巧得来不觉。"⑤ "巧中有混成底意思"即诗句虽巧但意境浑成,朱弁认为黄庭坚诗"乃独用昆体工夫,而造老杜浑成之地"⑥;"巧得来不觉"与黄庭坚所谓"大巧"却以"简易"出之意思亦相近,黄庭坚认为"平淡"乃千锤百炼的结果,故他示以江西后学由揣摩杜甫诗歌的句法达到陶渊明诗歌的平淡之境,他自己也是这样实践的,如他晚年所作《跋子瞻和陶诗》"子瞻谪岭南,时宰欲杀之。饱食惠州饭,细和渊明诗。彭泽千载人,东坡百世士。出处虽不同,风味乃相似"⑦,与他以前瘦硬生涩之诗风形成

---

① 欧阳修、宋祁:《新唐书》卷二〇二,中华书局2000年版,第5册,第4403页。
② 《答巩仲至》,《四部丛刊》本《晦庵先生朱文公文集》卷六十四,第31册,第4页。
③ 梅尧臣:《读邵不疑学士诗卷杜挺之忽来因出示之且伏高致辄书一时之语以奉呈》,《全宋诗》卷二五七,北京大学出版社1991年版,第5册,第3171页。
④ 《与王观复书二》,《文津阁四库全书》第372册,第225页。
⑤ 《清邃阁论诗》,《四库全书存目丛书》集部第16册,第451页。
⑥ 《风月堂诗话》卷下,《景印文渊阁四库全书》第1479册,第26页。
⑦ 黄庭坚:《跋子瞻和陶诗》,《黄庭坚诗集注》第2册,第604页。

鲜明反差。朱熹则认为"平淡"诗风乃诗人虚静之心的自然流露,而非刻意追求表面上的"平淡":"但对今之狂怪雕镂、神头鬼面,则见其平;对今之肥腻腥臊、酸咸苦涩,则见其淡耳"①;亦非枯槁、枯淡,他指出:"或谓梅圣俞长于诗。曰:诗亦不得谓之好。或曰:其诗亦平淡?曰:他不是平淡,乃是枯槁。"②"黄子厚诗却老硬,只是太枯淡。"③ 朱熹所尚平淡是"其味虽淡而实腴,其旨虽浅而实深"④,与苏轼所评陶渊明诗"质而实绮,癯而实腴"⑤ 的观点相近。

"平淡"似乎与"华丽"天然水火不相容,朱熹在《答王近思第六书》中说:"大抵吾友诚悫之心似有未至,而华藻之饰常过其衷,故所为文亦皆辞胜理,文胜质,有轻扬诡异之态,而无沉潜温厚之风。不可不深自警省。"⑥ 又在《答杨宋卿书》中说:"葩藻之词胜,言志之功隐矣。"⑦《答程允夫洵》批评得更严厉:"至于炫浮华而忘本实,贵通达而贱名检,此其为害,又不但空言而已。"⑧ 将追求浮华视为背道的一大害。这一点又与黄庭坚合,黄庭坚《奉和文潜赠无咎篇末多以见及以既见君子云胡不喜为韵》其一云:"后生玩华藻,照影终没世。"⑨《次韵答邢惇夫》云:"后生文楚楚,照影若孔翠。"⑩ 批评后生只重词藻文采,故其作品湮没无闻。尚朴黜华,不仅是整个古代诗歌史上一个鲜明的价值取向,更是理学家诗论的核心。

精思苦吟、人工入化与兴到神会、自然天成,乃并存于诗坛两种创作路子。前者属内向型,注重诗内功夫;后者属外向型,强调触处皆诗。于是便有了两类诗人,前者多为功力型,如杜甫、黄庭坚⑪;后者多为才气

---

① 《答巩仲至》,《四部丛刊》本《晦庵先生朱文公文集》卷六十四,第31册,第6页。
② 《清邃阁论诗》,《四库全书存目丛书》集部第16册,第451页。
③ 《朱子语类》卷一四〇,第8册,第3331页。
④ 朱熹:《晦庵先生朱文公文集》第四册《答吴仲批》,朱杰人、严佐之主编《朱子全书》,上海古籍出版社2002年版,第23册,第2832页。
⑤ 《栾城后集》卷二十一《子瞻和陶渊明诗集引》引,《栾城集》下册,第1402页。
⑥ 朱熹:《答王近思第六书》,《四部丛刊》本《晦庵先生朱文公集》卷三十九,第18册,第29页。
⑦ 《答杨宋卿书》,《四部丛刊》本《晦庵先生朱文公集》卷三十九,第18册,第3页。
⑧ 朱熹:《答程允夫洵》,《四部丛刊》本《晦庵先生朱文公集》卷四十一,第19册,第8页。
⑨ 黄庭坚:《奉和文潜赠无咎篇末多以见及以既见君子云胡不喜为韵》其一,《黄庭坚诗集注》第1册,第153页。
⑩ 黄庭坚:《次韵答邢惇夫》,《黄庭坚诗集注》第1册,第161页。
⑪ 洪炎:《豫章黄先生退听堂录序》:"因见鲁直昔尝作《退听序》云:'诗非苦思不可为,余得第后始知此。'"(《山谷诗注续补》,第608页)

型，如李白、苏轼。但两类诗人都各有所长，也各有所短，精思苦吟型诗人容易雕章琢句、意为词掩；兴到神会型诗人则往往恣肆有余而失之严谨。尽管朱熹所批评的诗人基本切中要害，但诗风毕竟是丰富多样的，正因为如此，才构成中国古代诗歌色彩斑斓的景观。朱熹独赏"平淡"一种诗风，似乎显得保守狭隘了，尽管他又欣赏雄健、老硬的诗风。

朱熹又反对用典使事与"唱和"，他说："或言今人作诗多要有出处。如'关关雎鸠'，出在何处？古乐府只是诗中间添许多泛声。后来人怕失了那泛声，逐一声添个实字，遂成长短句。今曲子便是。"①"至于格律之精粗，用韵、属对、比事、遣词之善否，今以魏、晋以前诸贤之作考之，盖未有用意于其间者，而况于古诗之流乎？近世作者，乃始留情于此。"②江西诗派"以才学为诗"，具体表现在"以故为新"，追求字字有来历，黄庭坚在答复青年诗人时说："老杜作诗，退之作文，无一字无来处。"③宋代是一个文化高度发达的朝代，加上前人的创作积累了丰厚的文化遗产，为宋提供了创作上的借鉴，继承这份宝贵的文化遗产，推陈出新，发扬光大，本也无可厚非，但黄庭坚强调过头，大量用典，不论生僻与否，不仅致使黄诗使得读者望而生畏，且使得江西后学误入歧途。朱熹的批评可谓有的放矢，切中江西诗派之要害。至于批评"近世诸公作诗费工夫，要何用？元祐时，有无限事合理会，诸公却尽日唱和而已。今言诗不必作。且道：恐分了为学工夫。然到极处，当自知作诗果无益"④，则言之过甚。所谓"近世诸公"指元祐时期苏黄等唱和。朱熹本人写了不少次韵诗且不说，"唱和"是我国古代诗坛上一个突出的文化现象，是"诗可以群"的有力实践，也是古代诗人"以文会友"的一种娱乐或生存方式，它有利于通过相互切磋增进诗艺，也有利于形成诗歌流派或文学集团。诚然，"唱和"之作更多地注重技巧等形式，但也不乏富有思想内容之佳作，苏、黄元祐唱和即便如此。若谓唱和之作"失其自然之趣"尚可⑤；若谓之分散了学道修性工夫则未必；谓之无用无益不必作更言重了！

作为理学家的朱熹，其诗学思想往往出现自相矛盾抵牾、不能自圆其说的现象，如他一方面说"诗固不学而能之"⑥；另一方面又选编《选》

---

① 《清邃阁论诗》，《四库全书存目丛书》集部第 16 册，第 449 页。
② 《答杨宋卿书》，《四部丛刊》本《晦庵先生朱文公集》卷三十九，第 18 册，第 3 页。
③ 《答洪驹父书三》，《文津阁四库全书》第 372 册，第 225 页。
④ 《御纂朱子全书》卷六十五，《景印文渊阁四库全书》第 721 册，第 759 页。
⑤ 朱熹：《答谢成之》，《四部丛刊》本《晦庵先生朱文公集》卷五十八，第 28 册，第 4 页。
⑥ 《答杨宋卿书》，《四部丛刊》本《晦庵先生朱文公集》卷三十九，第 18 册，第 3 页。

体、汉魏古诗、陶渊明之作，自为一编，附于《诗经》、"楚辞"之后，"以为诗之根本准则"，于晋宋间颜谢以后下及唐初，"择其近于古者，各为一编，以为之羽翼舆卫"①，以备披阅研习。一方面严厉批评苏轼"忒巧了""无馀意"，黄庭坚诗"费安排""刻意为之"；另一方面又肯定黄诗"精绝""工夫"深厚、"自成一家"、他人莫及，并主张"作诗，先用看李、杜，如士人治本经。本既立，次第方可看苏、黄以次诸家诗"②，等。尽管朱熹不少诗学言论是针对苏黄习气、特别是江西诗派习气而发，但通过上述分析我们看到，朱熹不少诗学思想或观点与以黄庭坚为代表的江西诗学有合有离，同中有异，它说明宋人论诗所关注的焦点所在和时代诗学批评的风尚。

二、楼钥与黄庭坚诗学的离或合

楼钥（1137～1213），字大防，自号攻媿主人，明州鄞县（今浙江宁波）人。南宋孝宗隆兴元年（1163）进士，调温州教授，累官知温州。光宗时，召为考功郎，改国子司业，累迁中书舍人兼直学士院，给事中。宁宗受禅，迁吏部尚书，因与韩侂胄政见不合，提举江州太平兴国宫。寻知婺州，移宁国府，仍夺职致仕，告老家居十三年。侂胄诛，又起为翰林学士，累迁签书枢密院事，参知政事。晚年除资政殿大学士、提举万寿观。嘉定六年卒，年七十七。赠少师，谥宣献。著有《攻媿集》一百二十卷等。

关于楼钥的研究，学术界主要专注于其学术成就的研究，关于其文学思想的研究成果甚少，代表性成果有顾易生、蒋凡、刘明今著《宋金元文学批评史》，将楼钥的文学思想归于"理学家的文学观"一章，主要论述了其"道学家论文章风格重视平正的特点"③。韩立平《岿然典型：楼钥的诗歌成就及诗学思想》一文，主要论述了楼钥的诗歌风格与兼备众体的诗学薪向，稍涉对江西诗派的评价④。专论楼钥与黄庭坚诗学的异同，迄

---

① 《答巩仲至》，《四部丛刊》本《晦庵先生朱文公文集》卷六十四，第31册，第4页。
② 《清邃阁论诗》，《四库全书存目丛书》集部第16册，第451页。
③ 《宋金元文学批评史》下册，第792～793页。
④ 韩立平：《岿然典型：楼钥的诗歌成就及诗学思想》，胡晓明主编《中国文论的思想与情境》，华东师范大学出版社2016年版。

今为止尚付之阙如。

（一）诗学观念上的离或合

《四库全书总目》卷一五九《攻媿集提要》云："盖宋自南渡而后，士大夫多求胜于空言，而不甚究心于实学，钥独综贯古今，折衷考较，凡所论辨，悉能洞澈源流，可谓有本之文，不同浮议。"① 它主要指楼钥在经训、小学等领域的学术成就。在文学上，真德秀称其"文备众体"，"词气雄浑，笔力雅健"，"遂为一代文宗"②。《宋史》本传称其"文辞精博"③。其文学思想集中体现在《答綦君更生论文书》一篇：

> 来书谓长江东流，不见其怪；瞿唐滟滪之所迫束，而后有动心骇目之观，诚是也。然岂水之性也哉？水之性本平，彼遇风而纹，遇壑而奔，浙江之涛，蜀川之险，皆非有意于奇变，所谓湛然而平者固自若也。……妄意论文者，当以是求之，不必惑于奇，而先求其平。唐三百年，文章三变而后定，以其归于平也。而柳子厚之称韩文公，乃曰'文益奇'，文公亦自谓怪怪奇奇。二公岂不知此，盖在流俗中以为奇，而其实则文之正体也。宋景文公知之矣，谓其粹然一出于正。至其所自为文，往往奇涩难读。岂平者难为工，奇者易以动，文人气习，终未免耶？典谟训诰，无一语之奇，无一字之异，何其浑然天成如此！……若孟郊、贾岛之诗，穷而益工者，悲忧憔悴之言，虽能感切，不近于哀以思者乎？④

他以水性为喻，主张文之本性在平正。江水或纹或奔或涛或险之"奇变"，皆非水性之常态；水性之常态是"平"。诗文亦然，从整体来看，"典谟训诰，无一语之奇，无一字之异"，却浑然天成；唐代文章虽历"三变"而最终"归于平"。从个案来看，韩愈自谓其文"怪怪奇奇"，在流俗眼中亦如此，但在楼钥看来"则文之正体也"。以水喻文气、文情，较早见诸韩愈《送孟东野序》："大凡物不得其平则鸣：草木之无声，风挠之鸣；

---

① 《攻媿集提要》，《四库全书总目提要》卷一五九，第826页。
② 《西山文集》卷二十七《攻媿先生楼公集序》，《景印文渊阁四库全书》第1174册，第428页。
③ 《宋史》卷三九五，第10册，第9487页。
④ 楼钥：《答綦君更生论文书》，《四部丛刊》本《攻媿集》卷六十六，第17册，第1～2页。

水之无声，风荡之鸣。其跃也或激之，其趋也或梗之，其沸也或炙之。"①及《答李翊书》："气，水也；言，浮物也；水大而物之浮者大小毕浮。气之与言犹是也，气盛则言之短长与声之高下者皆宜。"②但与韩愈不同的是，楼钥是以水之性喻道心、文心，他引李希岳语曰："文章，精神之发也，学问既充，精神有养，故老而日进。"③从中可以看出理学家楼钥论文的特点。楼钥认为"平和"为文章之正体，而"平和"本自深厚的道德修养与充实的学问积累，这一观点与黄庭坚近，黄庭坚《与党伯舟帖七》云："诗颂要得出尘拔俗，有远韵而语平易，不知曾留意寻此等师匠楷模否。"④揭示出诗"平易""有远韵"与"出尘拔俗"之关系，而"出尘拔俗"本自诗人的情性。黄庭坚说："士有抱青云之器而陆沉林皋之下，与麋鹿同群，与草木共尽，独托于无用之空言，以为千秋不朽之计。谓其怨邪？则其言仁义之泽也。谓其不怨邪？则又伤己不见其人。然则其言不怨之怨也。"⑤认为怀才不遇之士，发为诗歌却"不怨之怨"，它正符合儒家所倡导"哀而不伤，怨而不怒"的"温柔敦厚"之诗教。"不怨之怨"即"平和"。这种"不怨之怨"的诗歌"情性"，一是取决于作者深厚的道德修养："其人忠信笃敬，抱道而居，与时乖逢，遇物悲喜，同床而不察，并世而不闻。情之所不能堪，因发于呻吟讯笑之声，胸次释然，而闻者亦有所劝勉。"⑥二是取决于渊博的学问："奉为道之'词意高胜'，要从学问中来尔。"⑦在楼钥看来，黄庭坚之所以"老而日进"，"晚而诗文益高"⑧，正是他"学问既充，精神有养"所致。与楼钥不同的是，黄庭坚所论道德修养包括伦理的内容："持心岂（恺）弟，故声和平"⑨；"孝友忠信，是此物之根本，极当加意养以敦厚醇粹，使根深蒂固，然后枝叶茂耳"⑩。

宋徽宗崇宁二年（1103）转运判官陈举承赵挺之风旨，摘取黄庭坚在荆州所作《承天院塔记》中数语，以为幸灾谤国，黄庭坚因此远贬广西宜

---

① 韩愈：《韩昌黎文集》卷四《送孟东野序》，《韩昌黎文集校注》，第233页。
② 《韩昌黎文集》卷三《答李翊书》，《韩昌黎文集校注》，第171页。
③ 楼钥：《跋旧答李希岳启》，《四部丛刊》本《攻媿集》卷七十五，第20册，第19页。
④ 《与党伯舟帖七》，《文津阁四库全书》第372册，第401页。
⑤ 《胡宗元诗集序》，《文津阁四库全书》第372册，第212页。
⑥ 《书王知载〈朐山杂咏〉后》，《文津阁四库全书》第372册，第255页。
⑦ 《论作诗文》，《文津阁四库全书》第372册，第358页。
⑧ 《跋旧答李希岳启》，《四部丛刊》本《攻媿集》卷七十五，第20册，第19页。
⑨ 黄庭坚：《书张仲谋诗集后》，《文津阁四库全书》第372册，第310页。
⑩ 《与洪驹父一》，《文津阁四库全书》第372册，第313页。

州。楼钥《攻媿集》卷四《跋余子寿所藏山谷书范孟博传》载："山谷晚在宜州，或求作字。山谷问欲何书，则曰：'惟先生之意。'山谷许以书《范孟博传》。或谓南方无复书。谷曰：'平时好读此传。'遂默诵而书之。"① 范孟博即范滂，东汉名士，反对宦官专权误国。汉灵帝时发生党锢之祸，大肆捕诛"党人"，他主动投案自首，"曰：'滂死则祸塞，何敢以罪累君，又令老母流离乎！'其母就与之诀。……母曰'汝今得与李（膺）、杜（密）齐名，死亦何恨！'"② 黄庭坚平时好读《范滂传》并能够默诵而书之，足见他对范滂敢与邪恶势力作斗争之铮铮铁骨的敬佩，在如此恶劣的处境中，他正是借以自励和明志。楼钥对黄庭坚的人格极为敬佩，其赋诗云：

宜人初谓宜于人，菜肚老人竟不振。
承天院记顾何罪，一斥致死南海滨。
贤哉别驾眷迁客，不恤罪罟深相亲。
衮衮不容处城闉，夜遣二子从夫君。
一日携纸丐奇画，引笔行墨生烟云。
南方无书可寻阅，默写此传终全文。
补亡三箧比安世，偶熟此卷非张巡。
岩岩汝南孟范博，清裁千载无比伦。
坡翁侍母曾启问，百谪九死气自伸。
别驾去官公亦已，身虽既衰笔有神。
我闻此书久欲见，摹本尚尔况其真。
辍公清俸登坚珉，可立懦夫羞佞臣。

苏轼儿时母亲程氏曾对他讲过《后汉书》中的《范滂传》，苏轼问："试若为滂，夫人亦许之否乎？"其母说："汝能为滂，吾顾不能为滂母耶！"苏轼于是"奋厉有当世志"③。在后来的仕途中，他屡遭贬谪，均能泰然处之，"一蓑烟雨任平生"④。"百谪九死气自伸"，高度点赞了苏轼面对仕途的贬谪，神情自若、决不屈服的超旷胸襟。"可立懦夫羞佞臣"则谓黄

---

① 楼钥：《跋余子寿所藏山谷书范孟博传》，《全宋诗》卷二五三九，北京大学出版社1998年版，第47册，第29387页。本节凡引楼钥诗均见此册。
② 范晔：《后汉书》卷六十七，李贤等注，中华书局2000年版，第2册，第1491页。
③ 《栾城后集》卷二十二《亡兄子瞻端明墓志铭》，《栾城集》下册，第1411页。
④ 苏轼：《定风波》，《全宋词》第1册，第372页。

庭坚身处贬所宜州"衮衮不容处城闉"的恶劣环境,"身虽既衰笔有神",默诵书写《范滂传》全文之举,足以使懦夫立、佞臣羞。在此,楼钥以苏轼、黄庭坚对举,显然有山谷无愧于其师东坡风范之意。"承天院记顾何罪,一斥致死南海滨",反诘黄庭坚撰《承天院塔记》何罪之有,对统治者将"贤哉别驾"的黄庭坚迁谪到"南海滨"如此边远的地方而致死的残酷迫害,表示极大的愤慨!楼钥《跋黄子迈所藏山谷乙酉家乘》又载:"建中靖国以至崇宁,元祐诸公多已南归,而先生乃以《承天塔记》更斥宜。人谁能堪?先生方翛然自适。观所记日用事,岂复有迁谪之叹。……三山陆待制务观尝言先生临终时,暑中得雨,伸足檐外,沾湿清凉,欣然自以为平日未有此快,死生之际乃如此。"① 对黄庭坚不以迁谪介怀的乐观、旷达胸襟,深表敬意。

由于楼钥倡导"平和"为诗文之正体,因此,他反对奇涩险怪的诗文风格,认为那是"文人气习",并批评宋祁虽然主张平正之文风,但"所自为文,往往奇涩难读"。由此分析文人逐奇弃平的原因大概是"平者难为工,奇者易以动",提出作文论文"不必惑于奇,而先求其平"。这一诗学思想也与黄庭坚合,黄庭坚说:"好作奇语,自是文章病。但当以理为主,理得而辞顺,文章自然出群拔萃。……文章盖自建安以来好奇语,故其气象衰苶。"②

楼钥所推崇的人物也多与黄庭坚合。一是陶渊明。其《谢湖山居士示和陶诗吴给事苇》云:"渊明千载人,风节仰孤峭。岂惟辞督邮,莲社不得招。书不求甚解,眼高得玄要。诗亦本无意,但写胸中妙。齐梁纷众作,嘈杂春禽叫。稚子候檐隙,文通剧搜绍。矫矫玉局翁,尚友谢浮漂。饱喫惠州饭,追和欲同调。"诗中概括了渊明一生中辞去彭泽令、拒慧远招结莲社以及《五柳先生传》等内容。《宋书·陶潜传》载:"郡遣督邮至,县吏白:'应束带见之。'潜叹曰:'我不能为五斗米折腰向乡里小人!'即日解印绶去职。"③ 晋无名氏《莲社高贤传》载:"时远法师与诸贤结莲社,以书招渊明,渊明曰:'若许饮则往。'许之,遂造焉。忽攒眉

---

① 楼钥:《跋黄子迈所藏山谷乙酉家乘》,《四部丛刊》本《攻媿集》卷七十六,第20册,第10~11页。《老学庵笔记》卷三载:"范寥言:鲁直至宜州,州无亭驿,又无民居可僦,止一僧舍可寓,而适为崇宁万寿寺,法所不许,乃居一城楼上,亦极湫隘,秋暑方炽,几不可过。一日忽小雨,鲁直饮薄醉,坐胡床,自栏楯间伸足出外以受雨,顾谓寥曰:'信中,吾平生无此快也。'未几而卒。"(《老学庵笔记》,第33~34页)

② 《与王观复书一》,《文津阁四库全书》第372册,第225页。

③ 《宋书》卷九十三,第2册,第1522~1523页。

而去。"① 在《五柳先生传》中渊明自谓"好读书，不求甚解。每有会意，欣然忘食"②。"风节仰孤峭""追和欲同调"则表达了楼钥对渊明绝尘脱俗、高风亮节人格的仰慕。"渊明千载人""饱喫惠州饭"直接援用黄庭坚《跋子瞻和陶诗》的成句："子瞻谪岭南，时宰欲杀之。饱食惠州饭，细和渊明诗。彭泽千载人，东坡百世士。出处虽不同，风味乃相似。"黄庭坚对陶渊明的推崇多见诸其创作及题跋，《宿旧彭泽怀陶令》云："潜鱼愿深眇，渊明无由逃。彭泽当此时，沉冥一世豪。司马寒如灰，礼乐卯金刀。岁晚以字行，更始号元亮。凄其望诸葛，肮脏犹汉相。时无益州牧，指挥用诸将。平生本朝心，岁月阅江浪。空馀诗语工，落笔九天上。向来非无人，此友独可尚。属予刚制酒，无用酹杯盎。欲招千载魂，斯文或宜当"③ 谓渊明处于晋宋易代之际，追慕诸葛亮，但乏刘备这样的明主；退隐田园成就了其诗歌，最后表达了作者对渊明的怀念：不以酒祭，而用诗歌来怀念。《题意可诗后》云："至于渊明，则所谓不烦绳削而自合。虽然，巧于斧斤者多疑其拙，窘于捡括者辄病其放。……渊明之拙与放，岂可为不知者道哉！……渊明之诗，要当与一丘一壑者共之耳。"④ 高度肯定了渊明情性的朴拙与简放以及诗歌无可企及的"不烦绳削而自合"的天然艺术至境。

二是苏轼。楼钥《跋沈智甫所藏东坡帖》云："坡公以端明殿学士侍读学士为定州安抚使，绍圣元年，落职知英州，道贬宁远军节度副使，安置惠州。帖中又言过邢州，疑是此时再遭远斥。不知所与何人，既言道友，恐是佛印、参寥诸公，以书唁之。公不领细人姑息之爱，而望其警策以进于道，一见梁邢州之善政而亟称之，不计身之百谪，恐一善之不闻。呜呼！此其所以不可及也。"⑤ 宋哲宗绍圣元年（1094）苏轼被安置岭南惠州。时宰章惇以为将苏轼贬至这个边远的瘴疠之乡，水土不服和悲伤足以致他于死命，但苏轼不以迁谪介怀，随遇而安，还写下了这样的诗句："日啖荔支三百颗，不辞长作岭南人"（《食荔支二首》其二）⑥；"九死南荒吾不恨，兹游奇绝冠平生"（《六月二十日夜渡海》）；"白须萧散满霜风，小

---

① 无名氏：《莲社高贤传》，《汉魏丛书》本。
② 陶潜：《五柳先生传》，《全上古三代秦汉三国六朝文》第 2 册，第 2102 页。
③ 黄庭坚：《宿旧彭泽怀陶令》，《黄庭坚诗集注》第 1 册，第 57～58 页。
④ 《题意可诗后》，《山谷题跋》卷二，第 46～47 页。
⑤ 楼钥：《跋沈智甫所藏东坡帖》，《四部丛刊》本《攻媿集》卷七十四，第 19 册，第 1 页。
⑥ 《苏轼诗集合注》下册，第 2066 页。以下所引《六月二十日夜渡海》《纵笔》分别见此册第 2218、2081 页。

阁藤床寄病容。为报先生春睡美，道人轻打五更钟"(《纵笔》)。据《艇斋诗话》载："章子厚见之，遂再贬儋耳（今海南省儋州市），以为安稳，故再迁也。"① 楼钥指出，在如此险恶的处境中，苏轼"不计身之百谪"，却望其道友"进于道"，亟称州官之善政，这种超旷的襟怀、高尚的人格，为他人所不及。《跋李庄简公与其婿曹纯老帖》也说："东坡先生英特之气，行乎患难，高掩前人。"② 宋神宗元丰元年（1078），黄庭坚寄书苏轼，并上《古诗二首》，苏轼报书和诗，两人自始订交。之后，黄庭坚成为"苏门四学士"之一，在元祐政坛，黄庭坚是苏轼的忠实追随者和支持者，立场观点始终与苏轼一致，对其师的人品、才华和学问给予崇高的评价，终其一生这种态度都没有改变。《东坡先生真赞三首》其二云："计东坡之在天下，如太仓之一稊米；至于临大节而不可夺，则与天地相终也。"③ "临大节而不可夺"谓苏轼面对章惇等时宰的迫害决不屈服，这种敢于与权势较量的精神与天地共存。《跋子瞻送二侄归眉诗》云："观东坡二丈诗，想见风骨巉岩，而接人仁气粹温也。"④ 谓从苏轼的诗歌可以看出他奇崛的铮铮铁骨和对晚辈的仁爱温和之风范。苏轼在黄州时所作《卜算子》（缺月挂疏桐），黄庭坚评价说："语意高妙，似非吃烟火食人语，非胸中有万卷书，笔下无一点尘俗气，孰能至此？"⑤ 谓苏轼的《卜算子》之所以能够达到超凡的境界，就在于作者具有深厚的学问积累与绝尘脱俗的精神品质。

（二）诗歌评价上的离或合

作为一个理学家，楼钥不仅是一位学问赅博的学者，也是一位颇有成就的诗人。今存古今体诗一千二百四十余首，其七言多有佳句。王士禛《带经堂诗话》卷十谓其"歌行学苏、黄"⑥。说明他对黄庭坚诗歌及江西派诗下过工夫，试看其《吴少由惠诗百篇久未及谢，又以委贶，勉次来韵》：

---

① 《艇斋诗话》，《历代诗话续编》上册，第 310 页。
② 楼钥：《跋李庄简公与其婿曹纯老帖》，《四部丛刊》本《攻媿集》卷七十三，第 19 册，第 5 页。
③ 黄庭坚：《东坡先生真赞三首》其二，《文津阁四库全书》第 372 册，第 201～202 页。
④ 黄庭坚：《跋子瞻送二侄归眉诗》，《山谷题跋》卷二，第 40 页。
⑤ 《跋东坡乐府》，《山谷题跋》卷二，第 40 页。
⑥ 《带经堂诗话》卷十，上册，第 225 页。

> 涪翁又分江西派，作图序次由本中。
> 哦诗作文各务实，荐祢不愧北海融①。
> 坐令文物掩前代，主盟岂非诸老功。
> 固知文气僵浞籍，亦许诗律沾徐洪。
> 宛丘诸黄接前辈，宜有此甥风味同。
> 蚤尝决胜翰墨场，笔端豪健谁争工。
> 新篇句句多洒落，妙笔字字真玲珑。
> 惜哉生晚百馀载，欧苏之门欠登龙。
> 尚兹躞蹀未阔步，吞舟之鱼沟岂容。

谓吕本中作《江西宗派图》在黄庭坚之下列陈师道等二十五人为江西宗派。高度评价黄庭坚吟诗作文务实而不浮夸，推荐贤人、奖掖后进不遗余力。这些晚辈文士能够超越前人，当归功于江西宗派的宗主黄庭坚的指点。尽管其甥徐俯、三洪兄弟之诗犹如韩愈的弟子张籍和皇甫湜，文气僵滞，但由于受到其舅诗律的沾溉，诗歌笔力豪健，句句洒落，字字玲珑，因而能够决胜于诗坛，早有诗名。楼钥此诗之意，在《恭题高宗赐胡直孺御札》说得很明白："徐俯及洪刍兄弟皆庭坚外甥，有酷似之称。俯题双庙诗，有云：'向使不死贼，未必世能容。'不惟自巡远以来，未有此论，盖亦隐永乐之痛。庭坚亟称之，且勉诸洪进步。非此舅安得此甥也，然卒致大用，殆亦不喜刘蕡之助云。"②"不喜刘蕡之助"指徐俯不甘居黄庭坚门下。

周煇《清波杂志》卷五载："公视山谷为外家，晚年欲自立名世，客有赘见，甚称渊源所自，公读之不乐，答以小启曰：'涪翁之妙天下，君其问诸水滨；斯道之大域中，我独知之濠上。'"③ 上引楼诗最后四句笔锋一转，指出江西诗派后学晚生欧阳修、苏轼四十到六十多年（案：谓百余年不实），无缘登欧、苏之门，故而步子迈得不够大，诗境也不宽。正如吕本中所指出，"近世江西之学者，虽左规右矩，不遗馀力"，尽管"治择

---

① 孔融于汉献帝时因忤董卓，出为北海相，时称孔北海。其《荐祢衡表》云："鸷鸟累百，不如一鹗。"后因以"荐鹗"指推荐贤人。
② 楼钥：《恭题高宗赐胡直孺御札》，《四部丛刊》本《攻媿集》卷六十九，第18册，第14页。
③ 《清波杂志》卷五，《历代笔记小说大观·宋元笔记小说大观》第5册，第5062页。

工夫已胜","而波澜尚未阔","亦失山谷之旨也"①。可见,楼钥在具体评价作品时,能够将黄庭坚与江西诗派后学区别开来;而对江西诗派后学有扬有抑,辩证中肯。总体上来看,楼钥对江西诗学是推重的,他勉励后学要以江西诗为法式,百尺竿头,更进一步:"江西有诗派,皎皎俱成编。兹事未易窥,属君尚加鞭。"(《江西李君千能能和墨及画梅艮斋许以三奇而诗非所长也》)

楼钥推尊杜甫为"千古诗人杰"(《赵资政招赏川海棠次袁和叔韵》),他在《答杜仲高旃书》中说:"工部之诗,真有参造化之妙,别是一种肺肝,兼备众体,间见层出,不可端倪,忠义感慨,忧世愤激,一饭不忘君,此其所以为诗人冠冕。"② 对杜诗的思想内容与艺术成就做了高度评价。"忠义感慨","一饭不忘君",不离理学家的口吻。"兼备众体",则充分肯定了杜诗"转益多师"、兼容并蓄的"集大成"地位,这一评价始见于元稹《唐故工部员外郎杜君墓系铭并序》:"至于子美,盖所谓上薄风雅,下该沈宋,言夺苏李,气吞曹刘,掩颜谢之孤高,杂徐庾之流丽,尽得古今之体势,而兼人人之所独专矣。"③ 在评价他人作品时,楼钥也多以"兼备众体"称许:"静斋,李君才翁自号也。……才翁学有本原,又自刻厉,文章日高,兼备众体。"④ "师老于禅悦,诗句特其馀事,而能兼得众体佳处,不可一二数,读之者可想见其人,不劳赞叹也。"⑤ "臣洪惟陛下圣学渊奥,句法深醇,浑然天成,兼备众体,一诗之中,屡致意焉。"⑥ 但他认为,"诗之众体,惟大篇为难,非积学不可为;而又非积学所能到。必其胸中浩浩包括千载,笔力宏放,间见层出,如淮阴用兵,多多益办,变化舒卷,不可端倪,而后为不可及,群盖于此有得者。如《罗汉岭头罗汉树》《杨花飞后无可飞》等篇,直欲与《渼陂行》《茅屋为秋风所破歌》相周旋,君岂欲余之及此乎"⑦。众体中,楼钥更欣赏的是杜甫的歌行体。黄庭坚为江西诗派宗师,以祖述杜甫相号召,极力推崇杜诗的史诗地位与忠君忧国的情怀:"杜子美一生穷饿,作诗数千篇,与日月

---

① 《与曾吉甫论诗第二帖》,《渔隐丛话前集》卷四十九引,《景印文渊阁四库全书》第1480册,第318页。
② 楼钥:《答杜仲高旃书》,《四部丛刊》本《攻媿集》卷六十六,第17册,第5页。
③ 《唐检校工部员外郎杜君墓系铭并序》,《杜诗详注》附编,第5册,第2235~2236页。
④ 楼钥:《静斋迁论序》,《四部丛刊》本《攻媿集》第14册,卷五十二,第20页。
⑤ 楼钥:《跋云邱草堂慧举诗集》,《四部丛刊》本《攻媿集》卷七十三,第19册,第9页。
⑥ 楼钥:《代史少保恭题御制和诗》,《四部丛刊》本《攻媿集》卷七十八,第20册,第15页。
⑦ 楼钥:《雪巢诗集序》,《四部丛刊》本《攻媿集》卷五十二,第14册,第19~20页。

争光"①;"老杜文章擅一家,国风纯正不欹斜。帝阍悠邈开关键,虎穴深沉探爪牙。千古是非存史笔,百年忠义寄江花"②;"中原未得平安报,醉里眉攒万国愁。生绡铺墙粉墨落,平生忠义今寂寞"③。《潘子真诗话》载黄庭坚尝说:"老杜虽在流落颠沛,未尝一日不在本朝,故善陈时事,句律精深,超古作者,忠义之气,感发而然。"④ 黄庭坚对杜甫的评价亦带有理学思想的印迹。在指导江西后学时,虽然他示以杜甫近体句法:"须留意作五言六韵诗……大体作省题诗,尤当用老杜句法,将有鼻孔者,便知是好诗也。"⑤ 但他更推崇杜甫晚年的古律诗:"但熟观杜子美到夔州后古律诗,便得句法:简易而大巧出焉,平淡如山高水深,似欲不可企及"⑥;"观杜子美到夔州后诗……不烦绳削而自合矣"⑦。这里的"古律"主要指拗体,这是与楼钥的不同之处。

楼钥谓白居易"安时处顺,造理齐物,履忧患,婴疾苦,而其词意愈益平澹旷达,有古人所不易到,后来不可及者,未容悉数","平日佩服其妙处",因"手编"其集目录,跋云:"香山居士之诗,爱之者众;亦有轻之者。山谷由贬所寄十小诗,如'老色日上面,欢情日去心。今既不如昔,后当不如今。'又:'轻纱一幅巾,短簟六尺床。无客日自静,有风终夕凉。'妙绝一时,皆香山诗中句也。"⑧ 可见他对白居易诗的熟悉,其《读香山诗》云:"诗到香山不计篇,相逢佳处辄欣然。明知无子可传业,每遇为文自入编。举世慕名多讽诵,惟公著句得纯全。胸中相似诗方似,一等不为名利牵。"谓白居易每作诗便编辑整理,故其诗保存完全;不为名利所牵,心态闲适,故其诗纯粹无杂念。又足见他对白诗的喜爱和高度评价。跋中所谓"十小诗"指《谪居黔南十首》,任渊注曰:"盖山谷谪居黔南时,取乐天江州、忠州等诗,偶有会于心者,摘其数语,写置斋阁;或为人书,世因传以为山谷自作。"⑨ 据《道山清话》载:"(范)寥在宜州,尝问山谷,山谷云:'庭坚少时诵熟,久而忘其为何人诗也。尝

---

① 黄庭坚:《题韩忠献诗杜正献草书》,《山谷题跋》卷二,第42页。
② 黄庭坚:《次韵伯氏寄赠盖郎中喜学老杜之诗》,《黄庭坚诗集注》第5册,第1706页。
③ 黄庭坚:《老杜浣花溪图引》,《黄庭坚诗集注》第4册,第1342页。
④ 潘淳:《潘子真诗话》,《宋诗话辑佚》卷上,上册,第310页。
⑤ 《与洪驹父书六》,《文津阁四库全书》第372册,第313页。
⑥ 《与王观复书二》,《文津阁四库全书》第372册,第225页。
⑦ 《与王观复书一》,《文津阁四库全书》第372册,第225页。
⑧ 楼钥:《跋白乐天集目录》,《四部丛刊》本《攻媿集》卷七十六,第20册,第3页。
⑨ 《黄庭坚诗集注》第2册,第443页。

阻雨衡山尉厅，偶然无事，信笔戏书尔。'"① 莫砺锋指出，黄庭坚所书的白诗，"都被白居易编入'感伤诗'，但诗中除了慨叹羁旅江湖的怅惘之感外，也常常流露出乐天知命、随遇而安的思想，颇近于白的'闲适诗'。黄庭坚正是在类似的人生遭遇与人生态度上与白诗产生了共鸣，可见他喜爱白诗……主要体现了北宋士大夫从修身养性的角度对前代贤哲的倾慕，而不是对其诗歌艺术的推崇"②。黄庭坚有《跋自书乐天三游洞序》："元和初，盗杀武丞相于通衢。乐天以赞善大夫是日上疏，论天下根本，所言忤君相按剑之意，谪江州司马数年，平淮西之明年，乃迁忠州刺史。观其言行，蔼然君子也。余往来三游洞下，未尝不想见其人。"③ 主要是钦佩白居易越职言事的胆识。元和十年（815），白居易回朝任太子左赞善大夫，因宰相武元衡被盗杀而第一个上书请急捕贼，结果被加上越职言事以及莫须有的罪名，贬为江州司马。但对其诗歌艺术颇有微词："欲知子厚如此学陶渊明，乃为能近之耳。如白乐天自云效陶渊明数十篇，终不近也"④；"《淮阴行》，情调餐后丽，语气尤稳切。白乐天、元微之为之，皆不入此律也"⑤；"刘梦得《竹枝》九篇，盖诗人中工道人意中事者也。使白居易、张籍为之，未必能也"⑥。指出柳宗元学陶渊明"能近之耳"，而白居易学陶渊明"终不近"。刘禹锡与白居易唱和，世称"刘白"，但在黄庭坚看来，刘禹锡为白居易所不及。

楼钥诗主要学孟郊与苏轼，因此他对孟郊诗评价颇高："作诗穷益工，寒瘦副岛郊。落笔句惊人，不复寻推敲"（《林景思雪巢》）；其《题孟东野听琴图因次其韵》云："郊寒凛如对，作诗太瘦生。恨不从之游，抚卷空含情。"表达了孟郊瘦硬诗风的喜爱与不能"从之游"的遗憾。但如上所示，楼钥在《答綦君更生论文书》则说："若孟郊、贾岛之诗，穷而益工者，悲忧憔悴之言，虽能感切，不近于哀以思者乎？"批评孟郊诗虽然真切感人，但情感"悲忧憔悴"，斥之为"近于哀以思"的乱世之音。暴露出他诗学思想与创作实践之间的矛盾。黄庭坚诗论中未见对孟郊及其诗歌的直接评价，他在《胡宗元诗集序》中说过："夫寒暑相推，草木与荣衰

---

① 佚名：《道山清话》，孔一校点，《历代笔记小说大观·宋元笔记小说大观》第3册，第2933页。
② 莫砺锋：《论苏黄对唐诗的态度》，《文学评论》1994年第3期。
③ 黄庭坚：《跋自书乐天三游洞序》，《山谷题跋》卷九，第261页。
④ 《跋柳子厚诗》，《山谷题跋》卷二，第253页。
⑤ 黄庭坚：《跋刘梦得淮阴行》，《山谷题跋》卷二，第37页。
⑥ 黄庭坚：《又书自草竹枝歌后》，《山谷题跋》卷九，第260页。

焉。庆荣而吊衰,其鸣皆若有谓,候虫是也;不得其平,则声若雷霆,涧水是也;寂寞无声,以宫商考之,则动而中律,金石丝竹是也。惟金石丝竹之声,《国风》《雅》《颂》之言似之;涧水之声,楚人之言似之;至于候虫之声,则末世诗人之言似之。"① 在此,他将诗分为三类:金石丝竹之声、涧水之声和候虫之声。以此衡照,晚唐诗人孟郊无疑属于"末世诗人",其诗显然可归于"庆荣而吊衰"的"候虫之声"。笔者认为,黄庭坚所谓"候虫之声"与楼钥所谓"近于哀思"的"悲忧憔悴之言"比较接近。就此而论,孟郊诗应该不会受到黄庭坚的青睐。

吕本中《童蒙诗训》载:"徐师川问山谷云:'人言退之、东野联句,大胜东野平日所作,恐是退之有所润色,'山谷云:'退之安能润色东野,若东野润色退之,即有此理也。'"② 赵翼《瓯北诗话》卷三提出异议:"今观诸联句诗,凡昌黎与东野联句,必字字争胜,不肯稍让;与他人联句,则平易近人。可知昌黎之于东野,实有资其相长之功。宋人疑联句诗多系韩改孟,黄山谷则谓韩何能改孟,乃孟改韩耳。此语虽未免过当,要之二人工力悉敌,实未易优劣。"③ 在此,黄庭坚只是针对韩孟联句而言,他认为不是韩愈润色孟郊而是反过来。但它并不代表黄庭坚推重孟诗,因为黄庭坚虽然欣赏"韩退之自潮州还朝后文章""不烦绳削而自合"④,对韩诗却"少所许可"⑤,即是说,孟诗即使胜出不被黄庭坚"许可"的韩诗,往好里说也不过是半斤八两之别。韩愈有《答孟郊》《酬樊宗师》等诗,分别模拟孟、樊诗的艺术风格。苏轼有《送杨孟容诗》诗,冯应榴注曰:"先生自谓效黄鲁直体,观《南昌集》所载,信然。鲁直云:子瞻诗句妙一世,乃收敛光芒,入此窘步以见效,盖退之效孟郊、樊宗师之比,以文滑稽耳。"⑥ 这里尽管将苏轼比韩愈,以孟郊自况,并没有扬韩抑孟之意,只是为了说明自己的诗不能与苏诗相提并论,苏轼所谓仿效云云,一是"收敛光芒,入此窘步",表示谦虚和对后进的鼓励;一是滑稽为文,纯属娱人娱己。

楼钥与黄庭坚在诗文观念上有诸多共同之处,如主张诗文平和或"不怨之怨",它本自作者深厚的道德修养和充实的学问积累;反对逐奇,一

---

① 《胡宗元诗集序》,《文津阁四库全书》第 372 册,第 212 页。
② 《童蒙诗训·韩孟联句》,《宋诗话辑佚》下册,第 588 页。
③ 《瓯北诗话》卷三,《清诗话续编》上册,第 1165 页。
④ 《与王观复书一》,《文津阁四库全书》第 372 册,第 225 页。
⑤ 《王直方诗话》,《宋诗话辑佚》上册,第 88 页。
⑥ 《苏轼诗集合注》中册,第 1397 页。

则认为"惑于奇","为物之害多矣",一则认为"好作奇语",其病在文章"气象衰苶"。不同之处在于楼氏之论具有鲜明的理学思想特点,黄氏则带有凸显的伦理性质。在人物品评上,他们都敬仰陶渊明的绝尘脱俗、高风亮节与苏轼的铮铮铁骨、超旷胸襟。在诗歌评价上,他们都推崇杜甫"集大成"的史诗地位与忠君忧国的情怀,但楼氏推重杜诗"兼备众体"尤其是歌行体,黄氏则更欣赏杜甫晚年"不烦绳削而自合"的古律。在对待白居易与孟郊诗歌的态度上,两人有明显的分歧,楼钥因佩服白诗"有古人所不易到,后来不可及者"之妙处,亲自为其编辑目录并作题跋;对孟郊其人其诗则心仪手摹,恨不从其游。黄庭坚虽然敬佩白居易的讽谏胆识,却并不赞成其诗的怨刺方式,故对其诗歌艺术评价不高。对孟诗尽管未置评论,但或许将其视为末世诗人的"候虫之声",可能与他不取法晚唐有关。

三、叶适与江西诗学的离或合

叶适(1150～1223),字正则,号水心,永嘉(今浙江温州)人。宋孝宗淳熙五年(1178)进士。历仕太常博士、尚书左选郎官、工部侍郎,宁宗时累官宝文阁待制兼江淮制置使。开禧北伐,因坚主抗金,为韩侂胄所重。侂胄败诛,他被劾罢官,退居永嘉城外水心村讲学,杜门著述,自成一家,后世推为永嘉学派之巨擘。著有《水心文集》《水心别集》《习学记言》等。

(一)倡导事功之学,与江西诗学离中有合

《宋元学案·水心学案序录》:"乾、淳诸老既殁,学术之会,总为朱、陆二派,而水心龂龂其间,遂称鼎足。"[1] 叶适在学术上反对理学家的空谈性理,重视并倡导事功之学,是永嘉学派(或称浙东学派)的代表。他与朱熹、陆九渊二派的主要分歧在于义理之外兼重事功,认为"既无功利,则道义者乃无用之虚语尔"[2]。其《赠薛子长》云:

---

[1] 黄宗羲著,全祖望补修:《宋元学案》,陈金生、梁运华点校,中华书局1986年版,第3册,第1738页。
[2] 叶适:《习学记言》卷二十三,《景印文渊阁四库全书》第849册,第528页。

> 读书不知接统绪，虽多无益也；为文不能关教事，虽工无益也；笃行而不合于大义，虽高无益也；立志不存于忧世，虽仁无益也。①

体现了叶适读书知"接统绪"、为文能"关教事"、笃行须"合于大义"、立志要"存于忧世"的事功思想，与正宗理学家有所不同。其《跋刘克逊诗》又云：

> 孔子诲人，诗无庸自作，必取中于古，畏其志之流，不矩于教也。后人诗必自作，作必奇妙殊众，使忧其材之鄙，不矩于教也。水为沅、湘，不专以清，必达于海；玉为珪、璋，不专以好，必荐于郊庙。二君知此，则诗虽极工而教自行，上规父祖，下率诸季，德艺兼成而家益大矣。②

提出诗必"取中于古"，矩于教化，以"德艺兼成"为诗之最佳境界。诗之"奇妙殊众"犹水之"清"、玉之"好"，正如水之必达于海、玉之必荐于郊庙，诗亦必成于"德艺"而有益于治教为旨归。可见，叶适既重事功也重词藻，与理学家的诗学思想有着明显之差异。叶适说："四言自韦孟、司马迁、相如、班固、束晳、陶潜、韩愈、柳宗元、尹洙、梅尧臣、欧阳修、王安石、苏轼，工拙略可见。余尝怪五言而上，往往世人极其材之所至，而四言虽文词巨伯辄不能工，何也？按古诗作者，无不以一物立义，物之所在，道则在焉，物有止，道无止也，非知道者不能该物，非知物者不能至道；道虽广大，理备事足，而终归之于物，不使散流，此圣贤经世之业，非习为文词者所能知也。《诗》既亡，孔子与弟子讲习其义，能明之而已，不敢言作；虽如游、夏、子思、孟子之流，皆不敢言作诗也；后世操笔研思，存其体可也。而韩愈便自谓古人复生未肯多让，或者不知量乎！"③ 既然物体现道，道不离物（"物"泛指自然与社会现象），那么诗便不应该拒绝写物，诗中之道才能有所附丽与止泊，不至于"散流"。即是说诗中之物不仅仅是道之载体，也是道之本身，"物之所在，道则在焉"。《习学记言》卷四十七《吕氏文鉴》说得更明了：

---

① 叶适：《水心文集》卷二十九《赠薛子长》，《叶适集》第2册，第607~608页。
② 《水心文集》卷二十九《跋刘克逊诗》，《叶适集》第2册，第613页。
③ 《习学记言》卷四十七《吕氏文鉴》，《景印文渊阁四库全书》第849册，第774页。

> 邵雍诗以玩物为道，非是。孔氏之门，惟曾晳直云"浴乎沂，风乎舞雩，咏而归"，孔子与之，若言偃观蜡，樊迟从游，仲由揖观射者，皆因物以讲德，指意不在物也。此亦山人隐士所以自乐，而懦者信之，故有"云淡风轻""傍花随柳"之趣，其与"穿花蛱蝶""点水蜻蜓"何以较重轻，而谓道在此不在彼乎！①

在叶适看来，无论是曾晳的言志，还是言偃的"观蜡"，或是樊迟的"从游"，抑或仲由的"揖观射"，尽管"皆因物以讲德，指意不在物也"，但正是物之所在，道则存焉。故谓"云淡风轻""傍花随柳""穿花蛱蝶""点水蜻蜓"皆可印证入道。物与道，孰轻孰重，难以较量；亦不可谓物是物、道是道，即是说物与道合而为一，难以截然分开。又说：

> 《诗》之兴尚矣。夏、商以前，皆磨灭而不传，岂其所以为之者至周人而后能欤？夫形于天地之间者，物也；皆一而有不同者，物之情也；因其不同而听之，不失其所以一者，物之理也。坚凝纷错，逃遁诡伏，无不释然而解、油然而遇者，由其理之不可乱也。是故古之圣贤，养天下以中，发人心以和，使各由其正以自通于物。②

叶适也重"理"，但他与正宗理学家所谓理为"生物之本"的论调不同，认为物是第一性的，"理"是"物之理"，物的种种各异的外观与习性是"物之情"，所以"古之圣贤"（即《诗经》的作者们）并不拒绝描画"风雨霜雪""山川草木"，以"旁取广喻""比次抑扬""抽词涵意""发抒情性"，达到"养天下以中，发人心以和，使各由其正以自通于物"。叶适推崇体物写情的唐诗，但他的目标归根结底还是要归于"理"，故当王木叔"不喜唐诗"，谓"争妍斗巧，极外物之变态，唐人之所长也；反求于内，不足以定其志之所止，唐人之所短也"时，便认为"木叔之评，岂可忽诸"③，因为唐诗"极外物之变态"，确实并非为了说理。

叶适的物理观深受理学"格物致知"思维方式之影响。"格物致知"的前提就是"观物"。邵雍指出："夫所以谓之观物者，非以目观之也，

---

① 《习学记言》卷四十七《吕氏文鉴》，《景印文渊阁四库全书》第849册，第776页。
② 《水心别集》卷五《诗》，《叶适集》第3册，第699页。
③ 《水心文集》卷十二《王木叔诗序》，《叶适集》第1册，第221页。

非观之以目而观之以心也，非观之以心而观之以理也。"① 这种观物之论的主旨，在于开启心性，通过"观物"参透万物之理。

周裕锴在《宋代诗学通论》把这种观照方式称之为"活观"②，即罗大经所说的"活处观理"："古人观理，每于活处看。故《诗》曰：'鸢飞戾天，鱼跃于渊。'夫子曰：'逝者如斯夫，不舍昼夜。'又曰：'山梁雌雉，时哉时哉！'孟子曰：'观水有术，必观其澜。'又曰：'源泉混混，不舍昼夜。'明道不除窗前草，欲观其自得意思与自家一般，又养小鱼，欲观其自得意，皆是于活处看。故曰：'观我生，观其生，'又曰：'复见其天地之心。'学者能如是观理，胸襟不患不开阔，气象不患不和平。"③周裕锴认为，这种"活观"就是"从大自然充沛的生命创造力中体悟到一种自强不息与和谐自然的精神，也就是《周易·乾卦》所谓'天行健'的生命哲学意识。这种'活观'，其实和诗人的观物方式完全相通。就其观的方式而言，它注意的是宇宙生生不息的精神，活泼泼的生机。鸢飞鱼跃，草长水流，物之生意与人之灵气相融合，于是，在物我交感的过程中完成了自然与心灵的异质同构，天人合一，道心化为诗心。这是一种充满创造力的艺术思维方式"。④

黄庭坚所处的时代，正是北宋理学兴起之时，因此他一定程度上受到理学思想的影响，被列入《宋元学案·范吕诸儒学案》与《华阳学案》。他在《濂溪诗并序》中赞美周惇颐"人品甚高，胸中洒落，如光风霁月"⑤；又在《跋元圣庚清水岩记》中说："由是观之，险易之实在人心不在山川。夫奇与常，相倚也。险与易，相乘也。古之人正心诚意而游于万物之表，故六经我之陈迹也。山林冠冕，吾又何择焉？"⑥ 与叶适理学思想不同，黄庭坚认为"险易之实在人心不在山川"，即山川等物并非"道"之载体。"正心诚意"之得道者可以"游于万物之表"，道可以独立于物外，故无须选择"山林"或是"冠冕"。黄庭坚《大雅堂记》云："子美诗妙处乃无意于文，夫无意而意已至，非广之以国风、雅、颂，深之以《离骚》《九歌》，安能咀嚼其意味，闯然入其门耶！故使后生辈自求之，则得之深矣。……彼喜穿凿者，弃其大旨，取其发兴于所遇林泉、

---

① 邵雍：《皇极经世·观物内篇十二》，华夏出版社2006年版，第264页。
② 《宋代诗学通论》，第365页。
③ 《鹤林玉露》乙篇卷三《活处观理》，第163页。
④ 《宋代诗学通论》，第366页。
⑤ 《濂溪诗并序》，《黄庭坚诗集注》第5册，第1411页。
⑥ 《跋元圣庚清水岩记》，《山谷题跋》卷二，第62～63页。

人物、草木、鱼虫，以为物物皆有所托，如世间商度隐语者，则子美之诗委地矣。"① 在黄庭坚看来，杜甫诗歌之所以能够达到"无意于文，夫无意而意已至"妙境、具有博大精深的内涵，就在于杜甫"别裁伪体亲风雅""窃攀屈宋宜方驾"，已将对诗骚传统的继承内化为一种深厚的道德修养，然后自然而然地呈现出来，诗中所描画的"林泉""人物""草木""鱼虫"等物象并非要寄托什么，也并非有什么寄托，它们只是传达作者之意的审美客体，不是作者之意本身。这与叶适的物道合一观是有区别的。

黄庭坚《与王观复书一》云："好作奇语，自是文章病，但当以理为主，理得而辞顺，文章自然出群拔萃。"②《书赠韩琼秀才》云："治经之法，不独玩其文章，谈说义理而已，一言一句，皆以养心治性。"③《答曹荀龙书》云："读书勿求多，要须贯穿，使义理融畅，下笔时庶不蹇吃也。"④ 郭绍虞主编的《中国历代文论选》指出："黄庭坚之'理'有自己独特的含义，既不同于道学先生抽象的义理，也不是一般诗人作家直抒胸臆的情理"，《与王观复书一》的"'理'，既是指文理，也包括了黄庭坚对客观事物的认识，并表露了他的人生态度"⑤。显而易见，它与叶适所谓"理"指"物之理"也有明显的差异。

叶适云："后世诗，《文选》集诗通为一家，陶潜、杜甫、李白、韦应物、韩愈、欧阳修、王安石、苏轼各自为家，唐诗通为一家，黄庭坚及江西诗通为一家。人或自谓知古诗，而不能知后世诗，或自谓知后世诗，而不能知古诗，及其皆知，而辞之所至皆不类，则皆非也。韩愈盛称皋、夔、伊、周、孔子之鸣，其卒归之于诗，诗之道固大矣，虽以圣贤当之未为失，然遂谓'魏晋以来无善鸣者，其声清以浮，其节数以急，其辞淫以哀，其志弛以肆，其为言乱杂而无章'，则尊古而陋今太过；而又以孟郊、张籍当之，则尤非也。如郊寒苦孤特，自鸣其私，刻深刺骨，何足以继古人之统？又况于无本者乎！"⑥ 将宋代欧、王、苏、黄及江西派与陶、杜、李并列，尽管叶适鼓倡"永嘉四灵"，复尊唐诗，但只是肯定"四灵"以

---

① 《大雅堂记》，《黄庭坚选集》，第 415 页。
② 《与王观复书一》，《文津阁四库全书》第 372 册，第 224～225 页。
③ 《书赠韩琼秀才》，《山谷题跋》卷一，第 28 页。
④ 黄庭坚：《答曹荀龙书》，王正德《余师录》卷二引，《景印文渊阁四库全书》第 1480 册，第 763 页。
⑤ 《中国历代文论选》第 2 册，第 324 页。
⑥ 《习学记言》卷四十七《吕氏文鉴》，《景印文渊阁四库全书》第 849 册，第 773 页。

晚唐之工巧清奇救江西末流刻削枯涩之弊,并非一味地鄙薄江西派诗。他批评韩愈盛称孔子等圣贤之鸣卒归于诗之道而否定魏晋有善鸣者,是"尊古而陋今太过";所极力推崇孟郊等为善鸣者却不"足以继古人之统"。鉴于此,我们有理由相信叶适在对待古今问题上是能够持比较辩证的观点的,即尊古并不薄今。

叶适云:"张衡《四愁》虽在苏、李后,得古人意则过之。建安至晋高远,宋、齐丽密,梁、陈稍放靡,大抵辞意终未尽。唐变为近体,虽白居易、元稹以多为能,观其自论叙,亦未失诗意,而韩愈尽废之,至有乱杂蝉噪之讥。此语未经昔人评量,或以为是,而叫呼怒骂之态,滥溢而不可御,所以后世诗去古益远,虽如愈所谓乱杂蝉噪者尚不能到,况欲求风雅之万一乎!"① 反对韩诗"叫呼怒骂""乱杂蝉噪",崇尚"风雅",倡导儒家所谓"温柔敦厚"之诗教。在诗歌情感传达上,叶适这一观点则与黄庭坚反对"怒邻骂坐"的诗学主张一致。黄庭坚认为,诗歌是人之情性的抒发,"非强谏争于廷,怨忿诟于道,怒邻骂坐之为也","其发为讪谤侵陵,引颈以承戈,披襟而受矢,以快一朝之忿者,人皆以为诗之祸,是失诗之旨,非诗之过也。"② 主张"情之所不能堪",即遇到人生挫折,仕途失意,感受到巨大的精神压力,"因发于呻吟调笑之声",在作品中却以调侃的方式传达出来,这样,不仅能使自己"胸次释然",从"不能堪"的情绪中超脱出来,又能够使"闻者亦有所劝勉"——读者受到劝戒、勉励的教育。这样的诗歌就能"比律吕而可歌,列干羽而可舞",这种"不怨之怨"③ 就是"诗之美"。

(二)鼓倡"永嘉四灵",矫江西诗派之失

祖述杜甫的江西诗学至南宋,其局限与弊端已逐渐暴露出来,早年学诗从江西派入手的杨万里经过知性反省后,转向学习晚唐:"予之诗,始学江西诸君子,既又学后山五字律,既又学半山老人七字绝句,晚乃学绝句于唐人。"④ 之后,为了矫正江西末流之弊,正式标举晚唐律体是"永嘉四灵","嘉定而降,稍厌'江西',永嘉'四灵'复为'九僧'、旧晚唐体"⑤。"永嘉四灵"指温州地区的徐照、徐玑、赵师秀和翁卷,因四人

---

① 《习学记言》卷四十七《吕氏文鉴》,《景印文渊阁四库全书》第849册,第773页。
② 《书王知载〈朐山杂咏〉后》,《山谷题跋》卷二,第48页。
③ 《胡宗元诗集序》,《文津阁四库全书》第372册,第212页。
④ 《诚斋集》卷八十一《诚斋荆溪集序》,《景印文渊阁四库全书》第1161册,第84页。
⑤ 《桐江续集》卷三十二《送罗寿可诗序》,《景印文渊阁四库全书》第1193册,第662页。

的字中都有一个"灵"字,创作倾向与诗风相近,故称。他们同出叶适之门,叶适曾编《四灵诗选》,选诗五百首,诗人兼书商陈起为之刊行,风行一时。叶适不满江西诗派只学杜甫一家的局限,因而大力鼓倡"四灵"复尊唐体,其《徐斯远文集序》云:

> 庆历、嘉祐以来,天下以杜甫为师,始黜唐人之学,而江西宗派章焉。然而格有高下,技有工拙,趣有浅深,材有大小。以夫汗漫广莫,徒枵然从之而不足充其所求,曾不如胆鸣吻决,出豪芒之奇,可以运转而无极也。故近岁学者(案:指"四灵"),已复稍趋于唐而有获焉。①

又在《徐文渊墓志铭》中指出:"初,唐诗废久,君与其友徐照、翁卷、赵师秀议曰:'昔人以浮声切响,单字只句计巧拙,盖风骚之至精也。近世乃连篇累牍,汗漫而无禁,岂能名家哉!'四人之语,遂极其工,而唐诗由此复行矣。"② 批评江西诗学尤其是其末流学杜甫以致"汗漫广漠""连篇累牍",肯定"永嘉四灵"虽"胆鸣吻决",却能"出豪芒之奇",可谓学中晚唐"有所获焉"。对"四灵"以晚唐之工巧清奇救江西末流刻削枯涩之弊、"唐诗由此复行"的历史功绩做了高度评价。在《习学记言》卷四十七中,叶适又指出:"诗自曹、刘至二谢,日趋于工,然犹未以联属校巧拙。灵运自夸'池塘生春草',而无偶句,亦不计也。及沈约、谢朓,竞为浮声切响,自言灵均所未睹。其后浸有声病之拘,前高后下,左律右吕,匀致密丽,哀思宛转,极于唐人,而古诗废矣。杜甫强作近体,以功力气势掩夺众作,然当时为律诗者不服,甚或绝口不道。至本朝初年,律诗大坏,王安石、黄庭坚欲兼用二体(指古、近二体),擅其所长,然终不能庶几唐人。"③ 叶适认为唐人近体,为沈约、谢灵运发展而来之正格;杜甫专尚"功力气势",自成别调;至王安石、黄庭坚则以古体为近体即运古于律,皆杜甫之支流,而非唐人之法乳。方回反驳道:"老杜所以独雄百世者,其意趣全古之六义,而其格律又备后世之众体。晚唐者,特老杜之一端,老杜之作包晚唐于中,而贾岛、姚合以下,得老杜之一体。叶水心奖'四灵',亦宋初九僧体耳。即晚唐体也。……近世

---

① 《水心文集》卷十二《徐斯远文集序》,《叶适集》第1册,第214页。
② 《水心文集》卷二十一《徐文渊墓志铭》,《叶适集》第2册,第410页。
③ 《习学记言》卷四十七《吕氏文鉴》,《景印文渊阁四库全书》第849册,第775~776页。

学者不深求其源,以'四灵'为祖,曰倡唐风自我始,岂其然乎?"① 指出杜诗"备后世之众体",当为唐体之代表,叶适所倡所谓唐风只是贾岛、姚合之晚唐体,仅"得老杜之一体",不能代表唐风,因此不足取也。

在《徐道晖墓志铭》中,叶适也充分肯定了徐照诗"斫思尤奇""横绝歘起"与"复言唐诗自君始"的历史功绩。对徐照以工巧、精致代替那些汗漫广漠、佶屈聱牙的江西派的纠偏矫弊的历史价值做出了积极的评价,同时又为他未能达到盛唐、中唐的宏阔境界而惋惜。如上所述,"四灵"复尊唐体其实只是"晚唐体",具体而言是贾岛、姚合一派的五律,"专以炼句为工,而句法又以炼字为要。……诗主于野逸清瘦,以矫江西之失"②,即以清新刻露之词,写野逸清瘦之趣,表现寄情泉石、傲啸田园的闲适生活。艺术上能以精炼的语言,写寻常生活,一定程度上摆脱了江西诗派"资书以为诗"的迂腐习气,但"四灵"以"捐书以为诗"反拨江西诗学,则矫枉过正,又走向了"失之野"的极端③。因此,叶适在《题刘潜夫〈南岳诗稿〉》中寄厚望于刘克庄:

> 往岁徐道晖诸人,摆落近世诗律,敛情约性,因狭出奇,合于唐人,夸所未有,皆自号"四灵"云。于时刘潜夫年甚少,刻琢精丽,语特惊俗,不甘为雁行比也。今"四灵"丧其三矣,家钜沦没,纷唱迭吟,无复第叙。而潜夫思益新,句愈工,涉历老练,布置阔远,建大将旗鼓,非子孰当!昔谢显道谓"陶冶尘思,模写物态,曾不如颜、谢、徐、庾留连光景之诗。"此论既行,而诗因以废矣。悲夫!潜夫以谢公所薄者自鉴,而进于古人不已,参《雅》《颂》,轶《风》《骚》可也,何必"四灵"哉!④

批评徐照等"四灵""摆落近世诗律,敛情约性,因狭出奇,合于唐人,夸所未有"。所谓"敛情约性","是指生活范围不广,思想蕴涵不深,所以写出来的作品平淡清瘦,缺乏奔放的热情和昂扬的气魄";所谓"因狭出奇","是指艺术上只注重炼句修辞,而忽略了全篇的结构和意境"⑤。

---

① 《桐江集》卷四《跋许万松诗》,《全元文》卷二一七,第7册,第207页。
② 《清苑斋集提要》,《四库全书总目提要》卷一六二,第836页。
③ 《韩隐君诗序》,《四部丛刊》本《后村先生大全集》卷九十六,第24册,第2页。
④ 《水心文集》卷二十九《题刘潜夫〈南岳诗稿〉》,《叶适集》第2册,第611页。
⑤ 《两宋文学史》,第451页。

因此，其作品"虽镂心鉥肾，刻意雕琢，而取径太狭，终不免破碎尖酸之病"①。褒扬"四灵"后学刘克庄"刻琢精丽，语特惊俗"，"思益新，句愈工，涉历老练，布置阔远"。所谓"何必'四灵'"，告诫刘克庄不要像"四灵"那样以晚唐为限，欲其进于古人。因为当时"四灵"之弊日显，他惋惜"四灵"没世后，后学无所师法，于是勉励刘克庄建大将旗鼓，重振唐人之学。

叶适《王木叔诗序》云："木叔不喜唐诗，谓其格卑而气弱，近岁唐诗方盛行，闻者皆以为疑，夫争妍斗巧，极外物之变态，唐人所长也；反求于内，不足以定其志之所止，唐人所短也。木叔之评，其可忽诸？"②谓王木叔指出了唐诗之长和之短。我们认为，唐诗之短恰是宋诗之长。"反求于内"正是宋诗重内省、好覃思、情感内敛、以坚贞人格为内核的鲜明表征，正如缪钺指出："宋诗之情思深微而不壮阔，其气力收敛而不发扬，其声响不贵宏亮而贵清泠，其词句不尚蓄艳而尚朴澹，其美不在容光而在意态，其味不重肥醲而重隽永，此皆与其时代之心情相合，出于自然。"③又谓："唐诗如啖荔枝，一颗入口，则甘芳盈颊；宋诗如食橄榄，初觉生涩，而回味隽永。"④叶适认为王木叔对唐诗的评价意见不可忽视，言外之意，他也基本同意王氏对"反求于内""足以定其志之所止"之唐诗所短、宋诗所长的概括。但是，他在《题陈寿老文集后》中却说："建安中，徐、陈、应、刘，争饰词藻，见称于时，识者谓两京馀泽，由'七子'尚存。自后文体变落，虽工愈下，虽丽益靡，古道不复庶几，遂数百年。元祐初，黄、秦、晁、张，各擅毫墨，待价而显，许之者以为古人大全，赖数君复见。及夫纷纭于绍述，埋没于播迁，异等不越宏词，高第仅止科举，前代遗文，风流泯绝，又百有馀年矣。"⑤可见，叶适在对待唐音和宋调上，前后意见并不统一，有些矛盾；或者说没有始终贯彻他辩证对待古今的诗学观。

在《谢景思集序》中，叶适对北宋后期以来诗坛流行的以拙为高、刻意求拙的风气提出了批评：

崇、观后文字散坏，相称以浮，肆为险肤无据之辞，苟以荡心

---

① 《芳兰轩集提要》，《四库全书总目提要》卷一六二，第836页。
② 《水心文集》卷十二《王木叔诗序》，《叶适集》第1册，第221页。
③ 《论宋诗（代序）》，《宋诗鉴赏辞典》，第14页。
④ 《论宋诗（代序）》，《宋诗鉴赏辞典》，第3页。
⑤ 《水心文集》卷二十九《题陈寿老文集后》，《叶适集》第2册，第609页。

意，移耳目，取贵一时，雅道尽矣。谢公……俊笔涌出，排迮老苍，而不能受俗学熏染，自汉、魏根柢，齐、梁波流，上溯经训，旁涉传记，门枢户钥，庭旅陛列，拨弃组绣，考击金石，洗削纤巧，完补大朴。①

又在《习学记言》卷四十七中说："然后世儒者，以古诗为王道之盛，而汉魏以来乃文人浮靡之作也，弃而不论，讳而不讲，至或禁使勿习；上既不能涵濡道德，发舒心术之所存，与古诗庶几，下复不能抑扬文义，铺写物象之所有，为近诗绳准，块然朴拙，而谓圣贤之教如是而止，此学者之大患也。"② 批评当时诗坛以"朴拙"为准绳，既不能"涵濡道德""发舒心术"，又不能"抑扬文义""铺写物象"，是学者之大患。又云："盖削世俗纤浮靡薄之巧而归之于正，则不以拙言也。以拙易巧而不能运道，则拙有时而伪矣，学者所当思也。"③ 指出时人"以拙易巧"，倘若"不能运道"，则"伪"而无用也，提醒学者慎思之。

崇尚朴拙，确为江西诗派在理论指导下的自觉追求。黄庭坚《题意可诗后》云："宁律不协，而不使句弱；用字不工，不使语俗，此庾开府之所长也，然有意于为诗也。至于渊明，则所谓不烦绳削而自合。虽然，巧于斧斤者多疑其拙，窘于检括者辄病其放。……渊明之拙与放，岂可为不知者道哉！……说者曰：若以法眼观，无俗不真；若以世眼观，无真不俗。渊明之诗，要当与一丘一壑者共之耳。"④ 陈师道也说："宁拙毋巧，宁朴毋华，宁粗毋弱，宁僻毋俗，诗文皆然。"⑤ 张耒评价曰："以声律作诗，其末流也，而唐至今谨守之。独鲁直一扫古今，直出胸臆，破弃声律，作五七言，如金石未作，钟声和鸣，浑然天成，有言外意。近来作诗者颇有此体，然自吾鲁直始也。"⑥ 黄庭坚《次韵杨明叔见饯十首》其八云："皮毛剥落尽，唯有真实存。"即要剥落浮华的枝叶，露出坚净的本根，也就是要扫除一切声色语，表现自然本色和坚贞的人格。黄庭坚倡导瘦硬朴拙的老苍美，反对当时文坛以铅华为尚的风气："楚宫旧腰死，长

---

① 《水心文集》卷十二《谢景思集序》，《叶适集》第 1 册，第 212～213 页。
② 《习学记言》卷四十七《吕氏文鉴》，《景印文渊阁四库全书》第 849 册，第 773 页。
③ 《习学记言》卷四十七《吕氏文鉴》，《景印文渊阁四库全书》第 849 册，第 772 页。
④ 《题意可诗后》，《山谷题跋》卷二，第 46 页。
⑤ 《后山诗话》，《历代诗话》上册，第 311 页。
⑥ 《王直方诗话》，《宋诗话辑佚》卷上，上册，第 101 页。

安眉半额,比来翰墨场,烂漫多此色"①;"本心如日月,利欲食之既。后生玩华藻,照影终没世"(《奉和文潜赠无咎篇末多以见及以既见君子云胡不喜为韵》其一);"后生文楚楚,照影若孔翠"(《次韵答邢惇夫》))。于是叶适在《徐道晖墓志铭》中以"浮响疑宫商,布缕缪组绣"者,斥江西诗之音节不谐,彩色不鲜,失唐人为诗之旨:"然厌之者谓其纤碎而害道,淫肆而乱雅,至于廷设九奏,广就大幅,而反以浮响疑宫商,布缕缪组绣,则失其所以为诗矣。"②《播芳集序》云:"取近世各公之文,择其意趣之高远,词藻之佳丽者而集之,名之曰《播芳》。"③ 又在《皇朝文鉴·记》中说:"古人文字固极天下之巧丽矣。彼怪迂钝朴,用功不深,才得其腐败粗涩而已。"④ 可见,叶适欣赏意趣高远、词藻佳丽的作品,斥黜迂钝朴拙的作品,前者"极天下之巧丽",后者"得其腐败粗涩"。这是叶适与江西诗学之离。

四、南宋其他理学家与江西诗学的离或合

理学以儒家伦理道德为核心,吸收佛、道的宇宙生成模式和哲学的思辨,援佛、道入儒。它是北宋出现的一种新的社会思潮,是时代精神的体现。它以探讨"道体"为核心,所谓"道体"指在自然现象、社会现象背后或之上,有一个更根本的本体。以"穷理"为精髓,以"存天理、灭人欲"为"存养"工夫,以"齐家""治国""平天下"为实质,以"为圣"为目的,辟佛老,辨异端。至南宋,理学趋于成熟,出现了一大批理学家。主流派有朱熹、陆九渊及其门徒。朱熹、吕祖谦、张栻,被称为"东南三贤"。本节主要选择几位具有代表性的理学家,试析他们与江西诗学主要是黄庭坚诗学思想的离或合。

(一)诗歌本体特征认知上的离或合

陆九渊(1139~1193),字子静,号存斋,因曾讲学于象山,世称象

---

① 黄庭坚:《寄晁元忠十首》其五,《黄庭坚诗集注》第4册,第1181页。
② 《水心文集》卷十七《徐道晖墓志铭》,《叶适集》第2册,第322页。
③ 《水心文集》卷十二《播芳集序》,《叶适集》第1册,第228页。
④ 《习学记言》卷四十九《吕氏文鉴》,《景印文渊阁四库全书》第849册,第794页。

山先生。抚州金溪（今江西金溪县）人。宋孝宗乾道八年（1172）进士，官至奉议郎知荆门军。其思想源于程颢，其学说与朱熹有异。与其他理学家一样，他论文强调道本文末，并认为道即艺，艺即道。他说："但读书本不为作文，作文其末也。有其本必有其末，未闻有本盛而末不茂者。若本末倒置，则所谓文亦可知矣"①；"有德者必有言；诚有其实，必有其文。实者，本也。文者，末也。今人之习，所重在末。岂惟丧本，终将并其末而失之矣"②；"主于道则欲消而艺亦可进，主于艺则欲炽而道亡，艺亦不进"；"以道制欲则乐而不厌，以欲亡道则惑而不乐"③。认为为文即"顺于道""理于义"，即"穷理尽性"，否则根本谈不上所谓"文"："和顺于道德而理于义，穷理尽性以至于命，这方是文。文不到这里，说甚文？"④ 其论诗也从理学家立场立论，认为"《国风》《雅》《颂》，固已本于道。风之变也，亦发乎情，止乎礼义"，但也认识到诗歌具有"模写物态，陶冶性情"的状物和抒情功能，具有谐律的音节之美："若乃后世之诗，则亦有当代之英，气禀识趣，不同凡流。故其模写物态，陶冶性情，或清或壮，或婉或严，品类不一，而皆条然，各成一家，不可与众作混乱。字句、音节之间，皆有律吕，此诗家所以自异者。"⑤

魏了翁（1178～1237），字华父，也称鹤山先生。邛州蒲江（今四川蒲江）人。宋宁宗庆元五年（1199）进士，官至金书枢密院事。是南宋与真德秀齐名的理学后劲，主要学术活动是鼓倡程朱理学，强调"心"的作用，与陆九渊的观点相近。在文学观点上与真德秀相似，但较之宏阔。《大邑县学振文堂记》完整概述了朱熹"文皆是从道中流出"的观点；《浦城梦笔山房记》主张作家通过学道养德，日积月累，使文学创作既德体内充又才思不竭。《坐忘居士房公文集序》批评玩华溺藻、有意为文的"后世末学"，推举"古之学者"蓄德养道、修辞立城的立身为文之道，表现了他重道轻文的一贯思想⑥。其论诗强调"以吟咏情性为主"，反对"以声韵为工"，主张"玩心于六经"，"沉潜乎义理"，然后"奋发乎文章"，批评晋宋之后，"复有次韵，有用韵，有赋韵，有探韵，则又以迟速

---

① 《象山集》卷四《与曾敬之》，《景印文渊阁四库全书》第1156册，第290页。
② 《象山集》卷十一《与吴子嗣四》，《景印文渊阁四库全书》第1156册，第335页。
③ 《象山集》卷二十二《杂说》，《景印文渊阁四库全书》第1156册，第451页。
④ 陆九渊：《象山语录》卷三十四，《景印文渊阁四库全书》第1156册，第564页。
⑤ 《象山集》卷十七《与沈宰二》，《景印文渊阁四库全书》第1156册，第414页。
⑥ 《鹤山集》卷五十一《坐忘居士房公文集序》，《景印文渊阁四库全书》第1172册，第579页。

较工拙,以险易定能否,以抉摘前志为该洽,以破碎文体为新奇,转失诗人之旨"①。又云:"大抵与朋友唱酬,可以吟咏情性,扬榷理道。"② 再看下面一段论述:

> 称美陶公者曰:荣利不足以易其守也,声味不足以累其真也,文词不足以溺其志也。然是亦近之,而公之所以悠然自得之趣,则未之深识也。《风》《雅》以降,诗人之词,"乐而不淫,哀而不伤"。以物观物,而不牵于物,吟咏情性,而不累于情,孰有能如公者乎?有谢康之忠,而勇退过之,有阮嗣宗之达,而不至于放;有元次山之漫,而不著其疏,此岂小小进退,所能窥其际邪!先儒所谓"经道之馀,因闲观时,因静照物,因时起志,因物寓言,因志发咏,因言成诗,因咏成声,因诗成音"者,陶公有焉。③

他从一个理学家的视角来观照陶渊明其人其诗,认为世人谓陶渊明不为"荣利""声味""文词"所易所累所溺,但对他"悠然自得之趣"则"未之深识"。在他看来,渊明的退隐、达观、任意,是谢灵运、阮籍、元结所不可企及的,故其诗"乐而不淫,哀而不伤,以物观物而不牵于物,吟咏情性而不累于情",一言以蔽之,蓄德养道之故矣!

真德秀(1178~1235),字景元,后更字希元,学者称西山先生。建州浦城(今属福建)人。宋宁宗庆元五年(1199)进士,官至参知政事。他是南宋理学文论的代表人物之一。学出朱熹门人詹体仁,是朱熹的再传弟子。学术继承朱熹,推尊理学,是南宋理学的后劲。他重道轻文,认为"夫文者,技之末尔"④,论文要求诗文"发挥义理,有补世教"⑤,"词章之靡丽者易工,而义理之精微者难究"⑥,视文学为宣讲理学的工具。他说:"古之诗,出于性情之真。先王盛时,风教兴行,人人得其性情之正。故其间虽喜怒哀乐之发,微或有过差,终皆归于正理。故《大序》曰:'变风发乎情,本乎礼义。发乎情,民之性也;本乎礼义,先王之泽也。'

---

① 《鹤山集》卷五十二《古郫徐君诗史字韵序》,《景印文渊阁四库全书》,第1029页。
② 魏了翁:《鹤山题跋》卷六十三《跋彭忠肃公真迹后》,《景印文渊阁四库全书》第1173册,第51页。
③ 《鹤山集》卷五十二《费元甫注陶靖节诗序》,《景印文渊阁四库全书》第1172册,第587页。
④ 《西山文集》卷二十八《日湖文集序》,《景印文渊阁四库全书》第1174册,第441页。
⑤ 《西山文集》卷三十六《跋彭忠肃文集》,《景印文渊阁四库全书》第1174册,第576页。
⑥ 《西山文集》卷二十七《傅景裴文编序》,《景印文渊阁四库全书》第1174册,第416页。

三百篇诗,惟其皆合正理,故闻者莫不兴起,其良心趋于善而去于恶,故曰'兴于诗'。"①融会老庄虚静其心和孟子"养气"之说,提出"养心":"故古之君子,所以养其心者,必正,必清,必虚,必明。惟其正也,故气之至正者入焉,清也、虚也、明也亦然。"②倡导儒家"温柔敦厚"的诗教,批评"魏晋以降,文辞猥下,无复深纯温厚之指。至偶俪之作兴,而去古益远"③。

杨简(1140～1225),字敬仲,慈溪(今属浙江)人。宋孝宗乾道五年(1169)进士,以宝谟阁学士、太中大夫致仕。学者称慈湖先生。曾拜陆九渊为师,为学主"心即是道",以明心为修养之本。认为诗起源于人之本心,本心为正、为善。学诗者得其道,则无所不通。因此要求作文要近道,而不能巧言鲜仁。

包恢(1182～1268),字宏父,号宏斋,建昌军南城(今属江西)人。宋宁宗嘉定十三年(1220)进士,历任刑部尚书、签书枢密院事,官终资政殿学士。在哲学思想上,他主要接受了陆九渊心学一派的学说,但又杂取程朱理学,故他主张"理备于经,经明则理明",认为"本朝诗出于经",故可与唐诗相颉颃,但"此人所未识",独戴复古"心知之。故其为诗,正大醇雅,多与理契,志之所至,诗亦至焉"④。然而,与其他理学家不同,包恢能够在一定程度上摆脱笼罩在南宋学坛的程朱理学,而进入诗歌审美批评,提倡平淡自然的诗风。他要求诗歌"自咏情性,自运意旨,以发越天机之妙,鼓舞天籁之鸣"⑤。虽然他也将诗歌视为"自咏情性"的工具,但强调天机自然,则回归到诗歌本体论境界。其论"空中之音",已开启严羽论诗之"兴趣"说。

南宋理学家上述有关"文"与"道"的观点有部分与黄庭坚的诗学观合,如他主张加强道德修养,精研儒家经典,养心治性。《书赠韩琼秀才》云:"治经之法,不独玩其文章,谈说义理而已,一言一句,皆以养心治性。"⑥《答郭英发》云:"要须下十年工夫,识取自己,则有根本。凡有言句,皆从自根本中来。"⑦《答王观复》云:"更愿加求己之功,沉

---

① 《西山文集》卷三十一《问兴立成》,《景印文渊阁四库全书》第1174册,第492页。
② 《西山文集》卷三十四《跋豫章黄量诗卷》,《景印文渊阁四库全书》第1174册,第530～531页。
③ 真德秀:《文章正宗纲目·辞命》,《景印文渊阁四库全书》第1355册,第5页。
④ 包恢:《石屏诗后集序》,《四部丛刊》本《石屏诗集》卷首,第1册,第5页。
⑤ 《敝帚稿略》卷二《论五言所始》,《景印文渊阁四库全书》第1178册,第724页。
⑥ 《书赠韩琼秀才》,《山谷题跋》卷一,第28页。
⑦ 《答郭英发》,《黄庭坚全集》,第2016页。

潜于经术，自印所得。根源深远，则波澜枝叶无遗恨矣。"① 告诫其甥"然孝友忠信，是此物之根本，极当加意养以敦厚醇粹，使根深蒂固，然后枝叶茂耳。"② 教诲其侄"但须勤读书，令精博，极养心，使纯静，根本若深，不患枝叶不茂也"③。《次韵杨明叔四首序》云："文章者，道之器也；言者，行之枝叶也。"④ 这是因为黄庭坚深受当时理学的影响。他在《濂溪诗并序》中颂扬周敦颐"人品甚高。胸中洒落，如光风霁月"⑤。又在《跋元圣庚清水岩记》说："古之人正心诚意，而游于万仞之表，故六经我之陈迹也。山迹冠冕，吾又何择焉！"⑥ 这些言论同理学家所谓性理之说同一口吻。

黄庭坚《书王知载朐山杂咏后》云："诗者，人之情性也。"⑦ 诗歌是"人之情性"的抒发，这是黄庭坚对诗歌本体特征的认知。刘勰《文心雕龙·明诗》云："诗者，持也，持人情性。"⑧ 钟嵘《诗品·总论》亦谓诗乃"吟咏情性"⑨。黄庭坚《与郭英发帖三》云："所作乐府，词藻殊胜，但此物须兼缘情绮靡、体物浏亮，乃能感动人耳。"⑩ 可见，黄庭坚所谓"情性"即陆机《文赋》中所谓"诗缘情而绮靡"之"情"。理学家虽然也认为诗歌"模写物态，陶冶性情""以吟咏情性为主""出于性情之真""自咏情性"，但是，由于理学家强调"存天理，灭人欲"，其所谓"情性"之"情"已经被抽掉，"情性"实际上成了偏义复词，只剩下"性"了，在理学那里，"性"指"性理"，即人性与天理，故真德秀引《诗大序》"变风发乎情，本乎礼义，民之性也，本乎礼义，先王之泽也。三百篇诗，惟其皆合正理"。这是黄庭坚与上述理学家对诗歌本体认知之离。

（二）诗品、人品评价上的离或合

与朱熹对江西诗学持批评态度不同，陆九渊对江西诗派极口称赞：

---

① 《答王观复》，《黄庭坚全集》，第2005页。
② 《与洪驹父》，《黄庭坚全集》，第1365页。
③ 《与济川侄帖》，《黄庭坚全集》，第498页。
④ 《次韵杨明叔四首》，《黄庭坚诗集注》第2册，第436页。
⑤ 《濂溪诗并序》，《黄庭坚诗集注》第5册，第1411页。
⑥ 《跋元圣庚清水岩记》，《山谷题跋》卷二，第63页。
⑦ 《书王知载〈朐山杂咏〉后》，《山谷题跋》卷二，第49页。
⑧ 《文心雕龙·明诗》，《文心雕龙译注》，第41页。
⑨ 《诗品注》，第4页。
⑩ 《与郭英发帖二》，《文津阁四库全书》第372册，第393页。

> 伏蒙宠贶《江西诗派》一部，二十家。异时所欲寻绎而不能致者，一旦充室盈几，应接不暇。名章杰句，焜耀心目。……至豫章而益大肆其力，包含欲无外，搜抉欲无秘，体制通古今，思致极幽眇，贯穿驰骋，工力精到。一时如陈、徐、韩、吕、三洪、二谢之流，翕然宗之，由是，江西遂以诗社名天下。虽未极古之源委，而其植立不凡，斯亦宇宙之奇诡也。①

他用"名章杰句，焜耀心目"来评价江西派诗，欣赏的是其章法句法，而对黄庭坚诗更是推崇备至，充分肯定其"以才学为诗"的艺术成就，如吸取前代诗人之所长，使事用典之富赡，研习古今诗歌体制而变革，构思立意之惨淡经营、苦心孤诣，以书本材料为诗融会贯通，工力深厚精湛，堪称诗坛之一奇。这段话被罗大经《鹤林玉露》丙编卷之三转引，而后又启刘克庄之论："豫章稍后出，会萃百家句律之长，究极历代体制之变，搜猎奇书，穿穴异闻，作为古律，自成一家；虽只字半句不轻出，遂为本朝诗家宗祖。"② 可见这一评价得到学者认可。诚然，黄庭坚诗歌在章法句法上确实"工力精到"，比如在章法上，笔者曾将黄诗概括为五种结构：布局匀称的平分式结构、上下勾连的交叉式结构、层次转换的多层式结构、时空切合的跨越式结构、衬托对比的反差式结构。而在句法上则有似对非对、流水对、当句对、句意反对、迭现对、偷春对、全诗对仗、拗句等多种形式。所谓似对非对，即突破前人近体中词性类属都相同词语（多为实词）的工对，拓展为词性虽然相同但类属却不同的宽对；或上下句基本相对，个别词语则不对；或以虚词相对等。这种对仗，初觉非对，细究之则字字对仗。在黄庭坚近体中有些句法比较特殊，有时将某个词语拆开来用，或将一意拆成二句，与流水对不同，构成互文③。如"心犹未死杯中物，春不能朱镜里颜"④，"眼中故旧青常在，鬓上光阴绿不回"⑤，"死"字本为不及物动词却作及物动词用，"朱"为形容词而作动词用。"春颜""青眼""绿鬓"三个词语均被拆开用。"开径老禅来煮茗，还寻密竹径中归"（《赠郑交》），二句一意拆成二句，说老禅师法安从密竹中开辟一条新路，自由往来郑交草堂品茶。但谓黄庭坚"体制通古今""会萃

---

① 《象山集》卷七《与程帅书》，《景印文渊阁四库全书》第1156册，第325页。
② 《江西诗派小序》，《历代诗话续编》上册，第478页。
③ 参见吴晟：《黄庭坚诗歌创作论》，江西人民出版社1998年版。
④ 黄庭坚：《次韵柳通叟寄王文通》，《黄庭坚诗集注》第1册，第290页。
⑤ 黄庭坚：《次韵清虚》，《黄庭坚诗集注》第5册，第1448页。

百家句律之长,究极历代体制之变",则言过其实矣。

魏了翁对黄庭坚其人其诗的高度评价主要见诸其《黄太史文集序》:

> 公年三十有四,上苏长公诗,其志已荦荦不凡,然犹是少作也。迨元祐初兴,与众贤汇进,博文蓄德,大非前比。元祐中、末,涉历忧患,极于绍圣,元符以后,流落黔戎,浮沉于荆、鄂、永、宜之间,则阅理益多,落叶就实,直造简远,前辈所谓"黔州以后,句法尤高"。虽然,是犹其形见于词章者然也。元祐史笔,守正不阿。迨章、蔡用事,摘所书王介甫事,将以瑕众正而珍焉。公于是有黔戎之役。貔狁之所噪,木石之与居,间关百罹,然自今诵其遗文,则虑澹气夷,无一毫憔悴陨获之态。以草木文章,发帝杼机,以花竹和气,验人安乐,虽百世之相后,犹使人跃跃兴起也。至其闻龚邹、冠豸,张、董上坡,则喜溢词端。荆江亭以后诸诗,又何其恢广而平实,乐不至淫,怨不及怼也。然而犹为小人承望时好,捃摭《承天院记》语,窜之宜阳。虽济离险艰,而行安节和,纯终不庇。呼呼!以其所养若是,设见用于建中靖国之初,将不弭蔡、邓之萌,而销崇观之纷纷乎?是恶可以词人目之也。国朝以记览词章,哗众取宠,非无丁夏王吕之俦,而施诸用则悖。二苏公以词章擅天下,其时如黄、陈、晁、张诸贤,亦皆有闻于时,人孰不曰此词人之杰也。是恶知苏氏以正学直道,周旋于熙、丰、祐、圣间,虽见愠于小人,而亦不苟同于君子。盖视世之富贵利达,曾不足以易其守者,其为可传,将不在兹乎?诸贤亦以是行诸世,皆坐废弃,无所悔恨。其间如后山,不予王氏,不见章厚,于邢赵姻娅也,亦未尝假以词色。褚无副衣,匪焕匪安,宁死无辱,则山谷一等人也。张文潜之诗曰:"黄郎萧萧日下鹤,陈子峭峭霜中竹。"是其为可传,真在此而不在彼矣。①

"上苏长公诗"指宋神宗元丰元年(1078)黄庭坚以《古诗二首上苏子瞻》,表达对苏轼的倾慕之情,苏轼《答黄鲁直书一首》云:"轼始见足下诗文于孙莘老之坐上,耸然异之,以为非今世之人也。莘老言:'此人,人知之者尚少,子可为称扬其名。'轼笑曰:'此人如精金美玉,不即人而人即之,将逃名而不可得,何以我称扬为?'然观其文以求其为人,必轻

---

① 《鹤山集》卷五十三《黄太史文集序》,《景印文渊阁四库全书》第1172册,第595~596页。

外物而自重者，今之君子莫能用也。其后过李公择于济南，则见足下之诗文愈多，而得其为人益详。意其超逸绝尘，独立万物之表，驭风骑气，以与造物者游……《古风》二首，托物引类，真得古诗人之风。"① 黄庭坚欲结交苏轼，作古诗二首上苏轼，时年三十三岁，虽不算"少作"，然"其志已荦荦不凡"初露端倪确是事实。宋哲宗绍圣元年（1094）十二月，黄庭坚因修《神宗实录》被章惇、蔡卞等指控，以"诬毁先帝"的罪名贬为涪州别驾、黔州安置。宋徽宗崇宁二年（1103）在荆州又因作《承天院塔记》被赵挺之授意的转运判官陈举弹劾，以为幸灾谤国而远谪宜州。两次遭贬，特别是第一次文字之祸之后，黄庭坚的诗风发生了重大转变，正如魏了翁所评"阅理益多，落华就实，直造简远"。黄庭坚自己也说其诗"皮毛剥落尽，唯有真实在"（《次韵杨明叔见饯十首》其八）；"老来树叶皮肤枯朽剥落，唯有心如铁石，益厌末俗文密而意疏"②。即诗歌要刊落浮华，返璞归真，表现自然本色——坚贞的人格。《与王观复书》说"所寄诗多佳句，犹恨琢雕功多耳"，告诫王生要"但熟观杜子美到夔州后古律诗"，其"皆不烦绳削而自合"，即"句法简易，而大巧出焉。平淡如山高水深"③。如崇宁元年（1102）所作《跋子瞻和陶诗》、次年所作《鄂州南楼书事》四首等，都比较突出地体现了黄庭坚刊落浮华、平淡老苍的风格特征。故魏了翁说"今诵其遗文，则虑澹气夷，无一毫悻殒获之态"，又谓"褚无副衣，匪焕匪安，宁死无辱，则山谷一等人也"，均指出了黄庭坚高尚人格和超旷胸襟来自其深厚的道德修养。

  魏了翁又在《侯氏少陵诗注序》中说："黄公鲁直尝谓：'子美诗妙处，乃在无意之意（案："之意"当作"为文"）。夫无意而意已至。非广之以《国风》《雅》《颂》，深之以《离骚》《九歌》，安能咀嚼其意味，闯然入其门邪？'故使后生辈自求之，则得之深矣。予每谓知子美诗，莫如鲁直。盖子美负抱瑰特，而生不逢世，仅以诗文陶写情性，非若词人才士，媲青配白以为工者；往往辨方域，书土实而居者有不尽知，讥时政、品人物而主人习未读不能察。盖鲁直所谓'闯乎骚雅'者为得之，而'诗史'不足以言之也。眉山侯伯修，予尝与之为僚，闻其雅善子美诗，为之笺释而未之见。其子伯升始求予叙所以作，阅其书，盖出乎诸家笺释之后，而兼善并能蔽以己见。子美至是，若庶几无遗憾矣。虽然，读是诗

---

① 《答黄鲁直书五首》其一，《苏轼文集》卷五十二，第4册，第1531～1532页。
② 黄庭坚：《答王云子飞兄弟》其一，《文津阁四库全书》第372册，第392页。
③ 《与王观复书》，《文津阁四库全书》第372册，第225页。

者,滞于笺释而不知所以自求之、自得之,则鲁直耻之,予亦耻之。"①指出黄庭坚倡导祖师杜甫,并非只是其诗歌的字法、句法、格律等,也重视对杜诗思想内容的学习。黄庭坚在《大雅堂记》中批评那些"喜穿凿者","弃其大旨,取其发兴于所遇林泉、人物、草木、鱼虫,以为物物皆有所托,如世间商度隐语者",使"子美之诗委地"②。当黄庭坚以"幸灾谤国"的罪名被除名羁管宜州,途经永州时读到元结《大唐中兴颂》,无限感慨,写下了《书磨崖碑后》,诗中说:"臣结春陵二三策,臣甫杜鹃再拜诗。安知忠臣痛至骨,世上但赏琼琚词。"也批评世人只欣赏元结《春陵行》和杜甫杜鹃诗的文词,而不理会其深厚的忧国忧民的思想感情。魏了翁认为黄庭坚以"闯乎骚雅"——继承了《诗经》的现实主义和《离骚》的忧国忧民传统来评价杜诗,"得之"杜诗之精髓,谓"知子美诗,莫如鲁直"。这一看法体现了一位理学家对黄庭坚的深刻理解,也体现了魏了翁独到的文学眼光。

真德秀《跋山谷黄概字序》云:"东坡铭莲花漏曰:'惟无意无必然后可以司天下之平。'山谷此序,其称概之德亦然,士大夫用心,当眠以为法。"③高度肯定黄庭坚对道德修养的重视。黄庭坚《次韵杨明叔四首序》云:"文章者,道之器也;言者,行之枝叶也。"④《与洪驹父》云:"学问文章,如甥之才器笔力,当求配于古人,勿以贤于流俗遂自足也。然孝友忠信,是此物之根本,极当加意养以敦厚醇粹,使根深蒂固,然后枝叶茂耳。"⑤《与韩纯翁宣义书二》云:"如子苍之诗,今不易得,要是读书数千卷,以忠义孝友为根本,更取六经之义味灌溉之耳。"⑥《答何斯举书四》:"观斯举诗句,多自得之。他日七八少年,皆当压倒老夫;但须得忠信孝友,深根固蒂,则枝叶有光辉矣。"⑦ 黄庭坚这一诗学观远承孔子"有德者必有言",近师韩愈"养其根而俟其实,加其膏而希其光,根之茂者其实遂,膏之沃者其光晔,仁义之人,其言蔼如也"⑧,由于黄庭

---

① 《鹤山集》卷五十五《侯氏少陵诗注序》,《景印文渊阁四库全书》第1172册,第621~622页。
② 《大雅堂记》,《黄庭坚选集》,第415页。
③ 《西山文集》卷三十六《跋山谷黄概字序》,《景印文渊阁四库全书》第1174册,第567页。
④ 《次韵杨明叔四首序》,《黄庭坚诗集注》第2册,第436页。
⑤ 《与洪驹父》,《黄庭坚全集》,第1365页。
⑥ 《与韩纯翁宣义书二》,《文津阁四库全书》第372册,第315页。
⑦ 《答何斯举书四》,《文津阁四库全书》第372册,第394页。
⑧ 《答李翊书》,《韩昌黎文集校注》,第169页。

坚所强调道德修养与理学家修身养性一致，故真德秀建议"士大夫用心，当眂以为法"。

另一位理学家曾丰，真德秀曾从之学。由于他立足理学家的立场，因此，其诗学观与黄庭坚有分歧。他说："文忠、苏公文章妙天下，长短句特绪馀耳，犹有与道德合者，'缺月疏桐'一章，触兴于惊鸿，发乎情性也；收思于冷州，归乎礼义也。黄太史相多，大以为非口食烟火人语。余恐不食烟火之人，口所出仅尘外语，于礼义遑计欤？……凡感发而输写，大抵清而不激，和而不流，要其情性则适，揆之礼义而安。非能为词也，道德之美，腴于根而益于华，不能不为词也。"① 认为苏轼《卜算子·黄州定惠院寓居作》之妙与作者"道德合"，"发乎情性""归乎礼义"，不同意黄庭坚所谓来自苏轼"高风绝尘"的评价。黄庭坚《跋东坡乐府》云："'缺月挂疏桐，漏断人初定。时见幽人独往来，缥缈孤鸿影。惊起却回头，有恨无人省。拣尽寒枝不肯栖，寂寞沙洲冷。'东坡道人在黄州时作。语意高妙，似非吃烟火食人语，非胸中有万卷书，笔下无一点尘俗气，孰能至此？"② 其实，两人观点之合处是均强调道德修养为苏轼《卜算子·黄州定惠院寓居作》之内核，观点之离处是曾丰最终将其归结于"发乎情止乎礼义"的理学思想，而黄庭坚则从文学本体角度阐释文学作品与人格修养之关系。

相对而言，杨简的诗学思想较为保守，他说："文士有云：'惟陈言之务去'，又云：'文章切忌随人后。'近世士大夫无不宗其说，不知几年于兹矣。《书》曰：'辞尚体要，不惟好异。商俗靡靡，利口惟贤，馀风未殄。'近世士风好异滋甚，以某言平常易以它语，及世效之者浸多，则又易之。所务新奇，无有穷也。不思乃利口惟贤之俗。士大夫胡为不省，不告诸上而痛革之，乃相与推波助澜。"③ 他对韩愈与黄庭坚所倡导文学创新提出异议，批评近世士大夫由于宗其说，"好异滋甚"，"所务新奇"，"相与推波助澜"，呼吁"痛革之"。不过这一批评亦不是无的放矢，樊宗师之辈，江西诗派末流，确实一味务新逐奇，走向了险怪一路，遭到后世的诟病。

包恢云："唐称韦、柳有晋宋高风，而柳实学陶者，山谷尝写柳诗与

---

① 曾丰：《缘督集》卷十七《〈知稼翁词〉序》，《景印文渊阁四库全书》第1156册，第198页。
② 《跋东坡乐府》，《山谷题跋》卷二，第40页。
③ 杨简：《慈湖遗书》卷十五《家记九·论文》，《景印文渊阁四库全书》第1156册，第854页。

学者云:'能如此学陶,乃能近似耳。'此语有味。"① 黄庭坚一生极力推崇陶渊明,不仅告诫后学通过师法"拾遗句中有眼",达到"彭泽意在无弦",即"不烦绳削而自合"的至境,更主要的是要学习陶渊明的人格:"渊明之拙与放,岂可为不知者道哉!……说者曰:若以法眼观,无俗不真;若以世眼观,无真不俗。渊明之诗,要当与一丘一壑者共之耳"②;"血气方刚时,读此诗如嚼枯木;及绵历世事,如决定无所用智,每观此篇,如渴饮水,如欲寐得啜茗,如饥啖汤饼。今人亦有能同味者乎?但恐嚼不破耳"③。批评"谢康乐、庾义城之于诗,炉锤之功不遗力也,然陶彭泽之墙数仞,谢、庾未能窥者",何原因在于"盖二子有意于俗人赞毁其工拙,渊明直寄焉耳"④。包恢对黄庭坚主张学陶要学其"高风亮节"的人格表示首肯,与其他理学家推崇陶渊明的安贫乐道不同,其中真德秀的观点颇具代表性:"渊明之学,正自经术中来,故形之于诗,有不可掩。荣木之忧,逝川之叹也;贫士之咏,簟瓢之乐也。"⑤ 包恢推崇的是陶渊明高洁的人格节操,他在《书徐致远无弦稿后》中以"春兰""夏莲""秋菊""冬梅"为喻,高度赞美了陶渊明的君子人格,谓"人如是,歌诗亦如之",故其"意味风韵,含蓄蕴藉,隐然潜寓于里,而其表淡然,若无外饰者,深也",批评"其视桃李辈华彩光焰,徒有馀于表,意味风韵实不足于里,而反人人爱之,至以俗花为俗诗者,其想去又不亦远乎"⑥。

黄庭坚《答洪驹父书三》云:"自作语最难。老杜作诗,退之作文,无一字无来处。"⑦ 对此,包恢则提出异议:"黄太史称杜诗无一字无来处。然杜无意用事,真意至而事自至耳。"⑧ 黄庭坚"以才学为诗",告诫后学要熟参前人之作,尤其是杜诗、韩文,但谓杜诗、韩文"无一字无来处"委实强调过头,杜甫说过"读书破万卷,下笔如有神"⑨。的确,杜甫由于广泛学习前人诗作,他在《戏为六绝句》中说"不薄今人爱古人,

---

① 《敝帚稿略》卷二《答傅当可论诗》,《景印文渊阁四库全书》第1178册,第717页。
② 《题意可诗后》,《山谷题跋》卷二,第46页。
③ 《书陶渊明诗后寄王吉老》,《山谷题跋》卷七,第192页。
④ 《论诗》,《山谷题跋》卷七,第184页。
⑤ 《西山文集》卷三十六《跋黄瀛甫拟陶诗》,《景印文渊阁四库全书》第1174册,第564页。
⑥ 《敝帚稿略》卷五《书徐致远无弦稿后》,《景印文渊阁四库全书》第1178册,第759页。
⑦ 《答洪驹父书三》,《文津阁四库全书》第372册,第225页。
⑧ 《石屏诗后集序》,《四部丛刊》本《石屏诗集》卷首,第1册,第5页。
⑨ 杜甫:《奉赠韦左丞丈二十二韵》,《杜诗详注》卷一,第1册,第74页。

清词丽句必为邻。窃攀屈宋宜方驾,恐与齐梁作后尘""别裁伪体亲风雅,转益多师是汝师"。包恢认为杜诗"无意用事,真意至而事自至耳",确为不刊之论;批评黄庭坚"有意用事,未免少与杜异,不知斯诗三百篇,用何古人事若语哉"①,也切中肯綮。

五、刘壎与江西诗学的离或合

刘壎(1240～1319),字起潜,南丰(今属江西)人。所居地名水云村,因自号水云村人。宋咸淳六年郡试第一。入元,为南剑州学官,后为延平路儒学教授。其学尊陆九渊为正传,参合朱熹学说。博览群书,工诗文,尤擅四六文,亦能词。著有《水云村稿》十五卷、《隐居通议》及《英华录》等。学术界对刘壎与江西诗学关系的探讨代表性成果主要有两篇论文,一篇是崔花艳的《刘壎对江西诗学精神的继承和提升》,她认为刘壎对江西诗学的继承与提升主要体现在三个方面:一是学杜问题上的肯定与超越,二是句律锻炼与自然风格的并重,三是注重学问而不碍吟咏性情②;另一篇是高尚杰的《刘壎诗论中的江西诗学色彩》,主要论述了刘壎诗学理论中对江西诗学的吸收,集中体现在遵法度与悟入两个方面③。

(一) 与江西诗学之合

南宋陆九渊的心学与朱熹的闽学同源二程,都讲求义理心性,但是对心与理的关系认识不同,为学的方法也不同,故形成不同的学派。朱熹以为"天下之物莫不有理",故为学之要在"即物穷理"。陆九渊认为"心即理","宇宙即吾心,吾心即是宇宙"④,故为学之要在"发明本心"。刘壎《朱陆合辙序》云:"建安朱子、金溪陆子则角立杰出,号为大宗师者也。朱、陆之学,本领实同,门户小异。故陆学主于超卓,直指本心,而晦翁以近禅为疑,朱学主于著书,由下学以造上达,而象山翁又以支离少

---

① 《石屏诗后集序》,《四部丛刊》本《石屏诗集》卷首,第1册,第5页。
② 崔花艳:《刘壎对江西诗学的继承与提升》,《文艺评论》2015年第4期。
③ 高尚杰:《刘壎诗论中的江西色彩》,《文教资料》2016年第36期。
④ 刘壎:《陆文安公祠堂记》,李修生主编《全元文》,江苏古籍出版社2001年版,第10册,第379页。

之。门分户别,伐异党同。"① 陆九渊将禅宗与儒家"思孟学派"主观唯心主义思想结合成"心学"思想体系,在道德修养上,提倡"存心""去欲"。在文学上认为心性修养是作诗文的"根本"。刘壎主要受陆九渊心学的影响,他在《象山语类题辞》中表达了对象山其人的景仰之情:"先生真天人也,单辞片语,洗凡破陋,其英悟超卓,足与孟配。"② 在《陆文安公祠堂记》中则对象山之心学推崇备至:"时则文安公拔起西江,而与之齐。其志气神,其识趣卓,其学宗孟,而直指本心。其禀天得,而非繇师授。劈析义利,则疾雷破山;剖别儒释,则明镜照日。抉人情之矫伪,则飞矢中的;破俗学之偏蔽,则刚风扫云。以至该体用之全,壹天人之正,探象数之奥,究政化之原。专涵养之功,尚务内之学,超笺传之间,戒蹞等之非。诲人读书,必指枢要而示以入圣之户庭;勉人立志,必如镌凿而听者至为之感泣。……文公之训曰:'宇宙即吾心,吾心即是宇宙。'"③ 与朱熹理学比较之后,刘壎指出:"顾其学不如朱学之盛行者……其教是以若不逮,而究其实践,则天高日精,千古独步。"④ 刘壎说诗,"极论天地根源、生人性情"⑤,即以"天地根源"合于"生人性情",与象山"在天者为性,在人者为心"、以性合于心学观点一致。

刘壎《新编绝句序》云:"世为律为绝,又为五言绝,去唐愈远,而光景如新,欧、苏、黄、陈诸大家,不以不古废其篇什,品诣始未易言。世俗士下此数百级,乃或卑之。昔人天然秀发,得独自高。"⑥ 高度评价黄庭坚诗歌"天然秀发,得独自高",即品诣格韵高绝。评价陈与义《咏墨梅》"格调高"⑦。又评黄庭坚《司马文正公挽词》、陈师道《南丰先生挽词》"皆超轶绝尘,诚可对垒"⑧。这种"超轶绝尘"的诗歌格韵来自作者深厚的人格修养,刘壎转述蔡絛《西清诗话》"黄太史诗妙脱蹊径,言侔鬼神,惟胸中无一点尘,故能吐出世间语"后评点说:"今详所评,虽未必皆当,大略亦类有识"⑨。"胸中无一点尘",即心地光明磊落,无一点尘俗气,冰心可鉴,胸襟颇高。黄庭坚每以"气格超俗""超逸绝尘"

---

① 刘壎:《朱陆合辙序》,《全元文》第 10 册,第 299~300 页。
② 刘壎:《象山语类题辞》,《全元文》第 10 册,第 328 页。
③ 《陆文安公祠堂记》引,《全元文》第 10 册,第 378~379 页。
④ 《象山语类题辞》,《全元文》第 10 册,第 328 页。
⑤ 刘壎:《雪崖吟稿序》,《全元文》第 10 册,第 305 页。
⑥ 刘壎:《水云村稿》卷五《新编绝句序》,《景印文渊阁四库全书》第 1195 册,第 377 页。
⑦ 刘壎:《隐居通议》卷十一《咏墨梅》,《景印文渊阁四库全书》第 866 册,第 115 页。
⑧ 《隐居通议》卷六《诸贤挽词》,《景印文渊阁四库全书》第 866 册,第 71 页。
⑨ 《隐居通议》卷六《蔡絛诗评》,《景印文渊阁四库全书》第 866 册,第 63 页。

评价他人作品,《跋柳子厚诗》指出"子厚如此学陶渊明,乃为能近之耳",即近陶诗"气格超俗"①;《与韩纯翁宣义二首》其一云:"观其诗句,知其言行必超逸绝尘。"②作者欲达到深厚的人格修养的途径之一是博览群书。刘壎说:"抑尝闻之师曰:'诗不易作,亦不可苟作。且当使胸中有数百卷书,韵度不俗,乃可下笔。子归,试取《六经》、子、史精读之,又取诸传记、百家杂说博读之,又取《骚》《选》、陶、韦、柳与李、杜盛唐诸作,国朝黄、陈诸作熟读之。山谷先生所谓用一事如军中之令,置一字如关门之键,涵泳变化。'"③博览群书,一是能够加强道德修养,刘壎所谓使人"韵度不俗"与黄庭坚所谓"养心治性"契合;二是熟参前人之作,可以提高写作技巧,用事置字堪称警策,不可动摇。黄庭坚云:"高子勉作诗,以杜子美为标准,用一事如军中之令,置一字如关门之键。"④

以黄庭坚为代表的江西诗派祖述杜甫,以学习杜诗相号召,刘壎对此予以充分的肯定,他说:"前卷尝载西园先生傅公幼安,硕学雄文,风动一时,而古赋尤佳,……因记景定中公取二陵、坡、谷四家之诗,分门编类,绣梓流传,名之曰《四诗类苑》,自制一序,……此序不忍弃,为录于左:'……宋朝之诗,金陵、坡、谷三大家,或以其精,或以其博,或以其雅,体虽不同,而气壮语浑,同出于杜。此则诗之正派也。……'"⑤"二陵"指庐陵欧阳修、金陵王安石。他认为王安石、苏轼和黄庭坚均学杜甫,尽管风格不同,或精或博或雅,要皆为"诗之正派"一也。又云:"赓歌昉于舜廷,至《三百篇》以来,跨汉魏,历晋唐,以迄于宋,以诗名家者,亡虑千百,其正脉单传,上接风雅,下逮汉唐,宋惟涪翁,集厥大成,冠冕千古,而渊深广博,自成一家。呜呼!至是而后可言诗之极致矣。……学诗不以杜、黄为宗,岂所谓识其大者?"⑥从文学发展角度,充分肯定了黄庭坚"自成一家"的历史地位与"诗之极致"的创作成就,号召学诗者当以"杜、黄为宗"。在刘壎看来,如同"以诗名家者,亡虑千百",学杜者亦甚众,但惟黄庭坚为其"正派单传":"老杜钧乐天籁,

---

① 《跋柳子厚诗》,《山谷题跋》卷二,第36页。
② 《与韩纯翁宣义二首》其一,《文津阁四库全书》第372册,第315页。
③ 《水云村稿》卷七《跋石州诗卷》,《景印文渊阁四库全书》第1195册,第389页。
④ 《跋高子勉诗》,《山谷题跋》卷二,第53页。
⑤ 《隐居通议》卷六《四诗类苑》,《景印文渊阁四库全书》第866册,第66~67页。
⑥ 《水云村稿》卷五《禁题绝句序》,《景印文渊阁四库全书》第1195册,第375~376页。

不可与诸子并,惟山谷绝近之"①。"绝近之"即在似与不似之间:"少陵诗似《史记》,太白诗似《庄子》,不似而实似也。东坡诗似太白,黄、陈诗似少陵,似而又不似也"②。指出黄庭坚与陈师道诗似杜又不似,他完全赞同许尹对黄、陈学杜而不为的看法:"蜀士任子渊尝注黄、陈诗,番阳许尹为之序,其略曰'……宋兴二百年,文章之盛追还三代,而以诗名世者豫章黄庭坚鲁直,其后学黄而不至者,后山陈师道无己。二公之诗皆本于老杜,而不学杜者也'云云。许公此序断制古今诗体,深合绳尺。自《三百篇》沿汉、晋以来,下至唐、宋数语,核之,靡不的确,而于黄、陈所学,又窥其奥,信名言矣。"③ 谓许尹洞悉黄、陈学杜之奥妙正在于"本于老杜而不学杜者",堪称至理名言,大有英雄所见略同之感。

的确,黄庭坚、陈师道学杜各有所取和所得。刘壎说:"君索予说诗,予为言杜、黄音响,又为言陶、柳风味。"④ 他与友人雪崖论诗,告之杜甫、黄庭坚诗歌的声律句法与陶渊明、柳宗元诗歌的风味意境。黄庭坚指导青年诗人高荷学诗要从"拾遗句中有眼"即从杜甫诗歌句法入手,反复揣摩,有所悟入,方可造"彭泽意在无弦"即陶渊明诗歌意在言外之境。黄庭坚学杜主要取法其拗律诗,造成音节生涩、意境兀傲的瘦硬诗风。正如张耒所指出:"以声律作诗,其末流也,而唐至今谨守之。独鲁直一扫古今,直出胸臆,破弃声律,作五七言,如金石未作,钟声和鸣,浑然天成,有言外意。"⑤《隐居通议》卷八《山谷诸作》云:

> 山谷《题荣州祖元大师此君轩》云:"程婴杵臼立孤难,伯夷叔齐采薇瘦。"形容绝妙。后有作者,何以加之?此堂先生瑞,南丰先达名儒也,尝谓余曰:山谷作诗,有押韵险处,妙不可言。如《东坡效庭坚体》诗云:"我诗如曹邺,浅陋不成邦;公如大国楚,吞五湖三江。赤壁风月笛,玉堂云雾窗。句法提一律,坚城受我降。"只此一"降"字,他人如何押到此?奇健之气,拂拂意表。……"桃李春风一杯酒,江湖夜雨十年灯"《寄黄几复》……以上并山谷先生句法也。山谷所长在古体,固不以律名,然时作律诗,亦自有一种句法。⑥

---

① 《隐居通议》卷六《苍山序唐绝句》,《景印文渊阁四库全书》第866册,第62页。
② 《隐居通议》卷六《李杜苏黄》,《景印文渊阁四库全书》第866册,第64页。
③ 《隐居通议》卷六《黄陈诗序》,《景印文渊阁四库全书》第866册,第61页。
④ 《雪崖吟稿序》,《全元文》第10册,第305页。
⑤ 《王直方诗话》,《宋诗话辑佚》卷上,上册,第101页。
⑥ 《隐居通议》卷八《山谷诸作》,《景印文渊阁四库全书》第866册,第89~90页。

黄庭坚《寄题荣州祖元大师此君轩》此联"言竹之劲且瘦如此"①。《史记·赵世家》载:"大夫屠岸贾欲诛赵氏。……赵朔妻成公姊,有遗腹,走公宫匿。赵朔客曰公孙杵臼,杵臼谓朔友人程婴曰:……'立孤与死孰难?'程婴曰:'死易,立孤难耳。'公孙杵臼曰:'赵氏先君遇子厚,子强为其难者,吾为其易者,请先死。'"②《史记·伯夷列传》载:"武王已平殷乱,天下宗周,而伯夷、叔齐耻之,义不食周粟,隐于首阳山,采薇而食之。……遂饿死于首阳山。"③ 黄庭坚用"立孤救赵"的典故咏竹之劲节,用伯夷、叔齐的典故咏竹之瘦硬,刘壎评价为"形容绝妙",后世难以为继。黄庭坚有《东坡诗句妙一世,乃云效庭坚体,盖退之戏效孟郊、樊宗师之比,以文滑稽耳。恐后生不解,故次韵道之。子瞻〈送杨孟容〉诗云:"我家峨嵋阴,与子同一邦。"即此韵》,可知此诗为黄庭坚次韵苏轼《送杨孟容》之作,所押为"三江"之险韵。刘壎认为虽为次韵之作,但"只此一'降'字,他人如何押到此",不仅有一种"拂拂意表"的"奇健之气",且传神地表达了对苏轼诗歌甘拜下风的膺服之情。"句法提一律,坚城受我降",谓苏轼诗歌句法高妙,请接受我的降服。黄庭坚曾自评:"余尝对人言,作诗在东坡下,文潜、少游上。"④ 可见"坚城受我降"绝非戏言,而是发自肺腑之声。"桃李春风一杯酒,江湖夜雨十年灯"为黄庭坚《寄黄几复》一诗的颔联。据《黄几复墓志铭》载,黄庭坚与黄几复于熙宁九年(1076)同科出身。此联不用任何动词和连词,而由名词性词组构成迭现对,上句追忆京城相聚、春风得意的景况,下句抒写别后相思、落拓江湖的处境,对比鲜明,反差强烈,寄寓了怜惜几复之才并为其处境鸣不平的含义。故被张耒称为"奇语"⑤。刘壎评价说:"山谷诗律精深,是其所长,故凡近于诗者无不工。"⑥ 总之,在刘壎看来,黄庭坚无论古体还是近体,都形成自己独特的句法。刘壎说:"唐刘禹锡作柳州文集序云:'韩退之曰:雄深雅健,似司马子长,崔、蔡不足多也。'崔谓崔瑗,蔡谓蔡邕。山谷咏张文潜诗亦用此意。有曰:'晁张班马乎,崔蔡不足云。'其善于夺胎换骨如此,而世或未之知也。"⑦ 与王

---

① 任渊:《山谷诗集注》卷第十三,《黄庭坚诗集注》第 2 册,第 470 页。
② 《史记》卷四十三,第 2 册,第 1451～1452 页。
③ 《史记》卷六十一,第 2 册,第 1688 页。
④ 《论作诗文》,《文津阁四库全书》第 372 册,第 358 页。
⑤ 《王直方诗话》引,《宋诗话辑佚》上册,第 62 页。
⑥ 《隐居通议》卷十八《诗文工拙》,《景印文渊阁四库全书》第 866 册,第 162 页。
⑦ 《隐居通议》卷十一《夺胎换骨》,《景印文渊阁四库全书》第 866 册,第 112 页。刘壎在此所示均为"换骨法"而非"夺胎法"。

若虚猛烈抨击为"特剽窃之黠者"①不同,刘壎对黄庭坚的"夺胎换骨"之诗法,予以肯定。对陈师道诗歌,"世或病其艰涩",刘壎则认为"挚敛锻炼之工,自不可及",并示例其《示三子》"去远即相忘,归近不可忍。儿女已在眼,眉目略不省。喜极不得语,泪尽方一哂。了知不是梦,忽忽心未稳"②;《别三子》"夫妇死同穴,父子贫贱离。天下宁有此,昔闻今见之。母前三子后,熟视不得追。嗟乎胡不仁,使我至于斯。有女初束发,已知生离悲。枕我不肯起,畏我从此辞。大儿学语言,拜揖未胜衣。唤耶我欲去,此语那可思。小儿襁褓间,抱负有母慈。汝哭犹在耳,我怀人得知"③,然后评曰:"凡此皆语短而意长。若他人必费尽多少言语摹写,此独简洁峻峭,而悠然深味,不见其际,正得费长房缩地之法,虽寻丈之间,固自有万里山河之势也。凡人才思泛滥者,宜熟读后山诗文以药之。"④《别三子》"枕我不肯起,畏我从此辞",显然从杜甫《羌村三首》其二"娇儿不离膝,畏我复却去"⑤点化而来,可谓传杜诗之神,刘壎评之为"简洁峻峭,而悠然深味",可药"才思泛滥者"。又称陈师道"《妾薄命》、赠二苏公诸篇,深婉奇健,妙合绳尺,又古今之绝唱。"⑥高度评价陈师道学杜而能够形成自己独特的诗风。

(二) 与江西诗学之离

与方回不遗余力地鼓倡江西诗学不同,也与王若虚对江西诗学的全盘否定有异,刘壎能够立足于比较客观辩证的批评立场,对江西诗学有扬有抑,体现了他对江西诗学的知性反思。如果说以上所论是刘壎的诗学思想与江西诗学之合,那么以下便是他与江西诗学之离。

刘克庄在《竹溪诗序》中指出江西诗的弊端:"迨本朝则文人多,诗人少。三百年间,虽人各有集,集各有诗,诗各有体;或尚理致,或负材力,或逞辨博。少者千篇,多至万首。要皆经义策论之有韵者尔,非诗也。自二三巨儒及十数大作家,俱未免此病。"⑦并一针见血地指出了造成这种流弊的原因之一:"近世贵理学而贱诗,间有篇咏,率是语录讲义

---

① 《溽南诗话》卷三,《历代诗话续编》上册,第523页。
② 陈师道:《示三子》,《全宋诗》卷一一一四,第19册,第12635页。
③ 陈师道:《别三子》,《全宋诗》卷一一一四,第19册,第12633页。
④ 《隐居通议》卷八《后山》,《景印文渊阁四库全书》第866册,第91页。
⑤ 杜甫:《羌村三首》其二,《杜诗详注》卷五,第1册,第392页。
⑥ 《隐居通议》卷八《后山》,《景印文渊阁四库全书》第866册,第91页。
⑦ 《后村集》卷二十三《竹溪诗序》,《景印文渊阁四库全书》第1180册,245页。

之押韵者耳"①。刘壎说:"后村'经义策论之有韵者'一句,最道著宋诗之病。然其自作则亦有时而不免,岂知而故犯者邪?"②韩驹《陵阳先生室中语》指出:"唐末人诗,虽格致卑浅,然谓其非诗则不可。今人作诗,虽句语轩昂,但可远听,其理略不可究。"③刘壎援引后附和说"允谓深中宋诗之病",并目为"至论也"④。宋代理学兴盛,理学倡"格物致知",形成了宋人好思辨之风尚;宋代以经义策论取士,助长了宋人好议论说理之习气。刘壎十分赞同刘克庄对宋诗的批评。宋诗风范体现者黄庭坚也难辞其咎,如他的《奉和文潜赠无咎篇末多以见及以既见君子云胡不喜为韵》其一:"龟以灵故焦,雉以文故翳。本心如日月,利欲食之既。后生玩华藻,照影终没世。安得八纮置,以道猎众智。"⑤谓龟因灵验用来卜筮被烧焦,雉因羽毛美丽用来制作团扇而遭杀身之祸。人的本心如同日月般皎洁,而利欲使之丧失殆尽。后生之辈追逐浮华的词藻,犹如山鸡爱其美毛,终日映水,目眩而溺死——玩物丧志。要以道德之网猎世人自作聪明之禽。告诫张耒、晁补之要保持人的本性,不要外慕富贵功名,为文不要追求浮华的形式,要以文载道,宣扬的是儒家正统观念。其二:"谈经用燕说,束弃诸儒传。滥觞虽有罪,末派泝九县。张侯真理窟,坚壁勿与战。难以口舌争,水清石自见。"⑥谓王安石自创新经说而废弃传统经学,虽然罪不在荆公,但诸儒穿凿附会,遂至失其本源。张耒手中有真理,却不敢同王安石较量。尽管如此,是非终究会久而自明。纯以议论理致为诗,颇有经义策论、语录讲义押韵之嫌。黄庭坚受理学影响颇深,有些诗好谈"养心治性",阐发性理,枯燥说教,味同嚼蜡。

刘壎又说:"往往宋人诗体多尚赋,而比兴寡。……唐诗之清丽空圆者,比兴为之也。宋诗之典实闳重者,赋为之也。"⑦以赋为诗,以文为诗,杜甫已开先河。韩愈专取法之并将"以文为诗""以赋为诗"发展至登峰造极的境地。黄庭坚祖述杜甫,多有取法于其拗体、吴体和以文为诗、以赋为诗者,并非不懂比兴,其诗集中比兴之作俯拾皆是。他取法杜

---

① 《跋恕斋诗存稿》,《四部丛刊》本《后村先生大全集》卷一一一,第27册,第1页。
② 《隐居通议》卷十《后村论诗有理》,《景印文渊阁四库全书》第866册,第102页。
③ 韩驹:《陵阳先生室中语》,《诗人玉屑》下册,第359页。
④ 《隐居通议》卷十《韩陵阳论诗晚唐诗》,《景印文渊阁四库全书》第866册,第105页。
⑤ 《奉和文潜赠无咎篇末多以见及以既见君子云胡不喜为韵》其一,《黄庭坚诗集注》第1册,第152~153页。
⑥ 《奉和文潜赠无咎篇末多以见及以既见君子云胡不喜为韵》其二,《黄庭坚诗集注》第1册,第1523~154页。
⑦ 《隐居通议》卷七《曾南丰》,《景印文渊阁四库全书》第866册,第78页。

甫以文为诗、以赋为诗,正如缪钺先生所谓"喜用偏锋,走狭径"①,求新务奇。如《题竹石牧牛》:"野次小峥嵘,幽篁相倚绿。阿童三尺棰,御此老觳觫。石吾甚爱之,勿遣牛砺角!牛砺角尚可,牛斗残我竹。"据说这首诗为作者生平得意之作之一。"石吾甚爱之"的节奏是上一下四;"牛砺角尚可"的节奏是上三下二,是典型的散文化拗体句式。但刘壎将"宋诗之典实闷重者"也归咎于"赋为之也",则非的评。笔者认为宋诗典实闷重的特征主要是"以才学为诗"所致。刘壎便指出:"山谷工用事,雄说理,江右由是成派,其究雅多而风少。"② 关于黄庭坚诗歌以才学为诗、用事富赡,学界多有评论,刘辰翁说:"黄太史矫然特出新意,真欲尽用万卷,与李、杜争能于一辞一字之顷。其极至寡情少恩,如法家者流。"③"江右由是成派"指北宋后期形成的江西诗派。宋徽宗时吕本中作《江西宗派图》,尊黄庭坚为诗派之祖,列陈师道以下二十五人,"江西宗派"因此而得名。刘壎批评黄庭坚及江西派诗"雅多而风少"。《毛诗序》云:"上以风化下,下以风刺上,主文而谲谏,言之者无罪,闻之者足以戒,故曰风。……雅者,正也,言王政之所由废兴也。"④ 风,即风化、讽刺之意,主要指诗歌干预政教的社会功能。《诗三百》十五国风,比较广泛地反映了人民的生活、感情和愿望。雅,正的意思,谈王政的兴废。周王朝公卿士大夫的诗歌,都归入雅诗。如此观照,刘壎是批评黄庭坚及江西诗派的作品,以反映士大夫情性为主,而反映人民疾苦、干预现实的作品不多。它确实针砭到黄庭坚及江西诗派的创作实际。关于这一点,学术界多有论及,此不赘述。

作为一个诗歌流派,江西诗学在当时及后世产生了较大影响,学习江西诗者不乏其人,但如何领会黄庭坚的诗学精神,如何掌握江西诗学的法门,便因人而异,加上时代的变化,诗法绝非一成不变,如何遵法而不囿于法,直接关乎创作的成败。陆游、杨万里与江西诗派渊源颇深,是由江西诗派入而不由江西诗派出并自成一家的诗人。但是江西诗派末流却亦步亦趋、死守成法而不知变通,结果"专祖蹈袭","不能生于吾言之外","毙于吾言之内"⑤。刘壎转述了这一现象,他说:"予尝于故箧断简中见有评诗者曰:'李文叔云:出乎江西,则未免狂怪傲僻,而无檃括之妙;

---

① 《论宋诗(代序)》,《宋诗鉴赏辞典》,第12页。
② 《隐居通议》卷十《刘玉渊评论》,《景印文渊阁四库全书》第866册,第103页。
③ 《简斋诗笺序》,《刘辰翁集》卷十五,第440页。
④ 《毛诗序》,《中国历代文论选》第1册,第63页。
⑤ 《萤雪丛说》卷上,《景印文渊阁四库全书》第876册,第743页。

入乎江西,则又腐熟窃袭,而乏警拔之意。今本之之诗,以警拔之意,而寓之以隐括之妙,盖已见其能去二者之病矣,其于江西之宗,殆入而能出者邪?"①"夺胎换骨""点铁成金""以俗为雅,以故为新",为黄庭坚示以后学的重要诗法,它包含了隐括技法,即对前人作品或著作加以剪裁、改写,所谓"资书以为诗"。入乎江西者,只是一味地剽窃因袭,没有创新,缺乏"警拔之意",故多流于陈腐滑熟;出乎江西者,则不读前人作品,不屑隐括,凭空杜撰,所谓"捐书以为诗",结果陷入"狂怪傲僻"。它正是刘克庄所批评的"资书以为诗,失之腐;捐书以为诗,失之野"②。刘壎充分肯定了本之为"殆入而能出"江西者,故其诗能去"资书"和"捐书"之病,有"以警拔之意,而寓之以隐括之妙"。再看下面两段评论:

> 晚唐学杜不至,则曰咏情性、写生态足矣。恋事适自缚,说理适自障。江西学山谷不至,则曰理路何可差,学力何可诿,宁拙毋弱,宁核毋疏。兹非一偏之论欤?
>
> 古诗一变《骚》,再变《选》,三变为唐人之诗,至宋则《骚》《选》、唐错出。山谷负修能,倡古律,事宁核毋疏,意宁苦毋俗,句宁拙毋弱,一时号江西宗派。此犹佛氏之禅,医家之单方剂也。③

刘壎比较了晚唐学杜与江西诗派学黄庭坚之失,批评晚唐学杜不至则自我辩解曰吟咏情性、描写生态足矣,即只抒写个人情趣,捕捉生动的意态而已,而未渊承杜甫诗歌的现实主义精神。在艺术形式上为用事所缚,为说理所障。诟病江西后学黄庭坚不及,却自我申辩说不失以理致、才学为诗二要,语句宁朴拙而勿柔弱,用事宁实而勿虚,立意宁僻而勿俗。刘壎指出这是偏颇之论,究其根源在于江西诗派之宗黄庭坚的倡导,黄庭坚《题意可诗后》云:"宁律不协,而不使句弱;用字不工,不使语俗。"④尽管刘壎认为黄庭坚倡古律"事宁核毋疏"失之偏颇,但并不完全否定"以才学为诗",他援引陆九渊语"我这里是刀锯鼎镬底学问。富哉言乎!盖必如是,乃能打透牢关,径到悟境"⑤。它论及学问积累与妙悟之关系。

---

① 《隐居通议》卷六《评本之诗》,《景印文渊阁四库全书》第866册,第67页。
② 《韩隐君诗序》,《四部丛刊》本《后村先生大全集》卷九十六,第24册,第2页。
③ 《隐居通议》卷十《刘玉渊评论》,《景印文渊阁四库全书》第866册,第103页。
④ 《题意可诗后》,《山谷题跋》卷二,第46页。
⑤ 刘壎:《与刘国瑞书》,《全元文》第10册,第230页。

黄庭坚《答徐甥师川》说："杜子美云：'读书破万卷，下笔如有神。'此作诗之器也。然则虽利器而不能善其事者，何也？无妙手，故也。所谓妙手者，殆非世智下聪所及，要须得之心地。"① 所谓"得之心地"，悟也。黄庭坚理解非常透彻，他认为"读书破万卷"，学也；"下笔如有神"，悟也。悟本于学力，悟来自功夫。张红、饶毅据《雪崖吟稿序》，提出刘壎论诗"四层次"说，即第一层为"音响"，第二层为"风味"，第三层为"风雅"，第四层为"天地"境界，指出"前三层为学，为涵养，由近及古，由浅入深；最后一层则为不学，为悟，为超越，为直见本心、性情处，为天、地、人相结合处"②。由学而悟，可谓抓住了刘壎论诗的核心。

刘壎说："近世有咏墨梅者，一诗云：'高结长眉满汉宫，君王图玉按春风。龙沙万里王家女，不著黄金买画工。'又一云：'五换邻钟三唱鸡，云昏月淡正低迷。金帘不著阑干角，瞥见伤春背面啼。'评诗者谓去题太远，不知其咏何物。简斋陈去非咏墨梅云：'粲粲江南万玉妃，别来几度见春归，相逢京洛浑依旧，惟恨缁尘染素衣。'曹元象云：'忆昔神游姑射山，梦中栩栩片时还。冰肤不许寻常见，故隐轻云薄雾间。'评诗者亦以为格调虽高，去题终远。予谓后二诗尚见仿佛，前二诗委是悬远，然却是好诗，只欠换题目耳。"③ 所谓"去题太远"，指在诗中禁用某些露题的字，叫"禁体"。欧阳修《六一诗话》载："当时有进士许洞者，善为词章，俊逸之士也。因会诸诗僧分题，出一纸，约曰：'不得犯此一字。'其乃山、水、风、云、竹、石、花、草、雪、霜、星、月、禽、鸟之类，于是诸僧皆阁笔。"④ 刘壎《禁题绝句序》云："有律诗而后尚有绝句，绝句至宋而后尚禁体，其法以不露题字为工，以能融题意为妙，盖举子业之馀习也。"⑤ 他以上所举四首咏墨梅诗均为"禁体"，全诗不露"梅"字，有评诗者批评"去题太远，不知咏何物"，刘壎认为后二首"尚见仿佛"，算得上不即不离或不粘不隔的咏物之作，前二首只要换题目便是好诗。"举子业"指宋代以经义取士之文，刘壎猛烈抨击科举取士制度，他认为"禁体"是"举子业之馀习"，说明他对"禁体"是持否定态度的。但是他又说"禁体"创作，"搜幽抉秘，穷极锻炼，其天巧所到，精工敏妙，

---

① 《答徐甥师川》，《黄庭坚全集》，第2028页。
② 张红、饶毅：《刘壎诗学思想初探》，《中南大学学报》（社会科学版）2006年第3期。
③ 《隐居通议》卷十一《咏墨梅》，《景印文渊阁四库全书》第866册，第115页。
④ 欧阳修：《六一诗话》，《历代诗话》上册，第266页。
⑤ 《水云村稿》卷五《禁题绝句序》，《景印文渊阁四库全书》第1195册，第375页。

有令人赏好不倦者，真文人之乐事也欤"①，表现出对"禁体"浓厚的兴趣。故而学者批评说："刘壎文学批评的旨趣颇为含混，……杂而无章。"② 良然。

　　作为元代江西学者，刘壎在学缘上深受陆九渊心学的影响，在地缘上受到江西文化的熏陶，他无不自豪地说："宋文章之盛，欧、曾、王、苏四大家名天下，独苏出眉山，馀三子皆吾江西人。则文脉之系江西也。"③但他不像方回对江西诗学极力回护，也不像郝经、戴表元宗唐抑宋，他能够破除门户之见，站在比较公正的立场，对江西诗学进行知性反思，尊唐并不薄宋。从他与江西诗学或离或合中，可以清楚看到他对江西诗学比较辩证中肯的批评。正如《宋金元文学批评史》指出："当时东南地区宗唐抑宋之风颇盛，而如方回者犹坚守宋江西派的门户，刘壎则折衷其间。"④刘壎对江西诗派的评价，能够将黄庭坚、陈师道、陈与义"三宗"与江西诗派末流区别开来；既肯定了江西诗学的价值，又指出其弊端。作为一个理学家，刘壎在评价江西诗学上却较少理学家面目，故其江西诗学批评具有较高的学术价值和较大的文学史意义。

---

① 《水云村稿》卷五《禁题绝句序》，《景印文渊阁四库全书》第1195册，第375页。
② 《宋金元文学批评史》下册，第981页。
③ 刘壎：《青山文集序》，《全元文》第10册，第304页。
④ 《宋金元文学批评史》下册，第975页。

第六章
中国古代对诗歌本体特征认知的演进

关于诗歌本体的观念，我国古代有"言志""吟咏情性""缘情"三种认知。先秦两汉时期"志"的概念与政教不分，《毛诗序》"志""情""情性"并举。魏晋时期文学进入"自觉的时代"，"诗缘情"说的提出，标志着诗歌应用的功利观念向诗歌本体认知的重要转变。南北朝后，由于"情"的张扬，作为一个复合词，"情性"之"性"则退居次要或辅助地位。加上儒家政教与讽谕诗学观的强势抑制，造成了以表现个体主体性为主的"情性"说在文学理论与批评中的长期"缺席"。至北宋中后期，鉴于"乌台诗案"的惨痛教训及本人的政治遭遇，黄庭坚重新确立了"诗者，人之情性也"——诗歌本体特征的认知，并得到后世的广泛认同。诗歌固然是"言志""缘情"的，但同样的"情""志"为何在不同作家那里表现出较大的差异？"性"之异也。故我认为，将"吟咏情性"作为传统诗歌的本体特征，更为全面、准确，也更为科学。"情性"说并非只是提倡表现自我为主，有"一时之性情"，也有"万古之性情"；有小我之性情，也有大我之性情。肯定诗歌"吟咏情性"的本体特征认知，不仅有利于文艺创作，有利于我们认识古代作家的主体心理结构，也有利于我们更科学地把握传统诗歌观念，从而更准确地评价古人的文艺创作。

关于诗歌本体的观念，我国古代有"言志""吟咏情性""缘情"三种认知，分别见诸《尚书·尧典》《毛诗序》和陆机的《文赋》。其提出在时间上有先有后；"志""情""情性"这几个诗学范畴在内涵上有否差异？唐人李善《文赋》注曰："诗以言志，故曰缘情。"① 这类诠释完全混淆了"志""情"这两个命题的不同内涵。今人钱志熙教授认为，"志、情、情性这些概念，彼此之间并没有严格的区别，在许多时候是可以相通的"。进而指出："但是表现在具体创作实践上，却没有这样简单，由于各以其特定的伦理观念为参照，对志、情、情性乃至心、自然、道等可能成为诗歌本体的范畴的理解，在实际上出现了很大的差异。而其间，对'言志''缘情''情性'这三大本体观的抉择，会造成完全不同的诗歌特征。"② 笔者认为，在理论上，"志""情""情性"的内涵是存在差异的，但在认知与阐释上，的确有学者认为含义相近，可以互训。在创作实践中，不同的选择将形成不同的诗歌特征，则是不言而喻的事实。

一、对诗歌"言志""吟咏情性""缘情"特征的认知

（一）"诗言志"

"诗言志"的观念，最早见诸《尚书·虞书·尧典》的记载："帝曰：夔！命女典乐，教胄子。直而温，宽而栗，刚而无虐，简而无傲。诗言志，歌永言。声依永，律和声。八音克谐，无相夺伦，神人以和。夔曰：於！予击石拊石，百兽率舞。"③ 尚书，即上古之书之意。汉文帝时济南伏生传授的《今文尚书》和汉武帝时鲁恭王刘馀坏孔子宅而发现的《古文尚书》，在西晋永嘉之乱时，均已焚于战火。而东晋元帝时豫章内史梅赜所献《古文尚书》乃伪书。今保存在伪《古文尚书》中的《虞书》等都是战国时代的产物。因此，我们不能据《尚书》而定"诗言志"为上古时的诗歌观念。但据先秦文献，我们大致可以确定"诗言志"至迟产生

---

① 《文选》，第241页。
② 《黄庭坚诗学体系研究》，第74页。
③ 《十三经注疏》上册，第131页。

于春秋战国期间。①

《左传·襄公十六年》载："晋侯与诸侯宴于温，使诸大夫舞，曰：'歌诗必类！'齐高厚之诗不类。荀偃怒，且曰：'诸侯有异志矣！'使诸大夫盟高厚，高厚逃归。于是，叔孙豹、晋荀偃、宋向戌、卫宁殖、郑公孙虿、小邾之大夫盟曰：'同讨不庭。'"②《庄子·天下》云："《诗》以道志，《书》以道事，《礼》以道行，《乐》以道和，《易》以道阴阳，《春秋》以道名分。"③《荀子·效儒》云："圣人也者，道之管也。天下之道管是矣，百王之道一是矣，故《诗》《书》《礼》《乐》之归是矣。《诗》言是其志也，《书》言是其事也，《礼》言是其行也，《乐》言是其和也，《春秋》言是其微也。"④ 以上三则文献所载"诗言志"都不是诗人之志，而是引用《诗》中成句表达赋诗人或一国的志意。朱自清先生指出，"这都是从外交方面看，诗以言诸侯之志，一国之志，与献诗陈己志不同。在这种外交酬酢里言一国之志，自然颂多而讽少，与献诗相反。外交的赋诗也有出乎酬酢的讽颂即表示态度之外的"；"不过就是酬酢的赋诗，一面言一国之志，一面也还流露着赋诗人之志，他自己的为人"。⑤《汉书·艺文志》载："古者诸侯卿大夫交接邻国，以微言相感，当揖让之时，必称诗以喻其志，盖以别贤不肖而观盛衰焉。"⑥朱自清先生在《诗言志辨》中还例举了《论语·公冶长》："颜渊、季路侍。子曰：'盍各言尔志？'子路曰：'愿车马、衣轻裘，与朋友共，敝之而无憾。'颜渊曰：'愿无伐善，无施劳。'子路曰：'愿闻子之志！'子曰：'老者安之，朋友信之，少者怀之。'"⑦《论语·先进》记子路、曾晳、冉有、公西华"各言其志"⑧。然后指出："两处所记'言志'，非关修身，即关治国，可正是发抒怀抱。……这种志，这种怀抱，其实是与政教分不开的。"⑨"孔门更将它用在修身和致知——教化——上。言语引诗，春秋时就有，见于《左传》的甚多。用在修身上，也始于春秋时。《国语·楚语》上记庄王使士亹傅太子箴，士亹问于申叔时，叔时道：……教之诗而为之导广显

---

① 参见詹福瑞：《中古文学理论范畴》，河北大学出版社1997年版，第5~6页。
② 李梦生：《左传译注》，上海古籍出版社1998年版，下册，第731页。
③ 《庄子浅注》，第492页。
④ 王先谦：《荀子集解》，《诸子集成》，上海书店出版社1986年版，第2册，第84~85页。
⑤ 朱自清：《诗言志辨》，杨扬校订，华东师范大学出版社1996年版，第16~17页。
⑥ 班固：《汉书》卷三十，颜师古注，中华书局2000年版，第2册，第1383页。
⑦ 《四书章句集注》，第82页。
⑧ 《四书章句集注》，第129~131页。
⑨ 《诗言志辨》，第4页。

德,以耀明其志。……'耀明其志'指受教人之志,就是读诗人之志;'诗以言志',读诗自然可以'明志'。"① 又列举出《诗经》。《魏风·葛屦》:"维是褊心,是以为刺。"《陈风·墓门》:"夫也不良,歌以讯之。"《小雅·四牡》:"是用作歌,'将母'来念。"《小雅·节南山》:"家父作诵,以究王讻。"《小雅·何人斯》:"作此好歌,以极反侧。"《小雅·巷伯》:"寺人孟子,作为此诗。凡百君子,敬而听之。"《小雅·四月》:"君子作歌,维以告哀。"《大雅·卷阿》:"矢诗不多,维以遂歌。"《大雅·民劳》:"王欲玉女,是用大谏。"《大雅·桑柔》:"虽曰'匪予',既作尔歌。"《大雅·崧高》:"吉甫作诵,其诗孔硕,其风肆好,以赠申伯。"《大雅·烝民》:"吉甫作诵,穆如清风。"指出:"这些诗的作意不外乎讽与颂,诗文里说得明白。"② 它说明先秦时期的诗歌观念尚处功利批评的形态。

詹福瑞教授认为:"把'志'同作诗人联系到一起的是孔子之后的大儒孟子。"③ 孟子针对咸丘蒙对《诗经·小雅·北山》的误读,提出了"以意逆志"的说诗方法:

> 咸丘蒙曰:"舜之不臣尧,则吾既得闻命矣。《诗》云:'普天之下,莫非王土;率土之滨,莫非王臣。'而舜既为天子矣,敢问瞽瞍之非臣,如何?"曰:"是诗也,非是之谓也;劳于王事而不得养父母也。曰:'此莫非王事,我独贤劳也。'故说诗者,不以文害辞,不以辞害志,以意逆志,是为得之。如以辞而已矣,《云汉》之诗曰:'周馀黎民,靡有孑遗。'信斯言也,是周无遗民也。"④

尽管历来对"以意逆志"之"意"有两种不同的理解:说诗人之意与诗人之意,但对"以意逆志"之"志"的理解却无异议,一致认为指诗人之志。至此可以说,孟子论诗是先秦时期人们从诗歌应用的功利观念到诗歌本体认知的重要转变。

(二)"吟咏情性"

汉儒在此基础上又提出了"吟咏情性"的主张,来作为"诗言志"

---

① 《诗言志辨》,第22页。
② 《诗言志辨》,第5页。
③ 《中古文学理论范畴》,第21页。
④ 《孟子·万章上》,《四书章句集注》,第306页。

说的必要的理论补充。《毛诗序》云：

> 诗者，志之所之也，在心为志，发言为诗。情动于中而形于言，言之不足故嗟叹之，嗟叹之不足故永歌之，永歌之不足，不知手之舞之，足之蹈之也。……故正得失，动天地，感鬼神，莫近乎诗。先王以是经夫妇，成孝敬，厚人伦，美教化，移风俗。……上以风化下，下以风刺上，主文而谲谏，言之者无罪，闻之者足以戒，故曰风。至于王道衰，礼义废，政教失，国异政，家殊俗，而变风、变雅作矣。国史明乎得失之迹，伤人伦之废，哀刑政之苛，吟咏情性，以风其上，达于事变而怀其旧俗者也。故变风发乎情，止乎礼义。发乎情，民之性也；止乎礼义，先王之泽也。①

关于《毛诗序》作者的问题，众说纷纭，到目前为止尚无定论，今人张西堂《诗经六论》列举了十六种说法②；徐澄宇《诗经学纂要》统计达二十四种说法③。我们认为，《毛诗序》非一人所作，它是对先秦诗歌观念的总结，至汉代才成为比较鲜明、比较成熟、比较系统的诗歌观念。它进一步阐释了"诗言志"的特征以及与吟咏情性、音乐、舞蹈的关系，它直接继承了孟子"以意逆志"的诗歌本体认知，其所言"志"显然指诗人之志。其重要贡献，它补充了"情性"这个概念，将"志"与"情性"并举。郭绍虞主编的《中国历代文论选》指出："序中所谓'诗者志之所之也'的志和'情动于中而形于言'的情，是二而一的东西。正如孔颖达《左传》昭公二十五年《正义》所说：'在己为情，情动为志，情、志一也。'"④

从《毛诗序》上述话来看，"吟咏情性"者仿佛是史官而非诗人，但孔颖达《毛诗正义》注疏说："明晓得失之迹，哀伤而吟咏情性者，诗人也，非史官也。"⑤ 理由是"此文特言国史者，郑答张逸云：国史采众诗，明其好恶，令瞽矇歌之。其无作主者，皆国史主之，令可歌。如此言，是由国史掌书，故托文史也"⑥。朱自清先生指出："总之，诗乐不分家的时

---

① 《毛诗序》，《中国历代文论选》第1册，第63页。
② 张西堂：《诗经六论》，商务印书馆1957年版。
③ 徐澄宇：《诗经学纂要》，中华书局1936年印行。
④ 《中国历代文论选》第1册，第67页。
⑤ 孔颖达：《毛诗正义》，《十三经注疏》上册，第272页。
⑥ 《毛诗正义》，《十三经注疏》上册，第272页。

代只着重听歌的人；只有诗，无诗人，也无'诗缘情'的意念。诗乐分家以后，教诗明志，诗以读为主，以义为用；论诗的才渐渐意识到作诗人的存在。他们虽还不承认'诗缘情'的本身价值，却已发现了诗的这种作用。"①

《毛诗序》"志"与"情""情性"并举的诗歌观念，对后世产生了深远的影响。魏晋南北朝时期，挚虞《文章流别论》云："夫诗虽以情志为本，而以成声为节。"②范晔《狱中与诸甥侄书》云："常谓情志所托，故当以意为主，以文传意。以意为主，则其旨必见；以文传意，则其词不流；然后抽其芬芳，振其金石耳。此中情性旨趣，千条百品，屈曲有成理，自谓颇识其数。"③沈约《宋书·谢灵运传论》："自兹以降，情志愈广。"④以上均为情、志、性并举。黄保真认为，在《毛诗序》中，"性为体而情为用，'性'与'志'近，偏于思想道德的理性判断，而'情'则是血气冲动下的喜怒哀乐一类的感情的本能表现。在汉儒眼中，虽然'性'重于'情'，但'情'作为诗歌的抒情艺术特征的提出，已从哲学的理性判断或纯粹的伦理规范，逐渐转向了艺术审美方面"⑤。我认为，《毛诗序》虽然揭示了诗歌言志抒情的特征，但仍然没有超出儒家诗学的功利批评形态。它一方面看到，宣泄情是"民（包括诗人在内）之性"——出于人的天然本性；一方面又强调要节制这种情，止乎礼义——不能越出封建伦理规范。它阐明了诗歌具有"动天地，感鬼神"的艺术感染力，同时又将它纳入了"经夫妇，成孝敬，厚人伦，美教化，移风俗"的政治教化范畴。它倡导发挥诗歌"上以风化下，下以风刺上，主文而谲谏，言之者无罪，闻之者足以戒"的讽喻劝谏作用，但须采取委婉曲折的方式，而不要过于切直刻露，以维护统治者的尊严和权威。即要遵循儒家"温柔敦厚"的诗教。孔子说："诗，可以兴，可以观，可以群，可以怨。迩之事父，远之事君"⑥，认为"诵诗三百，授之以政，不达；使于四方，不能专对；虽多，亦奚以为？"⑦《礼记·经解》云："孔子曰：'入其国，其教可知也。其为人也，温柔敦厚，《诗》教也。'"⑧可见，《毛诗序》

---

① 《诗言志辨》，第 28 页。
② 《文章流别论》，《全上古三代秦汉三国六朝文》第 2 册，第 1905 页。
③ 范晔：《狱中与诸甥侄书》，《全上古三代秦汉三国六朝文》第 3 册，第 2519 页。
④ 《宋书》卷六十七，中华书局 2000 年版，第 2 册，第 1176 页。
⑤ 《中国诗学大辞典》，第 65 页。
⑥ 《论语·阳货》，《四书章句集注》，第 178 页。
⑦ 《论语·子路》，《四书章句集注》，第 143 页。
⑧ 《礼记·经解》，《十三经注疏》下册，第 1609 页。

的诗学思想正是对儒家诗学思想的进一步发展,对后世的诗歌创作与批评产生了深远的影响。如刘勰《文心雕龙·明诗》云:"诗者,持也,持人情性;三百之蔽,义归'无邪',持之为训,有符焉尔。"①《文心雕龙译注》译为:"诗,是扶正的意思,扶正人和性情;《诗经》三百多篇,用一句话概括,便是'没有邪僻的意念',扶正的解释,正合乎这个意义。"②

(三)"诗缘情"

如前所述,先秦两汉时期的诗歌观念是"志""情""情性"并举,屈原的创作也是如此,他的自传体政治抒情诗《离骚》,开创了由《诗经》的集体歌唱到个人独立创作的新纪元,诗中"情""志"并重兼取,"以言志激发诗人对生活和政治的丰富情感,又在强烈的抒情氛围中表达他的政治理想与愿为此而献身的坚定意志"③。但是,"屈原'志'的观念与荀子之'志'有很大区别,虽然他所怀、所言之志,即他的治国主张和政治理想,是他十分热烈、十分执着的爱国、救国的雄心壮志,但是他无意以圣人之志为准则,更无意以'百王之道'为己志,而是抒发在种种现实遭遇中所激发出来的、不吐不快的、具有强烈个性特征的情态。情因志生,志因情显,皆与国家生死存亡息息相关,非一己之私"④。它说明屈原所言之"志",已与他以前诗歌中自发的所言之"志"有质的不同,加入了个体情感乃至生命成分,体现了由集体歌唱到个人独立创作过渡阶段"情""志"相辅相成的特点。

汉魏时期,军阀混战,尸骨遍野;晋代魏立,大肆屠杀异己,人的生命价值被严重摧毁,于是引起文人们对生命价值的思考,人的主体意识觉醒,文学进入"自觉的时代"⑤,诗歌中诗人的自我形象全面确立。《古诗十九首》的基本情感内容,就是由世事无常转向对个体生命价值的思考和珍惜。《古诗十九首·东城高且长》:"荡涤放情志,何为自结束!"《文心雕龙·明诗》评《古诗十九首》"直而不野,婉转附物,怊怅切情,实五

---

① 《文心雕龙·明诗》,《文心雕龙译注》,第41页。
② 《文心雕龙译注》,第42页。
③ 《中国历代诗学论著选》,第36页。
④ 《中国历代诗学论著选》,第36~37页。
⑤ 鲁迅:《魏晋风度及文章与药及酒之关系》,《鲁迅全集》,人民文学出版社1981年版,第3卷,第504页。

言之冠冕也"①。建安时代文学的自觉,最集中体现了诗人个人性情的自然流露与自由抒发,尤其是在诗歌创作中,诗人们或喜、或怒、或哀、或乐,或悲愤忧思,或慷慨激昂,感情真挚而又十分细腻,体现了人的觉醒之后的个性情感的高涨与张扬。沈约《宋书·谢灵运传论》谓曹氏父子"以情纬文,以文被质"②。《三国志·魏书·钟繇传》注引《魏略》钟繇答曹丕书曰:"臣同郡故司马荀爽言:'人当道情,爱我者一何可爱! 憎我者一何可憎!'"③"人当道情",正是魏晋时代人的觉醒的呐喊。晋代陆机《文赋》提出"诗缘情"的新观念,一方面是对屈原"发愤以抒情"④之诗歌抒情观的进一步发挥;一方面则是对生命价值思考的深化在理论上集中体现。黄保真教授指出:"单以'情'而论,《诗大序》中虽然也讲'情动于中而形于言',但'情'主要指因政治治乱,风俗盛衰而产生的怨怒、哀思,是'以一国之事,系一人之本',其具体内容是政治的、伦理的;陆机所说的'情'则为纯属个人因四时风物、亲故荣落而产生的悲喜感叹。……其态度为体验的,审美的。情、志不分和专讲缘情,表现不同时代的理论家对诗的本质特征和社会功能的不同看法,也是儒家诗学与非儒家诗学的鲜明分界。"⑤至此,人们才获得对诗歌本体的深刻认知,"缘情"被确定为传统诗歌的本体特征。"缘情"作为传统诗歌的本体特征,得到后代许多文论家的响应。沈约摒弃了诗歌"发乎情,止乎礼义"的政教制约,从"情"与"文"的关系上,回归到文学本体尤其是诗歌本体来展示文学的发展史。刘勰从两种倾向的文学创作角度,肯定了"为情造文"之作而否定了"为文造情"之作,他说:"昔诗人什篇,为情而造文;辞人赋颂,为文而造情。何以明其然?盖风雅之兴,志思蓄愤,而吟咏情性,以讽其上,此为情而造文也;诸子之徒,心非郁陶,苟驰夸饰,鬻声钓世,此为文而造情也。"⑥《文心雕龙·体性》云:"才有庸俊,气有刚柔,学有深浅,习有雅郑,并情性所铄,陶染所凝。"刘勰受儒家传统思想熏染较深,所以"情"与"性"并重,难分轩轾。但比汉儒而言,则其"情性"的审美内涵已深了一层。萧子显《南齐书·文学传论》云:"文章者,盖情性之风标,神明之律吕也。蕴思含毫,游心内运,放

---

① 《文心雕龙·明诗》,《文心雕龙译注》,第42页。
② 《宋书》卷六十七,第2册,第1176页。
③ 陈寿:《三国志》卷十三,裴松之注,中华书局2000年版,第299页。
④ 屈原:《九章·惜诵》,《屈原集校注》下册,第438页。
⑤ 《中国诗学大辞典》,第7页。
⑥ 《文心雕龙·情采》,《文心雕龙译注》,第287页。

言落纸,气韵天成,莫不禀以生灵,迁乎爱嗜,机见殊门,赏悟纷杂。"①则又把"情性"的艺术本质进一步扩大到一切"文章"的领域。钟嵘《诗品》是我国第一部诗歌评论专著,它认为诗歌是人之感物后"摇荡性情"的产物,人情入于诗,发于诗,才有"动天地,感鬼神"的艺术魅力②。显然将抒情视为诗歌的本体特征。萧纲则将唯美的文学与政治功利彻底分离,他说:"立身之道,与文章异,立身先须谨重,文章且须放荡。"③他在《与湘东王书》中,明确反对"文必宗经"的儒家"文以载道"观,将"吟咏情性"与"摈落六艺"视为文学发展的必然。韩愈《送孟东野序》云:"大凡物不得其平则鸣。……人之于言也亦然:有不得已者而后言,其歌也有思,其哭也有怀。凡出乎口而为声者,其皆有弗平者乎!乐也者,郁于中而泄于外者也,择其善鸣者而假之鸣。"④他认为抒发不平之情符合自然之道,"不得其平则鸣",表达的是"其歌也有思,其哭也有怀"的真情实感,所以具有感人的艺术力量。白居易《与元九书》云:"感人心者,莫先乎情,莫始乎言,莫切乎声,莫深乎义。诗者:根情,苗言,华声,实义。"⑤他不仅将"情"视为诗歌本体特征的第一要义,还认为只有抒发真实的感情的诗歌,才能感动人心。

二、诗歌"吟咏情性"本体特征认知的重新确立

黄保真教授认为:"汉儒诗论中的'情性',肇自古代哲学中的'性情'。性,一般是指先天赋予的人的本性或本质;而情,则是指人与人,或人与自然及社会相交、相接、相感、相应时自然涌现的喜怒哀乐等感情。二者的关系,性为本质,情为现象,前者为体,后者为用。但是,情又能移性,其反作用也是巨大的,甚至可以改变人性。因此,在文艺创作中,'情'对审美活动十分重要。于是在南北朝后,开始出现了'情'独占鳌头的趋势。因此,'性情'或'情性'作为一个复合词,'情'的审美色彩愈加浓烈,'性'反而退居次要或辅助地位了。……总的说来,把

---

① 《文学传论》,《南齐书》卷五十二,第617页。
② 《诗品注》,第1页。
③ 萧纲:《诫当阳公大心书》,《全上古三代秦汉三国六朝文》第3册,第3010页。
④ 《送孟东野序》,《韩昌黎文集校注》,第233页。
⑤ 《与元九书》,《全唐文》卷六七五,第3册,第3052页。

抒情而非咏性视为诗歌的艺术特征在'性情'说中愈来愈占主导地位。"①因此，学术界讨论传统诗歌本体论，往往只提"言志"和"缘情"两种范畴，而很少论及"情性"这一范畴。有学者指出："《尚书·虞书·舜典》中的'诗言志'是中国古人关于诗歌定义的最早回答。降至六朝，陆机《文赋》在《诗·大序》'吟咏情性'的基础上提出'诗缘情'的新观念。从此，国人说诗，便以'言志'和'缘情'为两大基石，并隐然有'言志'与'缘情'的分流。"② 周裕锴教授这一对传统诗歌本体的认知就颇具代表性。

其实，"情性"或"性情"作为一个复合词，包含两个层次的内涵。荀子说："性者，天之就也。情者，性之质也。欲者，情之应也。以所欲为可得而求之，情之所必不免也。"③ 认为性是自然生成的，而情是性的实际内容。所谓情，指人的感情，是人的心理欲望的外在表现。人有内在的欲望，故有感情表现与之相应。刘向说："性，生而然者也，在于身而不发。情，接于物而然者也，出形于外。形外则谓之阳，不发则谓之阴。"④ 认为性为生来具有，它存在于身体之内而不表露出来。情也是人所具有，是人体接触外物而形成的，它表现在身体外面。性是隐蔽的属阴的方面；情是外露的，属阳的方面。韩愈关于性的思想，集中见于《原性》一文中。他明确指出："性也者，与生俱生也。情也者，接于物而生也。"⑤ 认为性是自然秉性，与生俱来；情是后天不断接触外物而产生的。魏晋时期，正是由于人的觉醒之后的个体情感的高涨与张扬，学者们只见"情"而不见"性"了。如此便造成了"情性"说在传统诗歌理论与批评上的"缺席"。曹丕《典论·论文》云："文以气为主，气之清浊有体，不可力强而致。"⑥ "清是俊爽超迈的阳刚之气，浊是凝重沉郁的阴柔之气。"⑦ 范晔《狱中与诸甥侄书》："此中情性旨趣，千条百品，屈曲有成理，自谓颇识其数。"⑧ 同样的情，为何在不同的作家笔下却有差异？气之异也。曹丕认为，作家的气质、个性，形成各自的独特的风格。受其启发，刘勰《文心雕龙·体性》云："然才有庸俊，气有刚柔，学有浅深，

---

① 《中国诗学大辞典》，第66页。
② 《宋代诗学通论》，第3页。
③ 王先谦：《荀子集解》，《诸子集成》第2册，第284页。
④ 王充：《论衡》引，《诸子集成》第7册，第30页。
⑤ 韩愈：《原性》，《韩昌黎文集校注》，第20页。
⑥ 《典论·论文》，《全上古三代秦汉三国六朝文》第2册，第1098页。
⑦ 《中国历代文论选》第1册，第163页。
⑧ 《狱中与诸甥侄书》，《全上古三代秦汉三国六朝文》第3册，第2519页。

习有雅郑，并情性所铄，陶染所凝。"①"情性，即上文所说的才和气；陶染，指上文所说的学和习。这两句紧接上四句说，谓庸隽、刚柔、浅深、雅郑等的差别，前二者是内在情性的表现，后二者是外界感染所形成。"②《文心雕龙·养气》云："率志委和，则理融而情畅；钻砺过分，则神疲而气衰；此性情之数也。"③ 我认为，以上所言"气"其实更接近"性"，或者说将它理解为"性"更准确。性范畴在中国传统哲学中有阴阳一义：东汉时期著名的思想家王充，提出了"夫人性情，同生于阴阳"④ 的主张，认为人是禀"气"而生，"禀气有厚泊，故性有善恶也"⑤。对东晋玄言诗的评论也是如此。兴盛于东晋的玄言诗，既是魏晋玄学及清谈之风兴盛的结果，也与当时政局及其形成的士人心态有关。玄言诗的显著特点即玄释合流。钟嵘《诗品序》云："永嘉时，贵黄老，稍尚虚谈，于时篇什，理过其辞，淡乎寡味。"⑥ 故学术界一般认为玄言诗以阐发老庄玄理与佛理为主。我认为，魏晋玄言诗所抒发的正是"情性"二字。《庄子·庚桑楚》把性规定为，"性者，生之质也"⑦，质，是指人与事物生来具有的素朴质地，它构成其内在的自然本性。庄子又主张"物物而不物于物"⑧，"物物"即受物之刺激而情无所动；"物于物"受物之刺激而动情。所谓"道家唱情"即"受物之刺激而情无所动"；所谓"释家唱性"指佛性，既是人成佛的原因和根据，也指清净本心、诸法的本质。东晋以竺道生为代表的佛性说，佛性指众生最善的本性，最高的智慧和最后的真理。魏晋玄言诗"吟咏情性"还可从它影响所及谢灵运的山水诗以及宋代理学家的诗得到印证。谢灵运《山居赋》交代创作意图："抱疾就闲，顺从性情，敢率所乐，而以作赋。"⑨ 赋中尚有"仰前哲之遗训，俯性情之所便。奉微躯以宴息，保自事以乘闲。愧班生之夙悟，惭尚子之晚研。年与疾而偕来，志乘拙而俱旋。谢平生于知游，栖清旷于山川"之自白⑩。至于宋代理学家将诗看作涵养道德、吟咏性情的工具，用程颐的话来说，就是

---

① 《文心雕龙·体性》，《文心雕龙译注》，第253页。
② 《中国历代文论选》第1册，第244页。
③ 《文心雕龙·养气》，《文心雕龙译注》，第373页。
④ 《论衡》，《诸子集成》第7册，第30页。
⑤ 《论衡》，《诸子集成》第7册，第17页。
⑥ 《诗品·总论》，《诗品注》，第1页。
⑦ 《庄子·庚桑楚》，《庄子浅注》，第359页。
⑧ 《庄子·山木》，《庄子浅注》，第289页。
⑨ 《宋书》卷六十七，第2册，第1161页。
⑩ 《宋书》卷六十七，第2册，第1162页。

"'兴于诗'者,吟咏性情,涵养道德之中而歆动之,有'吾与点也'气象"①。

在创作上,不唯玄言诗"吟咏情性","竹林七贤"也是以抒写情性为主的诗人群体,《中国诗学通论》指出:"'竹林七贤'纵情性而轻礼法,其思想基础本源于老、庄的任自然。但它的发展,却超越了老、庄任自然的思想。老、庄的任自然,是要返朴归真,走向忘情,不为喜怒哀乐而伤身;然而魏晋士人任自然,只是作为摆脱礼教束缚的思想武器,他们的感情从礼教中解放出来以后,却并没有返朴归真、走向忘情,而是进一步走向了任情,甚至纵欲。"②我们认为,与其说"竹林七贤""走向了任情",毋宁说走向了纵性。

如前所述,文学批评中的"情性"说,肇自古代哲学中的"情性"。它一般指先天赋予的人的本性或本质以及喜怒哀乐等感情。因此,"情性"在古人眼里是一个极具个性化、私人化的概念;诗歌"吟咏情性"的一个基本内涵就是强调诗歌以表现个体生命为主。由于董仲舒提出"罢黜百家,独尊儒术"之后,儒家思想成为历代统治阶级的思想,即使在儒家思想松弛的魏晋南北朝时期,诗人个性化、私人化"情性"的张扬也受到极大的限制,文学批评中的"情性"说也被儒家强势的政教论、讽谕说抑制甚至淹没。

《荀子·王制》曰:"本政教,正法则,……使百吏免(勉)尽,而众庶不偷,冢宰之事也。"③《礼记·王制》:"修其教,不易其俗;齐其政,不易其宜。"郑玄注:"教谓礼义,政谓刑禁。"④"政教"原是政治教化的总称,包括行政法律,礼制乐教等统治手段。汉儒把政教引入文学批评领域,与"诗教"结合起来,成为儒家文学批评的一个重要概念。《礼记·经解》:"孔子曰入其国,其教可知也。其为人也,温柔敦厚,诗教也。"诗教的中心是强调文学艺术为政治教化服务。孔子论诗,提出"兴、观、群、怨"的概念,揭示出诗歌的重要社会教育作用和美感认识作用。《毛诗序》论述诗的社会作用时指出:"先王以是经夫妇,成孝敬,厚人伦,美教化,移风俗。"又说《诗》"用之乡人焉,用之邦国焉。风,风也,教也;风以动之,教以化之。"⑤指出诗歌具有潜移默化、移风易俗、

---

① 程颐:《二程集·外书》卷三,《宋诗话全编》第1册,第543页。
② 《中国诗学通论》,第224页。
③ 《荀子集解》,《诸子集成》第2册,第108页。
④ 《礼记·王制》,《十三经注疏》上册,第1338页。
⑤ 《毛诗序》,《中国历代文论选》第1册,第63页。

裨补政教的功能。政教说对后世诗歌理论产生了重要影响。白居易诗论进一步指出诗歌上可以"补察时政",下可以"泄导人情"①,对引导诗人面向社会、人生,关心人民疾苦起到积极作用。

《国语·周语上》:"故天子听政,使公卿至于列士献诗,瞽献曲,史献书,师箴,瞍赋,矇诵,百工谏,庶人传语,近臣尽规,亲戚补察,瞽、史教诲,耆、艾修之,而后王斟酌焉。是以事行而不悖。"②《左传·襄公十四年》:记载师旷对晋平公说:"自王以下,各有父兄子弟以补察其政,史为书,瞽为诗,工诵箴谏,大夫规诲,士传言,庶人谤,商旅于市,百工献艺。故《夏书》曰:'遒人以木铎徇于路,官师相规,工执艺事以谏。'"③《论语·阳货》:"小子何莫学乎诗?诗可以兴,可以观,可以群,可以怨;迩之事父,远之事君;多识于鸟兽草木之名。"《毛诗序》继承了儒家功利主义的文艺观,强调诗歌的美刺作用,认为《诗经》中的"国风"具有"下以讽刺上""吟咏情性,以风其上"的作用。郑玄《诗谱序》云:"论功颂德,所以将顺其美;刺过讥失,所以匡救其恶。各于其党,则为法者彰显,为戒者著明。"④《汉书·艺文志》云:"汉兴,枚乘、司马相如,下及扬子云,竞为侈丽宏衍之词,没其风谕之义。"⑤班固《两都赋序》云:"或以抒下情而通讽谕。"⑥《文心雕龙·明诗》曰:"太康败德,五子咸怨,顺美匡恶,其来久矣"⑦;"逮楚国讽怨,则《离骚》为刺";"汉初四言,韦孟首唱,匡谏之义,继轨周人"⑧,这是强调诗歌讽怨美刺的社会作用。元结在《二风诗论》中自述作诗主张是"极帝王理乱之道,系古人规讽之流"⑨。后来在《系乐府序》中又说,他的创作动机是"尽欢怨之声者,可以上感于上,下化于下"⑩。白居易《与元九书》是他论诗的纲领,是他创作政治讽谕诗的经验总结,他阐明诗歌应该发挥其"补察时政,泄导人情"的作用。其《策林》六十八"议文章碑碣词赋"云:"古之为文者,上以纽王教,系国风;下以存炯戒,通

---

① 《与元九书》,《全唐文》卷六七五,第3册,第3052页。
② 《国语》,上海古籍出版社1978年版,上册,第9~10页。
③ 《左传·襄公十四年》,《左传译注》下册,第716页。
④ 郑玄:《诗谱叙》,《全上古三代秦汉三国六朝文》第1册,第926页。
⑤ 《汉书》卷三十,第2册,第1384页。
⑥ 班固:《两都赋序》,《全上古三代秦汉三国六朝文》第1册,第602页。
⑦ 《文心雕龙·明诗》,《文心雕龙译注》,第42页。
⑧ 《文心雕龙·明诗》,《文心雕龙译注》,第42页。
⑨ 元结:《二风诗论》,《全唐文》卷三八二,第2册,第1716页。
⑩ 元结:《系乐府序》,《元次山集》卷二,孙望校,中华书局1961年版,第18页。

讽谕。故惩劝善恶之柄，执于文士褒贬之际焉；补察得失之端，操于诗人美刺之间焉。"①

由于儒家政教论特别是讽谕说的巨大影响，我国古代诗歌史上确实产生了一批现实主义杰作，但也付出了惨重的代价，最典型的就是苏轼的"乌台诗案"。后来苏轼说："太史公论《诗》，以为'《国风》好色而不淫，《小雅》怨诽而不乱'。以余观之，是特识变风、变雅耳，乌睹《诗》之正乎？昔先王之泽衰，然后变风发乎情，虽衰而未竭，是以犹止于礼义，以为贤于无所止者而已。若夫发于情止于忠孝者，其诗岂可同日而语哉！古今诗人众矣，而杜子美为首，岂非以其流落饥寒，终身不用，而一饭未尝忘君也欤？"② 这里对"发于情"的怨诽的检讨，实质上包含着对诗的讽谏作用的反思，而重新发现《诗》之"正"，即"发于情止于忠孝"的伦理精神③。受苏轼"乌台诗案"的牵连，黄庭坚也遭遇了严酷的政治迫害，因主持编修《神宗实录》，被章惇、蔡卞之流以不符史实、"诬毁先帝"为罪名，贬涪州别驾、黔州安置。"诗之祸"的切肤体验，使黄庭坚对诗歌本体认知进行了深刻反省，在《书王知载〈朐山杂咏〉后》中重新确立了对诗歌本体特征的认知：

> 诗者，人之情性也，非强谏争于廷，怨忿诟于道，怒邻骂坐之为也，其人忠信笃敬，抱道而居，与时乖逢，遇物而喜，同床而不察，并世而不闻，情之所不能堪，因发于呻吟调笑之声，胸次释然，而闻者亦有所劝勉，比律吕而可歌，列干羽而可舞，是诗之美也，其发为讪谤侵陵，引颈以承戈，披襟而受矢，以快一朝之忿者，人皆以为诗之祸，是失诗之旨，非诗之过也。④

黄庭坚对诗歌本体特征的认知是"吟咏情性"，其"情性"说含义有二，即"诗之祸"与"诗之美"。他认为"强谏争于廷，怨忿诟于道，怒邻骂坐""讪谤侵陵"之讽谏，是招致"诗之祸"的根本原因；而"与时乖逢""情之所不能堪，因发于呻吟调笑之声"，即感受到巨大的社会矛盾，要以调侃的方式表现出来——寓庄于谐，所谓"士有抱青云之器而陆沉林

---

① 白居易：《策林》六十八，《全唐文》卷六七一，第3册，第3036页。
② 苏轼：《王定国诗集叙》，《苏轼文集》卷十，第1册，第318页。
③ 《宋代诗学通论》，第41页。
④ 《书王知载〈朐山杂咏〉后》，《山谷题跋》卷二，第48页。

皋之下，与糜鹿同群，与草木共尽，独托于无用之空言，以为千岁不朽之计。谓其怨邪？则其言仁义之泽也；谓其不怨邪？则又伤己不见其人。然则其言不怨之怨也。"① 这就是"诗之美"。他在《胡宗元诗集序》中描述了"末世诗人之言""楚人之言"和"《国风》《雅》《颂》之言"的不同特征，分别以"候虫之声""涧水之声""金石丝竹之声"来形容，即是说三者的共同点都是"不得其平"而"皆有所谓"之鸣。这一观点本自韩愈"不平则鸣"说，但黄庭坚不是全盘地接受这一观点，而是将它分为三种类型。他认为，无论是末世诗人的作品，还是"楚辞"，其传达的不平之鸣，虽非无病呻吟，但共同的弱点是：或如候虫庆荣而吊衰，或如涧水遇不平而声若雷霆，只是出于某种生物本能或自然之性，一流于哀伤沉细，一失之慷慨激越，均走向极端。显然三者之中，黄庭坚是倡导《国风》《雅》《颂》式的传达方式，它虽然"寂寞无声"，却"动而中律"，具有"金石丝竹"之声的中和美。可见，黄庭坚经过对诗歌本体特征的理性反思后，对"不平则鸣"的"缘情"说之如何传达"情"是有所取舍的，对"情"的传达，则转向内敛，即转向生命圆成的证示，这既有时代的原因，也有理学的因素。而对诗歌的"讽谕"说则明确持否定态度。但是，否定诗歌的"讽谕"作用，并非反对诗歌干预现实。黄庭坚"情性说"本于《毛诗序》而加以发展："至于王道衰，礼义废，政教失，国异政，家殊俗，而变风、变雅作矣。国史明乎得失之迹，伤人伦之废，哀刑政之苛，吟咏情性，以风其上"。钱志熙指出，"黄庭坚的情性说，正是对《诗序》'吟咏情性'说的发展。他没有采取前一类积极性风、雅、颂创作模式，而是采取后一类的变风变雅的创作模式，这正反映了黄氏对自己所处现实的一种批判态度"，"这时他的心态已经由直接再现现实，直接干预现实的外向精神转为通过表现自己的性情来间接地反映现实的内向精神"②。徐铉《成氏诗集序》云："诗之旨远矣，诗之用大矣。先王所以通政教，察风俗，故有采诗之官，陈诗之职，物情上达，王泽下流。及斯道之不行也，犹足以吟咏情性，黼藻其身，非苟而已矣。"③ 这段话阐述了诗歌的两种功能：即通政教、察风俗的政治功能和吟咏性情、黼藻其身的心理功能。而后者往往是"斯道不行"的乱世的产物。而黄庭坚所处的北宋中后期，正是党争剧烈、诗祸频仍、文网森严的时期。马积高指出：

---

① 《胡宗元诗集序》，《文津阁四库全书》第372册，第212页。
② 《黄庭坚诗学体系研究》，第81页。
③ 徐铉：《骑省集》卷十八《成氏诗集序》，《景印文渊阁四库全书》第1085册，第146页。

"当诗的政治功能因诗祸频仍、文网森严而趋于幻灭之时,诗的'明道'与'见性'的道德功能自然上升到首位,由欧阳修、苏轼到黄庭坚与江西诗派的文学传统也就自然有向理学靠拢的趋势。"① 笔者认为,理学家虽然也认为诗歌"模写物态,陶冶性情"②"以吟咏情性为主"③"出于性情之真"④"自咏情性"⑤,但是由于理学家强调"存天理,灭人欲",其所谓"情性"之"情"已经被剥离,"情性"实际上成了偏义复词,只剩下"性"了。在理学那里,"性"指"性理",即人性与天理,故真德秀谓"《诗大序》'变风发乎情,本乎礼义。发乎情,民之性也,本乎礼义,先王之泽也。'三百篇诗,惟其皆合正理"⑥。黄庭坚虽然深受理学思想的影响,甚至被列入《宋元学案·范吕诸儒学案》和《华阳学案》,尽管他的"诗者,人之情性也"的诗学思想有理学家"修身养性"的伦理因素,但与理学家对诗歌本体的认知有本质区别。

如果将黄庭坚这一在畏祸心理内驱下倡导的"诗者,人之情性也"的诗学观和反对"讽喻"的传达方式作为一种普适的诗学经验推而广之,则有其明显的时代局限,它可能会导致作者失落"匡时救世"的历史使命、讽谕时政的社会责任和揭露现实的批判精神。远的不说,如前所述,至时代、现实已发生巨大变化的南宋时期,吕本中、陈与义、杨万里、陆游等江西诗派内部成员或与江西诗学有着渊源关系的诗人,都纷纷走出江西诗派营垒,投入如火如荼的现实生活,自觉地继承了《诗经》以来的讽喻精神和现实主义创作方法,创作出一批具有时代气息的现实主义作品。而黄庭坚指导后学的系列诗法则受到后世的诟病,甚至被斥为"取消诗歌战斗性"的形式主义。直到1986年南京大学莫砺锋的博士学位论文《江西诗派研究》出版⑦,学术界对黄庭坚及其江西诗派的研究,始恢复了比较理性的批评,才算回归到比较客观公正的局面。

要正确理解黄庭坚"情性说"的内涵,还可从江西诗派所推崇的陶渊明和杜甫得到启示。黄庭坚指导后学学诗门径,从师法"拾遗句中有眼"达到"彭泽意在无弦"。其实黄庭坚并非专注对诗歌形式的指导,他说:

---

① 马积高:《江西诗派与理学》,《文学遗产》1987年第2期。
② 《象山集》卷十七《与沈宰书二》,《景印文渊阁四库全书》第1156册,第414页。
③ 《鹤山集》卷五十二《古郫徐君诗史字韵序》,《景印文渊阁四库全书》第1172册,第587页。
④ 《西山文集》卷三十一《问兴立成》,《景印文渊阁四库全书》第1174册,第492页。
⑤ 《敝帚稿略》卷二《论五言所始》,《景印文渊阁四库全书》第1178册,第724页。
⑥ 《西山文集》卷三十一《问兴立成》,《景印文渊阁四库全书》第1174册,第492页。
⑦ 莫砺锋:《江西诗派研究》,齐鲁书社1986年版。

"谢康乐、庾义城之于诗,炉锤之功不遗力也。然陶彭泽之墙数仞,谢庾示能窥者,何哉?盖二子有意于俗人赞毁其工拙,渊明直寄焉耳。"①《书陶渊明诗后寄王吉老》又云:"血气方刚时,读此诗如嚼枯木,及绵历世事,如决定无所用智,每观此篇,如渴饮水,如欲寐得啜茗,如饥啖汤饼,令人亦有能同味者乎!但恐嚼不破耳。"②《大雅堂记》曰:"子美诗妙处乃在无意于文。夫无意而意已至。非广之以国风雅颂,深之以《离骚》《九歌》,安能咀嚼其意味,闯然入其门耶?"批评那些"喜穿凿者","弃其大旨,取其发兴于所遇林泉、人物、草木、鱼虫,以为物物皆有所托,如世间商度隐语者",使得"子美之诗委地矣"③。周裕锴指出,"宋人对陶渊明的欣赏,则主要着眼于顺应大化、抱素守真的'明道'与悠然自得、无适不可的'见性'。前者是一种了悟天道的人生智慧,后者是一种优雅自在的生命情调。……宋代士大夫,需要寻找一个安顿人生、超越痛苦的精神榜样,而陶渊明正是理想的人选"④。"在宋人看来,杜诗与其说是'诗史',不如说是'诗圣'。所谓'圣',既有'集大成'的意思,更指诗中体现出来的'性情之正'。这'正'不只是君臣伦理关系的规范化,还包括人与世界、人与文明、人与自身关系的和谐。这是一种更深刻的道德理性,非《大雅》的温柔敦厚所能概括。宋人也许曲解了杜甫,但在某种意义上说,宋人真正发现了杜甫,创造了杜甫"⑤。我认为,周教授认为黄庭坚之所以推崇陶渊明和杜甫并作为指导青年学诗的典范,正是因为他们的诗歌体现了"性情之正",这一看法可谓独具慧眼。

黄庭坚是如何实践他的"情性"说认知的?让我们再来检视其创作示范。试看《戏呈孔毅父》:

> 管城子无食肉相,孔方兄有绝交书。文章功用不经世,何异丝窠缀露珠?校书著作频诏除,犹能上车问何如。忽忆僧床同野饭,梦随秋雁到东湖。⑥

此诗作于元祐二年(1087),时黄庭坚在史局,除著作佐郎。首联谓自己

---

① 《论诗》,《山谷题跋》卷七,第184页。
② 《书陶渊明诗后寄王吉老》,《山谷题跋》卷七,第192页。
③ 《大雅堂记》,《黄庭坚选集》,第415页。
④ 《宋代诗学通论》,第53页。
⑤ 《宋代诗学通论》,第51页。
⑥ 《戏呈孔毅父》,《黄庭坚诗集注》第1册,第225页。

靠笔杆子写文章为活,既不能升官又不能发财。颔联谓文章如果没有经世之用,那与蜘蛛网上挂露珠有什么不同呢?正言若反,谓自己写文章不能经世济用。黄庭坚于元丰八年(1085)四月为校书郎,元祐二年正月为著作佐郎,故而颈联谓自己"频诏除"。《颜氏家训·勉学》云:"梁朝全盛之时,贵游子弟,多无学术,至于谚云:'上车不落则著作,体中何如则秘书。'"① 黄庭坚将二句谚语压缩成一句"犹能上车问何如",表面上是自谦不学无术,难以胜任著作佐郎一职,但从末联可知,实则为自己的处境鸣不平,故而回忆起当年在家乡与你(孔毅父)僧床野饭的旧游。这种梦中思归的情结,正是对编纂国史的著作佐郎之职的不满,又呼应了首联的牢骚。再看《次韵柳通叟寄王文通》:

> 故人昔有《凌云赋》,何意陆沉黄绶间。头白眼花行作吏,儿婚女嫁望还山。心犹未死杯中物,春不能朱镜中颜。寄语诸公肯湔袯,割鸡令得近乡关。②

此诗也作于元祐二年。《史记·司马相如列传》载:"相如既奏《大人之颂》,天子大悦,飘飘有凌云之气,似游天地之间意。"③ 首联谓王文通有司马相如般的才能,未料却做了一个低级小官。颔联谓王文通任丞尉之类的卑职直到白头也未得到升迁,只有指望儿婚女嫁后再致仕回乡了。颈联谓王氏趁饮兴未衰,借酒消愁,但是岁月无情,青春不再。末联谓寄语在朝当政者,如果能够照顾的话,就让文通在靠近家乡的县邑做个令宰吧。《论语·阳货》:"割鸡焉用牛刀。"此诗谓县邑令宰是小官,不须大才。这两首诗虽然作于黄庭坚提出"诗者,人之情性"说之前,但说明他这一诗歌观念在元祐时期已经形成。前一首为自己的大材小用发牢骚,但没有剑拔弩张,而是以自贬自嘲的调侃方式,非常委婉含蓄地表达出来,所谓"情之所不能堪,因发于呻吟调笑之声",策略巧妙!后一首为友人的遭遇鸣不平,同时讽刺了那些占据朝廷要津的昏官庸吏,正是他们把持了官场职位,所以像王文通这样真正的人才才长期屈居下僚,得不到提拔,传达上寓庄于谐,同样没有锋芒毕露。试看《送石长卿太学秋补》:

---

① 颜之推:《颜氏家训》,《诸子集成》第8册,第13页。
② 《次韵柳通叟寄王文通》,《黄庭坚诗集注》第1册,第290页。
③ 《史记》卷一一七,第3册,第2332页。

长卿家亦但四壁，文君窥之介如石。胸中已无少年事，骨气乃有老松格。汉文新览天下图，诏山采玉渊献珠。再三可陈治安策，第一莫上登封书。①

此诗作于元符三年（1100），石长卿考上并补太学念书，黄庭坚送此诗勉励他写文章不要奉迎，要多向朝廷提建设性意见。因石氏名同司马相如，于是首联从比较两人的异同入手，相同之处是家境贫困；不同之处，是石氏没有司马相如风流。"文君"在此代指倾国倾城的女子，"介如石"，坚如磐石不动心。谓石氏面对美女的挑逗决不为之心动。颔联谓石氏没有少年轻薄之气，而有松树般的坚贞，骨气奇高，超拔绝俗。颈联将宋徽宗比作汉文帝，以采玉献珠喻招纳贤士。谓徽宗初即位，能够广纳贤士，接受献策，听取建议。末联勉励石氏要学贾谊向皇帝进献建设性的良策，切莫像司马相如那样，临死前向皇帝言封禅之事，吹牛拍马，晚节不保。可见，黄庭坚对诗歌抒发情性的认知，绝非一己之私的情性，它包含了关心时政、保持人格节操等丰富的内涵。

自黄庭坚重新提出"诗者，人之情性也"这一对诗歌本体特征认知，得到后世的广泛认同，后世论诗评诗，多以"情性"为本。就连非难诟病黄庭坚的严羽、王若虚都接受了这一认知。严羽《沧浪诗话·诗辨》云："诗者，吟咏情性也。"② 王若虚《滹南诗话》云："哀乐之真，发乎情性，此诗之正理也。"③ 刘克庄《跋何谦诗》："以性情礼义为本，以鸟兽草木为料，风人之诗也；以书为本，以事为料，文人之诗也。……夫自《国风》《骚》《选》《玉台》《胡部》，至于唐宋，其变多矣。然变者诗之体制也，历千年万世而不变者，人之情性也。"④ 他说不论诗歌体制如何变化，其抒写情性的本体特征亘古不变。文天祥《罗主簿一鹗诗序》云："诗所以发性情之和也。性情未发，诗为无声；性情既发，诗为有声。"⑤ 他指出作诗不能拘泥于诗歌语句或声韵，应留意于诗歌所表达的性情。认为谢灵运"池塘生春草"为梦中"性情未发"时所得，属"无声"之诗；苏轼"雪堂风雨夜，已作对床声"为"性情既发"时而作，属"有声"

---

① 《送石长卿太学秋补》，《黄庭坚诗集注》第 2 册，第 484 页。
② 《沧浪诗话·诗辨》，《沧浪诗话校释》，第 26 页。
③ 《滹南诗话》卷一，《历代诗话续编》上册，第 512 页。
④ 《跋何谦诗》，《四部丛刊》本《后村先生大全集》卷一百六，第 26 册，第 3～4 页。
⑤ 文天祥：《文山集》卷十三《罗主簿一鹗诗序》，《景印文渊阁四库全书》第 1184 册，第 594 页。

之诗。元好问《杨叔能小亨集引》曰："吟咏情性之谓诗。"① 杨维桢《李仲虞诗序》曰："诗者人之情性也，人各有情性，则人有各诗也。"② 李东阳认为，诗"以陶写情性，感发志意，动荡血脉，流通精神，有至于手舞足蹈而不自觉者"③。杨慎认为，诗"是发诸性情而协于律吕，非先协律吕而后发性情也"④。即性情为本律吕为末。故须先性情而后律吕，绝不可本末倒置。黄宗羲认为："诗以道性情，夫人而能言之。然自古以来，诗之美者多矣，而知性者何其少也。盖一时之性情，有万古之性情。夫吴歈越唱，怨女逐臣，触景感物，言乎其所不得不言，此一时之性情也。孔子删之以合乎兴、观、群、怨、思无邪之旨，此万古之性情也。"⑤ 叶燮《原诗》云："诗之基，其人之胸襟是也。有胸襟，然后能载其性情、智慧、聪明、才辨以出，随遇发生，随生即盛。"⑥ 袁枚《随园诗话》卷一云："诗写性情，惟吾所适。"⑦ 何绍基《与汪菊士论诗》也说："凡学诗者，无不知要有真性情，却不知真性情者，非到做诗时方去打算也。平日明理养气，于孝悌忠信大节，从日用起居及外间应务，平平实实，自家体贴得真性情；时时培护，字字持守，不为外物摇夺，久之，则真性情方固结到身心上，即一言语一文字，这个真性情时刻流露出来。然虽时刻流露，以此作诗作文，尚不能就算成家者。以此真性情虽偶然流露，而不能处处发现，固作诗文自有多少法度，多少功夫，方能将真性情搬运到笔墨上。又性情是浑然之物，若到诗与文上头，便要有声情气韵，波澜推荡，方得真性情发见充满，使天下后世见其所作，如见其人，如见其真性情。若平日不知持养，临提笔时要它有真性情，何尝没得几句惊心动魄的？可知这性情不是暂时撑支门面的，就是从人借来的，算不得自己真性情也。"⑧ 尽管他们所理解"情性"会有所差异，但都是对黄庭坚"情性"说的响应，则是毋庸置疑的。

严羽《沧浪诗话·诗辨》云："夫诗有别材，非关书也；诗有别趣，

---

① 元好问：《杨叔能小亨集引》，《全辽金文》下册，第3241页。
② 杨维桢：《东维子文集》卷七《李仲虞诗序》，《景印文渊阁四库全书》第1221册，第437页。
③ 《麓堂诗话》，《历代诗话续编》下册，第1369页。
④ 杨慎：《升庵集》卷三《李前渠诗引》，《景印文渊阁四库全书》第1270册，第43页。
⑤ 黄宗羲：《南雷文定》四集卷一《马雪航诗序》，《续修四库全书》第1397册，第528页。
⑥ 叶燮著、霍松林校注，薛雪著、杜维沫校注，沈德潜著、霍松林校注：《原诗 一瓢诗话 说诗晬语》，人民文学出版社1979年版，第17页。
⑦ 《随园诗话》，第3页。
⑧ 何绍基：《东洲草堂文钞》卷五《与汪菊士论诗》，《续修四库全书》第1529册，第179～180页。

非关理也。……诗者,吟咏情性也。"它针对黄庭坚"以才学为诗"而发,别材别趣,救江西诗派末流之失。刘克庄桴鼓相应,上引《跋何谦诗》,显然将"以性情为本"的"风人之诗"与"以书为本"的"文人之诗"对立。一定程度上造成了黄庭坚重新确立的诗歌"吟咏情性"本体特征认知没有得到足够的彰显。我认为,黄庭坚"情性"说的重新提出,最直接的原因是他对"诗之美"与"诗之祸"自我反省的结果,与他倡导"以才学为诗"亦不无关联。他认为书本学问关乎情性修养,有了"忠信笃敬,抱道而居,与时乖逢,遇物悲喜,同床而不察,并世而不闻"的情性修养,才能写出"情之所不能堪,因发于呻吟调笑之声,胸次释然,而闻者亦有所劝勉"的美诗来。钟嵘《诗品序》指出:"至于吟咏情性,亦何贵于用事?'思君如流水',既是即目;'高台多悲风',亦惟所见;'清晨登陇首',羌无故实;'明月照积雪',讵出经、史。观古今胜语,多非补假,皆由直寻。"① 指出诗歌不以用典为贵,而以直寻为上。何谓"直寻"?一指诗人直接感受外物,将"即目""所见"者表现于诗中;二指抒情状物使用自然明朗的语言,加以直接表现,不应堆砌典故。赵翼批评说:"山谷则书卷比坡更多数倍,几于无一字无来历;然专以选材庀料为主,宁不工而不肯不典,宁不切而不肯不奥,故往往意为词累,而性情反为所掩。"② 他认为以才学为诗会淹没情性。另一种观点则认为才学与情性"相辅而行,不可偏废",王士禛《带经堂诗话》卷二十九云:"问:作诗学力与性情必兼具而后愉快,愚意以为学力深始能见性情,若不多读书、多贯穿,而遽言性情,则开后学油腔滑调、信口成章之恶习矣。近时风气颓疲,唯夫子一言以为砥柱。(答)悟空表圣云:'不著一字,尽得风流',此性情之说也;扬子云云:'读千赋则能赋',此学问之说也。二者相辅而行,不可偏废。若无性情而侈言学问,则昔人有讥点鬼簿、獭祭鱼者矣。学力深始能见性情,此一语是造微破的之论。"③ 我认为,赵翼、王士禛讨论情性与学问之关系,均各执一端,尽管从学理上看都不无道理,但落实到创作实践,则要具体问题具体分析了。试看黄庭坚的《雨中登岳阳楼望君山二首》:

---

① 《诗品·总论》,《诗品注》,第4页。
② 《瓯北诗话》,第168页。
③ 《带经堂诗话》卷二十九,下册,第822页。

其一

投荒万死鬓毛斑,生出瞿塘滟滪关。
未到江南先一笑,岳阳楼上对君山。

其二

满川风雨独凭栏,绾结湘娥十二鬟。
可惜不当湖水面,银山堆里看青山。①

宋徽宗崇宁元年(1102),黄庭坚遇赦后,从江陵返回江西的故乡,途经湖南岳阳,心情激动,写下了这两首诗。第一首写赦还出蜀,登岳阳楼,知归家有望,心情舒畅先一笑。第二首正写君山,雨中望之,如帝尧二女鬟髻者然。可惜水落,不在水中,犹如有所不足,正见得岳阳楼之胜概。二首多处化用前人诗句或用典,如柳宗元诗"万死投荒十二年",杜甫诗"更忆鬓毛斑",《后汉书·班超列传》载班超上疏曰:"臣不敢望到酒泉郡,但愿生入玉门关。"②王逸注《九歌》:"尧之二女娥皇、女英,随舜不反,没于湘水之渚,因为湘夫人。"③刘禹锡《望洞庭》诗:"遥望洞庭山水翠,白银盘里一青螺。"④读者即使不知这些化用和用典,解读也绝没有障碍。这是以才学为诗而并未妨碍抒发情性的成功之作。再看《梦中和觞字韵并序》"崇宁二年正月己丑,梦东坡先生于寒溪西山之间,予诵《寄元明觞字韵诗》数篇。东坡笑曰:'公诗更进于曩时。'因和予一篇,语意清奇。予击节赏叹。东坡亦自喜。于九曲岭道中,连诵数过,遂得之":

天教兄弟各一方,不使新年对举觞。
作云作雨手翻覆,得马失马心清凉。
何处胡椒八百斛,谁家金钗十二行。
一丘一壑可曳尾,三沐三薰取刳肠。⑤

---

① 《雨中登岳阳楼望君山二首》,《黄庭坚诗集注》第2册,第584~585页。
② 《后汉书》卷四十七,第2册,第1067页。
③ 《屈原集校注》上册,第219页。
④ 刘禹锡:《望洞庭》,《金唐诗》上册,第915页。
⑤ 《梦中和觞字韵并序》,《黄庭坚诗集注》第2册,第622~623页。

序中谓梦中由东坡吟作，山谷记之，实际上是山谷之作。黄大临字元明，黄庭坚之兄。首联谓天公作弄人，使得兄弟各处一方，连新年都不让彼此团聚举杯。颔联上句化用杜甫"翻手作云覆手雨，纷纷轻薄何须数"诗句，谓人的交道不终。下句用《淮南子·人间训》"塞翁失马，安知非福"的典故，黄庭坚被赵挺之陷害，此句说对他人陷害不在乎，实际上是怨愤，只是作者能够抑制。《新唐书·元载传》："籍其家，钟乳五百两，诏分赐中书、门下台省官，胡椒至八百石，它物称是。"① 梁武帝《河中之水歌》："卢家兰室桂为梁，中有郁金苏合香。头上金钗十二行，足下丝履五文章。"② 颈联用典和化用均表达富贵之意。末联用二典，《晋书·谢鲲传》："问曰：'论者以君方庾亮，自透亮儿何如？'答曰：'端委庙堂，使百僚准则，鲲不如亮。一丘一壑，自谓过之。'"③ 任渊引《齐语》："庄公束缚管仲，以予齐使。齐使受之而退。比至，三衅三浴之，桓公亲逆之于郊。"注曰："以香涂身曰衅，亦或为薰。"④ 《庄子·外物》谓神龟"知能七十二钻而无遗筴，不能避刳肠之患"⑤。在此，"一丘一壑"指相忘于江湖；"三沐三衅"指被重用。这一联说是自由自在地在淤泥中游曳，还是作为神品供祭祀呢？表达了作者富贵必履危机的畏祸思想。在作者看来，像赵挺之之流，虽然得势一时，富贵逼人，但谁知是祸是福呢。言外之意是，如我这样不做官为好。应该说这是一首有思想深度和艺术技巧的好诗，但由于作者用典和化用过多，平心而论，一定程度上淹没了作者的情性。

综上所述，我国古代对诗歌本体特征的三种认知，由于"吟咏情性"与"缘情"之"情"的交叉重叠，加上将抒情而非咏性视为诗歌的艺术特征在"情性"说中愈来愈占主导地位，曾一度造成"情性"说被掩没而在诗歌本体认知上的缺席，至北宋中期的特定政治环境中，黄庭坚因其"诗祸"的惨痛教训，对诗歌本体特征进行了深刻反思，才重新确立了诗歌"吟咏情性"的本体认知，尽管这一认知具有特定的政治因素和文化背景，"情性"的内涵也带有黄庭坚鲜明的个性色彩，但它得到后世的广泛认同。我认为，诗歌固然是"言志""缘情"的，但同样的"情""志"为何在不同作家那里表现出较大的差异？"性"之异也。尽管诗歌"吟咏情性"本体认知的重新确立并未取代诗歌"言志""缘情"说，而仍然呈

---

① 《新唐书》卷一四五，第 4 册，第 3699 页。
② 《先秦汉魏晋南北朝诗》中册，第 1520 页。
③ 《晋书》卷四十九，第 3 册，第 911 页。
④ 《黄庭坚诗集注》第 2 册，第 623 页。
⑤ 《庄子浅注》，第 414 页。

现三种诗歌本体观念并存的价值取向，但笔者认为，将"吟咏情性"作为传统诗歌的本体特征，更为全面、准确，也更为科学。"情性"说并非只是提倡表现自我为主，有"一时之性情"，也有"万古之性情"；有小我之性情，也有大我之性情。肯定诗歌"吟咏情性"的本体特征认知，不仅有利于文艺创作——借用唐晓渡等的话来说，"和历来某些人们致力于强调'大我'与'小我'的形而上学的对立不同，我们看到，作为一个连续发生的现实过程，它们是不可分割、彼此包容的。前者逻辑地指向后者，后者则扬弃前者的某种抽象和空洞，成为血肉丰满的体现"①，还有利于我们认识古代作家的主体心理结构，也有利于我们更科学地把握传统诗歌观念，从而更准确地评价古人的文艺创作。

---

① 唐晓渡等：《中国当代实验诗选序》，沈阳：春风文艺出版社1987年版，第2页。

结　语

　　江西诗派是北宋时期乃至中国文学史上影响甚巨、争议最大的诗歌流派之一，主要原因是由于黄庭坚及江西诗派所作迥异于唐诗的宋调，题材偏重于书斋生活，艺术上极其讲究法度，又有诗论为之指导，故而或褒或贬，众说纷纭，莫衷一是。对江西诗学的知性反思，自北宋始一直持续到近代。这场反思诉诸批评大致可划分为五种形态：一是江西诗派内部成员或与江西诗派有着很深渊源的诗人，对江西诗学的自我反省；二是江西诗学之宣扬；三是江西诗学之补偏；四是江西诗学之反拨；五是理学家与江西诗学的离或合。江西诗学形成以来，历代众多学者都主动参与了这场反思论争，有的学者则在阐释他的诗学思想、建构其诗学理论时涉及对江西诗学的评价。其声势之浩大、历时之持久、观点之多元，在中国文学史上实属罕见。总结这些反思成果，不仅能够清晰地凸显江西诗学的理论贡献、创作经验与教训，对我们准确把握中国古代诗学的审美流向与价值取向、深刻认识中国古代诗学的体系建构及其民族特色，进而总结出中国古代诗学某些带有普遍性和规律性的问题，都不无历史启示。

一

　　黄庭坚《书王知载〈胊山杂咏〉后》云："诗者，人之情性也，非强谏争于廷，怨忿诟于道，怒邻骂坐之为也。其人忠信笃敬，抱道而居，与时乖逢，遇物悲喜，同床而不察，并世而不闻，情之所不能堪，因发于呻吟调笑之声，胸次释然，而闻者亦有所劝勉。比律吕而可歌，列干羽而可舞，是诗之美也。其发为讪谤侵陵，引颈以承戈，披襟而受矢，以快一朝之忿者，人皆以为诗之祸，是失诗之旨，非诗之过也。"这段话有三层含义：一是对诗歌本体特征的认知；二是"情性"的内核主要指"忠信笃敬""抱道而居"等道德修养；三是反对"怒邻骂坐"，倡导"温柔敦厚"的传达方式。

　　"诗者，人之情性也"，是黄庭坚鉴于苏轼"乌台诗案"和自己因文字狱遭贬而对诗歌本体特征的重新认知。它是对"诗言志"的颠覆，是对

"诗缘情"的补充。黄宝真指出:"在南北朝后,开始出现了'情'独占鳌头的趋势。因此,'性情'或'情性'作为一个复合词,'情'的审美色彩愈加浓烈,'性'反而退居次要或辅助地位了。……总的说来,把抒情而非咏性视为诗歌的艺术特征在'性情'说中愈来愈占主导地位。"性,一般是指先天赋予人的本性或本质。表达相同之情,为何不同的诗人会有差别呢?性之异也。因此说"诗者,人之情性也"较"诗缘情"的观念要全面、准确、科学,于是得到后世的广泛认同。黄庭坚所谓"情性"的内核主要指道德修养。他认为一个诗人只有具备了深厚的人格修养,其诗才能格韵高绝、脱尽流俗。陈师道说:"孟嘉落帽,前世以为胜绝。杜子美《九日诗》云:'羞将短发还吹帽,笑倩旁人为正冠。'其文雅旷达,不减昔人。故谓诗非学力可致,正须胸中泄尔。"认为诗歌的绝俗高雅,取决于诗人旷达的胸襟,而非学力所致。黄庭坚高风绝尘的人格节操,众口皆碑。苏轼《答黄鲁直书》云:"过李公择于济南,则见足下之诗文愈多,而得其为人益详。意其超逸绝尘,独立万物之表,驭风骑气,以与造物者游。非独今世之君子所不能用,虽如轼之放浪自弃,与世阔疏者,亦莫得而友也。"楼钥《跋黄子迈所藏山谷乙酉家乘》载:"建中靖国以至崇宁,元祐诸公多已南归,而先生乃以《承天塔记》更斥宜。人谁能堪之?先生方翛然自适。观所记日用事,岂复有迁谪之叹。"对黄庭坚不以迁谪介怀的乐观、旷达胸襟,深表敬意。魏了翁说"今诵其遗文,则虑澹气夷,无一毫忰陨狱之态",又谓"褚无副衣,匪焕匪安,宁死无辱,则山谷一等人也",指出了黄庭坚之高尚人格和超旷胸襟来自其深厚的道德修养。方回评价黄庭坚也认为"盖流离跋涉八年矣,未尝有一诗及于迁谪,真天人也",故倡导"当学山谷诗,又当知山谷所以处迁谪而浩然于去来者,非但学诗而已"。陈师道的清亮志节,亦令人肃然起敬。《鹤林玉露》丙编卷四载:"陈后山为馆职,当侍祠郊丘,非重裘不能御寒,后山止有其一。其内子与赵挺之之内亲姊妹也,乃为赵假一裘以衣之。后山问所从来,内以实告。后山曰:'汝岂不知我不著他衣裳耶!'却去之,止衣一裘,竟感寒疾而死。"罗大经议论曰:"志节清亮,宁甘于饿死冻死,而不肯少枉其道,少失其身,此所以皓皓乎不可尚也。"①晁补之《书鲁直题高求父扬清亭诗后》指出:"鲁直于怡心养气,能为人所不为,故用于读书、为文字,致思高远,亦似其为人。"对黄庭坚诗歌格韵

---

① 罗大经:《鹤林玉露》,《历代笔记小说大观·宋元笔记小说大观》第5册,第5355~5356页。

的评价,代表性观点有苏轼的"鲁直诗文如蝤蛑江瑶柱,格韵高绝,盘飱尽废";陈善评黄庭坚"诗格遂极于高古"。"高古"指高远古雅不涉俗韵的风格。对陈师道、陈与义诗歌品格的评价主要有,王直方转述山谷语"无已他日作诗,语极高古"①。杨一清曰:"自今读后山诗,固惊其雄健清劲,幽邃雅淡,有一尘不染之气,夷考其行,矫厉凌烈,穷饿不悔,则诗又特其绪馀耳。"② 刘克庄认为陈与义"第其品格,故当在诸家之上";方回也指出陈与义"格调高胜,举一世莫之能及"。

如何传达情性,黄庭坚认为"与时乖逢","情之所不能堪",即遇到不可调和的社会矛盾,情感上难以承受而不得不倾吐时,"因发于呻吟调笑之声",即通过调侃的方式传达出来,于己胸中的不平得到释放,于人则有所劝勉。实际上是主张传达情性要遵儒家"怨而不怒"的"温柔敦厚"之诗教。反对"强谏争于廷,怨忿诟于道,怒邻骂坐",认为"发为讪谤侵陵",无异于"引颈以承戈,披襟而受矢",必招来"诗之祸"。鉴于苏轼"乌台诗案"的惨痛教训,黄庭坚在指导学诗青年时指出"东坡文章妙天下,其短处在好骂",告诫他们"慎勿袭其轨"。陈师道也指出:"苏诗始学刘禹锡,故多怨刺,学不可不慎也。"黄庭坚反对"怒邻骂坐"的诗学观,得到后世不少学者的认同,朱熹说:"'温柔敦厚',《诗》之教也。使篇篇皆是讥刺人,安得'温柔敦厚'!"批评梅尧臣《河豚诗》"只似个上门骂人底诗"。严羽批评江西诗派"其末流甚者,叫噪怒张,殊乖忠厚之风,殆以骂詈为诗。诗而至此,可谓一厄也"叶适反对韩愈诗"叫呼怒骂""乱杂蝉噪",崇尚"风雅",倡导儒家所谓"温柔敦厚"之诗教。洪炎批评白居易"《秦中吟》《乐游园》《紫阁村》诗,则几于骂矣,失诗之本旨也"③。元好问对陆龟蒙的人品、才学以及文学成就给予了高度评价,但也指出其部分诗文"多愤激之辞而少敦厚之义","讥骂太过",即在传达上多愤激之辞,有伤儒家"温柔敦厚"之诗教。又在《论诗三十首》其二十三中云:"曲学虚荒小说欺,俳谐怒骂岂诗宜?今人合笑古人拙,除却雅言都不知。"④ 明确反对以"俳谐怒骂"为诗。葛立方主张诗歌要有"兴寄"但不宜"讪谤"——锋芒毕露地批评现实、讽谕时政。⑤ 对黄庭坚这一诗学观提出异议者是黄彻,他说:"余谓怒邻

---

① 《宋诗话辑佚》卷上,上册,第55页。
② 《古典文学研究资料汇编·黄庭坚和江西诗派卷》下册,第544页。
③ 《豫章先生退听堂录序》,《山谷诗注续补》,第609页。
④ 《论诗三十首》其二十三,《全金诗》卷一二三,第4册,第172页。
⑤ 《韵语阳秋》卷二,《历代诗话》下册,第497页。

骂坐固非诗本指,若《小弁》亲亲,未尝无怨;《何人斯》(应是《巷伯》):'取彼谮人,投畀豺虎',未尝不愤。谓不可谏争,则又甚矣。箴规刺诲,何为而作!古者帝王尚许百工各执艺事以谏,诗独不得与工技等哉!故谲谏而不斥者,惟《风》为然。如《雅》云:'匪面命之,言提其耳','彼童而角,实虹小子',忧心惨惨,念国之为虐,乱匪降自天,生自妇人,忠臣义士,欲正君定国,惟恐所陈不激切,岂尽优柔婉晦乎?故乐天《寄唐生诗》云:'篇篇无空文,句句必尽规。'"他认为《诗经》"十五国风"中就有不少"怨""愤"之作;"箴规刺诲""所陈激切"是《诗经》风雅以来的传统。确乎如此,早在汉代,《毛诗序》就做了理论总结:"上以风化下,下以风刺上,主文而谲谏,言之者无罪,闻之者足以戒,故曰风。"① 后来白居易直接继承了《诗经》这一讽谏传统,倡导新乐府运动,其早期所作的政治讽谕诗《秦中吟》和《新乐府》等,思想倾向鲜明,对当时的社会问题,做了比较深刻的揭露和批判。尽管黄庭坚这一诗学观,是在自己与老师遭遇文字之祸的惨痛教训后形成的,但不能因此放弃《诗经》以来的讽谏传统,如果将黄庭坚这一在畏祸心理内驱下提出的"温柔敦厚"的传达方式作为一种普适的诗学经验推而广之,则有其明显的时代局限,它可能会导致作者失落"匡时救世"的历史使命、讽谕时政的社会责任和揭露现实的批判精神。

黄庭坚《答洪驹父书三》:"自作语最难。老杜作诗,退之作文,无一字无来处。盖后人读书少,故谓韩、杜自作此语耳。古之能为文者,真能陶冶万物,虽取古人之陈言入于翰墨,如灵丹一粒,点铁成金也。"《冷斋夜话》卷一载:"山谷云:'诗意无穷,而人之才有限。以有限之才,追无穷之意,虽渊明、少陵不得工也。然不易其意而造其语,谓之换骨法;窥入其意而形容之,谓之夺胎法。'""点铁成金""夺胎换骨"是江西诗学的重要诗法,历来颇受争议。王若虚斥之曰:"鲁直论诗,有夺胎换骨、点铁成金之喻,世以为名言,以予观之,特剽窃之黠者耳。"黄庭坚提出"点铁成金"的诗法,是因为"自作语"即独创语"最难",即使像杜甫、韩愈这样的大师级作家,其作品之语言均非独创,而是点化古人之陈言而得。后人的创作化用或改造古人或他人的陈言,乃极其正常之举,因为任何创新都必须建立在对传统的继承之基础之上。"点铁成金"之所以备受后人诟病,原因有二:一是谓杜诗、韩文"无一字无来处"显然言过其实;二是江西诗派成员包括黄庭坚、陈师道在内在化用或改造古

---

① 《毛诗序》,《中国历代文论选》第1册,第63页。

人或他人陈言时,留下了"点金成铁"的口实。王世贞指出:"独李太白有'人烟寒橘柚,秋色老梧桐'句,而黄鲁直更之曰:'人家围橘柚,秋色老梧桐。'晁无咎极称之。何也?余谓中只改二字,而丑态毕具,真点金作铁手耳。""又有点金成铁者,少陵有句云:'昨夜月同行。'陈无己则云:'勤勤有月与同归。'少陵云:'暗飞萤自照。'陈则曰:'飞萤元失照。'……一览可见。"

所谓"换骨法"指"不易其意而造其语",指在不改变古人句意的基础上"自铸伟词"。所谓"夺胎法"指"窥入其意而形容之",即仿照古人篇意用自己的话表达。注意它与"换骨法"的区别在于——"句意"与"篇意",即局部与整体之异。由于黄庭坚对这两种诗法并未示例,故而时人或后人多有误解,以至混淆两者的区别。就记载此诗法的《冷斋夜话》的作者惠洪而言,他所示例其实均为"换骨法"而非"夺胎法"。笔者认为陈模的解读比较准确:"作诗,以不用其辞为夺胎体,不用其意为换骨体。"照此解释,"换骨法"即化用前人诗句而并不用其原意;"夺胎法"即不改变前人整篇立意而"不用其辞"即用自己的话来表达,即韩愈提出师法古人作品"师其意,不师其辞"。如杜甫《存殁口号二首》其二:"郑公粉绘随长夜,曹霸丹青已白头。天下何曾有山水,人间不解重骅骝。"原注:"高士荥阳郑虔,善画山水。曹霸,善画马。"仇兆鳌释:"此谓郑殁而曹存也。郑虔既亡,世更无山水之奇。曹霸虽存,人谁识骅骝之价乎?一伤之,一惜之也。"黄庭坚《病起荆江亭即事十首》其八:"闭门觅句陈无己,对客挥毫秦少游。正字不知温饱未,西风吹泪古藤州。"谓陈师道闭门苦吟,字斟句酌;秦观才思敏捷,一挥而就。陈师道正做着秘书省正字小官,家境很贫寒,不知温饱否?秦观已在藤州(今广西省藤县)病逝,秋风把我的伤悼之泪吹到那里。黄诗显然模仿杜诗写法,分别写一存一殁的朋友。这种模仿的作诗方法,其实就是一首诗的整体艺术构思,方东树指出:"山谷之学杜,绝去形摹,尽洗面目,全在作用,意匠经营,善学得体,古今一人而已。"此处"作用"即指艺术构思。释皎然《诗式》曰:"作者措意,虽有声律,不妨作用。"谓优秀的诗人立意言说,虽有声韵格律之规矩束缚,并不妨碍其艺术构思。许学夷《诗源辩体》卷三评《古诗十九首》和曹植的《杂诗七首》其一:"本乎天成,而无作用之迹",即浑化天成,无构思之痕迹。方东树又云:"杜七律所以横绝诸家,只是沉著顿挫,恣肆变化,阳开阴合,不可方物。山谷之学,专在此等处,所谓作用。义山之学,在句法气格。空同专在形貌。三人之中,以山谷为最,此定论矣。"他认为同为学杜,李商隐在句法气格，李梦阳在形貌，而黄庭坚在作用。比较而言，肯定黄庭坚学杜之艺术构思最成功，是最为善学。因此他主张："以《三百篇》《离骚》、汉、魏为本为体，以杜、韩为面目，以谢、鲍、黄为作用，三者皆以脱尽凡情为圣境。"指导晚辈习诗：以《诗经》《离骚》、汉魏诗歌为本体，以杜甫、韩愈诗歌为典范，兼取谢灵运、鲍照、黄庭坚诗歌创作艺术构思之技巧。笔者认为这种从整体上把握前人作品的立意然后用自己的语言表达出来的"作用"——创作艺术构思，正是黄庭坚示以后学的"夺胎法"。

黄庭坚示以后学的"点铁成金""夺胎换骨""以俗为雅，以故为新"等诗法，为初学诗者指明了入门蹊径，也便于操作践行。由于一些江西诗派末流领会不透，或才力不足，误入了囿于成法而不知变通的歧途。其实，黄庭坚多次强调诗之活法。周紫芝《见王提刑》载：青年诗人晁冲之向黄庭坚请教作诗法度，如何才能取得明显的进步效果，黄庭坚回答"识取关捩"（"关捩"，能转动的机械装置，比喻原理、道理）。晁冲之深有体悟地说"当令参者自相领解"，即参解领悟诗之原理或诗法之道理，实际上就是灵活掌握作诗法度的"活法"思想，即师法前人既要遵守法度，又不要为规矩所囿，最后要超越法度。范温《潜溪诗眼》亦载山谷语："学者要先以识为主，如禅家所谓正法眼者。直须具此眼目，方可入道。"这则记载与前则材料意思相近。《名贤诗话》载："黄鲁直自黔南归，诗变前体。且云：须要唐律中作活计，乃可言诗。以少陵渊蓄云萃，变态百出，虽数十百韵，格律益严。盖操制诗家法度如此。""作活计"，"活法"之谓也。如果说在黄庭坚那里尚未形成"活法"的诗学概念，那么，江西诗派后劲吕本中则将诗派宗祖黄庭坚这一"活参""作活计"的诗学思想正式提升为"活法"理论："诗当识活法。所谓活法者，规矩备具而能出于规矩之外，变化不测而亦不背于规矩也。是道也，盖有定法而无定法，无定法而有定法。知是者则可以与语活法矣。"曾季貍《艇斋诗话》指出："后山论诗说换骨，东湖论诗说中的，东莱论诗说活法，子苍论诗说饱参。入处虽不同，然其实皆一关捩，要知非悟入不可。"；杨万里又提出了"感兴""透脱"说，诗歌创作上是"活法"的有力践行者，形成了独具一格的"诚斋体"；陆游丰富的军旅生活使他悟出"诗家三昧"之一的"工夫在诗外"。有学者认为，陆游"诗家三昧"即吕本中所谓"活法"[①]。姜夔曰："学有馀而约以用之，善用事者也；意有馀而约以尽之，善措辞者也；乍叙事而间以理言，得活法者也。"他认为"活法"即用事

---

① 姚大勇：《陆游"诗家三昧"新探》，《学术月刊》1999年第1期。

要约以用之,措辞则约以尽之,叙事则间以言理,这是他对吕本中"活法"理论的新认识和辩证把握,丰富并拓展了其内涵,是他对"活法"理论的突破性贡献,可见,"活法"的运用,已成为江西诗派内部主要成员或与江西诗学渊源颇深的诗人之自觉。

二

明人胡应麟《诗薮外编》卷五大致勾勒了宋调形成的历程:"六一虽洗削'西昆',然体尚平正,特不甚当行耳。推毂梅尧臣诗,亦自具眼。至介甫创撰新奇,唐人格调,始一大变。苏、黄继起,古法荡然。"宋真宗时,杨亿、刘筠等诗学李商隐,西昆体称盛一时,"耸动天下"。宋仁宗之世,欧阳修主盟文坛,力矫"西昆"之弊,推举梅尧臣,倡平淡诗风。至王安石始"以议论为诗",初成宋调,苏轼、黄庭坚继出,"皆堂芜阔大","宋诗至此,号为极盛"。所谓"古法荡然"从反面说明了苏、黄诗已与唐音判然异调。胡氏另一段论述可以与此对读:"二宋之富丽,晏同叔、夏英公之和整,梅圣俞之闲淡,王平甫之丰硕,虽时有宋气,而多近唐人。永叔、介父,始欲汛扫前流,自开堂奥。至坡老、涪翁,乃大坏不复可理。"严羽谓宋人"以文字为诗,以才学为诗,以议论为诗","始自出己意以为诗,唐人之风变矣"。"以文字为诗""以议论为诗"始于王安石,极于苏轼,但他们"以才学为诗"的倾向并不显著。至黄庭坚登上诗坛,"盖其学该通乎儒、释、老、庄之奥,下至于医、卜、百家之说,莫不尽摘其英华,以发之于诗";"盖其于经子传记、历代诗文,以至九流百家、稗官野史,靡不诵阅,腹之所贮,手之所集,殆成笥而充栋矣";"会萃百家句律之长,究极历代体制之变,搜猎奇书,穿穴异闻,作为古、律,自成一家,虽只字半句不轻出,遂为本朝诗家宗祖"。"以才学为诗"的特征十分突出,因此说,黄庭坚才堪称迥异于唐音的宋调之风范的体现者。

"以文字为诗"即"以文为诗",杜甫已开先河,韩愈将其推向无以复加的极致。田雯《古欢堂集杂著》卷二指出:"山谷诗从杜、韩脱化而出,创新辟奇,风标娟秀,陵前轹后,有一无两。宋人尊为西江诗派,与子美俎豆一堂,实非悠谬。"后来方东树在《昭昧詹言》中进一步厘清了杜甫—韩愈—黄庭坚—陈师道一脉相承、香火相续的渊源关系,意图十分昭然:杜甫、韩愈"以文为诗",为江西诗学递相祖述,实开以黄庭坚诗歌为风范的宋调。黄庭坚《与王观复书一》云:"观杜子美到夔州后诗、韩退之自潮州还朝后文章,皆不烦绳削而自合矣。"陈师道《次韵答秦少章》云："学诗如学仙,时至骨自换。缥缈鸿鹄上,众目焉能玩。"《宋金元文学批评史》指出:"这里说的是诗人经历长期的艰苦人格学问修养、创作锻炼,一旦功夫成熟,自然发生飞跃而通悟艺术规律的过程,这是一个从渐进(时至)到质变(换骨)的过程。正如学道者长期苦修而一旦羽化登仙,能够如鸿鹄那样自由翱翔于无限青冥。……故本诗的'换骨'不同于黄庭坚所谓'不易其意而造其语'的'换骨法',而是指黄氏所揭示的'杜子美到夔州后诗、韩退之自潮州还朝文章,皆不烦绳削而自合'的境界。"笔者认为,"不烦绳削而自合"有两层含义:一指不事雕琢而臻于自然天成之境。黄庭坚说:"但熟读杜子美到夔州后古律诗,便得句法:简易而大巧出焉,平淡而山高水深,似欲不可企及。文章成就,更无斧凿痕,乃为佳作耳。"袁枚说:"诗宜朴不宜巧,然必须大巧之朴。"在江西诗学那里,"大巧"之后是没有"斧凿痕"的"简易""平淡";在袁枚那里,"大巧"之后是"朴"。曾国藩提出了"机神"说:"机者,无心遇之,偶然触之。……神者,人功与天机相凑泊。""机"者,没有执着寻得之必然,只有无意获得之偶然。从曾氏所示李白之豪宕、杜甫之雄健、王昌龄之俊逸、李贺之奇诡来看,"机"也是他人模仿不了的个人独特之禀赋,即"天机",或谓天赋。"神"者,则"人功与天机相凑泊"之谓也,亦即"人巧极而天工错"。曾国藩所谓"人功与天机相凑泊"或"人巧极而天工错"之"神";正是"无斧凿痕"的"简易而大巧出焉,平淡而山高水深";曾氏"无心遇之,偶然触之"之"机",正如"不烦绳削而自合"。不同的是,黄氏更强调人功,曾氏则更看重天分。二指变体。陈衍说:"余七古向鲜转韵,七律向不作拗体,皆大异山谷者。"他最不喜即黄庭坚的拗体七律。黄的拗体主要从杜甫、韩愈"以文为诗"发展而来,故意不守平仄,破弃声律,造成一种拗折生新的艺术效果,尽管有得有失,表明陈衍作七律谨守其正体而不欣赏其变体,故而他批评说:"余论诗雅不喜山谷、后山,犹东坡、遗山之不喜东野,非谓其不工也。诗不能不言音节,二家音节,山谷偶有琴瑟,馀多柷敔,笙箫则未曾有,不得谓非八音之一,听之未免使人不欢。"他认为"琴瑟笙箫"才是正体之音,而视黄庭坚的拗体为打击乐"柷敔",故"听之未免使人不欢"。范温《潜溪诗眼》载:"山谷言文章必谨布置……盖变体如行云流水,初无定质,出于精微,夺乎天造,不可以形器求矣。然要之以正体为本,自然法度行乎其间。譬如用兵,奇正相生。初若不知正而径出于奇,则纷然无复纲纪,终于败乱而已矣。""变体""如行云流水,初无定质",几乎"天造"而非人工,因此不可学;因此黄庭坚主张初作诗者当由"正体"

入门，因为"自然法度行乎其间"，有法可循；又"奇正相生"，由正入变。倘若由"变体"即"奇"入门，则"譬如用兵"，"纷然无复纲纪，终于败乱而已矣"。

朱熹则认为，"皆不烦绳削而自合"是误导后学作诗恣肆的欺人之谈："人多说子美、夔州诗好，此不可晓。鲁直一时固自有所见。今人只觉鲁直说好，便却说好，如矮人看场耳。"告诫"学者其毋惑于不烦绳削之说而轻为放肆以自欺也哉？"

"以才学为诗"是黄庭坚诗歌创作最为显著的特征，也是历来最受争议的，可谓毁誉参半。苏轼云："鲁直诗文，如蝤蛑、江瑶柱，格韵高绝，盘飧尽废。然不可多食，多食则发风动气。"以"蝤蛑""江瑶柱"为喻，推重黄诗"格韵高绝"，犹如一道名贵的海鲜；"盘飧尽废"，喻他人的作品同黄诗对比，就只能是廉价的菜肴了；"然不可多食，多食则发风动气"，谓"蝤蛑""江瑶柱"为高嘌呤饮食，多食会致使体内尿酸偏高而引发痛风，喻黄诗"以才学为诗"，具有深厚的文化底蕴，读者要慢慢地品读、退思，切不可贪多务得，否则消化不良。推许中含有对黄诗使事用典造成冷僻难懂的微词。蔡絛评价曰："山谷诗妙脱蹊径，言谋鬼神，无一点尘俗气，所恨务高，一似参曹洞下禅，尚堕在玄妙窟里。""无一点尘俗气"即"格韵高绝"；"似参曹洞禅，尚堕在玄妙窟里"，批评黄诗使事用典密集，艰涩深奥，难以捉摸。魏泰指出："黄庭坚喜作诗得名，好用南朝人语，专求古人未使之事，又一二奇字，缀葺而成诗，自以为工，其实所见之僻也。"批评黄诗使事、用字之僻。许顗《彦周诗话》载："黄鲁直爱与郭功父戏谑嘲调，虽不当尽信，至如曰：'公做诗费许多气力做甚？'此语切当，有益于学诗者，不可不知也。"许顗认为郭祥正对黄庭坚"以才学为诗"的批评非常"切当"黄庭坚的病痛，并示以后学引为鉴戒。刘克庄提出了"以性情为本"的诗学思想，批评"以书为本，以事为料"的江西诗"过于雕刻"的锻炼，"失古诗吟咏性情之本意"，"去风人之情性远矣"。严羽认为"夫诗有别材，非关书也"，明确反对黄庭坚为代表的江西诗派"以才学为诗"。在严羽看来，才学与情性互为矛盾，不能相兼，"以才学为诗"势必掩没诗人的情性。赵翼桴鼓相应："山谷则书卷比坡更多数倍，几于无一字无来历；然专以选材屯料为主，宁不工而不肯不典，宁不切而不肯不奥，故往往意为词累，而性情反为所掩。"关于"学问"与"情性"之关系，多数学者持论比较辩证，王士禛《师友诗传录》载："问：作诗学力与性情必兼具而后愉快，愚意以为学力深始能见性情，若不多读书、多贯穿，而遽言性情，则开后学油腔滑调、信口成章之恶习矣。……（答）司空表圣云：'不著一字，尽得风流'，此性情之说也；扬子云云：'读千赋则能赋'，此学问之说也。二者相辅而行，不可偏废。若无性情而侈言学问，则昔人有讥点鬼簿、獭祭鱼者矣。学力深始能见性情，此一语是造微破的之论。"由此可见，王士禛是以性情学问相兼以济"神韵"之说，或者说其"神韵"说包含性情与学问兼济的内涵。尽管王士禛说"余于古人论诗，最喜钟嵘《诗品》、严羽《诗话》、徐祯卿《谈艺录》"，但并未全盘接受他们的诗学思想，严羽反对宋人"以才学为诗"，王士禛则主张性情与学问"二者相辅而行，不可偏废"。翁方纲论诗提出肌理说，主张以义理、学问入诗，推重"以质厚为本"的宋诗，倡导诗歌思想的质实厚重，以此来标举异于唐诗的宋诗特质。由此推许黄庭坚"精力沉蓄"的深厚工夫，指出其诗歌"囊括今古"的开阔视野、"取材非一处"的丰富题材，得力于诗人"用力之勤""积学之非易"。并断言："由性情而合之学问，此事遂超轶今古矣。"认为有深厚学问底蕴抒发性情的诗歌，方能超越古今众流之辈。标举"性灵"说的袁枚明确指出："凡诗之传者，都是性灵，不关堆垛。"因此，他对"以才学为诗"的江西诗派持反对意见："自赵宋以来，一典实一故事，必缕述焉"；"诗重性情，不重该博，古之训也"。一言以蔽之：遮蔽性情，汨没性灵。但他又说："诗难其雅也，有学问而后雅；否则俚鄙率意矣。"认为诗歌欲雅又必须有学问，否则俚鄙率意。并引李玉洲先生语："凡多读书，为诗家最重要事。所以必须胸中有万卷者，欲其助我神气耳。其隶事、不隶事，作诗者不自知，读诗者亦不知：方可谓之真诗。若有心矜炫淹博，便落下乘。"谓"必须胸中有万卷者"，方能助诗之神气；但诗之隶事，要做到作者、读者均不觉，才是真诗；如果一味"矜炫淹博，便落下乘"。"用巧无斧凿痕，用典无填砌痕，此是晚年成就之事。若初学者，正要他肯雕刻，方去费心；肯用典，方去读书"。陈衍倡导学人之诗与诗人之诗合，即必具学人之根柢与诗人之性情，才力与怀抱才能激发表现出来，才能写出好诗来。批评黄庭坚"以才学为诗"的学人诗，学问有余，性情不足，使人读之难晓。

李白与杜甫不仅在盛唐时代双峰并峙，也是中国诗歌上难以企及的两座高峰，正如韩愈《调张籍》所云："李杜文章在，光焰万丈长。"胡仔将李、杜、苏、黄并列："余尝谓开元之李、杜，元祐之苏、黄，皆集诗之大成者，故群贤于此四公，尤多品藻；盖欲发扬其旨趣，俾后来观诗者，虽未染指，固已能知其味之美矣。然诗道迩来几熄，时所罕尚；余独拳拳于此者，惜其将坠，欲以扶持其万一也。"其意图是引导后学正确学习李、杜、苏、黄，借以振兴宋诗，不仅充分肯定了苏轼与黄庭坚诗歌的艺术成就，也确立了宋诗与唐诗分庭抗礼、并驾齐驱的历史地位，具有重要的文学史意义！这种"不薄今人爱古人"的历史进步观、"江山代有才人出，各领风骚数百年"的胆识与气魄令人敬佩！这一观点得到杨万里的支持响应，他说："今夫四家者流，苏似李，黄似杜。苏、李之诗，子列子之御风也；杜、黄之诗，灵均之乘桂舟、驾玉车也。"进一步指出，在诗风上，苏轼与李白似；在诗之意境上，黄庭坚与杜甫近。

三

综上所述，围绕对江西诗学的知性反思，北宋以降各个历史时期不少学者都参与其中，构成我国古代文学批评史上影响深远的文学现象。其学术意义和历史启示主要体现在以下五个方面：一是确立了"诗者，人之情性也"的诗歌本体特征的认知，重新审视"怒邻骂坐"与"温柔敦厚"的传达方式，明确了讽谕时政不宜言辞愤激、锋芒毕露固然是一种能够使作品不遭禁毁而流传后世的智慧策略，但恪守"温柔敦厚"的诗教，容易失落"匡时救世"的历史使命、讽谕时政的社会责任和揭露现实的批判精神。标志着我国古代现实主义诗学理论的成熟和发展。二是江西诗学"夺胎换骨""点铁成金""以俗为雅，以故为新"等具体可操作的诗法，从总结创作方法、创作原则，到探讨艺术内外部审美规律，建构了比较完整的宋代诗学理论体系。为学诗青年提供了切实可行的入门蹊径，从师法"拾遗句中有眼"的初阶到达"彭泽意在无弦"的终极，即从"正体"入"变体"，方能臻于"不烦绳削而自合"——挥洒自如、不事雕琢、自然天成的艺术境界。启迪后人文学创作既要遵守艺术法则，又要超越艺术法则，才能进入艺术的自由王国。三是认识到唐诗与宋诗各有所长与所短，不必厚古薄今、扬此抑彼，"李、杜、苏、黄"并称，表明宋代苏轼、黄庭坚已取得与盛唐时期的李白、杜甫并驾齐驱的地位，确立了宋诗与唐诗分庭抗礼、平分秋色的地位。在复古与革新的争论与较量中，培育了古人进化、辩证、通脱的文学观念。四是通过"资书以为诗"是否淹没诗人之情性的讨论，加深了对文学创作与现实生活关系的认知。经历了"靖康之难"的陈与义，提出了"从来华屋不关诗"（《同继祖民瞻赋诗亭二首》其二）的观点，直接继承杜甫忧国忧民的情怀；吕本中、杨万里、陆游等一批江西诗派成员或与江西诗学渊源颇深的诗人纷纷走出书斋，投向如火如荼的现实生活和异彩纷呈的大自然怀抱，认识到传承文化传统、间接感受生活固然必不可少，但文学艺术创作的真正源泉应是现实生活的道理。五是以通变意识，知性反思江西诗学的经验与教训，启迪了后世学者清醒深入的诗学理论思考。北宋以后出现了一批诗话成果，这些成果多数能够以辩证的态度持公允之论，建构起富于民族特色的批评话语和诗学理论体系。

引用书目

一、著作

永瑢、纪昀主编：《四库全书总目提要》，海口：海南出版社，1999年版。

《文津阁四库全书》第372册，北京：商务印书馆，2005年版。

罗竹风主编：《汉语大词典》，上海：汉语大词典出版社，1986～1993年版。

司马迁：《史记》，裴骃集解，司马贞索隐，张守节正义，北京：中华书局，2000年版。

班固：《汉书》，颜师古注，北京：中华书局，2000年版。

范晔：《后汉书》，李贤等注，北京：中华书局，2000年版。

陈寿：《三国志》，裴松之注，北京：中华书局，2000年版。

房玄龄等：《晋书》，北京：中华书局，2000年版。

沈约：《宋书》，北京：中华书局，2000年版。

萧子显：《南齐书》，北京：中华书局，2000年版。

李延寿：《南史》，北京：中华书局，2000年版。

李延寿：《北史》，北京：中华书局，2000年版。

魏徵：《隋书》，北京：中华书局，2000年版。

欧阳修、宋祁：《新唐书》，北京：中华书局，1999年版。

脱脱等：《宋史》，北京：中华书局，2000年版。

张廷玉等：《明史》，北京：中华书局，2000年版。

赵尔巽等：《清史稿》，北京：中华书局，1977年版。

杨鸿烈：《中国诗学大纲》，北京：商务印书馆，1928年版。

田明凡：《中国诗学研究》（自刊本），北京：大学出版社，民国二十三年（1934）版。

陈良运：《中国诗学体系论》，北京：中国社会科学出版社，1992年版。

袁行霈、孟二冬、丁放：《中国诗学通论》，合肥：安徽教育出版社，1994年版。

陈良运：《中国诗学批评史》，南昌：江西人民出版社，1995年版。

萧华荣：《中国诗学思想史》，上海：华东师范大学出版社，1996年版。

张少康、刘三富：《中国文学理论批评发展史》，北京：北京大学出版社，1995年版。

袁震宇、刘明今：《中国文学批评史》，上海：上海古籍出版社，1996年版。

詹福瑞：《中古文学理论范畴》，保定：河北大学出版社，1997年版。

陈伯海：《中国诗学之现代观》，上海：上海古籍出版社，2006年版。

齐治平：《唐宋诗之争概述》，长沙：岳麓书社，1984年版。

张毅：《宋代文学思想史》，北京：中华书局，1995年版。

顾易生、蒋凡、刘明今：《宋金元文学批评史》，上海：上海古籍出版社，1996年版。

张思齐：《宋代诗学》，长沙：湖南人民出版社，2000年版。

周裕锴：《宋代诗学通论》，上海：上海古籍出版社，2007年版。

袁震宇、刘明今：《明代文学批评史》，上海：上海古籍出版社，1991年版。

邬国平、王镇远：《清代文学批评史》，上海：上海古籍出版社，1995年版。

黄霖：《近代文学批评史》，上海：上海古籍出版社，1993年版。

傅璇琮等主编：《中国诗学大辞典》，杭州：浙江教育出版社，1999年版。

陈良运主编：《中国历代诗学论著选》，南昌：百花洲文艺出版社，1995年版。

张少康、卢永璘：《先秦两汉文论选》，北京：人民文学出版社，1999年版。

郭绍虞主编：《中国历代文论选》，上海：上海古籍出版社，1979年版。

舒芜、陈迩冬、周绍良、王利器编选：《近代文论选》，北京：人民文学出版社，1959年版。

王运熙、周锋：《文心雕龙译注》，上海：上海古籍出版社，1998年版。

钟嵘撰，陈延杰注：《诗品注》，北京：人民文学出版社，1961年版。

郭绍虞：《诗品集解 续诗品注》，北京：人民文学出版社，1963年版。

陆机著，张少康集释：《文赋集释》，北京：人民文学出版社，2002年版。

阮元校刻：《十三经注疏》，北京：中华书局，1980年影印。

严可均校辑：《全上古三代秦汉三国六朝文》，北京：中华书局，1958年版。

李梦生：《左传译注》，上海：上海古籍出版社，1998年版。

左丘明：《国语》，上海：上海古籍出版社，1978年版。

陈鼓应：《老子注译及其评介》，北京：中华书局，1984年版。

朱熹：《四书章句集注》，北京：中华书局，1983年版。

曹础基：《庄子浅注》，北京：中华书局，1982年版。

逯钦立辑校：《先秦汉魏晋南北朝诗》，北京：中华书局，1983年版。

金开诚、董洪利、高路明：《屈原集校注》，北京：中华书局，1996年版。

王先谦：《荀子集解》，《诸子集成》第2册，上海：上海书店，1986年版。

张㧑之：《世说新语译注》，上海：上海古籍出版社，1996年版。

萧统编：《文选》，李善注，北京：中华书局，1977年版。

颜之推：《颜氏家训》，《诸子集成》第8册，上海：上海书店，1986年版。

彭定求等编：《全唐诗》，上海：上海古籍出版社，1986年版。

董诰等编：《全唐文》，上海：上海古籍出版社，1990年版。

王维著，赵殿成笺注：《王右丞集笺注》，上海：上海古籍出版社，1998年版。

李白著，瞿蜕园、朱金城校注：《李白集校注》，上海：上海古籍出版社，1980年版。

仇兆鳌：《杜诗详注》，北京：中华书局，1979年版。

郭绍虞：《杜甫戏为六绝句集解 元好问论诗三十首小笺》，北京：人民文学出版社，1978年版。

殷璠：《河岳英灵集》，《景印文渊阁四库全书》第1332册，台北：台湾商务印书馆，1986年版。

元结：《元次山集》，孙望校，上海：中华书局，1961年版。

马其昶校注，马茂元整理：《韩昌黎文集校注》，上海：上海古籍出版社，1996年版。

童第德选注：《韩愈文选》，北京：人民文学出版社1980年版。

韩愈撰，钱仲联集释：《韩昌黎诗系年集释》，上海：上海古籍出版社，1984年版。

王国安：《柳宗元诗笺释》，上海：上海古籍出版社，1993年版。

〔日〕遍照金刚：《文镜秘府论》，周雄德校点，北京：人民文学出版社，1975年版。

郭绍虞：《诗品集解 续诗品注》，北京：人民文学出版社，1963年版。

何文焕辑：《历代诗话》，北京：中华书局，1981年版。

丁福保辑：《历代诗话续编》，北京：中华书局，1983年版。

蒋述卓等编著：《宋代文艺理论集成》，北京：中国社会科学出版，社2000年版。

吴文治主编：《宋诗话全编》，南京：江苏古籍出版社，1998年版。

傅璇琮编：《古典文学研究资料汇编·黄庭坚和江西诗派卷》，北京：中华书局，1978年版。

郭绍虞辑：《宋诗话辑佚》，北京：中华书局，1980年版。

曹旭校点，陈衍评选：《宋诗精华录》，南昌：江西人民出版社，1984年版。

张伯伟编校：《稀见本宋人诗话四种》，南京：江苏古籍出版社，2002年版。

北京大学古文献研究所编：《全宋诗》，北京：北京大学出版社，1991～1998年版。

钱锺书：《宋诗选注》，北京：人民文学出版社，1989年版。

《宋诗鉴赏辞典》，上海：上海辞书出版社，1987年版。

徐铉：《骑省集》，《景印文渊阁四库全书》第1085册，台北：台湾商务印书馆，1986年版。

孙光宪：《北梦琐言》，林艺园校点，上海：上海古籍出版社，1981年版。

欧阳修撰，陈新、杜维沫选注：《欧阳修选集》，上海：上海古籍出版社，1986年版。

王安石撰，李之亮笺注：《王荆公文集笺注》，成都：巴蜀书社，2004年版。

苏轼：《苏轼文集》，孔凡礼点校，北京：中华书局，1986年版。

苏轼著，冯应榴辑注，黄任轲、朱怀春校点：《苏轼诗集合注》，上海：上海古籍出版社，2001年版。

苏轼：《东坡题跋》，许伟东注释，北京：人民美术出版社，2008年版。

孙升：《孙公谈圃》，《景印文渊阁四库全书》第1037册，台北：台湾商务印书馆，1986年版。

苏辙：《栾城集》，曾枣庄、马德富校点，上海：上海古籍出版社，1987年版。

孔平仲：《孔氏谈苑》，《景印文渊阁四库全书》第1037册，台北：台湾商务印书馆，1986年版。

黄庭坚撰，任渊等注，刘尚荣校点：《黄庭坚诗集注》，北京：中华书局，2003年版。

黄庭坚著，任渊等注，黄宝华点校：《山谷诗集注》，上海：上海古籍出版社，2003年版。

黄庭坚撰，任渊等注，刘琳、李勇先、王蓉贵校点：《黄庭坚全集》，成都：四川大学出版社，2001年版。

黄宝华选注：《黄庭坚选集》，上海：上海古籍出版社，1991年版。

陈永正选注：《黄庭坚诗选》，广州：广东人民出版社，1984年版。

陈永正、何泽棠注：《山谷诗注续补》，上海：上海古籍出版社，2012年版。

黄庭坚：《山谷题跋》，屠友祥校注，上海：上海远东出版社，1999年版。

李之仪：《姑溪居士文集》，《景印文渊阁四库全书》第1120册，台北：台湾商务印书馆，1986年版。

陈师道：《后山居士文集》，上海：上海古籍出社，1984年版。

陈师道：《后山集》，《景印文渊阁四库全书》第1114册，台北：台湾商务印书馆，1986年版。

晁补之：《鸡肋集》，《景印文渊阁四库全书》第1118册，台北：台湾商务印书馆，1986年版。

吴坰：《五总志》，《景印文渊阁四库全书》第863册，台北：台湾商务印书馆，1986年版。

葛胜仲：《丹阳集》，《景印文渊阁四库全书》第1127册，台北：台湾商务印书馆，1986年版。

汪藻：《浮溪集》，《景印文渊阁四库全书》第 1128 册，台北：台湾商务印书馆，1986 年版。

周紫芝：《太仓稊米集》，《景印文渊阁四库全书》第 1141 册，台北：台湾商务印书馆，1986 年版。

吕本中：《紫微杂说》，《景印文渊阁四库全书》第 863 册，台北：台湾商务印书馆，1986 年版。

吕本中：《紫微集》，《景印文渊阁四库全书》第 1131 册，台北：台湾商务印书馆，1986 年版。

徐度：《却扫编》，尚成校点，《历代笔记小说大观·宋元笔记小说大观》第 4 册，上海：上海古籍出版社，2001 年版。

阙名，史浩辑，鲜于枢撰：《南窗纪谈　两钞摘腴　困学斋杂录》，王云五主编《丛书集成初编》，北京：商务印书馆，1939 年版。

曾几：《茶山集·拾遗》，《景印文渊阁四库全书》第 1136 册，台北：台湾商务印书馆，1986 年版。

胡仔：《渔隐丛话》，《景印文渊阁四库全书》第 1480 册，台北：台湾商务印书馆，1986 年版。

陈长方：《步里客谈》，《景印文渊阁四库全书》第 1039 册，台北：台湾商务印书馆，1986 年版。

李廌、朱弁、陈鹄：《师友谈记　曲洧旧闻　西塘集耆旧续闻》，孔凡礼点校，北京：中华书局，2002 年版。

朱弁：《风月堂诗话》，《景印文渊阁四库全书》第 1479 册，台北：台湾商务印书馆，1986 年版。

袁文：《瓮牖闲评》，《景印文渊阁四库全书》第 852 册，台北：台湾商务印书馆，1986 年版。

吴曾：《能改斋漫录》，《景印文渊阁四库全书》第 850 册，台北：台湾商务印书馆，1986 年版。

陈善撰，孙钒婧、孙友新校注，陈叔侗点评：《扪虱新话评注》，福州：福建人民出版社，2014 年版。

陈与义：《陈与义集》，吴书荫、金德厚点校，北京：中华书局，1982 年版。

张元幹：《芦川归来集》，《景印文渊阁四库全书》第 1136 册，台北：台湾商务印书馆，1986 年版。

张嵲：《紫微集》，《景印文渊阁四库全书》第 1131 册，台北：台湾商务印书馆，1986 年版。

朱松：《韦斋集》，《景印文渊阁四库全书》第1133册，台北：台湾商务印书馆，1986年版。

汪应辰：《文定集》，《景印文渊阁四库全书》第1138册，台北：台湾商务印书馆，1986年版。

曾敏行：《独醒杂志》，朱杰人校点，《历代笔记小说大观·宋元笔记小说大观》第3册，上海：上海古籍出版社，2001年版。

陆游：《陆游集》，北京：中华书局，1976年版。

陆游：《老学庵笔记》，李剑雄、刘德权点校，北京：中华书局，1979年版。

庄绰：《鸡肋编》，萧鲁阳点校，北京：中华书局，1983年版。

周必大：《文忠集》，《景印文渊阁四库全书》第1147册，台北：台湾商务印书馆，1986年版。

周煇：《清波杂志》，秦克校点，《历代笔记小说大观·宋元笔记小说大观》第5册，上海：上海古籍出版社，2001年版。

杨万里：《诚斋集》，《景印文渊阁四库全书》第1160～1161，1164册，台北：台湾商务印书馆，1986年版。

俞成：《萤雪丛说》，《景印文渊阁四库全书》第876册，台北：台湾商务印书馆，1986年版。

赵彦卫：《云麓漫钞》，傅根清点校，北京：中华书局，1996年版。

朱熹：《清邃阁论诗》，《四库全书存目丛书》集部第16册，济南：齐鲁书社，1997年版。

朱熹：《晦庵先生朱文公文集》，《四部丛刊》本，上海：商务印书馆，1929年版。

朱熹：《朱子语类》，黎靖德编，王星贤点校，北京：中华书局，1986年版。

朱熹撰，李光地、熊赐履等编：《御纂朱子全书》，《景印文渊阁四库全书》第721册，台北：台湾商务印书馆，1986年版。

朱熹：《朱熹集》，郭齐、尹波点校，成都：四川教育出版社，1996年版。

朱杰人、严佐之主编：《朱子全书》，上海：上海古籍出版社，2002年版。

王懋竑纂订：《宋朱子年谱》，台北：台湾商务印书馆，1982年版。

楼钥：《攻媿集》，《四部丛刊》本，上海：商务印书馆，1929年版。

陆九渊：《象山集》，《景印文渊阁四库全书》第1156册，台北：台杨简：《慈湖遗书》，《景印文渊阁四库全书》第1156册，台北：台湾商务印书馆，1986年版。

曾丰：《缘督集》，《景印文渊阁四库全书》第1156册，台北：台湾商务印书馆，1986年版。

叶适：《叶适集》，刘公纯、王孝鱼、李哲夫点校，北京：中华书局，1961年版。

叶适：《水心文集》，《景印文渊阁四库全书》第1164册，台北：台湾商务印书馆，1986年版。

叶适：《习学记言》，《景印文渊阁四库全书》第849册，台北：台湾商务印书馆，1986年版。

王楙：《野客丛书》，《景印文渊阁四库全书》第852册，台北：台湾商务印书馆，1986年版。

张镃：《仕学规范》，《景印文渊阁四库全书》第875册，台北：台湾商务印书馆，1986年版。

姜夔撰、夏承焘校辑：《白石诗词集》，北京：人民文学出版社，1959年版。

戴复古：《石屏诗集》，《四部丛刊》本，上海：上海商务印书馆，1929年版。

罗大经：《鹤林玉露》，王瑞来点校，北京：中华书局，1983年版。

真德秀：《西山文集》，《景印文渊阁四库全书》第1174册，台北：台湾商务印书馆，1986年版。

真德秀：《文章正宗纲目》，《景印文渊阁四库全书》第1355册，台北：台湾商务印书馆，1986年版。

魏了翁：《鹤山集》，《景印文渊阁四库全书》第1172册，台北：台湾商务印书馆，1986年版。

包恢：《敝帚稿略》，《景印文渊阁四库全书》第1178册，台北：台湾商务印书馆，1986年版。

陈振孙：《直斋书录解题》，徐小蛮、顾美华点校，上海：上海古籍出版社，1987年版。

刘克庄：《后村诗话》，王秀梅点校，北京：中华书局，1983年版。

刘克庄：《后村诗话》，《景印文渊阁四库全书》第1481册，台北：台湾商务印书馆，1986年版。

刘克庄：《后村集》，《景印文渊阁四库全书》第1180册，台北：台湾商务印书馆，1986 年版。

刘克庄：《后村先生大全集》，《四部丛刊》本，上海：商务印书馆，1929 年版。

严羽撰，郭绍虞校释：《沧浪诗话校释》，北京：人民文学出版社，1961 年版。

何梦桂：《潜斋集》，《景印文渊阁四库全书》第 1188 册，台北：台湾商务印书馆，1986 年版。

卫宗武：《秋声集》，《景印文渊阁四库全书》第 1187 册，台北：台湾商务印书馆，1986 年版。

刘辰翁：《刘辰翁集》，段大林校点，南昌：江西人民出版社，1987 年版。

文天祥：《文山集》，《景印文渊阁四库全书》第 1184 册，台北：台湾商务印书馆，1986 年版。

陈模撰，郑必俊校注：《怀古录校注》，北京：中华书局，1993 年版。

史绳祖：《学斋佔毕》，《景印文渊阁四库全书》第 854 册，台北：台湾商务印书馆，1986 年版。

魏庆之：《诗人玉屑》，上海：上海古籍出版社，1978 年新 1 版。

何谿汶：《竹庄诗话》，《景印文渊阁四库全书》第 1481 册，台北：台湾商务印书馆，1986 年版。

薛瑞兆、郭明志编纂：《全金诗》，天津：南开大学出版社，1995 年版。

阎凤梧主编：《全辽金文》，太原：山西古籍出版社，2002 年版。

吴文治主编：《辽金元诗话全编》，南京：凤凰出版社，2006 年版。

李修生主编：《全元文》，南京：江苏古籍出版社，1998 年版。

王若虚：《滹南集》，《景印文渊阁四库全书》第 1190 册，台北：台湾商务印书馆，1986 年版。

方回选评，李庆甲集评校点：《瀛奎律髓》，上海：上海古籍出版社，1985 年版。

刘壎：《隐居通议》，《景印文渊阁四库全书》第 866 册，台北：台湾商务印书馆，1986 年版。

刘壎：《水云村稿》，《景印文渊阁四库全书》第 1195 册，台北：台湾商务印书馆，1986 年版。

陶宗仪等编：《说郛三种》，张宗祥重校，上海：上海古籍出版社，1988 年版。

吴文治主编：《明诗话全编》，南京：江苏古籍出版社，1997年版。

杨维桢：《东维子文集》，《景印文渊阁四库全书》第1221册，台北：台湾商务印书馆，1986年版。

宋濂：《宋学士全集》，《景印文渊阁四库全书》第1224册，台北：台湾商务印书馆，1986年版。

李梦阳：《空同集》，《景印文渊阁四库全书》第1262册，台北：台湾商务印书馆，1986年版。

杨慎：《升庵集》，《景印文渊阁四库全书》第1270册，台北：台湾商务印书馆1986年版。

王世贞：《弇州四部稿》，《景印文渊阁四库全书》第1281册，台北：台湾商务印书馆1986年版。

王世贞：《弇州续稿》，《景印文渊阁四库全书》第1282～1284册，台北：台湾商务印书馆，1986年版。

王世贞：《读书后》，《景印文渊阁四库全书》第1285册，台北：台湾商务印书馆，1986年版。

胡应麟：《诗薮》，上海：上海古籍出版社，1958年版。

许学夷：《诗源辩体》，杜维沫校点，北京：人民文学出版社，1987年版。

王夫之等：《清诗话》，上海：上海古籍出版社，1999年版。

郭绍虞编选，富寿荪校点：《清诗话续编》，上海：上海古籍出版社，1983年版。

张寅彭选辑，吴忱、杨焄点校：《清诗话三编》，上海：上海古籍出版社，2014年版。

钱谦益：《牧斋有学集》，《四部丛刊》本，上海：上海商务印书馆，1929年版。

黄宗羲：《南雷文定》，《续修四库全书》第1397册，上海：上海古籍出版社，2013年版。

叶燮著、霍松林校注，薛雪著、杜维沫校注，沈德潜著、霍松林校注：《原诗 一瓢诗话 说诗晬语》，北京：人民文学出版社，1979年版。

王士禛：《带经堂诗话》，张宗柟纂集、戴鸿礼校点，北京：人民文学出版社，1963年版。

王士禛：《渔洋诗集》，《景印文渊阁四库全书》第1315册，台北：台湾商务印书馆，1986年版。

王士禛：《带经堂集》，《续修四库全书》第1414册，上海：上海古籍出版社，2013年版。

徐乾学：《憺园文集》，《四库全书存目丛书》集部第243册，济南：齐鲁书社，1997年版。

曹寅：《楝亭集》，上海：上海古籍出版社，1978年版。

沈德潜、周准编：《明诗别裁集》，北京：中华书局，1975年版。

吴陈琰：《蚕尾续集序》，《四库全书存目丛书》集部第227册，济南：齐鲁书社，1997年版。

吴仰贤：《小匏庵诗话》，上海：上海古籍出版社，1985年版。

袁枚：《随园诗话》，王英志校点，南京：江苏古籍出版社，2000年版。

袁枚：《小仓山房尺牍》，王英志编《袁枚全集》，南京：江苏古籍出版社1993年版。

袁枚：《小仓山房文集》，《续修四库全书》第1432册，上海：上海古籍出版社，2013年版。

袁枚：《小仓山房诗集》，《续修四库全书》第1431册，上海：上海古籍出版社，2013年版。

赵翼：《瓯北诗话》，霍松林、胡主佑校点，北京：人民文学出版社，1963年版。

赵翼：《瓯北集》，《续修四库全书》第1446册，上海：上海古籍出版社，2013年版。

翁方纲：《石洲诗话》，陈尔冬校点，北京：人民文学出版社，1981年版。

翁方纲：《复初斋文集》，《续修四库全书》第1455册，上海：上海古籍出版社，2013年版。

谢启昆：《树经堂诗集》，《续修四库全书》第1458册，上海：上海古籍出版社，2013年版。

方东树：《昭昧詹言》，汪绍盈校点，北京：人民文学出版社，1961年版。

方东树：《考槃集文录》，《续修四库全书》第1497册，上海：上海古籍出版社，2013年版。

金蓉镜：《滮湖遗老集》，民国十七刊本。

何绍基：《东洲草堂文钞》，《续修四库全书》第1529册，上海：上海古籍出版社，2013年版。

曾国藩：《曾国藩全集》（修订版），长沙：岳麓书社，2012年版。

刘熙载：《艺概》，上海：上海古籍出版社，1978年版。
钱仲联编校：《陈衍诗论合集》，福州：福建人民出版社，1999年版。
张寅彭主编：《民国诗话丛编》，上海：上海书店出版社，2002年版。
周光培等校勘：《笔记小说大观》，扬州：江苏广陵古籍刻印社，1995年版。
《历代笔记小说大观·汉魏六朝笔记小说大观》，上海：上海古籍出版社，1999年版。
周光培编：《历代笔记小说集成·唐代笔记小说》，石家庄：河北教育出版社，1994年版。
《历代笔记小说大观·宋元笔记小说大观》，上海：上海古籍出版社，2001年版。
普济：《五灯会元》，苏渊雷点校，北京：中华书局，1984年版。
慧能著，郭朋校释：《坛经校释》，北京：中华书局1983年版。
葛兆光：《禅宗与中国文化》，上海：上海人民出版社，1986年版。
杜继文、魏道儒：《中国禅宗通史》，南京：江苏人民出版社，1993年版。
蓝吉富主编：《禅宗全书》，北京：北京图书馆出版社，2004年版。
道原撰，顾宏义译注：《景德传灯录译注》，上海：上海书店出版社，2010年版。
邵雍：《皇极经世》，北京：华夏出版社，2006年版。
程颢、程颐：《二程遗书》，潘富恩导读，上海：上海古籍出版社，2000年版。
李焘：《续资治通鉴长编》，上海师范学院、上海师范大学古籍整理研究室点校，北京：中华书局，1985年版。
马端临：《文献通考》，北京：中华书局，1986年版。
黄宗羲：《宋元学案》，全祖望补修，陈金生、梁运华点校，北京：中华书局，1986年版。
唐圭璋编纂、王仲闻参订、孔凡礼补辑：《全宋词》，北京：中华书局，1999年版。
游国恩等主编：《中国文学史》，北京：人民文学出版社，1964年版。
袁行霈主编：《中国文学史》，北京：高等教育出版社，1999年版。
程千帆、吴新雷著：《两宋文学史》，上海：上海古籍出版社，1991年版。
徐澄宇：《诗经学纂要》，北京：中华书局印行，1936年版。

张西堂:《诗经六论》,北京:商务印书馆,1957年版。

朱自清:《诗言志辨》,杨扬校订,上海:华东师范大学出版社,1996年版。

唐圭璋编:《词话丛编》,北京:中华书局,1986年版。

施蛰存、陈如江辑:《宋元词话》,上海:上海书店出版社,1999年版。

龚鹏程:《江西诗社宗派研究》,台北:文史哲出版社,1983年版。

莫砺锋:《江西诗派研究》,济南:齐鲁书社,1986年版。

张高评:《宋诗之新变与代雄》,台北:洪叶文化事业有限公司,1995年版。

吴晟:《黄庭坚诗歌创作论》,南昌:江西人民出版社,1998年版。

钱志熙:《黄庭坚诗学体系研究》,北京:北京大学出版社,2003年版。

伍晓蔓:《江西宗派研究》,成都:巴蜀书社,2005年版。

朱东润:《陆游传》,天津:百花文艺出版社,2010年版。

莫砺锋:《朱熹文学研究》,南京:南京大学出版社,2000年版。

王季思:《玉轮轩曲论》,北京:中华书局,1980年版。

彭玉平:《人间词话疏证》,北京:中华书局,2011年版。

钱锺书:《谈艺录》(补订本),北京:中华书局,1984年版。

鲁迅:《鲁迅全集》(第3卷),北京:人民文学出版社,1981年版。

钱基博:《现代中国文学史》,北京:中国人民大学出版社,2004年版。

钱仲联:《梦苕庵诗话》,济南:齐鲁书社,1986年版。

唐晓渡等:《中国当代实验诗选序》,沈阳:春风文艺出版社,1987年版。

二、论文

蒋寅:《中国诗学的百年历程》,《中国诗学》第6辑,南京:南京大学出版社1997年。

陈德礼:《气论与中国美学的生命精神》,《北京大学学报》(哲学社会科学版)1997年第6期。

张坤晓:《论"养气"说的形成与发展:以孟子、刘勰为中心》,《宝鸡文理学院学报》(社会科学版)2003年第5期。

钟英战：《孟子养气说：古代养生学与价值观的引入》，《河南教育学院学报》（哲学社会科学版）2009 年第 4 期。

赵雅妮：《刘勰"养气说"生成论透析》，《邢台学院学报》2009 年第 2 期。

马积高：《江西诗派与理学》，《文学遗产》1987 年第 2 期。

周明辰：《新途径、新技艺、新天地——浅谈宋诗的"句眼"说》，《河北建筑科技学院学报》（社会科学版）1999 年第 3 期。

聂巧平：《宋代杜诗学论》，《学术研究》2000 年第 9 期。

莫砺锋：《论苏黄对唐诗的态度》，《文学评论》1994 年第 3 期。

朱东润：《黄庭坚的政治态度及其论诗主张》，《中华文史论丛》第三辑，1963 年。

刘大杰：《黄庭坚的诗论》，《文学评论》1964 年第 1 期。

莫砺锋：《黄庭坚"夺胎换骨"辩》，《中国社会科学》1983 年第 5 期。

孙乃修：《黄庭坚诗论再探讨》，《文学遗产》1986 年第 3 期。

张晶：《因难见巧：黄庭坚的诗美追求》，《辽宁师范大学学报》（社会科学版）1988 年第 2 期。

杨庆存：《黄庭坚"点铁成金""夺胎换骨"说新论》，《齐鲁学刊》1992 年第 1 期。

查清华：《黄庭坚与严羽的人格意识》，《江西师范大学学报》（哲学社会科学版）1992 年第 4 期。

朱惠国：《论黄庭坚的创新意识及其文学史意义》，《宁波师院学报》（社会科学版）1993 年第 3 期。

钱志熙：《论黄庭坚的兴寄观及黄诗的兴寄精神》，《文学遗产》1993 年第 5 期。

凌佐义：《黄庭坚"韵"说初探》，《中国韵文学刊》1993 年第 7 期。

朱惠国：《论黄庭坚的创作思想及其渊源》，《江西社会科学》1994 年第 11 期。

吴晟：《试论"黄庭坚体"》，《南昌大学学报》（人文社会科学版）1995 年第 2 期。

吴晟：《黄庭坚"以剧喻诗"辨析》，《文学遗产》2005 年第 3 期。

吴晟：《山谷诗集三家注述评》，《燕京学报》新二十一期，北京大学出版社 2006 年 11 月。

张燕芳：《山谷之夺胎换骨与点铁成金》，《聊城大学学报》（社会科学版）2009年第2期。

董秋月：《20世纪80年代以来陈与义研究综述》，《牡丹江师范学院学报》（哲学社会科学版）2015年第2期。

谢思炜：《吕本中与江西宗派图》，《文学遗产》1985年第3期。

曾明：《胡宿诗学"活法"说探源》，《文学评论》2011年第2期。

胡明：《陆游的诗与诗评》，《社会科学辑刊》1988年第4期。

莫砺锋：《陆游"诗家三昧"辨》，《南京大学学报》（哲学·人文科学·社会科学版）1992年第1期。

吴建民：《评陆游的诗论系统》，《赣南师范学院学报》（社会科学版）1996年第5期。

陈碧娥：《简论陆游"养气"说》，《文史杂志》1997年第6期。

姚大勇：《陆游"诗家三昧"新探》，《学术月刊》1999年第1期。

骆晓倩、杨理论：《陆游养气说的诗学阐释》，《西南大学学报》（社会科学版）2008年第3期。

胡明：《杨万里散论》，《文学评论》1986年第6期。

黄宝华：《杨万里与"诚斋体"》，《上海师范大学学报》（哲学社会科学版）2002年第4期。

刘伙根、彭月萍：《杨万里"透脱"说浅论》，《井冈山师范学院学报》（社会科学版）2002年第4期。

胡建升：《杨万里"透脱"考》，《北京化工大学学报》（社会科学版）2007年第2期。

周瑾：《诗见得人——朱熹诗论的生存论诠释》，《浙江社会科学》2004年第2期。

李春桃：《朱熹的诗学观念与诗歌创作》，《兰州学刊》2004年第4期。

韩立平：《岿然典型：楼钥的诗歌成就及诗学思想》，胡晓明主编《中国文论的思想与情境》，华东师范大学出版社2016年版。

吴晟：《中国古代诗歌的禅宗智慧》，《文艺理论研究》2004年第4期。

余荩：《王若虚写作理论初探》，《杭州大学学报》（哲学社会科学版）1983年第4期。

傅希尧：《王若虚文学理论初探》，《河北学刊》1990年第4期。

丁放、孟二冬：《王若虚对金代诗学的贡献》，《安徽师范大学学报》（人文社会科学版）1993年第2期。

张晶：《王若虚诗学思想得失论》，《辽宁师范大学学报》（社会科学版）1997年第2期。

文师华、徐敏：《王若虚的诗学观》，《南昌大学学报》（人文社会科学版）1999年第2期。

〔日〕高桥幸吉：《金末元初文人论黄庭坚》，《民族文学研究》2004年第3期。

邱美琼：《颠覆与指斥：浅谈王若虚对黄庭坚诗歌批评》，《鸡西大学学报》（综合版）2006年第5期。

李正民：《元好问诗论初探》，《西南师范学院学报》（社会科学版）1981年第4期。

张进：《元好问诗学对苏黄的批评与继承》，《文史哲》1996年第2期。

左汉林：《对元好问〈论诗三十首〉的分类和评析》，《河北农业大学学报》（农村教育版）1999年第1期。

郑永晓：《江西诗派研究史》，中国社会科学院研究生院博士学位论文，2003年。

黄春梅：《论诗宁下涪翁拜，未作江西社里人——由〈论诗绝句三十首〉看元好问对江西诗派的批评》，《昭通师范高等专科学校学报》2008年第6期。

查洪德：《借鉴中求超越：在唐宋诗之外求出路——元好问关于诗歌发展之路的思考》，《杭州师范大学学报》（社会科学版）2009年第6期。

张文澍：《元遗山诘江西诗派辨》，《文艺研究》2011年第3期。

方满锦：《元好问〈论诗三十首〉的师承探析》，《忻州师范学院学报》2011年第1期。

刘福燕、延保全：《元好问、严羽宋诗持论考察》，《兰州大学学报》（社会科学版）2013年第1期。

莫砺锋：《从〈瀛奎律髓〉看方回的宋诗观》，《文艺理论研究》1995年第3期。

高利华：《论方回的江西宗派学说及其对陈与义的评价》，《社会科学战线》2004年第6期。

史伟：《元初江南江湖诗风的流衍》，《太平洋学报》2009年第5期。

张红、饶毅：《刘埙诗学思想初探》，《中南大学学报》（社会科学版）2006年第3期。

崔花艳：《刘埙对江西诗学的继承与提升》，《文艺评论》，2015年第

4 期。

高尚杰：《刘壎诗论中的江西诗学色彩》，《文教资料》，2016 年第 36 期。

李树军：《王世贞"才、思、调、格"的文体意义》，《江汉论坛》2008 年第 3 期。

鲁茜、姚红卫：《20 世纪以来王世贞研究述评》，《湖南第一师范学院学报》2012 年第 2 期。

邱美琼：《论黄庭坚诗歌在明代的接受》，《集美大学学报》（哲学社会科学版）2006 年第 3 期。

陈颖聪：《论王世贞对唐、宋诗的态度》，《阴山学刊》（社会科学版）2012 年第 2 期。

刘德重：《格调 风神 神韵——胡应麟〈诗薮〉的理论特色》，《上海大学学报》（社会科学版）2001 年第 1 期。

邱美琼：《胡应麟对黄庭坚诗歌的接受与明末宗宋诗风》，《南昌大学学报》（人文社会科学版）2007 年第 3 期。

郑才林：《略论王士禛的宋诗观与"神韵"说之关联——兼论王士禛和严羽的苏、黄诗观之异》，《宁夏大学学报》（人文社会科学版）2005 年第 4 期。

张毅：《求唐诗"神韵"以"肌理"——王士禛、翁方纲唐诗接受思想合论》，《复旦学报》（社会科学版）2012 年第 6 期。

吴兆路：《翁方纲的"肌理"说探析》，《兰州大学学报》（社会科学版）1999 年第 3 期。

黄南珊：《以理为宗 以实为式——论翁方纲的理性美学观》，《首都师范大学学报》（社会科学版）2000 年第 4 期。

魏中林、宁夏江：《翁方纲诗学基本思想：正本探原，穷形尽变》，《内蒙古大学学报》（哲学社会科学版）2008 年第 4 期。

张明敏《翁方纲"肌理说"再认识》，《浙江万里学院学报》2009 年第 1 期。

吴中胜：《"肌理说"与翁方纲的诗学精神》，《文学评论》2011 年第 4 期。

田丽：《翁方纲论诗诗的诗论思想研究》，湖北师范学院硕士学位论文，2012 年。

何继文：《翁方纲的宋诗学》，（香港）《中国文学研究》第四辑。

邱美琼：《由求同到证异：翁方纲对黄庭坚诗歌的接受》，《江西社会科学》2007 年第 10 期。

唐芸芸：《"逆笔"：翁方纲论黄庭坚学杜》，《云梦学刊》2011 年第 1 期。

梁结玲：《论翁方纲诗学思想的内在超越》，《苏州大学学报》（哲学社会科学版）2015 年第 4 期。

唐芸芸：《文学史视域中的翁方纲宋诗学》，《文艺理论研究》2015 年第 5 期。

王亚峰：《论〈随园诗话〉中袁枚对唐宋诗的态度》，《内蒙古农业大学学报》（社会科学版）2010 年第 6 期。

蒋寅：《"神韵"与"性灵"的消长——康、乾之际诗学观念嬗变之迹》，《北京大学学报》（哲学社会科学版）2012 年第 3 期。

代亮：《袁枚对宋诗的态度》，《长江学术》2012 年第 4 期。

蒋寅：《袁枚性灵诗学的解构倾向——康、乾之际诗学观念嬗变之迹》，《文学评论》2013 年第 2 期。

蒋寅：《袁枚诗学的核心观念与批评实践》，《文学遗产》2013 年第 4 期。

王怡云：《三唐两宋摄其德——论〈随园诗话〉中的唐宋诗调和论》，《中央大学人文学报》2014 年 10 月（第五十四期）。

许洁：《诗法鉴衡·钩玄昭昧——方东树诗论述评》，《江淮论坛》1984 年第 1 期。

杨淑华：《〈昭昧詹言〉以文法评诗的特色与评论意义》，《台中师院学报》1994 年 3 月 21 日。

方任安：《以文为诗 以文论诗》，《安庆师院社会科学学报》1997 年第 1 期。

吕美生：《方东树〈昭昧詹言〉的价值取向》，《学术月刊》2000 年第 10 期。

邱美琼：《清代"桐城派"对黄庭坚诗歌的接受——以方东树〈昭昧詹言〉为中心》，《沈阳师范大学学报》（社会科学版）2006 年第 6 期。

王友胜：《方东树〈昭昧詹言〉论黄庭坚诗述略》，《中南大学学报》（社会科学版）2007 年第 5 期。

钟耀：《论方东树〈昭昧詹言〉的诗学思想》，《西南科技大学学报》（哲学社会科学版）2007 年第 4 期。

杨淑华：《方东树〈昭昧詹言〉及其诗学定位》，台湾：花木兰文化出版社 2008 年。

张高评：《方东树〈昭昧詹言〉论创新与造语——兼论宋诗之独创性与陌生化》，《文史哲》第 14 期，2009 年 6 月，中山大学中文系。

郭前礼：《论方东树及道咸年间姚门弟子的唐宋诗观》，《济南大学学报》（社会科学版）2012 年第 3 期。

黄振新：《方东树〈昭昧詹言〉的诗学思想研究》，安徽师范大学硕士论文，2012 年 4 月。

吴强：《论方东树文学鉴赏观》，《安徽农业大学学报》（社会科学版）2016 年第 5 期。

蒋寅：《诗学、文章学话语的沟通与桐城派诗歌理论的系统化——方东树诗学历史贡献》，《复旦学报》（社会科学版）2016 年第 6 期。

郭青林：《方东树"一佛、二祖、五宗"论》，《海南师范大学学报》（社会科学版）2016 年第 7 期。

彭靖：《曾国藩的诗论和诗》，《求索》1985 年第 2 期。

周颂喜：《曾国藩诗论三题》，《船山学报》1986 年第 2 期。

饶怀民、王晓天：《曾国藩研究述评》，《湖南师范大学社会科学学报》1986 年第 5 期。

吴淑钿：《近代宋诗派的诗体论》，《华东师范大学学报》（哲学社会科学版）1996 年第 2 期。

王澧华：《渗透整合　互补互济：试论曾国藩诗学观、古文观的形成、发展与变化》，《船山学刊》2001 年第 4 期。

王澧华：《近代"宋诗运动"考辨》，《社会科学研究》2005 年第 6 期。

黄伟：《曾国藩诗学理论评议》，《文学遗产》2006 年第 6 期。

黄晓阳：《湖湘诗派与近代宋诗派之关系》，《船山学刊》2007 年第 3 期。

郭前礼：《论曾国藩的宋诗宗趣》，《东南大学学报》（哲学社会科学版）2007 年第 6 期。

王顺贵：《晚清名臣曾国藩与张之洞诗学研究三题》，《宁夏大学学报》（人文社会科学版）2010 年第 2 期。

林柳生、黄茜：《曾国藩〈十八家诗钞〉研究述评》，《南昌教育学院学报》2010 年第 6 期。

程彦霞、邵利勤：《试析王闿运与曾国藩诗学思想之异同》，《浙江工业大学学报》（社会科学版）2012 年第 2 期。

张煜：《同光体与桐城诗派关系探论》，《苏州大学学报》（哲学社会科学版）2015 年第 2 期。

谢海林：《曾国藩与道光后期诗坛的宗黄之风》，《文学遗产》2017 年第 4 期。

吴淑钿：《近代宋诗派的诗体论》，《华东师范大学学报》（哲学社会科学版）1996 年第 2 期。

魏泉：《论陈衍的"学人之诗"说》，《文艺理论研究》2006 年第 4 期。

林东源：《陈衍〈石遗室诗话〉论"同光体"》，《闽江师院学报》（社会科学版）2006 年第 4 期。

宁夏江、魏中林：《论学人之诗》，《暨南学报》（哲学社会科学版）2009 年第 3 期。

王友胜：《论〈宋诗精华录〉的编选宗旨与诗学思想》，《中南大学学报》（社会科学版）2010 年第 2 期。

马卫中：《陈衍"三元说"与沈曾植"三关说"之理论差异》，《徐州师范大学学报》（哲学社会科学版）2011 年第 1 期。

吴中胜：《翁方纲与近代宋诗派：以陈衍为中心的讨论》，《中国文学研究》2012 年第 4 期。

后　记

　　1986年，我考取江西师范大学中国古代文学专业研究生，忝列胡守仁先生门下治唐宋文学，学位论文选题是《黄庭坚诗歌审美心理观照》。1998年，我的第一部学术专著《黄庭坚诗歌创作论》由江西人民出版社出版。1996年3月，我考取中山大学中国古代文学专业博士研究生，师从吴国钦先生攻读中国古代戏曲史方向。国钦师根据我的知识结构，建议我将硕、博即宋元研究方向贯通起来，于是我以《瓦舍文化与宋元戏剧》作为博士学位论文。正是导师为我"定身量做"的这一设计，使我始终没有中断对中国古代诗学的思考。广东省哲学社会科学"十一五"规划项目"江西诗学的知性反省：南宋诗学研究"、国家社会科学基金后期资助项目"中国古代诗歌与戏剧互为体用研究"便是这一思考的成果。结项后我接着思考：以黄庭坚、陈师道、陈与义为代表的江西诗学，为何自它形成之时的北宋至近代，始终伴随着激烈的论争和毁誉参半的评价？为何在当时及后世产生了深远而巨大的影响？江西诗学既是中国古代诗学的核心构成，也是它标志性成果之一。探讨历代对它的知性反思有何诗学经验借鉴和历史启示？我当时申报"江西诗学的知性反省：南宋诗学研究"项目，考虑到南宋时期是江西诗派内部成员以及与江西诗派渊源颇深的诗人分化蜕变最为显著的时期，又是对江西诗学争论最为激烈的时期，加上个人精力所限，故而江西诗学的知性反省只做到南宋为止。今天看来，总觉得意犹未尽，进而申报国家社会科学基金后期资助项目"知性反思江西诗学研究"，获批。它在南宋时期对江西诗学知性反思的基础上，梳理了金、元、明、清、近代对江西诗学的反思批评，经过两年努力，遂以本成果交出这份不是令自己十分满意的答卷。

　　与现行的《中国诗学批评史》按朝代顺序论述各代具有代表性学者的诗学思想不同，本书不取这些学者诗学著述的其他内容，集中探讨他们自觉或不自觉地反思江西诗学的批评，并将这一知性反思划分为五种批评形态：江西诗学之蜕变；江西诗学之鼓倡；江西诗学之补偏；江西诗学之反拨；理学家与江西诗学的离或合。除《北宋时期江西诗学之反思》《南宋其他理学家与江西诗学的离或合》《中国古代对诗歌本体特征认知的演进》三篇作综论外，其他各代选取2～4位学者，每位独立成篇。未入选的学者，如清代沈德潜等，因其反思江西诗学的论述不多，难以独立成篇；诚然，像明代前后"七子"、公安派等，或许可以合论，但可能重复学术界已有研究成果《唐宋诗之争概述》等，当然也由于个人的才识和精力所限。总之，本书虽然不求面面俱到，但毕竟有遗珠之憾。这一纠结，正是前面所谓交出的是一份令自己不十分满意的答卷。

感谢学术界同仁长期以来的关心和支持，吴承学师友、陈建森学兄、王琦珍教授为本成果申报写了推荐意见；蒋寅教授在他主编的《中国诗学》集刊上发表了本成果两篇论文；同事肖建华博士为笔者提供了数条参考文献；我的研究生杨戴君为课题搜集了不少研究动态；广州大学图书馆古籍室杨骏老师为我查找资料提供了诸多方便。在本成果出版之际，要对他们表示最诚挚的谢意！感谢当代有关江西诗学研究的诸多学者，没有他们研究成果的启迪，本书难以顺利完成。还要感谢我的妻子，她为本成果的撰写，给予了我精神上和生活上的极大支持。最后要感谢中山大学出版社的编辑团队，是他们的认真负责、辛勤劳动，将本书的错误和遗漏减少到最低程度。

在此，我题一首小诗作结：

注定今生笔墨缘，青灯黄卷老华年。
严寒破晓鸡啼瘦，溽暑深宵豸促眠。
岂有诗章名后世，更无学问及先贤。
风神不解人间意，乱剪清高到牖前。

吴　晟
2019年秋于东方夏湾拿